W0353195

Sang impur

Éric Van Hooland

Sang impur

Roman

LE LYS BLEU
ÉDITIONS

© Lys Bleu Éditions – Éric Van Hooland

ISBN : 979-10-377-5254-3

Le code de la propriété intellectuelle n'autorisant aux termes des paragraphes 2 et 3 de l'article L.122- 5, d'une part, que les copies ou reproductions strictement réservées à l'usage privé du copiste et non destinées à une utilisation collective et, d'autre part, sous réserve du nom de l'auteur et de la source, que les analyses et les courtes citations justifiées par le caractère critique, polémique, pédagogique, scientifique ou d'information, toute représentation ou reproduction intégrale ou partielle, faite sans le consentement de l'auteur ou de ses ayants droit ou ayants cause, est illicite (article L.122- 4). Cette représentation ou reproduction, par quelque procédé que ce soit, constituerait donc une contrefaçon sanctionnée par les articles L.335- 2 et suivants du Code de la propriété intellectuelle.

Note de l'auteur

Le début du 20e siècle fut l'occasion de grands bouleversements en Chine, comme dans le reste du monde. Ce livre relate l'épopée extraordinaire d'un groupe hors norme, réuni par le fait du hasard, mais aussi par la flamme de l'aventure. Ce livre est la suite naturelle d'un premier roman appelé « Les combattants du royaume de jade », lequel se déroule en Chine, à la fin du règne de Cixi, l'impératrice de Chine. Cette époque trouble verra la montée en puissance des triades qui exploitent le mécontentement du peuple pour s'enrichir, ainsi que la xénophobie ambiante contre les puissances étrangères, qui mènera à des milliers de morts lors d'une révolte sanglante contre les soldats d'une coalition étrangère appelée « guerre des Boxers ». La première partie des années 1900, période durant laquelle se déroule cette histoire, sera tout aussi riche en événements sur le continent australien, avec notamment la lutte du peuple Aborigène pour sauvegarder sa culture et sa liberté, mais aussi l'unification de cet immense continent qui deviendra par la force de la contrainte, une seule et même nation. Le destin croisé des différents protagonistes de cette histoire, qu'ils soient vertueux ou truands, tiendra, je l'espère, le lecteur en haleine tout au long du roman. Les personnages principaux tenteront de se sortir des nombreux pièges tendus tout au long de leur route, souvent au péril de leur vie, se forgeant un destin à l'aune de leur courage, de leur habileté, ou de la chance parfois.

Ce roman surfe de façon libre et romancée sur l'ensemble des événements de cette époque, arrangeant parfois l'histoire, les lieux ou les dates pour des raisons de timing et d'action. Il n'a pas pour vocation d'être une référence historique, mais bien de divertir le lecteur, même si la toile de fond et certains personnages ont de fait réellement existé.

Le pénitencier

Pour la millième fois de la journée, la pointe émoussée par les coups répétés heurta un gros caillou. Mal ajusté, le pic ripa sur le côté de la pierre de calcaire, la balafrant à peine. Rockwood poussa un juron, autant par dépit que par douleur, et laissa choir le fer au sol dans une explosion de poussière. Il se massa l'épaule, pestant contre le destin qui s'acharnait sur lui. Sa colère n'avait pas de limites. Elle englobait tous ceux qui avaient contribué à le jeter dans ce trou à rats, tout comme la touffeur débilitante qui le trempait du matin au soir, sans oublier les insectes voraces qui le prenaient pour un garde-manger.

— Personne n'en sortira indemne, chuchota-t-il en contrôlant le son de sa voix, et surtout pas toi, maudit Chinois, pesta-t-il en pensant à Li Bai. Ce dernier avait contribué à son envoi dans cette colonie pénitentiaire quelques mois auparavant, permettant son arrestation et sa mise au rebut.

Comme il n'était pas en position de clamer ses humeurs haut et fort, il marmonnait entre ses dents. La vie était déjà suffisamment dure ici pour ne pas donner un prétexte supplémentaire aux gardiens de le brimer davantage. La douleur lancinante le ramena à des dispositions plus existentielles. Sa tendinite l'élançait depuis un peu plus de deux mois maintenant, soit peu ou prou juste après ses premiers coups de pioche, ne lui laissant aucun répit. Le feu prenait naissance au-dessus de son épaule et irradiait jusque-là moitié de son bras, sapant ses forces en même temps que son moral. Conscients de son problème, les gardiens n'en avaient cure. Ils s'assuraient que son rendement corresponde aux normes en vigueur, et le cas échéant, il tâtait de leur fouet pour augmenter la cadence.

L'Anglais faisait partie des condamnés de droit commun embarqués pour les colonies du Pacifique. Après un procès rapidement expédié, il avait été accusé d'escroquerie aggravée, et pour ce crime, il devait purger une peine de dix ans de travaux forcés dans les terres du Sud, sur un continent appelé Australie. Et comme ce jugement ne suffisait pas à sa peine, on lui avait également signifié l'obligation de travailler dix ans de plus dans cette contrée qui s'ouvrait à la modernisation, après sa période de rétention obligatoire. Encore eut-il fallu qu'il puisse le faire, car dans ces terres du bout du monde, l'idée de rédemption n'était au final qu'une vague vue de l'esprit, car peu sortaient vivants de cet enfer.

Dans son malheur, il avait tout de même eu de la chance. Son crime étant somme toute léger, il faisait partie des condamnés affectés au déboisement des immenses forêts d'Eucalyptus qui recouvraient une bonne partie des côtes occidentales. En ce début de siècle, le gouvernement voulait atténuer les temps de trajet dans cet immense continent, et les routes comme le chemin de fer en étaient les glorieux symboles. Les bras étaient plus que jamais nécessaires pour autoriser ces réalisations pharaoniques dans des délais raisonnables. Les autres criminels, eux, s'échinaient justement à poser des rails de chemin de fer en compagnie de Chinois libres. Ce travail était inhumain. Dur. Sans fin. Il usait les corps et déprimait les esprits, ne laissant aucun répit à des hommes harassés qui n'en portaient plus que le nom.

Les forçats les plus dangereux étaient quant à eux envoyés dans les terres du centre, là où le soleil cognait le plus dur, et où ne vivaient que des populations indigènes. Les hommes étaient accouplés à d'autres condamnés par une chaîne de dix-huit maillons, la plus solide qui soit. Non contente d'être entravée par les pieds, cette lie de l'humanité arborait aussi des bracelets de fer sur des peaux crevassées, lesquelles finissaient invariablement par n'être plus qu'un amas de chairs putrides qui repaissaient les nuisibles locaux. Grâce à ce dispositif cruel, personne n'avait jusqu'à présent réussi à s'échapper de l'emprise des matons, plus vigilants vis-à-vis des prisonniers que pour une femme infidèle. Les bagnards ahanaient, maltraités par des gardiens aussi brutaux qu'eux autrefois, n'ayant d'autres choix que de suer sang et eau pour espérer survivre à cet ersatz de vie. Arrivait pourtant le moment où le corps jetait l'éponge, autorisant un repos bien mérité dans une caisse en bois jetée sans ménagement dans une fosse commune. Pourquoi solliciter une quelconque divinité pour des racailles qui ne pouvaient reposer que dans des endroits isolés ; cachés de tous ? Enseveli à la hâte, le cadavre servirait à faire fleurir la vie alentour, faisant au moins une fois le bien dans son existence.

Les plus irréductibles des bagnards, ceux qui étaient considérés comme un danger permanent pour les gardes, même entravés, restaient enfermés dans une geôle isolée, privés de lumière et coupés du monde des vivants. Ce nouveau procédé avait été calqué sur le modèle américain pour délivrer un nouveau style de punition. Le fouet ne marchant pas toujours avec certains prisonniers récalcitrants, on avait choisi l'isolement en privant les forçats de leurs sens. Les caïds étaient enfermés dans de minuscules cellules individuelles dans lesquelles ils restaient vingt-trois heures par jour. Le vice était même poussé pour l'unique heure de promenade, puisque chaque détenu laissé seul dans une courette isolée, portait un masque en toile sur la tête, incapable de distinguer quoi que ce soit de son environnement. Les bagnards croupissaient un certain temps dans ces pénitenciers de haute sécurité. Puis la solitude faisant son œuvre, ils ne tardaient pas à devenir fous, avant d'être définitivement effacés d'une société qu'ils avaient contribué à gangrener. En peu de temps, les colonies d'Australie étaient devenues les prisons les plus prolifiques de la planète, avec pour triste corollaire de regrouper parmi les pires racailles de ce vaste monde.

La demeure qu'on avait attribuée à Rockwood était la prison de Fremantle, située dans la partie occidentale du pays. Là encore, il aurait pu tomber plus mal, car la proximité avec la mer rendait supportables les températures des journées d'été, qui parfois affolaient le thermomètre le long du tropique du Capricorne. Depuis quelques jours justement, une vague de chaleur intense s'était invitée sur cette partie de l'Australie, profitant de l'absence de la brise marine surnommée « the Fremantle doctor », pour irradier un peu plus une terre qui déjà criait grâce, brûlée en profondeur. En plus d'assécher les récoltes, la chape de plomb abrutissait la population qui restait cloîtrée dans les moindres recoins d'ombre, ne sortant plus désormais des maisons que par ultime nécessité.

Cette grâce n'était bien sûr pas accordée aux prisonniers.

Malgré cette canicule qui attaquait les peaux jusqu'à faire éclore de multiples cloques suintantes sur l'ensemble du corps, les bagnards étaient plus vernis ici qu'ailleurs sur le continent.

Au moins n'étaient-ils pas dévorés par les hordes de mouches noires qui pullulaient sur toute l'Australie. Les diptères ne trouvaient pas leur compte dans cet univers côtier où nombre de prédateurs leur menaient la vie dure. Du coup, leur présence restait modérée. Ce qui ne voulait pas dire, bien sûr, que la vie était paisible.

D'abord, il y avait les moustiques.

Pour éviter d'être transformés en plaies vivantes par les prédateurs affamés, les prisonniers se couvraient du mieux possible avec les tissus troués qui leur servaient de vêtements.

Mais le plus terrible c'étaient les poux.

Les parasites voraces proliféraient dans cet univers de crasse. Pour les prisonniers, le combat était perdu d'avance. Les démangeaisons étaient devenues le pain quotidien des loqueteux dont le corps meurtri ne laissait plus le moindre répit. Dans l'imaginaire de Rockwood, l'enfer n'aurait pas été plus douloureux…

Aujourd'hui, le soleil cognait sans compter.

Autant que les jours précédents.

— Foutu pays ! maugréa Rockwood pour la énième fois.

Il s'essuya le front avec un mouchoir estampillé de taches. Comme son propriétaire, ce dernier n'avait pas dû voir l'eau propre d'une bassine depuis des semaines. Une connaissance de sa vie antérieure ne l'aurait certainement pas reconnu tant il avait fondu. Son visage avait perdu de sa rondeur juvénile, des muscles noueux saillaient désormais sous une chemise au tissu raidi par la sueur séchée, transformant de façon radicale son allure d'avant. Comme pour corriger ce déficit de volume, ses cheveux avaient poussé et tombaient sur ses épaules en une cascade crasseuse et indisciplinée. Pour faire équilibre à cette masse volumineuse, il portait également une barbe claire qui lui mangeait une bonne partie du visage, faisant ressortir ses yeux de manière inquiétante.

Les yeux de Rockwood !

C'est ce qu'on remarquait le plus chez lui.

Des prunelles vibrantes de colère, reflet de son esprit rebelle qui n'avait pas abdiqué là où une majorité de détenus s'étaient transformés en bons gros toutous que les gardiens manipulaient à leur guise. Comme pour matérialiser cette résistance abhorrée des matons, un ordre excédé fusa dans l'air asséché :

— Au boulot Rockwood, t'es pas là pour flemmarder !

Le fouet siffla près des oreilles du bagnard, le manquant de peu. Sans hâte et avec une morgue calculée, l'Anglais remit son mouchoir dans sa poche après l'avoir soigneusement plié en quatre, puis reprit sa pioche en main. En ultime provocation, il lança un air de défit au surveillant. Ce dernier le gratifia en retour d'un large sourire qui attisa un peu plus la haine qui électrisait chaque atome de la carcasse fatiguée du prisonnier. Habitué aux attitudes contestataires de cet homme, le gardien ricana comme une hyène en chasse, et talonna les flancs de son cheval pour continuer de harceler la troupe de dix bagnards qu'il avait sous ses ordres. Comme tous les autres, Rockwood deviendrait docile ; la somme des sévices reçus finirait par briser la dernière fibre de contestation en lui. Et il s'assurerait que ce prisonnier recevrait bien son compte d'humiliation ! En attendant, le pays était en plein développement, et la construction des routes était la priorité absolue du gouverneur en place. Le bruit des pioches semblait rebondir sur les protubérances rocheuses comme le tic-tac d'une horloge géante, annonciatrice des changements qui allaient accompagner l'essor de cet immense pays continent…

Le soleil s'enlisait aux confins de l'horizon, jetant ses dernières forces dans une bataille perdue d'avance. La journée touchait à sa fin ; il était temps de partir. Sur un ordre bref du maton principal, les prisonniers harassés rassemblèrent leurs maigres affaires entassées ci et là, et le cortège encadré par trois gardiens armés prit le chemin du pénitencier.

La route du retour.

Enfin !

Abrutis par cette journée de travail à fracasser des rochers, couper des arbres ou aplanir le sol en vue de le domestiquer, les bagnards n'en pouvaient plus. Ils marchaient tête basse, la gorge sèche et les yeux brûlés par les rayons intenses du soleil. Même s'ils n'étaient pas entravés par des chaînes à ce moment précis, ils traînaient des pieds en soulevant des nuages de poussière à chaque pas, trop las pour pouvoir contracter leurs muscles avec efficacité. Tels des zombies, ils suivaient le long ruban de terre nue ; une plaie ouverte sur la forêt qui ne se refermerait plus.

Confortablement assis sur leur bête nonchalante, les gardiens semblaient relâchés. Ils étaient confiants en leurs capacités de rétorsion. Toute tentative de fuite se serait soldée par la mort du téméraire, les prisonniers le savaient. Car si les gardes avaient au moins une qualité en commun, c'était bien celle de savoir manier un fusil.

Ils l'avaient prouvé quelques jours auparavant…

C'était une soirée comme celle-ci, humide et chaude, avec une température qui fléchissait un peu avec la disparition de l'astre de feu aux confins de la terre. Un Irlandais du nom de Fitzpatrick, indépendantiste de son état, avait tenté de s'arracher du monde de privations qu'il ne supportait plus.

Mauvaise idée.

Son coup, pourtant, était bien préparé.

Patient, l'homme avait attendu d'être arrivé à l'endroit le plus étroit de la piste, à une heure où la vigilance des gardiens était réduite. Trop dense pour être domestiquée facilement, la forêt étranglait la travée fraîchement créée en une végétation dense et inhospitalière. Les arbres couvriraient sa fuite. Du moins le croyait-il. Mais les gardiens n'étaient pas dupes, et leur capacité de réaction pas le moins du monde émoussée par la chaude journée qu'ils venaient de subir. L'Irlandais n'avait pas fait cinq pas qu'il était truffé de plombs, attaché dans la foulée derrière un cheval comme un tronc fraîchement coupé, et remorqué jusqu'au pénitencier, raide comme la justice. Il avait été suspendu par les pieds à la potence réservée aux exécutions.

Trois jours.

Trois longues journées à pourrir au bout d'une corde.

L'objectif de cette action était de faire réfléchir ceux qui couvaient les mêmes désirs de liberté. La dissuasion par l'exemple ; on n'avait rien trouvé de mieux pour mater les esprits les plus rebelles. Quand on avait détaché le cadavre pour l'enterrer à la hâte, une partie de son visage avait migré dans l'estomac d'oiseaux affamés. L'homme n'était pas beau à voir avec sa peau marbrée et les lambeaux de chair qui pendaient un peu partout sur son corps comme un sapin fané.

Le message était passé.

Rockwood qui pensait prendre la poudre d'escampette par ce moyen avait revu ses plans. Il lui faudrait assurément trouver autre chose. D'autant que si par la plus grande des chances, il arrivait à atteindre la forêt sans se faire occire, ce qui en soit était déjà une gageure, échapper aux chiens féroces qu'on lancerait irrémédiablement à ses trousses, n'avait rien de réjouissant non plus. Il se remémora avec dégoût l'homme ramené à moitié déchiqueté dans sa cellule, quelques heures seulement après son arrivée. Dans son malheur, le pauvre bougre était encore vivant… Après deux longs jours et autant de nuits à agoniser dans la plus totale indifférence, la plaie vivante avait enfin passé l'arme à gauche. Et le calme était revenu…

Après un dernier virage, les pieds battant le sol irradié accélérèrent. Les tours en pierres de calcaire qui encadraient la porte d'entrée du pénitencier étaient en vue.

Imposantes.

Désirées et haïes à la fois.

Seuls éléments décoratifs de l'endroit, elles s'effaçaient ensuite pour laisser place à un épais mur qui ceinturait l'ensemble de la prison. À chaque coin de l'enceinte, s'élevait une tour ronde munie d'une porte qui donnait sur l'extérieur. Cette dernière servait de sortie de secours en cas de problème, mais aussi de porte de livraison pour les marchandises, quand l'accès principal était condamné.

Simple et efficace.

La philosophie du système carcéral avait changé ces dernières années. Le prisonnier n'était plus un corps supplicié qu'on exhibait à une population vengeresse, mais un cancer qui devait désormais rester caché pour la sécurité et le confort des habitants. Les puissants murs en pierres de craie parfaitement enchevêtrée pour qu'on ne puisse pas les escalader concouraient à cet objectif. Plusieurs bâtiments composaient la prison à proprement parler, dont la bâtisse principale qui s'élevait sur quatre niveaux. Posé sur des gazons parfaitement tondus, comme un meuble décoratif sur son tapis, l'édifice était impressionnant. Une excroissance en son centre cassait l'effet rectiligne de la construction, divisant l'ensemble en deux parties distinctes.

Chirurgical.

Sans âme.

Une émanation toute britannique de l'ordre et de la rigueur, mâtinée d'un brin de grandeur pour rehausser le prestige de l'institution. Son allure moderne avait aussi pour vocation de contrarier les réfractaires de cet esclavagisme moderne. Ces derniers protestaient de plus en plus souvent dans les rues de Melbourne et de Sydney, mettant la pression sur les gouvernants pour faire cesser cet asservissement inhumain. Sans aucun effet pour l'instant, puisque la population dans son ensemble plébiscitait ce type d'enfermement. Les bagnards, eux, n'étaient pas au courant de ces mouvements en leur faveur. Et à vrai dire, peu s'en seraient souciés. La seule préoccupation qui s'imposait quotidiennement à leur esprit, était le nombre de jours qui leur restait à tirer avant d'espérer sortir vivant de cet enfer.

Pour le reste, seule importait leur survie.

L'esthétisme des façades n'avait pas prévalu pour l'intérieur. Les cellules étaient entassées les unes à côté des autres, en configuration cage à lapins. Pas plus larges d'un mètre. Laissant à peine de quoi se déplacer. À proprement parler, l'endroit était composé d'une planche faisant office de lit, d'une table, et d'un baquet de bois servant de latrines et vidé une fois par semaine. Dans cet espace contraint, les activités étaient réduites à leur plus simple expression. Les prisonniers restaient allongés le temps de leur incarcération, attendant les heures de travail pour se dérouiller les muscles. Seules les odeurs de putréfaction se complaisaient dans cet univers de misère. Elles envahissaient chaque centimètre de l'endroit, ôtant aux locataires leur dernière once d'humanité. Devant chaque cellule et sur toute la longueur du bâtiment, courait une passerelle ceinte de solides garde-corps. Cette voie de circulation permettait aux gardiens de faire leur ronde et de jeter un œil obsessionnel dans chaque oculus des portes de fer. Juste séparée de sa sœur jumelle par un épais filet censé empêcher les suicides, une coursive identique avait été dressée de l'autre côté du bâtiment. Non que la vie des rebuts eut quelque valeur dans ce pays lointain, mais le besoin en bras était trop important pour s'autoriser plus de pertes que nécessaire. En résumé, c'était ce plaisant endroit fait d'humiliation et de dépravation qu'on avait prévu pour les dix prochaines années de Rockwood. Le seul problème, c'est que lui n'envisageait pas du tout son avenir de la sorte…

Après une maigre ration avalée sur le pouce et en silence, chaque prisonnier réintégra sa cellule. C'était le moment que préférait Rockwood. L'obscurité ne lui faisait pas peur. Elle le régénérait au contraire. Aux yeux du monde, il n'était qu'une ombre. Un cadavre en devenir, quasi enterré. Aux yeux de ses gardiens, il ne valait guère plus que la pâture donnée aux chiens. Tout juste représentait-il deux bras solides qu'il fallait activer chaque jour par le fouet pour domestiquer les immenses terres sauvages que le colon blanc voulait s'accaparer. Mais les détenus étaient aussi des ennuis en puissance pour des hommes qui faisaient davantage parler leurs muscles que leur cervelle. Et pour faire rentrer dans le rang les récalcitrants, l'humiliation était la méthode qui avait été retenue dans cet antre du redressement. Entre les quatre murs sinistres de sa prison, au moins, Rockwood était seul avec sa conscience, ses envies et ses rêves, sans personne pour l'en soustraire. Il prenait un certain plaisir à se retrouver dans ce que d'autres auraient pu imaginer comme un cercueil avant l'heure, à savourer sa tranquillité…

Il s'allongea sur la planche dure en grimaçant. Les tiraillements dans le bas du dos lui rappelaient que l'effort physique intense n'était pas sans conséquence sur son organisme. Tout se payait. Il tenta de se relaxer. La ronde des gardiens n'allait plus tarder. L'inspection consistait à vérifier que chaque détenu était bien dans sa cellule en le faisant se lever et hurler son matricule. C'est seulement quand tout le monde était recensé qu'on procédait à la mise aux fers pour la nuit, la fermeture des portes, et enfin l'extinction des feux.

Sauf que personne ne vint ce soir.

Pas de bruit des matraques sur les encadrements rouillés pour faire coucher les taulards. Aucun grincement monotone de serrures qu'on déverrouille, aucun emprisonnement de cheville dans l'épais anneau de fer.

Rien.

Se pouvait-il qu'on oublie des règles aussi essentielles à la sécurité de la prison ?

Qu'on soit laxiste à ce point ?

Rockwood avait du mal à y croire.

Et pourtant.

Aucun bruit ne parvenait des chemins de ronde. Plus inquiétant encore, les prisonniers d'habitude si prompts à meugler comme des bêtes, paraissaient cette fois étrangement calmes. Trop silencieux pour que ce soit l'effet du hasard. Trop d'incohérences en même temps pour que Rockwood comprenne intuitivement ce qui allait se passer. D'autant qu'un prisonnier l'avait mis en garde lors de son arrivée :

— Ne mets jamais au défi les gardiens, car ils sauront te le faire payer…

L'heure était visiblement au règlement de l'addition. L'Anglais n'avait que quelques minutes pour se préparer à la rencontre, guère plus…

Un sinistre couinement confirma qu'une porte venait de s'ouvrir. Puis un deuxième, bientôt suivi d'un troisième. Le silence alentour était presque assourdissant. Oppressant. Parfois émietté du rire vicieux de quelques sadiques qui se réjouissaient de la tragédie à venir. Mais à part ces hommes sans foi ni loi, aucun prisonnier n'osait moufter pour ne pas être un dégât collatéral d'une vendetta dont ils savaient qu'il n'en sortirait rien de bon pour eux. La cible était désignée. Il fallait que ça se fasse. À ce moment précis, plus personne ne pouvait quoi que ce soit pour Rockwood. Pour la tranquillité de tous, pour qu'un peu de normalité puisse de nouveau rythmer les prochaines journées, ça devait arriver…

Jusqu'à la prochaine fois.

Mais dans cet univers de détraqués où la survie était une lutte de chaque instant, la seule vraie victoire était de voir le soleil se lever le lendemain. Une fois de plus. Et pour y arriver, l'unique alternative était d'ignorer ce qui se passait autour de soi. D'être sourd et aveugle. D'oublier qu'on avait jadis été doté d'une conscience ; qu'on avait été un être humain...

Les trois bagnards se rassemblèrent sans un mot. Ils savaient ce qu'ils avaient à faire, car ils avaient longuement peaufiné leur plan durant la journée. Si tous étaient armés de leurs pulsions sadiques, l'un d'eux possédait également un couteau fabriqué par ses soins. Rien de plus facile. Une cuillère subtilisée, du temps pour l'affûter longuement sur une pierre rugueuse, et le tour était joué.

L'homme s'appelait Griggs.

Dans la prison, tout le monde l'appelait Gigi pour son inclinaison à se transformer en homme ou en femme, selon l'envie ou le partenaire du jour. Les deux autres étaient également des sodomites patentés dont on se méfiait comme de la peste. Ces trois-là s'étaient trouvés, et étaient unis en vertu d'un pacte avec le diable. Le vice et la violence se dégageaient d'eux comme d'un parfum trop épicé. Tout le monde s'en méfiait ; même les plus endurcis. Il était de bon ton de ne pas les provoquer si on voulait survivre quelques jours de plus, car en dehors d'être sournois et sans morale, ils avaient un atout de poids : le trio était le bras armé des gardiens. Ceux par qui tout se régulait en dehors du cadre réglementaire de la prison. Ceux par qui la justice divine était donnée quand celle des hommes bafouillait et n'était plus en mesure de solutionner le problème. En plus de Griggs, l'un s'appelait Flanders, l'autre Pill. Tous trois étaient Anglais et en cheville avec les gardiens pour des trafics en tout genre. Pour des contrats aussi, dont ils s'acquittaient avec un certain plaisir et une rigueur toute britannique. Dans le meilleur des cas, les prisonniers violés rentraient dans le rang ; dans le pire, ils devenaient fous ou finissaient par se suicider. Mais pour les gardiens en tout cas, le problème était réglé ; ils n'étaient plus ennuyés par des individus rebelles qui leur donnaient du fil à retordre. Leur travail redevenait facile. Tout le monde avait quelque chose à y gagner en quelque sorte, sauf bien évidemment celui qui était victime de ce coup monté. Et malheureusement pour Rockwood, c'est bien lui qui avait été désigné ce soir-là…

Les trois hommes s'agglutinèrent devant la porte de leur future proie, sans prendre trop de précautions pour dissimuler leur venue.

À quoi bon ?

Complices de cette intrusion, les gardiens se garderaient bien de quitter la salle de repos avant que tout ne soit réglé. Quant aux prisonniers eux-mêmes, ils savaient ce qu'ils encouraient s'ils venaient à perturber cette équipée nocturne. La vie était déjà assez dure ici, sans qu'ils se la compliquent davantage par un acte de bravoure que rien ne justifiait. En bon chef de meute, Griggs voulut entrer le premier. En plus de l'acte physique qui régénérait ses sangs, rien ne lui plaisait autant que de sentir la peur électriser les yeux de sa victime. Ça titillait ses atomes de sadique, et le mettait dans de bonnes dispositions pour le viol à venir. Il affirma la prise de sa lame dans sa main moite, et poussa la porte d'un coup sec. À cette heure, toutes les cellules étaient noyées par l'obscurité. Cette dernière ne dérogeait pas à la règle.

Il hésita.

Ce prisonnier était belliqueux, on l'avait suffisamment prévenu. Mais que risquait-il après tout ? L'homme était seul, et eux au nombre de trois en plus d'être aguerris à ce type de traquenard. Il s'arma de courage et avança. Ses collègues étaient sur ses talons, les sens aiguisés par l'adrénaline de l'action. Tout en se déplaçant prudemment, Griggs brandissait la pointe effilée de sa lame devant lui, prêt à en découdre.

— Mais où te caches-tu, connard de voleur ?

La cellule était trop petite pour ce type de jeu. En temps ordinaire, le prisonnier suppliait déjà de l'épargner.

— Je suis là, mon mignon…

Griggs ne fut pas en mesure de réagir, qu'il recevait un poids conséquent sur son dos, en même temps qu'un violent choc sur le crâne. Tout explosa dans sa tête. Il s'effondra, estourbi, mais toujours conscient…

Rockwood tenta de se remettre debout le plus rapidement possible, mais ses jambes refusaient d'obéir. Le long moment où il avait dû rester accroupi sur la planche de rangement fixée au-dessus de la porte les avait engourdis. Il tituba en luttant contre les fourmillements qui ankylosaient ses muscles. Il savait que s'il ne profitait pas de l'effet de surprise qu'il avait créé, il était foutu. En parlant de surprise, les deux acolytes de Griggs restaient interdits, se demandant encore ce qui avait bien pu se passer. Rockwood n'avait plus un instant à perdre s'il voulait survivre à ce guet-apens. Il lâcha sa gamelle bosselée, et dans le même mouvement, se baissa pour s'emparer du couteau de fortune que l'Anglais tenait encore dans une main. Ce dernier n'avait pas suffisamment repris ses esprits pour opposer toute forme de résistance.

Une chance.

Sauf qu'avec la fatigue des journées passées à terrasser les futures routes, ses réflexes n'étaient plus aussi vifs qu'espéré. C'est ce qui le perdit. Remis de leur consternation, les deux hommes valides lui sautaient déjà dessus, alors que sa main avait à peine effleuré l'acier de la lame de Griggs. Pas assez solide sur ses jambes, Rockwood reçut la masse de Flanders en pleine poitrine. Tout en basculant vers l'arrière, il sentit la partie osseuse du coude de l'Anglais lui heurter violemment le visage, ouvrant son arcade sourcilière comme un fruit trop mûr tombé de l'arbre. Le liquide chaud l'aveugla instantanément. Il n'eut pas le temps de s'en préoccuper. Emporté par son élan, il heurtait durement le sol, Flanders roulant par-dessus lui. Le souffle coupé et mû par un réflexe de survie, il tenta de se relever. Peine perdue. Avec facilité, le troisième larron l'immobilisait à l'aide de son genou, opérant dans le même temps une violente torsion avec son bras.

La douleur le fit hurler.

— L'esquinte pas trop, Pill, fit Flanders en se relevant, les gardiens ne nous pardonneraient jamais d'avoir abîmé l'un de leurs outils. Notre amicale visite, conjuguée avec ce que nous allons lui faire endurer maintenant, devrait suffire à laver cette offense. Et après tout, on ne peut pas lui reprocher de…

Attention, hurla soudain le taulard, un autre prisonnier nous fonce dess...

Rockwood entendit comme le bruit sec d'une branche qu'on casse. Le corps qui le coinçait fut projeté au loin, les vertèbres brisées par la force titanesque en mouvement. Flanders hurla de douleur. Des coups lourds martelèrent le silence de la cellule avec une furie jamais démentie. Un ultime cognement résonna entre les murs aveugles, puis plus rien. D'un geste fébrile, Rockwood se frottait les yeux pour y voir clair, mais le liquide ferreux lui brûlait toujours les yeux. Les supplications de Griggs s'élevèrent bientôt, perturbant le silence salvateur qui avait remplacé la fureur du combat.

Momentanément.

Le sodomite savait qu'il serait le prochain à passer de vie à trépas. Il tentait de soudoyer son bourreau pour sauver sa misérable peau. Mais il était écrit que rien n'arrêterait le bras vengeur de l'homme providentiel qui venait de tirer Rockwood d'un sale pétrin. L'Anglais entendit un dernier cri de terreur, une tête heurter le sol trop durement pour que le crâne puisse résister, un craquement, puis de nouveau le calme, juste obéré par le bruit d'une forge qui tentait de réguler son souffle.

— Tu peux te lever ? demanda une voix caverneuse entre deux puissantes respirations.

Le sang commençait à coaguler, recouvrant le visage de Rockwood d'un masque pâteux. De floue dans un premier temps, l'image se précisa bientôt. L'homme était un véritable colosse. Rockwood l'avait aperçu à plusieurs reprises au réfectoire. Toujours seul. Comme une bête monstrueuse au milieu d'une bande de prisonniers, qui prudemment restaient à distance de cette erreur de la nature. Chacun se méfiait de sa bestialité. De sa mine renfrognée. De ses silences inquiétants aussi. L'homme était trop énorme pour avoir été enfanté par un corps humain. Trop renfrogné aussi pour qu'on ne redoute pas ses colères qu'on sentait bouillir sous sa carcasse musculeuse. Trop différent enfin pour qu'on puisse vraiment lui faire confiance.

— Je crois, oui, finit par lâcher Rockwood. Pourquoi m'as-tu défendu ?

— J'attendais juste l'instant propice pour pouvoir me venger de ces hommes, et tu m'en as fourni l'occasion, répondit le colosse d'un air las. Si rien ne m'avait appelé ici, je n'aurais pas levé le petit doigt pour te secourir.

— Charmant, susurra Rockwood… Merci quand même pour ton intervention ; je te dois une fière chandelle.

L'homme ne l'écoutait déjà plus. Sa colère semblait s'être évaporée comme le souffle d'un sac percé, et il était sur le seuil de la porte, inquiet, auscultant chaque côté du couloir pour prendre la poudre d'escampette.

— Si tu comptes t'échapper d'ici, je veux en être aussi.

Le colosse se retourna, surprit.

— Pourquoi m'enfuirais-je avec un salopard d'Anglais ? fulmina l'homme en fronçant ses gros sourcils broussailleux. Crois-tu que je t'ai sauvé parce que j'ai eu pitié de toi ? Je t'ai déjà dit que je ne l'ai pas fait pour te sauver. Tu étais juste l'appât dont j'avais besoin pour agir. Ces hommes méritaient de mourir, et je ne pouvais pas le faire dans le cadre normal du fonctionnement de cette prison ; les gardiens m'auraient abattu en deux temps, trois mouvements. Il fallait juste attendre qu'ils choisissent une nouvelle victime… et il s'avère que tu étais l'heureux élu. J'aurais tout aussi bien pu te tuer avec eux, rien que pour le plaisir d'occire un Anglais de plus. Mais comme tu n'es pas en dettes avec moi, et que sans le vouloir tu m'as aidé à faire ce que je voulais faire depuis longtemps, j'ai décidé de te laisser la vie sauve.

— Trop bon… Et pourquoi les as-tu tués ? demanda Rockwood, intrigué.

Cette question ébranla le colosse ; il ne s'attendait pas à autant de lucidité de la part d'un homme qui avait été à deux doigts de se faire violer. Après une courte hésitation, il répondit :

— Tu te souviens du prisonnier déchiqueté par les chiens, peu après ton arrivée ?

Rockwood hocha la tête, sans rien dire de plus.

— C'était mon ami, continua le colosse envahi par des relents nostalgiques. Un homme bon, journaliste nationaliste qui se battait pour la reconnaissance de l'Irlande en tant que nation libre. Sa popularité croissante n'a pas dû plaire aux politiques de ton pays, car sous prétexte d'affiliation avec l'Irish Républicain Brotherhood, une faction révolutionnaire qui combattait les Anglais en les accusant d'avoir laissé mourir plus d'un million d'Irlandais lors de la grande famine, alors que leurs entrepôts regorgeaient de maïs, ils l'ont arrêté. Nous n'avions jamais fréquenté cette organisation, mais c'était l'excuse pour se débarrasser d'un emmerdeur. Et de façon légale. Après avoir été embarqués lui et moi dans la même rafle, nous avons été déportés ici sans aucun jugement. Au pays, c'était un stratège. Moi, j'avais juste pour mission de couvrir ses arrières, n'étant pas assez malin pour l'aider au-delà de ma force physique. Mais pour un type comme moi, c'était déjà beaucoup, dit-il un trémolo dans la voix… On formait un duo solide. Fusionnel. Mais isolé par les barreaux de cette prison, il devenait fragile et une cible pour les salauds qu'on a envoyés dans ta cellule pour te mâter…

De rage, il décocha un violent coup de pied dans l'estomac de Griggs dont le visage bleuissait déjà méchamment.

Après deux ou trois grandes inspirations, il recouvra ses esprits.

— Parce qu'il ne supportait plus leurs visites nocturnes, et par je ne sais quel miracle, il a réussi à tromper la vigilance des geôliers et s'est enfui dans la forêt. Mais les gardiens ont organisé une battue avec les chiens, et ont fini par le retrouver… Tu as pu voir dans quel état il est revenu… Je ne sais même pas si ces charognes l'ont enterré dignement après que son dernier souffle l'a quitté…

Le géant lui lança un regard de braise.

— Maintenant, tu sais. Je te conseille de la fermer le temps que je mette les voiles ; le cas échéant, je saurai te le faire payer…

— Je n'ai rien à voir avec les politiques qui t'ont enfermé toi et ton ami, dit prudemment Rockwood.

L'irlandais eut un sourire en coin.

— Ça, je le sais, ou tu ne serais plus là pour oser me le dire…

Il allait partir quand Rockwood tenta le tout pour le tout.

— Attends encore ! Juste une seconde, le supplia l'Anglais.

Son cerveau moulinait à toute vitesse pour tenter d'infléchir le colosse. Une chance comme celle-ci ne se reproduirait plus. Et avoir une montagne de muscles à ses côtés, lui assurerait une solide protection quand il serait à l'extérieur.

— Même si tu échappes aux chiens, ce qui en soit serait déjà un exploit, tu te feras tout de suite repérer avec ton accent et ta stature hors norme. Si tu m'emmènes avec toi, je ne peux pas faire grand-chose pour te transformer en nain ou en homme ordinaire, mais je sais comment échapper aux chiens. Et surtout, dit-il en le fixant droit dans les yeux, je te serais utile pour berner tous les Anglais que nous croiserons inéluctablement sur notre route… Et ça, assura-t-il sans malice, c'est ma spécialité…

L'Irlandais s'était arrêté.

L'inclinaison de sa tête laissait à penser qu'il réfléchissait intensément à la proposition de Rockwood, pesant le pour et le contre de l'embarquer avec lui.

— Qu'est-ce que t'y connais en cabots ?

— J'étais truand à Londres. Je les ai souvent eus aux fesses lors de mes sorties nocturnes, ainsi que leurs propriétaires d'ailleurs qui pensaient bêtement pouvoir me coincer. J'ai appris à déjouer leurs stratagèmes. Aucun n'a jamais eu le plaisir de me serrer.

— Un petit malin à ce que j'vois. Ça t'a pas empêché d'être jeté dans ce trou à rats, ironisa le géant.

— Oui, mais pas grâce au talent de mes poursuivants, ni même par la contrainte des molosses, répliqua Rockwood. Disons que c'était plutôt un concours de circonstances.

Un rictus de haine déforma son visage.

— Une histoire trop longue à te raconter maintenant, mais crois-moi, le Chinois qui m'a fait envoyer ici ne perd rien pour attendre. Alors, c'est oui ou c'est non ?

— J'espère pour toi que tu dis vrai. Comme je n'ai pas grand-chose à perdre… Suis-moi !

— Tu peux nous faire passer par les cuisines ?

— Tu veux manger maintenant ?

— Juste prendre un peu de poivre pour perturber les chiens.

Le colosse se gratta le menton.

— Ça nous oblige à traverser la cour, mais avec la nuit qui tombe et les gardiens qui font tout pour ne pas se montrer, ça ne devrait pas causer trop de problèmes. Avant d'y aller, il serait peut-être temps de faire les présentations, non ?

— Tu as raison. Je m'appelle Steeve… Steeve Rockwood.

Le géant lui tendit sa grosse pogne.

— J'aime pas mon prénom. Appelle-moi juste Walsh.

— Entendu.

Ils se serrèrent brièvement la main.

Une association de circonstances, rien de plus.

— Comment comptes-tu sortir d'ici ?

L'Irlandais paru hésiter une dernière fois sur le plan qu'il ruminait depuis des semaines.

— Trois solutions s'offrent à nous : deux évidentes, mais risquées, et une autre possible tout en restant hypothétique. Les tours d'angles ont toutes été construites avec une porte pour les approvisionnements, expliqua le géant. Le problème, c'est qu'elles sont fermées à clef et visibles par les gardes armés positionnés sur les miradors. Nous n'irions pas bien loin avant de nous faire truffer de plomb. Je les ai donc écartés. Quant à la porte principale, inutile de te faire un dessin : impossible de la franchir vivant. Reste une dernière possibilité, mais elle nous amène sur un terrain inconnu. Ce pénitencier, reprit-il, a été construit sur les ruines d'un ancien fort qui servait autrefois aux soldats anglais pour se défendre contre les indigènes locaux. Un prisonnier enfermé dans l'un des cachots du sous-sol aurait entendu les gardiens parler d'un tunnel secret. À l'origine, il aurait été construit pour s'échapper en cas d'envahissement du fort par des assaillants. L'homme m'a affirmé avoir repéré la porte qui permettait d'y pénétrer, non loin des cellules d'isolement. C'est vrai que le bonhomme me paraissait un peu dérangé, mais comme je n'ai rien à perdre... J'ai donc décidé de tenter ma chance en croyant à ce qui pourrait s'apparenter à une fable. C'est par là que j'ai prévu de leur fausser compagnie, conclut-il.

Rockwood le regarda les yeux écarquillés, atterré par ce qu'il venait d'entendre.

— Un informateur un peu timbré pense avoir repéré une porte donnant peut-être sur un tunnel, et tu tentes le coup ? C'est ça ton incroyable plan ?

— Et toi, fulmina l'Irlandais, qu'est-ce que t'as de mieux à proposer ? On t'aurait pas refourgué les plans de la prison avant de t'y enfermer, par hasard ? Ça réglerait tous nos problèmes, et pour le coup, on serait sûr de ne pas se tromper…

L'anglais fit la moue puis acquiesça :

— T'as raison, concéda-t-il, excuse-moi. On n'a effectivement rien d'autre de mieux, et ça vaut le coup d'être tenté. De toute façon, si on est pris ils ne nous remettront pas simplement en cellule, mais nous ferons chèrement payer de les avoir humiliés. Si c'est le cas, espérons juste qu'ils sauront nous faire mourir assez vite…

Les cuisines étaient situées non loin de la porte d'entrée principale, dans un bâtiment attenant au réfectoire. Heureusement pour Rockwood et Walsh, il était désert à cette heure. Les prisonniers en charge de la préparation des repas avaient eux aussi réintégré leur cellule. Comme le bâtiment où résidaient les gardiens était de l'autre côté du camp, ils étaient tranquilles.

Du moins pour l'instant.

Malgré tout, Rockwood se dépêcha de prendre une réserve de poivre qu'il déversa derrière lui en quantité importante.

— Les chiens en renifleront forcément, expliqua-t-il. Ça ne les arrêtera pas, mais le poivre leur chatouillera suffisamment les narines pour qu'ils ne soient plus opérationnels un certain temps. Cette petite attention devrait nous laisser un peu d'avance sur eux. Dépêchons-nous, les matons vont bien finir par venir aux nouvelles d'un moment à l'autre.

Comme les cellules d'isolement étaient au sous-sol du bâtiment principal, ils traversèrent la cour, mais en sens inverse cette fois, prenant soin de se fondre dans les flaques d'ombre qui pullulaient à cette heure. Tout en étant le plus silencieux possible, bien entendu. Un bruit, un faux pas, et les balles des tireurs embusqués sur les miradors les faucheraient aussi sûrement qu'une pluie mortelle. Et pour le coup, l'ombre ne pourrait pas les protéger des projectiles assassins.

Dès qu'ils eurent enfin réintégré le bâtiment sans se faire repérer, ils dévalèrent les escaliers en direction des cachots sans faire attention aux ahanements rauques de leur souffle affolé. Les murs épais étouffaient les bruits à l'instar d'un puissant isolant, et les protégeaient dans leur fuite. Leur seul objectif maintenant, était d'atteindre le sous-sol au plus vite, et trouver la porte de la liberté. Ils avaient à peine enjambé la dernière marche d'une longue volée d'escaliers, qu'une étrange sensation s'empara d'eux. Les murs avaient une histoire. Ils transpiraient la peur et l'effroi. La pénombre modelait des formes inquiétantes, et l'atmosphère ici paraissait plus lourde à respirer. L'endroit était maudit. Dans cet étau de pierres humides, on sentait que toute parcelle de commisération avait été effacée au profit de l'oubli. De la terreur aussi. L'antichambre de l'enfer en quelque sorte. Les cellules de ce niveau étant vides, le silence régnait en maître, accentuant le sentiment d'oppression des fugitifs. Après une recherche fébrile, ils trouvèrent enfin ce pour quoi ils étaient venus.

« La porte de la liberté »

L'ouvrant était vieux, presque vermoulu, mais pas fermé à clef. La serrure étant grippée depuis bien longtemps, elle avait été remplacée par une simple poutre placée en travers. Entamée par l'âge elle aussi. Mais malgré l'humidité qui la rongeait de toutes parts, la barre de bois remplissait toujours sa fonction, et interdisait l'accès du bâtiment depuis l'extérieur. Si Walsh ôta la poutre des fers rouillés avec facilité, la porte, elle, refusa de s'ouvrir.

— Nom d'une pipe, maugréa-t-il, ça ne peut finir comme ça. Rends-toi utile Rockwood, et aide-moi !

Le bois était tellement gorgé d'eau, qu'ils durent s'y prendre à deux fois pour forcer le passage. Après avoir résisté un moment, l'épais ouvrant rendit les armes dans une complainte douloureuse.

L'œil sombre apparu.

L'heure de vérité avait sonné.

Le goulot était à peine plus haut que Rockwood. De l'endroit où ils étaient, il était évident que certaines pierres ne tenaient plus sur leur support que par la force du Saint-Esprit. Certaines même étaient à moitié déchaussées. Qu'importe l'état de l'ouvrage, ils devaient l'emprunter coûte que coûte et ne plus perdre de temps. Prenant leur courage à deux mains, ils s'avancèrent. Si l'Anglais pouvait cheminer presque normalement dans l'antre glauque, ce n'était pas le cas de Walsh. La coiffe de pierres lui rendait presque vingt centimètres, ce qui l'obligeait à marcher comme une branche tordue dans un premier temps, puis en se penchant vers l'avant quand les muscles de ses cervicales criaient grâce. Pour Rockwood qui le suivait, c'en était presque risible tant son allure était ridicule. Une force de la nature vaincue par une architecture d'un autre temps ; voilà qui était comique. Mais l'heure n'était pas à l'amusement, et Rockwood était assez intelligent pour ne pas vexer le géant. Il garda donc pour lui ses réflexions caustiques, et se concentra sur la régularité de ses pas. Les deux hommes marchaient lentement sur les pavés visqueux, posant les pieds avec précaution comme sur un lac gelé, une main sur la paroi pour compenser ce que leurs yeux ne pouvaient voir, la vigilance à son niveau maximum.

L'obscurité était totale.

Un craquement sinistre indiquait parfois qu'ils avaient marché sur quelque chose constitué de chairs et d'os, mais ils préféraient ignorer ce dont il s'agissait, et poursuivaient leur fuite en avant. Le souffle nauséabond qui traversait le boyau de part en part, les enveloppa comme un voile halitueux. Ils étaient trempés de sueur, et les relents infâmes qui leur agressaient les narines n'arrangeaient rien à leur affaire. Usés par les postures contraignantes que leur imposait la voûte irrégulière, leurs muscles commençaient à crier grâce. Des tiraillements incessants prenaient possession de leur corps, des raideurs aussi. Si l'évasion avait un prix, ils en payaient le lourd tribut maintenant…

Le passage étriqué semblait ne jamais finir. Trop long en tout cas pour deux âmes portées par l'urgence. Au bout d'un moment interminable où le temps n'existait plus, Walsh s'arrêta, posa ses immenses paluches sur les genoux, et émit des râles caverneux identiques au chant nocturne des crapauds. Rockwood n'eut pas le temps de se poser la question du pourquoi, que l'Irlandais vidait le peu de nourriture qu'il avait ingurgité en une série de spasmes grossiers. Puis sans un mot, il s'essuya la bouche d'un lent revers de manche et reprit sa course, Rockwood grimaçant de dégoût sur ses talons…

Une faible lueur incrusta soudain l'horizon. À peine visible, mais porteuse d'une réalité qui enfin se matérialisait. L'intuition de Walsh prenait forme : une idée de génie. Malgré leur corps perclus de douleur, les deux hommes accélérèrent le pas autant qu'ils le pouvaient.

Avant qu'une pensée pernicieuse ne les fasse ralentir de nouveau :

— Et si l'entrée était fermée par une grille ?

Si cette vision effleura l'esprit des deux hommes, aucun ne crut bon de la formuler.

À quoi bon !

Au bout du chemin, la mort était plus probable que la liberté, mais l'action avait au moins la vertu de l'espoir, sentiment qu'ils n'avaient plus ressenti depuis longtemps. Au fur et à mesure qu'ils avançaient, les halos faiblards de la lune diffusaient une lumière diaphane bienvenue, tandis que le souffle frais de la nuit leur caressait le visage et chassait la chaleur humide qui les avait enveloppés jusqu'alors.

La vie reprenait ses droits.

Le passage était clairement visible maintenant, camouflé en partie par une végétation touffue. Aucun obstacle sérieux ne semblait les empêcher de sortir de la prison, si ce n'est les vestiges d'une grille rouillée vaincue par des branches plus fortes qu'elle. La nature avait effectivement repris ses droits et colonisait l'entrée en un bloc invasif.

Rockwood n'en revenait pas d'avoir réussi à s'échapper de la prison, mais restait lucide. Si c'était déjà une victoire d'être arrivé jusqu'ici en un seul morceau, il n'était qu'au début du long périple qui le mènerait peut-être vers la liberté.

— Dans un premier temps, marmonna-t-il, ne pas se faire reprendre.

— Tu dis ? fit Walsh en se retournant.

— Rien. Je me disais juste que personne ne semble s'être rendu compte que nous nous sommes fait la malle.

En effet, la sirène qui signalait les évasions ne s'était pas encore mise à bégayer. Les gardiens devaient toujours se goberger de leur coup monté, s'occupant d'une manière ou d'une autre avant d'aller constater le résultat de ce qu'ils imaginaient être une opération réussie…

Ils n'allaient pas être déçus.

Quand les deux évadés écartèrent frénétiquement les branches en s'égratignant les bras et mirent prudemment le nez dehors, ils s'aperçurent avec satisfaction qu'ils se trouvaient au pied de la forêt. Le hameau qui entourait la prison était derrière eux.

Loin.

Assez éloigné en tout cas pour que le risque de se faire remarquer par l'un des villageois soit quasi nul, la lune n'étant pas assez puissante pour qu'on puisse les distinguer nettement. Et de toute façon, l'heure n'était pas à une promenade nocturne…

— Les arbres ne sont qu'à quelques mètres, souffla Rockwood. Courrons !

Walsh acquiesça d'un signe de tête et emboîta le pas de l'Anglais. D'une foulée nerveuse, les deux hommes se précipitèrent vers le couvert rassurant des feuillus tout proches. Quand ils furent définitivement à l'abri de regards curieux, l'Anglais susurra à l'Irlandais :

— Retire tes chaussures. La plante des pieds ne contient aucune information olfactive des terrains parcourus, et devrait induire les chiens en erreur.

— Mais nous allons nous faire lacérer la peau par les plantes de la forêt ! protesta le colosse.

— À toi de voir si tu préfères la morsure des épines aux crocs aiguisés des chiens ! ironisa Rockwood. Moi j'ai choisi.

— Ne me cherche pas l'Anglais, tu ne fais pas le poids !

Rockwood préféra ne pas répliquer, estimant avec prudence qu'il avait plus à perdre qu'à gagner à risquer un conflit avec l'Irlandais.

Il se fit conciliant.

— Je ne cherche pas la petite bête, Walsh, mais le temps nous est compté. C'est le seul moyen que je connaisse pour perturber les molosses. Si on avance un peu dans la forêt, et si on a la chance de trouver une voie d'eau ou patauger, ils perdront notre trace, c'est certain. Nous remettrons alors nos chaussures, et nos pieds guériront. Mais pour le moment, nous devons absolument mettre toutes les chances de notre côté, ou nous sommes foutus. Rappelle-toi ; personne n'a réussi à s'évader de cette prison jusqu'à présent. Ça veut tout bonnement dire que ceux qui vont se lancer à nos trousses sont loin d'être des manchots. Je suis sûr pour ma part que nous allons réussir, mais tu dois m'accorder ta confiance et faire ce que je te demande si on veut les berner.

Ce langage de vérité parut convaincre l'Irlandais, car sans dire un mot, il retira ses gros godillots de cuir et les plaça autour de son cou, après avoir préalablement pris le temps de les lier par les lacets.

— Espérons que tu sais de quoi tu parles, soupira-t-il. Allons-y, ils ne vont pas tarder à sonner l'hallali.

Ils s'enfoncèrent un peu plus profondément dans la forêt. Et effectivement, alors qu'ils n'avaient pas fait plus de dix pas, retentissait derrière eux le cri lancinant d'une sirène vengeresse.

La chasse était lancée…

Peter Brown

Les mains liées derrière le dos, Peter Brown arpentait la pièce de long en large.

Il était soucieux.

— Dieu, que cette délibération est longue ! murmura-t-il excédé. Avait-il convaincu le jury ? Objectivement, il n'en savait foutre rien. Son client, un Yolngu (*mot qui signifie « gens » dans la langue aborigène*) du clan Wangurri, avait été accusé de meurtre sur un Japonais, pêcheur de concombres de mer lors de son vivant. Le malheureux avait été abattu d'une flèche entre les omoplates, alors qu'il déchargeait la récolte d'une plongée nocturne. Sa dernière. Mort sur le coup.

Pour justifier ce geste infâme, l'Aborigène du nom de Kickett soutenait que l'homme avait violé sa mère. Toujours d'après ses dires, il avait argué n'avoir appliqué que les préceptes vengeurs de ses ancêtres pour un acte aussi vil que celui perpétré par l'homme aux yeux bridés. Ce qui était arrivé, en soi, n'était que justice, rien de plus. Sauf que le mort avait été délesté de sa bourse pour entrer dans le royaume des cieux plus léger. Argent qui par ailleurs n'avait jamais été retrouvé. Pas né de la dernière pluie, Brown ne croyait pas un traître mot des élucubrations de son client. Même si ce dernier braillait à qui voulait l'entendre qu'il était dans ses droits coutumiers, l'avocat savait qu'il connaissait parfaitement les répercussions de son acte en provoquant volontairement la mort d'un homme.

D'une flèche dans le dos, qui plus est.

Selon lui, les gesticulations de l'indigène n'avaient pour objectif que d'atténuer les conséquences d'une pure vengeance, acte qui lui valait d'être jugé aujourd'hui. On le disait violent, toujours prêt à faire le coup de poing pour des provocations qui n'en avaient que le nom, et qui au final n'étaient souvent que les broutilles habituelles de fins de soirées alcoolisées. En résumé, Kickett était un individu peu fréquentable, qui avait de surcroît l'énorme désavantage de ne pas être né dans le bon camp. Brown supposait que la genèse du meurtre remontait à une soirée où l'alcool avait irrité les gosiers plus que de raison, doublée qui plus est d'un désaccord quelconque. De notoriété publique, l'homme était un habitué des violences nocturnes. Alcoolique, irascible, susceptible ; un triangle à l'origine de bien des drames sur cette terre…

Mais qu'importe.

Avec cette affaire, il avait enfin l'occasion de plaider pour un Aborigène. Même s'il regrettait être tombé sur un pur rebut de la société, il allait le défendre corps et âme, en y mettant toute la force de sa conviction. Ce qui importait aujourd'hui, ce n'était pas que justice soit rendue, mais que la cause qu'il s'était juré de défendre, et qui dépassait de loin les lois étriquées des colonies nouvelles, soit entendue. Ce qui était en jeu, c'était tout simplement l'instauration de droits égaux au reste de la population pour les minorités indigènes, lesquels étaient systématiquement bafoués en cas de différend avec un habitant caucasien de ce pays. Même s'il soupçonnait fortement son client de ne pas être spécialement une victime du système, il n'avait pas le choix et ferait comme si. Les Aborigènes étaient des citoyens de seconde zone que rien n'arrivait à réhabiliter. Depuis que l'homme blanc avait posé les pieds sur les terres de ce vaste territoire, ses habitants originels étaient plus mal traités que le pire des brigands. On les considérait comme des reliquats incultes de l'âge de pierre. Certains disaient même en catimini qu'ils étaient plus amusants à tuer que des kangourous, et se vantaient de parties de chasse où ils avaient abattu nombre de ces « gibiers » chevelus, grimés de peintures grotesques. La vérité était qu'il s'agissait d'un véritable génocide, car personne ne connaissait leur nombre. Mais au seul décompte des ossements qu'on pouvait aisément retrouver enfouis dans la poussière du désert, on devinait la tragédie en cours. Pour expliquer leur disparition, quelques soi-disant scientifiques invoquaient leur fragilité aux maladies importées par les colons. Ce prétexte fallacieux avait bon dos, mais c'est pourtant celui qu'on servait généralement à l'opinion publique pour expliquer l'extinction programmée des peuples originels. Explications qui convenaient à une majorité de blancs qui ne comprenaient pas le mode de vie des indigènes. Que pouvait faire de toute façon quelques morts de plus pour des populations sauvages ? Des sous-humains pour qui la vie n'avait pas la même valeur que pour les Occidentaux…

De plus en plus de scientifiques, pourtant, donnaient de la voix. Les plus pessimistes arguaient que les populations aborigènes pouvaient avoir été divisées par dix depuis l'arrivée des premiers bateaux européens, vers 1700, et à vrai dire, cette estimation était probablement loin du compte.

La vérité, c'est que cela n'intéressait pas grand monde.

Non content de fermer les yeux sur ce meurtre de masse, le gouvernement avait décidé de déplacer quelques tribus dociles vers l'intérieur du continent, là où les terres étaient stériles et le soleil brûlant. Cette injustice criante, Brown avait décidé de l'infléchir. Peut-être même allait-il réussir à amorcer le mouvement de réhabilitation des Aborigènes aujourd'hui.

En tout cas, l'espérait-il.

Mais pour réussir ce pari fou, il devait faire en sorte que ce procès soit une réussite, lequel aurait vocation à faire jurisprudence dans le futur. Quand il pensait réussite, il ne pensait bien évidemment pas à un verdict qui innocenterait son client, mais bien à un jugement qui lui éviterait la corde. Pour ce type de crime, aucun Aborigène n'avait échappé à la peine de mort jusqu'à présent. Et vu le profil de ce jeune délinquant, c'était pourtant le verdict le plus probable qui sortirait de la bouche du juge Morgan.

Avait-il réussi à le convaincre ?

Car la clef c'était lui.

Les jurés, eux, n'avaient que peu d'importance. La plupart du temps, ils s'alignaient sur les « instructions » du magistrat qui avait une véritable emprise sur eux. Et quand bien même ils ne les suivaient pas à la lettre, Cliff Morgan, lui, n'en faisait qu'à sa tête. Cet homme de loi à la fibre réformatrice était l'un des juges le plus respectés du pays. On le disait droit, honnête, et naturellement peu enclin au conservatisme. Car Morgan estimait que le sens de la vie était dans le mouvement. Que rien n'était définitivement gravé dans le marbre. Selon lui, chacun méritait une seconde chance à partir du moment où le crime ne relevait pas de la pire des natures, que le condamné faisait amende honorable, et surtout, qu'il s'engageait à travailler dur pour la prospérité de la colonie. Mais sa mansuétude et sa largesse d'esprit iraient-elles jusqu'à donner des circonstances atténuantes à un Aborigène meurtrier pour lui éviter la corde ? Ce serait en tout cas la première fois que cela se produirait, et ce jugement, s'il était favorable aux arguments de Brown, pouvait ouvrir de nouvelles perspectives pour les peuples bafoués de ce large continent…

La porte claqua.

Le greffier l'interrompit dans ses pensées. C'était un homme de petite taille, sec comme un arbuste du bush, à l'allure ridicule surmonté de sa perruque poudrée.

— La séance va reprendre, lâcha ce dernier d'un ton péremptoire. Les jurés ont enfin pris leur décision. Dépêchez-vous, votre confrère est déjà dans la place.

Sans attendre la réponse de Brown, il fit demi-jour et s'empressa de rejoindre le juge qui venait lui aussi de faire son entrée, tout vêtu de soie.

L'avocat ne put s'empêcher de grimacer en entendant le mot « confrère ». James Seaman, le magistrat qui représentait la famille de la victime, n'avait rien de fraternel.

C'était même tout le contraire.

Imbu de sa personne, colérique, opportuniste et tenace comme un Bulldog, il était autant haï pour son caractère détestable que pour sa pugnacité au combat. Mais ce que peu de gens savaient en revanche, c'était qu'il était l'un des fondateurs du mouvement en faveur de l'immigration blanche, visant progressivement à pacifier le pays par l'uniformité des cultures. En clair, cela voulait dire que les membres de cette institution, discrète mais puissante, œuvraient pour l'éradication progressive des indigènes de la surface du continent, visant à faire de cette terre, le nouvel eldorado des Caucasiens émigrés. L'avènement d'une nation blanche par l'effacement des peuples originels, tel était le programme. En soi, cela n'avait rien de nouveau, mais ça excitait toujours les neurones de nombre de suprémacistes blancs, individus qui compensaient le vide de leur morne vie, par l'avantage supposé que conférait la pâleur de leur peau. Si Seaman avait accepté de défendre un Japonais, c'était uniquement parce que sa haine des Aborigènes était encore plus forte que ses croyances. Sa plaidoirie s'était avérée brillante, à l'image de son ascension fulgurante dans la profession. Pourtant Brown ne s'avouait pas vaincu. Il pensait que certains de ses arguments avaient touché la fibre humaniste du juge, affaiblissant les attaques radicales de Seaman. De là à ce que sa force de conviction évite la corde à Kickett, il ne voulait pas trop y penser. La partie s'annonçait rude, il le savait. Au moins serait-il fixé dans les secondes à venir sur le sort de son client. Il s'abreuva d'une longue goulée d'air censée diluer son appréhension, et entra dans l'arène…

La salle était bondée. Sur le moment, Brown eut l'impression qu'elle était encore plus remplie que lors du départ du jury pour délibérer. Il décida d'ignorer la foule pour se concentrer sur le juge. Un brouhaha incessant emplissait l'espace saturé d'odeurs rances, donnant l'impression d'être au milieu d'une ruche placée sur un cadavre.

Le maillet heurta soudain le socle de bois.

Sèchement.

Sans appel.

Le bruit s'éteignit comme soufflé par l'onde invisible du maillet. Drapé dans une robe rouge et blanche, le regard du garant des lois semblait perdu dans une dimension parallèle. Les seules marques d'humanité qui le ramenaient au niveau du commun des mortels étaient les quelques gouttes de sueur qui perlaient sous les mèches de sa longue perruque bouclée, creusant un sillon rectiligne sur sa peau poudrée. Rien d'autre ne semblait le perturber. Son visage était fermé comme une porte de prison. Impossible de deviner sa conviction intime, ni même de déceler le moindre indice concernant l'affaire en cours.

Disciplinés, les jurés avaient repris leur place dans le box positionné à gauche de l'estrade du juge. L'accusé, lui, était isolé, encadré par deux policiers formés pour lui tomber dessus au moindre signe de révolte. Brown et ses assistants étaient positionnés en face de Morgan, tout comme Seaman et ses sbires alignés sur la rangée d'à côté, comme à la parade. Tous étaient coiffés d'une sempiternelle perruque, plus courte que celle du juge toutefois. Une façon de donner du crédit à des hommes qui avaient vocation à briser des vies.

— Avez-vous pris votre décision ? demanda le juge Morgan au représentant des jurés.

— Oui votre honneur.

L'homme s'était levé, triturant nerveusement sa casquette plate dans des mains rendues moites par la responsabilité qu'on lui avait assignée.

— Quelle est votre conviction intime ?

— Cet homme est coupable de meurtre avec préméditation, votre honneur, à six voix contre deux.

Un brouhaha juste perturbé par quelques sifflets s'éleva de la masse grouillante entassée au fond de tribunal. Surfant sur les plaquages de bois en un aggloméré de sons diffus, aucun propos n'était intelligible. Seules les intonations permettaient de se faire une idée des émotions vécues par le public. Parfois haineuses, souvent triomphantes.

— Silence ! éructa le juge en actionnant violemment son maillet sur le socle de hêtre qui tressauta en manquant de se retourner. Silence, ou je fais évacuer la salle !

Brisées dans leur élan, les exclamations s'étouffèrent d'un tenant, et laissèrent place à un silence oppressant qui plana sur l'assemblée comme une pierre tombale sur un cercueil.

Tous les regards étaient désormais tournés vers Kickett.

Le malheureux semblait abattu, complètement désorienté. Il savait ce que voulait dire cette délibération ; il l'avait maintes et maintes fois ruminé dans son cerveau torturé, sans jamais vraiment croire aux répercussions que cela impliquait. En cet instant pourtant, la cruelle réalité le frappait en plein visage. Le juge allait signifier sa peine de mort dans les secondes à venir ; ça paraissait tellement évident.

Une larme roula sur sa joue sans qu'il ne puisse la contenir. Il sentait déjà la corde rêche mordre la peau de son cou. La fibre végétale compresser sa trachée jusqu'à en interdire l'accès aux goulées d'air que sa bouche convulsée tenterait désespérément de happer. De rage, il tapa sur le garde-corps qui délimitait son espace. L'un des gardiens esquissa un geste menaçant pour le calmer ; l'autre lui intima silencieusement de se tenir tranquille en le fixant d'un air réprobateur. Mais pas de mesures physiques de rétorsion. Un homme qui allait mourir avait bien le droit à quelques sautes d'humeur.

L'esprit embrumé par la décision du jury, Kickett ignora la commisération des deux hommes à ses côtés. Il secouait la tête de dépit. Qu'il avait été stupide de se venger d'un homme qui au final ne lui avait quasiment rien fait ! Sa vie n'avait été qu'une succession d'errements, de bêtises en tout genre. Une longue descente aux enfers qui prenait fin aujourd'hui avec ce jugement. L'enfermement dans la prison de Brisbane, associé au sevrage d'alcool qui allait avec, lui donnaient une certaine lucidité sur ses nombreuses dérives.

Trop tard, malheureusement.

Loin de comprendre son désespoir, le juge le foudroya d'un regard dans lequel la pitié n'avait pas droit de cité. Cette onde implacable eut pour effet de faire fondre instantanément la colère de Kickett, lequel retomba dans l'apathie la plus totale.

Mort avant l'heure.

Le juge se tourna vers les deux avocats.

— Avez-vous une dernière chose à formuler, Messieurs, avant que je ne prononce la peine pour ce crime qui vient d'être reconnu par les jurés ?

— Oui, votre Honneur, s'exclamèrent Seaman et Brown, quasiment à l'unisson.

C'était une particularité de Cliff Morgan. Il laissait toujours la parole aux avocats des deux parties avant de rendre son jugement, faisant croire au public qu'un ultime argument pouvait encore infléchir sa décision. En réalité, rares étaient ceux qui avaient réussi pareil exploit.

— Dans ce cas, la parole est au procureur de la couronne, puis dans un second temps, à l'avocat de la défense. Avancez-vous, Mr Seaman, nous vous écoutons. Soyez bref !

— Merci votre honneur.

Seaman se dirigea vers le prétoire pour son ultime réquisitoire. Il lissa mécaniquement les deux bandes de tissu de cinq pouces qui pendaient sur sa poitrine ; en temps ordinaire, ça lui permettait de se concentrer. Mais aujourd'hui, pas besoin de mobiliser son intelligence, l'affaire étant déjà pliée. Quand il croisa Brown, un sourire narquois enlumina son visage. Celui d'un vainqueur prétentieux et discourtois. Même si l'indigène avait déjà un pied sur la première marche de la potence, et pour être certain qu'il grimperait bien jusqu'à la trappe qui l'enverrait en enfer, il avait décidé d'enfoncer un peu plus le clou. Le serviteur de la loi prit place dans le box réservé aux débats, et jeta un coup d'œil aux greffiers pour s'assurer qu'ils étaient prêts à consigner ce qu'il s'apprêtait à dire. La jouissance de la victoire l'enivrait comme un vin capiteux. Savoir que ses arguments avaient porté titillait son orgueil démesuré, bombant plus qu'à l'ordinaire sa poitrine d'homme fat. Un procès aussi médiatique que celui-ci allait encore renforcer sa réputation qui pourtant n'était plus à faire.

Restait à peaufiner sa sortie.

— Votre honneur, Messieurs les Jurés, Monsieur l'Avocat de la défense, je me présente devant vous pour mon dernier réquisitoire. Je tiens d'abord à remercier Mr le juge pour l'intérêt qu'il porte à nos arguments, et Messieurs les Jurés pour la sagacité de leur conclusion. Vous êtes en effet convenu que cet homme est coupable du crime qui lui est imputé, suivant par la même nos recommandations. Vous avez sans doute souligné que cet individu n'avait aucune circonstance atténuante, et vous avez raison de le penser. Car plus que coupable de cette ignominie, il porte en lui les germes du déshonneur et de la lâcheté. Quoi de plus terrible, en effet, que d'abattre un homme sans avoir oser l'affronter ! Dans le dos qui plus est. Quelle âme noble est capable de faire cela ? Si l'accusé considère que la seule issue à une querelle – je vous rappelle que le viol n'a pu être prouvé, la mère de Mr Kickett demeurant introuvable – ne peut que se laver dans le sang, que reste-t-il de ce qui fait de nous des êtres doués de raison ? Que reste-t-il du vernis de civilisation qui nous distingue des animaux ? Sommes-nous définitivement rabaissés au rang de bêtes amorales assoiffées de sang, ou au contraire revendiquons-nous une intelligence et une retenue qui nous en différencient ? Et non content d'avoir lâchement assassiné un homme qui ne demandait qu'à vivre, Mr Kickett n'a cessé d'invoquer des excuses pour justifier l'impensable. De plus, comme si son acte inique allait de soi, il n'a jamais demandé pardon à la famille de sa victime, mais a au contraire constamment essayé, au travers de son avocat, d'amoindrir la portée de son acte…

Il se tut un instant, laissant le public s'imprégner de l'accusation en filigrane dirigée contre Brown.

— Pouvons-nous décemment laisser vivre un tel homme ? reprit-il d'une voix tonitruante. Allons-nous humilier un peu plus encore la famille de Mr Watanabe en laissant gambader son meurtrier, même derrière les doux barreaux d'une prison ? Ce serait une brûlure supplémentaire au fer rouge pour ces travailleurs étrangers parfaitement intégrés à notre société. Et surtout, cela ne grandirait pas la justice de notre pays. Même si la sanction ultime ne peut me laisser de marbre en tant qu'être humain, elle est la seule issue possible pour une famille meurtrie et une société durablement affectée par cet acte d'une violence inouïe. Pour des citoyens avides de justice, pour nous-mêmes qui représentons la loi divine en ce bas monde, pouvons-nous envoyer le signal destructeur d'une mansuétude coupable aux quelques fous qui n'attendent que ça pour déchaîner leurs pulsions sadiques ? Ma réponse est clairement non. Nous devons être à la hauteur des enjeux de ce pays, et ne laisser aucune place au laxisme ou au doute, car ces derniers nous tueraient aussi sûrement que la flèche dans le dos du regretté Watanabe. Alors oui, je vous le dis avec force, et avec une certaine tristesse aussi, la seule peine à la mesure du meurtre de Mr Kickett est bien la pendaison. Toute autre sentence relèverait du déshonneur face à une telle abomination.

Il se tourna vers Cliff Morgan :

— J’espère Mr le juge, que vous serez ferme dans votre décision, et que vous irez dans le droit sens de la justice en lien avec notre réquisitoire.

Morgan le fixa droit dans les yeux. Une flamme ardente dansait dans ses prunelles inflexibles.

— Merci, Monsieur le Procureur de la couronne. Heureux d’apprendre que vous êtes mandaté par le Seigneur pour le représenter ici-bas. Je tâcherai de m’en souvenir la prochaine fois que je m’adresserai à vous. C’est à votre tour, Monsieur Brown.

Quelques éclats de rire rompirent le moment aux relents dramatiques que Seaman avait voulu créer. Brown n’y prêta guère attention. Il se leva lentement, déjà plongé dans sa future allocution. Il n’eut pas un regard pour le visage congestionné de son confrère qui revint s’assoir en maudissant intérieurement le juge de l’avoir ainsi humilié. Sans un mot, il reprit place auprès de ses assistants, lesquels gardèrent la tête basse, feignant de n’avoir rien entendu.

Brown pénétra à son tour dans le box.

Il posa les mains bien à plat sur le bois de la rambarde pour se nourrir de sa douce chaleur, et se fondit avec son auditoire. C’était sa dernière chance ; il n’avait pas l’intention de la gâcher. On entendait les mouches voler. Même le juge d’habitude si procédurier le laissait prendre son temps, suspendu lui aussi à ses lèvres. Face à l’indéfendable, chacun était curieux de voir ce qu’il allait sortir de son chapeau.

— Maître Seaman à raison, commença soudain l’avocat de la défense, le meurtre commis par mon client est aussi ignoble, qu’impardonnable…

Des exclamations de surprise rythmèrent les secondes suivantes. Brown était-il devenu fou ?

Même Seaman le regardait, les yeux agrandis par la stupéfaction. Toujours impavide quant à lui, Cliff Morgan le fixait intensément comme pour tenter de décrypter les arcanes tourmentés de son cerveau. Ses sourcils en arc de cercle étaient le seul signe visible de sa surprise.

— … Mais quand le procureur de la couronne nous décrit un sociopathe dépourvu de tout remords, reprit Brown après avoir marqué un silence, j'y vois au contraire un individu sans perspective qui s'est vu assigner un avenir de misère le jour même où il est né. Comme vous le savez déjà, mon client est Aborigène. Son tort, au-delà de n'avoir pu choisir ses parents ou ses origines, est sûrement de ne pas avoir eu la force morale de supporter d'être traité comme un être inférieur à chaque seconde de sa vie. Oui, l'acte perpétré par cet homme est lâche. Oui, Ronnie Kickett a fait preuve de faiblesse et a détruit un homme respectable en plus de sa famille. Et non contente de perdre un être aimé, cette dernière perd en même temps sa principale source de revenus. Oui, pour cet acte ignoble, justice doit être rendue. Je vous demande cependant de vous poser la question de notre responsabilité dans cet accès de violence. Est-ce que pareil acte n'est pas amené à se reproduire si nous continuons d'avancer les yeux bandés en méprisant une partie de notre population ? Si nous continuons de générer autant d'injustice vis-à-vis de ces hommes et de ces femmes qui n'ont pourtant jamais demandé à ce que nous venions les envahir ? Et qu'est-ce qu'ils ont reçu en échange de notre intrusion sur leur terre ? La gratification d'être tués en masse et quasiment déniés de leurs droits d'êtres humains, par nous les nouveaux arrivants. Est-ce la société dans laquelle nous désirons vivre ? Est-ce l'idéal auquel nous aspirons tous ? Était-ce la visée de nos ancêtres quand ils ont quitté l'Europe dans l'espoir d'un monde meilleur ?

Ce continent est jeune, nos colonies le sont aussi, et pourtant, nous résonnons toujours comme ceux qui nous gouvernaient autrefois, ceux que nous appelons encore avec condescendance, les représentants du vieux monde. Avons-nous suffisamment dépoussiéré les traditions emportées dans nos valises ? Pour ma part, je ne le crois pas. Nous devons faire preuve de plus d'honnêteté et de courage si nous voulons avancer sur le chemin d'un peuple uni. Nous devons faire preuve de plus d'humanité aussi. Et pour ce faire, le seul ingrédient qui vaille, selon moi, est celui de la justice… La vraie. Celle qui donne les mêmes droits et devoirs à tous. Celle qui sait reconnaître la part des torts de chacun. Cet homme est coupable, certes. Pour ce meurtre, il mérite à n'en point douter une lourde peine de prison. Mais pas la corde. Donnons un signal fort au pays en n'autorisant pas la pendaison de Kickett. En lui offrant ce que nous n'avons jamais accordé à ses congénères : la mansuétude… Alors, je vous le promets, le jugement prononcé aujourd'hui même dans un tribunal de Brisbane, aura des répercussions et une portée que vous n'imaginez même pas. Ce que nous ferons en rendant une justice équitable aujourd'hui, ne sera pas considéré comme un simple fait divers dans l'état du Queensland, mais comme une bouffée d'oxygène pour un peuple tout entier qui imagine sa fin proche. Alors seulement, le pays pourra commencer à se construire sur un socle solide. Un piétement qui résistera aux affres du temps. Je vous le dis à tous, ce n'est pas pour Ronnie Crickett que nous œuvrons aujourd'hui, mais pour nous tous, pour nos enfants, pour ce que nous voulons faire de notre futur. Oui ce procès à cette portée historique. Oui votre jugement, Monsieur le Juge, revêt un caractère exceptionnel pour la cause Aborigène. À partir de maintenant, tout ce qui va être dit dans cette salle aura une incidence sur notre avenir, donnant peut-être un nouvel élan à ce pays… où le laissant au contraire dans l'ornière dans lequel il est embourbé depuis si longtemps… Parfois, les miracles se nourrissent de petits riens. Et peut-être que l'un d'entre eux naîtra ici même, avec le verdict à venir. En tout cas, je le souhaite de tout cœur. Merci pour votre écoute et pour la considération que vous pourrez avoir pour mes propos. Monsieur le juge, je m'en remets maintenant à votre sagacité.

Peter Brown regagna sa place comme il l'avait quittée ; centré sur ses pensées. Quand il posa les fesses sur le banc ciré qui lui avait été attribué, le silence régnait encore dans la salle, chacun ruminant ses paroles en se demandant pourquoi les mots de l'avocat sonnaient si juste à leur conscience…

Située sur Paddington, un quartier chic à l'ouest de la ville, la maison du juge était impressionnante. Outre sa dimension démesurée, une véranda en verre ciselé en faisait crânement le tour, tandis que de larges fenêtres obturées par des volets à lames ventilaient l'ensemble tout en empêchant les curieux de voir à l'intérieur. Les tons pastel impeccables qui recouvraient les planches de bois noble, ainsi qu'un toit décoré de fines plaques d'étain, en disaient long sur la fortune du propriétaire. De fiers palmiers posés sur une pelouse coupée au cordeau encadraient la maison, telles des œuvres végétalisées. En plus du côté esthétique, leur mission était de faire barrage au soleil intrusif pour protéger les peintures fragiles. Les façades étaient d'ailleurs si belles, qu'elles venaient d'être classées au patrimoine de la ville pour la plus grande joie de son propriétaire. Mais Brown n'avait pas la tête à la contemplation. Il se demandait ce que pouvait bien lui vouloir Morgan. Nerveux, il grimpa quatre à quatre l'une des deux volées d'escaliers, et actionna la cloche pendante de la porte d'entrée. Un majordome en livrée lui ouvrit presque aussitôt.

— Je m'appelle Peter Brown, dit-il en enlevant son chapeau, et suis normalement attendu par Mr le juge.

— Effectivement, il vous attend, confirma l'homme au visage fermé. Veuillez me suivre, je vous prie.

La pénombre régnait dans la maison, ce qui n'empêcha pas l'avocat de remarquer les meubles victoriens judicieusement disposés. Bizarrement, ces derniers détonaient de l'attitude austère du juge.

— « Les contraires s'attirent parfois », pensa Brown en souriant.

Après être passé par une enfilade de pièces assez sombres, le majordome arriva à l'endroit du rendez-vous. Sans plus attendre, il cogna discrètement sur une porte ouvragée. La voix du juge à peine étouffée par l'épaisseur du bois de chêne, aboya l'autorisation d'entrer. Le laquais ne se fit pas prier. Il s'effaça pour laisser passer son invité, puis se retira en refermant discrètement le lourd ouvrant derrière lui.

— Merci d'être venu si rapidement, remercia Morgan en faisant fi des convenances. Si vous voulez bien vous assoir, ce que j'ai à vous dire nécessite un peu de temps. Désirez-vous boire quelque chose ? demanda-t-il avec une voix pressée, comme pour évacuer au plus vite cette formalité.

Brown hocha la tête en signe de refus, et prit place sur un fauteuil capitonné de couleur verte. Le juge s'installa en face de lui, et posa négligemment son coude sur l'ossature en acajou. Il semblait préoccupé.

— Mr Kickett a été pendu hier matin, vous étiez au courant ?

Brown avala difficilement sa salive. Son échec pour sauver cet homme le torturait toujours, malgré les semaines qui venaient de s'écouler depuis le jugement.

— J'ai été prévenu par le pénitencier, répondit-il sobrement.

— Même si je n'ai pas à justifier mes décisions, j'ai déterminé la sentence en rapport avec le crime de cet individu…

Surpris que Cliff Morgan lui parle du procès, Brown haussa les sourcils d'étonnement. Il allait répondre une quelconque banalité, mais le juge ne lui en laissa pas le temps.

— Si cet homme méritait la corde, donc, ce que vous avez dit dans la salle d'audience était en revanche profondément sensé et mérite toute ma considération. Nous ne pouvons bâtir une société juste si nous pratiquons l'apartheid dans ce pays. Pourquoi les Aborigènes ne bénéficient pas dans la réalité des mêmes droits que les autres habitants ? C'est une question d'éthique en même temps que de crédibilité pour notre jeune nation, et vous avez eu raison d'en faire votre cheval de bataille… De plus, ajouta-t-il, il ne sera pas dit que je serai celui qui aura bâti notre souveraineté sur la tombe des natifs de ce continent…

Décidément, Brown allait de surprise en surprise.

Morgan continua :

— Comme vous le savez probablement, j'ai participé à l'élaboration de notre nouvelle constitution qui vise à la formation d'une fédération d'Australie. Ce recueil de principes n'a que quelques mois d'existence, mais nous continuons de l'amender avec des textes qui feront encore loi dans les décennies à venir. Du moins, c'est ce que j'espère, lâcha-t-il avec une forme de lassitude.

Il avait trop donné pour la politique, et la versatilité des acteurs commençait à le fatiguer.

— Il est donc important d'avoir une vision claire des choses dès à présent, dit-il en se reprenant. De prendre les bonnes orientations. Pour ce faire, j'ai décidé d'intégrer un article sur l'égalité de fait entre tous les citoyens d'Australie, et de le défendre au parlement. Ce texte proposera des droits qui rétabliront l'honneur de ces hommes bafoués. Ceux-là mêmes que vous avez si brillamment défendus lors du procès. Mais pour être précis et exhaustif, j'ai besoin de connaître l'état d'esprit des Aborigènes. Du moins, de ceux qui vivent encore en liberté. La défense de Kickett vous a mis en lumière, vous faisant passer pour l'un de leurs principaux soutiens. J'aimerais donc que vous acceptiez de travailler pour moi, lâcha-t-il sans ambages.

— Pour faire quoi exactement ? demanda Brown qui n'en croyait pas ses oreilles.

— Pour négocier une sorte de pacte avec les tribus les plus virulentes qui vivent dans le centre du pays. Elles se rebellent régulièrement contre le pouvoir en place, et il n'est pas loin le temps où un drame finira par arriver. Nous devons agir avant que l'armée ne le fasse à notre place. Ces hommes n'ont pas juste besoin d'un texte qui rétablira leur dignité, ils ont aussi des traditions, des terres, des coutumes, que nous devons également élever en totems inviolables aux yeux des autres habitants de ce pays. Si vous arrivez à gagner leur confiance, ils vous diront eux-mêmes ce qu'ils attendent de nous. À partir de là, nous saurons quoi défendre face à une assemblée qui ne connaît rien d'eux, si ce n'est les légendes stupides que les gens aiment à ressasser à l'envi. Alors peut-être aurons-nous une chance d'engendrer un changement. C'est la connaissance et l'ouverture d'esprit qui permettent la liberté, pas la simple volonté d'obtenir un résultat…

Tout en ne lâchant pas le juge des yeux, Brown réfléchissait intensément à sa proposition.

— C'est à plus de deux mille cinq cents kilomètres d'ici, dit-il en hochant la tête de dépit, je mettrai des jours pour y arriver… Et dans l'hypothèse où je puisse approcher l'une de ces tribus, et mieux, qu'elle soit également décidée à m'écouter, ce qui vous en conviendrez fait beaucoup d'éventualités, quel gage de votre part je peux leur donner pour espérer attirer leur attention ?

Le juge soupira.

— À ce stade, je ne peux encore rien leur proposer qui comporte une quelconque garantie de succès ; à l'instar de Don Quichotte, nous avons nous aussi à combattre nos propres moulins à vent… C'est pourquoi j'ai besoin de vous. Comme vous le savez, une bonne partie de la population blanche réagit toujours selon l'idéologie coloniale de la terra nullius. Ils estiment que les terres aborigènes n'existent pas. Qu'elles sont désertiques et inoccupées. Pire encore, spoliables à l'envi. Le seul texte qui parle de la protection de ces peuples est une recommandation de la chambre des communes du Royaume-Uni. Elle date de 1838, et comme son nom l'indique, ce n'est qu'une recommandation. Tant que le sous-sol ne regorge pas de minerais, les Aborigènes sont à peu près assurés d'être laissés tranquilles. Surtout quand leurs terres sont brûlées par le soleil et situées en plein désert. Mais ça, c'est dans le meilleur des cas. Autrement, ils sont purement et simplement délogés ou tués par des hommes sans scrupule. Comme aucun recensement sérieux ne confirme leur nombre, ces crimes restent la majorité du temps impunis. Nous devons changer cela, mais ce changement commencera par une prise de conscience. Vous y avez déjà un peu contribué lors du procès de feu Mr Kickett, vous devez continuer le travail en convainquant les principaux chefs de tribus de collaborer avec nous. Ça marchera ou pas, ni vous ni moi ne pouvons le prédire, mais ça vaut le coup d'être tenté. Si vous arrivez à pactiser avec eux, je me charge de mettre ces bonnes résolutions en musique, et pèserai de tout mon poids politique pour convaincre les membres du parlement sur le bien-fondé de nos recommandations. De plus en plus de voix s'élèvent contre la volonté de certains de faire de notre pays une nation blanche en écartant les émigrés chinois, trop travailleurs à leur goût, ou les autochtones, trop différents d'eux. Les Chinois ont juste le droit de dépenser leur sueur pour engraisser leurs employeurs, pas de formuler des rêves pour leur avenir. La problématique n'est pas la même pour les Aborigènes. Dans l'imaginaire collectif, ils sont belliqueux et gênants pour exploiter les richesses du sous-sol. Mais le résultat va toujours dans le même sens : une mise à l'écart progressive de ces emmerdeurs. Ce n'est pas la société dont je rêve pour nos enfants. Si nous voulons nous opposer à cette lame de fond, il nous faut unir nos forces, et vous êtes pour l'instant le meilleur atout que j'ai dans la manche. Non pour changer les mentalités colonialistes issues de vieilles croyances raciales, mais pour les encadrer par la loi. Ne vous inquiétez donc pas pour le temps passé à cette tâche, nous en avons un peu. De plus, vous serez officiellement mandatés par le parlement du Queensland pour une mission de pacification avec les tribus rebelles, et rémunérés comme tel. Quant à la distance à parcourir, faites au mieux. Empruntez les chemins de fer existants, la route, ou tout autre moyen que vous estimerez nécessaire pour vous y rendre, peu importe. L'important sera le résultat obtenu. Vous voyez, tout s'articule pour que vous soyez le nouveau fer de lance de la cause Aborigène, à laquelle j'intègre le problème chinois qui devient également une source d'inquiétude pour la sécurité de ces populations émigrées. Mais si nous tergiversons trop, je crois que nous ne verrons jamais ce projet se former, car les forces qui s'opposent à nous sont bien plus puissantes et actives que vous ne pouvez l'imaginer. Je vous pose donc la question une seconde fois : allez-vous accepter cette mission ?

Dans les yeux du juge dansait la flamme de la détermination. Depuis le début, il était le plus sûr allié de Brown, mais aveuglé par la rigidité de l'homme de loi, l'intéressé ne l'avait jamais perçu. Cliff Morgan était probablement l'un des derniers hommes intègres dans cette ville ivre de réussite. Il ne mélangeait pas les genres ; la pendaison de Ronnie Kickett en était le parfait exemple. Mais tout comme lui, il rêvait d'une société plus égalitaire. Plus juste. Et son rôle en tant que député dans le nouveau parlement de Melbourne en faisait un soutien de choix.

— J'espère que vous ne faites pas ça pour m'éloigner de cette ville, en exultant de ne plus me voir plaider dans votre tribunal…

Pour la première fois depuis qu'il le connaissait, Brown vit Morgan se fendre d'une grimace qui ressemblait plus ou moins à un sourire.

— Dois-je comprendre que vous acceptez ?

— Et comment ! répondit Brown, en découvrant une série de dents alignées, votre offre est inespérée.

— Parfait, fit le juge, aux anges ; nous nous retrouverons à Melbourne avec vos prises. Les meilleures qui soient, je l'espère.

Départ pour Pine Creek

Sans le laisser-passer de Sir Mac Donald obtenu après leur sortie héroïque contre les boxers, à Pékin, les recherches de Li Bai auraient pu être bien plus laborieuses qu'elles ne le furent en réalité. Le précieux sésame lui ouvrit immédiatement les portes des archives de fort Darwin. En moins de temps qu'il ne faut pour le dire, l'information tomba. Après de nombreuses années de service, Reece Taylor, le père de Bai qu'il n'avait jamais connu, avait pris sa retraite. Juste paré d'une valise emplie de quelques affaires et de ses souvenirs les plus précieux, et était parti vivre avec sa fille à Sydney. Après la mort prématurée de sa femme Élisabeth, une veuve mère d'une jeune fille rencontrée sur le tard, plus rien ne le retenait à Palmerston. L'amour d'un enfant étant plus fort que ses habitudes, il avait décidé de rejoindre dans cette ville de Nouvelle-Galles-du-Sud en plein développement, celle qu'il avait élevée comme sa propre progéniture. Si Bai eut un choc à l'annonce de l'état marital de son père, il ne le montra pas. Ce dernier avait droit lui aussi au bonheur, surtout après les multiples déconvenues qu'il avait dû endurer suite à sa relation avortée avec sa mère. De plus, il savait que l'être humain, à de rares exceptions près, n'était pas fait pour vivre seul. Le plus gênant au final, était que son géniteur ne savait toujours pas qu'il avait un fils, alors que Bai, lui, connaissait jusque l'existence de sa demi-sœur, qui, il l'avait appris, s'appelait Grace. Mais contre toute attente, cette nouvelle lui mit du baume au cœur. Lui qui pensait n'avoir aucune famille quelques mois plus tôt, se retrouvait désormais avec plus d'êtres à chérir qu'il n'avait eu à le faire durant sa courte existence. Peut-être même que ces derniers accepteraient de combler le fossé des années passées sans lui, poussant les murs de l'amour familial pour l'intégrer au sein de leur cercle intime. Mais lucide, il ne voulait pas se bercer d'illusions ; son père ne voudrait peut-être jamais le reconnaître en tant que fils. Tellement d'eau avait coulé sous les ponts depuis sa naissance !

Pour le savoir cependant, il fallait le retrouver, et c'est ce qu'il allait s'échiner à faire. Quand il demanda dans un Anglais correct à quelle distance se trouvait Sydney de Palmerston, il eut droit à un sourire moqueur de la part de l'officier qui l'avait reçu.

— À peu près à trois mille kilomètres d'ici, Monsieur. Le plus direct pour y arriver est de traverser le pays par l'intérieur des terres, mais vous mettrez deux à trois fois plus de temps que par le bateau. Et en faisant cela, si vous ne finissez pas rôti par un soleil implacable ou concassé sous les dents d'un *salty*, un crocodile géant qui évolue en eaux douces, on retrouvera probablement votre corps transpercé par des flèches aborigènes, ou à l'état de squelette blanchi au fond d'un canyon. Ce pays est si dangereux, que pour ma part je ne prendrai pas ce risque. Je choisirai au contraire la prudence en embarquant ici même dans une frégate qui vous mènera à bon port. Le trajet sera certes plus coûteux, mais infiniment plus sûr et plus rapide. Cela reste bien évidemment votre choix, mais pensez à ce que je viens de vous dire, car une fois plongé dans ce pays sauvage, le retour sera impossible…

Voyant le visage impavide de Bai qui ne semblait pas prendre en compte ses recommandations de bon sens, il lâcha un rien agacé :

— Libre à vous de tenter le diable, après tout, c'est de votre vie dont on parle.

Bai ne releva pas non plus. Il en avait vu d'autres, et comme il ne savait pas pour combien de temps il allait rester dans ce pays étranger, son argent était précieux. De plus, il n'y avait aucune raison que son père ne vive pas encore plusieurs années, et quelques jours de plus pour le trouver n'était donc pas un problème. Sa décision était prise : il rejoindrait Sydney par les terres, même si les dangers étaient apparemment plus grands que par la mer. Alors que le jeune homme s'apprêtait à prendre congé de l'officier, ce dernier qui le considérait visiblement comme un peu dérangé, décida finalement de lui donner un dernier conseil.

— Si je peux me permettre, Monsieur, les Chinois ne sont pas en odeur de sainteté dans ce pays. Surtout après les horreurs colportées sur les exactions des *boxers* à Pékin. Je sais que tous les Chinois ne sont pas à mettre dans le même panier que ces fanatiques, mais l'être humain se complait parfois de raccourcis dangereux. Je vous conseille vivement de faire votre première halte à Pine Creek. C'est sur votre route, à deux cents kilomètres au sud de Palmerston environ, et vous y trouverez une colonie importante de vos semblables. Le train décharge son lot de passagers et de vivres dans cette bourgade chaque jour. Si vous avez les moyens de vous payer ce moyen de transport, ce sera déjà ça de gagné en temps et en sécurité. Vos compatriotes sont arrivés pour trouver de l'or dans les mines de la région, et ironie du sort, nombre d'entre eux se sont retrouvés à construire les rails du chemin de fer que vous allez peut-être emprunter. Un travail d'esclaves à mon goût. En tout cas trop difficile pour les colons blancs qui préfèrent utiliser une main-d'œuvre extérieure. On dit que plus de deux mille Chinois vivraient dans le quartier de Chinatown. En cherchant un peu, vous devriez trouver quelqu'un pour vous aider dans votre périple. C'est tout ce que je peux faire pour vous, en plus de vous souhaiter bonne chance, bien entendu. En tout cas, vous ne direz pas que je ne vous ai pas prévenu.

— Merci pour vos précieux conseils, fit simplement Bai en tournant définitivement les talons. Maintenant qu'il avait l'information qu'il recherchait, il lui fallait prévenir ses amis. Le voyage s'annonçait long et difficile, mais plutôt que de le déprimer, ça avait tendance à le dynamiser. Enfin un peu d'action après une trop longue période d'oisiveté…

Après deux semaines de navigation, Brown se sentait en piteux état. Le Saghalien, pourtant, n'était pas en cause. C'était un paquebot gréé en trois-mâts, et propulsé par une machinerie puissante. Le navire le plus moderne jamais construit par les messageries maritimes qui l'affrétaient. En plus d'être confortable, il était doté de l'électricité qui rendait tout plus facile à son bord. Malgré cela, les fumées piquantes crachées par les grosses cheminées associées au tangage perpétuel du lourd vaisseau, avaient pompé ses dernières forces. Cette expérience lui confirma qu'il ne ferait jamais un bon marin. Comme ce n'était pas dans ses plans de toute façon, ça n'attrista pas Brown plus que ça. Sans un regard pour l'étrave du navire qui profitait d'une courte escale à Palmerston avant de fendre les eaux dangereuses de la mer de Chine, Brown hâta le pas sur les pavés glissants pour quitter au plus vite l'immense quai qui grouillait de monde. Habillé comme il l'était, il attirait le regard d'individus au faciès menaçant, ce qui n'était pas fait pour le rassurer. Il continua d'avancer en se donnant l'air d'un homme sûr de sa force. Grâce au ciel, ça eut l'air de fonctionner, car il quitta les abords des quais sans problème. Désormais détendu, sa langue roula mécaniquement contre son palais ; il mourait de soif. Mais comme sa mission n'attendait pas, il n'était pas question de baguenauder dans les tripots du coin pour s'enfiler un bon whisky. Il en rêvait, mais ce serait pour plus tard. Quand son ventre se serait réapproprié le sol ferme. Dans l'immédiat, Brown se demandait comment rejoindre au plus vite la colonie chinoise de Pine Creek. Le juge lui avait demandé de lui faire un rapport sur la vie de ces pauvres hères, avant de filer au centre du pays pour tenter de convaincre les Aborigènes de collaborer avec lui. Il ne savait pas encore comment il allait s'y prendre, mais le temps lui indiquerait la meilleure façon de le faire. En tout cas, conformément à la promesse du juge, il n'avait pas de problème d'argent. C'était déjà ça. Il aurait pu tout aussi bien se retaper dans un hôtel luxueux du centre-ville aux frais du contribuable, mais n'étant pas homme à fainéanter ni à gaspiller l'argent même tombé du ciel, il décida de continuer son voyage sans s'arrêter.

La gare ne devait pas être très loin.

Elle n'était jamais très éloignée des ports.

Il réajusta son chapeau haut de forme et lissa son élégant costume comme pour évacuer le mépris des loqueteux qui le toisaient de la tête aux pieds. Au plus, son pas serait rapide, au plus vite il s'éloignerait de cet endroit fait de misère et de crasse. Quand la gare pointa enfin le bout de son nez, quelques minutes plus tard, il était perdu dans ses pensées, se demandant pour la centième fois pourquoi il avait accepté cette mission, alors qu'une vie facile et replète lui tendait les bras…

Mis en service depuis dix ans à peu près, soit peu ou prou après l'inauguration de la ligne en 1889, le train appelé *Pine Creek belle*, avait fière allure. Au-delà des wagons en bois vernis qui attendaient avec panache leurs passagers, c'est l'imposante locomotive à vapeur qui faisait se pâmer d'admiration les passants. Quand Brown tutoya sans s'arrêter la machine choyée en lorgnant tout de même son énorme chaudière par curiosité, un homme s'affairait justement à nourrir sa bouche incandescente d'une multitude de billes de charbon. L'eau de la chaudière devait impérativement monter en température pour fournir l'énergie nécessaire servant à faire avancer le monstre. Gavée plus que de raison, la cheminée crachait déjà un long trait de fumée qui flottait vers le ciel en un serpent vaporeux.

Le départ était imminent.

L'avocat accéléra le pas en plissant des yeux pour se protéger des dards lumineux, qui à cette heure rayonnaient à leur intensité maximum.

Le wagon 9 se profila enfin.

Quelques voitures plus loin, la queue du train était réservée aux chevaux, lesquels piaffaient nerveusement. Pressé comme il l'était, Brown n'eut pas la présence d'esprit de se demander pourquoi. Un problème qui à n'en point douter serait vite résolu par les employés de la *North Railway Company*. Il grimpa lestement les deux marches limées par des milliers de semelles qui le séparait du compartiment, et se retrouva enfin à l'intérieur. Le contraste avec l'extérieur était saisissant. Les quelques fenêtres présentes étaient toutes obturées par des jalousies et des rideaux bonne femme, limitant l'entrée de la lumière ainsi que les bouffées de chaleur. Quelques lampes à huile allumées plus pour l'ambiance que pour l'éclairage des wagons, répandaient au plafond une lueur fumeuse, vacillante, donnant un air bucolique à ce moyen de transport moderne. Après avoir retiré son chapeau pour qu'il ne heurte pas le plafond bas, Brown avança. Les places de première classe étant toutes occupées, l'avocat avait tout de même réussi à dénicher un billet économique, mais dans le fond du wagon. Peu lui importait le confort, croyait-il, l'important étant d'arriver à destination. Il n'allait pas tarder à déchanter, mais ça, il ne le savait pas encore. Après quelques pas dans le wagon bondé, il entendit quelqu'un refermer la porte derrière lui. Ceci expliquait pourquoi le quai était pratiquement vide ; il était le dernier passager attendu aujourd'hui.

Tout en zigzaguant dans l'étroit couloir qui traversait la voiture, il gratifia les passagers d'un bref mouvement de tête. Assis sur de confortables sièges recouverts de maroquin, peu répondirent à son salut. Brown se renfrogna. Les marques de politesse n'étaient décidément pas une habitude communément pratiquée dans cette fédération d'Australie ; il devrait s'y faire.

La seconde classe pointa son nez. Ici, les sièges étaient de simples planches, et de surcroit tous occupés. L'avocat prit sur lui. Que représentait après tout une journée difficile dans la vie d'un homme ? Il savoura tout de même sa chance quand il repéra une petite place disponible auprès d'un homme ventripotent. Ce dernier, les cheveux gras plaqués sur le front, semblait dormir. Tant pis ; Brown n'avait pas à demander l'autorisation pour s'installer. Il s'insérera plutôt qu'il ne prit place dans l'espace restreint. Les relents de moiteur qui emplissaient l'espace l'agressèrent aussitôt. L'avocat ne put réprimer un haut de cœur. Les mains croisées sur un ventre bedonnant, le voyageur dormait profondément. Sa bouche ouverte alternait des ronflements porcins avec ceux de son nez, sa tête calée sur l'une de ses larges épaules oscillant au rythme de ses respirations. Tandis que

Brown se tortillait pour gagner quelques centimètres, l'homme continuait tranquillement son voyage au pays des songes. L'avocat comprit pourquoi la place était restée vacante, alors que des Chinois s'entassaient derrière lui comme dans un parc à bestiaux. Certains regardaient dans toutes les directions, un peu effrayés. Probablement prenaient-ils le train pour la première fois de leur vie. Un coup de sifflet retentit, aussitôt suivi d'un deuxième. Le wagon s'ébroua. Ils étaient partis…

Une heure plus tôt, Li Bai, Cui Da et Chao, montés sur leurs chevaux, arrivaient eux aussi en gare. Ayant transformés une partie des Taëls d'argent de Chao en livres sterling, ils ne manqueraient pas de liquidités pour le voyage. Comme ils étaient Chinois, on leur attribua d'office des billets de seconde zone, ainsi qu'une place pour les chevaux dans le wagon de queue. À l'instar de leur traversée en bateau sur les côtes de Chine, Bao, le molosse de la jeune femme, fut l'objet d'intenses tractations. Le guichetier accepta finalement de prendre le chien lion sur l'ordre de son chef, mais uniquement après que Chao eut proposé de payer le double du prix, et que son chien soit placé dans une solide cage à côté de laquelle elle acceptait de voyager. Da proposa bien de la remplacer, mais Chao refusa catégoriquement. Elle devait encore se remettre de sa blessure à la tête infligée par les gardes impériaux lors de sa fuite de la cité interdite, et un voyage en plein air lui ferait le plus grand bien. Da n'insista pas. À la vérité, il savait que Bao serait bien plus tranquille en compagnie de sa maîtresse que sans, même si le chien témoignait au jeune expert de Kung-fu un intérêt particulier qu'il n'accordait à personne d'autre. Les deux hommes se retrouvèrent donc seuls dans le wagon qu'on leur avait alloué, entassés avec d'autres Chinois tous plus faméliques les uns des autres. Sans le savoir, Chao avait fait le bon choix. Au moins, son voyage serait confortable. En plus de son chien, elle avait récupéré les armes du groupe, sabres, arcs et bâton de combat, le tout enveloppé dans un tissu de soie. Le règlement intérieur de la *North Railway Company* les interdisait à l'intérieur des wagons. Le hasard avait voulu que Bai et Da soient placés dans la même voiture que Peter Brown, dont ils allaient bientôt faire la connaissance dans des circonstances très particulières…

Les gardiens du trône céleste

Perchée sur le faîte d'une montagne surplombant le village de Leun-tchoung, à quelques lieux de Canton, en Chine, la petite maison où résidait Hailong était éloignée de tout. En temps ordinaire, une épaisse écharpe de brouillard la maintenait dans une humidité permanente, mais surtout, la dissimulait aux yeux des hommes.

Pas aujourd'hui.

Suite à un coup de vent salvateur, la nuit précédente, les nappes cotonneuses s'étaient déstructurées, puis évaporées comme par enchantement. Du coup, on distinguait parfaitement le village en contrebas, lequel se repeuplait progressivement depuis le massacre perpétré par les bandits du pavillon noir, quelques années auparavant. L'attaque aurait pu lui être fatale, mais la vie étant plus forte que la mort, le hameau rejaillissait de ses cendres, tel le Phénix de l'ancienne Égypte.

Lentement mais sûrement.

Bâti en amphithéâtre, le village débordait maintenant de ses limites ancestrales. Certaines maisons allant même jusqu'à tutoyer la paroi rocheuse qui s'envolait allègrement au-dessus des nuages. Le lac voisin, lui, ignorait la frénésie des humains. À cette heure, il exposait sa peau sombre aux rayons déclinants du soleil, qui en contrepartie, le faisait miroiter de mille feux.

Chen trouva le tableau idyllique, lui faisant momentanément oublier ses jeunes protégés partis en Australie pour échapper à Cixi, l'impératrice de Chine. Cette dernière voulait leur peau à tous, pour l'avoir humilié en aidant les légations étrangères face à l'insurrection des *Boxers* à Pékin. Faisant fi de cette menace, lui avait préféré retourner dans le village de sa naissance avec son père adoptif, Hailong, sachant que ce dernier avançait en âge et qu'il ne voulait pas d'un exil forcé. Chen aurait pu partir lui aussi, mais il voulait profiter du vieil homme pour le temps qui lui restait à vivre, et un voyage en Australie l'aurait tenu éloigné des terres de Chine trop longtemps. Il n'avait jamais regretté son choix, mais ses amis lui manquaient…

À cette hauteur qui gommait les détails disgracieux d'une vie ordinaire sur terre, tout était magnifié. Aussi relâché que s'il était assis au milieu d'un champ, l'ancien moine guerrier se tenait à l'extrême rebord de la falaise, à seulement quelques centimètres du vide. Juste derrière lui s'érigeait la vénérable maison construite par ses ancêtres. À l'origine, cette dernière avait été prévue pour que les jeunes hommes du village puissent s'isoler et méditer les erreurs de leur courte vie. Cette étape introspective était nécessaire avant qu'ils ne soient intégrés dans le clan en tant qu'adultes responsables. Mais la retraite se méritait. Pour y accéder, il fallait emprunter des raidillons pierreux qu'auraient rechigné à prendre les bouquetins les plus téméraires. Pas plus large que deux pieds, la sente serpentait un long moment sur la face nord de la montagne, puis s'arrêtait tout à coup, quand la déclivité devenait trop importante pour que la pierraille puisse s'agripper à l'immense bloc de pierre. Il fallait alors grimper sur d'interminables échelles de bois fixées à même la falaise, voire escalader la roche nue sans autre artifice que son habileté, espérant que ses forces ne lâcheraient pas avant d'atteindre le sommet. Et tout ça en plein hiver, là où la neige uniforme obérait les points de repère, et où le froid prégnant mordait cruellement les phalanges, manquant à chaque instant de faire chuter les jeunes grimpeurs. Quant aux voyageurs, rares étaient ceux qui connaissaient l'existence de ce passage. Plus rares encore étaient ceux qui avaient les capacités d'affronter la falaise abrupte. Pour Hailong pourtant, ce choix relevait d'une évidence. Au-delà de son aspect protecteur, le sommet était l'endroit idéal pour trouver du *chuan xiong*, une plante médicinale dont les racines poussaient en nombre dans le secteur. Il utilisait ce remède millénaire pour favoriser la circulation du Qi, et la demande ces derniers temps ne faiblissait pas.

Hauts de plus de cinq mètres, les murs de l'habitation étaient faits de solides blocs de pierre posés les uns sur les autres selon un équilibre savant. Maintes fois réparé, le toit se composait quant à lui d'épaisses ardoises grossièrement taillées, mais capables de résister aux vents les plus violents et au froid glacial. Trois fenêtres trop étroites pour qu'un homme puisse s'y faufiler aspiraient la lumière comme dans un siphon, lesquelles peinaient tout de même à éclairer le vaste intérieur rudimentaire. Une solide porte bloquait l'accès aux improbables visiteurs, qui dans ce refuge n'étaient de toute façon pas les bienvenus.

La maison d'un ermite en quelque sorte.

Sauf que l'ermite en question n'était pas seul.

Chen rendait visite à son père adoptif tous les quinze jours environ, lui apportant ce dont il ne pouvait trouver dans la nature. C'est ce qui expliquait sa présence aujourd'hui en ce lieu insolite.

Un mouvement insignifiant attira l'attention du robuste Chinois, à une centaine de pas sur sa gauche, derrière une protubérance rocheuse.

Rien.

Les gibiers n'étaient pas légion dans le coin, mais il n'était pas rare que des rapaces s'approchent de la maison.

Il se replongea dans sa méditation…

Croyant un instant s'être fait débusquer, l'assassin souffla de soulagement derrière l'affleurement minéral qui lui servait de cachette. Cet homme était dangereux ; ses exploits à Pékin l'avaient presque érigé en une sorte de héros fantastique que rien ne pouvait abattre. Si les contes populaires versaient toujours dans l'exagération, des sources fiables de combattants aguerris décrivaient le talent du bonhomme comme hors norme. Celui de son père adoptif aussi, même si ce dernier était maintenant à l'aube de sa mort. Il valait mieux attendre la nuit tombée pour les surprendre dans leur sommeil, lui et le vieux chaman. D'un signe discret, il intima à ses trois compères de rester tapis derrière la paroi de roches, et de ne plus faire le moindre bruit. Son imprudence avait failli faire capoter leur plan ; cela ne se reproduirait plus. Tout en se traitant mentalement d'imbécile, il tenta de s'installer le plus confortablement possible dans l'endroit exigu qui lui servait de cachette. Il valait mieux prendre ses aises, car la journée risquait d'être longue. Après s'être calé les reins contre la pierre froide, il se rappela les paroles du chef des gardiens du trône céleste, le vénérable Weibaomeng.

— L'impératrice les veut tous morts… Nul ne peut offenser la fille du ciel sans en payer le prix fort. Vous êtes l'élite des assassins de ce pays. Traquez ces hommes jusqu'au fond de la Chine, si nécessaire. Une seconde équipe partira en Australie pour effectuer le même boulot que vous avec les plus jeunes. Ne revenez pas bredouille, vous y perdriez votre honneur en même temps que votre tête…

Cela avait pris un peu plus de trois mois, mais ils les avaient retrouvés. Impossible pour les aubergistes, les restaurateurs ou les voyageurs interrogés tout au long du chemin de ne pas collaborer à la vue du sceau de l'impératrice. La menace de se voir raccourcir par le haut ne tentait pas grand monde, et les langues s'étaient déliées rapidement. De plus, les fugitifs n'avaient pas pris beaucoup de précautions pour ne pas se faire repérer. Ils pensaient certainement que Cixi mettrait du temps à se relever de son humiliation, et que leurs actions passées seraient enterrées dans le tombeau de l'histoire…

Quelle stupidité !

C'était mal connaître la rancœur et la ténacité de l'impératrice dragon. Deux équipes de tueurs avaient été constituées pour remplir cette mission. Ce soir, l'une d'elles aurait accompli sa tâche. Les sacs qu'ils avaient emportés avec eux contiendraient chacun une tête au rictus étonné, renforçant encore la réputation de la secte.

Chen s'étira paresseusement en bâillant, puis se leva. Il était temps de préparer le dîner. Sans empressement – pourquoi se hâter ? – il se dirigea vers la porte d'entrée et pénétra dans la maison, non sans avoir retiré ses chaussures de paille pour les remplacer par celles en tissu soigneusement posées sur un tapis. À voir la surface réduite du soleil qui n'avait pas totalement fondu à l'horizon, Hailong n'allait plus tarder à rentrer. Du moins, c'est ce que Chen se disait. Pendant un certain temps, on entendit les bruits d'ustensiles de cuisine qu'on déplace, triture, remplit, puis les sons moururent bientôt et le vide se constitua. Dehors la nuit s'installait durablement, recouvrant les aspérités du paysage d'un voile sombre qui ne s'évaporerait que le petit matin venu. Les piaillements des oiseaux se diluaient également comme un seul tout dans cet environnement d'encre qui avalait tout sur son passage. Même la lune était absente ce soir-là. Les bruits baissèrent encore d'intensité pour ne laisser place qu'aux craquements et au bruissement du vent dans les feuilles.

Une chape de quiétude s'installa durablement sur la montagne…

Alors que Hsin relevait légèrement les yeux pour faire une ultime évaluation des lieux, le tap-tap caractéristique de sandales martelant le sol se fit entendre. Le chef de la troupe d'assassins se fondit précipitamment dans la pénombre rassurante de sa cachette, et se recroquevilla sur lui-même.

Décidément, ce n'était pas son jour.

Il attendit que les battements de son cœur retombent à un niveau acceptable, puis se reprit. Là où ils étaient, personne ne pouvait les voir. C'est ce qu'il imaginait en tout cas. Prudemment, il risqua un œil par-dessus son rocher pour s'assurer que le visiteur était bien le sorcier. Aucun doute. Le bras solidement ancré dans l'anse de son panier, le chaman revenait avec sa récolte de la journée. Il paraissait toujours hardi malgré son âge ; ses yeux décelaient sans problème les pièges d'un chemin noyé d'ombre, son allure était altière, son pas décidé. Il portait le *hanfu*, une tunique tombant jusqu'aux genoux et maintenue à la taille par une large ceinture, ainsi qu'une jupe étroite qui recouvrait ses jambes. L'homme était alerte ; trop vif pour quelqu'un sensé être usé par le temps. Les instructions du maître des assassins étaient cohérentes. Pas plus que son fils adoptif, le vieil homme ne devait être sous-estimé. On le disait expert dans le « toucher de la mort », ce qui faisait de lui un homme redouté même par des combattants chevronnés.

Ces techniques ancestrales, transmises à quelques initiés depuis la nuit des temps, permettaient, grâce à un contact physique d'apparence non létal, de causer une blessure mortelle, immédiate ou différée. Dans le meilleur des cas, l'expert pouvait rendre inopérant un membre de votre corps, ou vous paralyser durablement. Même si les assassins possédaient quelques rudiments de cet art, ils ne faisaient pas le poids face à la maîtrise de Hailong. Ce dernier devrait donc impérativement être combattu à distance s'ils n'arrivaient pas à l'occire durant son sommeil. Si toute leur vie avait été orientée pour exécuter, poignarder, assassiner dans la lumière ou dans l'ombre, il était évident que ce serait différent cette fois. Comme eux, ces hommes étaient passés maîtres dans l'art du combat, contrairement aux notables qui étaient généralement leur cible. Pour ces derniers, l'exécution allait vite. Quelques respirations pour gonfler le Qi, l'éclair d'une lame dégainée, la pression implacable d'un garrot sur une gorge offerte, une simple éraflure sur la peau inoculant un poison violent ; le résultat était sans appel. Toujours le même. L'exécution du mécréant était invariablement au bout du chemin. Pour ces hommes de l'ombre, l'important était que le contrat soit honoré, quel que soit le temps pour le réaliser. La mort des parias n'était pas juste une punition pour l'individu sorti des limites imposées par le système, elle avait aussi valeur d'exemple. Un meurtre correctement perpétré terrorisait cent mille dissidents au pouvoir de Cixi, lesquels rentraient rapidement dans le rang pour ne pas subir le même sort que l'infortuné retrouvé sans vie. C'était encore plus facile avec des nobles ou des hommes aisés. La richesse ayant souvent pour corollaire de considérer la vie comme un dû, dans son opulence comme dans son injustice, l'évocation d'une mort précoce terrorisait ces individus plus que les autres. Dans la société qui était la leur, elle était sensée abréger la vie des gueux, pas celle des nantis. On appelait cela la régulation naturelle, la nature n'ayant que faire des esprits faibles, des parasites, ou des sans dent. Pour des nobles souvent corrompus mais prudents, il valait donc mieux vivre par intérêt, que mourir par courage. L'impératrice se délectait de ces esprits faibles. Pour elle qui commanditait une grande partie de ces contrats, c'était une façon radicale pour s'octroyer la fidélité de ses ouailles. L'école d'assassins abritée au cœur même de la cité interdite, dans un recoin secret, n'était donc pas près de s'éteindre…

Hailong pénétra dans la maison. La porte claqua, enfermant les cibles comme des lapins dans un clapier. Encore un peu de patience, et le temps de l'action pourrait enfin commencer…

Avec mille précautions, mais également une certaine aisance, l'homme de l'ombre déplaça la large pierre plate qui faisait office de toit avec l'aide des autres ardoises. Il la posa délicatement à ses côtés, sans le moindre bruit. Comme prévu, l'ardoise reposait sur une épaisse couche de paille qui l'isolait de l'enchevêtrement des planches. Il constitua un trou de la taille d'un homme, puis écarta une planche qui était juste posée auprès de ses sœurs jumelles. La maison était constituée d'un seul niveau qui ne comprenait que deux pièces. Grâce à l'observation de la migration des lumières depuis leur cachette, les assassins avaient déterminé la localisation de la chambre par rapport à la pièce de vie principale. Peu de chance de se tromper. Kun, l'assassin éclaireur, fit un signe discret à ses amis. En quelques bonds agiles, tous se retrouvèrent sur le toit. La séquence suivante pouvait s'activer. Les uns après les autres, les quatre hommes se laissèrent silencieusement tomber sur la terre battue tels des chats. Après quelques secondes d'un silence teinté de concentration, pour être sûr que les cibles étaient bien endormies dans la pièce voisine, ils se redressèrent comme un seul homme, pressés d'en découdre. Si la patience était une qualité nécessaire à tout bon assassin, la délivrance de l'acte accompli n'était pas moins ardemment attendue. Leurs armes étaient le reflet de leur habileté dans le domaine des arts martiaux. Hsin et Ti-Khan tenaient à la main une corde terminée par une courte barre de fer. Ils maniaient cette arme avec une telle dextérité, qu'on eut cru qu'elle était le prolongement naturel de leur bras. La corde était redoutable, car elle frappait comme une massue, tout comme elle pouvait bloquer, détourner, étrangler… Sous leur large manche de coton était fixé un fin poignard solidarisé au poignet par une sangle, lequel permettait de surprendre un adversaire que la corde aurait préalablement distrait. Kun était le plus fort des quatre assassins, et avait le droit à une arme personnalisée. Ses doigts étaient bagués de fines lamelles acérées enduites d'un venin de scorpion rouge indien. L'un des plus terribles poisons qui soient. Une simple éraflure sur n'importe quelle partie du corps, et les muscles se tétanisaient aussitôt, le palpitant s'emballait, entraînant la mort par étouffement si le cœur n'avait pas lâché avant. Ça dépendait clairement de la résistance de la victime. En tout cas, c'était la mort assurée en moins de cent souffles. Les paumes de l'assassin étaient également enduites d'une poudre de fer stratifiée qu'il pouvait facilement faire s'envoler en soufflant puissamment dessus. Rien de tel pour aveugler un homme à distance et remplir son contrat avec d'autant plus de facilité, que la victime n'était plus en capacité de voir la lame le transpercer. Le dernier assassin, Zhou, combattait de manière plus conventionnelle, juste armé d'une paire de couteaux en forme de fourche pour bloquer et contrer les éventuelles lames qui s'opposeraient à lui. Ses *saï* étaient plus courts que ceux habituellement rencontrés sur les champs de bataille, mais il les maniait avec plus de vélocité aussi. L'équipement idéal pour un combat rapproché. Tous quatre étaient des combattants chevronnés, plus féroces les uns des autres, conditionnés pour vaincre ou mourir, formés depuis leur plus tendre enfance à l'accomplissement impérieux de leur devoir funeste…

Hsin prit le commandement des opérations. Après un rapide coup d'œil alentour, il décida d'avancer. Naturellement sombre, la pièce était un peu plus obscurcie encore par la stagnation des fumées qui avaient accompagné la cuisson de la soupe de nouilles de Chen. Les yeux aiguisés distinguèrent malgré tout une table basse, un brasero presque éteint accueillant une théière suspendue, quelques ustensiles de cuisine épars, des pommes de terre sur une assiette en terre cuite, un seau d'eau pour les besoins naturels, et une statue de bouddha cernée d'encens eux aussi mourants. Tout ici respirait le dénuement, à l'instar de l'environnement montagnard où était perchée cette maison. Une porte mal équarrie se dessina dans le fond de la pièce. La chambre. Sur un signal entendu, les assassins se préparèrent à réaliser ce pour quoi ils étaient ici présents, ce pour quoi ils arpentaient la campagne depuis de trop longs mois maintenant. Ils approchèrent du carré de bois bancal à pas de loup. Hsin colla son oreille sur la porte pour vérifier que les futures victimes étaient bien endormies. Rien. Ou plutôt si. Un léger ronflement indiquait l'état léthargique des futurs macchabées. Parfait. Après un dernier coup d'œil à ses partenaires pour vérifier qu'ils étaient prêts à l'action, il prit un pas d'élan et défonça la fragile porte d'un coup d'épaule, se projetant vivement dans la chambre suivi de ses acolytes. Deux formes recouvertes d'un tissu semblaient dormir à poings fermés sur une natte posée à même le sol. Les quatre hommes ne se posèrent pas de questions. Avec la fulgurance de l'éclair, ils laissèrent s'exprimer leurs armes, ne laissant aucune chance à leurs victimes. Après maints coups, cognements et embrochements, ils s'arrêtèrent enfin pour reprendre leur souffle. Les corps martyrisés ne bougeaient pas, probablement morts avant d'avoir pris conscience qu'on venait de les assassiner…

Sauf que ce soir, la faucheuse n'était pas du côté espéré. Un sifflement étrange fendit l'air, suivi d'un choc sourd. Ti-Khan ne vit jamais le lourd gourdin qui lui défonça la moitié du crâne. Il avait à peine touché le sol, le corps secoué d'ultimes spasmes, que Chen reculait précipitamment pour éviter la corde que Hsin avait lancée par réflexe au son du cognement. L'homme était rapide. L'un des plus rapides qu'il ait connu jusqu'à présent. Vêtu d'une tenue sombre pour la discrétion, et ample pour la liberté de mouvements, sa forme était fuyante, sans contours précis, se déplaçant à la vitesse d'un feu follet. Son bras n'était pas en reste. Tel un serpent furieux, la corde lestée de métal bourdonnait et tranchait l'air en des cercles fulgurants, avec comme unique objectif de lui fendre le crâne ou de le blesser suffisamment pour pouvoir l'achever. Chen devait agir rapidement, car c'était déjà un miracle que le guerrier n'ait pas atteint sa cible. Plus par chance que par habileté, et dans une tentative aussi téméraire qu'improbable, il réussit à intercaler son gourdin entre son agresseur et lui en se propulsant d'un bond. Prise dans son élan, la corde s'enroula prestement autour du bois comme un boa sur sa proie. Affolé, l'homme tenta de se dégager. Mais si Chen était moins rapide que l'assassin vêtu de noir, il était indéniablement plus puissant. D'un coup sec, il le désarma. Chen n'avait pas fini de ramener à lui le bâton orné de son trophée, que Hsin rompait la lanière qui solidarisait le poignard sur son poignet et l'attaquait pique en avant. Sauf qu'avec ce genre d'arme, Chen était en terrain connu. Il esquiva le fer effilé d'un retrait du buste, et dans le même mouvement projeta le tranchant intérieur de sa main contre la gorge de son adversaire. Durs comme de l'acier, ses doigts serrés frappèrent violemment le larynx de l'assassin, détruisant les cartilages protecteurs comme une masse sur une branche sèche. Surpris par la fulgurance du coup, les yeux agrandis par la surprise autant que par la douleur, Hsin tenta de happer l'air chargé de la pièce comme un poisson arraché d'une rivière. Les mains sur la gorge, il grimaçait en essayant de juguler l'hémorragie interne qui l'étouffait déjà avec son propre sang. Peine perdue. Il tomba à genoux, sachant qu'il allait mourir. Mais ce ne serait pas de la main de son adversaire ! La pire humiliation qui soit dans le petit monde des assassins. Dans un ultime baroud d'honneur, il fixa Chen d'un regard provocateur, et sans hésiter, s'enfonça le poignard dans le cœur. Le corps privé de vie s'écrasa au sol en une masse informe. Sans le moindre geste de compassion pour celui qui avait voulu le tuer, Chen enleva prestement la main encore crispée sur le manche du poignard, et dégagea la lame de la cage thoracique du macchabée dans un bruit de succion. Désormais armé, il se tourna vers Hailong. Ce dernier était aux prises avec les deux autres assassins. Ceux qu'ils avaient repérés tapis dans les méandres des rochers environnants. L'un et l'autre avaient caché leurs émotions, et fait comme si de rien n'était, sachant pertinemment que ces hommes étaient là pour les tuer. Ils savaient que ça pouvait arriver ; ils l'avaient intégré dès le début de leur retraite. C'est d'ailleurs la raison principale pour laquelle ils avaient choisi cette maison difficile d'accès. Tout en faisant semblant de préparer le repas, ils avaient organisé leur défense…

Et ça avait plutôt bien fonctionné jusqu'à présent.

Mais ce n'était pas fini.

Aux prises avec les derniers adversaires, Hailong devait faire preuve de toute sa science pour ne pas se faire occire. L'un des hommes balayait l'air de ses mains griffues, tentant de le toucher pour inoculer son venin, même par la plus infime des blessures ; l'autre, placé légèrement sur le côté, attendait qu'il fasse un pas vers lui pour pouvoir l'embrocher avec l'un de ses *saï*. La pièce étant trop petite, Chen ne pouvait intervenir sous peine de déstabiliser son père adoptif et lui faire prendre une mauvaise décision. Le souffle déjà court, Hailong était pourtant à la peine. Il savait qu'il devait riposter, car il ne tiendrait pas longtemps à tenter d'éviter les coups de ces hommes plus jeunes et mieux entraînés que lui. L'ouverture se présenta enfin. Vexé de ne pas arriver à toucher le vieil homme, Kun tomba dans le piège pourtant maintes et maintes fois évoqué par le maître des assassins ; il voulut forcer le destin en réduisant la distance avec le vieillard, alors que la patience lui aurait assuré la victoire. Tout en allongeant son bras, il fit un court pas vers l'avant. Il n'en fallut pas plus à Hailong. Le pouce plié contre la paume, l'index et le majeur pressés l'un contre l'autre et rigides comme le plus dur des bâtons, Hailong piqua le soldat juste sous la côte droite, à un endroit appelé le « cercle du foie ». L'œil de Phénix n'avait jamais loupé sa cible jusqu'à présent ; ce ne serait pas le cas non plus cette fois-ci. Bien que puissant, ce coup n'était pas de nature à tuer sur le champ, mais Kun ressenti comme une décharge électrique le long de sa colonne vertébrale. Un poison bien plus subtil que le sien venait de le terrasser. Il savait que la fin était proche. Dans un ultime effort pour toucher son adversaire, l'une de ses griffes arriva à zébrer l'avant-bras du chaman qui avait relâché son attention une fraction de seconde. Kun n'en verrait jamais le résultat. Ses muscles se contractèrent brutalement, sa poitrine se comprima, son cœur explosa. Sans un cri, il s'écroula aux pieds du vieil homme comme une poupée de chiffon. Le temps était suspendu. Chen profita de cet infime moment où le regard du quatrième homme s'était fixé sur son père adoptif. D'un bond, il avala les quelques pas qui le séparaient du dernier combattant en poussant un cri terrible. Zhou se retourna surpris, et pointa dans un mouvement heurté l'une de ses épées vers la menace qui fondait sur lui. Chen évita facilement la pique en tournant sur lui-même, et dans la continuité de son élan, exécuta promptement l'homme, logeant son poignard au travers de la gorge offerte. Quelques borborygmes plus tard, c'en était fini du dernier assassin. Une fois encore ils avaient vaincu. Rayonnant de la joie du vainqueur, il se tourna vers son mentor. Ce dernier était pâle. Des gouttes de sueur ornaient son front comme une couronne mortuaire.

— Père, qu'avez-vous ?

Pour toute réponse, Hailong s'écroula.

Chen réussit à le rattraper juste avant que son buste ne heurte le sol, et l'allongea tant bien que mal sur les planches recouvertes de sang. L'inquiétude le tenaillait. Le vieil homme qui connaissait la fin de l'histoire, lui posa une main légère comme une plume sur l'avant-bras.

Sa voix chevrotait.

— Ce sont des assassins de Cixi, mon fils, peu de gens connaissent leur existence.

— Vous êtes blessé, fit Chen ému. Que vous a fait cet homme ?

— Il… Il m'a certainement inoculé du poison à l'aide de la griffe qui m'a mordu le bras, mais qu'importe. Écoute-moi, car je n'en ai plus pour très longtemps.

Les larmes coulaient le long des joues de Chen, sans qu'il ne puisse les contenir. Comme un barrage trop longtemps fermé, ses émotions refaisaient surface, libérant toutes les frustrations, les peines, que cet homme admirable avait su comprendre et canaliser. Et voilà que lui aussi s'apprêtait à l'abandonner, comme sa mère et son père naturel l'avaient fait des années plus tôt, tués à quelques centaines de mètres de là.

Hailong faisait des efforts pour respirer.

Il mobilisait ses forces restantes pour tenir le plus de temps possible.

— Je t'aime au-delà de tout, mon fils, ne l'oublie jamais. Maintenant, laisse-moi parler, car je sens la vie fuir mon corps inexorablement.

Sa respiration était stridulante, ses yeux injectés de sang.

— L'homme qui m'a attaqué portait un médaillon avec un dragon gravé dessus. Un dragon face à un soleil éternel ; l'emblème des assassins de la cour. Du fait de ma proximité avec l'impératrice, j'ai eu connaissance de l'existence des gardiens du trône céleste, une bande de tueurs à la solde de Cixi, et de toute la lignée d'empereurs mandchous avant elle. Il ne fait aucun doute qu'elle a lancé un contrat contre nous, et... – Il happait l'air avec de plus en plus de difficultés –... et également, j'en ai peur, contre nos amis partis en Australie...

Son bras s'incrusta dans la peau de Chen comme une ancre dans des fonds vaseux.

— Tu dois les retrouver pour les avertir et les aider à mettre fin à cette menace, mon fils, c'est l'ultime requête que je formule avant de partir. Ils sont notre famille maintenant, et...

Il eut un hoquet et toussa brutalement. Une mousse nauséabonde s'échappa de sa bouche, ainsi qu'un flot de sang. Hailong ne s'en formalisa pas ; il connaissait la suite.

— … et de toute façon, tu es plus en danger ici que dans un pays étranger, car les ressources de Cixi sont plus importantes que tes moyens pour y faire face…

La peau d'Hailong commençait à se marbrer de méchantes lignes bleutées ; ses yeux sortaient des orbites comme poussés par un doigt invisible. La fin était proche.

— Tu… tu as été pour moi un baume de bonheur, Chen ; je n'aurai jamais cru cela possible avant de t'adopter. Ma vie a été bien remplie. Mieux que ça, elle a été comblée. Je pars tranquille mon fils, car je sais que nous nous retrouverons un jour.

— Non, fulmina Chen, l'un de vos remèdes peut certainement vous guérir, père. Dites-moi ce que je dois faire, le supplia-t-il, car il ne faut pas perdre de temps.

La voix du vieil homme était traînante ; il faisait un effort considérable pour arriver à parler.

— Il n'y a rien que tu puisses faire pour me sauver, mon fils, car en réalité, je suis déjà mort…

Les mots sortaient à peine de sa bouche qu'il eut un soubresaut plus violent que précédemment, le faisant quasiment se cabrer en un arc de cercle qui partait des épaules jusqu'aux talons. Son visage se déforma, ses yeux se révulsèrent, tandis que des coulées sanglantes jaillissaient maintenant de tous ses orifices. Il resta suspendu dans cette position un court instant, puis son corps retomba en même temps que ses muscles se relâchaient. Chen crut entendre un dernier soupir se diluer dans l'atmosphère tendue. Il était parti…

Pendant deux jours, l'ancien moine guerrier ne bougea pas, incapable de faire quoi que ce soit, l'esprit aussi vide que l'estomac du plus indigent. Le troisième jour, il pleura du matin au soir. Puis sa peine s'apaisa enfin, et il se reconnecta avec la réalité. Mû par le devoir, il s'activa avec peine. Il alla ramasser du bois sec dans les environs. Beaucoup de bois qu'il entassa dans la maison en des fagots divers. Hailong n'aurait pas voulu une oraison funèbre ; son souhait serait exaucé.

C'était l'heure du départ.

Quand les flammes s'élevèrent derrière son dos, avides et crépitantes, carbonisant sans distinction le corps de son père adoptif, des assassins, ainsi que la maison dans son ensemble, il ne se retourna pas. Si son père n'était plus là physiquement, sa petite voix, elle, serait toujours présente dans un coin de sa tête. À le raisonner. À l'assagir. À l'aider à étouffer les vils instincts qui parfois envahissaient son cœur. Tout en marchant, Chen se fit la promesse que plus jamais la vengeance ne lui rongerait l'esprit comme elle s'était autorisée à le faire des années durant. Mais pas question pour autant de laisser Cixi mener son plan à terme. Pas question non plus de baisser les armes et de laisser les assassins des gardiens du trône céleste remplir leur mission en surprenant ses amis comme ils avaient essayé de le faire avec eux. Désormais, son voyage vers l'Australie était une course contre le temps.

Arriver avant ces hommes, tel devait être son objectif.

Mais comment retrouver ses protégés dans cette immensité aride ?

Ce n'était certes pas ce qui serait le plus facile à faire. Le pays était tellement grand, qu'il imaginait sans peine la tâche ardue. D'autres hommes moins tenaces que lui auraient probablement dit que c'était impossible. Pas Chen. Il n'était pas homme à renoncer si facilement, et comme il connaissait le but poursuivi par Bai, il avait un avantage évident sur les assassins de l'impératrice.

— C'est là que je compte sur ton aide, susurra-t-il à l'adresse du vent, qui l'espérait-il, transmettrait le message à un vieux chaman qui n'avait pas encore tout à fait droit au repos éternel.

Aiguillonné par la flamme de la détermination qui ne le quitterait plus tant que sa mission ne serait pas accomplie, il repéra les aspérités dans la roche, et commença sa descente…

Les terres d'Arnhem

L'escarpement brisait l'uniformité du paysage, fier, majestueux, dessinant sur l'horizon un mur naturel qui semblait courir à perte de vue. À partir de l'élévation de grès fissuré dont la base était noyée par une végétation fournie, naissait un plateau assez dégagé qui donnait l'impression que la progression serait plus facile là-haut qu'ici-bas. C'était à espérer en tout cas, car les deux hommes étaient fourbus, atteints autant physiquement que psychologiquement. S'ils tenaient encore sur leurs jambes, c'était grâce à la force de leur volonté. À la peur de se faire rattraper aussi. Deux longs jours à courir dans la moiteur des forêts, à contourner vasiers et épineux trempés de la tête aux pieds. Deux jours à éviter les profondes ornières qui jalonnaient l'endroit, capables si on y prenait garde, de briser les jambes comme de simples allumettes. Deux jours enfin à lutter mètre après mètre contre une végétation agressive, avec pour seul objectif de distancer leurs poursuivants. Et contre toute attente, cela n'avait pas marché. Les pisteurs ne s'étaient pas le moins du monde découragés du rythme tenu, annihilant les efforts des fugitifs par leur capacité à ne jamais lâcher prise. Ils semblaient même se rapprocher d'heure en heure, les aboiements des dogues paraissant plus aigus pour des oreilles aux abois.

Maudits soient-ils !

Le bloc pierreux était peut-être la solution pour leur échapper définitivement. Sa masse était tellement impressionnante qu'elle donnait l'impression d'être proche d'eux. Rockwood savait pourtant que c'était une illusion. Le chemin pour l'atteindre serait encore long et périlleux, tout comme ce qu'ils avaient eu à affronter jusqu'à présent. De l'endroit où ils se trouvaient, la barre rocheuse était partiellement camouflée par une jungle inhospitalière et impénétrable, surmontée d'eucalyptus géants qui s'élevaient au-dessus de la masse diffuse. On pouvait tout de même voir des lambeaux de brume s'accrocher aux endroits les plus hauts de la structure de pierre, préservant les mystères camouflés sous ses orbes opaques. Un bon cran plus bas, et pour la plus grande chance des fugitifs, le matelas de brume qui en temps ordinaire pouvait stagner toute la journée sur la forêt, s'était délité rapidement, chassé sans ménagement par un vent insistant. En plus d'assainir l'air, le précieux souffle asséchait les sols spongieux qui pour le coup retrouvaient une dureté propice à la marche, permettant d'augmenter l'allure. Malgré la fatigue, Rockwood était aux anges ; ils avaient maintenant un point de repère pour se diriger. Mais il fallait faire vite, car la brume ne tarderait pas à réapparaître et les bloquerait aussi sûrement que la nuit, qui ici tombait brutalement comme un rideau opaque à la fin d'un spectacle. Dès qu'ils auraient escaladé la paroi gigantesque – s'ils y arrivaient – ils pourraient appréhender correctement leur situation et prendre une décision quant à la direction à suivre. Au moins ne tourneraient-ils pas en rond dans un environnement où rien ne ressemblait plus à un arbre qu'un autre arbre, un bosquet à un autre bosquet, un enrochement à un autre enrochement. Sans compter que les chiens auraient le plus grand mal à les suivre sur les pans escarpés du monstre de pierre, et sans l'aide de leurs molosses, les traqueurs abandonneraient probablement la partie. C'était mal connaître la pugnacité des hommes à leur trousse, mais ça, Rockwood ne pouvait le savoir. Toujours est-il que cette pensée euphorisante regonfla son niveau d'énergie à un point proche de l'excitation. Pas pour longtemps cependant, car une douleur sourde et persistante se rappela à son bon souvenir. Il avait l'impression d'avoir été roué de coups tant les branches l'avaient battu encore et encore, tout le temps de sa fuite. Contrastant avec les méchantes marques violacées de son corps, ses mains, elles, étaient étrangement pâles. D'un air inquiet, il lorgna le bout de ses doigts. Blancs, vidés de leur sang d'être restés si longtemps dans l'eau pour dissimuler leurs odeurs aux limiers qui les pourchassaient. Tout en se remettant à marcher péniblement avec son comparse, Rockwood souffla sur ses extrémités pour tenter de les réchauffer. Peine perdue. Le froid s'était incrusté jusque dans ses cellules les plus infimes, anesthésiant partiellement ses chairs. Ses jambes le tracassaient aussi. Sans s'arrêter, il tâtonna ses mollets par petites touches. Rien à attendre non plus de ce côté-là. Il ne sentait rien à certains endroits, tandis que des picotements le démangeaient à d'autres. Tant pis, il devrait faire avec. Du tréfonds de sa gorge, il fit remonter une boule de glaire jaunâtre qui obstruait ses bronches, et la cracha au bord du chemin avant de se reconnecter à son environnement. Il s'efforça de mettre sa souffrance de côté, puis tendit l'oreille. Les aboiements hystériques des chiens semblaient encore loin, mais pas suffisamment pour qu'il se sente rassuré. Si patauger dans les billalong du *south alligator river* avait été une bonne idée jusqu'à présent, ils ne pouvaient continuer ainsi sans se faire happer par un crocodile ou mourir de froid. D'ailleurs, deux ou trois mouvements brusques dans les méandres amaigris les avaient pétrifiés. À voir les éclaboussures crever la surface de l'eau avec fracas, on imaginait aisément la taille du spécimen qui devait mouliner en dessous. C'est entre autres ce qui les avait dissuadés de continuer ainsi. La partie n'était pas gagnée pour autant avec la végétation foisonnante qu'ils devaient maintenant franchir. Et sans machette pour trancher les plantes agressives qui formaient un bloc impénétrable à l'instar d'un mur solide, ça s'apparentait à un véritable supplice. En plus de devoir percer la muraille végétale à la seule force de leurs mains, ils devaient également faire attention à l'endroit où ils posaient les pieds pour éviter serpents, épines vénéneuses et bois mort. Les deux premiers pour ne pas perdre la vie, les végétaux cassants pour ne pas se faire repérer.

Il jeta un rapide coup d'œil à Walsh.

Ce dernier n'était pas dans un meilleur état que lui, et c'était un euphémisme que de le dire tant sa masse imposante amplifiait les sévices sur son corps. Heurtés par les branches, griffés par des feuilles aiguisées comme des couteaux, ses membres n'étaient plus qu'une masse gluante et douloureuse dont se repaissaient mouches et parasites divers, plus voraces ici que sur la côte. L'Irlandais semblait à l'agonie, prêt à abandonner. S'il venait à être repris pourtant, la mort qui l'attendait ne serait pas plus douce que l'épreuve qu'il vivait actuellement, mais fatigué comme il l'était, il ne pouvait faire la différence.

Rockwood le sentit au bout du rouleau. Il prit le parti de faire attention à lui, car il avait encore besoin de ses services.

— Tu veux qu'on se repose un peu ? proposa-t-il, conscient que le colosse n'irait plus très loin dans cet état.

Ce semblant de compassion sembla pourtant requinquer Walsh.

— Non ! Les putains de cabots à nos trousses sont trop près pour qu'on se relâche. Mettons une distance conséquente entre eux et nous, alors seulement on pourra se reposer. Notre destin n'est pas encore scellé. Ouvre le chemin, l'English, je te suis.

Rassuré, Rockwood prit la tête de l'équipée. À n'en point douter, l'homme méritait sa réputation de dur à cuire, même si son physique de géant n'était pas adapté à la course au long cours qu'ils s'infligeaient actuellement. Mais il tenait bon, et c'était le principal. Malgré la difficulté de progression, Rockwood commença à croire qu'ils allaient s'en sortir. Dans cet environnement hostile, l'homme était un intrus. Un animal qui ne comprenait plus le monde sauvage qui l'avait pourtant engendré il y a bien longtemps. En se coupant de leur origine, ils avaient trahi leur nature profonde, et la forêt se chargeait maintenant de le leur faire payer.

— Pour autant, se dit Rockwood, si c'est dur pour nous, ça doit l'être autant pour nos poursuivants.

Au fur et à mesure qu'ils avançaient, la forêt maigrissait. Les bois devenaient clairsemés, et ils purent alors continuer à une allure plus vive dans un paysage fait de collines et de ravins escarpés, lesquels se succédaient à une vitesse effrénée. La crête n'était plus très loin ; on distinguait nettement maintenant ses faces fripées rougies par le soleil déclinant. Il allait prodiguer des encouragements à son compagnon, quand ce dernier s'arrêta.

Walsh n'en pouvait plus.

Ses forces le lâchaient définitivement.

Les deux mains sur les genoux, il soufflait comme une forge.

— Arrêtons-nous un instant, réussit à peine à articuler l'Irlandais avant de s'écrouler au pied d'un immense eucalyptus. Rockwood ne protesta pas. Walsh ne se serait pas relevé de toute façon, et lui-même était dans un piteux état. Depuis leur fuite, ils n'avaient mangé que quelques châtaignes d'eau, les jacanas à crêtes, les poules d'eau ou les cormorans rencontrés sur les rives étant trop rapides pour être touchés par l'une de leurs pierres. Leur estomac était vide, tout comme la force dans leurs jambes qui par miracle les avaient supportés jusque-là. Les deux hommes s'allongèrent sans dire un mot. Qu'avaient-ils à se dire, de toute façon ?

La seule chose qui comptait à présent, c'était leur volonté de survivre, rien d'autre. Continuer coûte que coûte, voilà ce qui devait occuper leur esprit ; le reste n'était que futilité, et surtout contre-productif pour des corps en souffrance. Et jusqu'à preuve du contraire, s'encombrer la langue en mots vains et inutiles, n'avait jamais sauvé personne d'une situation critique. Une fine couche de magma saupoudrait l'horizon en faisant rougir son ultime feu. Comme la nuit n'allait plus tarder à tomber, ils décidèrent de somnoler un peu. Juste quelques heures. Puis ils repartiraient…

Quand ils se réveillèrent naturellement, abrutis par un sommeil sans rêves, la faune gazouillait et le soleil pointait gaiement son nez.

— Nom d'une pipe, s'exclama Walsh, nous avons dormi toute la nuit !

Comme pour confirmer ses craintes, des aboiements féroces résonnèrent à quelques pas d'eux.

L'annonce de l'apocalypse.

Enfin ! auraient-ils pu presque se dire, car ils n'auraient plus à tressaillir au moindre bruit, ni à avoir peur des ombres ; la confrontation tant redoutée allait bientôt avoir lieu. Des formes floues se détachèrent de la masse opaque des feuillus. Quatre hommes. Certainement des traqueurs chevronnés mandatés par l'administration pénitentiaire pour ramener les gibiers de potence évadés. De là où étaient les deux ex-prisonniers, les pisteurs ne paraissaient pourtant pas bien redoutables.

Grave erreur de jugement.

Ce que Rockwood et son compère ne savaient pas, c'est qu'en fait ils n'auraient pu tomber plus mal. Ces hommes rudes étaient d'anciens *bushrangers*, des bandits repentis qui s'étaient longtemps cachés dans le maquis pour échapper à la police locale après leurs rapines. On les avait absous de leur crime en échange de « services » en lien avec leurs compétences. En plus de connaître le terrain comme leur poche, ils étaient vils, endurants, et surtout sans pitié. Les hommes des sales coups ; pas du genre à palabrer ni à laisser tomber le morceau à la moindre difficulté venue.

Surtout quand la récompense promise pour ramener les fugitifs pouvait les faire vivre une année entière !

Leurs ordres étaient clairs : les prisonniers devaient être capturés vivants. Peut-être un peu estropiés, mais en vie. Tous étaient armés d'un fusil qu'ils portaient avec une sorte de nonchalance non feinte, comme s'ils étaient sûrs de leur habileté à faire mouche à tous les coups. Même à distance respectable, Rockwood reconnut des modèles à poudre sans fumée. Des fusils plus modernes que les antiques carabines utilisées par les gardiens de Fremantle, mais surtout dotés d'une cadence de tir bien plus rapide. L'un d'eux arborait un lasso roulé sur ses hanches ; un autre un fouet en cuir tressé qu'il avait déjà déroulé, pressé d'en découdre après tous les efforts que les fugitifs leur avaient fait subir. Sans doute pensaient-ils que les prisonniers allaient tenter de se défendre. Et comme secouer un peu leurs victimes n'était visiblement pas pour leur déplaire, ils se tenaient prêts à faire un peu d'exercice. Six chiens les accompagnaient. Des bêtes lourdes, dangereuses. Un croisement de Saint-Hubert avec un molosse utilisé par les Perses pour faire la guerre. Le canidé possédait le nez du premier, la férocité du second.

Comme les chiens n'avaient rien mangé depuis le début de la traque, ils étaient enragés. Avides de sang et de chair. S'ils ne pouvaient mordre pour tuer, ils s'arrangeraient en tout cas pour grignoter quelques parties tendres de leur victime, espérant que leur maître ne leur demande pas d'arrêter trop vite.

Walsh et Rockwood se levèrent d'un bond.

Curieusement, les bushrangers ne redressèrent pas leur fusil. Cette réaction des prisonniers n'était pas celle attendue par les pisteurs, mais elle leur convenait également. Une partie d'eux-mêmes les remerciait presque de cette sottise. La traque n'allait pas se terminer aussi facilement, et c'était tant mieux, car le défi était chevillé en eux comme des asticots sur un cadavre.

Sans demander son reste ni savourer sa chance, Rockwood prit ses jambes à son cou, suivi dans la foulée par l'Irlandais. Le géant semblait avoir retrouvé une seconde jeunesse, requinqué par un sommeil réparateur et électrisé par la peur d'être repris. Les deux compagnons d'infortune foncèrent à travers la végétation dense, sans tenir compte des branches épaisses qui les fouettaient violemment comme pour tenter de les ralentir. Cette forêt n'était pas leur amie, elle leur faisait comprendre depuis le début de leur évasion par les marques d'hostilité qu'elle dressait devant eux. Mais la motivation de Walsh et de Rockwood, aiguisée par les grondements des molosses à ce moment-là, leur aurait fait gravir des montagnes. Galvanisés par une bonne dose d'adrénaline, les pieds des fuyards semblaient à peine toucher le sol ; rien ne semblait pouvoir les arrêter.

La poursuite recommençait.

Les chiens cessèrent soudain d'aboyer comme pour mieux mobiliser leurs forces vers leur objectif commun. On pouvait entendre leur pas lourd marteler le sol en une course effrénée, bien décidés à ne pas lâcher leurs proies si difficilement retrouvées. Leur détermination n'était peut-être pas de la même teneur que celle des fugitifs qu'ils prenaient en chasse, mais elle en avait la même force. Les pisteurs aussi devaient suivre, mais sûrement un cran derrière, car aucun signe de leur part ne filtrait dans cette folle cavalcade. Concentrés sur leur course, Rockwood et Walsh firent abstraction de leur environnement. Plus rien ne comptait pour eux que leur survie. Ils foncèrent tant et si bien, qu'ils crurent avoir distancé leurs poursuivants. Ne percevant plus aucun mouvement derrière eux, plus de souffle rauque, ils prirent le risque de s'arrêter enfin, la respiration stridulante, les jambes flageolantes qui les tenaient à peine. Juste pour récupérer quelques secondes, guère plus. Alors qu'ils allaient reprendre leur fuite en avant, une complainte persistante leur parvint, à peine étouffée par les arbres qui faisaient écran. Un grondement impétueux et furieux qui surpassait les autres bruits par son intensité.

— Un torrent passe quelque part par-là, s'écria Walsh en pointant un doigt sur sa droite. Si nous l'atteignons, nous avons peut-être une chance de nous en tirer !

Se comprenant dans l'instant, Rockwood et l'Irlandais repartirent de plus belle, bifurquant vers l'endroit d'où semblait provenir le chant éternel. La rivière apparut enfin. Agitée. Bouillonnante de colère. Ici, les eaux troubles courraient à une vitesse vertigineuse dans un lit qui peinait à les contenir, bondissant de rocher en rocher dans un bruit de ravage. Sur tout le long de son parcours, du moins aussi loin que le regard pouvait porter, une végétation épaisse bordait les berges comme pour tenter de canaliser la masse belliqueuse. Sans l'ombre d'une hésitation, les bagnards sautèrent dans les eaux en ébullition. Le liquide glacé les enveloppa aussitôt comme une main vengeresse, électrisant au passage chacun de leurs atomes. Ils furent alors projetés dans un monde de fureur, le corps secoué aux heurts et aux ballotements de cette force irrésistible. Rockwood tentait avec difficulté de maintenir le nez au-dessus de ces eaux tantôt fangeuses, tantôt bordées d'écume, conscient de son impuissance. Le seul point positif à la situation était que les crocodiles n'étaient plus à redouter en cet instant, les sauriens devant emprunter un bras plus calme que ce puissant torrent qui mugissait au travers de la jungle. Du moins l'espéraient-ils, bien que les eaux hurlantes ne soient pas un danger moins terrible que les dents acérées des monstres préhistoriques qu'ils redoutaient tant. Balloté par les flots rageurs, Rockwood bondissait selon les caprices de son hôte, tantôt frôlé par un tronc pourri qui finirait par se fracasser sur les multiples rochers qui fleurissaient sur le parcours comme sur la face d'un boutonneux, tantôt coulait à pic, maintenu sous l'eau par une main impitoyable qui le happait un instant, puis finissait par le relâcher comme désireuse de jouer avec lui, ne lui laissant aucun répit pour reprendre durablement son souffle. Au bout d'un moment qui lui parut interminable, le violent flux s'apaisa. Pas le temps de tergiverser. Profitant de cet interlude inespéré, il battit des jambes nerveusement et refit surface. Sa bouche avait à peine percé la gangue assassine, qu'il inspirait à longues goulées l'air vivifiant piqueté d'écume, toussant bruyamment pour expulser l'eau ingurgitée.

Il était toujours en vie.

Un miracle de plus dans son existence mouvementée.

Et comme les choses se font souvent par paire, Walsh, hébété lui aussi de s'en être sorti sans la moindre bosse, faisait la planche non loin de là, récupérant des efforts fournis. Une enclave d'une centaine de mètres entourée par un mur de rochers retenait l'eau, faisant office d'étape forcée pour les eaux belliqueuses. Piégées dans cet enclos naturel, les masses liquides toujours portées par une colère mortifère tourbillonnaient un moment à la recherche d'une échappatoire, puis repartaient via un long toboggan qui transperçait la pierre, mugissant de plus belle en un tourbillon d'écume.

L'endroit était idéal pour accoster.

D'autant que la falaise pointait son nez à une centaine de pas à peine. Une aubaine. On pouvait même voir la rivière s'engouffrer dans une large anfractuosité qui fendait la muraille en deux, résultat d'un assaut long mais victorieux à travers les siècles. Rockwood n'avait nullement l'intention de replonger dans l'eau assassine. La chance vous accordait rarement sa grâce deux fois de suite, et il en avait assez de forcer le destin. Le plus simple était de trouver un chemin qui pouvait les amener au sommet. Même escarpé. Dans le pire des cas, il grimperait à même les roches qui s'élevaient en une inclinaison douce sur la peau scarifiée du colosse de pierre. L'exercice était dans ses cordes.

— Accostons ! réussit-il à crier à son compère. Nous nous débrouillerons ensuite pour escalader cette falaise. Je crois bien que nous les avons semés, exulta-t-il.

Exténué mais toujours lucide, Walsh se mit à nager tranquillement vers lui, ne voulant pas essorer les quelques forces qui lui restaient encore en mouvements inutiles.

Rockwood pointa le menton vers l'endroit où les rochers semblaient s'agenouiller devant la rivière, en un socle facile à franchir.

— Cet endroit est parfait. Dépêchons-nous, les chiens ne doivent plus être très loin.

Il ne croyait pas si bien dire.

À quelques mètres à peine avant d'aborder la marche pierreuse, ils entendirent un bruit de pas précipités derrière les roches. Sans prévenir, un molosse tout dégouttant d'eau, les flancs éraflés à sang de s'être faufilé comme une balle à travers les rochers, les mâchoires s'entrechoquant de rage en faisant couler des filets de bave, se présenta au-dessus d'eux, prêt à se jeter sur les hommes harassés.

Rockwood n'en croyait pas ses yeux.

Tout ça pour rien !

Et comme un malheur n'arrive jamais seul, son maître armé d'un fusil était sur ses pas, ses compères non loin derrière. Les chiens et les hommes se mirent sur une seule et même ligne, formant une haie infranchissable. Un obstacle définitif à la liberté. La promesse également de souffrances à venir avec la mort au bout du chemin, à l'instar de l'éclat froid des canons qu'ils pointaient sur eux.

Tout était perdu.

Gagné par l'excitation, le chien de tête n'eut pas la patience d'attendre que les prisonniers viennent à lui. Il se jeta à l'eau d'un bond puissant pour rabattre les fugitifs vers la rive. Tout en grognant sinistrement, il nageait vigoureusement en pointant sa tête vers le ciel pour ne pas aspirer de liquide dans sa gueule. Rockwood battit précipitamment des bras et des jambes pour reculer. Il n'eut pas le temps de faire plus de trois mètres, qu'une impressionnante gerbe d'eau projetait le chien au-dessus de l'eau. Blessé autant que surpris, le molosse se mit à glapir de peur. Pas longtemps. L'énorme gueule du crocodile le happa alors qu'il était toujours en suspension dans l'air. Le saurien avait à peine touché l'eau avec son encombrant colis, qu'il le déchiquetait sans coup férir, secouant brusquement la tête de droite à gauche, et tournant ensuite sur lui-même dans des mouvements grotesques et saccadés. Une fois le chien réduit en bouillie, il disparut dans les profondeurs obscures avec ce qui restait de son trophée entre les dents, ne laissant qu'une flaque de sang mêlée de morceaux de chairs sur la surface ridulée. Témoins horrifiés de ce spectacle morbide, Rockwood et Walsh se mirent à nager vers la rive plus vite qu'ils ne l'avaient jamais fait. Ils préféraient endurer le supplice des hommes, plutôt que de finir dans la panse affamée de ces monstres hideux. Dans leur esprit, tout valait mieux qu'une mort comme celle-ci. Terrorisés eux aussi par le crocodile sanguinaire, les chiens avaient déguerpi sans demander leur reste, poursuivis par un ranger qui refusait de voir disparaître ses trésors dans les tréfonds de la forêt. Il savait que s'il ne les rattrapait pas très vite, les chiens ne reviendraient jamais, hantés par l'image du saurien. Les trois autres *bushrangers* étaient restés sur place, mais semblaient perturbés par ce qu'ils venaient de voir. Ils pointèrent malgré tout les fusils sur les fugitifs qui s'approchaient. Leur dernier acte de vie. Par une synchronisation quasi parfaite, des flèches venues d'on ne sait où transpercèrent la gorge et la poitrine des deux premiers traqueurs, tandis qu'une lance se figeait dans le dos du troisième, ressortant en grande partie par le sternum. Un cri lointain leur annonça que le quatrième homme venait de subir le même sort.

Rockwood n'y comprenait plus rien, mais ne pouvait rester dans l'eau. Il sortit précipitamment, l'Irlandais sur ses talons, les crocodiles leur faisant plus peur que les piques mystérieuses. Mystère qui ne dura pas longtemps. Des hommes à moitié nus, sombres et grimés de peinture blanche, la taille ceinturée d'une tresse de cheveux supportant un petit sac en peau, sortirent de l'ombre des rochers. Sans faire attention aux hommes blancs encore vivants, l'un d'eux s'avança vers les corps ensanglantés et vérifia à l'aide du pied que les traqueurs étaient bien morts.

Pas de doute.

Alors seulement, il s'intéressa aux prisonniers. Il s'approcha d'eux, et cracha subitement au visage de Rockwood. Sans laisser paraître sa colère ou sa peur, l'Anglais s'essuya lentement la figure d'un revers de manche, et fixa le guerrier dans les yeux. S'il avait voulu le tuer, le sauvage l'aurait déjà fait, c'était une certitude. Surpris par le flegme de l'homme dégoulinant qui ne semblait pas le craindre, ce dernier revint à des manières plus courtoises.

— Qui êtes-vous ? demanda-t-il d'une voix profonde, proche du grondement. Son anglais était passable mais compréhensible.

— Nous tentions d'échapper à ces hommes, répondit Rockwood prudent. On peut dire que vous nous avez tiré une sacrée épine du pied, même si vos manières sont à parfaire.

Après un rictus qui aurait pu être aussi bien un sourire qu'une grimace, l'Aborigène dialogua un instant avec ses hommes dans un langage aux tonalités fleuries. Les voix s'élevèrent, portées par la colère, les lances frappèrent le sol avec véhémence, les esprits s'échauffèrent. Les guerriers n'étaient pas rassasiés. Ils avaient encore faim du sang des blancs qui les avaient spoliés. Mais celui qui semblait être leur chef les calma d'un signe de main autoritaire. Il leur parla un long moment, désignant successivement les trois cadavres, puis les profondeurs de la forêt. Quand la raison sembla éteindre l'incendie de la haine, il s'adressa de nouveau aux fugitifs :

— Vous vous êtes certainement échappés de la prison, dit-il comme une évidence. C'est votre jour de chance, car je n'ai rien contre vous. Vous pouvez partir.

— Mais pourquoi avez-vous tué ces hommes ? demanda Rockwood curieux, tout autant que conscient de son incroyable chance.

L'homme hésita à lui répondre. Il ne goûtait visiblement pas la présence d'hommes blancs dans les parages, même s'il avait décidé de les protéger de la fureur de ses compagnons. Et la question de l'Anglais semblait l'agacer, tout autant qu'elle était légitime face à ce déchaînement de violence. Ses guerriers, quant à eux, trituraient nerveusement leurs armes en les foudroyant de leurs yeux agrandis par la colère. Puis la sottise de sa réaction lui apparut en pleine lumière ; il secoua la tête de dépit et se détendit. Les hommes blancs étaient bien trop nombreux pour espérer ne plus jamais en rencontrer. Il devait donc composer avec. S'ils arrêtaient de les persécuter, sa tribu les ignorerait, s'ils les provoquaient, ils en paieraient le prix ; c'était aussi simple que cela.

— Sur ordre du gouvernement, dit-il enfin, ces traqueurs ont enlevé nombre de nos enfants pour les éduquer selon les préceptes de la chrétienté, cracha-t-il en réprouvant une émotion encore trop vive pour pouvoir être domptée. Pour cet acte ignoble, nous aurions quand même pu les laisser vivre si leur comportement avait été correct. Mais non contents de kidnapper nos enfants, ils ont également violé et laissé pour morte une femme qui tentait de les en empêcher. Désormais, nous ne nous laisserons plus faire. Ces lâches ont eu ce qu'ils méritaient. Quand on retrouvera leur corps, si jamais on les retrouve, fit-il en louchant vers l'eau sombre et sa colonie de sauriens, notre message sera passé. Un acte, une conséquence, devisa-t-il comme pour lui-même.

Rockwood fit semblant de ruminer les propos de l'Aborigène en prenant un air contrit. Naturellement, le sort des enfants de ces primitifs l'indifférait complètement, mais ça, les indigènes l'ignoraient. Il voyait même ces rapts comme une chance pour la future vie de ces gamins, qui avaient enfin l'opportunité de sortir de leur trou pour vivre dans un monde civilisé… Mais qu'importe, ce n'était pas son problème. Le sauvage, par contre, pouvait l'aider. Il devait connaître la région comme sa poche, et il était important de lui soutirer quelques informations avant qu'il ne retourne se terrer dans la forêt avec ses acolytes.

— Merci de nous avoir sortis de ce pétrin, dit-il d'un air obséquieux. Ces hommes ne méritaient effectivement pas de vivre.

— Nous ne l'avons pas fait pour vous, gronda l'Aborigène en haussant les épaules. Gardez vos boniments pour vos compatriotes, car vous en aurez bien besoin pour ne pas retourner en prison.

« Décidément pensa Rockwood, on m'a sauvé deux fois la mise ces derniers jours, et jamais je n'ai compté pour qui que ce soit dans ces actions préméditées. Ni pour Walsh ni pour ces sauvages. Mais bon, se consola-t-il, l'important est que je sois encore là pour avoir ce genre de pensées. »

— Vous avez raison, dit-il enfin, cette affaire ne me concerne pas. En revanche, vous pouvez tout de même nous aider. Nous ne sommes pas dans notre univers ici, et nous aimerions retrouver le monde des blancs où nous avons nos repères. Le seul problème, confessa-t-il l'air innocent, c'est que nous ne savons pas quelle direction prendre.

L'Aborigène le fixa de ses yeux perçants, comme pour mettre à jour la noirceur de son âme.

— Grimpez sur ce plateau, dit-il en abdiquant. Continuez ensuite tout droit en suivant l'étoile Polaire deux jours durant. Vous arriverez à un endroit, une ville, où vivent des chercheurs d'or. Trop à mon goût. Ils vous prendront peut-être en charge, dit-il en lorgnant leur tenue de bagnards, mais plus probablement vous remettrons à la police locale en vous voyant accoutrés comme ça. Enfin, avec beaucoup de chance, vous arriverez peut-être à vous en tirer. Un conseil : oubliez que vous nous avez croisés, ça vaudra mieux pour vous. Sur ce, bon courage, fit l'indigène en faisant signe à son groupe de partir.

Rockwood hocha la tête pour dire qu'il avait compris, tout en déglutissant difficilement. Le sauvage avait raison ; ils devaient absolument trouver des habits civils où ils ne tarderaient pas à retourner derrière les barreaux. Et ça, c'était hors de question. Tandis que la troupe de guerriers disparaissait derrière un immense rocher non sans avoir délesté les cadavres de leurs armes, Rockwood eut un sourire sardonique. Si ces hommes n'avaient effectivement plus besoin de leur fusil, ils n'avaient pas plus besoin de leurs habits. Et en plus, ça faciliterait la digestion des prédateurs locaux qui n'attendaient que leur départ pour commencer le festin…

Ted Harris

Deux jours plus tard, ils atteignaient la ville des chercheurs d'or. Après avoir ôté le sang des habits à un endroit peu profond de la rivière pour ne pas se faire surprendre par un saurien, ils paraissaient présentables. Du moins pour les hommes qu'ils croisaient, lesquels pour la majorité étaient fagotés comme des épouvantails. Pourtant Walsh était tout sauf discret dans les tissus étriqués qu'il portait avec résignation. Et comme les chaussures des macchabées étaient bien trop petites pour des pieds de la taille d'une bûche, il marchait les orteils à l'air après avoir découpé le bout des godillots. Aussi bizarre que cela puisse paraître, ça n'avait pas l'air de perturber grand monde dans le coin.

Tant mieux.

La rue principale était sans intérêt.

Parsemée de planches jetées à la hâte sur un rayon d'un pâté de maisons au moins, elle s'étendait sur plus de cent pas. Les pluies abondantes des derniers jours avaient transformé la terre en une fange immonde difficilement praticable. Mélange de poussière de fer, d'urine de soûlots, et de boue malodorante, le substrat s'agrippait aux mollets des passants comme une femme amoureuse, collant peau et pantalon dans une même sculpture. Résignés, les habitants préféraient prendre leur mal en patience et passer les uns après les autres sur ces rustines de fortune. Sans elles, la traversée de la rue eût été bien plus pénible encore que ce qu'elle était actuellement. Toutes les maisons sur cette artère étaient construites de bric et de broc. Certaines étaient même si vermoulues, que seuls des étais judicieusement placés les maintenaient en vie, bravant en permanence les lois de l'équilibre. Dans ce monde de labeur, la rusticité était de mise, tout comme l'amour du risque, visiblement. Un peu plus loin, sise au nord de la cité, s'érigeaient quelques commerces destinés à faire vivre bon nombre de ces miséreux. Sans un sou en poche pour Rockwood et son acolyte, pas d'intérêt non plus.

Ils continuèrent leur chemin.

À l'extrémité de la ville, l'arête s'élargissait en forme de fourche. Une rue de terre bifurquait sur la droite et menait à une bicoque qui exposait fièrement une pancarte sur sa devanture avec marqué « tests géologiques ». Une belle maison juste à côté détonait de toutes les autres. Elle appartenait vraisemblablement à un homme puissant, peut-être même au propriétaire de la mine. Au loin, sur la gauche, se profilait le concentrateur, puis à une dizaine de pas supplémentaires, commençait le gruyère des galeries creusées à même la colline. Tentatrices par les trésors qu'elles cachaient, les entrées étaient protégées par des hommes en armes. Si la fortune était à portée de main, la mort cueillait ceux qui n'étaient pas invités au festin…

Walsh et Rockwood arrivèrent dans la partie animée de la ville. Visiblement le quartier le plus récent et le centre d'activité des chercheurs d'or. Outre le magasin général, on y trouvait un hôtel et un restaurant aguicheur devant lequel ronflait un homme en guenilles. Même si Rockwood avait l'estomac dans les talons, il savait qu'il ne pourrait rien soutirer ici.

Boire, par contre…

Il lorgna vers l'intérieur de l'hôtel peint en couleur criarde, où il distingua un bar bondé et des tables de jeu. La principale attraction d'hommes éreintés quand le travail à la mine était terminé. La plupart des ouvriers célibataires logeaient dans l'une des nombreuses chambres des étages. Des pièces sales, minables, obscures, étranglées les unes contre les autres, avec juste un lit constitué de planches clouées pour se reposer, un matelas infesté de punaises posé dessus, et une chaise pour contempler l'extérieur. Ceux qui ne dormaient pas dépensaient leur argent si durement gagné au *Two up*. Le principe était simple. Deux pièces de monnaie étaient lancées en même temps. Les joueurs pariaient sur la surface sur laquelle elles devaient retomber, avec la difficulté que les pièces atterrissent sur la même face. Si tel n'était pas le cas, la partie était rejouée et les pièces relancées.

Celle qui se jouait actuellement devait être passionnante, car une vingtaine d'hommes regroupés en arc de cercle hurlaient, excités comme des puces sur le crâne d'un loqueteux.

— C'est le moment d'aller boire un coup, décida Rockwood. Le gosier lui brûlait comme chauffé au fer rouge.

— Mais nous n'avons pas un sou ! rétorqua Walsh, pas plus désireux que ça d'attirer l'attention sur eux.

— C'est pas un problème, fit l'Anglais. Dans un temps pas si reculé, aucune bourse ne me résistait ; pas même la mieux attachée. Et avec tous ces joueurs absorbés par leur partie, ça devrait être un jeu d'enfant que de récolter une bonne moisson.

— Tu veux piquer leur argent ? demanda l'Irlandais en écarquillant les yeux. Décidément, Rockwood avait visiblement comme seule envie de retourner en prison.

— T'as une autre solution ? répliqua sèchement l'Anglais. Maintenant si ça choque ta conscience de puritain catholique, reste ici, je boirai à ta santé. Walsh hésita juste l'ombre d'un instant. Il mourait de soif lui aussi, et sans argent, ils n'iraient pas très loin de toute façon.

— Tâche de ne pas t'faire prendre, lui conseilla-t-il, car je ferai comme si j'te connaissais pas.

— Rien à craindre, fit Rockwood en haussant des épaules, pour ce petit jeu, personne ne m'arrive à la cheville…

Ils pénétrèrent plus avant dans le bar surchauffé. Ce fut effectivement l'affaire de quelques instants. Un homme chauve à l'air idiot couinait en voyant les pièces retomber au sol. L'instant d'après, il couinait toujours, mais un peu plus léger, son argent durement gagné envolé. L'air de rien, Rockwood délesta le portefeuille de ses livres, et laissa retomber discrètement le contenant au sol. L'argent migra dans sa poche aussi facilement que l'alcool qui allait bientôt titiller son palais. L'histoire aurait pu effectivement se terminer comme ça, sauf que même grisé par l'excitation de l'attraction locale, un chercheur d'or à l'œil vif aperçu le portefeuille choir sur le plancher.

Sa réaction ne se fit pas attendre.

— Un voleur, beugla-t-il, un putain de voleur est parmi nous…

La masse joyeuse cessa sur le champ de s'ébaudir. Comme un seul homme, elle se tourna vers les fugitifs, prête à sanctionner cet outrage. La mesure dans la réaction n'était pas leur fort, la miséricorde non plus. Ces hommes étaient rustres, violents, portés par leur instinct animal, et faire parler leurs poings était dans la droite ligne de leurs convictions. On lisait sur leurs visages l'envie de punir, de châtier les coupables, de laisser libre cours à leurs pulsions sanguinaires trop longtemps contenues par la discipline de fer qu'imposaient les contremaîtres à la mine. Sans prévenir, une avant-garde de quatre hommes se précipita sur les fauteurs de trouble, les poings serrés, déterminés à corriger les étrangers qui avaient osé croire qu'on pouvait spolier leurs biens sans en payer le prix fort. Rockwood n'essaya pas un instant de palabrer. Il s'empara d'une cruche vide posée sur le bar, et la balança sur le groupe de toutes ses forces. L'homme de tête ne vit rien venir. Quand l'épais verre se brisa sur son crâne, plantant sur la peau burinée des éclats aiguisés comme autant de dards brûlants, il plaqua instinctivement les mains sur son visage pour s'en protéger. Trop tard. Alors qu'il geignait de souffrance, les trois suivants l'écartèrent sans ménagement, et se lancèrent dans la bagarre. D'autres tergiversèrent, n'ayant pas plus envie que ça de se mesurer au géant. Avec ce genre d'adversaire, la prudence devenait nécessité, et la lâcheté une vertu. Ils avaient raison, car au même moment les poings de Walsh, deux énormes battoirs privés d'action depuis trop longtemps, se mirent en mouvement. Comme frappés par la foudre, les rudes gaillards tombèrent les uns après les autres en moins de dix respirations. Voyant cela, une deuxième vague d'intrépides entra dans le vif du sujet, les chercheurs d'or choisissant l'assaut de masse pour tenter de submerger les belligérants. C'était au bas mot du un contre cinq, mais la fin justifiait les moyens. La mêlée était houleuse. Le sang giclait comme s'il en pleuvait. Des cris de douleur fusaient en un flux ininterrompu, rythmé par le son cristallin du verre brisé. Avec sa force titanesque, Walsh faisait un massacre. Contre toute attente, Rockwood n'était pas en reste. Il avait réussi à subtiliser la matraque du barman, un dénommé Payton, trop lent et trop maladroit pour lui donner du fil à retordre, et se défoulait lui aussi sur les téméraires qui n'avaient toujours pas compris à qui ils avaient à faire. Il cognait de toutes ses forces sur les corps qui passaient à proximité, créant bosses, confusion et souvent extinction des sens. Les chercheurs d'or qui n'étaient pas encore tombés sous les coups d'assommoir commencèrent à refluer. Certains reculèrent même carrément jusqu'à la porte d'entrée, à deux doigts de fuir les lieux et d'abandonner leurs camarades. Qui aurait pu les en blâmer ? Leurs adversaires étaient littéralement déchaînés, libérant leur frustration d'avoir été trop longtemps traités comme des animaux. Trop dangereux pour des ouvriers durs au mal quand il s'agissait de briser la roche, mais pas assez costauds pour affronter deux démons en colère. Un masque de haine recouvrait le visage de Walsh, tout comme celui de Rockwood avec ses yeux exorbités et ses traits déformés par la fureur. Un sentiment qui puisait sa force dans la frustration accumulée durant leurs longs mois de captivité, et qui s'exprimait ici dans une orgie de violence, dans ce trou perdu aux confins d'une jungle qui avait bien failli les engloutir et les faire disparaître à jamais.

Un homme aux muscles solides s'approcha tout de même de Walsh. Les forces du géant commençaient à décliner, mais il en avait encore assez en réserve pour écraser tous ceux qui osaient s'opposer à lui. Il balança son poing gros comme une enclume en direction du fou qui le provoquait. Souple comme un roseau, l'homme esquiva facilement l'attaque de l'Irlandais, et riposta. Avec dextérité, il tatoua le torse volumineux du colosse d'impacts balancés à une cadence infernale. Boxeur à ses heures perdues, le chercheur d'or s'arrêta bientôt, la respiration sifflante, pensant que le géant avait eu son compte. Pas le moins du monde ébranlé, Walsh se mit à rire.

— Pas mal la crevette ; pour un peu, tu ferais illusion !

L'homme écarquilla les yeux de surprise ; le géant semblait n'avoir rien senti de ses coups. En gratification de ses efforts, il reçut en retour le poing énorme de son adversaire sur le visage. Sans jamais avoir compris ce qui venait de se passer, il s'écroula, assommé net, son organe olfactif formant un angle bizarre par rapport à sa ligne de front. Le massacre allait finir faute de participants, quand un ordre sec fusa dans une pièce devenue étrangement silencieuse.

— La fête est finie, Messieurs. Si vous bougez ne serait-ce qu'un petit doigt, je vous truffe de plomb !

Un chapeau de feutre à bords plats solidement enfoncé sur le crâne, un homme les pointait avec la gueule menaçante de son fusil. À ses côtés se tenait un individu élégant, dont l'une des poches de son gilet bleu laissait dépasser une grosse chaîne reliée à une montre à gousset. Les deux hommes avaient l'entrejambe renforcé d'une basane de cuir, ce qui sous-entendait qu'ils revenaient d'une sortie à cheval.

Le sourcil relevé par la surprise, celui qui semblait être quelqu'un d'important, regardait sidéré les dégâts causés autour de lui.

— C'est vous qui avez fait ça ? constata-t-il un rien admiratif. Il n'attendait visiblement pas de réponse, mais Rockwood se sentit dans l'obligation de se défendre.

— Nous avons été accusés à tort, et…

— Ne vous fatiguez pas ! l'interrompit l'homme en pointant un doigt devant lui. Vous avez certainement une excellente raison pour me mentir, devisa-t-il en se recentrant sur l'Anglais, mais vos balivernes ne m'intéressent pas. Laissez-moi plutôt me présenter, voulez-vous ? Je m'appelle Ted Harris, fit-il en pinçant le bord de son chapeau melon, et vous avez piqué ma curiosité. Ce qu'il m'intéresse de savoir en premier lieu, dit-il, c'est ce que vous venez faire dans ma ville ?

Face au flegme de l'individu, Rockwood semblait décontenancé. Quant à Walsh, ses hormones de l'action s'étaient dissipées au fur et à mesure du combat, et il paraissait maintenant amorphe, comme à court de carburant. Rien à attendre de ce côté-là.

— Je… nous passions dans le coin, bafouilla Rockwood, et nous voulions juste boire un coup dans ce bar, rien de plus. Et il se trouve que nous nous sommes fait injustement agresser par cette bande de bons à rien qui nous a pris pour des voleurs…

Ses arguments étaient creux, il le savait, mais rien de subtil ne s'était présenté à son cerveau dans le temps imparti à une réponse sincère.

Harris hocha la tête en plissant la bouche de circonspection. Il fixa son acolyte sans vraiment le voir.

— Qu'en penses-tu, Rob ? Tu crois qu'ils pourraient faire l'affaire ?

Le dénommé Rob Smith, qui semblait bien connaître son patron, décrypta facilement ses pensées. Il prit les quelques secondes nécessaires pour se forger une opinion, et répondit :

— Je pense, oui… Le rouquin possède une force incroyable ; le plus petit est agile, et semble doté d'une fourberie à toute épreuve. Ils pourraient bien nous être utiles dans l'entreprise qui nous tient à cœur.

Rockwood fronça les sourcils en entendant parler d'eux comme s'ils n'existaient pas, mais Harris ne lui laissa pas le temps de l'exprimer.

— Je le crois aussi, reprit ce dernier. Remets un peu d'ordre dans ce foutoir, Payton, et vous tous, ordonna-t-il aux bosselés qui avaient repris connaissance, embarquez vos camarades et allez-vous faire soigner, je m'occupe personnellement de ces messieurs. Suivez-moi, intima-t-il aux deux évadés, nous allons dans mon bureau !

La gueule du fusil de Smith pendait maintenant au sol, mais Rockwood savait qu'il pouvait reprendre du service au moindre geste menaçant de leur part. Comme il était curieux de savoir de quoi Harris voulait l'entretenir, il était globalement satisfait de la tournure des événements. Le plus important pour l'instant était de sortir vivant de ce trou à rats, les hommes valides les massacrant du regard. Sans rechigner donc, il emboîta le pas de celui qu'il imaginait être le propriétaire des lieux, suivi comme son ombre par Walsh. Ils quittèrent le bar avec un peu de morgue aux coins des lèvres, attisant un peu plus l'éclat meurtrier dans les yeux de leurs protagonistes.

Le dudit bureau était logé au premier étage d'un bâtiment situé non loin de l'hôtel. C'était une pièce sobre, dotée de tout l'ameublement nécessaire au travail. Sur une invitation de Harris, ils prirent place dans un fauteuil à deux places au tissu terni par le temps, et attendirent un rien nerveux qu'on veuille bien leur dire pourquoi ils étaient ici présents. Sans manière, Smith s'assit sur un coin de bureau, posa son chapeau sur un sous-main en cuir, et coucha négligemment son fusil au travers de sa cuisse. Il faisait des efforts visibles pour montrer qu'il ne représentait aucune menace, mais Rockwood n'était pas dupe ; si l'homme était suffisamment loin pour ne pas gêner son patron, il était en revanche assez près pour s'interposer efficacement en cas d'attitude belliqueuse de leur part. Ceci dit, après l'ouragan qu'ils avaient créé dans le bar, qui aurait pu l'en blâmer ?

— Je ne vais pas perdre de temps en conjectures, commença Harris. Tout ce que vous devez savoir en l'état actuel des choses, c'est que je suis le propriétaire de cette mine, et Rob Smith ici présent, s'assure que mon business fonctionne sans problème. Or, vous n'êtes pas sans savoir que vous avez été une épine dans le pied de mon organisation aujourd'hui, empêchant par votre action un certain nombre de mes gars à travailler pendant plusieurs jours. Ce qui veut dire en termes plus clairs, que vous avez altéré le rendement de ma mine en ne sachant pas contrôler vos poings, et ça, c'est très ennuyeux…

Il prit les quelques secondes nécessaires pour bien laisser infuser le sens de ses propos dans l'esprit encore embrumé de ses convives, puis reprit.

— Vous comprenez donc que je considère que vous êtes en dettes avec moi. Comme je présume que vous n'avez pas de quoi me rembourser ces pertes, continua-t-il, nous devons trouver un moyen de nous entendre pour réparer le préjudice subi. En temps normal, vous auriez été pendus, précisa-t-il sans sourciller. Mais comme vous me semblez dotés de compétences utiles, je vais vous proposer quelque chose qui pourrait nous rendre service mutuellement…

— Et ce quelque chose, demanda Rockwood suspicieux, ça consiste en quoi ?

— Ça consiste à mettre un peu de désordre dans ce monde si bien réglé, répondit Harris en prenant soin de préserver le mystère.

— C'est-à-dire ?

— C'est à dire faire exactement ce que je vous demande pour ne pas retourner à Fremantle, ou votre second séjour, je pense, sera encore plus désagréable que le premier.

Rockwood sursauta, tandis que Walsh se raidissait en serrant les poings.

Le fusil de Smith se redressa, les deux hommes s'enfoncèrent de nouveau dans leur fauteuil, impuissants.

— Comment avez-vous deviné ? demanda Walsh sans essayer d'esquiver.

— Accordez-moi d'avoir un peu de cervelle, répondit Harris, vexé qu'on lui pose la question. Deux hommes arrivent assoiffés dans une ville de chercheurs d'or perdue au beau milieu des terres d'Arnhem. Un endroit où personne ne mettrait décemment les pieds sans un fusil sur la tempe. Et puis votre allure, fit remarquer Harris. Malgré un physique impressionnant, vous n'avez que la peau sur les os… Et montrez-moi vos mains…

Les deux hommes s'exécutèrent de mauvaise grâce.

— Votre peau est tannée et dure comme si vous l'aviez exposée sans discontinuer au soleil, ourlée de durillons que ne renieraient pas mes mineurs les plus actifs… On m'a souvent dit que le travail ne manquait pas dans ce pénitencier, et votre corps confirme ces propos.

— Vous comptez nous dénoncer ? demanda Rockwood, furieux que Walsh se soit laissé aller si facilement.

— Pourquoi ferais-je cela ? Vous êtes les premiers évadés à réussir à arriver jusqu'ici en un seul morceau. Cela confirme tout le bien que je pense de vos aptitudes. Au contraire, je vais m'assurer que vous n'y remettiez plus les pieds…

— Et en retour, quel sera notre rôle dans votre vaste plan ? demanda l'Anglais suspicieux.

— Ce que je vais vous révéler est évidemment une conversation privée qui restera entre nous. En cas d'indiscrétion de votre part, vous imaginez bien que cela ne restera pas sans conséquence. Mais je prends le parti de vous faire confiance, pensant que vous êtes assez intelligent pour comprendre où sont vos intérêts. Pour tout vous dire, expliqua Harris, je vise un siège dans le nouveau parlement fédéral qui gèrera les différentes colonies au sein du Commonwealth australien. Même si je pense évidemment au bien-être des habitants de ce pays, j'ai aussi à cœur de faire fructifier mes affaires, et souhaiterais influencer la nouvelle constitution fédérale en ce sens. La reine Victoria ratifiera ce document dans quelques mois, c'est pourquoi je voudrai être sûr que quelques orientations y figurent bien. Je pense notamment à la capacité de pouvoir exploiter des mines, ou qu'elles soient sur le territoire, mais aussi à pouvoir faire travailler les populations indigènes à moindre coût, comme nous avons le loisir de le faire actuellement.

Rockwood ne put s'empêcher de sourire en entendant cela. Il connaissait bien les hommes de la trempe d'Harris. Ses priorités ne concernaient nullement l'intérêt de la population, mais uniquement le sien. Quant aux populations indigènes, moindre coût dans son esprit voulait certainement dire ne rien dépenser du tout en les faisant travailler comme des esclaves.

— Je n'ai pourtant pas vu beaucoup d'indigènes ici durant mon court séjour, lança Rockwood, un brin caustique.

— Disons que ceux du coin ne sont pas très coopératifs, et que nous avons renoncé à les employer… Provisoirement, bien entendu. Mais ce qui est vrai ici ne le sera pas partout. En usant d'un peu de finesse et de persuasion, nous inciterons ces sauvages à travailler pour moi, ce qui leur permettra de goûter aux joies du monde moderne, et leur fera quitter définitivement l'âge de pierre qu'ils ont toujours connu.

L'homme semblait sérieux. Peut-être ces sornettes avaient-elles une certaine résonance chez les rustauds qu'il avait croisés dans le bar, mais pour Rockwood qui avait été élevé dans le vice depuis sa plus tendre enfance, ce n'était rien de plus que du pipeau. Il décida de pousser plus avant l'homme dans ses explications.

— Et pourquoi la reine accepterait-elle cela ?

— Elle a plus de 80 ans, répondit Harris qui s'était visiblement penché sur le sujet. Pour être honnête, nous savons vous et moi qu'elle n'est plus tout à fait lucide. C'est le moment de faire passer des textes qui auront toutes les chances de survivre plus d'une dizaine d'années, avant que son fils Édouard ne les abroge sous la pression populaire quand il sera à son tour couronné. Mais d'ici là, ma fortune aura encore grossi, et ce qui sera décidé n'aura plus grande importance.

— Et nous dans tout ça ?

— Un juge, un avocat et quelques progressistes militent pour l'égalité des droits pour tous. Le juge, un individu du nom de Cliff Morgan, participe à la rédaction de la nouvelle constitution avec une équipe d'hommes de loi. Pour ce faire, il a chargé un avocat d'obtenir la coopération des tribus rebelles dans ce qui pourrait être la nouvelle organisation du pays, leur accordant en retour la jouissance de leurs terres, ce que je ne peux bien évidemment pas accepter. Ces tribus se situent principalement dans le centre du pays, non loin de la rivière Todd où on a découvert des pépites d'or par centaine. Cette région m'intéresse fortement, et il est hors de question que je n'y mette pas mon nez. Pour dire vrai, j'ai la ferme intention de m'y installer prochainement comme je l'ai fait ici en bâtissant une nouvelle ville, laquelle attirera les chercheurs d'or de tout le pays, faisant fructifier les commerces et colonisant l'endroit par des populations blanches. J'ai déjà un plan solide pour mettre au pas les tribus Aborigènes, ainsi que l'avocat d'ailleurs.

— Et si les tribus ne veulent rien entendre ? demanda Rockwood qui était sûr de connaître la réponse.

— Cette terre est sans pitié, et de nombreux dangers guettent malheureusement celles et ceux qui ne voudraient pas accepter le progrès. Mais c'est une autre histoire. Le juge Morgan ne dispose de toute façon pas d'un temps infini pour obtenir ces concessions. Je peux donc raisonnablement penser que l'affaire sera pliée en deux temps, trois mouvements, et que mes projets auront toutes les probabilités de prendre forme dans un futur proche. Mais vous concernant, dit-il en fixant les deux hommes, je n'ai pas l'intention de vous envoyer dans le désert du centre ; vous ne me seriez d'aucune utilité. Si l'avocat arrive à convaincre les sauvages de baisser les armes, il devra revenir à Melbourne pour y rencontrer le juge ; j'agirai à ce moment-là et je m'occuperai de lui. J'ai autre chose en tête pour vous qui doit davantage être dans vos cordes. Quelques progressistes à Sydney sont sensibles aux propos de Morgan, et j'aimerais que vous puissiez leur faire entendre raison. Vous pourriez profiter par la même occasion de la douceur de cette merveilleuse ville, ce qui entre nous vous changera de la prison où vous étiez. Un échange de bons procédés en quelque sorte ; c'est équitable, non ?

— Même question : que faire si ces hommes n'épousent pas vos idées ?

— Vous improviserez, pourvu que ça ressemble à un accident. Le temps m'est compté, et je n'en ai plus à perdre en fioritures. C'est le deal que je passe avec vous : vous avez des compétences particulières ; mettez-les à mon service, et je vous sors du pétrin dans lequel vous êtes fourré, tout en assurant vos arrières…

— C'est-à-dire ?

— Si tout se passe comme prévu, tous ceux qui auront participé à ce noble projet se verront dotés d'une participation dans les futures mines d'or exploitées, en plus d'une somme d'argent pour services rendus. En résumé, vous n'aurez plus à vous inquiéter pour votre avenir. Vous voyez, il ne sera pas dit que je suis un homme ingrat…

Une improbable rencontre

Le train siffla deux longs coups, puis ralentit son allure dans une stridulante complainte métallique. Après un concert d'étincelles, il s'arrêta enfin. Perdue au milieu de nulle part, la minuscule gare était principalement fréquentée par des stockmen en transit. Ces hommes passaient la majeure partie de leur temps à convoyer des troupeaux de chevaux de plus de deux mille têtes dans des étendues désertiques, et ce, de seize à dix-huit heures par jour. Un travail harassant, peu valorisé, et surtout mal rémunéré. Avec le salaire qu'ils touchaient chaque mois, ils pouvaient à peine s'acheter une paire de bottes, un peu de tabac, et quelques verres d'alcool. Autant dire que les candidats à ce style de vie ne se bousculaient pas au portillon. Les recrus étaient soit des hommes illettrés peu gâtés par la vie, soit de vrais amoureux de la nature, le pourcentage d'individus le moins élevé dans la profession. Mais malgré la difficulté du métier, ils pouvaient au moins revendiquer la noblesse de cette mission qui surclassait de beaucoup l'élevage de milliers de moutons stupides importés de Tasmanie.

La bande qui attendait le train aujourd'hui avait convoyé un troupeau depuis le nord jusqu'au centre du pays. Les bêtes avaient ensuite été revendues pour en acheter d'autres en route, car ces mélanges de sang favorisaient les chevaux robustes ainsi que la réputation du ranch de Dick Snow, leur patron. Le prochain convoi ne partant pas avant plusieurs jours, ils profitaient de ce moment de liberté pour faire la fête à Pine Creek, la principale ville du coin. Grâce à la ruée vers l'or et l'arrivée massive d'individus alléchés par l'appât du gain, les bars avaient poussé comme les pustules sur le visage d'un vérolé, dans ce qui était il y a peu de temps encore, un lieu de vie paisible de quelques centaines d'âmes. Débordant d'activités désormais, le hameau avait grandi dans un désordre sans nom, et proposait toute une gamme de divertissements, à commencer par l'alcool, le jeu, la musique et les filles. Trop longtemps sevrés de ces délices, ces hommes ne tenaient plus en place, lassés de manger poussière et solitude dans les régions désertiques du centre. Dans cette antichambre de l'enfer, leur seule distraction, à part le travail, était les hurlements des dingos qui les empêchaient de dormir la nuit jusqu'à les rendre à moitié fous. Du coup, leurs nerfs étaient à vif, et il n'en fallait pas beaucoup pour les mettre sur les dents. Mais même dans leur état normal, c'étaient déjà des hommes rugueux au tempérament aussi imprévisible que brutal, secs comme le climat de l'outback qu'ils arpentaient de long en large toute l'année. Partout où ils se rendaient, ils étaient craints pour leur propension à jouer du couteau ou du revolver, et pas une fois ils ne partaient d'un endroit sans avoir au minimum fait parler leurs poings et laissé en guise de cadeaux, douleur et désolation. Au nombre de six, ils étaient menés par un homme ténébreux du nom de Carlson. Comme le précisait le règlement de la compagnie, ils remirent leurs armes à l'assistant du conducteur, et pénétrèrent dans le wagon de tête, bien décidé à profiter du trajet pour s'amuser un peu. Restait juste à trouver la voiture où ils avaient toutes les chances d'y arriver.

Engoncé entre les barreaux de sa cage, Bao huma l'odeur des hommes pénétrant dans le train. En bon chien de combat qu'il était, ces molécules lui parlèrent car il les avait déjà sentis à Pékin. Un concentré d'hormones d'hommes ivres de violence, avides de provocation, de fureur et de sang. Des hommes dangereux, comme il en avait malheureusement trop rencontré durant sa courte vie de chien. Ses poils de dos se dressèrent en une crête électrisée par la colère, lui donnant l'envie d'en découdre. Il émit des notes sourdes et ronflantes, plissa les babines en deux bourrelets baveux, découvrant une rangée de dents aussi aiguisées que des couteaux. Surprise par l'attitude soudaine de son chien, Chao lui caressa son immense crâne dans un mouvement spontané ; elle n'avait pas compris le message.

— Qu'il y a-t-il mon cœur ? demanda-t-elle. Nous nous arrêtons juste pour prendre des passagers ; il n'y a rien à craindre. Reste calme veux-tu, le chemin est encore long avant d'arriver à destination, et tu dois prendre ton mal en patience.

Le molosse qui s'était relevé se recoucha sur l'injonction de sa maîtresse, mais un grondement caverneux roulait toujours dans sa poitrine, comme un avertissement continu…

Si l'arrêt dans cette petite gare avait permis aux passagers de se dégourdir les jambes quelques instants, la pause n'avait pas duré assez longtemps pour que les muscles tétanisés par l'inaction ne cessent de crier grâce. Bai grimaça d'agacement en voyant l'obèse de devant reprendre ses aises sur la banquette en bois comme s'il était seul au monde. Dépourvu de la moindre gêne, l'homme empiétait sans vergogne sur l'espace de son entourage immédiat, poussant ses chairs molles avec la seule considération de voyager le plus confortablement possible. Si l'attitude du malotru qui s'affranchissait de toutes sortes de convenances était malheureusement assez fréquente chez des individus égocentriques, celle de son voisin qui supportait stoïquement d'être comprimé depuis le début du voyage était pour le coup surprenante. Mais Bai voyait bien que l'homme contenait de plus en plus difficilement sa colère en sentant les bourrelets flasques le plaquer contre la structure du wagon. Après une ultime poussée qui le comprima un peu plus, l'individu en redingote bougonna effectivement. L'obèse jeta immédiatement les mains au ciel comme pour signifier qu'il n'y était pour rien, et l'affaire en resta là.

Après avoir vérifié que plus personne ne traînait sur le quai, le conducteur lâcha ses deux coups de sifflet règlementaires et enjamba le marchepied de la locomotive. Le train s'ébroua en une série de tremblements compulsifs, et chacun se résigna de nouveau à la patience. Plus que deux heures de voyage – deux longues heures en vérité, dans cette ambiance surchauffée – et la torture d'un corps supplicié ne serait plus qu'à ranger au rayon des mauvais souvenirs. Sentant le train prendre de la vitesse, Bai laissa son regard errer sur les plateaux qui recommençaient à défiler sous le soleil dru de ce début d'après-midi, comme une longue irruption pierreuse. Depuis leur départ ils n'avaient cessé de longer d'énormes saillies rocheuses, qui en proposant des poches d'ombre à cet environnement hostile, donnaient vie à une végétation qui n'en demandait pas plus pour verdir l'horizon d'un trait presque continu. Bai apprécia en silence le conseil de l'officier qui leur avait fait gagner des jours de voyage, alors même que les terres désertiques étaient encore loin. Même si le confort était limité, le train était au final une excellente alternative au périple à cheval, évitant les efforts inutiles et la dangerosité d'un terrain difficile. Quel dommage que la voie ferrée s'arrête à Pine Creek et ne les pousse pas un peu plus loin. Mais bon, c'était au moins ça de pris…

Bercé par le bruit monotone du frottement des roues sur l'acier des rails, il commença à s'assoupir. Pas longtemps. Le claquement sec d'une porte qui bat l'électrisa et le réveilla d'un coup. Un groupe d'hommes entra. Ils étaient sombres, luisants de vice et de crasse. Bai sût à cet instant précis que le calme qui caractérisait le voyage jusqu'à présent était fini. Tout en avançant dans l'espace exigu, les stockmen fixaient les passagers avec une morgue calculée, comme pour sonder leur âme.

Mais en avaient-ils seulement une eux-mêmes ?

Ils s'en prirent d'abord à un vieux monsieur de la première classe. D'une simple pichenette, l'un d'eux fit tomber le chapeau de l'homme assis.

— S'cusez M'sieur, pas fait exprès.

Pas fou, le vieillard fit semblant de croire à cette fable. Il ramassa avec difficulté son attribut ridicule, puis, par prudence, le garda entre les jambes, l'enserrant entre ses mains tremblantes, comme un naufragé s'accroche à sa bouée. Puis ce fut le tour d'une femme entre deux âges qui reçut leurs remarques fumeuses. Pas plus courageuse que la première victime, elle ne pipa mot devant tant de grossièreté, et adopta une attitude figée, essayant de contenir sa peur sous une allure de marbre. Ils allaient continuer de mettre la donzelle sous pression, quand Carlson aperçut le gros homme au fond du wagon. Pour le coup, ce dernier ne paraissait plus du tout à son aise. La victime idéale pour s'amuser un peu, d'autant qu'il était entouré d'un troupeau de Chinois serviles qui s'avéraient être des proies de premier choix.

— Oh, les gars, laissons ces honorables citoyens tranquilles, et allons nous installer au fond du wagon. Nous serons plus à notre place dans cette zone de seconde classe…

— Quelle mouche t'a piquée ? Pourquoi tu veux qu'on aille s'entasser dans…

Tandis qu'il parlait, le dénommé Gus Morton jeta subrepticement un œil au tableau du fond. Il comprit instantanément ce que Carlson avait en tête, connaissant l'esprit retors de son meneur.

— … T'as raison, c'est une bonne idée, dit-il. C'est pas notre place que d'nous mélanger aux gens de la haute… Par contre, dit-il en feignant la surprise, ça va être difficile de s'assoir, y a plus une place de libre dans ce wagon !

Un rire goguenard clôtura sa tirade.

Voyant les hommes à la mine patibulaire se diriger droit sur lui, le gros homme se mit à trembler comme une feuille. S'il osait se moquer des conventions face à des passagers éduqués, il se savait particulièrement vulnérable devant la brutalité sous-jacente de ces hommes mal dégrossis. Il ne se trompait pas. Le dénommé Carlson s'arrêta à deux pas des voyageurs, son acolyte campé à ses côtés. Il fixa l'individu pétrifié d'un air dubitatif.

— Peut-être que ces braves gens pourraient laisser leur siège à des travailleurs fatigués…

Les mots étaient à peine sortis de sa bouche que la quasi-totalité des Chinois se levait d'un bond et passait dans un désordre sans nom dans la voiture d'à côté. Par on ne sait quel miracle, personne ne chuta sur les rails. Seuls étaient restés deux Chinois, qui aussi bizarre que cela puisse paraître restaient impassibles, ainsi que le gros homme tétanisé par la peur, lequel empêchait par sa masse le gentleman bien habillé de bouger.

Morton se réjouit par avance de la tournure des événements.

— Bon, dit-il, puisque ces personnes souhaitent rester avec nous, autant faire connaissance tout de suite.

Il retira son chapeau crasseux et se présenta en faisant une légère courbette :

— Gus Morton pour vous servir… À qui ai-je l'honneur ?

Comme personne ne mouftait, Carlson renchérit :

— Les macaques ne causent peut-être pas anglais, glousse-t-il, c'qui explique qu'ils sont muets comme une tombe. Et d'ailleurs, précisa-t-il, a-t-on déjà vu un singe parler ! On va leur apprendre deux ou trois mots d'notre langue, mais avant ça, le gros lard qui prend ses aises va devoir déguerpir afin qu'on puisse se parler plus facilement…

Dans un tortillement ridicule, l'homme obèse se mit difficilement debout, mettant au supplice son voisin qui grimaçait de douleur, écrasé de toute part. Dès qu'il eut réussi à sortir, il s'empêtra les jambes entre elles et s'étala de tout son long sur le plancher du wagon, déclenchant l'hilarité des cow-boys. Alors qu'il tentait de se remettre debout, il reçut un violent coup de pied dans le séant pour accélérer le mouvement. Le bonhomme faillit retomber, mais garda tout de même son équilibre. Il s'éloigna les larmes aux yeux, déterminé à mettre un maximum de distance entre ces sadiques et lui. Restaient les Chinois au masque de marbre, et le milord qui s'était reconstitué un visage sévère, montrant sa désapprobation face à un acte d'une telle vilenie.

— L'homme a du cran, pensa Carlson.

Les Chinois l'intriguaient plus encore. Pas une fois, l'un d'entre eux avait manifesté le moindre signe de peur, ni même exprimé la plus infime des émotions. C'est la première fois de sa vie qu'il voyait tant de désinvolture devant ses outrages.

— Comment vais-je faire pour me faire comprendre de ces « faces de citron » ? dit-il en fixant Da et Bai. Les chinetoques semblent avoir le cerveau débranché.

— Ne vous donnez pas cette peine, répliqua aussitôt Bai, nous comprenons assez bien votre langue pour tenir une conversation avec vous, et nous sommes parfaitement conscients de ce que vous faites. Je profite que vous m'ayez abordé pour vous signifier que vos manières sont détestables en tout point. Vous devriez témoigner d'un peu plus de respect à des gens qui ne désirent rien d'autre que de voyager tranquillement.

— Voyez ça, ironisa Carlson à l'adresse de ses acolytes, un singe éduqué…

— Je confirme qu'il vous reste beaucoup de progrès à faire dans l'utilisation des marques de civilité, fit Bai en lui adressant un sourire narquois.

— Ma patience à des limites, face de citron, s'emporta Carlson qui ne trouvait plus le jeu si amusant que ça, ravale ta morgue, où j'vais te la faire avaler si violemment, que tes yeux vont se débrider instantanément !

— Tout comme je pourrai vous enfoncer le nez si profondément dans la gorge, que vous auriez plus de facilité à vous moucher par la bouche, rétorqua Da, rouge de colère. Ces hommes avaient été trop loin ; ils méritaient une leçon.

Bai le retint par le bras.

— Ils n'en valent pas le coup, Da, ne cherchons pas les embrouilles, nous ne sommes pas ici chez nous, lui dit-il en chinois.

— Au cas où tu ne l'aurais pas remarqué, nous sommes déjà en plein conflit, lui rétorqua Da qui n'avait pas lâché le stockman du regard. Bien lui en prit, car excédé, l'homme balançait violemment son pied en direction de son ventre. Telle une toupie et à la vitesse de l'éclair, Da se projeta vers l'avant et s'enroula autour du segment tendu tout en balayant la jambe d'appui du stockman. Carlson se retrouva quasiment à faire le grand écart. Il hurla de douleur en sentant ses muscles se déchirer derrière sa cuisse. Le cri fusait encore de sa bouche que Bai attaquait lui aussi. Morton ne vit rien venir. La paume du Chinois lui heurta si violemment le menton qu'il en perdit connaissance instantanément. Estomaqués par leur vitesse d'exécution, les cow-boys tentèrent de réagir. L'un d'eux sortit un couteau caché dans sa botte et voulu transpercer Da qui se présentait de trois quarts devant lui. À cette distance, il ne pouvait le louper. Son bras se détendait à peine, que le maître en Kung-fu décrivait un arc de cercle avec sa jambe avant qui heurta une partie précise du poignet extrêmement innervée. Le couteau tomba. Sans reposer la jambe, Da réarma immédiatement son coup, et fouetta le visage de son adversaire d'un coup sec, lui désarticulant la mâchoire qui s'ouvrait tout juste pour hurler sa douleur. L'homme tomba lui aussi inanimé, son cri restant bloqué dans sa gorge. Voyant l'hécatombe et plus lucides que leurs camarades, les trois cow boys restants s'arrêtèrent d'un tenant ; l'un d'eux leva les mains au ciel pour tenter d'arrêter le massacre. Il était absolument clair qu'aucun d'eux ne faisait le poids face à de tels combattants.

En tout cas pas sans leurs armes.

— On se calme, Messieurs, nous ne cherchons pas querelle avec vous, c'est un malentendu.

— C'est un peu tard comme résolution, non ? fulmina Da dont le niveau de colère était à son paroxysme. Il avait encore envie d'en découdre.

— Peut-être, mais ceux qui voulaient absolument se battre sont au tapis. Nous autres voulions simplement nous amuser un peu, rien de plus.

— Il a raison, Da, ils ont eu leur compte, et pour ma part je n'ai rien contre ces hommes, même si je déteste leurs manières.

— Qu'est-ce qu'on fait alors maintenant ? Tu crois vraiment que ces trois loustics vont rester calmes quand ils vont se réveiller et récupérer leur fusil à l'arrivée du train ?

Comme pour corroborer ses propos, un mouvement sur leur gauche attira leur attention.

— Bande de salopards, ragea Carlson qui se tenait la cuisse entre les mains, vous ne perdez rien pour attendre.

Si sa blessure était douloureuse, elle ne l'empêchait pas de se battre. Mais diminué comme il l'était, il savait que le Chinois n'en aurait fait qu'une bouchée. La lucidité imposait de ne rien faire… Pour l'instant.

— Je rectifie : les deux qui dorment et le troisième qui est blessé…

— Pouvez-vous nous garantir que ces hommes ne voudront pas se venger une fois rétablis ? demanda Bai au cow-boy conciliant.

L'homme hésita. Il connaissait le caractère irascible et l'orgueil de ses compagnons, et savait qu'il ne pourrait rien faire pour les calmer. En fixant Carlson, il reçut d'ailleurs l'éclat de ses yeux comme une brûlure au visage.

— À vrai dire pas vraiment, dit-il en baissant la voix pour ne se faire entendre que de son interlocuteur. Le mieux serait que vous ne vous rencontriez plus à l'avenir.

— Permettez-moi de me présenter, Messieurs, dit Brown en s'adressant aux trois stockmen valides. Voyant la tournure des événements, il avait décidé d'intervenir.

— Je m'appelle Peter Brown, et je suis avocat de la couronne à Brisbane. Comme j'ai été le témoin privilégié de ce qui vient de se passer, ainsi que les passagers de ce wagon par ailleurs, je peux vous garantir que je n'hésiterai pas à témoigner contre vous s'il arrivait quoi que ce soit de fâcheux à ces deux hommes une fois rendus à Pine Creek. J'espère que vous saisissez bien le sens de mes propos, car je ne plaisante pas. D'autres ont tâté de la corde pour bien moins que ça, tenez-le-vous pour dit. Pour ne pas créer de problèmes supplémentaires et vu l'état de vos compagnons, je propose que nous passions dans le wagon d'à côté, ces deux Messieurs et moi-même – Il s'adressait cette fois à Li Bai et Cui Da avant de repasser à Williams – espérant que vous saurez raisonner vos collègues si vous voulez profiter de votre séjour à Pine Creek en tant qu'hommes libres. Me suis-je bien fait comprendre ?

— Parfaitement Monsieur, fit Holden Williams, le stockman qui ne voulait pas d'histoire. Je tâcherai de leur faire entendre raison.

— Je compte sur vous. Et maintenant Messieurs, pour éviter d'attiser un peu plus les rancœurs que je sens encore tenaces, je vous propose de me suivre dans l'autre voiture où nous pourrons faire plus ample connaissance. Je dois reconnaître que vous m'avez intrigué…

Bai et Da acquiescèrent, comprenant que cet homme pouvait leur être d'un précieux appui dans ce pays où ils n'étaient pas vraiment les bienvenus. Sans un regard pour leurs victimes, ils suivirent l'avocat et prirent la direction de la porte du fond. Les passagers regardèrent partir le groupe d'un air hagard, toujours abasourdis par ce qu'ils venaient de vivre. Trois hommes gisaient au sol, hors de combat. Trois individus rugueux et bagarreurs pour qui jouer des poings relevait de la simple habitude. Et tout ça orchestré par deux jeunes Chinois, rapides comme la foudre et précis comme une horloge suisse.

Quelle journée !

Tout en méditant sur ce que la vie a parfois de surprenant, le vieil homme au chapeau lança une œillade complice à la femme qui tout comme lui s'était fait importuner, laissant l'un et l'autre échapper un sourire libérateur.

La troupe expéditionnaire

Un ciel sans nuage d'un bleu intense, une terre teintée de rouge vif, des buissons ardents, quelques acacias épars, une chaleur implacable. Les journées se suivaient et se ressemblaient toutes. Malgré les lieues parcourues sans relâche, les lanciers de nouvelle Galles du Sud avaient toujours fière allure. Si leur veste à large plastron et leur ceinture colorée étaient ternies par une poussière ocre qui s'incrustait jusque dans les moindres recoins des tissus, ils portaient leur chapeau carré et la lance aux couleurs de leur régiment avec panache. Héritière d'une période où la pique était l'arme fatale, la lance restait redoutable lors des charges contre l'ennemi, quand bien même les soldats complétaient aujourd'hui leur attirail avec des fusils de guerre, des sabres, ainsi que des revolvers.

Leur mission était d'importance, ils le savaient.

Dure, cruelle aussi.

S'ils avaient été choisis pour cette traque malgré l'éloignement de Sydney, leur ville d'attache, c'est parce qu'aucune autre troupe que la leur ne possédait la capacité de déloger ceux qui narguaient le gouvernement depuis trop longtemps maintenant. En un mot, c'étaient les meilleurs. Des cavaliers émérites en plus d'être des soldats aguerris. Mais avant d'atteindre l'objectif désigné, il fallait chevaucher. Toujours et encore. À s'en rendre malade. Les lanciers, pourtant, faisaient corps avec leur cheval, aidant autant qu'ils le pouvaient l'animal à franchir les difficultés les plus ardues grâce à leur équilibre parfait. Un corps qui épousait le mouvement de leur monture sans le moindre contretemps, sans aucune résistance. En plus de ce sens inné pour guider les bêtes avec confiance, leur habileté à la lance, ou toute autre arme emportée avec eux, n'était plus à démontrer. Si tous étaient capables de ficher une pique au centre d'une cible au grand galop, ils pouvaient également abattre un lièvre avec un fusil à plus de cent pas, et le tout sans que leur cheval bronche. Ces dons de tireurs et de cavalier émérite allaient leur être utile, car si l'Australie blanche se rêvait en un pays uni, les luttes intestines, elles, devaient être expurgées de ses terres. Le hic était que les protagonistes en question n'étaient rien d'autre que les plus vieux habitants de ce continent. Les plus rétifs au changement aussi. Si leur bellicisme irritait bon nombre de politiciens, les mesures de rétorsion à leurs actes de violence n'avaient jamais été efficaces. Du moins jusqu'à maintenant. Car depuis peu, c'était l'amiral Harry Rawson qui était aux commandes de la nouvelle Galles du Sud, l'état le plus peuplé des fédérations australiennes. Avec cet homme, l'immobilisme qui prévalait jusque-là n'était plus de mise. Rawson était un militaire, pas un politicien. On disait de lui qu'il était la rigidité faite homme, en plus d'être un fin tacticien. Sa notoriété venait d'Angleterre. Il la tenait pour principal d'avoir dirigé l'expédition punitive qui avait pillé et brûlé la ville de Bénin sur le continent africain (actuel Nigéria), en représailles du massacre d'un jeune consul britannique appelé James Robert Philips, ainsi que de sept de ses hommes. Fraîchement nommé gouverneur, il avait décidé d'en finir avec la poche de résistance des Aborigènes cachés dans un large massif de schiste, au cœur de l'Australie rouge. Si le sommet principal de cette chaîne, le mont Olga, culminait à plus de cinq cents mètres, les autres élévations s'érigeaient plutôt à trois cents, voire moins pour les plus érodées. C'était peu et beaucoup à la fois, car perchés sur leurs pics, les Aborigènes voyaient les troupes arriver de loin, et disparaissaient avant même d'avoir eu à combattre. Comme la roche était truffée de grottes et de galeries creusées depuis la nuit des temps, les Anangu, propriétaires ancestraux de ce site, n'étaient jamais là où les attendaient les blancs qui cherchaient à les affronter. Forts de ces atouts géographiques, de leurs talents de guerriers aussi, et surtout de leur capacité à vivre de pas grand-chose et de se rendre invisible quand il le fallait, ils résistaient vaillamment aux assauts désordonnés de soldats qui rentraient toujours bredouilles, peu habitués à cette stratégie d'évitement. Malgré la pression exercée contre eux, et peut-être aussi pour narguer un gouvernement qui les détestait, les sauvages continuaient de harceler les chercheurs d'or et les éleveurs de chevaux qui tentaient vainement d'installer leurs troupeaux sur ce vaste territoire, laissant de temps à autre un cadavre pourrir sous le soleil brûlant.

Ces derniers temps, d'ailleurs, les morts s'étaient multipliés.

C'en était trop.

Face à ces multiples provocations, la méthode forte s'imposait. Les Aborigènes voulaient la guerre, ils allaient l'avoir. Malgré les voix dissonantes qui s'étaient élevées contre le massacre à venir, Rawson avait tenu bon. Grâce au soutien du Premier ministre, George Reid, l'expédition avait été lancée. Composée de trois cents hommes, tous triés sur le volet pour leur endurance et leur qualité de soldat, l'objectif de la troupe dirigée par l'expérimenté Scott Davis était clair : faire cesser la rébellion des Aborigènes au centre du pays, et ce, quel que soit le moyen utilisé. Si la mission réussissait, la colonisation, qui jusqu'à présent s'était surtout concentrée sur les côtes, pourrait s'étendre au reste du pays. Mais s'il ne s'était agi que de militaires de carrière, les événements auraient pu être sous contrôle, et le nombre de victimes limité. La suite de l'histoire, hélas, allait mettre en exergue le côté sombre de ce que l'on nommerait plus tard : la pire bévue de la colonisation australienne…

En grande partie due aux miliciens.

Pour être sûr de l'emporter face à des guerriers émérites, Davis s'était vu imposer plus de deux cents aventuriers venus de toutes les fédérations du continent. L'ajout de miliciens était pourtant chose courante dans l'armée anglaise, cette pratique remontant à la bataille de Crécy où les archers avaient été décisifs contre les troupes françaises. Mais en tout état de cause, les motivations obscures de ces hommes qu'il considérait sans valeur et surtout sans moral, inquiétaient l'officier. Peu de chance pour que ce soit pour l'appât du gain, car la maigre solde proposée par l'armée n'était pas de nature à attirer beaucoup de monde. Pour la haine de l'Aborigène, par contre, ou pour un calcul bassement mercantile concernant la mainmise de territoires qui regorgeaient de gisements d'or prometteurs, plus sûrement. La question qui le taraudait depuis que ces hommes avaient intégré sa troupe était de savoir comment les contenir…

Davis s'en était déjà mordu les doigts durant le trajet. Faire respecter des règles, même les plus élémentaires, à des électrons libres qui avaient passé leur vie à les rejeter, relevait du paradoxe. Non sans crispations pourtant, chacun s'était accommodé de la présence de l'autre. Mais à l'approche de la confrontation à venir, Davis craignait la résurgence de ce que la nature produisait de pire. Et le pire pour ces hommes de bas instinct n'était pas plus imaginable que de déserter de son poste pour un homme de son acabit. Même si ses menaces de passer par les armes tous ceux qui ne respectaient pas ses ordres étaient explicites, il savait que dans le feu de l'action, la limite entre le juste nécessaire et la cruauté gratuite était ténue. Et comme une importante tribu Aborigène avait été localisée par ses éclaireurs dans les massifs entourant le mont Olga, l'heure de vérité allait bientôt sonner…

La nuit avait étouffé depuis peu le dernier cercle incandescent du soleil. L'assemblée était houleuse. Les lueurs du feu semblaient donner vie aux peintures rupestres, et surtout au grand serpent arc-en-ciel peint sur la roche derrière eux, affublé de ses « dilly bags », des sacs contenant des graines et des paroles sacrées. Quelques anciens et un jeune chef belliqueux d'un clan rebelle discutaient dans le dialecte des Anangu, enroulés dans de grandes capes de marsupiaux. L'attention portée aux arguments de chacun des protagonistes était à son paroxysme parmi les membres du cercle restreint.

— On ne peut agir de la sorte, rugit le chaman ; tuer des blancs parce qu'ils bafouent nos traditions n'est pas dans nos valeurs. Nos tribus ont toujours été guidées par Tjukurpa, la loi ancestrale. Tu la connais aussi bien que moi. Notre attitude doit être en lien avec les rêves de Baïamé, le grand Esprit, dont les préceptes prônent l'harmonie avec toutes formes de vie, qu'elles soient animales ou végétales. En agissant ainsi, tu as bafoué tes engagements.

— Que fallait-il donc faire selon toi ? Les laisser prendre nos terres, leur donner nos enfants pour les rééduquer comme ils disent, à l'instar de ce qu'ils ont fait en de multiples occasions dans des tribus voisines, ou accepter d'être traînés dans des réserves qui nous sépareront pour toujours des esprits de nos ancêtres ? Et de qui parle-t-on au juste ? D'hommes inoffensifs qui désirent cohabiter en paix, ou de blancs armés jusqu'aux dents qui nous ont attaqués à la première occasion venue ? Ta morale te rend donc aveugle au point de ne pas voir la réalité des choses ? Nous n'avons fait que riposter à leurs provocations, et ces hommes sont finalement partis. Ils ne comprennent que la force, et c'est uniquement ce que je leur ai servi…

— À quel prix ! Six des leurs ont été transpercés par nos lances et y ont laissé la vie, assena le chaman fou de rage de se voir tenir tête par un homme qu'il avait mis au monde. Ils reviendront en force un jour ou l'autre, et tu sais comme moi que les guerriers de la tribu ne pourront soutenir un siège indéfiniment.

— Nos montagnes sont hautes, nos clans redoutables, répliqua tranquillement le guerrier. Cette terre est à nous ; chaque recoin nous est familier, chaque anfractuosité peut servir de cache. Que peut-il donc nous arriver ? Ces hommes sont des envahisseurs, et nous devons les repousser autant de fois qu'il le faudra. Que ce soient des chercheurs d'or ou des fermiers qui tentent de s'implanter dans nos territoires. Coûte que coûte. Si nous avons la faiblesse de ne pas le faire, ils dévasteront nos terres comme ils l'ont fait un peu plus au Nord, et ce sera la fin de la vie telle que nous la concevons. Je refuse l'attitude de soumission qui nous a tant desservis par le passé. Ces hommes sont des bêtes immondes qui ne seront satisfaites que quand nous abdiquerons. Au prix de notre liberté ou de nos vies. Est-ce que baigner dans notre sang ou finir parqués loin de chez nous comme des animaux en cage est un destin acceptable ? Est-ce cela que nous revendiquons comme destin ? demanda le guerrier en s'adressant cette fois au cercle attentif des anciens.

Personne ne moufta. Pas même le chaman, qui, les yeux fermés, semblait cette fois aussi imperméable aux propos de

Kaiya que les immenses blocs de monolithe qui les entouraient. Cette attitude était suffisamment étrange et familière à la fois pour que chacun se taise et se tourne vers le sorcier, dont l'esprit semblait traversé par un rêve. Un cauchemar plutôt. Il battit brutalement des paupières, effrayé par ce qu'il venait de voir. Dans la lueur blafarde du feu tremblotant, les yeux dilatés du sorcier semblaient sortir de leur orbite. De la sueur coulait de son front en billes serrées. On voyait qu'il ne feignait pas.

— Ce que je craignais va arriver, dit-il simplement en tremblant de terreur. Ils vont revenir pour nous détruire…

La prédiction allait se réaliser effectivement trois mois plus tard, sur l'une des premières formations rocheuses qui en comprenaient plus de trente, et sur lesquelles se répartissaient les tribus Aborigènes. Pourvu d'un sommet presque aussi large que sa base, le plateau en question s'érigeait à une distance conséquente de l'endroit où s'était tenu le conciliabule. Peu méfiantes sur une agression extérieure, car confiantes dans la capacité des guetteurs à les alerter à temps, les familles du pic de l'oiseau avaient regagné ce soir-là la sécurité rassurante de leur grotte avec un certain plaisir. Chacun avait hâte de profiter du confort ouaté que leur offrait le feu vigoureux qui cassait la fraîcheur de la nuit. Les activités ne manquant pas durant la journée, une bonne nuit de repos allait requinquer les corps fatigués. Sauf que la quasi-totalité des membres du clan ne verrait pas le jour se lever. Mais à ce moment-là, bien sûr, personne ne le savait…

Beaucoup d'Aborigènes dormaient profondément quand la troupe d'Occidentaux décida de passer à l'action. Pour masquer leur approche, les membres de l'expédition punitive avaient enveloppé les pieds des chevaux dans un tissu épais. Non loin des premières élévations, les bêtes avaient été parquées dans un endroit à l'abri des regards. Un cheval n'était plus dans son élément ici. Trop voyant, trop bruyant, pas assez agile. Le reste du trajet, donc, avait été effectué à pied. Pour ne pas se faire repérer, le canon des fusils et la lame des sabres avaient été barbouillés de cirage noir, évitant à la lumière de la lune de se refléter sur l'acier, et trahir ainsi leur présence. Le moral gonflé par un flot d'adrénaline qui dopait leur détermination et gommait leurs peurs, chacun était prêt au combat. La charge frontale n'étant pas recommandée dans cet univers de formes et de recoins, il avait été décidé de ne pas utiliser les lances qui avaient été laissées au campement improvisé avec les chevaux, sous une protection réduite. Tous les hommes ou presque devaient être mobilisés pour le premier assaut, et rien n'avait été laissé au hasard. Le nombre, l'effet de surprise, l'armement, tout avait été soigneusement soupesé pour une victoire éclair. La tactique était simple. Le massif montagneux étant trop important pour espérer toucher le gros des tribus qui vivaient dans l'ombre de sa protection, le capitaine avait décidé de surprendre uniquement le premier clan rencontré. Le coup de feu réalisé, ils plieraient bagage aussi vite qu'ils étaient venus, évitant l'affrontement avec les tribus voisines accourant pour les repousser. En quelque sorte, ils utiliseraient la technique que les Aborigènes n'avaient cessé d'utiliser contre eux : frapper telle la foudre, et s'évanouir dans la nature. Si l'attaque réussissait, elle provoquerait une stupeur collective que Davis mettrait à profit pour engager des négociations ultérieures. Du moins l'espérait-il. Quelques victimes pour une capitulation rapide, voilà qui valait mieux qu'un siège long et douloureux pour les deux parties. Si son plan échouait, d'autres assauts seraient à prévoir en utilisant les mitrailleuses qu'ils avaient emportées avec eux. Ça, Scott Davis voulait absolument l'éviter. Trop de morts auraient pour effet de concentrer sur eux les forces Aborigènes qui voudraient se venger d'un massacre sans nom. Une stratégie contre-productive, qui de plus serait désavouée par Sydney. L'idée était donc de surprendre une tribu dans son sommeil, tuer quelques guerriers intrépides, laisser s'échapper le gros du clan par les multiples anfractuosités qui irriguaient la roche, et s'éclipser. Pour sécuriser l'assaut et protéger ses hommes d'un revers qu'il n'envisageait pas, l'une des gatling avait quand même été emportée. Au cas où. Il avait par ailleurs donné pour consigne explicite d'éviter d'occire femmes et enfants, sauf si ces derniers prenaient part au combat et constituaient un danger pour la vie des assaillants. Sa prédiction sur le peu de fiabilité des miliciens allait malheureusement se révéler exacte, dans ce qui allait être la plus grosse erreur de sa carrière…

Le massacre

Tjungarayi scruta la lune. Au début de son périple, elle entamait vaillamment sa longue course dans le ciel étoilé, où les astres concouraient pour celui qui brillerait le plus. Le jeune Aborigène bâilla. Juste armé de son gourdin et d'un bois évidé qui lui servait d'avertisseur en cas d'attaque, il était nonchalant et peu vigilant. Transit de froid et claquant des dents, il s'enroula un peu plus dans la peau d'opossum que lui avait offert un cousin revenu du Sud, et prit son mal en patience. Quand la lune atteindrait le centre du ciel, il serait remplacé. Mais pour l'instant, c'était à lui d'ouvrir les yeux.

Ce qu'il fit…

Un peu.

Puis comme de nombreuses fois quand il montait la garde, il s'assoupit. Quand il entendit soudain un léger bruit non loin de lui, il tressauta. Le son était si ténu qu'il pensa d'abord avoir rêvé. Poussé par un instinct prudent, il vérifia les environs d'un regard évasif, puis abandonna. Les appels de la nuit étant plus puissants que les efforts nécessaires à la vigilance, il s'emmitoufla de nouveau dans la chaude peau qu'il bénissait d'avoir pris avec lui, et sombra dans un demi-sommeil. Mal lui en prit, car il fut le premier mort de cette expédition sanglante. La lame du couteau lui trancha profondément la gorge en même temps que la main ferme de l'assassin se plaquait contre sa bouche pour l'empêcher de crier. Le corps s'affaissa telle une poupée de chiffon, sans susciter le moindre émoi de la part de l'éclaireur. Après avoir furtivement regardé autour de lui et s'être assuré que plus aucun guetteur n'était présent, il fit un signe discret aux autres pour le rejoindre. Tels des fantômes, les hommes s'avancèrent à pas de loups. Parfaitement briefé et organisé sur ce qu'ils avaient à faire, chaque groupe se positionna devant les gueules sombres qui égrenaient la surface du bloc comme un collier de perles noires géantes. Quelques miliciens avaient pour mission de transporter le canon de la gatling que l'on avait momentanément dépossédée de ses roues pour éviter de faire le moindre bruit. Les hommes reprirent leur souffle en respirant profondément. Charrier ce tas de ferraille sur un sol morcelé n'avait pas été de tout repos. Ils devaient normalement se positionner en arrière et n'intervenir qu'en cas de difficulté ou de tentative de submersion par l'ennemi. On aurait dû mieux les briefer par ce que l'on entendait par difficulté, car ils n'avaient qu'une seule envie ; en découdre avec des hommes qu'ils ne considéraient guère plus que des bêtes. Ils positionnèrent l'engin sur le trépied prévu à cet effet, l'armèrent avec sa cartouchière garnie, et attendirent…

Un coup de feu retentit soudain. Puis un second immédiatement suivi d'un troisième, tous tirés au hasard dans l'obscurité des grottes. Ceci fait, les soldats prirent la formation au carré qui avait si bien fonctionné contre les Zoulous en Afrique du Sud, le doigt en attente sur la gâchette. La tactique paya. Au-delà de tout ce qu'ils auraient pu espérer. Déboussolés par les détonations, les premiers guerriers ne tardèrent pas à se présenter à l'entrée de leur grotte respective, armés d'une longue lance et d'un fin bouclier. Affamées, les bouches à feu n'attendaient que ça pour commencer le festin. Sans prévenir, elles se mirent à vomirent leurs projectiles en grappes serrées. Au départ, les tirs étaient précis. Puis gênés par les fumées qui sortaient des fûts chauffés à blanc et obscurcissaient la vue, les soldats tirèrent au jugé. Ils alignaient les formes floues, générant des impacts sur toutes les parties du corps de leurs victimes. Affolés par les cris de souffrance, mais n'ayant surtout pas encore pris la mesure de leur adversaire, une grosse partie des membres du clan se précipita à l'air libre, munie d'une arme ou d'un objet contondant emmené au passage. Les chargeurs des fusils *Metford* se mirent à cracher leurs balles sans retenue, transperçant tout ce qui se présentait à eux sans distinction de sexe ou d'âge. Les valeureux guerriers tombaient par dizaine sans avoir pu combattre, ni même, pour la majorité d'entre eux, avoir vu l'ennemi. C'était une hécatombe. Puis, guidés par un ordre strict, les tirs cessèrent, figeant la scène macabre comme sur les peintures qui ornaient les parois des grottes. Pensant que les Aborigènes comprendraient le danger, et s'enfuiraient par les chemins cachés des grottes, les soldats rechargèrent quand même leur fusil par précaution, usant de la dextérité acquise à l'entraînement. Puis, sans panique, disciplinés par la force de l'habitude, ils refluèrent d'un cran supplémentaire, reformant le carré mortel quelques mètres plus loin au cas où. Ce faisant, et sans forcément qu'ils l'aient voulu, ils laissèrent le champ libre à la mitrailleuse et aux miliciens qui n'avaient pas le même respect pour la vie de ces sauvages que les lanciers forgés par la conscience du devoir. La surprise passée et contre toute attente, les Aborigènes attaquèrent de nouveau. De manière frontale cette fois. Quelques piques réussirent à toucher leurs victimes, mais de façon superficielle, et en tout cas sans faire de mort du côté des soldats. Ce fut le moment où la gatling décida d'entrer dans la danse. Ses balles bondirent hors du canon à une cadence infernale, droit sur l'ennemi. N'ayant plus le temps de faire demi-tour, les Aborigènes se firent hacher par la puissance des projectiles. La punition prit l'allure d'un massacre dès lors que la faucheuse entra en action. Comme frappés par la foudre, les membres de la tribu tombaient sous la mitraille en un amas de corps désarticulés à la chair éclatée. La douche de l'enfer. Touché comme tant d'autres par une cartouche véloce, un vieillard qui tentait d'atteindre la sécurité relative d'une galerie se figea, abasourdi par le trait invisible qui venait de le transpercer. Il tenta vainement de retenir le sang qui s'enfuyait de son ventre en un flux dense et alternatif, mais désormais libre de toute entrave, le liquide débordait de ses doigts en une flopée d'anguilles poisseuses. Il tomba à genoux, déjà presque mort, jetant un dernier regard à sa fille qui gisait non loin de là, les bras en croix, surprise elle aussi par une balle qui l'avait fauché dans sa fuite. Autour d'eux, et piétinant corps et entrailles, c'était la débandade. Au départ unies comme un bloc vengeur, les familles se dispersaient maintenant, criant, hurlant, essayant de sauver leur vie en atteignant le rideau protecteur des ténèbres. Les feux de camp, d'habitude amicaux, étaient devenus un ennemi implacable en diffusant leur lumière blafarde qui permettait aux miliciens de les aligner comme à la parade. Chauffée à blanc à force d'évacuer ses centaines de balles assassines, la gatling continuait sans relâche son travail funeste.

Les derniers survivants tentèrent une ultime sortie munie de leur lance. Ils eurent à peine le temps d'armer leur bras, qu'une salve de projectiles les transformait en une bouillie sanglante. Un jeune homme tournoya sur lui-même en poussant un grognement surpris. Il s'affala face contre terre, sa main encore crispée sur la hampe de son arme, tandis que d'autres le recouvraient aussitôt en un tas morbide. Partout où le regard portait, des corps de guerriers s'agitaient en une danse dégingandée, puis rejoignaient ceux de leurs camarades dans les spasmes de la mort. Les balles crépitaient dans le noir de la nuit comme une tempête d'éclairs aveuglants. Une femme, l'une des dernières à être encore indemne, fut touchée à la tête et roula avec son enfant déjà occis sur le socle de pierres recouvert d'une soupe organique. Un jus immonde, reflet de l'absurdité de cette folie meurtrière. Les armes se turent enfin, comme fatiguées de contribuer à cet horrible carnage. De toute façon, il n'y avait plus personne à trucider. Quelques râlements d'agonie s'élevèrent mollement dans une nuit redevenue presque silencieuse. Brièvement. Juste le temps qu'un soldat les achève d'une balle dans la nuque. En un dernier soubresaut, les corps s'affaissaient, expurgeant leur ultime souffle sur l'autel de la folie humaine. Vint le moment ou plus aucune ondulation de vie ne sortit des corps martyrisés. Enfin. La mitrailleuse s'était tue depuis un moment, son servant n'ayant plus la force d'actionner la manivelle. De son canon surchauffé, sortait une mince fumée qui s'élevait vers le ciel en un filet continu, pareil à l'envol des âmes prélevées cette nuit-là. Dans un calme étonnant, soldats et miliciens refluèrent. Grisées par le feu de l'action, les consciences étaient encore anesthésiées, déconnectées de ce qu'elles venaient de réaliser. Pour une raison inattendue, l'un des miliciens ramassa en catimini une massue et une courte lance ennemie qu'il cacha sous son manteau. Concentré sur les parois sombres des grottes qui pouvaient encore révéler quelque danger, aucun membre de la troupe ne le vit. Sans doute exhiberait-il ses trophées devant ses amis comme souvenir d'une victoire mémorable. Les hommes se hâtaient maintenant, car ils n'avaient pas emmené assez de balles pour affronter la totalité des autres clans qui n'allaient plus tarder à rappliquer. Ils devaient fuir ce cimetière le plus vite possible, pour garder l'avantage de cet assaut si facilement gagné. On entendait effectivement au loin les hurlements des guerriers qui convergeaient vers leur position. À leurs cris aigus, on devinait facilement leur angoisse chevillée au corps. Quand ils arriveraient sur place, l'expédition punitive serait déjà loin. La rage, les pleurs et le temps du deuil pourraient alors commencer…

Les tentes avaient été installées au milieu de nulle part pour ne pas se faire surprendre par des Aborigènes ivres de vengeance. Comme ces derniers n'étaient pas adeptes de l'attaque en masse, surtout à découvert, il y avait peu de probabilité pour qu'ils osent les affronter dans cet endroit désert. Le cas échéant, ils risquaient une fois de plus une grosse désillusion, ainsi que la perte supplémentaire de quelques dizaines de guerriers. Pour autant, le campement faisait l'objet d'une surveillance resserrée, car on n'était jamais assez prudent. Les gatling avaient été disposées à deux endroits stratégiques, avec un champ d'action de 180 degrés chacune, prêtes à faucher les inconscients qui oseraient les défier. Comme le soleil était haut dans le ciel, et que le terrain était dégagé à perte de vue, obéré de tout obstacle à l'exception de quelques acacias qui poussaient sur la terre rouge à intervalles réguliers, pas grand-chose à craindre pour le moment. Mais c'était partie remise, car Davis connaissait trop bien la nature humaine pour savoir que les hommes outragés n'en resteraient pas là. Avec une rigueur toute militaire, les tentes avaient été réparties autour de l'arsenal, comportant une distance de sécurité en cas d'explosion des munitions. Avec cette chaleur qui brûlait tout ce qu'elle touchait, le risque n'était pas complètement nul, loin s'en faut, et la prudence restait de mise.

À cette heure justement, le soleil tapait fort.

Si fort qu'il en était même insupportable, y compris pour des hommes habitués aux rudes conditions de la vie militaire. À la recherche d'un peu d'ombre, Davis avait décidé de faire le point de l'attaque contre les Aborigènes dans sa tente, accompagné de son adjoint, Aaron Nail, et de Stephen Roy, le chef des miliciens. Mais à l'évidence, ce n'était pas pour partager des mondanités qu'il avait convoqué les deux hommes. Outré et rouge comme un coq, il entra dans le vif du sujet dès que les pans de la toile furent refermés.

— Ce que vos hommes et vous avez fait s'apparente à une trahison, s'emporta-t-il. J'avais clairement spécifié de ne pas utiliser la mitrailleuse, et pourtant, vous l'avez utilisé en provoquant un massacre sans nom…

Les mains calées dans le dos, il arpentait la tente de long en large, comme un lion en cage.

Roy prit un air ennuyé.

— Vous nous aviez donné l'ordre de tirer en cas de nécessité, se défendit ce dernier, c'est ce que nous avons fait. Vous ne pouvez pas nous reprocher ce qui s'apparente à une erreur d'appréciation plutôt qu'à une entorse à vos ordres. En voyant charger cette horde de sauvages, nous avons peut-être un peu paniqué et estimé qu'ils risquaient de nous déborder avec leur vigueur et leur férocité. Dans l'urgence, nous avons fait usage des armes que nous estimions efficaces, à savoir la mitrailleuse qui était notre meilleur atout. Au vu du nombre de morts, c'est bien sûr regrettable, mais nous sommes moins expérimentés que vous et…

— Regrettable ? le coupa Davis en s'arrêtant net et en le foudroyant du regard… Gardez vos boniments pour ceux qui seront assez naïfs pour vous croire, Roy. L'intégralité de ce clan a été réduite en charpie par votre faute, et vous pensez que c'est juste un fait regrettable ?

— Le mot n'est peut-être pas le plus approprié, je vous l'accorde, bafouilla le milicien. Ce que je veux dire par là, c'est que nous avons commis une erreur par manque d'expérience, et que les conséquences sont effectivement… dramatiques.

Il lâcha le mot du bout de la langue, comme s'il lui coûtait de le prononcer. Son attitude en tout cas, laissait à penser qu'il n'était pas affecté le moins du monde par ce carnage.

— Au-delà d'un manque d'humanité qui ne me surprend guère venant de vous, vous connaissez très mal la nature humaine, ricana Davis.

— Que voulez-vous dire par là ? demanda le milicien visiblement surpris par la remarque de l'officier.

— Personne n'accepte de voir massacrer les siens sans réagir. Ces hommes n'auront désormais comme seule idée que la vengeance. Par vos actes, vous nous mettez non seulement en danger permanent, mais en plus, vous avez accentué l'instabilité dans la région, qui désormais n'est pas près de se régler. Par votre inconséquence, vous avez aggravé le problème initial, mais plus grave encore, vous avez durablement nui à ma réputation ainsi qu'à celle de l'armée.

— Mais vous pensiez pouvoir négocier, s'étonna Roy, inquiet du regard de braise de l'officier qui à cet instant aurait pu faire cailler du petit lait. L'attitude de l'officier n'augurait rien de bon pour lui et pour ses hommes.

— Je vous assure, continua-t-il d'une voix mielleuse, que votre réputation d'homme à la morale de fer n'a en rien pâti de nos actions. Nous ne pouvons que nous réjouir d'être dirigés par un homme de votre trempe, qui en plus d'être un grand soldat, est un patriote de premier plan.

— Ne parlez pas de ma réputation, le menaça Davis, car en matière de moralité, vous n'y entendez rien. Et si vous étiez un tant soit peu censé, vous ne me parleriez pas de reddition. Après ce massacre, rien ne pourra jamais plus être négocié, vous le savez aussi bien que moi. Mais ce n'est plus de votre ressort de toute façon. Ce qui l'est, par contre, c'est de me remettre le salopard qui maniait la gatling, et qui s'est pris pour Dieu en autorisant pareille boucherie… Ou plus vraisemblablement le diable, rectifia-t-il, en décidant sans le moindre état d'âme, de rayer de la carte toute une tribu Aborigène. Vous êtes encore leur représentant, peut-être plus pour très longtemps, je vous l'accorde, mais en tout état de cause, je préfère ne pas intervenir directement pour laisser à vos hommes le sentiment que vous dirigez encore quelque chose. En ce qui vous concerne, vous et vos partisans, mon rapport sera rédigé dès demain. Il y a fort à parier que vous soyez déféré devant un juge dès notre arrivée à Sydney, et je parie mon chapeau que vous ne participerez plus à aucune expédition dans le futur… Si toutefois vous arrivez à éviter la prison, bien entendu…

— Mais Capitaine…

Davis l'ignora superbement ; parler à ce rebut lui avait déjà coûté énormément. Il se tourna vers son lieutenant. Ce dernier se tenait droit comme un I, se demandant à quelle sauce il allait être mangé lui aussi.

— Quant à vous Monsieur, fit Davis en le fixant d'un air sévère, on ne peut pas dire que vous ayez fait preuve d'un grand discernement en confiant cette mitrailleuse à des miliciens que nous ne connaissions ni d'Ève, ni d'Adam. Je vous destitue donc de votre commandement jusqu'à nouvel ordre, pour être certain que pareille bévue ne se reproduira plus. Je réfléchirai ultérieurement à la sanction qui sera la vôtre, espérant que d'ici là, quelque action de votre part puisse me faire réviser la piètre opinion que j'ai désormais de vous.

L'homme pâlit, mais resta digne en bon soldat qu'il était. Davis s'adressa une dernière fois au milicien.

— Vous avez jusque demain pour me livrer cet homme. Passer ce délai, je le ferai arrêter moi-même. Quel que soit le niveau de mansuétude que vous m'accordez, vous êtes largement en deçà de la réalité. Vous concernant, vous et vos hommes, je n'en aurai aucune. Imaginez donc que je n'y mettrai pas les formes comme vous pourriez le faire vous-même. J'espère que vous comprenez le sens de mes propos, et que vous ne me ferez pas attendre plus que de raison. Pour être parfaitement honnête avec vous, je dois vous avertir que ce monstre ira directement derrière les barreaux, et qu'il sera jugé pour sédition contre une autorité militaire… et barbarie contre une tribu australienne. Sachez aussi que je ne ferai rien pour minimiser sa peine, même si ça doit le mener au bout d'une corde. Vous pouvez disposer maintenant. Et n'oubliez pas : demain matin à la première heure.

Le reste de la journée s'était terminée sans encombre. Les hommes avaient vaqué à leurs occupations, lesquelles consistaient principalement à reprendre des forces, nettoyer leurs armes, et peaufiner la défense du fort improvisé. Certains soldats semblaient encore sonnés par l'horreur dont ils avaient été les témoins – même si pour la plupart ils en avaient aussi été les auteurs. Mais si le remords accablait une infime minorité de combattants, les autres étaient déjà projetés vers le futur et savouraient par avance l'ivresse des batailles à venir. Parmi les miliciens en tout cas, peu de monde semblait affecté par le massacre perpétré, et les broussards faisaient surtout attention à ne pas se mélanger aux soldats de métier. Le mépris prenant le pas sur la cohésion, les tensions entre les deux groupes s'étaient accentuées depuis la bataille, et l'animosité recouvrait le campement à l'instar d'une chape de plomb.

À l'écart du plus grand nombre, trois individus discutaient en sourdine, veillant à maîtriser le volume de leur voix. Les intentions de Davis étant maintenant dévoilées à l'égard des miliciens, la méfiance de tout ce qui pouvait être entendu et pris comme un élément de sédition, avait pris le pas sur le naturel, renforçant l'impression de conspiration qui suintait dans l'atmosphère comme un orage en préparation. Même parmi les soldats, la décision de l'officier d'emprisonner un milicien, et probablement d'écarter les autres des futures expéditions, ne faisait pas l'unanimité. C'était une guerre de civilisation dont il était question, et toutes les forces, même les plus viles, étaient nécessaires pour l'avènement d'une nation blanche. Beaucoup regrettaient que le vieux soldat ne puisse reconnaître le fait d'armes accompli, semblant privilégier la vie des sauvages à celles de sa race. Aucun milicien en tout cas ne lui pardonnait ce qu'ils semblaient considérer comme un coup bas. Leur visage ciré reflétait la teneur de leurs sentiments, incitant les soldats à se tenir sur leur garde. Même en infériorité numérique, ces hommes armés représentaient un danger au moins aussi grand que les Aborigènes. Le soir tendit enfin ses bras, faisant un peu baisser la tension. Demain serait un autre jour, et les perspectives si maussades ressenties en cet instant prendraient peut-être un tournant plus serein avec les clartés vivifiantes de potron minet…

Pas encore au mieux de sa forme, la lune peinait à percer l'encre de la nuit. À cette heure, tout le monde ou presque dormait. À l'instar des quatre autres soldats répartis à des endroits stratégiques, Thompson tentait de décrypter les mouvements des ténèbres. Repérer les Aborigènes le plus vite possible, telle était sa mission. Mission au demeurant vitale, car de son extrême vigilance dépendait la vie des membres du corps expéditionnaire. Thompson le savait, et n'avait aucunement l'intention de faillir à sa tâche. Les yeux rivés sur le lointain, le lancier scrutait le moindre signe suspect dans l'horizon noyé de gris et de mystères. Il détestait cet environnement lunaire du centre rouge. Ces horizons plats d'où s'élevaient parfois des reliefs rocailleux comme poussés du tréfonds de la terre par un géant facétieux. Cette broussaille sèche et rabougrie qui pouvait camoufler presque entièrement des guerriers Aborigènes en approche ; un environnement qui dans son esprit relevait plus du repoussoir que de l'attraction. Il ne comprenait pas d'ailleurs que les sauvages s'y accrochent comme un Croyant au Paradis, car rien dans cet univers ne conférait à rendre la vie plus douce. Mais il n'était pas ici pour comprendre, juste pour exécuter les ordres.

Un glapissement fendit l'air de la nuit.

Il sursauta.

Le cri des dingos associés aux boules d'épis qui se déplaçaient au gré des courants d'air glacés, lui mettaient les nerfs à vif, manquant à chaque fois de lui faire donner l'alerte. Heureusement, il savait se maîtriser. Une bourrasque le transperça. Une de plus. Il ne put s'empêcher de frissonner. Les mains bien à plat à l'instar d'un battoir, il se tapota les bras pour se réchauffer les sangs. Contrairement à la fournaise du jour, les nuits ici étaient glaciales et le contraste saisissant.

— Maudit pays, marmonna-t-il entre ses dents, tu n'auras pas le dernier mot.

Sa faction était loin d'être terminée, et pourtant, il avait l'impression d'être ici depuis des lustres. L'heure tardive étant propice à l'affaissement des sens, il s'efforça de mobiliser sa concentration en redoublant de vigilance. C'est probablement la raison pour laquelle il ne vit pas la mort arriver, car celui qui lui défonça le crâne le fit de l'intérieur du campement, précisément dans son dos. Après avoir retenu le corps pour faire le moins de bruit possible, l'agresseur posa la massue ensanglantée près du cadavre. Il fallait que l'arme soit retrouvée, ça faisait partie du plan.

Et d'un !

D'un mouvement discret, il fit un signe à son acolyte, et les deux hommes se dirigèrent à pas de loup vers leur cible. Le soldat éliminé était le seul qui pouvait les voir depuis cet angle. Pour les autres, les larges tentes les camouflaient aussi sûrement qu'un écran opaque, et le peu de bruit qu'ils pouvaient éventuellement faire était annihilé par un vent qui soufflait en bourdonnant. Peu de probabilité de se faire pincer. Ils continuèrent d'avancer, le dos courbé pour se faire le plus petit possible, et rester invisible…

L'officier supérieur avait été placé légèrement à l'écart des autres, comme pour le préserver des ronflements de ses hommes. Tant mieux, ça allait leur faciliter la tâche. Ils se positionnèrent à côté de la tente isolée, et après un court moment d'observation accroupi auprès de la toile rugueuse, Miller, le milicien qui avait ramassé les armes Aborigènes après la bataille, hocha du chef en direction de Roy. C'était le signal. Un léger sifflement indiquait que le commandant dormait à poings fermés. Les conditions idéales pour agir. Le milicien dégaina son couteau, et d'un mouvement habile trancha la corde de chanvre qui solidarisait la tente au piquet planté au sol. Après un rapide coup d'œil sur le tissu lâche qu'il maintenait pour l'empêcher de battre au vent, il constata que l'espace était suffisant pour se faufiler. Parfait. Satisfait du déroulement des opérations, il rangea son couteau et s'obligea à quelques secondes de calme. Son cœur battait la chamade. Son souffle était saccadé comme après un effort violent, sa poitrine comprimée dans un étau. S'ils étaient pris, c'était la mort assurée. Pourquoi avait-il accepté cette mission ? C'était presque un suicide. Quand Ted Harris, son patron, lui avait demandé de se joindre à la milice pour l'informer de la nature des opérations, il avait accédé à cette requête sans réellement savoir ce qui allait se passer. Puis de fil en aiguille, sa mission initiale d'informateur s'était transformée en fomenteur de troubles. Il faut dire que Davis, le capitaine des lanciers, ne lui avait guère laissé le choix. Sa morale stupide, et par extension sa fureur contre les miliciens, risquaient de mettre à mal leur plan. Il n'en fallait plus beaucoup pour que ses efforts ne soient jamais récompensés. Lors de la dernière communication avec Harris via un complice et le télégramme de fort Mulga, le casernement où la troupe avait fait halte avant d'aborder leur ultime étape, son patron avait été formel : les ressources de l'Outback étaient tellement riches en métaux rares et en or, qu'il fallait absolument provoquer le désordre et inciter les lanciers à continuer le combat. La pépite de cinquante-six kilos qui avait été découverte non loin d'Alice Springs, avait provoqué un séisme parmi les chercheurs d'or du pays. C'était certes moins gros que le « Welcome Stranger », la pépite la plus hors norme extraite à ce jour, mais l'endroit s'avérait prometteur. Pas question de lâcher cette terre pour laisser les sauvages vivre selon leurs traditions. De toute façon, ce n'était qu'une question de temps avant qu'ils ne finissent par y être chassés. Éliminer ces emmerdeurs était donc devenu une priorité, d'autant que les veines les plus intéressantes semblaient proliférer sous les sites sacrés des indigènes.

« Que les esprits de leurs ancêtres aillent donc se faire voir ! »

Le profit et l'enrichissement personnel passaient avant les croyances de ces demeurés. S'il réussissait à faire place nette, il aurait droit à un pourcentage sur les futurs gisements découverts, Harris l'avait promis. À ce tarif, Miller pensait que ça valait le coup d'être intrépide. Mais quand même pas au détriment de sa vie. Et contre toute attente, ce qui s'avérait pratiquement impossible à réaliser de premier abord, était sur le point de l'être maintenant…

Une fois le muscle cardiaque redescendu à un niveau acceptable, il tendit la main vers son acolyte. Roy lui transmit la courte lance qu'il avait emportée avec lui. L'homme était également nerveux, mais déterminé. Pas question pour lui ou ses hommes de tâter de la prison ou d'arborer un collier de corde par la stupidité d'un représentant du gouverneur. Ils n'étaient pas venus ici pour ça. Muni de la preuve qui ferait normalement accuser les Aborigènes et justifierait la poursuite des combats à venir, Miller roula sans bruit sous la toile et se retrouva auprès de sa future victime. L'homme dormait profondément. Sans perdre de temps en pensées inutiles ou en tergiversations diverses, le milicien sera la hampe de la lance entre ses mains humides, et leva l'arme au-dessus de ses épaules. Puis, sans aucune hésitation, il l'abaissa brutalement en direction du cœur…

Pine Creek

Quand le train stoppa en gare de Pine Creek à grand renfort de crissements aigus, les stockmen cabossés par Bai et Da se volatilisèrent comme une volée de moineaux. La majorité était clopin-clopant, voire encore étourdie par le typhon qui s'était abattu sur eux, mais suffisamment requinqués en tout cas pour pouvoir prendre la poudre d'escampette et éviter les affres de la honte.

— Tu crois qu'on va les revoir ? demanda Bai à son coéquipier en voyant les cow-boys disparaître au coin d'un bâtiment en briques.

— Sans l'ombre d'un doute, répondit Da. Ces hommes sont trop stupides pour digérer pareille correction sans rien faire. Je ne suis même pas sûr qu'ils aient compris la raison pour laquelle nous les avons rossés. Ils resteront dans leur registre de brutes épaisses, et tenteront de prendre leur revanche un jour ou l'autre. La loi du talion est leur credo ; ils n'y dérogeront pas. Surtout que j'ai cru comprendre que les Chinois ne sont pas en odeur de sainteté ici ; ils n'accepteront jamais de s'être fait humilier par ce qu'ils considèrent comme des sous-hommes…

En repensant à la scène du train, Da se mit à sourire. Les cow-boys avaient dû être surpris de voir des « faces de citrons » dégainer pieds et poings plus vite qu'aucun d'eux n'était capable de le faire avec un pistolet, et de se faire balayer comme des fétus de paille avant même d'avoir compris ce qui leur arrivait.

— Le seul ingrédient qu'ils intègreront probablement à leur action future, reprit-il après une courte réflexion, sera la prudence. Ils s'assureront cette fois d'avoir l'avantage sur nous en tentant de nous attaquer par surprise. C'est ce que je crois en tout cas…

Bai et Chao acquiescèrent, validant en silence l'analyse de leur ami. La jeune femme qui venait d'être mise au courant de l'histoire paraissait contrariée. À peine étaient-ils arrivés sur un sol étranger, qu'ils s'étaient déjà faits des ennemis. À croire que Chiyou, le Dieu de la guerre, planait sur eux comme une ombre, trouvant en leur présence des représentants idéaux pour ses divertissements belliqueux. Ne pouvant rien faire pour éviter la probable confrontation à venir, la petite troupe décida de ne pas s'en formaliser. Chao se rappela fugacement ce que son Maître de gun lui répétait souvent : « ce que la plume du destin a écrit, tout l'art des hommes ne saurait l'effacer ». Si son bâton de combat pouvait faire preuve de résilience en encaissant les chocs sans se briser, son âme devait être capable de faire de même. Et avec Bao qui veillait au grain, ainsi que leurs ressources mentales et physiques à tous trois, ils pouvaient faire face à un désagrément de ce genre. Toute à ses pensées, elle ne s'était pas aperçue que son chien l'observait. Ses grands yeux en amande transpiraient un amour sans limites. Machinalement, elle posa la main sur son immense crâne et grattouilla ses poils doux comme de la soie. Le molosse gémit de félicité. Ce chien était un mystère pour elle. Comment une si belle âme pouvait se transformer en un démon implacable quand les circonstances l'exigeaient ? À part elle et Da pour qui il semblait ressentir quelque chose qui ressemblait à du respect, la race humaine ne l'intéressait pas. Voir l'indisposait. Quand Brown avait vu le chien la première fois, il avait failli tomber à la renverse. Jamais il n'aurait pu imaginer que pareille erreur de la nature puisse exister sur terre. Bao l'ignora superbement après l'avoir senti avec circonspection. Il en avait probablement conclu que l'homme n'était pas un danger pour eux, et n'entrait donc pas dans le champ de son intérêt. Ce premier examen de passage était important, car après avoir fait plus ample connaissance avec l'avocat et récupérés leurs chevaux, les trois amis décidèrent de faire un bout de chemin avec Brown. Ce dernier maîtrisait parfaitement les lois de ce pays où ils n'avaient aucun repère, et serait donc bien utile pour leur expliquer les us et coutumes des endroits traversés. Ils l'accompagneraient jusqu'à une zone appelée « Alice Spring ». Brown projetait d'y rencontrer le chef d'une tribu Aborigène rebelle, dénommé Nangala. Comme c'était sur leur chemin et qu'ils n'avaient rien de mieux à faire pour le moment, ce pacte les arrangeait plutôt. Passer un moment avec les habitants originels de ce vaste continent leur paraissait même une perspective intéressante. Ces hommes et ces femmes habités par leurs traditions ancestrales avaient certainement beaucoup à leur apprendre. Restait à trouver un cheval pour l'avocat, et un guide pour les convoyer à l'endroit voulu.

Pine Creek était une ville qui semblait avoir grossie trop vite. Les maisons se ressemblaient toutes avec leur porche surplombé d'un toit, et leur vaste plancher en bois. Une architecture simple, facile à construire, facile à démolir. À cette heure de la journée, le lieu grouillait de vie, et l'artère principale ainsi que les rues adjacentes étaient sillonnées par des Caucasiens pressés. Comme le campement chinois était relégué plus loin en contrebas, et que la troupe hétéroclite ne semblait pas en odeur de sainteté dans ce quartier de la ville où tout le monde les regardait de travers, ils traversèrent la rue sans s'arrêter, croisèrent un couple d'ivrognes qui beuglait une chanson obscène bras dessus-dessous, et se retrouvèrent bientôt à patauger dans une boue gluante, sans trottoirs, ni luminaire. La partie de la ville réservée aux fabriques commençait. Les scieries occupaient la majeure partie des bâtiments, avec des monts d'arbres empilés à des hauteurs improbables. Les végétaux n'allaient pas moisir longtemps sur leur emplacement. Ils seraient bientôt jetés au travers des crocs aiguisés d'immenses scies, puis débités en planches grossières. Ici, les constructions n'attendaient pas. Depuis l'arrivée du train dans la ville, ce dernier déversait quotidiennement son lot de chercheurs d'or, de commerçants, ou de Chinois, et il fallait bien loger tout ce petit monde dans ce qui pouvait ressembler à une habitation. Même si les conditions de logement étaient disparates en fonction de la couleur de votre peau, ou mieux encore, de l'épaisseur de votre portefeuille, le flux humain ne tarissait pas et les affaires juteuses gonflaient le compte en banque des opportunistes. À ce rythme d'ailleurs, l'engorgement n'était plus très loin. Le besoin en bois était tellement important, que les lames émoussées des scieries n'avaient plus le temps de refroidir. Mais si les planches sortaient de plus en plus vite des ateliers, les doigts tranchés des menuisiers fatigués augmentaient également en proportion. Les conditions de travail étaient si terribles, que, fait rare, certains ouvriers avaient menacé de faire grève si leur nombre n'augmentait pas. Ils avaient illico été remplacés par des Chinois, et la production avait repris de plus belle, en même temps que le ressentiment contre les travailleurs de l'empire du Milieu avait empiré.

Le bruit était si strident dans cette zone, que le groupe ne s'y attarda pas plus que nécessaire. Non loin de là se trouvait un atelier de transformation de riz. La fabrique artisanale annonçait le début d'une succession de commerces pour la vie de tous les jours, ainsi que quelques restaurants faits de bric et de broc. Comme Bai n'avait jamais vu de fabrique alimentaire auparavant, il décida de s'y attarder quelques instants. Les Chinois maigrichons qui s'activaient pelle à la main, l'ignorèrent superbement. Leur travail consistait à tenir la cadence élevée pour nourrir des machines insatiables, ce qu'ils peinaient à faire malgré leur volonté de ne rien lâcher. Le processus de transformation était somme toute assez simple. La matière première séchait au soleil en une succession de tas de riz non décortiqués, sous forme de paddy, attendant qu'on veuille bien s'occuper d'elle. Deux moteurs à vapeur de huit chevaux chacun étaient en charge de ce travail. Ils chauffaient le nutriment alimenté en combustible par le résidu de paille préalablement extrait, activant ainsi le processus de séparation. Une fois débarrassé de son enveloppe, le riz était mis en sac et vendu dans la boutique voisine par un vieillard sans âge, et le cycle recommençait jusqu'à épuisement des stocks. Il fallait alors attendre une nouvelle cargaison en provenance de la Riverina, une région agricole située en Nouvelle-Galles-du-Sud, pour que la production reprenne de plus belle. Mais pour l'instant, les stocks ne souffraient d'aucune restriction. Une queue discontinue patientait devant le magasin, liquidant les sacs sitôt constitués. En dépit de corps décharnés par le travail, l'appétit ne manquait pas ici. Le business marchait d'ailleurs tellement bien pour le Chinois qui avait eu l'idée de cette fabrique, qu'une petite sœur commençait à élever ses murs non loin de là. Pour les autres migrants qui n'avaient pas de quoi se payer cette noble matière, un régime à base de courges et de navets suffisait à les maintenir en vie, chacun espérant des jours meilleurs. Bai se fit la réflexion que malgré le dénuement des baraquements qui fleurissaient à perte de vue, l'endroit était plutôt propre et bien tenu.

Mais bien tenu ne voulait pas dire calme.

Un bourdonnement incessant planait au-dessus du campement comme un orage en préparation. Ici, c'était le royaume des hommes. Les femmes émigreraient plus tard, une fois le pécule durement gagné par le mari suffisant pour faire vivre la famille. Infatigables, les travailleurs striaient les rues en une anarchie organisée, dans un mouvement brownien qui ne s'éteindrait que tard la nuit, quand la fatigue prendrait le pas sur l'agitation. À entendre des bribes de différents dialectes parlés ici, Bai reconnu des compatriotes originaires de Canton et de Guangzhou principalement. Les troubles passés, la surpopulation et les conditions de vie désastreuses du Sud de la Chine n'y étaient probablement pas pour rien. Sans compter les purges de l'impératrice Cixi vis-à-vis de ceux qu'elle considérait comme des traîtres. Tout cela avait dû accélérer les mouvements de migration de ceux qui avaient tout à perdre à rester au pays. Cixi aimait se poser en tuteur sur lequel le peuple, à l'instar du lierre, pouvait s'élever. Par ses actions passées, elle avait surtout contribué à désertifier certaines régions de Chine, dont les habitants pensaient qu'ils vivraient mieux loin de sa férule. Mais même éloignés du pays natal, tout n'était pas rose pour autant. Quand les premiers migrants posèrent le pied sur le grand continent australien, tout se passa bien. Les Chinois étaient vus comme une main-d'œuvre courageuse ; une aubaine pour les hommes d'affaires locaux. Ces nouveaux arrivants étaient dociles, infatigables, et surtout peu coûteux. Une bénédiction pour la construction des voies ferrées, le défrichement du territoire, ou encore l'exploitation des nouveaux filons d'or, qui exigeaient don de soi, sueur abondante, et détruisaient plus sûrement les corps que n'importe quelle autre activité. Puis l'attractivité devint répulsion face au nombre croissant des arrivées sur le territoire. Le sentiment antichinois ne cessa de grandir, les ouvriers blancs les considérant comme le coupable idéal face aux conditions de vie difficiles. Non seulement parce qu'ils étaient prêts à besogner dur pour des rémunérations moindres, mais aussi parce que les employeurs qui appréciaient leur diligence, leur endurance et leur ingéniosité, ne tardèrent pas à leur accorder leur préférence. Cette jalousie se transforma peu à peu en animosité, engendrant dans certains endroits du territoire le massacre de quelques bougres qui n'avaient rien demandé d'autre que de vivre en paix, malgré les mesures de protection dont ces populations bénéficiaient depuis peu. La méfiance et la peur s'étaient maintenant installées des deux côtés, distillant une haine de l'autre qui n'avait cessé de grandir, jusqu'à ce que le fossé de l'incompréhension soit trop large pour être comblé. C'est la raison pour laquelle les jeunes combattants ne furent pas franchement accueillis dans la liesse par des Chinois qui ne comprenaient pas qu'ils fussent accompagnés d'un blanc, montants qui plus est de beaux chevaux avec panache, leur rappelant la noblesse tant haïe de leur terre de naissance. Sans compter l'attitude terrifiante de Bao, qui comme d'habitude favorisait la désertification des lieux à la seule vue de sa stature hors norme. C'est donc avec une certaine logique que des hommes jeunes et vigoureux se présentèrent à eux dans une posture qui se voulait intimidante. Il s'agissait d'un groupe d'autodéfense mis en place pour protéger la communauté d'éventuels agresseurs. Même s'ils possédaient des couperets, des couteaux, et quelques antiques revolvers, ils préféraient démontrer leur habileté au combat quand les circonstances l'autorisaient. Et d'ailleurs, tous s'autoproclamaient experts dans une discipline martiale. Ils s'entraînaient dur chaque jour, fiers de représenter ce qui se faisait de mieux dans cette partie de la ville concernant les arts du combat.

Le plus massif d'entre eux se mit au travers du passage, brandissant son énorme main pour leur intimer de s'arrêter. Il n'était pas aussi sûr de lui que ce qu'il voulait bien montrer, mais il ne pouvait pas perdre la face en montrant son appréhension. Ses yeux inquiets reluquaient Bao comme la poule le renard. Il se composa un visage de cire. Personne n'aurait compris qu'il ait peur d'un chien, tout monstrueux qu'il fût. Il se racla brièvement la gorge, puis demanda de la voix la plus rude qu'il pouvait composer :

— Que venez-vous faire ici accompagnés de cet homme ? fit-il en désignant Brown. Il n'a rien à faire dans cette partie de la ville qui est uniquement réservée aux travailleurs chinois.

Même si l'avocat comprit au regard furieux que lui lançait le jeune homme qu'on parlait de lui, il n'entendait rien à ce qui se disait.

— Et vous-même, reprit Da sur le même ton impérieux, qui êtes-vous pour nous interdire le passage ?

Jiang ne se déboulonna pas devant l'aplomb de son compatriote. Les armes qu'il devinait emballées sur le dos des chevaux n'étaient pas accessibles. Personne dans la troupe ne pourrait les récupérer sans se faire assommer par le gourdin qu'ils avaient tous en leur possession ; un solide bâton coincé dans leur ceinture. Court et épais, le bois des gourdins était patiné par des heures d'entraînement, et pouvait être dégainé en un clin d'œil pour briser les os des belligérants. L'un d'eux possédait même un sabre au manche orné d'un ruban rouge qu'il exhibait fièrement.

Tout indiquait que le rapport de force était clairement en leur faveur, et ils ne voyaient pas comment quatre personnes pouvaient rivaliser avec cinq combattants chevronnés et sûrs de leur potentiel. Seule la fille avait une arme en main. Du moins possédait-elle un gun, mais ce dernier devait être une aide à la marche, car il eut été surprenant qu'une femme ait appris à s'en servir. Et de toute façon, que pouvait-elle bien faire contre plusieurs hommes ? Ou même contre l'un d'entre eux. D'autant qu'elle ne semblait pas très en forme avec ses cheveux courts et son teint pâle, même si c'était probablement la plus belle femme que Jiang ait vue de sa vie. En résumé, seul le chien représentait un danger sérieux. Mais pour l'instant, il semblait complètement amorphe sous le soleil de plomb qui brillait de mille feux. Et puis l'objectif était d'impressionner les nouveaux arrivants, par forcément de se battre avec eux.

— Nous sommes chez nous, répliqua le chef du comité d'autodéfense, et vous ne pénétrez pas sur notre territoire sans respecter un certain nombre de règles. La première d'entre elle est de montrer patte blanche et d'expliquer la raison de votre venue. La seconde est de ne pas mélanger les genres. Cet homme ne fait pas partie de notre communauté ; il ne posera pas un pied chez nous, quelles que soient ses motivations. La troisième, ricana-t-il pour montrer à ses coéquipiers sa confiance dans ses aptitudes martiales, est que nous vous donnions notre accord, ce qui est loin d'être acquis, croyez-moi.

— Très bien, concéda Da qui ne voulait pas causer de problèmes dès son arrivée. Je comprends que vous puissiez être méfiant. Après tout, comme vous l'avez dit justement, nous sommes sur votre territoire. Puisque vous voulez des explications, nous allons vous les donner, espérant que vous comprendrez le bien-fondé de notre démarche.

Jiang ne put s'empêcher de grimacer de plaisir. Il prit les concessions de son homologue pour une victoire. En tout cas pour un aveu de faiblesse. Malgré son air revêche, le jeune homme était sans doute impressionné par sa férocité affichée.

Tandis que Da réfléchissait à ce qu'il allait bien pouvoir dire pour passer le barrage de ces paons, Chao intervint en prenant la main sur la discussion.

— Et pourquoi devrions nous rendre des comptes a ce malotru ? demanda-t-elle à Da d'un air hautain. Qui est-il pour nous empêcher de passer ?

Da n'eut pas le temps de répondre qu'elle s'adressait déjà au chef des soi-disant experts en arts martiaux.

— Nous sommes dans ce pays pour une raison qui est la nôtre, et tout belliqueux et prétentieux que vous sembliez être, jeune homme, rien ne nous oblige à vous en faire part. Ôtez donc vos fesses du passage, car nous allons passer, avec ou sans votre accord. Et l'homme blanc vient naturellement avec nous…

Da grimaça de contrariété. Le passage en douceur serait pour une autre fois.

L'outrage était majeur pour Jiang qui n'en croyait pas ses oreilles. Une femme se moquait de son autorité. Jamais de sa vie il n'avait été confronté à pareille situation. Décidément, rien ne se passait comme il l'avait imaginé. Il tenta de clouer le bec à cette impertinente.

— Ne te mêle pas de cette discussion, petite sœur. Le ton avec lequel tu t'adresses à moi ne me plait pas du tout. Reste à ta place, ou il en cuira pour toi.

La voix énervée réveilla le molosse. Il se mit à grogner contre l'intrus qui osait apostropher sa maîtresse. Surpris par l'attitude de la bête, les hommes reculèrent d'un bon pas, tout en dégainant leurs armes.

Personne n'eut le temps de s'en servir.

Voyant son chien s'agiter, Chao décida d'agir pour éviter une réaction disproportionnée de Bao qui ne faisait aucune différence entre mordre et tuer. Elle avait par contre remarqué qu'il sentait si la situation échappait à sa maîtresse, ou non, et cet état de fait était un indicateur de sa fureur. Elle décida donc de le rassurer. Elle se propulsa dans les airs en prenant appui sur son bâton dont elle se servit comme d'une perche. Le saut était osé et incroyable à la fois. Après une parabole parfaite, elle atterrit non loin de Jiang et de ses amis. Aussi grand qu'un homme, le gun glissa aussitôt dans les fines mains pour se recentrer, et virevolta avec une virtuosité que n'aurait pas reniée une experte en danse des foulards. Les bras de Chao ondulaient de chaque côté de son corps sur un rythme difficile à suivre pour des yeux non entraînés, distribuant horions et désolation avec une précision de virtuose. Ses adversaires ne purent esquisser le moindre geste pour se défendre. En moins de temps qu'il ne faut pour le dire, ils se retrouvèrent tous au sol, certains se tenant le ventre, d'autres les articulations meurtries, les derniers enfin se compressant le front d'où poussait déjà un embryon d'œuf qui deviendrait bientôt plus gros qu'une orange. En à peine quelques souffles, Chao montra toutes les possibilités que pouvait offrir une telle arme dans un combat rapproché, surtout dans des mains expertes. Le guerrier qui la maîtrisait, en l'occurrence une femme présentement, était non seulement redoutable, mais difficile à vaincre grâce à la distance que lui procurait l'arme, et la fulgurance d'un bois manié avec brio.

Tandis que les hommes du comité d'autodéfense geignaient au sol, elle se redressa de toute sa stature et apostropha leur chef qui tentait de recouvrer ses esprits, le nez dans la boue.

— Je m'appelle Liu Chao, rectifia-t-elle, et non petite sœur. Quant à vous tous, fit-elle à l'intention du reste de la bande, vous me devez le respect en tant que frère d'armes, et arrêter de croire qu'une femme est incapable de vous rosser. Mais ça, ironisa-t-elle, je pense que vous l'avez déjà compris. Après ce petit exercice matinal, nous aimerions maintenant nous reposer et organiser la suite de notre voyage. Croyez-vous que cela soit possible ?

Sa voix était redescendue à une tonalité presque amicale. Mais personne ne fut dupe : le monstre habitait toujours cette carcasse fragile, et ne demandait qu'à repartir au combat.

Se redressant difficilement, Jiang frotta machinalement sa tête sur son col mandarin maculé de boue. Il ne pipait mot. Aussi humiliés que lui, ses camarades se relevèrent également en baissant les yeux.

Chao s'approcha d'un pas rapide du chef du comité d'autodéfense. Croyant qu'elle allait repasser à l'attaque, ce dernier se protégea le crâne des deux mains, tout en se recroquevillant sur lui-même. D'une pichenette, elle récupéra avec son bâton le gourdin qui gisait au sol, et le présenta à son propriétaire.

— Si on vous pose des questions, nous dirons que nous avons fait une passe d'armes avec vous, et que nous avons été impressionnés par votre niveau de maîtrise. Qu'en pensez-vous ?

Jiang redressa la tête et s'empara de son gourdin d'une main tremblante. Il n'en croyait pas ses yeux. Son arme était en équilibre au bout du gun, comme s'il s'agissait d'une main tendue. La dextérité de la jeune femme était à peine croyable.

— Vous… vous ne direz rien de ce qui s'est passé ? bredouilla-t-il.

— Pourquoi ferais-je cela ? Personne n'a rien vu, et de plus, vous allez nous aider à rencontrer certaines personnes. Je dirai même que nous sommes ravis d'être tombés sur d'aussi habiles bretteurs qui se dévouent pour protéger les leurs. Pas des flagorneurs, mais des âmes de guerriers authentiques…

Jiang fixa ses camarades qui lui adressèrent un bref signe d'assentiment, avant que leur regard ne s'affaisse de nouveau en direction de leurs pieds. Lui-même n'était pas sûr que les bleus et les bosses qui ornaient leur crâne reflétaient une maîtrise absolue de leur art martial. Mais l'humiliation devait cesser, et la proposition de la femme permettait en tout cas de ne pas perdre la face.

— Affaire conclue, murmura-t-il. Ces messieurs se battent-ils comme vous ? demanda-t-il en fixant Bai et Da.

— Comme moi ou peut-être mieux, lui répondit-elle sans calcul. Ce sont d'authentiques virtuoses dans leur art.

L'homme soupira. Il l'avait échappé belle.

Caché derrière un tas d'arbres, un Chinois aux traits durs se réjouissait : les cibles venaient d'être repérées. La mission de renseignement était cruciale pour exécuter les contrats de l'impératrice dans les meilleurs délais. Du coup, la confrérie avait ses espions dans toutes les communautés importantes de Chinois des pays étrangers. Pour cette raison, et aussi parce que la confrérie mettait tous les moyens nécessaires à l'accomplissement de son œuvre, peu de fuyards passaient à travers les mailles du filet. L'information allait être relayée sans délai à ses frères du trône céleste qui venaient tout juste de débarquer à Palmerston. Que les jeunes combattants profitent de leur passage à Pine Creek, car ils n'allaient plus tarder à aller au-devant de terribles difficultés…

Ngalyod, le serpent arc-en-ciel

Les feux brûlèrent quatre jours de suite pour consumer l'ensemble des corps fauchés par la mort. Jusqu'à ce qu'il ne reste que de la poussière. Après les rituels nécessaires à la préservation des esprits dans le monde créé par Baïamé, l'intelligence suprême, chacun retourna à ses occupations, abattu par cette terrible épreuve. Pour Kaiya, pourtant, c'était loin d'être fini. Il avait perdu de nombreux membres de sa famille dans cet odieux génocide, et une telle inhumanité ne pouvait rester impunie. Il ne fut pas long à convaincre le conseil des sages d'autoriser la riposte. Pas simplement pour venger l'esprit des morts, mais plus sûrement pour la protection des vivants. Un groupe de trente guerriers triés sur le volet s'arma de winta, une lance de bois au bout durci, de tjara, un bouclier avec une poignée sculptée à même le bois, de kali, un boomerang faiblement courbé, de miru, un propulseur à javelot en forme de fuseau, de massues, et enfin d'épées d'un mètre de long appelées walayiti. Ils emportèrent aussi suffisamment d'arcs et de flèches pour combattre une troupe bien plus conséquente qu'eux. Tout était fin prêt pour le départ. Ils avaient conscience de ne pas être assez nombreux, probablement dix fois moins que l'ennemi, ni de pouvoir rivaliser avec la puissance de feu des blancs, mais il fallait absolument les éloigner des massifs sacrés pour éviter un nouveau carnage. Leur principale mission n'était donc pas d'assouvir une vengeance, même si chacun en crevait d'envie, mais de faire en sorte que les colons retournent chez eux amputés du plus d'hommes possible. Car il n'était pas question qu'ils quittent leur territoire sans en payer le prix fort. L'essence même de leur culture était centrée autour de leur lieu de naissance, et si l'Aborigène n'était qu'un élément de son environnement, il ne pouvait trouver racine que dans la matrice originelle. Dans leur esprit, partir signifiait mourir. Autant que ce le soit les armes à la main. Et si possible le plus tard possible. L'attaque frontale ne pouvant être de mise contre une telle artillerie, la ruse et les pièges seraient leurs alliés. Tapis dans l'ombre comme Ngalyod, le serpent arc-en-ciel, ils attaqueraient le moment venu. Puis se retireraient pour frapper quelque temps plus tard. Forgés par la force du devoir, ils quittèrent le massif le matin suivant, déterminés mais le cœur lourd. Tous savaient qu'ils avaient objectivement peu de chance de revoir leur famille. Mais il fallait contrarier le plan des blancs pour la sauvegarde du plus grand nombre. Quand ils passèrent devant les grottes où avait eu lieu le massacre, les pierres étaient durablement tachées du sang de leurs amis. Les guerriers évitèrent de regarder les stigmates presque encore chauds de cette tuerie. Beaucoup ne purent contenir leurs larmes. Elles coulaient sur leurs joues en creusant des sillons dans les peintures de guerre fraîchement apposées. Quelques mètres plus loin, une brume tenace grignotait les rochers comme pour recouvrir la tragédie d'un voile pudique. Ils pénétrèrent dans l'antre vaporeuse, la haine en guise d'étendard, la science du combat pour exorciser leur colère…

Le cadavre de Davis fut découvert par son aide de camp, Aaron Nail, intrigué par l'absence de son patron aux levées des couleurs. Une fois la stupeur passée et la mise en branle du campement pour retrouver le ou les assassins, il ne fit aucun doute que quelques Aborigènes avaient réussi à tromper la vigilance des gardiens, et réalisé leur forfait au cœur de la nuit. Par cet acte odieux, ils avaient réussi à se venger de l'attaque subie. Plus question de négocier maintenant. Un conseil de guerre fut rapidement expédié avec les officiers encore présents, ainsi que Stephen Roy, le chef des miliciens. Dans un bref conciliabule, il fut décidé d'exterminer la poche de rebelles qui siégeait quelque part autour du mont Olga. Du coup, les miliciens étaient réintégrés dans le corps expéditionnaire ; s'il fallait se battre, pas question de se séparer de tout homme qui savait manier un fusil. Les dépouilles du malheureux défunt ainsi que du gardien tué furent protégées d'un tissu pour le voyage. Elles seraient renvoyées à Sydney sous escorte légère pour y être enterrées. Les ordres furent donnés, les tentes démontées. Il n'y avait pas un instant à perdre pour traquer ces lâches ; la troupe partirait au petit jour.

L'incendie les surprit en pleine nuit. Intense, se ruant vers eux à la vitesse du vent. Affolés par les flammes qui rugissaient tel un monstre sanguinaire, les chevaux hennirent à s'en rompre les cordes vocales, ruant et se cabrant comme si le Diable en personne leur chatouillait les côtes. Ayant perdu toute once de raison, ils se démenaient pour se libérer coûte que coûte des liens qui les solidarisaient aux chariots. Comme les longes n'avaient pas été prévues pour résister à un cheval en panique, une partie des bêtes se libéra des entraves qui les reliaient aux hommes, et fila dans l'encre de la nuit. Quelques hommes tentèrent bien de les en empêcher ; en vain. Certains se lancèrent même à leur poursuite, franchissant sans réfléchir les limites du campement.

Des lances aux barbelures aiguisées jaillirent immédiatement de l'obscurité, transperçant trois malheureux qui s'écroulèrent sans avoir compris qu'ils venaient de perdre la vie. Personne ne s'en rendit compte, tant les flammes qui crépitaient dans la nuit occupaient toutes les attentions. Telle une armée de danseurs aux foulards incandescents, le feu progressait. Inexorablement. Les soldats, eux, courraient dans tous les sens, désorganisés, ne sachant pas où donner de la tête. Camouflés par les boules piquantes des spinifex, Kaiya et ses guerriers attendaient qu'un imprudent s'éloigne du gros de la troupe pour l'éliminer. Cinq hommes de plus furent occis en quelques minutes. Mais ce jeu de cache-cache était dangereux. Ils pouvaient se faire démasquer à tout instant, et le rapport de force serait alors clairement en leur défaveur. Kaiya ne voulait pas d'une mission suicide, car les soldats seraient toujours assez nombreux pour mener une attaque contre les tribus nichées dans les bordures du mont Olga. Il avait choisi la tactique du harcèlement, et il devait s'en tenir à son plan. Éliminer le plus d'hommes blancs possible en leur tendant des pièges tout au long de leur route, telle était sa mission. Pour l'instant, le feu qu'ils avaient allumé occupait la quasi-totalité des hommes. Dans le chaos le plus complet, quelques intrépides essayaient de contenir les chevaux affolés qui ne s'étaient pas encore enfouis, risquant à tout moment d'être assommés par leurs sabots en furie. D'autres s'étaient protégé le visage à l'aide d'un chiffon humide, tentant désespérément d'étouffer les flammes voraces en leur tapant dessus avec une couverture. Si beaucoup fumaient de s'être trop approchés du brasier vorace, tous tentaient courageusement de contenir le brasier en jetant toutes leurs forces dans la bataille. Les hommes non mobilisés directement par l'incendie démontaient les tentes à la va-vite, remplissant les chariots avec tout le matériel et la nourriture à portée de main. Dans ce désert et avec le premier fort à plusieurs jours de cheval, tout ce qu'ils pouvaient sauver de l'ogre affamé serait du pain bénit pour la suite de leur expédition.

Pour leur survie, même.

Plusieurs chariots placés au centre du campement et recouverts d'une bâche intriguèrent Kaiya. On les avait positionnés à cet endroit comme pour les protéger de quelque chose…

Les munitions…

La réserve de cartouches et de tonneaux de poudre de la troupe n'était qu'à quelques mètres de kaiya, sans aucun obstacle ou presque pour l'empêcher de l'atteindre. Ce qui voulait dire qu'il avait encore quelques minutes devant lui sans que personne ne s'intéresse aux munitions, lesquelles pour l'instant étaient suffisamment éloignées des flammes pour ne pas constituer un danger immédiat. C'était une chance inespérée pour déstabiliser les soldats et affaiblir leur force de frappe. Dépouillé d'une grosse partie de leur puissance de feu, le corps expéditionnaire ferait peut-être demi-tour par peur du manque de mitraille. De plus, l'explosion créerait des dégâts vis-à-vis des hommes et du matériel, ce qui rétablirait quelque peu l'équilibre des forces entre les deux protagonistes…

— Djalu, chuchota Kaiya à son acolyte, tu vois les chariots au centre du campement ?

— Je les vois…

— Fais signe aux hommes que nous allons nous en approcher. Qu'ils abattent ceux qui voudraient nous en empêcher.

Djalu écarquilla les yeux. Non pour la protection demandée. Les guerriers étaient capables d'abattre un mulot à plus de vingt pas avec leurs flèches. Mais quelle idée de se jeter dans la gueule du loup !

— Pourquoi veux-tu faire ça ?

Kaiya soupira ; il n'avait pas de temps à perdre. Mais si Djalu devait risquer sa vie avec lui, il lui devait au moins une explication, même succincte.

— Ce sont leurs munitions, dit-il en pointant les chariots du doigt. Tu as vu ce qu'ils sont capables de faire avec leurs armes. Au moins ils les utiliseront, au plus les tribus auront une chance de s'en tirer, et nous avec. Nos embuscades ne pourront pas tous les tuer ; ils sont trop nombreux et aguerris au combat. Cette occasion est unique et j'ai besoin de toi pour faire le guet pendant que je mettrai le feu à un baril de poudre, qui je l'espère anéantira cet arsenal. Le temps presse maintenant. Tu viens avec moi, ou tu restes ici à attendre que ça se passe ?

— Ne pose même pas la question, répondit Djalu vexé qu'il mette son courage en doute. Attends une seconde, je préviens les autres.

Il imita l'éternuement bruyant du dingo quand il se sent menacé. Le signal pour attirer le regard de ses compagnons sur lui. Puis, grâce à une chorégraphie de signes connus de tous, il demanda aux guerriers de veiller sur eux. Un autre éternuement bref lui indiqua que les hommes avaient compris.

— Allons-y, fit Kaiya, il ne nous reste plus beaucoup de temps.

Si les Aborigènes présents étaient tous des guerriers redoutables, c'étaient aussi et surtout des chasseurs hors pair, rompus à l'art du camouflage. Cachés par les buissons, les deux compères rampèrent sans se faire remarquer des soldats qui courraient dans tous les sens, à la recherche de quelque utilité pour dévier le mur de feu. À un peu moins de dix pas des chariots, et contre toute attente, un groupe d'hommes convergea vers eux, accompagné de quatre solides chevaux. Ils avaient enfin reçu l'ordre d'éloigner les munitions de ce monstre rugissant qui transformait en cendre tout ce qu'il touchait. Les deux guerriers s'aplatirent nerveusement au sol. Les cheveux roussis et les vêtements auréolés de fumeroles, les hommes blancs les frôlèrent sans les voir. Ils étaient trop occupés à contenir leurs montures pour être vigilants. Seuls les chevaux sentirent leur présence et lâchèrent un bref hennissement en les croisant. Un de plus dans cet enfer fait de bruit et de fureur, lesquels n'eurent donc aucun effet sur les soldats, si ce n'est de les agacer davantage. Sans concession, ils tirèrent un coup sec sur la longe pour faire avancer les bêtes récalcitrantes ; le temps était compté avant que la chaleur ne fasse tout sauter. Effectivement, les flammes avaient redoublé de vigueur et s'élevaient désormais haut dans le ciel, telles des colonnes sacrées, illuminant le camp de leurs lueurs assassines. En avant garde du gros de l'incendie, une bande phosphorique d'un éclat intense avalait tout sur son passage, se nourrissant des matières combustibles aptes à entretenir sa furie, en l'occurrence ici les herbes sèches ou les épineux qui avaient le malheur de se trouver sur sa route. Le feu s'était propagé presque partout maintenant. D'immenses serpents de feu se dressaient ici et là, transformant en deux temps trois mouvements les arbustes rencontrés en une torche scintillante, pour ne laisser au final qu'un squelette carbonisé dont les branches casseraient bientôt au moindre souffle de vent. Puis, pas encore rassasiés, ils se jetaient ensuite sur une parcelle encore intacte, aidés par le vent, détruisant toute végétation sans aucune pitié. L'incendie était à son apogée. Le rayonnement était tel, qu'on y voyait presque comme en plein jour. En se retournant pour faire avancer son cheval récalcitrant, un soldat aperçut les deux corps plaqués au sol.

— Alerte, nous sommes…

Une flèche lui transperça la gorge. Le menton du soldat bascula sur sa poitrine, tandis que privés de forces, ses bras glissaient le long de son corps. Les yeux roulant dans les orbites et dans un ultime sursaut, l'homme tenta bien de donner l'alerte, mais seuls des borborygmes et des effluves de sang sortirent de sa bouche. Il s'écroula aux pieds de son cheval dans les convulsions de la mort. Avant que ses collègues n'aient eu le temps de réagir, ils étaient eux aussi transpercés d'un trait vrombissant et s'affalaient, effacés à tout jamais du monde des vivants. S'ils n'avaient plus rien à craindre des quatre soldats qui gisaient morts sur le sol surchauffé, les Aborigènes avaient toutefois été repérés. Tandis qu'ils se redressaient pour finir la mission, des balles sifflèrent à leurs oreilles. Djalu s'empara des rênes de deux chevaux des macchabées, et les plaça entre les tireurs et eux-mêmes. Il paria sur le fait que les soldats hésiteraient à blesser leur monture. C'est ce qui se passa effectivement.

Les tirs cessèrent immédiatement.

— Dépêche-toi, cria Djalu, ils vont essayer de nous contourner pour trouver un angle de tir favorable. Je vais tâcher de leur compliquer la tâche.

Il se contorsionna habilement et dégagea son arc fixé dans le dos. Juste paré de quelques flèches, il savait qu'il ne pourrait tenir très longtemps. Mais il comptait sur l'appui des autres Aborigènes pour laisser le temps à Kaiya de réaliser l'impossible. Après tout, peut-être que ça allait marcher, puisque contre toute attente ils étaient encore vivants.

Kaiya mit à profit ce répit et se précipita vers les chariots, ôtant à la hâte l'une des bâches qui commençait à chauffer. Des caisses pleines de cartouches étaient bien empilées les unes sur les autres, mais les barils de poudre étaient aux abonnés absents. Il pesta, et sans perdre de temps souleva une deuxième bâche. Même chose.

« Et si la poudre avait été entassée ailleurs ? »

Un frisson de peur lui parcourut l'échine. Sans réfléchir davantage, il se précipita vers le troisième chariot en ne prenant aucune précaution pour se camoufler, car il n'avait plus le temps. De toute façon, le chargement explosif le protégeait maintenant des tireurs. Personne ne se risquerait à tirer sur un intrus dans un stock de munition en pleine nuit, car le risque de tout faire partir en fumée était bien trop grand. Avec une boule au ventre, Kaiya souleva la troisième bâche : les bidons de poudre étaient couchés en une sorte de pyramide stable. Il souffla de soulagement. D'un geste déterminé, il s'empara de sa massue appelée casse-tête, retenue contre sa cuisse grâce à de solides lanières. Il s'agissait d'un bâton d'une trentaine de centimètres environ, avec une extrémité constituée d'une pointe, l'autre par un évasement coupant qui servait de massue. En deux coups bien sentis, il perça un trou dans un baril. Il s'empara ensuite du fût qui devait bien peser une dizaine de kilos, et couru avec sa charge vers Djalu, laissant couler une fine traînée de poudre à sa suite. C'était le moment le plus risqué de son action, car les soldats allaient recommencer à tirer dès qu'il s'éloignerait des chariots. Heureusement, les chevaux faisaient toujours écran de leur corps, et surtout, empêchaient les soldats de voir ce qu'il était en train de faire. Le cas échéant, il ne faisait aucun doute qu'ils auraient sacrifié les animaux pour l'empêcher de détruire le stock de munitions. Il rejoignit enfin Djalu. Après avoir jeté sans précaution le baril presque vide, il sortit d'une bourse de cuir deux pierres qui lui servaient à allumer les feux : un silex et une pyrite blanche. Le choc entre les deux minéraux créait invariablement une étincelle, et au contact de la poudre, le feu prendrait instantanément.

— Comment allons-nous rejoindre nos compagnons sans nous faire trucider ? demanda Djalu.

Kaiya n'avait pas pensé à ça. Initialement, il n'était pas prévu qu'ils entrent à l'intérieur du campement ; seulement qu'ils éliminent les soldats sur un périmètre précis. Tandis qu'il réfléchissait au moyen de franchir les quelques mètres qui les séparaient du rideau protecteur de la nuit, là où la pénombre avait repris ses droits, son regard se posa sur le corps musculeux des deux chevaux à leurs côtés. À l'inverse d'autres clans, le sien avait fait le choix il y a plusieurs années déjà, de capturer et de dresser des chevaux sauvages issus des pur-sang utilisés par les Afrikaners et les Anglais. Ceux abandonnés ou échappés dans le bush, et constituant avec le temps des hordes de chevaux sauvages appelés *brumby.* Ces montures, résistantes et adaptées à leur environnement, leur permettaient de chasser plus loin et plus vite que leurs cousins à pied…

— Notre moyen de transport est juste devant nous, dit-il enfin.

— Tu veux t'enfuir avec ces chevaux ?

— Tu vois un autre moyen ?

— Les soldats vont nous tirer dessus.

— Ils le feront de toute façon, avec ou sans chevaux. Et comme ils ont horreur d'abattre leurs bêtes, je suis convaincu qu'ils viseront au-dessus de leur croupe. Et là, ajouta-t-il avec malice, il ne devrait pas y avoir grand monde.

Djalu sourit. Il venait de comprendre.

— Quand tu veux ; je suis prêt…

— Une dernière chose à faire, dit Kaiya en inspirant profondément.

Sans trembler, il cogna ses pierres entre elles. L'étincelle jaillit instantanément, créant un flash au contact de la poudre. Aussitôt né, le point incandescent se mit à courir vers les chariots.

— Dépêchons-nous !

Ils empoignèrent chacun la crinière des bêtes qui ne tenaient pas en place, et d'un mouvement habile, passèrent une jambe par-dessus le dos du cheval tout en restant blottis contre son flanc protecteur. Quand ils chassaient avec leurs chevaux, ils tiraient leurs gibiers avec flèches, lances ou frondes, et se baissaient quasiment jusqu'au sol en se retenant à la crinière pour ramasser les corps encore palpitants de leurs victimes. Chevaucher en épousant le flanc du cheval ne leur causait donc aucun problème. Grâce à cette technique, ils soustrayaient leur corps aux balles des tireurs. D'une talonnade énergique, ils sollicitèrent chacun leur monture qui partit aussitôt au galop. Les bêtes avaient les nerfs à vif, et il n'en fallait pas beaucoup pour qu'elles donnent toute la mesure de leur vitesse dans l'exercice de la fuite, laquelle faisait depuis la nuit des temps partie de leur nature profonde. Comme prévu, les balles sifflèrent au-dessus d'eux. Aucune n'atteignit sa cible. Tels des fantômes rageurs, ils furent bientôt absorbés par les ténèbres comme un immense rideau qui se ferme. Les deux guerriers rejoignaient à peine leurs amis, qu'une déflagration éventrait le cœur de la nuit, en même temps qu'une immense boule de feu irradiait l'horizon de sa puissance destructrice, joignant sa force à celle de l'incendie en cours…

Les munitions de réserve venaient de partir en fumée, ainsi probablement que quelques colons libres ou soldats qui se trouvaient aux alentours. Le premier coup que les Aborigènes s'étaient promis de rendre à leurs agresseurs venait de prendre forme. Et c'était un coup de maître…

Sydney

Pour ne pas attirer l'attention sur eux, Rockwood et Walsh avaient été logés dans le quartier des *Rocks*, à Sydney. En plus d'accueillir les plus vieilles bâtisses de la ville, c'était aussi un lieu de débauche, aux rues sales et malfamées. Le quartier était en tout cas réputé pour satisfaire tous les besoins primaires, y compris les plus triviaux. Les prostituées étaient naturellement en tête de liste. Travaillant principalement sur les docks, le contingent de filles s'offrait aux âmes en peine ou aux libidos excessives, que ce soit pour les marins en escale, les hommes seuls, les ivrognes, ou encore les bourgeois à la recherche de sexe facile. Cette dernière catégorie de clients devait avoir le cœur et la bourse bien accrochés pour se rendre sur les docks, car ils se faisaient régulièrement détrousser par des hommes menaçants, voire par les prostituées elles-mêmes, jamais à la traîne d'un bon coup. En plus des dames aux mœurs légères surveillées par des maquereaux vigilants qui n'hésitaient pas à revoir le prix de la prestation en fonction de la qualité des redingotes, l'autre fléau ici, c'étaient les gangs. Ça se comprenait du reste, car le quartier était attenant à la zone portuaire où accostaient toutes sortes de bateaux, autorisant par là même les trafics illicites générateurs de gros revenus… Ou le gibet si on se faisait serrer. La zone des docks étant contrainte par la mer, et les habitants originels n'ayant souvent pas les moyens de se payer quelque chose de décent, les rues avaient été construites dans des espaces réduits ou deux chevaux peinaient à se croiser. De plus, comme elles étaient en pente la majorité du temps, cela créait des inondations dévastatrices lors des fortes pluies, lesquelles emportaient tout ou presque sur leur passage. Comme les artères du quartier débordaient de toutes sortes de détritus dont se débarrassaient sans vergogne les habitants pour qui la propreté n'était qu'une vague vue de l'esprit, les épisodes orageux n'étaient pas vécus comme un calvaire, mais plutôt comme une bénédiction.

Construites sur un socle de grès, les habitations, à contrario de celles de l'East End de Londres, habillées de bois, semblaient solides avec leurs briques jaunes et ocres, même si les toits étaient souvent constitués de tôles ondulées. La place, par contre, manquait. Les maisons étaient étroites et collées les unes aux autres, le confort ne faisant définitivement pas partie de leur qualité première. Contrairement à ce qui se faisait maintenant dans le reste de la ville, leur hauteur n'était pas ce qui les distinguait non plus. Elles s'érigeaient sur deux niveaux, voire un de plus quand elles hébergeaient un commerce au rez-de-chaussée, et l'ensemble donnait l'impression d'un modeste village vu de la mer. Si le quartier avait été délaissé jusqu'à présent, la modernité du centre-ville commençait quand même à s'inviter du côté des docks. Des pavés avaient été posés sur les rues attenantes à Darling Harbor, la zone du port, alors que la terre battue était encore la règle quelques mois plus tôt. Parce que le pays avait besoin de tout rapidement, la voie ferrée venait même d'y être connectée pour accélérer le transfert de marchandises depuis les trois-mâts qui constituaient la quasi-totalité des bateaux à l'amarre, à l'exception de rares navires à vapeur armés par la White Star Line qui concernaient essentiellement le transport de produits coûteux et périssables. La ville de Sydney bougeait comme aucune autre ville de ce continent ne l'avait fait avant elle, attirant des populations hétéroclites qui s'y précipitaient pour son dynamisme et son zeste de folie. En réponse à son besoin de mouvement, un tramway électrique venait de faire son apparition pour le plus grand plaisir des citadins. Ces derniers l'avaient accueilli avec soulagement, eux qui en avaient par-dessus la casquette de ruiner leurs belles chaussures cirées avec les crottins collants des bidets qui souillaient les rues de la ville, où qu'on aille. Malheureusement pour Rockwood et Walsh, ce moyen de transport moderne ne desservait pour l'instant que les artères du centre-ville. C'est la raison pour laquelle les deux hommes avaient dû louer des chevaux qu'ils laissaient dans un relai postal quand ils ne les utilisaient pas. Ils auraient normalement dû emprunter le tramway hippomobile assez répandu dans la ville, mais suite à plusieurs agressions, les conducteurs ne voulaient plus passer par le quartier des Rocks, et il avait fallu s'adapter. Car Rob Smith les voulait disponibles à tout instant. Pas fou, ce dernier résidait dans l'appartement de Tedd Harris acheté pour ses séjours à Sydney. Contrairement au bouge qui avait été alloué aux anciens bagnards, le gaillard dormait dans un appartement de style victorien sur Market street, en plein cœur de la ville. Un bien cossu et lumineux. Il semblait d'ailleurs savourer le temps passé dans cet antre du luxe, car depuis une semaine qu'ils étaient parqués sur le port, Rockwood et Walsh n'avaient pas eu la moindre nouvelle de sa part. Si les consignes étaient de ne pas le contacter, sauf en cas d'urgence, ce long silence commençait à leur mettre les nerfs à vif. Smith avait pourtant prévenu qu'ils se rencontreraient dès qu'ils auraient glané suffisamment d'informations sur le « boulot » à réaliser, mais le temps commençait à être long pour les deux hommes qui hésitaient à sortir dans ce lieu de perdition. Non par peur ou par manque d'envie de distractions alléchantes, mais plus sûrement parce qu'ils n'avaient pas d'argent à dépenser pour s'amuser. Juste ce que Smith avait bien voulu leur donner pour survivre et s'habiller correctement. Rockwood en était à se demander s'il n'allait pas rendre visite à l'homme de main pour accélérer les choses, quand un gamin surmonté d'une casquette plate les apostropha alors qu'ils rentraient chez eux.

— M'sieur Rockwood ? demanda-t-il d'un air las.

Il avait bien dû formuler sa requête une bonne dizaine de fois auparavant, car on sentait qu'il commençait à perdre espoir de gagner les quelques cents qu'on lui avait promis.

— Qu'est-ce que tu me veux ? bougonna Rockwood qui se méfiait des pickpockets.

— Un message pour vous, répondit le gamin, ravi d'avoir enfin mis la main sur la bonne personne.

Dès que l'Anglais s'empara du papier plié en quatre, le gosse fila en tenant sa casquette pour qu'elle ne tombe pas. Il n'avait visiblement pas l'intention de faire de vieux os dans ce quartier que tous les parents de la ville évoquaient pour faire peur aux enfants, quand ces derniers causaient des problèmes. Rockwood lut le message avec difficulté. Même si Ellen Gatling, son ancienne amante, avait tout fait pour qu'il apprenne à lire, déchiffrer les mots en donnant une cohérence à l'ensemble lui était encore difficile.

— Qu'est-ce que ça dit ? s'impatienta Walsh

— C'est Smith, répondit-il enfin. Rendez-vous ce soir dans un pub appelé « the eagle bar ». Il a enfin des informations à nous donner sur le boulot à faire…

— Pas trop tôt…

L'Eagle bar était un pub bien connu des marins qui accostaient à Sydney. Placé en face de l'embarcadère, au milieu de deux tripots moins réputés que lui, il était le lieu idéal pour dépenser l'argent durement gagné en mer. D'autant que l'étage avait été aménagé en chambres garnies de filles complaisantes, ce qui n'était pas pour déplaire à des marins partis depuis de trop longs mois. C'était le seul endroit où l'on tolérait la gent féminine, car en bas, c'était chasse gardée des hommes. Une pancarte trônant sur la devanture, évoquait d'ailleurs le programme en lettres grasses : « ici nous vous abreuvons, nous vous divertissons, et nous vous enterrons… »

Quand ils pénétrèrent dans la taverne enfumée, ils constatèrent à travers le brouillard dense que l'endroit était habillé de bois sombre, sur lequel était gravée une multitude de trèfles à trois feuilles. Cela mit Walsh dans de bonnes dispositions. Le patron revendiquait ses origines Irlandaises, provoquant sans subtilité ses hôtes anglais avec ce symbole de la trinité représentant le père, le fils, et le Saint-Esprit ; voilà qui était de bon augure pour la réunion à venir. En passant d'ailleurs devant le bar, celui qui semblait être le patron adressa un salut courtois à Walsh tandis qu'il ignora superbement Rockwood. La tignasse rousse et la stature de colosse ne devaient pas y être pour rien pour un œil exercé. Rockwood n'en avait cure ; il n'était pas là pour des mondanités. Il repéra immédiatement Smith. L'homme était assis, seul, dans un endroit encore plus sombre que le reste du bar. Maîtrisant mal son impatience, il leur lança un regard réprobateur. Rockwood avait conscience d'être en retard, mais c'était sa petite vengeance pour les avoir fait poireauter aussi longtemps dans leur chambre de bonne. Comme il ne fallait quand même pas envenimer les relations avec l'un de ceux qui tenaient leur liberté entre ses mains, il commanda trois pintes de bière en passant devant le bar, jeta ses shillings sur le comptoir en grimaçant quand il tâta sa bourse amaigrie, puis se dirigea avec son chargement vers la table isolée. Smith devait être influent, car toutes les places autour de lui étaient bondées. Rockwood voyait mal ces rustauds accepter de s'entasser les uns sur les autres alors qu'une table était vacante à leur côté. Une marque de respect, indiscutablement. La plupart des gaillards étaient éméchés ou sur le point de l'être, ce qui ne les empêchait pas de jouer, boire encore et toujours, parler fort et rigoler bruyamment comme s'ils étaient seuls au monde. Une ambiance de taverne où un meurtre aurait pu être commis sous leurs yeux sans que personne ne le remarque. Le bon endroit pour discuter tranquillement, indiscutablement. Smith connaissait son sujet, comme les hommes de main de Hooper en leur temps, dans son ancienne vie à Londres. Ces souvenirs fugaces lui rappelèrent qu'il devait se tenir sur ses gardes. Il déposa les pintes sur la table en éclaboussant au passage le bois vieilli d'une lichette de mousse, et s'assit ainsi que Walsh sur les chaises disponibles.

— Vous en avez mis du temps à nous appeler, dit Rockwood en guise d'introduction.

— On n'avait pas assez d'éléments sur l'homme qui nous intéresse.

— Vous en avez maintenant ?

— Oui, répondit Smith. Et surtout, compléta-t-il, nous connaissons son talon d'Achille, ce qui va vous permettre d'intervenir efficacement.

Il plongea ses lèvres dans la mousse crémeuse, et absorba une bonne goulée du liquide ambré en fixant Rockwood dans les yeux.

— Qui est c'est homme ? demanda l'Anglais impatient.

Smith jubila intérieurement. Il avait aiguisé l'intérêt de l'homme de main.

— Un emmerdeur, répondit-il après avoir pris le temps de boire une autre gorgée de bière. C'est le délégué de Nouvelle Galles qui est dans la droite lignée du juge Morgan. Il s'appelle Richard White, et comme son nom ne l'indique pas, il milite également pour l'égalité des droits avec les Aborigènes. Son réseau est puissant, et il est un élément important pour l'orientation de la future constitution. Ted Harris pense que Morgan et lui sont une réelle menace, et qu'ils pourraient influencer les membres les plus hésitants pour finalement faire pencher la balance vers l'inconcevable. Malheureusement pour nous, ils ont un autre défaut commun ; ils sont riches et donc indifférents aux pots-de-vin. Mais si nous n'avons pas encore trouvé la faille du juge, nous venons de découvrir celle de White…

— Qu'attendez-vous de nous ? demanda Rockwood un peu inquiet.

— Cet homme doit mourir, répondit tranquillement Smith, et c'est vous qui allez vous en charger…

— Mourir ! s'exclamèrent les deux hommes à l'unisson.

— Chut ! intima Smith, nous ne sommes pas seul, maîtrisez-vous.

— Vous êtes sérieux, reprit Rockwood à voix basse, vous espérez qu'on tue un puissant de cette ville à votre place, tandis que vous resterez le cul vissé sur votre chaise ?

— Et pourquoi pas ? ironisa Smith. Si vous m'affirmez que vous n'avez fumé que des individus pauvres, je ne vous croirai pas. Mais si ça vous dérange vraiment, on peut aussi prévenir la police locale. Peut-être préférez-vous le calme morne de votre ancien pénitencier à la vie trépidante de Sydney ? Après tout, les goûts ne se commandent pas.

— Petit salopard ! gronda Walsh en prenant appui sur ses jambes pour laver l'affront.

Rockwood lui posa la main sur son énorme bras.

— Attends, dit-il. J'aimerais connaître les termes de ce contrat. Si nous vous aidons pour ce coup-là, dit-il en s'adressant à Smith, vous nous certifiez que nous serons libres ensuite ?

Walsh se rassit. Ses yeux lançaient des éclairs.

— Libre comme l'air, oui, mais avec en plus des participations dans les poches pour les futures mines de notre patron commun… Et un gros tas de billets de cinq mille livres à vous partager.

— Cinq mille livres ?

La somme était rondelette.

— À ce prix, Walsh, nous pouvons entendre ce que l'on attend de nous, tu ne crois pas ?

Le colosse émit un signe de tête. Avec cet argent en poche, il pourrait commencer une nouvelle vie. La mort d'un homme, surtout si c'était un descendant d'Anglais, n'avait plus grande importance après ce qu'il avait vécu.

Smith sourit. Les poissons étaient ferrés.

— Comme je vous l'ai dit, nous avons suivi cet homme quelques jours pour en apprendre un peu plus sur lui. Et là, surprise. White se rend régulièrement dans une maison à deux pas d'ici, pour un hobby bien particulier. Une fois que je vous aurai révélé ce passe-temps, je suis sûr que vos remords fonderont aussi vite que neige au soleil…

Rockwood prenait son mal en patience, mais il était furieux. Avoir pris connaissance des pratiques déviantes de l'homme politique l'avait écœuré à en vomir. C'était pourtant chose courante dans l'orphelinat où il avait été élevé, même s'il avait eu la chance d'y réchapper. Pas assez docile, certainement. Il se rappelait par contre l'état dans lequel revenaient ses camarades, marqués à vie par ces sévices pervers. Deux orphelins s'étaient d'ailleurs suicidés le mois suivant l'outrage, ce qui n'avait pas arrêté le système de fonctionner. Trop d'argent en jeu pour des enfants qui vivaient à la marge d'une société pour laquelle ils ne représentaient rien, si ce n'est des morceaux de viande. Ces hommes étaient des porcs ; ils méritaient d'être traités comme tels. Walsh était sensiblement dans le même état d'esprit que lui, ce qui allait leur faciliter les choses. Pour autant, il fallait que cela ressemble à un accident. Les deux bagnards s'étaient torturé le cerveau pour trouver quelque chose de crédible, et le destin s'en était mêlé en leur donnant un petit coup de pouce. Tandis qu'ils réfléchissaient à un possible mode opératoire en marchant dans la rue sans vraiment faire attention à leur environnement, un cavalier avait bien failli les percuter. Le déclic leur était alors venu naturellement, et le plan avait été échafaudé à la hâte…

La rue était étroite, sale, saturée d'air rance. Le pavage absent en faisait un véritable cloaque, mélange de boue et de fange, mixture dans laquelle les pieds s'enfonçaient jusqu'aux chevilles quand les pluies diluviennes détrempaient le sol. Le seul gage de modernité consistait en l'installation de quelques lanternes alimentées au gaz qui projetaient une lumière diffuse sur un rayon restreint. Le halo faiblard suffisait à peine à se repérer à contrario du centre-ville qui étrennait ses premières lampes électriques, mais pour ce que Rockwood et Walsh avaient à faire, ça convenait très bien. L'attente avait commencé. L'homme était entré depuis un moment dans une maison mitoyenne en brique, faisant très attention à ne pas se faire repérer. Raté. Puis pas grand-chose à se mettre sous la dent durant un bon moment. Tandis que les pièces du premier niveau semblaient inertes, la lueur dansante d'une bougie éclairait timidement une chambre au deuxième étage dont la fenêtre avait été occultée par un rideau sombre. Walsh pesta en silence. Ça faisait plus d'une heure que l'homme était entré. Il devait normalement bientôt en avoir fini avec ses pulsions animales. Ses dernières en ce bas monde. Une ombre s'agita finalement derrière le rideau quelques minutes plus tard.

Quelqu'un s'habillait.

Ou plutôt se rhabillait…

Rockwood se redressa de derrière le mur d'angle qui constituait son poste d'observation. Les choses allaient bientôt s'accélérer. Enfin. Il fallut quelques minutes supplémentaires pour voir apparaître White dans l'entrebâillement de la porte, ce dernier remettant une bourse à un homme ventru qui lui glissa au passage quelque chose à l'oreille. Certainement la proposition d'un autre rendez-vous intime ou d'un nouvel arrivage de chairs fraîches.

— Profites-en bien, murmura Rockwood à l'adresse du tenancier, car tu ne tireras plus bénéfice de cet homme-là…

Après avoir ajusté son chapeau, White prit soin de rabattre le col de son manteau sur son visage, et sortit. Quand il passa devant la lumière d'une lanterne, sa silhouette immense se projeta sur la rue et se cassa sur les maisons d'en face. L'homme marchait vite ; il ne devait pas être reconnu, c'était vital. Pour cette même raison de sécurité, sa voiture et son cocher l'attendaient un pâté de maisons plus loin. Sa réputation ne pouvait souffrir de la moindre tâche. Surtout pas une de cette nature. Lui-même tentait d'excuser son penchant pour les jeunes garçons en reconnaissant une partie déviante de son cerveau qu'il tentait de racheter par des actions honorables. Comme la défense des Aborigènes par exemple. Il n'en demeurait pas moins une once de culpabilité au fond de sa conscience à chaque fois qu'il réalisait l'acte de chair. Mais la pulsion et le plaisir étaient bien plus grands que toutes les raisons objectives qu'il s'évertuait à mettre en avant, et il continuait encore et encore. Après tout, les sommes sonnantes et trébuchantes qu'il laissait en guise de dédommagement étaient à la hauteur des désagréments subis par les garçons.

Il se raidit, inquiet. Deux hommes étaient sortis d'une ruelle perpendiculaire et marchaient vers lui d'un pas nonchalant. Même si cette situation arrivait parfois, la peur lui étreignait toujours le ventre dans ce quartier à la réputation sulfureuse. Un monde crasseux et dangereux qui n'était pas le sien, même s'il lui permettait d'assouvir ses fantasmes en toute tranquillité. Il tenta de se donner une contenance, et avança en dissimulant son appréhension. Au plus vite il rejoindrait sa calèche, au mieux il se porterait. Il jeta un regard rapide sur les deux hommes. Ils ne semblaient pas menaçants et étaient assez bien vêtus, ce qui les disqualifiait pour la catégorie des crève-la-faim. Malgré tout, l'un d'eux avait la stature d'un géant, ce qui n'était pas pour le rassurer. Quand ils arrivèrent à son niveau, le plus petit le regarda d'un air curieux et l'interpela.

— Mr White ? Mais que faites-vous dans ce quartier ?

Complètement décontenancé, Richard White essayait vainement de se souvenir de l'endroit où il avait déjà rencontré cet individu. C'est probablement la raison pour laquelle il ne vit pas le géant se placer dans son dos. Avant qu'il ait pu sortir le moindre mot, le colosse lui plaquait son énorme main contre la bouche, et l'empêchait de crier en le décollant presque du sol. Les yeux du politicien s'agrandirent de terreur. Bien synchronisé, Rockwood ne perdit pas de temps. Il sortit un chiffon de sa poche, et le plaça au fond de la bouche de l'infortuné, tandis que Walsh l'empêchait de bouger en lui enserrant la poitrine avec son bras libre, son coude étant maintenant placé contre sa carotide. Ils auraient facilement pu l'assommer pour faire le boulot, mais Rockwood voulait qu'il soit conscient quand la mort viendrait le cueillir. Qu'il connaisse le sens du mot souffrir. Un avant-goût de l'enfer, qu'il ne tarderait pas à rejoindre.

— J'espère que vous avez pris du bon temps, Mr White, dit-il en contenant son dégoût, car j'ai bien peur que cette séquence soit beaucoup moins agréable que ce que vous venez de vivre aujourd'hui. Je dirais, un peu comme ce que doivent ressentir les pauvres garçons qui sont les esclaves de vos fantasmes depuis des années…

White essayait de crier quelque chose, mais seuls des bruits étouffés franchissaient le rempart du tissu.

— Oui, je sais, continua Rockwood de la même voix froide, vous avez le sentiment que vous ne les avez pas tant maltraités que ça. C'est votre point de vue, bien entendu, car de leur côté, ces jeunes garçons ne seraient pas forcément d'accord avec cette affirmation. Il est des douleurs psychologiques, Mr White, que l'argent n'achète pas. Mais c'est probablement plus confortable de penser le contraire, n'est-ce pas ? Par esprit de commisération, et aussi parce que vous êtes un homme respectable, dans une putain de société elle aussi respectable, je vais me faire un plaisir de vous expliquer comment Walsh, mon comparse, va vous tuer. Pour ma part, je m'appelle Steeve Rockwood, pour vous servir.

Il retira sa casquette et fit une légère courbette. Des filets de sueur coulaient le long des tempes de White, tandis que des sons castrés essayaient toujours de franchir le barrage du mouchoir qui ne lâchait pas prise.

— Maintenant que nous avons fait plus ample connaissance, je reprends mon explication. Pour nos commanditaires, vous êtes vraisemblablement plus utile mort que vivant, et nous avons été chargés de cette tâche… contre rémunération, bien entendu. Mais pour être honnête avec vous, j'aurai accepté de faire ce boulot gratuitement, tant les porcs de votre espèce me dégoûtent.

White était à deux doigts de l'évanouissement, mais Walsh veillait à ne pas serrer son cou trop fort pour qu'il puisse ventiler et garder sa lucidité.

— Comme nous devons simuler un accident, nous avons pensé à une collision avec un cheval. Un cavalier imprudent, comme il en existe beaucoup ici, vous aura percuté et pris la fuite. Pas très civique comme comportement, mais réaliste dans ce quartier. Pour faire vrai, j'ai emporté avec moi une poignée de poils que je laisserai sur votre torse. Dans le détail, mon collègue qui possède une force peu commune va briser votre sternum jusqu'à faire éclater votre cœur ; j'espère que vous n'y voyez aucune objection ?

Pris de panique, White hurlait maintenant à s'en rompre les cordes vocales. Pour autant, un son à peine plus puissant que la voix apaisée de Rockwood franchissait le piège placé au fond de sa gorge.

— J'aurais aimé vous en dire un peu plus sur votre triste fin, conclut Rockwood, mais je crois que vous avez compris l'essentiel. Comme le temps presse, je me vois dans l'obligation d'abréger notre conversation. J'espère que vous ne nous en tiendrez pas rigueur. Allez donc en enfer, Mr White, ce bel endroit où je vous rejoindrai probablement un jour, mais le plus tard possible, j'espère. C'est à toi, Walsh, Mr White doit être pressé de voir ce qu'il y a derrière le rideau de la vie terrestre…

Le géant passa son bras gros comme un tronc sous le bras du politicien, et à l'aide de sa main opposée, commença à comprimer la poitrine de sa victime à l'instar d'un étau. Les yeux de White étaient prêts à jaillir de leur orbite, poussés par un sang bouillonnant qui n'arrivait plus à circuler. Sa peau ne tarda pas à se marbrer d'une teinte violette, faisant ressortir un lacis de veines tortueuses qui déformaient son visage. Puis vint le craquement. Un bruit de branches brisées. Sec. Lugubre. La douleur fut si intense que le politicien perdit connaissance immédiatement. Walsh ne relâcha pas pour autant son emprise sur le corps sans consistance. Incapable de résister à cette pression, le cœur lâcha lui aussi dans les secondes suivantes. Un fin filet de sang s'échappa des lèvres de Richard White en un ultime écoulement. Il n'était plus de ce monde. Après avoir vérifié qu'il était bien mort, Walsh l'allongea au beau milieu de la chaussée, tandis que Rockwood plaçait les poils de cheval sur sa poitrine. Les deux hommes se redressèrent pour évaluer le résultat de leur mise en scène.

C'était crédible.

— Allez, on bouge, ordonna Rockwood, quelqu'un va bien finir par pointer le bout de son nez dans cette ruelle de perdition.

Tandis qu'ils s'apprêtaient à prendre la poudre d'escampette, des torches s'illuminèrent de part et d'autre de la rue. Surpris, Walsh et Rockwood sortirent leur couteau, prêts à en découdre. Une dizaine d'hommes bloquaient chacune des issues, utilisant leur carrure pour occuper tout l'espace disponible. Pas d'échappatoire possible. Grimés de crasse et de haine, les manants avancèrent lentement. Tous étaient armés. Soit d'un objet contondant comme une hache, un hachoir, ou un couteau souvent long comme l'avant-bras ; soit d'objets servant à fracasser les crânes, à l'instar de masses, marteaux ou gourdins. Certaines massues étaient même traversées par des clous pour ajouter la perforation des tissus mous au bris des os, et être sûr de faire très mal. Quelques-uns, enfin, étaient munis d'une arbalète armée d'un carreau à quatre pans : le plus destructeur de tous. Assurément des hommes habitués à tuer sans que cela soit un problème pour eux. Des rebuts de la société sans convention ou code d'honneur. En gros des hommes comme l'était Rockwood à Londres, il y a peu de temps encore. Des enfants nés et façonnés dans la fange, la colère et la violence. Des êtres humains devenus des bêtes sauvages par la force du temps, qui se battaient pour la suprématie d'un territoire, d'un trafic, ou simplement pour le plaisir de voir le sang couler, sachant que de toute façon, ils ne vieilliraient pas longtemps en ce bas monde. Mais si Rockwood était de la même veine qu'eux auparavant, il avait su se sortir d'un milieu qui vous broyait plus sûrement qu'une meule géante, avec pour seule perspective de mourir d'une mort violente avant trente ans, ou d'une maladie honteuse quelques années plus tard si vous aviez de la chance. Walsh et lui venaient de tuer un client important, et quelqu'un avait dû prévenir ce gang. Armé d'un simple couteau et malgré la force de Walsh à ses côtés, Rockwood ne voyait pas comment il allait se sortir de cette situation. D'autant que pour la première fois depuis qu'il le connaissait, il sentait bien que Walsh n'en menait pas large non plus…

Tarka

Tarka vivait loin de tous. Parce qu'il avait été un éclaireur de l'armée en son temps, une petite maison sans prétention lui avait été octroyée. Pas dans le quartier des Occidentaux qui n'en voulaient pas malgré les multiples services rendus, ni dans celui des Chinois qui le trouvaient trop différent d'eux pour l'intégrer, mais à l'écart de la ville, au milieu de nulle part, dans un endroit désert et sans âme. La maison avait été plantée non loin de la ligne de chemin de fer, isolée comme l'était le bonhomme depuis qu'il avait atterri ici. Ne pouvant plus retourner parmi les siens car considéré comme un traître, l'Aborigène était un paria dans son propre pays, avec désormais l'alcool pour unique ami.

Jiang désigna la maison :

— Celui qui pourrait vous mener au centre du pays habite ici. Mais je vous préviens : je ne l'ai jamais vu lucide depuis que je vis ici. Toujours dans les vapeurs d'alcool. Chancelant du matin au soir. J'insiste, cet homme ne vous sera d'aucune utilité. Il pourrait même vous causer de sérieux ennuis en étant capable de vous perdre en plein milieu de l'Outback. Mon humble avis est que vous devriez retourner à Palmerston pour trouver un guide digne de ce nom.

— Mais la rumeur dit pourtant que c'est l'un des meilleurs du pays, insista Bai.

— Ça, c'était avant… s'énerva Jiang. Quand il était sobre, en plus d'être un guerrier redouté, d'après ceux qui l'ont côtoyé. Mais la roue a tourné, et pas en sa faveur. Maintenant, c'est une épave. Pour rien au monde, je ne lui confierai ma vie.

— Ça tombe bien Jiang, trancha Chao passablement agacée des libertés que prenaient son compatriote, car il n'est pas prévu que vous veniez avec nous. Et comme nous sommes là maintenant, ça ne coûte rien de le rencontrer.

— Comme vous voulez, fit le jeune combattant vexé qu'on ne prenne pas son avis en compte, et surtout qu'on le considère comme un moins que rien, mais je vous aurai prévenu. Vous savez ou me trouver en cas de besoin, marmonna-t-il la mine défaite, si toutefois vous daignez prendre en compte les recommandations d'un simple gardien de camp.

Il fit un rapide salut et s'en alla. Si ce groupe de compatriotes faisait sans aucun doute état d'un exceptionnel talent dans l'art du combat, ils étaient à l'évidence médiocres dans celui de juger les hommes. De rage, il shoota dans une motte de terre qui se pulvérisa au contact du pied. La colère le consumait toujours comme attisée par un feu couvant. La réalité était qu'il n'avait toujours pas digéré de s'être fait humilier par une femme. Tout le quartier était au courant maintenant, et on se gaussait de lui sans aucune retenue. Il ne voyait pas comment il allait pouvoir retrouver son lustre d'antan. Si encore il avait été battu par un homme… Mais par une femelle… Il ne pouvait même pas la provoquer en combat singulier, car selon les coutumes de sa province, ça ne se faisait pas. Et même s'il brisait le joug des traditions pour affronter cette combattante hors pair, quelles que soient les armes qu'il utiliserait, il était certain de se faire rosser une seconde fois. Dépité, Jiang se dirigea vers l'arrière-boutique de son oncle qui proposait en toute illégalité à ses clients une liqueur distillée à base de sorgho et de céréales. L'alcool fort lui ferait du bien, et surtout lui ferait oublier ses soucis. Comme Tarka en son temps…

Loin de se douter des sombres pensées qui s'agitaient dans la tête de celui qui s'était proposé de les aider, Chao monta les trois marches qui menaient à l'entrée de la maison. Elle cogna plusieurs fois sur les planches disjointes de la vieille porte pour indiquer sa présence, mais rien ne semblait bouger à l'intérieur de la bicoque. Elle réitéra les cognements, accentuant un peu plus ses frappes. Des pas se firent enfin entendre. Lents et indécis. Puis on entendit le claquement d'un loquet qu'on déverrouille, et la porte s'ouvrit. Précautionneusement dans un premier temps. Comme si l'homme craignait les visites. Ce dernier ne devait en effet pas avoir l'habitude d'accueillir beaucoup de monde, et dans sa tête, visite impromptue voulait à coup sûr induire des ennuis à venir. Pressentant un esprit sur la réserve, Chao s'était reculée d'un pas pour qu'il la voie entièrement. Sa condition de femme devait normalement le rassurer, même si le trio en arrière-plan pouvait lui créer l'effet inverse. Et heureusement, Bao était couché un peu plus loin sur la terre, et donc non visible depuis l'entrée. Le cas échéant, ils auraient certainement trouvé porte close, et plus sûrement encore, auraient dû s'orienter vers un autre guide.

La porte s'ouvrit enfin complètement. Malgré la chaleur, l'homme était vêtu d'un pull sale, d'un pantalon constellé d'autant de trous que de tissu, retenu à sa taille par une simple corde. Il était pieds nus, la peau crasseuse, arborant une barbe négligée et des cheveux en bataille. De loin, l'aborigène paraissait cinquante ans, mais en le détaillant attentivement, on devinait qu'il devait en avoir dix de moins. Malgré l'heure matinale, des effluves d'alcool flottaient autour de lui comme un parfum entêtant.

« Et si Jiang avait finalement raison ? se demandèrent les membres du groupe sans que personne ne l'exprime ouvertement. Pouvaient-ils remettre leur vie entre les mains de cet homme, dans l'un des territoires les plus hostiles de la planète ? »

L'étonnement du premier contact passé, Chao se reprit.

— Bonjour, dit-elle sobrement. Nous désirons nous rendre dans le centre du pays, et on nous a dit que vous étiez capable de nous y mener.

— On vous aura mal conseillé, répondit brutalement Tarka, passez votre chemin !

Pas le moins déboulonnée par le manque de civilité du malotru, Chao enchaîna avant qu'il ne tourne définitivement les talons et ne lui claque la porte au nez.

— Qu'est-ce qui vous retient encore ici ? lança-t-elle en haussant la voix. Cette cabane miteuse ? Cette communauté qui n'a que faire de vous ? Ou bien l'alcool qui vous tue à petit feu en grillant les quelques neurones qui vous restent ?

Tout en parlant, elle n'avait cessé de fixer l'Aborigène d'un regard de braise. Ses propos ne transpiraient ni la condescendance, ni le mépris ; juste un constat amer d'une vie qui avait tourné en eau de boudin. Et comme ils étaient effectivement énoncés sans concession mais avec franchise, ils touchèrent leur cible. Du coup, l'homme accorda son attention à ce petit bout de femme qui venait en quelques mots de résumer sa misérable vie.

— Pourquoi devrais-je vous aider ? demanda-t-il en grattant sa barbe hirsute d'un geste mécanique, encore troublé par ce qu'il venait d'entendre.

— Parce que ce voyage est plus passionnant que ce que vous vivez ici depuis des années. Parce que votre vie ne peut raisonnablement pas finir au fond d'une bouteille. Parce que nous vous paierons pour ça. Parce que l'homme blanc qui voyage avec nous souhaite passer un pacte avec votre peuple, qui devrait vous octroyer les droits qu'on vous a toujours refusés. Comme vous pouvez le constater, il n'y a pas une raison qui ne soit mille fois supérieure à toutes les mauvaises excuses que vous pourriez encore me servir.

La dernière phrase avait attiré son attention.

— Pactiser avec mon peuple ? Avec qui ? Où voulez-vous aller exactement ?

— Notre ami, Peter Brown ici présent, travaille pour un homme proche du pouvoir. Il souhaite passer un accord avec un chef de tribu nommé Nangala, du peuple Arrernte, dans un endroit proche d'Alice Spring…

Tarka écarquilla les yeux comme s'il venait de voir le créateur en personne.

— Nangala ?

— Vous le connaissez ? demanda Chao surprise par la coïncidence.

Tarka ferma les yeux et déglutit difficilement.

— C'est mon cousin, murmura-t-il comme s'il parlait d'un fantôme.

— Formidable ! s'enflamma Chao qui n'avait pas perçu le malaise du guide, raison de plus pour nous accompagner.

L'Aborigène doucha son enthousiasme.

— Je ne suis pas sûr d'être un atout dans cette affaire, concéda-t-il avec amertume. Le lien filial qui nous unissait s'est quelque peu distendu quand l'armée m'a enrôlé pour traquer des Aborigènes fuyards, continua-t-il d'une voix qui transpirait la désillusion. Surtout quand ils m'ont demandé de les aider à le capturer, lui et les guerriers qui le soutenaient.

— Mais pourquoi avez-vous accepté de faire cela ? demanda Brown en se mêlant de la discussion.

Tarka leva les yeux vers l'homme blanc qui les avait interrompus.

— Parce qu'un autre aurait accepté la mission à ma place, répondit simplement Tarka. En entraînant l'armée à la suite des rebelles, je concentrais leur capacité de nuisance sur des guerriers aguerris, et non sur les enfants des tribus du centre, qui auraient probablement été envoyés, comme d'autres avant eux, dans des institutions réparties sur l'ensemble du territoire. Effacer leur mémoire ancestrale pour la formater à celle de l'envahisseur, voilà quel était le programme du gouvernement de l'époque. Moi je pouvais leur résister, car je n'avais pas de famille, mais je me sentais une responsabilité vis-à-vis des miens. Alors j'ai fait un choix impossible, sachant bien que je serai considéré comme un traître par les Aborigènes, et que plus jamais je ne pourrai être admis parmi eux ; j'en avais douloureusement conscience, mais j'ai quand même décidé de faire ce que je jugeais nécessaire. Quand l'armée en a eu assez de traquer des fantômes, je ne leur servais plus à rien ; ils ont alors décidé de se débarrasser de moi. Ma récompense pour les services rendus a été de m'envoyer pourrir dans cet endroit rêvé, avec l'alcool comme exutoire, et la mort comme délivrance…

On ne sait pourquoi, probablement pour une raison proche de la rédemption, mais Tarka accepta d'accompagner le groupe de Chinois ainsi que l'homme blanc dans les gorges rocheuses et les terres sablonneuses rouges qui entouraient la Hugh river. Pour le guide, c'est probablement l'endroit où s'étaient réfugiés

Nangala et ses guerriers. Il promit aussi de ne plus boire. Pour mettre toutes les chances de leur côté, et aussi parce qu'il ne pouvait engager un homme malade, Bai obligea l'Aborigène à se sevrer avant de partir. Dix jours de souffrance pour Tarka, tantôt tremblant de tous ses membres, tantôt dégoulinant de sueur, tantôt atteint de crises obsessionnelles qui lui faisaient oublier ses bonnes résolutions, avec pour seule envie de sentir l'alcool couler de nouveau dans ses veines comme un fluide de vie. Les membres du groupe se relayèrent pour le surveiller. Les instructions étaient de ne rien céder face à sa grande irritabilité ; chaque jour sans boire était une petite victoire qui le guidait vers la libération. Et contre toute attente, cela marcha. Sans prévenir, un beau matin, les symptômes diminuèrent en intensité et en fréquence. Tarka n'était certes pas encore guéri, mais il se sentait assez fort pour maîtriser son envie d'alcool. Le pire était derrière lui. Du moins l'espérait-il. Dans l'euphorie de ce succès, il réitéra sa promesse de ne plus toucher à un verre d'alcool de toute sa vie. Mais cette fois, il y croyait vraiment.

Le guide étant enfin en possession de ses moyens, ils se concentrèrent sur les préparatifs du voyage, achetant du matériel pour dormir, et des vivres pour tenir plusieurs jours. Ne pouvant pas trop charger leurs chevaux au risque de les mettre en danger, Bai décida d'acheter deux mules. Après tout, ils avaient les moyens de s'accorder un peu de confort grâce à la bourse bien garnie que Chao avait soutiré à son père. Une bête servirait à transporter une partie des biens acquis, l'autre était destinée à Tarka. Ce dernier hérita donc d'une solide monture appelée Holly. En raison de ses difficultés d'équilibre qui devaient normalement s'estomper avec le temps, cette mule, plus docile qu'un cheval, ferait parfaitement l'affaire. Pour compléter le savoir de Tarka, et aussi au cas où le guide les lâcherait en cours de route, ils achetèrent les quelques cartes disponibles sur lesquelles ils purent mettre la main. Elles décrivaient de façon assez rudimentaire les régions à traverser, mais pouvaient quand même leur donner la direction à suivre pour trouver la ville la plus proche en cas d'urgence. Vint enfin le moment de partir. Comme personne n'était venu les voir ces derniers jours, ils ne se sentirent aucunement redevables des civilités d'usage, et prirent directement la route après avoir avalé un repas frugal.

Les chevaux semblaient heureux. La température, quoiqu'encore fraîche à cette heure, était malgré tout clémente. Mais surtout, elle n'allait pas tarder à grignoter quelques degrés supplémentaires qui feraient de cette journée une chaude journée. Attendries par la rosée du matin, les herbes grasses s'offraient aux panses insatiables des équidés. Un vrai régal pour des bêtes sevrées d'herbacées depuis trop longtemps. Si le chemin qui serpentait le long du fleuve était propice à une avancée rapide, une flore dense et généreuse tapissait l'horizon, quel que soit l'endroit où le regard se posait, suggérant de vastes étendues vierges de toute présence humaine. Les buissons étaient légion dans le coin, se développant jusqu'au pied de spécimens plus majestueux, lesquels tapissaient le plateau de grès en une forêt indisciplinée. Mais la densité des arbres variait en fonction de l'élévation des canyons. Si de hautes parois ridées encadraient le fleuve capricieux à l'instar d'un corset épais, les élévations de roches rouges se rétractaient ensuite pour on ne sait quelle raison, puis rejaillissaient de plus belle comme dopées par un fluide invisible. Les températures, par contre, ne diminuaient pas. Du moins en journée. On sentait que l'on approchait de la zone semi-aride que beaucoup de voyageurs redoutaient, alors même que le groupe n'était parti que depuis quatre jours. Pour autant, l'eau était toujours omniprésente. Rugissante ou lymphatique, selon son humeur, sombre ou scintillante, en fonction des rais de lumière qui la transperçaient quand l'astre de feu se frayait un passage au-dessus des roches. C'est le sillage de la rivière qu'avait décidé de suivre leur guide. Ce solide repère traversait les terres Nitmiluk, et les mènerait sans risque de se perdre jusqu'aux portes du désert. Mais pour l'instant, ils évoluaient toujours en zone tempérée dans laquelle le gibier abondait. Le prélèvement de quelques-uns de ses représentants avait permis jusqu'à présent de ne pas trop piocher dans les provisions emportées, et surtout, de se régaler d'un bon canard ou d'un lièvre bondissant cuit à la broche de temps à autre. Du moins ceux qu'ils trouvaient sur leur chemin, car Tarka leur avait demandé de ne pas trop s'éloigner des berges. On se perdait vite par ici, et rares étaient ceux que l'on avait retrouvés vivants suite à une mésaventure de la sorte. Heureusement pour eux, le chemin qu'ils suivaient actuellement était bien formé et relativement dégagé. Ils cheminaient sans se presser, parallèlement au large cours d'eau dont les rives étaient parsemées de squelettes d'eucalyptus que des crues puissantes avaient noyé les années précédentes, et dont les racines mises à nues étaient désormais infestées de bêtes répugnantes qu'il valait mieux ne pas déranger. Comme le chemin était placé assez haut par rapport au lit du fleuve, ils avaient échappé aux débris charriés par la montée des eaux, mais pas aux termitières géantes. Faisant plus de cinq mètres de haut, ces mélanges de terre et de salive de termites obstruaient le passage, et obligeaient à des contournements fréquents. De véritables œuvres d'art. Comme les termites ne pouvaient proliférer loin d'une source d'eau, l'installation de leur cathédrale au bord du fleuve était apparue comme une évidence. Ça ne gênait pas trop les cinq voyageurs, car les sculptures étaient si belles qu'elles valaient vraiment le détour.

L'une d'elles d'ailleurs leur sauva la vie.

Si l'argile traitée par les termites était particulièrement fine, elle était aussi naturellement enrichie d'additifs, ce qui avec la cuisson du soleil, la rendait solide comme un mur de pierre. Alors qu'ils évitaient une énième termitière géante, un coup de feu claqua. La balle frappa l'épaule de Da, le faisant chuter de son cheval. Il eut juste la présence d'esprit de ne pas lâcher les rênes de sa monture, l'empêchant ainsi de filer. D'autres tirs suivirent. Secs, furieux, ayant trop de colère en eux pour être précis. Les balles vrombissaient autour du groupe qui s'était naturellement mis à l'abri de l'énorme cheminée de terre, attendant que l'orage passe.

— Ça va Da ? cria Bai en dégainant son sabre fixé derrière sa selle.

— La balle m'a traversé l'épaule, répondit froidement le jeune homme en écartant sa chemise pour constater les dégâts, mais rien de sérieux, je pense. Par contre, je suis incapable de me servir de mon arc.

— Dans ce cas, nous allons devoir les contourner pour voir à qui nous avons à faire. Mais avec ces fusils qui nous ont en ligne de mire et crachent leurs balles sans s'arrêter, je ne vois pas comment quitter cette termitière sans nous faire trucider !

— Probablement les stockmen du train, grimaça Da en palpant les chairs autour de sa blessure, je ne vois qu'eux… Et tu as raison : aller à leur contact dans cette configuration est du suicide. Ils ne sont pas à plus de vingt mètres de nous…

— J'ai peut-être une solution, fit Tarka après avoir jeté un coup d'œil rapide derrière le mont de terre, mais je ne sais pas si j'ai encore l'habileté pour le faire.

— Qu'avez-vous en tête exactement ? demanda Chao qui tenait solidement son chien par la peau du cou pour éviter qu'il ne se jette sur les intrus. Si la bête ignorait la peur, les balles, elles, ne l'ignoreraient pas.

Tarka s'était habitué au molosse, mais comme beaucoup, il trouvait la bête monstrueuse. Sauf qu'à contrario de la plupart des gens, lui trouvait intéressant que la nature ait pu produire un tel phénomène. Ici-bas, rien ne se faisait pour rien ; si le chien était une bénédiction pour Chao, ceux qui se trouvaient sur son chemin devaient sûrement penser que le pire de la création leur tombait dessus. Il quitta le chien du regard pour se concentrer sur Chao.

— J'ai mon boomerang avec moi, répondit-il non sans hésiter sur sa capacité à faire ce qu'il avait en tête. J'ignore si je peux encore l'utiliser avec précision, mais on le saura assez vite.

L'aborigène sortit d'un balluchon un bâton courbe d'un mètre environ, et le jaugea dans ses mains. Malgré le danger et la mort qui rôdait, il ressentait une forme d'excitation qu'il pensait bannie de sa vie à jamais.

— J'ai repéré le buisson d'où est parti le premier coup de feu. Si j'arrive à toucher le tireur, les autres se demanderont ce qui a pu ainsi le percuter, ce qui nous laissera quelques secondes de répit pour riposter. Votre chien vous obéit-il ? demanda-t-il à Chao.

— Je ne sais pas, répondit la jeune femme, c'est un chien libre. Mais je le crois assez intelligent pour comprendre une situation et agir en conséquence, si c'est le sens de votre question.

— C'est effectivement ce que j'avais en tête. Le boomerang, plus le chien qui leur foncera dessus devraient créer un moment de confusion, et nous laisser le temps de les approcher pour les combattre…

Pensive, Chao opina du chef.

— D'autant, fit-elle en s'adressant à ses amis, que d'après ce que vous m'avez dit, ils n'ont pas vu Bao dans le train. Ils ne se doutent donc pas de l'ouragan qui va les frapper. Impossible de continuer de nous tirer dessus avec un chien pareil sur le dos.

— Nous ? reprit Bai en fixant Tarka.

— J'étais un chasseur respecté et habile autrefois. Et je sais également manier un couteau. Je viens avec vous.

Bai n'insista pas. Il devait utiliser les forces disponibles pour opposer aux agresseurs une contre-attaque digne de ce nom.

— Très bien, fit-il, alors essayez de viser juste.

Il se tourna vers le combattant blessé.

— Sans vouloir te vexer, Da, nous serons trois à leur tomber dessus, plus le chien ; ça me semble amplement suffisant. Dans ton état, il est préférable que tu restes ici avec Brown. L'un des agresseurs peut essayer de nous prendre de revers. Après tout, nous ne savons pas combien ils sont, ni surtout où ils sont cachés. Je ne crois pas Brown capable de tenir tête à un homme aguerri. Ta présence ici sera utile.

— Belle façon de me tenir à l'écart, fit Da. Mais tu as raison pour Brown, reconnut-il, et quant à moi, je ne pourrai pas me déplacer avec agilité et je serais un poids mort pour vous. Je vais suivre tes conseils ; je vous attendrai ici.

— Sage décision. Tarka, c'est à vous ; nous allons voir si l'esprit de vos ancêtres vit toujours en vous ! J'espère que oui pour ma part. Nous nous tenons prêts dès que votre arme sera lancée…

Les stockmen avaient décidé de tendre une embuscade au groupe de Chinois. Si ces adversaires étaient de redoutables combattants au corps à corps, ils devenaient des cibles faciles pour des tireurs habiles. La distance redonnait l'avantage aux armes à feu. Le tout était de ne pas se faire repérer pour préserver l'effet de surprise. Ils les avaient donc surveillés de loin à Pine Creek, faisant attention à ne pas se découvrir. Cette dernière intention leur avait donné du fil à retordre, car rester discret dans le quartier chinois, où tout blanc faisait figure d'intrus, était de l'ordre de la gageure. Puis le hasard s'en était mêlé. Un heureux hasard. Ils avaient fortuitement appris que le groupe du train, qui s'était élargi depuis d'une fille et d'un chien, comptait bientôt reprendre la route. Pour ce faire, ils avaient recruté un guide Aborigène, qui d'après leur informateur, possédait plus de molécules d'alcool dans le sang que le plus gros tonneau de la taverne de son oncle. Car oui, ces ragots étaient venus de la bouche même de Jiang, un compatriote aigri, pour qui la traîtrise n'était rien de plus qu'un enrichissement facile. Un homme qui lui aussi s'était fait rosser par ces maîtres en arts martiaux, et qui tout comme le guide, noyait maintenant son désarroi dans les bars de la ville. Lassé qu'il ressasse les mêmes antiennes et vide le stock d'alcool normalement réservé à ses clients, son oncle avait fini par le chasser de sa boutique, et le jeune homme avait échoué dans l'un des deux établissements miteux qui acceptaient indifféremment les épaves de toute nationalité. C'est là que les stockmen l'avaient rencontré. Quelques verres et deux ou trois billets plus tard, cet idiot avait fini par leur donner suffisamment d'éléments sur la constitution du groupe et le trajet emprunté. Et quand les Chinois avaient enfin pris la route du Centre, les cow-boys les avaient devancés pour repérer l'endroit où tendre une embuscade. Un endroit suffisamment loin de la ville pour qu'on ne puisse pas les accuser de ce guet-apens, et surtout, ou leur corps ne tarderait pas à être dévoré par des varans ou des crocodiles d'eau douce, lesquels pullulaient dans la Katherine river, la rivière qu'ils étaient censés suivre. Mais si l'environnement était propice à la disparition d'un corps, il était par contre trop déchiqueté pour qu'ils puissent agir de loin avec leur fusil. C'est ce qui les avait empêchés d'intervenir jusqu'à présent. Jusqu'à ce qu'ils trouvent cet endroit. Un terrain à peu près plat et chargé en feuillus.

L'endroit idéal.

Rien de plus simple en effet que de se cacher derrière les buissons, et tirer sur ces maudits Chinois comme à la parade. Le seul hic concernait les termitières, nombreuses près du fleuve, et qui constituaient autant d'obstacles entre eux et leurs cibles. La femme aussi était un problème, ainsi d'ailleurs que l'Aborigène et l'homme blanc qui ne leur avaient rien fait. Mais la clémence n'étant pas leur point fort, il avait été décidé que ces individus seraient des dommages collatéraux. De toute façon, impossible de laisser des témoins raconter l'embuscade. Car si les forces de police n'appréciaient guère plus qu'eux les Chinois, la loi serait appliquée à la lettre pour pareil crime, et la sanction serait irrémédiablement la corde pour les auteurs de ce traquenard. L'attente n'avait pas duré plus d'une heure avant de voir débouler la petite troupe au sortir d'une large courbe. Des cibles faciles. Mais Carlson avait tellement envie d'occire le maudit singe qui l'avait humilié, qu'il ne prit pas le temps de se coordonner avec ses camarades, et tira directement sur Da. Il eut un rictus mauvais en voyant qu'il avait fait mouche avec son fusil Lee Enfield de dernière génération. Frappé par sa balle, le Chinois fut projeté au sol comme poussé par une main invisible. Quand Morton et Williams réagirent enfin en voulant aligner leur tir sur celui de leur camarade, c'était déjà trop tard, le groupe avait trouvé protection derrière une termitière.

— Espèce d'idiot, fulmina Williams, on aurait pu tous les avoir en une seule fois ! Va tenter maintenant de les déloger avec cette protection de terre qui nous empêche de les voir, et encore plus de les tuer. Il va nous falloir prendre des risques maintenant, à cause de ta stupide impatience…

— Calme-toi, intima Morton sur les dents lui aussi, nous avons une bonne quantité de cartouches, et la termitière ne pourra pas les protéger indéfiniment. Dans le pire des cas, l'un d'entre nous restera ici, tandis que les deux autres les contourneront pour les faire sortir de leur tanière. Notre vengeance pourra enfin s'accomplir…

Les yeux écarquillés par le sang qui bouillait dans son crâne, Carlson les avait à peine entendus. Il n'avait qu'une image en tête, celle du moment où il achèverait sa victime en la regardant droit dans les yeux.

Des fourmillements colonisaient ses avant-bras. Carlson décida de changer de position. Il ramena le fusil vers lui, pile au moment où il vit le boomerang fendre l'air dans sa direction. D'un mouvement vif, il opposa in extremis son arme au boomerang. Lancé avec force, le lourd bois taillé dans de l'acacia et enduit de terre ocre, frappa violemment la crosse du fusil, faisant chuter Carlson. Surpris plus qu'affolé, il tenta de se remettre debout le plus vite possible sous les yeux abasourdis de ses camarades. C'est alors qu'ils l'entendirent avant de le voir. Un grognement si puissant, qu'il devait sortir d'outre-tombe. Un son à faire frémir le plus courageux des bushmen. Puis ils le virent. Une sorte de lion noir à la crinière ébouriffée, fondant sur eux toutes dents dehors. Un monstre droit sorti des plus horribles cauchemars, bondissant au-dessus des herbes à la vitesse du vent. Personne n'eut le temps de se servir de son fusil, que la bête était déjà sur Carlson, plantant ses griffes aiguisées dans la poitrine du cow-boy, avant de lui trancher la gorge d'un coup de dents rageur. L'horreur dans le sens le plus strict du terme. William jeta son arme qui le gênait dans les hautes herbes, et prit ses jambes à son cou. Pétrifié, Morton ne fut lui pas assez prompt à réagir. Il fut la deuxième victime de Bao qui le fit passer de vie à trépas tout aussi rapidement que son complice. Le ventre vrillé par la peur en entendant les hurlements affolés de Morton, mais courant plus vite qu'il ne l'avait jamais fait, William fuyait sans se retourner. Mû par son instinct, il bifurqua vers le fleuve. Aucune autre pensée rationnelle n'avait pu émerger de son cerveau ravagé par la terreur. Il avait juste le sentiment que le monstre ne pourrait le suivre une fois dans l'eau, car un animal de cette engeance ne pouvait avoir été forgé que par le feu de l'enfer. Il pénétra dans le fleuve en levant haut les genoux, puis plongea dans les eaux boueuses en se mettant à nager avec l'énergie du désespoir. Non loin de là, trois énormes plouf se firent entendre depuis la mangrove qui colonisait une partie du rivage. Avant que l'homme n'ait franchi une vingtaine de mètres, des sillages ondulants convergèrent vers lui à une vitesse stupéfiante. Chao crut apercevoir un œil verdâtre fendu d'une ligne sombre émerger des flots. Un bref instant. Puis plus rien avant qu'une énorme gueule constellée de dents jaunâtres ne s'empare du malheureux par le buste. Le cow-boy n'était pas de taille à lutter contre une mâchoire de cette envergure. Quand le saurien entraîna sa victime sous l'eau après quelques brusques circonvolutions, il fut bientôt rejoint par deux congénères, qui vu la taille des queues qui frappaient l'eau avec excitation, devaient au moins mesurer cinq mètres. Un bouillonnement funeste indiqua que le partage ne devait pas se faire avec le consentement de chacune des parties. Puis le calme revint.

Quand les crocodiles s'éparpillèrent, leur butin arraché de haute lutte bien calé dans leur énorme gueule, l'eau à l'endroit de l'attaque était gorgée de sang et de petits morceaux de chairs. Mais rien ici ne se perdait. Ils disparurent bientôt happés par des poissons opportunistes, acteurs impitoyables d'un recyclage funeste. Écœurée par cette scène insoutenable, Chao rejoignit son chien qui avait eu la prudence de rester sur la berge. La bataille avait été gagnée par le règne animal sans qu'aucun membre du groupe ne puisse intervenir. Sans un mot, elle nettoya les babines du molosse avec de larges feuilles. Elle évita ses yeux qui la fixaient avec amour, fier du devoir accompli. Mais face à une telle horreur, elle n'avait pas le cœur aux compliments et aux caresses. Elle ne le réprimanda pas non plus. La violence était dans sa nature, et il avait agi pour la sauver de ces hommes perfides. Mais la vue des corps abîmés ne pouvait la satisfaire. Pas plus que ses compagnons d'ailleurs. Sans d'autres mots que ceux nécessaires à l'enterrement des deux corps, chacun s'activa pour donner la sépulture la plus digne à ces hommes qui n'auraient probablement pas eu les mêmes attentions pour eux. Qu'importe, ils n'étaient pas faits du même bois, et c'était une bonne chose qu'il en soit ainsi. Quand ils reprirent la route vers les terres du Centre, ils étaient tous conscients de l'immense gâchis laissé derrière eux. Mais ils étaient encore en vie, avec juste un blessé qui semblait déjà avoir oublié qu'une balle l'avait momentanément immobilisé.

Les Irish Convicts

Rockwood inspira profondément comme pour gonfler son courage, qui à la vue de ces hommes terrifiants s'était quelque peu ramolli. Le combat à venir était loin d'être équitable, mais il n'allait pas se laisser massacrer sans rien faire. Habillés de tenues souples, les brigands portaient aussi un couvre-chef matérialisé par une casquette plate. Cet accoutrement étrange aurait pu faire sourire le quidam, mais il accentuait au final la dangerosité de cette engeance perfide, par le côté froid et organisé de l'ensemble. Si les armes étaient disparates, une chose était commune à tous ; les visages, pour la plupart couturés, les fixaient avec haine. En cet instant, ils n'avaient plus rien d'humain. La promesse du sang qui allait couler semblait avoir fait fondre la moindre parcelle d'humanité en eux, si tant est qu'ils en aient possédé une un jour. Walsh serra les poings. Le guet-apens était implacable, et il sentait la fureur de ces hommes prêts à se déchaîner sur eux. Mais comme Rockwood qui se préparait à combattre, pas question de se faire lyncher sans réagir. Quelques-uns resteraient sur le carreau, c'était une certitude. Ils allaient rendre la monnaie de leur pièce à ces combattants de l'ombre, en ayant au moins l'impression de ne pas nourrir gratuitement. Car à l'évidence, Rockwood et lui n'avaient pas la moindre chance de s'en sortir vivants. C'était d'ailleurs probablement dans la logique des choses à partir du moment où on les avait envoyés sur ce continent de sauvages, ou la fragilité de la vie se faisait sentir jour après jour. Sur un signal discret, les assaillants raffermirent la prise sur leur arme, et s'avancèrent. En ordre serré. Savourant par avance le plaisir d'un massacre organisé. Aucune échappatoire possible à part tenter de transpercer cette masse vindicative et s'enfuir, ce qui revenait à essayer de briser une muraille juste armé d'un couteau…

En silence, la nasse se refermait sur Rockwood et Walsh. Inexorablement. Comme l'œil du cyclone avant le déchaînement de ses forces titanesques. Alors que les combattants étaient à moins de cinq pas de leurs futures victimes, un sifflement aigu retentit. Sorti de nulle part. Les hommes se figèrent, les oreilles aux abois. Un deuxième sifflement confirma l'injonction. La déception s'imprima sur beaucoup de visages, mais un ordre ne se discutait pas. Comme par magie les rangs refluèrent, les bras armés retombèrent mollement le long des corps, l'incompréhension se mua en agacement. Pour Walsh et Rockwood, la vigilance était plus que jamais de mise. Un mouvement se produisit sur leur gauche. La troupe s'ouvrit en deux comme un mollusque mort, laissant passer deux malabars et un homme élégant d'une trentaine d'années environ. Il s'avança vers les anciens bagnards sans appréhension, accompagné de ses acolytes qui avaient probablement pour mission de le protéger. De qui ? Eux seuls le savaient, car vu la puissance du gang, il était évident qu'ils n'avaient pas grand monde à craindre dans cette ville. Arrivé à deux pas de Walsh et de Rockwood, l'homme s'arrêta et se mit à les scruter de la tête aux pieds, s'attardant particulièrement sur Walsh. Les hommes à ses côtés étaient sur le qui-vive. L'un tenait un gourdin, l'autre un couteau de boucher auréolé de taches sombres. Le message était on ne peut plus clair : le moindre geste suspect finirait dans une mare de sang, ajoutant deux victimes supplémentaires au palmarès du coutelas. Après une inspection qui parut durer une éternité, celui qui s'était intronisé chef prit enfin la parole. Sa voix, à l'instar de son corps, était sans grande contenance. Comment un homme de cet acabit pouvait-il avoir une telle emprise sur un groupe de brutes épaisses ? Encore un mystère de la vie qui interpela Rockwood, mais il se contenta d'écouter le minus, heureux d'être encore en vie.

— Ce que vous venez de faire, Messieurs, me met dans un grand embarras, commença le chef de bande en grimaçant. L'homme que vous venez de tuer était non seulement un client qui payait ses marchandises rubis sur l'ongle, mais qui nous assurait également une forme de protection contre la police du quartier grâce à ses fonctions officielles. Je n'ai d'ailleurs jamais su ce qu'il faisait vraiment, mais qu'importe, il était efficace. Ce qui était important en revanche, c'est qu'il avait les poches bien remplies, et une passion pour les enfants que j'étais en mesure de satisfaire. Des gosses qui m'étaient reconnaissants de leur laisser l'occasion de mieux vivre, et qui par votre faute, vont retrouver la misère crasseuse dans laquelle ils commençaient à s'extraire. Vous conviendrez que c'est fâcheux…

Ni Walsh, ni Rockwood, ne se sentit l'envie de formuler une excuse. Ils avaient été pris la main dans le sac, inutile d'ergoter. Pas avec ce type d'homme en tout cas, qui sous une apparence affable devait dissimuler une âme noire, et ne s'en laissait certainement pas conter.

— D'où venez-vous ? demanda l'individu en retirant sa casquette et en s'essuyant les gouttelettes qui dégoulinaient de son front.

Il transpirait comme l'ensemble des membres du gang qui avaient dû courir comme des dératés pour se regrouper et arriver aussi vite sur les lieux. Les répercussions physiques s'en ressentaient encore pour tous, et certains d'ailleurs, avaient toujours le souffle court.

— Nous sommes des chercheurs d'or et…

— Trêve de balivernes, aboya le chef de gang en le pointant du doigt, ne me prenez pas pour un idiot ! Je repose ma question et tacher de bien réfléchir cette fois-ci avant de répondre : de quelle région d'Irlande venez-vous ? Vous n'avez pas encore les mauvaises habitudes australiennes, je sais les reconnaître, croyez-moi. J'en déduis que vous êtes nouvellement arrivé.

— Je… je viens de Belfast, finit par lâcher le géant, conscient qu'un mensonge de plus équivalait plus ou moins à prononcer leur sentence de mort.

— Vous marquez le premier bon point de la soirée. Et votre ami ?

— Pareil.

— Hum, admettons. J'aurai juré en le voyant qu'il s'agissait d'une tête carrée ; un de ces Anglais que nous chérissons tant !

Il sembla réfléchir quelques instants, et prit sa décision :

— Je désire parler plus longuement avec vous, mais pas ici. Comme nous ne pouvons rester regroupés sans attirer l'attention, je vais vous demander de nous suivre. Ne nous provoquez pas en essayant de fuir ou en criant à tue-tête si on croise une patrouille de police ; mes hommes sont déjà furieux contre moi de ne pas les avoir laissés vous écharper, croyez-moi, vous n'aurez pas de seconde chance.

— Rockwood s'empressa de hocher la tête. Il était toujours en un seul morceau, et il comptait bien le rester…

Encadrés par un groupe de malabars frustrés d'être venus pour rien, ils remontèrent la rue en sens inverse de l'endroit où reposait le cadavre. Les rues sombres suintaient d'immondices en tout genre, d'hommes et d'enfants dormant à même le sol, de femmes dont le travail commençait après le coucher du soleil, et dont les maigres revenus après redistribution à leur maquereau serviraient à peine à les faire vivre une journée de plus. Alors qu'ils dépassaient une taverne bruyante de discussions d'ivrognes, leur regard fut attiré par un habitué qui avait élu domicile sur un tonneau renversé. Sans être le moins du monde incommodé par la forme courbe du fût, l'homme ronflait comme un bienheureux, l'alcool l'ayant transporté dans un monde où la crasse s'était enfin muée en ouate, et où la vie n'était plus que douceur et oisiveté. Au coin de la rue suivante, ils tombèrent sur un besogneux qui troussait une souillon. La robe hâtivement relevée jusqu'à la taille, la fille aux cheveux hirsutes avait un air absent et prenait son mal en patience, tandis que l'homme ahanait dans un va-et-vient ridicule, les nombreuses chopes de bière l'empêchant de finir le travail commencé. Même en pleine action, le libidineux jeta un œil curieux sur le groupe, puis continua son affaire, concentré sur un plaisir qui ne voulait pas venir. Les membres du gang prêtèrent à peine attention à cette scène insolite, comme si la fornication était la chose la plus naturelle du monde dans une rue de Sydney. Quelques mètres plus loin, ils dépassèrent une charrette remplit de paille, avec une fois encore son lot de dormeurs qui squattaient l'endroit, bienheureux d'avoir trouvé un emplacement encore disponible. Par mesure de prudence, une lame était bien en vue à côté d'un vigoureux ronfleur, comme pour dissuader celui qui aurait eu la mauvaise idée de vouloir les déloger. Un lit aussi moelleux était une véritable aubaine, pas question de le partager. Après quelques centaines de mètres supplémentaires à patauger dans une fange faite de pisse, d'excréments et d'ordures en tout genre, ils arrivèrent enfin dans le quartier de Surry Hills qui juxtaposait le cimetière sur Devonshire Street. D'un terrain vague à l'origine, un quartier entier de travailleurs Irlandais s'était érigé dans ce coupe-gorge à partir de 1850. Chemin faisant, et immigration irlandaise s'accélérant, des industries légères dans le commerce de chiffon notamment, avaient vu le jour pour nourrir toutes ces bouches. C'était naturellement dans ces entrepôts que Quinn et ses hommes se réunissaient, sachant que la police n'y mettrait jamais les pieds. Un bâtiment en pierres rouges semblait être leur destination finale. La porte était ouverte comme une invite dans l'antre de l'enfer.

— Fourrez votre cul là-dedans, ordonna un homme à la barbe fournie, et magnez-vous !

Rockwood et son compère ne firent pas de difficultés. Primo parce qu'ils n'étaient pas en position de le faire, secundo parce qu'il était logique qu'on les enferme quelque part en attendant un dénouement qu'ils espéraient favorable. Ils obtempèrent donc et pénétrèrent dans l'espace sombre. Le sol était poussiéreux et recouvert de sacs empilés dont il était difficile de deviner la contenance. La logique voulait qu'il s'agisse de marchandise volée ou de camelote servant aux trafics en tout genre. Comme Rockwood s'attardait avec curiosité sur les sacs de jute posés sans ordre apparent, il fut rudement poussé dans le dos.

— Avance la fouine, ou tu tâteras de mon gourdin ! La curiosité ne t'amènera rien d'autre que quelques vilaines bosses sur ta face de dandy…

Rockwood n'insista pas. Une vingtaine de mètres plus tard, ils se retrouvèrent au fond du bâtiment. L'endroit était ourlé de cellules en briques, dont certaines laissaient passer quelques mouvements d'ombres furtives. Ils ne seraient visiblement pas les seuls prisonniers. La lumière blafarde d'une torche mollassonne désigna un espace restreint qui n'attendait plus que ses visiteurs.

— Mettez vos mains dans le dos ! ordonna la même voix que celle qui les avait fait entrer dans le bâtiment, et dont la masse inquiétante les suivait pas à pas, prête à leur sauter dessus en cas de tentative de fuite.

On les entrava l'un à l'autre avec une grosse corde de chanvre, et on les poussa sans ménagement dans la pièce puante.

— Combien de temps allons-nous rester ici ? demanda Rockwood sans vraiment attendre de réponse.

— Le temps qu'il faudra, l'aristo. À ta place, je ne serais pas pressé de me revoir, lança-t-il en guise d'avertissement, car j'espère bien recevoir l'ordre de te saigner comme un porc, plutôt que de te laisser vivre…

Voilà qui était dit.

La porte se referma en claquant. Une clef s'accoupla dans la serrure. L'attente commença.

Perclus de crampes et le corps envahit de vermines plus voraces les unes que les autres, Rockwood et Walsh attendaient avec résignation la suite des événements. Une suite qui tardait à venir. La pièce suintait la peur ; la chaleur moite devenait insupportable. À part le barbu qui leur avait apporté de l'eau et une bouillie infâme à plusieurs reprises, personne n'avait montré le bout de son nez depuis qu'on les avait jetés dans ce trou putride. Le temps commençait à devenir long, interminable. Les morsures de punaises emplissaient leur corps de croûtes suintantes qui les démangeaient en permanence. Un véritable supplice. Alors qu'ils se demandaient si cette cellule de cinq mètres carrés n'allait pas au final être leur dernière demeure, un bruit de porte qu'on déverrouille, suivi de voix étouffées, se fit entendre. Une sueur froide remplaça l'impatience, et supplanta la touffeur de l'endroit. Les pas se rapprochèrent. Après un bref mouvement de clef, la porte s'ouvrit à grand renfort de grincements. Le gringalet entra accompagné de l'un de ses deux gardes du corps. Il plissa les yeux pour s'habituer à l'obscurité, tandis que son acolyte se tenait à moitié courbé derrière lui, la hauteur de la cellule ne lui permettant pas de se redresser complètement.

— Je n'ai pas oublié que nous devions avoir une petite discussion, débita leur geôlier en prenant soin de garder ses distances, mais votre larcin m'a occasionné tellement de tracas, que je commence tout juste à m'en dépatouiller. La mort de Richard White, continua-t-il, a mis le quartier en ébullition. Des perquisitions ont eu lieu dans différents endroits pour tenter d'obtenir des témoignages, et j'ai dû rappeler à quelques pipelettes quel était leur intérêt dans cette affaire. La police est rentrée bredouille, et l'affaire devrait être classée rapidement. Un stupide accident. C'est en tout cas ce que vous deviez espérer si l'on en croit votre mode opératoire. Heureusement pour vous, ce sera probablement la conclusion de l'enquête. Non parce que la police croira à cette fable, mais parce qu'une affaire rondement menée est toujours plus acceptable, y compris sous un manteau de mensonges, qu'une vérité qui rechigne à se dévoiler. La population a besoin de croire que les forces de l'ordre seront toujours plus efficaces que les truands, et au final, on leur sert exactement ce qu'ils demandent. Toujours est-il que cette affaire sera bientôt derrière nous, et que la vie des docks va pouvoir reprendre son cours. Mais il n'en demeure pas moins vrai que vous avez mis une belle pagaille dans mon business.

Comme rien n'est gratuit dans mon monde, nous allons voir comment vous allez pouvoir racheter cette ingérence dans mes affaires. Mais avant, passons aux présentations. Je m'appelle Danny Quinn ; l'homme à mes côtés est Joseph Driscoll. Il m'assiste dans toutes les situations où sa compétence s'avère utile…

Vu la carrure de l'animal, Rockwood crut saisir de quelles affaires il s'agissait.

— Comme vous avez certainement pu le remarquer, continua Quinn, je suis à la tête d'une petite entreprise locale, et les gens de la ville appellent notre communauté les « Irish convicts ». Certains disent que nous sommes un gang, mais je préfère nous définir comme des descendants d'Irlandais qui essayons jour après jour de faire notre trou sur cette terre où personne ne reconnaîtra jamais nos compétences. Partant de ce postulat, nous prenons ce dont nous avons besoin, considérant également que nous ne serons jamais mieux servis que par nous-mêmes. Maintenant que vous savez qui nous sommes et comment nous nous appelons, je suis impatient que vous fassiez de même. Et surtout, ajouta-t-il en pointant un doigt sur eux, que vous m'informiez de la raison de votre forfait. Qui vous a dit d'assassiner cet homme, et pourquoi ?

Walsh et Rockwood se regardèrent quelques brèves secondes, se comprenant dans l'instant. De la sincérité de leur réponse dépendait leur sort, ça ne faisait aucun doute. Connaissant mieux ce type d'homme que Walsh, Rockwood décida pour les deux, et prit le parti d'être honnête. Après tout, ils n'avaient jamais eu le choix dans cette histoire, n'étant que des instruments dans la mort de cet homme. Tout comme leur avenir ne dépendait pas d'eux à partir du moment où Quinn saurait à qui il avait à faire. Rockwood déclina leur identité et raconta leur histoire, partant de leur condition de prisonniers, narrant brièvement leur évasion, et finissant par expliquer comment Harris les avait engagés pour assassiner l'un de ceux qui le gênaient pour faire fructifier ses affaires. La seule chose qu'il omit volontairement de préciser fut de dire qu'il était Anglais et non Irlandais. Mais il ne se faisait aucune illusion : son accent le trahissait plus sûrement que s'il avait eu une pancarte accrochée autour du cou. Il espérait que l'homme aurait besoin de lui et oublierait ses origines.

C'est ce qui se passa.

Après un bref moment de réflexion, et après s'être gratté le crâne en espérant qu'aucune des nombreuses vermines de cette geôle ne s'était pas invitée dans ses cheveux gominés, Quinn hocha du chef.

— Votre parcours est impressionnant, admit-il. Je ne croyais pas une évasion de Fremantle possible. Et ayant moi-même passé quelque temps derrière les barreaux de Port Arthur, je suis bien placé pour le savoir. Ce qui force d'ailleurs un peu plus mon respect pour votre exploit. Ça confirme aussi que vous possédez des ressources intéressantes qui pourraient m'être fort utiles. Bien sûr, précisa-t-il, ça ne répare pas le désagrément que vous m'avez causé, mais ça m'ouvre des perspectives plus importantes que ce que j'avais entrevu jusqu'alors…

À cet instant, Rockwood sut pourquoi l'homme s'était imposé dans ce monde de cinglés. Il avait un sens aigu de l'analyse, que les brutes de son entourage boostées à la testostérone étaient loin de posséder. Il faisait même un certain rapprochement entre les capacités de Quinn et ce qu'il était lui-même advenu. Mais une fois encore, il se retrouvait être le jouet de l'ambition d'un homme qui l'utilisait pour atteindre ses objectifs. Rockwood se consola en pensant que viendrait forcément le moment où il pourrait inverser l'ordre des choses.

En attendant, cet homme lui plaisait bien, et ça faisait longtemps qu'il ne s'était pas senti en aussi bonne compagnie…

— Si vous voulez bien avoir l'amabilité de nous dire ce que vous attendez de nous, dit-il avec une fausse candeur, nous serions ravis de l'entendre…

La vie différemment

Le voyage continuait malgré l'attaque subie. En dépit surtout des images entêtantes de l'horrible fin des stockmen qui ne s'effaçaient pas de la mémoire des voyageurs. Le destin était parfois cruel, même pour des hommes qui ne laisseraient certainement pas leur nom dans l'histoire pour leur grandeur d'âme. Toujours est-il que la troupe hétéroclite composée d'un Aborigène, d'un avocat, et de trois combattants Chinois, avait enfin atteint les terres rouges de l'Outback, brûlées par un soleil implacable. Tout le monde montrait une belle vigueur à la monte. Y compris Da dont la balle n'avait fait que traverser les muscles de l'épaule sans toucher d'artères ou d'os, et qui avait rapidement guéri grâce aux talents de guérisseur de Tarka et de ses cataplasmes de plantes. Si son épaule était toujours raide, il pouvait désormais l'utiliser et s'entraîner au sabre en enchaînant quelques passes de faible difficulté. Les membres du groupe purent alors apprécier à sa juste valeur la compétence du guide qu'ils avaient recruté. Car oui, Tarka était une véritable bénédiction. Outre le fait qu'il leur avait retiré une belle épine du pied avec son boomerang lors de l'attaque des cow-boys, et qu'il était aussi un guérisseur hors pair à ses heures, il connaissait surtout parfaitement sa terre en leur permettant de chevaucher avec sérénité sur ces immenses étendues désertes qui n'offraient aucun point de repère. Pas pour lui en tout cas. Il analysait les moindres variations du terrain, reconnaissant sans mal les monolithes qu'ils croisaient, la topographie des sols qu'ils foulaient, le type et la croissance des végétaux qu'ils dépassaient en fonction de la richesse des terres, ce qui lui permettait de se situer sans mal. On eut dit que sa mémoire avait gravé le moindre de ces détails qui paraissaient insignifiants pour le commun des mortels, mais servaient de jalons pour le guider et l'amener là où il avait décidé d'aller. Et tel un homme prudent, il anticipait les difficultés à venir. Dans les zones humides, il avait par exemple fait provision de feuilles d'eucalyptus riches en huiles essentielles pour soulager les douleurs des longues chevauchées, ainsi que de feuilles de thé qu'il utilisait à présent pour confectionner des boissons régénérantes pour tenir face aux grosses chaleurs. Et dans cet univers aride où le gibier se faisait rare, sa connaissance intime de la faune et de la flore était on ne peut plus précieuse, même si Chao avait particulièrement eu du mal à ingérer les insectes et les racines qu'il dégotait régulièrement pour les repas. Mais avec l'habitude et la faim, elle n'était plus aussi rétive à avaler ce qu'elle considérait initialement comme immangeable. Elle avait même converti son chien aux grosses larves blanches qui en bouche ressemblaient à du beurre de cacahuètes, et que Bao croquait maintenant avec délectation, salivant abondamment dès qu'il en voyait. Il n'y a pas si longtemps, ils avaient réussi à tuer un kangourou de taille modeste que Tarka avait fait cuire sous un amas de cendre pour rendre la viande plus tendre. Le goût proche de la biche était un véritable délice pour les ventres affamés, et ils s'étaient gavés à s'en faire éclater la panse, conscients qu'ils ne mangeraient probablement plus de la viande de sitôt. Au-delà de son utilité pour le groupe, l'Aborigène semblait lui-même ressusciter dans cet univers rugueux qui était le sien. Son addiction pour la boisson était désormais loin derrière lui, et au fur et à mesure qu'ils s'enfonçaient dans les terres rouges, il devenait plus serein, de nouveau en phase avec son environnement. Si Tarka reprenait goût à la vie, donc, Chao bizarrement se faisait plus distante. Du coup, son chien ne la lâchait plus d'une semelle, comme s'il avait senti en elle une faiblesse particulière qui rendait sa présence à ses côtés indispensable. Quand le groupe s'arrêtait pour manger, Bao allait auprès de sa maîtresse, la reniflait longuement, et s'allongeait près d'elle en lui prodiguant de temps à autre un coup de langue donné avec beaucoup tendresse. Chao ne parlait quasiment plus. Bai mit ce coup de spleen sur l'attaque avortée des cow-boys, même s'il était surpris qu'elle soit à ce point affectée après ce qu'elle avait vécu à Pékin. Da, lui, était plus attentif à son état. Il gardait en permanence un œil sur elle, ne s'éloignant jamais à plus de quelques pas de son cheval. Même Brown qui ne la connaissait pas avait remarqué quelque chose de bizarre en elle. Il s'en était ouvert à Bai qui lui avait dit de ne pas s'inquiéter ; Chao avait des ressources illimitées, elle l'avait prouvé à maintes reprises. Si tout le monde, donc, soupçonnait que quelque chose ne tournait pas rond chez la jeune femme, personne ne prit l'initiative d'aborder le sujet. Si bien que les jours défilaient sans que rien ne s'améliore vraiment, jusqu'au matin où elle s'affala sur une souche de bois mort, que même un ivrogne prisonnier d'une trajectoire chaloupée aurait évité. Depuis quelque temps en effet, ses pas étaient hésitants, sa démarche raide, en complète contradiction avec la souplesse naturelle et la maîtrise de l'espace qui la caractérisaient habituellement. Très loin en tout cas du combattant à la grâce absolue qu'elle avait été. Da se précipita pour l'aider à se remettre debout. Elle le repoussa avec rudesse.

— Laisse-moi tranquille, je suis encore capable de me relever toute seule !

— Que se passe-t-il Chao ? demanda ce dernier en cachant difficilement son inquiétude. Tu ne parles plus à personne, et tu sembles en vouloir à la terre entière. Dis-nous ce qui te perturbe, que nous puissions au moins t'aider.

— Je n'ai pas besoin d'aide, fulmina-t-elle, tout va bien, j'étais juste distraite.

— Distraite ? reprit Bai qui s'était rapproché à son tour. S'il te plaît Chao, ne nous prends pas pour des idiots. Cette souche était visible à dix pas à la ronde, et dans ton état normal, jamais tu ne te serais pris les pieds dedans.

Devant les voix qui s'élevaient, Bao se mit à gronder et découvrit ses immenses dents en signe d'avertissement. Chao lui posa immédiatement la main sur son large crâne pour le calmer, puis comme un barrage qui cède face à une pression trop forte, elle se mit à pleurer à chaudes larmes. Décontenancés, les deux hommes ne savaient que faire.

— S'il te plaît, susurra enfin Da qui avait le cœur brisé de la voir dans cet état, dis-nous ce qui ne va pas.

Chao resta encore un moment muette, la gorge emplie de sanglots. Quand elle put enfin s'exprimer, elle le fit entre une série de hoquets douloureux qui exprimaient toute la détresse du monde.

— Je… commença-t-elle… Je n'y vois presque plus rien, lâcha-t-elle enfin du bout des lèvres.

— Quoi ? s'esclaffa Da, mais ce n'est pas possible, comment…

— La balle qui m'a heurté la tête à Pékin, le coupa Chao avec une grande lucidité. Certainement un effet à retardement de ma blessure. Je ne peux évidemment rien affirmer, mais c'est la seule explication plausible qui me vient à l'esprit. Dès que j'ai commencé à me rétablir, j'avais de temps en temps une vision floue et des images déformées. Comme ça s'arrêtait très vite, j'avais le sentiment que cet inconvénient finirait par s'estomper un jour ou l'autre. Qu'il fallait juste être patiente. Mais depuis quelques jours, ma vue baisse de plus en plus, et j'ai vraiment l'impression que je vais devenir aveugle…

Le silence se fit autour d'elle, chacun réfléchissant à ce qu'elle venait de dire, et surtout à ses conséquences.

— Pourquoi ne nous as-tu rien dit ? demanda Bai d'une voix douce.

— Je… je ne voulais pas vous affoler… et, ajouta-t-elle après un moment de silence, que serais-je devenue si vous aviez décidé de me laisser à Pine Creek ?

Sa réponse heurta profondément Da :

— Comment peux-tu penser cela ? Jamais nous ne t'aurions abandonnée, s'offusqua-t-il, jamais !

Les larmes lui montèrent également aux yeux, imaginant la détresse de Chao, qui légitimement avait pu croire qu'elle était devenue un poids mort pour ses camarades. Mais pouvait-il lui dire qu'il était ici uniquement parce qu'elle s'était embarquée dans ce voyage ? Pouvait-il lui annoncer que rien d'autre ne comptait à ses yeux que d'être à ses côtés ? Non, bien sûr, il ne le pouvait pas. Bai ne l'aurait pas compris, ni même probablement Chao dans son état. Et comme il n'aurait pu supporter une fin de non-recevoir, la seule chose qu'il pouvait faire était de lui prodiguer son amour de façon discrète, camouflant ce sentiment profond en une amitié fraternelle. Peut-être lui ouvrirait-elle son cœur un jour ou l'autre, car il sentait bien qu'il ne lui était pas indifférent. Mais si elle le faisait, elle le ferait en toute conscience, quand elle serait prête pour ça. Le pire pour lui serait de brusquer les choses. Dans son cas, ses sentiments s'étaient imposés comme une évidence. Comme ça, tout simplement. Il plaçait désormais Chao au centre de sa vie, la jeune femme dépassant en intensité tout ce qui l'avait attiré jusqu'alors, les arts martiaux y compris. Et l'état de Chao ne changeait rien à cela. Même aveugle, elle était et resterait pour lui la plus belle femme du monde. Une femme resplendissante, pleine d'esprit et de grâce, une femme à la détermination sans faille et emplie de bonté, une belle personne comme il n'en avait jamais rencontré jusqu'alors, une femme qu'il aimait jusqu'au bout de ses fibres. Comme Chao le fixait attendant probablement qu'il s'exprime, il reprit ses esprits et se concentra sur la problématique qui les préoccupait :

— Quel dommage qu'Hailong ne soit pas là, regretta-t-il. Il pourrait te soigner avec toutes les potions miracles qu'il a à sa disposition…

Chao ne pipa mot. Hailong était un grand chaman, c'était un fait. Il l'avait prouvé à maintes reprises, et notamment en la sauvant après leur fuite de la cité impériale, où lorsqu'il avait extrait Chen, leur ami moine guerrier resté en Chine lui aussi, des griffes de la mort alors qu'il n'était qu'un enfant. Mais elle doutait cependant qu'il puisse faire quoi que ce soit dans son état actuel. Elle pressentait avec tristesse que son mal était incurable. L'avoir dévoilé toutefois, et surtout avoir ressenti la profonde tendresse qu'ils lui prodiguaient tous deux étaient comme un baume apaisant qui lui faisait le plus grand bien. Le fait d'avoir évoqué Hailong mena ses pensées à l'endroit de Chen. Elle le considérait comme un second père, et elle mesurait en cet instant à quel point il lui manquait.

Bai l'extirpa de ses pensées.

— Comment pourrais-tu décrire ta cécité ? demanda le jeune Maître, pragmatique.

Ça lui ressemblait bien, toujours dans le mouvement ; c'était aussi pour ça qu'elle l'appréciait. Et jusqu'à preuve du contraire, l'apitoiement n'avait jamais guérit quiconque, pas plus que la pitié d'ailleurs.

— Je distingue plus que je ne vois réellement, répondit Chao avec honnêteté. Les formes sont floues, et j'ai l'impression d'évoluer dans la pénombre. J'ai aussi le sentiment que ça empire jour après jour, ajouta-t-elle en grimaçant. Si je suis lucide, je dois me faire à l'idée que je finirai bientôt par ne plus rien voir du tout. La lumière sera de l'ordre du souvenir, lâcha-t-elle avec douleur, et toutes mes aspirations, de l'ordre du passé…

Pour la première fois depuis qu'elle avait constaté son handicap, elle avait été capable d'affronter la réalité en face, et l'avait exprimé sans en minimiser les conséquences. Comme un fait tout simplement. Un mal qui allait bientôt l'engloutir complètement.

— Alors nous devons te préparer à cette échéance, annonça Bai avec gravité. Nous ne sommes pas pressés ; le chemin pour arriver dans les terres du centre est long. Prenons une partie de ce temps pour nous entraîner en accentuant tes sens de combattante. Je veux dire, ceux autres que la vue. Tu les possèdes déjà partiellement avec toutes tes années de pratique. Exacerbés, ils compenseront ta vision défaillante, et te permettront de sentir ton environnement sans forcément le distinguer. De percevoir le mouvement par la vibration et le son, et non plus en le captant avec tes yeux. Tu as déjà réussi de grandes choses depuis que tu es née, et je suis persuadé que tu peux encore sortir la tête haute de cette épreuve, si tu en as vraiment le désir…

La réponse ne se fit pas attendre.

— Qu'attendons-nous alors pour commencer ?

Revigorée par ce nouvel espoir, et flattée de l'attention de ses camarades, elle se sentait de nouveau prête au combat de la vie. Peut-être après tout, pourrait-elle apprivoiser son handicap. Elle avait envie d'y croire en tout cas…

Les exercices commencèrent très vite. Si le mal de Chao semblait avoir cessé d'empirer et n'était pas visible de l'extérieur – ses yeux avaient toujours la beauté du Diable – sa cécité partielle était pourtant bien réelle. Elle avait perdu la notion des reliefs, des distances, et était atteinte de temps à autre de névralgie qu'elle soignait efficacement avec les feuilles d'eucalyptus de Tarka. Les premiers entraînements révélèrent la profondeur de son mal. Ses anciens repères avaient disparu. Il lui fallut réapprendre à sentir son bâton sans le voir, marcher sans tomber, éviter les déséquilibres avec tout objet dont elle avait mal évalué la distance. Elle le fit avec la volonté de fer qui la caractérisait. Sans jamais se lamenter. Assez vite, elle acquit une habileté nouvelle à se mouvoir dans l'espace avec son bâton, ce dernier lui permettant aussi de mieux appréhender les obstacles et les distances, en plus de sa fonction initiale. Vint enfin les situations de combat à proprement parler, lesquelles devaient servir à aiguiser sa perception de l'invisible. Le premier travail consista à écouter, ressentir, interpréter les informations fournies par ses adversaires, sans jamais riposter. Ces simples exercices durèrent de longs jours avant que Chao appréhende correctement les espacements nécessaires à l'utilisation efficace de son arme. Mais depuis peu, les ombres et le flou ne lui faisaient plus peur. Son cerveau avait composé avec les ténèbres, et interprétait correctement les déplacements de ses partenaires, lui permettant d'être presque aussi précise qu'elle l'avait été autrefois. Sa maîtrise ancienne du gun l'aidait dans sa capacité à créer le vide en elle et à anticiper les mouvements de ses adversaires. Sauf qu'elle devait maintenant oublier sa vue pour se concentrer sur ses autres sens, qui plus aiguisés désormais, compensaient presque complètement son handicap. Le décryptage d'un son, les déplacements d'air générés par un corps en mouvement, l'interprétation d'une intention, tout était sublimé par des perceptions qu'elle avait largement ignorées jusqu'à présent. La phase du travail suivante consista à combattre un adversaire en maintenant un contact avec son corps. Ses bras servaient d'antennes en captant toutes les informations fournies par le partenaire : la direction de la poussée, la force, l'intention tactique de l'opposant, tout devait être analysé pour mettre en œuvre une contre-attaque adaptée. Ce travail fut probablement le plus difficile pour Chao, la jeune femme étant naturellement spécialiste du combat à distance. Mais à force de répétitions et d'acharnement, elle réussit à apporter une réponse proportionnée à l'attaque de ses adversaires via des mouvements souples et fluides, en se concentrant uniquement sur les parties vitales du corps. Comme elle n'avait pas vocation à s'attarder dans cette configuration de combat, le but était de l'abréger dans le temps le plus court possible. La dernière étape consista à mettre ses nouveaux talents au service de son bâton. Assez rapidement, elle redevint la redoutable combattante qu'elle avait été, la sérénité acquise par les épreuves en plus. Le don le plus précieux qu'elle fit émerger de cet épisode, au-delà de son ouïe plus analytique qu'autrefois, fut l'écholocation à l'instar des chauves-souris. Avec le temps et l'entraînement, elle réussit à déterminer le volume et la distance des objets qui l'entouraient, pour les mettre à profit de sa science du combat. En situation d'opposition, elle émettait maintenant des petits cris qui auraient pu paraître incongrus pour un ignorant, mais qui lui permettait de positionner avec précision ce qui l'entourait grâce aux rebonds des ultrasons qu'elle envoyait. Au fur et à mesure de ses progrès, elle reprit goût à la vie, reconnaissante envers ses compagnons de l'avoir supporté et entraîné de nombreuses semaines durant, ces derniers œuvrant avec abnégation pour façonner une personne différente de ce qu'elle avait été, mais avec probablement la même efficacité en situation de confrontation. Même Tarka s'y était mis en lançant régulièrement son boomerang contre elle après l'avoir enveloppé de chiffons dans un premier temps, puis sans rien ensuite. Brown n'était pas en reste. Régulièrement et de manière impromptue, il la visait avec une balle emplie de terre et enveloppée dans une peau de kangourou. S'il ne loupa jamais sa cible les premiers temps, la balle ne rencontrait que du vide ces derniers jours. Et pour n'oublier personne, Huo, le hongre moucheté de Chao, ainsi que son chien Bao, étaient naturellement prévenants pour celle qu'ils aimaient plus que tout. Tout avait été mis en œuvre pour compenser le handicap de la jeune femme, et Chao n'avait peut-être jamais été aussi sereine qu'aujourd'hui. Désormais, sa vue s'était stabilisée. Sa vision était certes trouble et assombrie, mais elle n'était pas aveugle, ce qui lui permettait de distinguer les formes et les couleurs, et surtout de savourer la vie autour d'elle, ce qu'elle n'avait jamais fait avec autant d'ardeur auparavant. Presque une bénédiction pour elle qui s'était attendue à perdre complètement la vue. La vie continuait. Différemment, mais avec une impression d'urgence désormais. Elle se promit de ne plus se plaindre face aux scories de l'existence. C'est probablement le plus grand bien qu'elle tira de cette expérience. La vie valait d'être vécue pleinement en se recentrant sur l'essentiel. Le reste n'était finalement que du domaine du futile, et ne valait certes pas le temps que l'on perdait pour l'obtenir.

Les choses étant d'une certaine manière rentrées dans l'ordre, la troupe décida d'augmenter l'allure, tout en maintenant des entraînements réguliers qui détendaient les muscles des combattants, et reposaient ceux des chevaux. Ils repartaient ensuite jusqu'à la nuit tombante, foulant inlassablement le même tapis poussiéreux, se dirigeant avec résignation vers les mêmes horizons rougeoyants. Le plus surprenant était que la vie s'était remarquablement adaptée à cet univers impitoyable. Sous forme d'acacias rabougris principalement, mais aussi de broussailles éparses, qui sous ce soleil de feu, faisaient presque figure d'intruses. Chemin faisant, la chaleur s'accentua encore. Las de mener une bataille perdue d'avance, les végétaux commencèrent à se raréfier. Pour les cavaliers, ça devenait également compliqué, et tenir en selle devenait un supplice insupportable. Si l'environnement était un ennemi, c'était le plus implacable adversaire qu'ils avaient rencontré jusqu'alors. Et surtout le plus terrible, car le temps et l'ardeur étaient avec lui. Ils durent finalement s'avouer vaincus, et décidèrent de s'adapter sous peine de rejoindre les squelettes blanchis qui ornaient régulièrement la terre surchauffée. N'ayant plus de goût aux exercices qui pompaient trop leur énergie, ils arrêtèrent toute activité annexe pour se concentrer sur leur avancée, et diminuèrent le temps de monte en fonction de l'élévation du soleil. Quand ce dernier tapait dur, l'horizon se perdait dans une brume de chaleur qui se gondolait à l'approche des massifs de grès érodés, lesquels montraient le bout de leur nez avec parcimonie. La plaine semblait sans fin, déroulant inlassablement ses étendues arides parsemées de quelques végétaux torturés par le vent, et de vieux rochers usés par le temps. Fatigués par le travail de sape des millions d'années qui les avaient rognés jusqu'à la corde, ces derniers ne s'élevaient qu'à quelques dizaines de mètres au-dessus du sol, exposant leur crâne lisse à la brûlure du soleil, et aux rares pluies qui ruisselaient sur la roche durant l'été austral.

Cette année, la sécheresse avait encore sévi. Les rivières n'étaient que l'ombre d'elles-mêmes, de vieux souvenirs que seuls les lits défaits et ridés comme des vieillards sans âge trahissaient encore. Les variations de température se jouaient de la terre autrefois humide, laquelle durcissait et craquelait soumise à de terribles amplitudes. D'abord à cause du gel de la nuit qui comprimait les premières couches organiques, puis à l'enfer de la journée ensuite, la fournaise ambiante étirant le ruban minéral jusqu'à le déchirer, renforçant l'impression d'évoluer dans l'antichambre de l'enfer. Et pourtant, quelques broussailles éparses subsistaient encore. Malgré leur aspect famélique, les végétaux faisaient le délice des rares kangourous et autres wallabies affamés qui les broutaient jusqu'à l'aube, lorsque la rosée nimbait encore les maigres ramifications de leurs gouttelettes sacrées. Les conditions de vie difficiles avaient également façonné la taille des animaux, lesquels étaient plus petits ici que dans les zones tropicales qu'ils avaient traversées au début de leur périple.

Les jours se ressemblaient invariablement, avec la même terre rouge qui s'envolait sous les pas las des chevaux, s'agglomérant en une pâte craquante dans les bouches assoiffées. Les cavaliers la recrachaient inlassablement, asséchant un peu plus le faible stock de salive qui leur restait encore, et renforçant l'impression de soif qui désormais ne les quittait plus. Si les peaux s'étaient hâlées au soleil en une belle teinte cuivrée, les lèvres craquelées et les corps avachis démentaient les bienfaits de l'astre brûlant sur les cavaliers, donnant au contraire une impression de longue et infinie torture. Les chevaux aussi souffraient. Ils maigrissaient à vue d'œil et avaient dangereusement ralenti le pas ces derniers jours, tentant de ménager les quelques forces qui leur restaient encore. Pour les aider à avancer, une grande partie des kilomètres parcourus se faisait désormais à pied pour les cavaliers, qui eux aussi luttaient contre la chape de fatigue qui alourdissait les jambes et sapait leur volonté. Alors qu'ils désespéraient de ne jamais en finir avec ce paysage famélique gangrené par le néant, ils atteignirent enfin une chaîne de gorges vigoureuses dont les roches empilées ressemblaient à de vieux plateaux ébréchés. Tarka remercia secrètement les Dieux de l'avoir mené jusqu'ici sain et sauf, et espéra tout aussi secrètement qu'une quantité substantielle d'eau alimentait encore les deux bassins naturels qui trônaient au milieu d'une immense combe. Ce qui l'inquiétait dans l'immédiat, c'est le silence qui régnait ici. Les animaux semblaient avoir déserté l'endroit, chassés par la terrible sécheresse qui avait sévi ces trois dernières années. En temps normal, la vie renaissait ici avec le coassement de centaines de grenouilles bavardes, avec le gazouillis d'oiseaux à peine moins volubiles, avec le claquement énervé des marsupiaux qui se plaisaient à s'immerger dans l'eau tiède pour noyer les nombreux parasites qui pullulaient dans leur fourrure, avec les embardées spectaculaires de chevaux sauvages galvanisés par l'eau qui les rendait plus vivants que jamais. L'envers de la médaille, c'étaient les serpents qui pullulaient ici. Certains possédaient un venin mortel qui tuait les proies en quelques battements de cœur. Ce sont d'ailleurs ces derniers qui avaient suggéré le nom de l'endroit : les *snake rocks*. Malgré cette appellation qui en rebutait plus d'un, les rocks étaient comme une respiration qui tranchait de ces solitudes embrasées. Les réservoirs d'eau étaient la matrice qui avait permis la prolifération d'une vie qui faisait largement défaut jusqu'alors, accueillant assez d'animaux en temps normal pour que les voyageurs puissent s'en mettre quelques-uns sous la dent. Les chevaux en profitaient aussi, car la présence d'eau avait pour avantage de favoriser la croissance d'herbacées qui remplissaient leur panse affamée, et les retapaient le temps de leur escale. Sans compter qu'ici, on pouvait regonfler sa réserve d'eau par la même occasion, ce qui permettait de tenir sans trop de problèmes jusqu'à l'oasis suivante.

Mais ça, c'était dans l'hypothèse où l'eau était présente.

Si par malheur les bassins étaient à sec, ils entreraient alors dans une période critique que Tarka préférait ne pas envisager pour l'instant, car la prochaine combe se trouvait à une centaine de kilomètres d'ici, et était plus petite que les anses naturelles abritées par les *Snake rocks*. Il prit soin de ne rien laisser paraître de son inquiétude pour ne pas affoler ses compagnons, et s'obligea à être optimiste. De mémoire d'homme, ce groupe de rochers qui faisait une dizaine de kilomètres de circonférence, avait toujours piégé suffisamment d'eau pour abreuver animaux et flore locale une saison entière. Mais ça faisait tellement longtemps qu'il n'était pas passé par là, et tellement longtemps qu'il n'avait pas plu, qu'il ressentait une tension proche de l'angoisse…

Il avait tort.

Les chevaux furent les premiers à sentir la présence d'eau, et accélérèrent le pas en poussant des hennissements d'excitation. Quand ils pénétrèrent dans la masse des premiers rochers, la hauteur de ces derniers les plongea dans une flaque d'ombre bienvenue, où la chaleur des rayons était bloquée par la carrure des vieux rocs à la teinte rouge-brun. Cet ensemble incongru au milieu du désert faisait partie d'une formation géologique dont les strates rocheuses s'enfonçaient profondément sous la plaine environnante. Et ce n'était pas sa seule particularité. Certaines racines rocheuses renfermaient également une quantité importante de métaux précieux, que seuls l'environnement agressif et la difficulté d'extraction avaient protégé jusqu'à présent. Mais pour le groupe épuisé par un long périple sous des chaleurs indécentes, la seule richesse dont ils rêvaient en ce moment était la promesse d'eau dont ils allaient bientôt s'abreuver sans aucune limite…

Les assassins de Cixi

Plus sensible désormais aux infimes variations atmosphériques que ses compagnons, Chao fut la première à ressentir la secousse. Imperceptible pour la plupart des humains, mais pas pour elle ni même pour Huo et les autres chevaux, lesquels s'agitèrent nerveusement en regardant autour d'eux, l'œil aux aguets. Comme à son habitude, Bao était parti fureter dans ce monde enfin rechargé en victuailles, et pointait naturellement aux abonnés absents. N'écoutant que la petite voix que lui dictait son instinct, Chao hurla à ses équipiers de se mettre à l'abri sous une casquette de pierre naturelle qui pointait à quelques mètres à peine sur leur gauche. Habitués à se faire confiance les uns, les autres, ce qui leur avait permis jusqu'à présent de survivre à des agressions où peu de monde serait sorti indemne, personne ne contesta l'injonction. Avec la plus grande des célérités, ils se mirent à l'abri du mamelon rocheux, entraînant avec eux Brown et Tarka qui eurent l'intelligence de ne pas opposer de résistance. C'est probablement ce qui les sauva. Un grondement sourd se fit entendre, parfaitement audible celui-là, suivi de près par la chute d'énormes rochers qui plongèrent avec détermination le long des parois à pic, s'écrasant pile à l'endroit où ils se tenaient quelques instants auparavant. Un panache de poussière les enveloppa aussitôt, s'invitant sournoisement dans toutes les muqueuses qui n'étaient pas protégées par un tissu.

— Couchez les chevaux, et protégez-les du mieux possible avec les sacs de nourriture et tout ce que vous trouverez qui fera l'affaire ! ordonna Da entre deux toux.

À part Brown qui était plié en deux et crachait ses poumons à n'en plus finir, tous s'exécutèrent avec promptitude, plaçant facilement les chevaux sur le flanc, et constituant ainsi un mur de protection improvisé. Brown se redressa enfin le teint livide, mais se retrouva face à une difficulté imprévue. Encore paniqué par l'éboulement qui avait failli leur coûter la vie, son cheval n'avait nullement l'intention de se laisser soumettre dans une position en complète contradiction avec son instinct qui lui dictait de fuir. Et comme les autres membres de la troupe étaient tous occupés à allonger et protéger leur monture, personne n'eut le temps d'aider l'avocat à forcer sa bête à s'aplatir. Face à la détermination, et surtout à la force de l'équidé qui tirait de toutes ses forces sur son licol, le cheval le contraignit à lâcher les rênes et recouvra sa liberté. Une fois libre de toute entrave, ce dernier partit au galop, laissant dans son sillage une longue traîne de poussière qui empêchait partiellement de voir qui prenait ainsi la poudre d'escampette.

— Aplatissez-vous, vite ! hurla Bai qui avait perçu un mouvement furtif au sommet des plateaux.

Son avertissement était à peine formulé, que des flèches fondirent sur eux en une escorte mortelle, le gros des traits s'enfonçant profondément dans les sacs de riz qui recouvraient plus ou moins les chevaux. Mieux ajustée, ou touchant simplement un endroit moins ventru d'un sac protecteur, une pointe aiguisée transperça légèrement le cuir de la croupe de Huo. Ce dernier émit un bref hennissement de douleur mais resta stoïque, comprenant le danger d'exposer plus de surface de son corps aux projectiles. Après plusieurs minutes de tirs ininterrompus, les flèches se raréfièrent pour finalement s'arrêter de fendre l'air, comme lassées de ne transpercer que de la matière végétale. Un court laps de temps s'imposa ou rien ne bougea, à l'instar de l'accalmie dans l'œil du cyclone. Puis le mouvement reprit. Presque synchronisées, de fines cordes tombèrent le long des parois en une pluie de serpents ondulants. Sans aucun temps mort, des hommes glissèrent le long des guides de chanvre à une vitesse improbable, se réceptionnant au sol avec la souplesse d'hommes entraînés à ce type d'exercice. Ils étaient cinq. Tous habillés de noir. Une large bande de tissu nouée derrière la tête les protégeait de la poussière, ou était simplement prévue pour cacher leur visage, personne n'aurait su le dire. Ils étaient vêtus pour le combat. Une veste ample et souple recouvrait leur buste, tandis que de longs gants maintenaient les manches sur les poignets. Fabriqués en coton épais, ces derniers les avaient aussi protégés de la brûlure lors de leur descente rapide le long de la paroi. Un pantalon également lâche et maintenu par des jambières qui ne faisaient qu'une seule partie avec les chaussures, complétait leur accoutrement. Dans leur dos était attaché une arme de la longueur d'un avant-bras environ, mélange de couteaux et de faucilles à l'acier ciré pour éviter les reflets du soleil. Le bout du manche était relié à une fine corde de plusieurs mètres qui intrigua Da de premier abord. Mais il n'allait pas tarder à en connaître l'utilité. Pour ne pas entraver leurs mouvements, ils n'avaient emporté que cette arme avec eux ; les arcs et sabres devaient être restés avec les chevaux en haut du colosse de pierre. Mais ça ne semblait pas préoccuper des hommes sûrs de leurs forces. Des combattants aguerris, indéniablement. Ils prenaient leur temps pour se mettre en ordre de bataille, tenant leur couteau d'une main, l'extrémité de la corde de l'autre. Pourquoi se presser par ailleurs ? Les futurs macchabées étaient coincés dans cette gorge, et n'allaient pas tarder de passer de vie à trépas, après avoir toutefois entendu pourquoi ils allaient mourir. Si donner la mort de leur ennemi était l'essence même de leur engagement, voir la terreur dans les yeux de leurs victimes relevait du pur plaisir. Guo, le chef des assassins, était pourtant perplexe. À part l'homme blanc qui paraissait interdit, personne ne semblait étonné de les voir ici. Un groupe bravache qui n'allait pas tarder à déchanter, songea Guo qui se mit lui aussi à fixer les prunelles sombres de ses adversaires avec détermination. Si on l'avait prévenu qu'ils étaient de rudes combattants, il ne faisait aucun doute qu'ils ne pouvaient faire le poids face à ce qui se faisait de mieux dans le petit monde secret des tueurs. Ce qui ne l'empêchait pas d'admirer l'attitude de ses futures victimes. Même l'indigène semblait confiant dans ses capacités de combattant, un long morceau de bois courbe entre les mains. L'assassin regarda dans tous les sens, un pli d'inquiétude barrant son front. Il en manquait un contre qui on l'avait particulièrement mis en garde, et qui n'était pas là. Il regarda en haut des falaises : rien. Où était le molosse ? Pas dans les parages en tout cas.

— Restez sur vos gardes, ordonna-t-il, le chien manque à l'appel !

Cela fit sourire Chao qui avait compris que Cixi avait envoyé des guerriers les retrouver.

— Et vous pensez le tenir à distance avec vos simples épées ? demanda-t-elle.

Guo jeta son couteau sans prévenir et l'arrêta d'un mouvement souple en tirant la corde à lui, récupérant l'arme comme si elle n'avait jamais quitté sa main. Le lancer avait été tellement rapide, que personne n'avait rien vu venir. Le système était ingénieux : un couteau relié à une solide lanière qu'on pouvait faire revenir à soi d'un mouvement adroit du poignet. L'avantage était qu'on pouvait le réutiliser autant de fois que l'on voulait, ce qui équivalait à posséder plusieurs armes en une seule. Avec des hommes entraînés à son maniement, c'était redoutable, permettant notamment de ne pas s'exposer à la lame d'un bretteur qui possédait une envergure supérieure. Une arme de professionnel qui recherchait la mort sans forcément s'exposer soi-même, et surtout sans perdre de temps. Une technique d'assassin.

— Oui, je le crois, fit Guo en réponse à la question de la sublime femme qui se tenait en face de lui. Même s'il n'était pas sensible à ses charmes, ayant comme tous les apprentis assassins été castré dès son plus jeune âge, ça ne voulait pas dire qu'il ne savait pas reconnaître l'exceptionnel quand il le voyait. Mais cette femme allait bientôt mourir, autant ne pas s'attarder sur sa plastique avantageuse qui avait dû faire tourner bien des têtes avant lui. Il poursuivit son explication avec délectation :

— D'autant que chaque lame de nos couteaux a soigneusement été enduite d'un venin très puissant qui paralyse l'ensemble des muscles de celui qui est touché. Son effet est très rapide, et entraîne l'arrêt du cœur après une longue asphyxie. Et puisque votre chien ne daigne pas se montrer pour l'instant, vous pourrez constater l'efficacité de notre poison sur vous-même ou sur vos compagnons. Mais soyez sûr que le molosse vous rejoindra peu après dans le néant de la mort…

Bai et Da se regardèrent une fraction de seconde, se comprenant dans l'instant.

— Recouvrez-vous les bras de tissus ou de chiffons ! Ordonna Da à ses compagnons. Que pas un morceau de chair ne dépasse !

Guo et ses assassins sourirent. Ils les laissèrent faire, et ne réagirent pas plus quand ils sortirent leurs armes et les intercalèrent entre eux en guise d'avertissement. Leur arsenal était plutôt maigre, se résumant à deux sabres, un gun, et le bâton courbe de l'indigène. Un combat en bonne et due forme, voilà qui ne leur était pas arrivé depuis longtemps, et qui allait leur donner l'occasion de faire un peu d'exercice. Une bonne façon aussi de jauger leur niveau face à des experts de cette envergure. Sauf que les experts en question n'étaient pas au mieux de leur forme. L'une était désormais malvoyante, un autre pas encore en mesure de se battre avec efficacité, sa blessure n'étant pas complètement cicatrisée, un Aborigène tout juste remis de ses addictions et qui n'avait plus combattu au corps à corps depuis des lustres, un avocat enfin qui venait d'un monde feutré, et qui n'aurait jamais imaginé se retrouver dans pareille situation. En résumé, le seul combattant qui représentait vraiment un danger pour eux était Bai, mais ce dernier était bien isolé face à ce qui se faisait de mieux dans la confrérie des assassins. Sauf que bien sûr, les gardiens du trône céleste n'en savaient rien. Une fois prêts à se battre, le groupe d'assiégés faisait presque pitié à voir tant la longue chevauchée les avait fatigués et amaigris, au point de les voir presque flotter dans leurs vêtements. Mais si leur visage était émacié et leurs traits tirés, leur détermination était à la mesure de celle des assassins. Voire supérieure, car ils sentaient la dangerosité de leurs adversaires et ne les sous-estimaient pas. La plupart de chevaux était toujours allongé, sauf Huo qui venait de se redresser et avait fait quelques pas sur le côté pour ne pas se retrouver coincé entre les deux groupes d'humains qui se faisaient face. Bai et ses amis s'étaient quant à eux écartés de quelques pas pour être à l'aise dans le maniement de leur arme. Ils étaient prêts à défendre chèrement leur peau, mais il semblait évident cette fois que tous n'en réchapperaient pas. Comme les assassins n'étaient pas pressés de prendre l'initiative de l'attaque, Bai interpela celui qui semblait être leur chef.

— Qui êtes-vous ? Que nous voulez-vous ?

Les sourcils noirs et épais du chef des assassins se rapprochèrent, creusant un sillon de concentration au milieu du front. Il attendait cette question. L'information faisait partie du plan. Ceux qui avaient offensé Cixi devaient savoir pourquoi et comment ils allaient mourir.

— Nous sommes les disciples de Weibaomeng, de l'école des gardiens du trône céleste…, commença-t-il en gonflant le torse, visiblement fier de cette appartenance.

Da frissonna involontairement. Durant son enfance, dans les innombrables salles d'armes qu'il avait sillonnées pour perfectionner son art, il avait eu les oreilles rebattues des histoires qu'infatigablement les gens ressassaient comme pour se faire peur. Et les gardiens du trône céleste figuraient en bonne place dans ces pantomimes bruyantes. Beaucoup disaient que si certaines écoles produisaient des génies dans l'art du combat, aucune n'égalait les gardiens du trône céleste concernant la capacité d'occire son prochain… La confrérie des assassins qui travaillait pour l'impératrice douairière et les nombreux fils du ciel avant elle, avait su entretenir sa légende par les coups d'éclat réalisés. Aucune cible, même la mieux protégée, n'avait pu refuser l'invitation des assassins de quitter le monde des vivants, à partir du moment où la plus haute dignitaire de l'empire avait décidé qu'elle était devenue une gêne pour le bon fonctionnement du système. Et avec le règne de l'impératrice Dragon, les occasions pour la confrérie de montrer leur habileté, avaient été plus nombreuses qu'avec les souverains précédents.

— … Vous avez cru bon d'humilier la fille du ciel en vous acoquinant avec les Diables d'étrangers, les tança Guo en ne remarquant pas le trouble de Da. Et pour couronner le tout, vous vous êtes retourné contre votre propre patrie sans aucun remords, cracha-t-il indigné.

D'un coup de langue ajusté il humecta ses lèvres, et fixa Chao.

— Drapé dans ses habits de noble enduits du fiel de sa félonie, votre père, dit-il en pointant le doigt sur la jeune femme, était un homme de la pire espèce… Il a fort heureusement payé de sa vie sa traîtrise. Je le dis presque avec regret, car je me serais fait un plaisir de le faire passer de vie à trépas, dans des affres impossibles à imaginer pour le commun des mortels. Mais nous avons ordre de nous rattraper sur sa descendance, reprit-il en fixant Chao d'un regard pervers, cela calmera quelque peu la colère de la fille du ciel, notre souveraine bien-aimée.

Chao eut un mouvement de recul en entendant parler de son père, mais elle préféra garder sa concentration pour le combat à venir. Ainsi ces hommes avaient été envoyés par Cixi pour les traquer dans un pays étranger. Sa haine devait être terrible pour qu'elle use de tels procédés en dehors des frontières de la Chine. Puis, l'idée d'avoir courroucé celle qui avait cru les faire taire à jamais incrusta un sourire revanchard sur son visage fatigué. Cette joie fugace s'effaça à l'annonce suivante proférée par l'assassin.

— Le mage, poursuivit Gao, ainsi que votre ami moine appelé Chen, doivent être mort à l'heure qu'il est, leur compte réglé par une autre faction de la confrérie qui a reçu les mêmes ordres que nous…

Cette fois, elle perdit son calme. Elle avait quasiment vu son père mourir sous ses yeux, mais le temps du deuil avait fait son œuvre. Imaginer maintenant Chen qu'elle aimait aussi comme un père, et Hailong qui l'avait sauvé de la mort, terrassés eux-aussi par ces ombres maléfiques, lui était parfaitement insupportable.

— Vous mentez, s'écria-t-elle hors d'elle. Vous n'êtes pas assez puissant pour vous frotter à des hommes de cette trempe…

— Nous sommes assez expérimentés pour tuer n'importe qui, corrigea Gao. Vous en serez les parfaits exemples dans quelques instants quand je vous aurai démontré ce que je viens de vous certifier. Notre science du combat a été codifiée depuis des siècles, sans cesse améliorée par les nouvelles générations. Nous savons par exemple utiliser des poisons qui martyrisent le corps durant de longues minutes, avant que ce dernier n'abdique non sans avoir rendu fou de douleur son propriétaire ; c'est d'ailleurs ce que nous avons prévu pour vous, avec une lotion qui va vous laisser le temps de savourer votre mort. À base de graines de ricin, très exactement, expliqua-t-il d'un air sadique, entraînant une longue agonie à partir du moment où le poison aura été inoculé. La douleur sera tellement insupportable, que vous me supplierez de vous achever pour abréger vos souffrances. Ce que je ne ferai bien évidemment pas. Vous voyez, nous avons reçu des instructions très précises vous concernant, et nous allons mettre un point d'honneur à les respecter à la lettre.

Le silence se fit, comme si chacun méditait le poids de cette sentence. Puis comme guidés par un signal invisible, tous se mirent en garde. Sans prévenir, trois couteaux partirent dans une synchronisation quasi parfaite. Même diminués par les affres de leur passé récent, Tarka et Chao mirent leurs armes en opposition et cassèrent la ligne de tir des assassins. Bai en fit de même.

Profitant de l'intervalle du flottement, Chao réalisa ce qu'aucun de ses compagnons ne l'aurait cru capable de faire dans son état. Rapide comme l'éclair, elle partit dans un tourbillon aussi fougueux que gracieux, ses mains ayant glissé au bout de son gun pour profiter à plein de la longueur du bâton. Guidée par une volonté de fer et aiguisée par les nombreux entraînements des derniers jours, son attaque fut aussi précise que fulgurante. Le bois dur heurta violemment la tempe de l'assassin en face d'elle, générant un craquement sec qui résonna au cœur du canyon comme un coup de tonnerre. Les yeux agrandis par la surprise, l'homme s'écroula dans une explosion de poussière, le corps secoué par les spasmes de la mort. Habitué à travailler avec elle, Da avait senti le déplacement de son corps avant les autres. Il ne perdit pas de temps. Profitant de ce léger temps de déstabilisation, il s'empara du fin couteau coincé dans sa ceinture, et le projeta droit devant lui. Le lancer n'était pas assez précis pour blesser un assassin, mais il obligea celui qui était visé à lever sa garde pour contrer la dague qui fendait l'air, bien déterminée à le transpercer. Dans le court instant où son couteau entrechoqua celui de son adversaire, Da bondit vers l'avant pour réduire la distance qui le séparait de son adversaire. Tenu fermement par son bras valide, son sabre trancha l'air en une frappe oblique. Malgré ce coup de maître, l'acier effilé loupa sa cible. D'un vif retrait du buste, l'assassin qui s'appelait Jian évita de justesse la lame scintillante, qui lui emporta tout de même une mèche de cheveux au passage. Sans distance de sécurité, Chao et Da étaient maintenant dans une posture délicate, à portée directe des armes des membres de la secte des assassins. Jian contre-attaqua aussitôt, usant du crochet fixé sur sa lame d'acier comme d'un fléau féroce. Le pic acéré vrombit dans l'air étouffant, à l'instar d'une faux assoiffée de sang. Mais si Da était maladroit avec la raideur de son bras gauche, et par extension avec son sabre, il avait gardé sa souplesse et sa vélocité de jambes. D'un pas chassé vigoureux, il mit une distance de sécurité suffisante entre son adversaire et lui, laissant le pic passer assez loin de son buste. Une opportunité se profila. Il n'allait pas laisser passer cette occasion qui ne se reproduirait plus. D'un mouvement rapide, il arma sa jambe arrière, et riposta d'un fouetté vigoureux dans le genou avancé de son adversaire. S'aidant du pivotement de ses hanches, il mit toute la force dont il était capable dans le mouvement. Le genou de Jian lâcha, le faisant ployer jusqu'à ce que son articulation touche le sol. Tout homme normal aurait cédé face à la douleur. Pas lui. Il grimaça en sentant les élancements insupportables qui lui vrillaient la jambe en un plâtre de feu, mais eut la force mentale de museler la douleur pour faire des moulinets avec son arme et tenter de toucher Da dans une ultime riposte. Une simple égratignure et s'en était fini de sa cible. Mais Da s'était suffisamment reculé pour éviter que pareil scénario ne se produise. Son adversaire désormais à sa portée, il réaffirma sa prise sur le manche de son sabre, et dans un éclair d'argent, emporta la tête de l'assaillant en même temps qu'un bout de son épaule. S'il s'était sorti de ce mauvais pas, Chao par contre était toujours dans une situation compliquée. Voyant les yeux vides de son camarade Shi fixer obstinément le ciel, l'assassin du nom de Liang, le plus proche de la jeune femme à ce moment précis, fut pris d'un accès de rage et décida de venger son frère d'armes séance tenante. Il lança son Fuji Mae droit vers le cœur de Chao, déterminé à faire en sorte qu'elle ne sorte pas vivante de ce canyon. Se fiant à ses sens, elle réussit à éviter le couteau en se jetant vers l'arrière, interprétant avec justesse le son de la vibration qui fonçait sur elle. Mais incapable de maîtriser son environnement, elle trébucha sur une pierre et se répandit lamentablement au sol, hurlant de frustration. Bai écarquilla les yeux. Il était trop loin pour intervenir, et Gao n'attendait qu'un déplacement de sa part pour pouvoir l'embrocher. Impuissant, il poussa un cri de détresse. Chao n'avait aucune chance de s'en sortir seule, et Da était trop loin lui aussi pour la sauver. Grimaçant de colère, l'homme leva son couteau pour exécuter sa victime, savourant son succès à l'avance. Son bras resta suspendu dans les airs, comme aimanté par le ciel. Tous constatèrent le résultat du tir avant même d'avoir vu celui qui avait réussi cet exploit. La gorge transpercée d'une flèche, Liang s'effondra sur Chao, empêchant la jeune femme de se relever, mais aussi la protégeant sans le vouloir des couteaux des assassins restants. Ce n'était heureusement pas dans l'intention des deux gardiens du trône céleste encore valides, toujours sous le choc de ce qui venait de se passer. Les sabots martelant le sol se firent enfin entendre. Armé d'un arc de grande dimension avec une nouvelle flèche encochée prête à jaillir, le cavalier guidait son cheval avec les genoux, telles les générations de conquérants mongols l'avaient fait avant lui. Usant de claquements de la langue, il incitait son cheval à donner le meilleur de lui-même, sachant qu'il avait eu beaucoup de chance avec son premier trait, et qu'il était encore trop loin pour reproduire pareil exploit. Surtout avec des adversaires qui l'avaient maintenant repéré et le gardaient en ligne de mire. Voir Chao en danger lui avait donné des ailes, et les Dieux avaient guidé sa flèche. Son deuxième trait partit en direction de Jin, l'assassin aux côtés de Gao. Ce dernier l'évita d'un simple retrait de buste, la bouche tordue de suffisance. Pas longtemps. Un grondement terrifiant résonna dans son dos, l'emplissant d'épouvante. Il n'eut pas le temps d'esquisser le moindre geste, que les dents aiguisées du molosse se refermaient sur lui comme les mâchoires d'acier d'un piège à ours. Un claquement plus tard, la tête de l'assassin roulait sur sa poitrine, juste retenue par quelques fibres encore connectées au cou ensanglanté. Privé de son centre de commandement, le corps sans vie s'affala au sol comme une poupée de chiffon. Désormais seul et en bien mauvaise posture, Gao ne joua pas la carte de l'héroïsme. Les assassins étaient courageux, souvent suicidaires, mais pas au détriment de leur mission. En quelques bonds élastiques, il atteignit le mur de grès, empoigna l'une des cordes qui pendait en guise d'ultime échappatoire, et escalada la paroi de la combe plus rapidement qu'un singe ne l'aurait fait à sa place. Il disparut finalement au sommet avant qu'un bruit de galop indiquât qu'il avait pris la poudre d'escampette. Chen tenta bien de l'en empêcher alors que l'assassin grimpait encore le long de la roche fripée, mais sa flèche heurta violemment les vieux rocs à la place de l'humain visé, et se brisa en deux, mettant fin à l'espoir de le stopper. Le moine guerrier savait qu'il ne reverrait plus l'homme de sitôt, et ça ne le rassurait pas vraiment. De toute façon, même s'ils avaient réussi à éliminer l'ensemble des assassins, Weibaomeng en aurait renvoyé d'autres à leur poursuite. Dans la confrérie des gardiens du trône céleste, un contrat était clos uniquement si toutes les cibles avaient été éliminées. La traque ne faisait malheureusement que commencer, ou plutôt continuerait dès l'instant où les acteurs de l'ombre auraient été remplacés par d'autres, tout aussi féroces. Ce n'était qu'une question de temps, puisque Guo allait les mettre sur leur trace dès son retour en Chine. Au moins savaient-ils maintenant à qui ils avaient à faire. Et l'angoisse de se retrouver face à face avec ces hommes ne les sauverait pas. La peur ne servait en rien la cause humaine, si ce n'est causer des troubles inutiles ; si le destin avait décidé que la mort vous faucherait, même se cacher dans un trou ne servirait à rien. La seule chose qu'ils pouvaient décemment faire était de se préparer au mieux à cette échéance pour donner du fil à retordre aux assassins, et surtout ne jamais baisser la garde durant leur périple. Car les assassins ne renonceraient jamais, et leur vie était désormais en sursis. Porté par le sentiment euphorisant que ses amis et lui étaient encore de ce monde, il descendit d'un bond de son cheval, et s'approcha de Chao, toujours encombrée du cadavre qui la recouvrait presque entièrement. Sans ménagement, il poussa le corps sur le côté, et se pencha vers la jeune femme.

— Ça va ? demanda-t-il d'une voix embrumée par l'émotion de la revoir.

Si la vision de l'homme qui la délivrait du cadavre affalé sur elle était trouble, sa voix, elle, ne l'était pas du tout. Elle agrippa le cou de son sauveur et l'étreignit comme quelqu'un qui retrouve un disparu. Elle sanglotait sans pouvoir s'arrêter, terrassée par une émotion qui englobait la joie de retrouver un être cher, mais aussi par la décompression suite à un combat qu'elle ne croyait jamais gagner.

— Il est écrit que tu ne peux pas être tué par des individus sans morale, réussit-elle à glisser entre deux sanglots. Tu ne peux pas savoir comme je suis heureuse de te revoir.

— Moi aussi, réussit à articuler Chen, également gagné par l'émotion, même si j'aurais préféré que ce soit dans d'autres circonstances.

Bao s'était lui aussi rapproché de sa maîtresse. Il poussa sans ménagement Chen de son corps musculeux, et lécha le visage de Chao à grands coups de langue. Elle le repoussa tendrement.

— Arrête, gros bêta, tu vas m'étouffer !

— Heureusement qu'il était là, expliqua Chen qui prit soin de ne pas interrompre la joie du molosse qui tremblait d'excitation. Je pensais avoir perdu la trace des assassins, quand je l'ai aperçu de loin. Il était en train de renifler une piste qu'il a subitement abandonnée pour partir ventre à terre. Il t'a certainement entendu crier. J'ai juste eu à le suivre, et je suis tombé sur l'homme qui tentait de te tuer. Je pense que ma flèche a été guidée par *Hu-Shen*, le Dieu des archers, car je n'avais jamais réussi un tir aussi difficile auparavant.

Son visage revêtit soudain un voile de tristesse en pensant à son père adoptif.

— Je n'ai par contre rien pu faire pour sauver Hailong de ces hommes sans foi, annonça-t-il comme s'il ne pouvait plus garder cette information pour lui plus longtemps. J'en suis toujours mortifié.

Sans un mot, Chao prit appui sur son molosse pour se relever, et enlaça tendrement Chen dans ses bras. C'est lui cette fois qui ne put retenir ses larmes, lesquelles se mélangèrent à celles de Chao et aux traces de sang héritées de l'assassin mort, créant une pâte brunâtre qui coula dans leur cou à tous deux.

— C'était un homme bon, de la trempe de Zhao Fu, notre ami commun mort en héros, chuchota Chao à son oreille. C'est d'ailleurs lui qui a dû l'accueillir au royaume des morts. Nul doute que l'empereur de Jade ne tardera pas à réunir ces âmes pures pour les incorporer à sa suite. Ces deux hommes n'ont plus vocation à être réincarnés sur terre, ni d'ailleurs à séjourner trop longtemps dans les géhennes de l'entre-deux.

Ces paroles semblèrent agir comme un baume réparateur sur l'âme de Chen.

— Oui, acquiesça-t-il, c'est une belle vision que celle-là…

Les monts Mac Donnell

La traque durait depuis plus de dix jours. Ces hommes étaient furieux de s'être fait avoir, et ils n'allaient pas les lâcher si facilement. La seule chose qui rassurait Kaiya, était qu'ils s'éloignaient considérablement des monts où vivaient les tribus, donnant du temps aux siens pour se mettre en sécurité et renforcer leur système de défense. Eux non plus ne se feraient pas avoir une seconde fois, ils se l'étaient juré. Grâce aux chevaux prélevés à l'ennemi, alors que la plupart des autres bêtes s'étaient dispersées dans le désert suite à l'explosion, ils avançaient vite. Bien plus rapidement qu'à pied en tout cas, mais visiblement pas encore assez pour semer leurs poursuivants. Les hommes blancs s'étaient en effet organisés dans l'urgence, mais avaient été diablement efficaces. Et comble de malchance pour Kaiya et les siens, ils avaient eux aussi récupéré assez de montures pour ériger un rapport de force d'au moins cinq soldats ou miliciens motivés à se venger, contre un membre de la tribu. Si les Aborigènes étaient tout aussi aguerris que leurs adversaires, leur nombre restreint, mais surtout leurs armes rudimentaires, ne leur permettaient pas de rivaliser avec les cavaliers à leur poursuite. Ils possédaient cependant un atout et non des moindres ; une meilleure connaissance du terrain que la cinquantaine d'hommes qui les suivaient à la trace. Les autres soldats avaient décidé de rebrousser chemin. Conscients que sans monture, ils ne pouvaient se lancer à la poursuite de sauvages qui savaient mieux que quiconque se fondre dans cette terre inhospitalière, le gros de la troupe s'était préparé à rejoindre le fort Victoria, à vingt jours de marche d'ici. Placés sous le commandement d'Aaron Nail, les soldats désabusés décidèrent d'emporter un maximum d'affaires avec eux, ainsi que la dépouille du capitaine Scott Davis enveloppé dans une toile de jute pour le préserver des affres de la route. Du coup, la bande lancée à la poursuite des Aborigènes était dirigée par Stephen Roy, puisqu'une majorité de miliciens composait la troupe, et que le vieux baroudeur maîtrisait les rudiments du commandement comme personne. Dans une vie antérieure, il avait en effet été sergent de l'armée de sa gracieuse majesté, et les habitudes martiales restaient gravées en lui comme une seconde nature. La course poursuite s'était engagée sans attendre. Pour Kaiya, leur seule chance de les semer était de les perdre dans la chaîne de montagnes qui bordaient Alice Spring. L'autre option qu'il n'envisageait pas pour le moment eut égard au rapport de force en sa défaveur, était de leur tendre des embuscades, et tenter de les éliminer au fur et à mesure de leur avancée…

Du nom de Mac Donnell, le cordon rocheux s'étirait sur plus de 600 kms, englobant des pics acérés difficiles à franchir, et piégeux à souhait. Dans un environnement tel que celui-ci, avancer vite relevait de la gageure. Mais ce qui était vrai pour les Aborigènes, l'était tout autant pour leurs poursuivants. S'il ralentissait les cavaliers, le dénivelé du terrain permettait en tout cas aux Aborigènes de multiplier les fausses pistes en se cachant derrière les protubérances ciselées, et en choisissant de préférence les sols pierreux plutôt que les chemins de terre rouge ou les traces restaient gravées longtemps. Mais Kaiya ne se faisait guère d'illusions. Si l'objectif initial qui était que le groupe de miliciens et de soldats perde leurs traces était toujours réalisable, ça devenait de moins en moins vrai. Surtout depuis que Djalu qui avait espionné discrètement la troupe ennemie, avait rapporté que les blancs étaient guidés par un éclaireur Aborigène. Voilà qui expliquait pourquoi les poursuivants ne les avaient pas lâchés d'une semelle depuis le début de la traque. Kaiya s'était promis de faire payer cette trahison au guide s'il avait l'occasion de le croiser, mais pour l'instant, son énergie devait être mobilisée pour sortir ses hommes de ce guêpier… En faisant si possible quelques victimes supplémentaires parmi les miliciens…

Grâce aux nombreux points d'eau qu'ils croisaient actuellement, les chevaux avaient repris un peu de la vigueur perdue dans les vastes étendues désertiques brûlées par un soleil implacable. Ça ne voulait pas dire que l'astre lumineux était moins cuisant ici que dans la plaine, mais les retenues liquides permettaient au moins d'étancher leur soif, et les nombreuses touffes d'herbe ainsi que les graines de spinifex remplissaient la panse des équidés affamés. Pour les cavaliers, la capture de quelques serpents locaux ou rats à grosse queue, avec parfois un wallaby des rochers quand la chance s'en mêlait, permettait également de se nourrir convenablement. La véritable difficulté consistait à tenir un rythme acceptable dans cet environnement difficile, où les pieds des chevaux se blessaient aussi facilement que sur une terre truffée de lames aiguisées. Autre difficulté à gérer, la présence d'ombre et d'eau qui favorisait la prolifération de petites mouches agressives. Ces dernières assaillaient les cavaliers du matin au soir, leur mettant les nerfs à vif. Mais ce qui était pénible pour des Aborigènes, devait l'être davantage encore pour des blancs habitués à la quiétude des rivages, et surtout à la peau bien plus tendre que celle burinée et épaisse des peuples indigènes.

— Tu crois vraiment que nous allons les semer ? demanda Djalu à son ami et néanmoins chef.

— Pour être honnête, j'en suis de moins en moins sûr, répondit Kaiya en grimaçant. Ces hommes sont des cavaliers émérites, ce qui est loin d'être notre cas. Regarde derrière toi : Koa et Jarli sont à l'agonie et ne tiennent sur le dos de leur cheval que par la seule force de leur volonté ; Bambam, Daku et Gurrumara sont à peine mieux lotis. Seuls Omeo et Jabiru tirent leur épingle du jeu dans cette poursuite qui n'en finit pas. Nous-même essayons de donner le change, mais si on est honnête, nous ne valons guère mieux que nos hommes. Quant aux bêtes, à voir leur tête raser le sol, leurs yeux éteins, et si on s'en réfère à l'allure qu'elles peinent de plus en plus à tenir, il y a fort à parier qu'elles ne tarderont pas à être fourbues, même si ça doit également être le cas des chevaux de nos poursuivants. Notre stratégie de semer nos poursuivants n'a pas fonctionné. De mon point de vue, ce n'est plus qu'une question d'heures avant qu'ils ne nous tombent dessus, et avec leurs armes à feu, je ne donne pas cher de nos vies. Nous devons trouver autre chose de toute urgence, décréta Kaiya en fixant son compagnon comme pour le remercier de l'avoir sorti de sa torpeur.

Un long silence s'installa entre les deux hommes. Kaiya le rompit soudain comme frappé d'une évidence.

— Tu connais cette chaîne rocheuse à plusieurs lieux à la ronde comme personne…

C'était une affirmation, pas une question.

Djalu acquiesça en silence, se demandant où voulait en venir son ami. À la mort de son père, sa mère s'était remariée avec un cousin de la tribu des Anangu, emmenant naturellement son fils vivre avec elle. Mais toute son enfance, Djalu l'avait passé près d'ici, chassant quasiment chaque jour dans les monts qu'ils foulaient actuellement. Il connaissait intimement chaque pierre des environs, et dans la situation actuelle, c'était un atout incommensurable. Si l'Aborigène qui guidait les blancs maîtrisait mieux que personne l'interprétation du plus petit indice laissé par ses proies, Kaiya misait sur le fait qu'il appréhendait moins bien que son ami la topologie des protubérances rocheuses sur lesquelles ils s'étaient engagés.

Du moins l'espérait-il.

— Si tu devais cacher un groupe d'hommes comme le nôtre dans ces gorges, dans un endroit où on aurait peu de probabilité de les retrouver, et où dans le pire des cas, les fusils des poursuivants ne seraient plus un atout pour eux, où irais-tu ?

Djalu ingéra la question avec la plus grande concentration, sachant que de sa sagacité dépendait très probablement leur survie. Il tortura sa mémoire pour en sortir une solution rapide. Ses yeux surfaient de rocher en rocher, comme pour aider à configurer un lieu qui ne semblait pas vouloir émerger des souvenirs cadenassés de sa mémoire. La réflexion traînait au-delà d'un temps raisonnable pour un Kaiya impatient, au point qu'il se demanda si son ami avait bien compris la question. Il allait le solliciter de nouveau, quand ce dernier ouvrit enfin la bouche.

La lumière avait enfin éclairé les ombres du passé.

— Non loin d'ici, articula-t-il lentement, coule une rivière impétueuse. Ce que peu de gens savent, c'est d'où cette rivière prend sa source. Elle provient en fait des entrailles de la terre, mariage des violentes pluies locales et des brouillards nocturnes qui s'infiltrent au plus profond des roches poreuses. Après avoir franchi le filtre des minéraux, les eaux se reconstituent en un ensemble compact et refont surface pour continuer leur pérégrination entre les canyons jusqu'à Alice Spring, et même au-delà. Je connais la bouche du gouffre où nous pouvons nous faufiler pour rejoindre la partie immergée de cette rivière. Comme ses eaux n'occupent pas tout l'espace du boyau pierreux, elle laisse place à un chemin assez bien formé au-dessus du torrent. Nous devrions pouvoir nous déplacer sans nous faire happer par les eaux impétueuses. Je dois quand même t'avouer que je ne l'ai emprunté qu'une seule fois avec mon père, et que dans mes souvenirs, j'ai eu la peur de ma vie. L'endroit est étroit, sans lumière, le sol terriblement glissant, et le torrent hurle comme un damné en te frôlant, habité par l'envie meurtrière de te gober. De plus, à l'époque où mon père m'a fait découvrir ce passage, le niveau de la rivière était bas, et c'était lors d'une période sèche. Bien plus tard dans la saison que maintenant. Ce qui veut dire que je ne suis pas sûr que ce soit praticable aujourd'hui…

— Mais tu n'es pas certain du contraire non plus ?

— Non, répondit Djalu, d'autant que la sécheresse a été particulièrement sévère cette année ; ça peut compenser.

— Espérons-le. Et ça mène où ?

— Au bout du goulot, renchérit Djalu en piochant dans ses souvenirs, l'eau est évacuée par une énorme bouche et projetée sur un lit terrestre en contrebas. Ça représente un saut d'une vingtaine de mètres environ, dans la furie des tourbillons de l'enfer. Mais je te rassure, ce ne sera pas notre porte de sortie. Le temps a creusé la roche et créé un plateau qui chemine derrière les trombes d'eau, nous permettant de rejoindre la rive sans avoir à risquer nos vies dans la cascade tumultueuse. Comme je te l'ai dit, l'endroit est dangereux, étroit. Impossible de marcher vite avec le sol glissant, et un brouillard d'eau permanent, qui s'il nous cache des yeux de nos poursuivants, nous empêche aussi de voir à plus de deux pas. Il faudra rester proches les uns des autres, en prenant garde de ne pas être happé par les eaux. Mais s'il y a bien un endroit qui nous permettra de les distancer, c'est celui-là. D'autant que dans cet environnement sombre et inhospitalier, le nombre n'est plus un atout, et devient au contraire un handicap pour évoluer rapidement. Le seul hic c'est…

Il se tut de longues secondes au point que Kaiya le réactiva :

— C'est ?

— Non rien, fit Djalu, une légende, rien de plus.

— Si c'est une légende, tu ne perds rien à m'en parler ; je veux savoir où je mets les pieds.

Djalu ne se fit pas prier.

— Une histoire vieille comme le monde raconte que quelques retenues naturelles de ce gouffre pourraient abriter un monstre appelé Poro. Un crocodile géant, en fait, comme on n'en a jamais vu et qui se repaît de temps à autre avec de la chair humaine…

Kaiya frémit en entendant la voix apeurée de son ami qui n'était pas facilement impressionnable.

— Espérons alors qu'il s'agit vraiment d'une légende, soupira Kaiya, de toute façon nous n'avons pas beaucoup d'autres choix. Et pour les chevaux ? demanda l'Aborigène qui passa à autre chose.

— Impossible de les prendre avec nous ; on devra les relâcher avant de descendre dans le gouffre. Avec un peu de chance, ils parcourront une certaine distance avant d'être rattrapés par les soldats qui seront marris de s'être fait avoir. En tout cas, ça devrait nous laisser un peu d'avance sur eux avant que leur maudit guide ne retrouve probablement nos traces.

Et après ?

— Alice Spring et ses tribus ne sont plus très loin, ce qui nous redonnera l'avantage du nombre. Les blancs ne sont pas assez fous pour se frotter à des centaines d'Aborigènes en colère. Comme ils n'ont pas emporté leur mitrailleuse pour ne pas être ralentis, ils ne pourront pas nous vaincre cette fois. Leur seule alternative sera d'abandonner la poursuite… ou de mourir sous le fer de guerriers revanchards…

Tandis qu'ils chevauchaient le long d'un cours d'eau bordé d'eucalyptus blancs, Kaiya ne cessait de s'émerveiller du paysage qui défilait sous ses yeux. Le soleil peignait les parois du canyon en une sublime fresque rouge et jaune, tapissée ci et là de verdure, comme pour en rehausser la beauté. Puis, à l'instar des tableaux du vivant, les couleurs chatoyantes migraient du support minéral vers la surface glacée des retenues d'eau, ondulant mollement au rythme des clapotis comme pour faire miroiter leurs atours. Jamais sa terre ne lui avait paru aussi belle qu'en cette fin de matinée. En ces temps troublés où la vie ne semblait plus tenir qu'à un fil, tant de quiétude lui chavirait l'âme, lui faisant presque oublier la situation désespérée dans laquelle ils se trouvaient, ses hommes et lui. Ils serpentèrent encore un long moment dans les méandres du canyon, sur une terre colorée par les oxydes de fer, leur présence faisant fuir les rares wallabies des rochers qu'ils croisaient.

Le vent s'était levé, faisant s'agiter les branches souples des eucalyptus. Plus gênant, les souffles capricieux décollaient la poussière de leurs supports originels, obligeant les guerriers à se protéger les orifices dans lesquels s'engouffraient les fines particules. Kaiya enregistra ces changements avec une pointe d'espoir et d'inquiétude aussi. Le ciel bleu quelques minutes auparavant était maintenant obstrué par d'énormes nuages tourbillonnants qui gagnaient en étendue et en épaisseur, virant du gris au noir par les couches qui se superposaient en un ensemble compact. Un orage de forte intensité se préparait. L'eau allait brouiller les pistes, mais la violence des éléments pouvait aussi les mettre en difficulté dans cet endroit sauvage avec peu de possibilités ou s'abriter. Djalu paraissait également préoccupé, mais pas pour les mêmes raisons. Lui ne pensait qu'au niveau du torrent qu'ils allaient longer…

Ils atteignirent enfin une fracture dans la roche, où s'incrustait un chemin sombre et étroit. Il semblait transpercer la montagne en une craquelure inquiétante. L'hésitation de Djalu fut de courte durée. Il intima aussitôt au groupe de s'engouffrer dans cette ouverture et de cheminer droit devant. Les Aborigènes obtempérèrent sans hésiter, tous ayant décidés de remettre leur vie entre les mains de leur frère. Les chevaux, par contre, rechignèrent dans un premier temps à s'engager dans ce boyau obscur. Puis, devant l'insistance fiévreuse de leur cavalier, ils s'engagèrent finalement sur la piste encadrée par de menaçantes parois dentelées. Les bêtes étaient au-delà de la peur, vaincues par le spectre de la fatigue, mais aussi électrisées par le temps qui virait à l'orage. Dans leur esprit, les rochers devaient présenter une sorte de protection bienvenue, occultant l'instinct qui leur suggérait de fuir. Leurs pas, pourtant, étaient lents, résignés. Il n'était plus loin le moment où certaines des bêtes devraient abdiquer, leurs jambes les portant à peine, engourdies par les longues heures passées à fuir ceux qu'elles avaient autrefois transportés. En voyant l'état pitoyable des chevaux, Kaiya se réjouit en silence du plan préparé avec Djalu. Les montures étaient dans un tel état d'épuisement, qu'ils n'auraient pu franchir les nombreux monts du massif sans risquer de les blesser gravement. De toute façon, le grain qui s'annonçait avait rebattu les cartes. Ils devaient trouver un abri le plus vite possible. Mais auraient-ils le temps d'atteindre le gouffre avant d'être rattrapés ? Pouvaient-ils échapper à un ennemi qui avait décidé de mobiliser toute son énergie pour les occire, et dont la détermination semblait sans faille ?

Dans son esprit, rien n'était moins sûr.

Il se ressaisit et décida de concentrer son attention sur les éléments du plan. Le doute était le plus mauvais allié qui soit, il le savait. Et gamberger puisait dans ses forces vitales, alors qu'il n'en avait jamais eu autant besoin que maintenant. Celles qui lui seraient nécessaires pour continuer à pied dans un environnement assassin.

— Le passage est encore loin, Djalu ?

Ce dernier se concentrait sur les indices qui lui permettraient de trouver le bon embranchement. Ça faisait si longtemps qu'il n'était pas venu ici, qu'il lui semblait que tout s'embrouillait dans sa tête… Puis, comme un point lumineux déchire soudain le voile de la nuit, la mémoire lui revint.

— Derrière les buissons porc-épic, désigna-t-il avec l'entrain de celui qui a recouvré l'espoir. À peu près à une centaine de pas devant nous, précisa-t-il. Cachée par la végétation, se trouve une faille qui transperce la roche en une longue saignée, et plonge directement jusqu'à la rivière.

— Nous sommes déjà arrivés ?

— Oui, répondit Djalu, j'aurais dû être plus perspicace et moins hésitant. Mais ça fait si longtemps que je n'étais pas venu ici, que je ne l'imaginais pas aussi près.

Il lorgna le ciel noir charbon.

— Nous n'avons plus beaucoup de temps avant le déluge, devisa-t-il, le timing est vraiment limite.

— C'est effectivement bien que tu l'aies retrouvé, le complimenta Kaiya, la violence de la pluie nous aurait bouché l'horizon. C'est ici qu'on se sépare des chevaux ?

— Oui. La passe se rétrécit de plus en plus et va mourir dans un cul-de-sac. Si on ne les aide pas, les bêtes vont continuer leur chemin en se blessant les flancs contre les rochers fripés, et seront ensuite incapables de faire demi-tour. Nous les mettrions dans une bien fâcheuse situation, surtout avec l'orage qui se prépare. Les chevaux nous ont bien aidés jusqu'à présent, nous devons leur laisser une chance de s'en sortir.

Il tira un peu plus sur le fil de sa réflexion.

— Je propose de les faire revenir sur leurs pas en les incitant à rejoindre la rivière. Avec un peu de chance, les bêtes feront encore un bout de chemin en entraînant nos ennemis sur leurs traces, ce qui nous laissera tranquilles un certain temps.

Kaiya opina du chef pour marquer son approbation à cette proposition.

— Je préviens les hommes de mettre pied à terre et de relâcher leur monture près de l'entrée de la passe, dit-il en se préparant lui-même à enjamber le garrot affaissé de son cheval. Dépêchons-nous, le temps nous est compté…

Le gouffre

Désormais débarrassés de leurs chevaux, les hommes avançaient en file indienne. Le chemin serpentait au travers des murs rocheux sur une centaine de mètres environ. Puis se rétrécissait encore, pour vraiment devenir étroit et sinueux. Ici, les parois hautes paraissaient plus dangereuses qu'auparavant, avec des rochers en suspens qui ne semblaient tenir sur leur support que par la grâce du Saint-Esprit. Oppressés par ce carcan de minéraux qui ne semblaient avoir été créés que dans la seule finalité de les y enfermer, les Aborigènes se sentaient insignifiants et vulnérables dans ce qui s'apparentait à un couloir de la mort. Et ce d'autant que leur avancée était entravée par des obstacles divers qui s'accumulaient en nombre, comme pour les retenir. Des blocs de roche qui étaient effectivement tombés des falaises et qu'il fallait contourner, mais plus pénibles encore, des éclats luisants et coupants comme des lames affûtées qui blessaient leurs pieds nus, ralentissant une progression déjà difficile. Comme pour stigmatiser les difficultés rencontrées, les râlements étouffés des hommes ivres de fatigue rebondissaient sur les parois inamicales pour leur faire prendre conscience de leur impuissance. Mais les guerriers n'avaient pas le choix. Ils continuaient bon an, mal an, espérant que le goulot n'était plus très loin. Leur souhait allait être exaucé. Ils se retrouvèrent bientôt bloqués par un fouillis de buissons derrière lesquels la montagne reprenait ses droits, cicatrisant l'énorme faille par un bloc qui se reconstituait en trois parties, remontant de façon abrupte, pour finir par se liaisonner en un ensemble compact.

Impossible de gravir ce raidillon sans se tuer.

Les hommes se regardèrent étonnés. Djalu n'avait quand même pas l'intention de leur faire grimper cette protubérance qui remontait à pic, et qui aurait rebuté le plus agile des lézards ?

Ce dernier les rassura aussitôt.

— L'entrée du gouffre est obstruée par ces buissons d'épines parapluie, affirma le guide avec la retenue de celui qui savait ce qui les attendait ensuite.

— Dépêchons-nous, j'ai le pressentiment que le grain à venir sera terrible. Si c'est le cas, nous devrons avoir quitté le gouffre avant que les eaux ne se mettent à monter.

Le ciel n'était effectivement plus qu'une immense toile sombre zébrée d'éclairs. Quelques gouttes se mirent à tomber. Grosses. Déjà sans mesure. Djalu se mit à écarter frénétiquement les branches parsemées d'épines, voire à briser celles qui s'opposaient trop vigoureusement à cette intrusion. Après s'être lardé les avant-bras de vilaines griffures, il mit enfin le passage à jour. Les Acacias protégeaient une anfractuosité comme un coffre cache son trésor. On pressentait qu'un monde inquiétant avait proliféré depuis des siècles dans les entrailles de la montagne. En voyant l'œil sombre les fixer, chacun put mesurer à quel point descendre jusqu'à la rivière souterraine n'aurait rien d'une sinécure. Comme pour confirmer leurs doutes, des lambeaux de brume s'exhalaient de la gueule du monstre, pareils à des ectoplasmes vaporeux, tandis que des mugissements lointains suggéraient la présence d'eaux chahutées que la raison dictait de fuir. L'ouverture du gouffre même semblait dangereuse. Elle remontait sur plus d'un mètre avec des lèvres torturées, à peine suffisantes pour laisser passer un homme.

Une sorte de rictus mauvais qui n'annonçait rien de bon…

Voyant la tête de ses compatriotes, Djalu prit la parole :

— Vous avez raison de vous méfier, confirma-t-il en s'adressant à tous. Vous aurez à effectuer une descente dangereuse sur une centaine de mètres environ, puis vous devrez vous laisser glisser sur une dernière pente plus douce, avant de rejoindre le chemin sous-terrain. Sur le premier raidillon, la lumière est rare. Vos mains compenseront votre vue. En tâtonnant la roche, vous trouverez des aspérités qui vous permettront de progresser. Soyez sans crainte, la paroi en regorge. Assurez-vous toutefois d'avoir toujours trois points d'appui avant de descendre d'un cran, donna-t-il en guise de conseil. Avec de la patience et un peu de dextérité, nous devrions tous nous retrouver en bas en un seul morceau. Dernière chose, précisa-t-il en guise d'ultime recommandation, laissez un espacement de plusieurs mètres entre chaque personne ; ça vous évitera de prendre les pieds de celui qui vous précède, et surtout de ne pas vous sentir pressé. Quelque chose à redire ?

Personne ne moufta.

— Alors à tout de suite, lança-t-il avant de se faufiler dans le passage étroit, je vous attends en bas.

Après avoir laissé passer un temps qui lui parut suffisamment long, Kaiya s'engagea dans l'antre inquiétant, presque à contrecœur. Ce gouffre ne lui disait rien qui vaille, et il s'en voulait d'avoir accepté ce plan risqué aussi vite. Mais le temps jouait contre eux maintenant, et ils n'avaient plus d'autres options que de s'y soumettre, en essayant si possible de rester en vie…

En temps ordinaire, le contraste avec l'extérieur lumineux aurait été saisissant. Mais l'horizon s'était tellement obscurci avec l'orage en préparation, que la différence avec l'intérieur de la grotte n'était pas tant marquée que ça. La froide humidité qui enveloppait les visiteurs, par contre, si. Kaiya tremblait comme une feuille. Autant de peur que de froid. Le vide sous ses pieds créait en lui un début de panique, et il se disait que c'était un véritable suicide que d'opérer une descente dans un univers hostile sans préparation. Puis, les minutes s'égrenant, la peur se transforma en une simple tension ; il put alors observer son environnement. Les parois étaient un mélange saisissant de roche rouge déchiquetée et de pierres abruptes, proposant effectivement un certain nombre d'appuis pour qui se donnait la peine de les chercher.

La pression retomba.

Le bruit de l'eau en contrebas était clairement perceptible, laissant deviner la rage du liquide qui se retrouvait emprisonné dans ce cercueil de pierres. Bizarrement et contre toute attente, cela eut un effet apaisant sur Kaiya. Même en colère, la structure molle de l'eau le rassurait. En cas de chute de sa part, il préférait l'amortissement ouaté d'un liquide spongieux, à la dureté fatale de la roche. Il jeta un regard circulaire au-delà de l'endroit où il se situait. Le boyau était relativement large au départ, puis rejoignait un toboggan luisant qui semblait plonger jusqu'à une masse sombre constellée de scintillements. La rivière. Il se concentra sur la paroi. Recouverte de mousses et de lichens, la roche était à la fois douce et répugnante au toucher. Il s'efforça de ne pas penser à ce qui vivait dedans. Un mouvement en dessous de lui attira son attention. Il distingua plus qu'il ne repéra son ami une vingtaine de mètres plus bas, lequel semblait maîtriser son sujet en avalant la paroi avec des mouvements coulés, presque gracieux. Il l'envia un instant, juste avant que Djalu ne disparaisse soudainement, comme happé par un envahisseur cotonneux. En plus de l'obscurité qui recouvrait l'espace de son voile opaque, une brume blanchâtre émise par la chaleur relative des eaux tumultueuses s'élevait en volutes, se mariant aux parois d'arkose, et gobant tout ce qu'elle touchait pour le faire disparaître dans son ventre affamé.

« Il ne manquait plus que ça ! ». S'inquiéta Kaiya.

Mais plus de temps à perdre, il fallait accélérer le mouvement. Il avait tellement tergiversé, que Jabiru le pressait déjà, ce dernier ayant engagé ses jambes dans l'étroit boyau, l'obligeant ainsi à l'action. S'aidant de la roche, il plaqua son corps comme une sangsue fixe ses ventouses sur une peau tendre, et commença sa descente. Tremblant au départ pour cet exercice délicat qu'il n'avait jamais effectué, il prit peu à peu confiance dans sa capacité à reproduire des mouvements efficaces, et se détendit. Une fois le rituel acquis et combiné avec des gestes souples, son rythme s'accéléra. Il repérait et testait les protubérances nombreuses en imprimant une forte pression sur les verrues pierreuses, transférant le poids de son corps qu'une fois la solidité de son support testé. L'air pur et glacé agissait comme un vivifiant naturel pour ses muscles, dopant sa vitalité anesthésiée par la longue chevauchée sur les terres arides. Au bout d'un temps qui lui parut au final relativement court, il opéra une dernière glissade et se retrouva aux côtés de Djalu qui l'accueillit avec un sourire, tout en surveillant d'un œil aiguisé la descente des autres guerriers. Kaiya sentait les muscles de ses bras et de ses jambes tétanisées par un effort qu'il n'avait pas l'habitude de faire, comme engourdis par une morsure de *Brown snake* (serpent venimeux de l'outback). Il était content d'être arrivé sain et sauf sur le bourrelet pierreux qui leur servirait de chemin de sortie, car la descente avait sapé ses dernières forces. Il jeta un coup d'œil autour de lui. La brume s'était légèrement dissipée, balayée par des courants d'air internes qui s'infiltraient dans les nombreuses brèches de la roche. Deux à trois mètres au-dessous de la surface de marche, courrait une rivière impétueuse. Il frissonna. Non à la vue de l'eau en mouvement, mais parce qu'il se refroidissait maintenant que son corps était au repos. D'une torsion habile, il retira son sac en bandoulière, et en sortit une cape assemblée avec des peaux de kangourous. Djalu avait déjà enfilé la sienne, et restait concentré sur les membres de la tribu éparpillés sur la paroi. La tenue chaude le requinqua aussitôt, l'enveloppant dans un cocon de douceur. Quand tout le monde se retrouva enfin réuni sur le piétement luisant, Djalu ne se répandit pas en félicitations.

— Je savais que vous en étiez capable, dit-il simplement. Dépêchons-nous maintenant ; nous avons marqué un point, mais la partie n'est pas encore gagnée. Suivez-moi !

Il dut parler fort, car le vacarme des eaux emmurées dans la prison de pierre empêchait presque de communiquer oralement. À cet endroit, les rochers enserraient tellement l'eau mugissante, qu'elle se retrouvait comprimée dans un étau qu'elle essayait vainement de repousser par une furie libératrice depuis des siècles. Impressionnés par cette puissance destructrice, les guerriers suivirent leur guide comme un messie. Ce dernier, par contre, ne semblait pas plus préoccupé que ça par les grandes gerbes d'écume qui leur fouettaient les pieds comme pour les aspirer dans la matrice meurtrière. Guidé par ses souvenirs lointains, il était au contraire concentré sur la topographie de l'endroit, et marchait sans perdre de temps, avançant tout de même prudemment sur la surface glissante. Après quelques centaines de mètres en se collant à la paroi pour pouvoir se rattraper en cas de glissade, en se repérant grâce aux infiltrations de lumière, le groupe atteignit un cône d'éboulis. Quelques mètres plus loin, la rivière dévalait une sorte de toboggan naturel et se jetait dans un ressaut où, piégée, elle tournoyait rageusement sur elle-même en un siphon d'écume, avant de finalement plonger à gros flots sous une voûte basse. Un grondement assourdissant et des courants d'air tièdes indiquaient que quelque part après le coude, la grotte vomissait son contenant d'eau vers l'extérieur en des volutes tempétueuses.

La porte de sortie donc…

— Cet endroit est dangereux, avertit Djalu, nous devons redoubler de prudence. Voilà où nous allons passer…

Il désigna deux parois se faisant face sur le côté, et qui évitaient le gros du torrent. Dans cette partie à l'écart, l'eau s'y engouffrait également mais en moindre quantité.

— Cette voie nous amène sur une sorte de balcon qui descend directement sous la cascade, expliqua Djalu. Attention ; même si le courant est moins fort ici que dans le conduit principal, l'exercice reste périlleux. En nous accrochant aux protubérances rocheuses, et en formant une chaîne humaine pour sécuriser les passages, nous devrions nous retrouver de l'autre côté du ressaut sans trop de problèmes.

Personne ne moufta en voyant l'eau courir dans le goulot que désignait Djalu, mais le silence reflétait mieux l'inquiétude qu'un long discours. Le passage était long d'une dizaine de mètres, mais pas plus large qu'un homme couché au travers. Sans aucune hésitation, Djalu se jeta à l'eau, et s'agrippa aussitôt à la première aspérité qui dépassait de la roche. Il se cala contre la pierre et se redressa. Comme il avait pris soin d'expliquer son plan préalablement, il se contenta de crier laconiquement :

— À toi Gurrumara, je suis prêt !

Gurrumarra était un guerrier massif qui n'avait pas été choisi par hasard par Djalu. Ses pognes étaient énormes, tout comme sa force d'ailleurs, et son envergure impressionnante. Il seconderait parfaitement Djalu pour se saisir de ses camarades dans le courant. Le plus gros risque concernait Djalu lui-même, qui aurait du mal à stopper une telle masse si l'homme était entraîné par les flots. Mais tout se passa bien. Assez agile, Gurrumara s'empara de la main tendue de Djalu, et s'en servit comme d'une perche pour pivoter vers la paroi contre laquelle il se plaqua. Quelques secondes après, il s'était calé contre un rocher immergé, prêt à accueillir le troisième maillon de la chaîne improvisé. Ce dernier n'arriva jamais. Bambam s'était pourtant préparé avec application, posant prudemment les pieds sur les strates effleurant l'eau glacée. Il allait se lancer dans le courant, quand une détonation surpassa en virulence les décibels de l'eau déchaînée. Une terrible douleur dans la poitrine le fit grimacer, tandis que l'impact le faisait basculer dans l'écume rougie par son propre sang. Tout en tombant et dans ses derniers instants de lucidité, il se demanda comment il allait pouvoir atténuer les effets d'une chute qu'il ne pouvait contrôler. Le sort en décida pour lui. Sa tête et son épaule heurtèrent violemment une arrête saillante, lui réglant définitivement son compte, tandis que les remous bouillonnants l'engloutissaient avec voracité.

Complètement abasourdis par ce qu'ils venaient de voir, les guerriers aborigènes avaient cependant recouvré leur esprit, n'ayant aucun doute sur ce qui venait de se passer, même s'ils ne comprenaient pas comment les blancs avaient pu se retrouver si rapidement sur leurs talons. Le groupe encore majoritairement positionné sur le promontoire se retourna, se trouvant nez à nez avec une dizaine d'hommes armés. Les sens affûtés par la confrontation à venir, ils entendirent des ordres fuser de l'autre côté du ressaut. Ils étaient cernés. Sans aucune échappatoire possible. Le reste des miliciens devaient probablement attendre dehors. Non seulement le guide avait réussi à déjouer leur plan, mais malin, il avait également deviné leurs intentions et déniché le chemin de sortie sous la cascade. Autant dire que leur situation était on ne peut plus désespérée.

Kaiya et ses hommes se préparèrent à mourir…

Mais pas sans combattre…

Guerre des gangs

Dans le quartier des Rocks et de mémoire d'hommes, la vie avait toujours été difficile. Souvent très courte, jamais sans violence. Livrés à eux-mêmes dès leur plus jeune âge, les hommes étaient condamnés par un dieu absent à s'entretuer pour survivre. La corruption était la règle, la barbarie le seul moyen pour s'imposer. Le règne de l'absurde et du vice. De vies sans rémission, ni même espoir de rédemption, avec comme unique attente de voir le soleil se lever le lendemain une fois encore. Pour les enfants, c'était pire encore ; manque d'amour, malnutrition, sévices en tout genre, travail de douze heures dès l'âge de dix ans, maladies, et parfois la mort quand ils avaient de la chance. Une fois adulte, voir même avant s'ils avaient une compétence particulière, la seule alternative qui s'offrait à eux pour améliorer leur quotidien, était de trouver grâce aux yeux des soldats de l'ombre qui les exploitaient. Ils rejoignaient alors l'un des trois gangs qui gangrenaient le quartier, et entretenaient le cercle du désespoir. Si les missions variaient quelque peu, l'objectif commun était d'élargir le leadership de leur nouvelle famille sur ce carré de rues déshéritées, et de mériter le salaire donné par une fidélité sans faille. Célèbres pour ses voleurs à la tire, ses bordels également, les Rocks étaient donc surtout redoutés pour ses gangs particulièrement violents qui y faisaient la loi, terrorisant les commerçants et tout ce qui comptait d'influent sur ce territoire. La police était absente ou presque, rechignant à mettre les pieds dans ces quartiers malfamés, ou alors à grand renfort d'hommes et de matériel, et uniquement lors d'incursions relayées par les quotidiens locaux. Il était important de montrer qu'elle maîtrisait la situation, même si c'était davantage un vœu pieux qu'une réalité. Pour se distinguer les uns des autres, les gangs étaient régis par des codes précis. Ils utilisaient des signes distinctifs censés définir ce qu'ils étaient, ou plus exactement ce qu'ils revendiquaient. Les Rocks push, composés principalement des natifs de ce continent, arboraient un costume noir et un chapeau haut de forme. Un peu en signe de réussite sociale, mais plus sûrement dans un esprit suprémaciste. Le raffinement était l'apanage de ceux qui avaient réussi dans la vie. Ceux qui avaient acquis un vernis culturel qui les distinguait des gueux des autres gangs. Comme les Sharks, par exemple, dont les membres portaient justement des chemises débraillées. Chose rare à l'époque, ils arboraient aussi des tatouages sur l'ensemble du corps, avec le nom ou les initiales du quartier qu'ils revendiquaient comme le leur. Anciens bagnards Anglais, c'étaient probablement les plus bagarreurs d'entre tous, mais aussi les moins nombreux, ce qui annulait l'avantage précédemment cité. Plus pragmatiques, les Irish convicts s'imposaient une casquette plate en guise de couvre-chef, rappelant leur condition ouvrière. Ils complétaient leur tenue par des vêtements souples pour ne pas entraver leurs mouvements. Ne pouvait intégrer le gang que des Irlandais de souche, recrues qui ne manquaient pas en cette période de disette dans leur pays natal, où de rares individus possédant une compétence rare. Si les trois gangs cohabitaient plus ou moins intelligemment dans un territoire somme tout limité, leur puissance et leur rayonnement étaient très inégaux. Les Sharks réussissaient quelques coups d'éclat grâce à leur volonté d'en découdre, mais leur influence restait limitée, et leur business principalement axé sur la contrebande d'alcool. Mieux organisées, les deux autres factions avaient fait main basse sur ce qui rapportait le plus d'argent. À savoir les paris, l'opium et les bordels, le dernier axe englobant également la prostitution sous toutes ses formes. Si les règles étaient tacitement définies depuis plus de deux décennies, et n'avaient occasionné pour l'instant que de rares règlements de compte, l'arrivée au pouvoir il y a quatre ans d'un certain Bill Drew, avait rebattu les cartes. L'homme était ambitieux, sans pitié, et se vantait d'avoir commis plus d'une cinquantaine de crimes dans sa jeune carrière, voire quelques rapts quand quelqu'un le gênait et que le meurtre était risqué. En plus d'être un redoutable combattant, le chef des Rocks Push ne supportait pas plus les Irlandais que les puces sur la tête des catins qu'il fréquentait. Au départ, il avait respecté les accords concernant les trafics, puis les mois passant, il s'était fait plus intrépide. Jusqu'au début de cette année où il avait décidé d'agrandir sa part du gâteau en s'appropriant celle des Irlandais. Pour ce faire, il avait décidé de leur mener la vie dure, prévoyant de mettre discrètement le feu aux bordels de *High-street*, ou encore aux entrepôts de marchandises appartenant aux Irish convicts, notamment ceux de *George street,* trop près du débarcadère à son goût. L'idée globale était de les couper progressivement de leurs sources d'approvisionnement, et à terme, de bouter complètement les Irlandais hors de la ville, à commencer par les Irish Convicts. Surtout depuis que ces derniers, victimes de la terrible famine qui avait sévi dans leur pays, affluaient en nombre sur les côtes australiennes, grossissant les rangs de ses adversaires, et menaçant l'existence même des Rocks Push. Mis au courant de ce funeste projet avant même que les conditions ne soient réunies pour le réaliser, Danny Quinn et ses hommes avaient décidé de réagir. Ils avaient provoqué les Rocks Push en une bataille rangée pour laver l'affront dans le sang. Le défi avait été relevé, et les préparatifs du grand combat avaient commencé…

Armés de tout ce qui coupe, tranche, assomme ou fracasse, les hommes arrangeaient leurs armes pour qu'elles soient le plus efficace possible en combat rapproché. Mieux, Danny Quinn lui-même avait l'intention de prendre part à ce qui allait peut-être devenir l'apothéose de son règne, avec pour corollaire l'agrandissement de son territoire et le titre de roi de la pègre de la ville de Sydney. Il savait aussi qu'une défaite signerait purement et simplement l'éviction des Irish Convicts du territoire des Rocks, mais il n'envisageait pas un seul instant une issue de ce genre. Pas parce que ses hommes étaient plus valeureux que ceux de Bill Drew, mais parce qu'il considérait qu'il avait plus de cervelle que le psychopathe d'en face, et qu'à force égal, ça devait faire la différence. Il avait d'ailleurs peaufiné un plan judicieux. Si ce dernier était rondement mené, ça devait l'amener au pinacle des truands de la ville. Mais aucune fausse note n'était permise ; le moindre couac pouvait tout foutre en l'air, et surtout se paierait cash. Toutes les planètes devaient s'aligner en somme, avec peu de garanties de succès. Mais le jeu en valait la chandelle. S'il avait donc bien l'intention d'être de la partie, ce ne serait certainement pas au milieu de ses hommes. Non parce qu'il avait peur, mais plus sûrement parce que ça ne servait pas ses visées. Et comme son physique ne le prédisposait pas à ce genre d'action, ça tombait plutôt bien. Pour le coup, ses hommes seraient menés par Driscoll, son bras droit et vaillant combattant de surcroît. Dans la cohue à venir, peu de chance pour ça se remarque, d'autant qu'il avait imposé à ses hommes de se couvrir le bas du visage d'un foulard enveloppant. Lui avait prévu autre chose ; une initiative qui, si elle réussissait, allait faire basculer l'équilibre des forces en présence, et saper définitivement l'ambition de celui qui se voyait déjà à la tête des trafics illicites de la ville…

Le lieu de la bataille avait été désigné. Il s'agissait d'une petite place du nom de *Camberland*, plantée au beau milieu d'une longue rue qui plongeait droit vers le port. Assez large et partiellement pavée sur sa partie haute, l'artère traversait tout un tas de quartiers, et finissait en pente raide jusqu'à la mer. De multiples volées d'escaliers permettaient d'évoluer sans glisser, surtout lorsque le sol était détrempé par les fortes pluies qui ravinaient tout sur leur passage. Mais si les dénivelés de pierres étaient appréciés en temps habituel, ils corsaient aujourd'hui l'affaire pour les barbares en tout genre qui avaient décidé de s'affronter. L'artère avait par contre quelques avantages. Le plus apprécié d'entre tous, outre l'espace entre chaque rangée de maisons qui laissait la possibilité à beaucoup d'hommes d'avancer de front, était la possibilité d'échappatoire avec ses multiples ruelles transversales, profondes et sombres. Ces dernières permettaient de fuir facilement dans le cas peu probable où la police aurait eu la mauvaise idée de pointer le bout de son nez. Pour l'instant, rien à craindre de ce côté-là. Il était même étrange de voir ce lieu d'habitude si plein de vie, éteint comme après l'apocalypse. C'est justement ça que craignaient les habitants. Un raz de marée apocalyptique qui allait faire passer le jugement dernier pour une petite sauterie. La nouvelle de la confrontation ayant fuité comme une traînée de poudre dans toute la ville, la majorité d'entre eux avaient pris les jambes à leur cou. Pas question de prendre un mauvais coup avec ce rassemblement de fous furieux.

Quand les deux bandes convergèrent sur ladite place, un silence inquiétant remplaçait le brouhaha habituel d'une vie normale. Même les oiseaux étaient absents, apeurés par ces prédateurs assoiffés de sang. Les hommes des deux bandes se tancèrent sans rien dire. Leurs armes étaient solidement vissées dans leurs mains moites, mais inactives pour l'instant. Leurs yeux, par contre, révélaient la teneur de leurs sentiments, lançant des œillades de sadiques à leurs voisins, en même temps que des éclairs d'impatience pour le combat à venir. Des éclats de vengeance aussi. Personne ne cherchait à masquer sa haine pour l'engeance dans face, que cette bataille allait enfin matérialiser. De dégoût également pour certains natifs, lesquels considéraient les Irlandais à peine mieux lotis que les Aborigènes d'un point de vue génétique, leurs traits grossiers et leur accent rocailleux matérialisant on ne peut mieux cette bassesse qu'on leur attribuait. Des sous-hommes qu'ils allaient enfin effacer de cette partie de la ville, abreuvant avec plaisir les égouts d'un magma de sang impur…

Quand chacun eut enfin réuni l'ensemble de ses troupes, on ne distingua plus que deux masses sombres juste éloignées de quelques mètres l'une de l'autre. Deux monstres faits de chairs et de sang sur le point de s'entretuer. Le silence se fit. Pas longtemps. Personne ne sut vraiment qui beugla l'ordre d'attaque, mais celui-ci fut effectivement donné. Par une voix possédée, comme sortie d'outre-tombe. En un mouvement presque synchronisé, les deux factions se ruèrent sur la masse ennemie qui se tenait en face d'eux, ne finissant par ne plus faire qu'un seul tas, dans une submersion de corps déchaînés. D'une incroyable violence, le choc de la collision fut accompagné de cris perçants. Du moins dans un premier temps. Des cris destinés à impressionner l'adversaire, mais aussi à se donner du courage. Ils furent bientôt dépassés en intensité par le fracas assourdissant d'armes qui s'entrechoquent, les corps métalliques résonnant comme des injures dans cette place d'habitude si tranquille. Puis des râlements commencèrent à fuser. De douleur ou d'agonie pour certains ; d'euphorie pour avoir éliminé un ennemi pour d'autres. Il ne fallut pas longtemps pour que la bataille fasse rage. Les armes fendaient l'air pour tuer ou mutiler. Les hommes se donnaient corps et âme, non plus pour la suprématie de leur gang, mais pour survivre à cet enfer. Ayant réussi à se faufiler au milieu du raz de marée de folie meurtrière sans se faire toucher, Driscoll se retrouva nez à nez avec un natif barbu, au visage buriné. Ses pupilles étaient rétrécies par la boulette d'opium qu'il avait pris pour se donner du courage. Armé d'un couperet à viande, l'homme attaqua aussitôt l'impudent qui se présentait à lui sans trop prendre de précautions. Il se sentait fort, plus grand que son adversaire, et probablement plus expérimenté aussi. Du moins le croyait-il, car il n'avait évidemment pas conscience de la qualité du combattant contre qui il se mesurait. Driscoll dévia facilement l'épaisse lame avec son couteau, et balança l'énorme masse qu'il tenait dans l'autre main en direction de la tête du barbu. Ce dernier esquiva la lourde pièce de fer d'un retrait de buste, avec une agilité surprenante eut égard à sa taille. Dans un mouvement plein de puissance, il pivota sur lui-même pour tenter de décoller la tête de son adversaire avec sa lame. Mais Driscoll aussi avait des ressources. Il se décala légèrement avec la précision d'un combattant surentraîné, et abattit sa masse sur l'avant-bras du natif. Un craquement sec indiqua que tous les os de la partie atteinte avaient rompu, tandis que l'objet tranchant rejoignait la bouillie de terre et de sang mêlé qui parsemait déjà le champ de bataille. Sans perdre de temps, l'Irlandais enfonça sa lame dans la poitrine offerte. Jusqu'à la garde. Tandis que le barbu fixait le manche du couteau d'un air hagard, Driscoll opéra une rotation du poignet d'un quart de tour pour faire un maximum de dégâts. Le bruit de baudruche crevée indiqua que l'effet recherché était atteint. Les poumons perforés, l'homme n'en avait plus pour longtemps à vivre. Driscoll repoussa la masse inerte qui s'affaissait vers lui d'un vigoureux coup de pied, retirant dans le même temps son couteau dégoulinant d'hémoglobine, et le peu de vie qui restait encore dans ce corps agonisant. Sans un regard pour le cadavre qui se faisait déjà piétiner par des dizaines de pieds en mouvement, il replongea dans la mêlée. Dans ce pandémonium fait de hurlements et de cris de souffrance, on ne savait plus vraiment qui était qui. Une véritable boucherie. Les masses volaient, les couteaux tranchaient, les piques perforaient, entraînant des cris aux teneurs différentes : victoire ou agonie. La bataille avait commencé depuis peu, et pourtant, la majorité des hommes étaient déjà drapés d'un voile pourpre, la haine et la sauvagerie chevillées au corps comme unique étendard. En plus de la pauvreté et de la dureté de la vie habituelles dans ce quartier de déshérités, une onde d'inhumanité se répandait entre les murs de ce que l'on appellerait plus tard « la pire mêlée de sauvages que la ville ait connue ». Et c'était loin d'être fini. Dans l'anonymat le plus complet, un homme se fit trancher un poignet. Sa main tomba au sol, agrippant encore le marteau qui lui servait de massue. Le cri de détresse de son propriétaire se fondit dans la fureur du champ de bataille, tandis que du sang jaillissait à gros bouillon de son moignon sectionné. Le coup ajusté d'une lame mis fin à son calvaire, sans que l'on sache vraiment qui avait fait cela. Un autre se fit défoncer le crâne par une solide barre de fer, tandis que le carreau d'une arbalète réglait le compte du tueur satisfait qui se retournait pour replonger dans la mêlée inextricable. Les arbalétriers des Rocks Push avaient investi le premier étage des maisons insalubres quand la bataille avait commencé, plongeant les habitants qui avaient eu la stupidité de rester sur place dans l'enfer du combat. Pris pour des insurgés, beaucoup y laissèrent leur peau. De leur promontoire donc, les tireurs ajustaient leur cible quand il pouvait en isoler une au sein de ce foutoir fait de craquements et de cris, et lâchaient leur carreau redoutable sur le malheureux qui ne voyait pas la mort le faucher. Les natifs agissaient avec le plus de rapidité possible, car déjà certains Irlandais fouillaient les maisons une à une pour en déloger les tireurs. Leur avantage n'allait plus durer longtemps. À distance ils étaient redoutables, au corps à corps ils devenaient des proies faciles. De toute façon, il était difficile, voire impossible de déterminer qui prenait l'ascendant sur l'autre, la place n'étant plus qu'un fatras de ramassis de la pire espèce, combattant pour la suprématie du plus malfaisant. La folie humaine avait submergé cette place autrefois si tranquille…

Une heure avant l'affrontement, comme il le faisait à chaque fois avant une action d'envergure, Bill Drew s'était retiré dans sa maison d'Harrington Lane pour s'épancher dans les bras de sa conquête du moment. De la chair fraîche de douze ans qui lui faisait le plus grand effet. Le mot conquête était d'ailleurs usurpé, puisque Drew prenait ce qui lui plaisait au grand dam des intéressées et de leur famille. Pourquoi perdre du temps à flirter, quand votre statut vous autorisait à piocher ce que vous vouliez ?

Comme personne n'osait s'interposer à cet ogre des bas quartiers, il continuait de faire son marché ici et ailleurs, conscient que les beautés fleurissaient également au-delà de son territoire. Drew avait tout fait pour briser les résistances. Quand tout se passait bien, il savait récompenser avec générosité ses victimes, le cas échéant, quand ces dernières lui résistaient un peu trop, elles étaient enfermées dans des cages jusqu'à devenir docile, ou s'évaporaient purement et simplement si le travail d'asservissement prenait trop de temps. En ces temps où la misère gangrenait le quotidien, les disparitions étaient malheureusement monnaie courante. Il se murmurait au sein des Rocks Push que quelques filles étaient encore enfermées dans des cages au niveau du sous-sol, mais personne n'avait bien évidemment pu le vérifier. Toujours est-il que Drew avait besoin de ces moments de fornication qui l'aidait ensuite à canaliser sa violence au quotidien. Et en l'occurrence avant le combat du jour. Le rituel étant bien rodé, c'est William Lam, son adjoint, qui conduirait ses hommes sur le lieu de l'affrontement. Drew avait prévu de les rejoindre quand l'enfer des combats aurait embrasé le champ de bataille. Il plongerait alors dans la mêlée sanglante avec l'impression que sa force brutale alliée à sa dextérité serait déterminante pour emporter la mise, ce qui était d'ailleurs souvent la vérité. Et comme l'enjeu et l'ampleur de cette bataille rangée étaient sans commune mesure avec ce qu'il avait vécu jusqu'alors, pas question de déroger à ce qui lui avait si bien réussi. D'autant que la jeune rousse, dénichée à quelques pâtés de maisons de là, avait tous les attributs pour le contenter. Avec une telle source d'occupation, il n'avait pas le moindre remords à faire attendre ses futures victimes…

Faite de briques rouges, la maison dépassait en taille toutes les autres bicoques du quartier. Ces dernières, souvent recouvertes d'une peinture blanche délavée, s'élevaient sur deux niveaux maximum, se soutenant mutuellement pour faire un ensemble cohérent. Triste mais cohérent. Une solide porte en bois protégeait l'entrée du repaire de Drew, avec de petites fenêtres encrassées qui laissaient passer la lumière avec parcimonie. Pour éviter les mauvaises surprises, et surtout pour garder la tranquillité nécessaire à son activité libidineuse, une paire de malabars s'étaient positionnés dans la rue avec l'ordre d'interdire l'entrée à quiconque voulait le rencontrer. Pas question d'importuner le patron dans ces moments-là. Mais aussi simple que soit cette mission, repérer quelqu'un qui venait vers eux n'était pas chose aisée. Leur vision était obérée par une armée de fils à linges tendus devant les bicoques voisines et retenus par de longues perches en bois, empêchant de voir quoi que ce soit à plus de quelques mètres à la ronde. Un dispositif gênant mais nécessaire. Comme la plupart des maisons n'avaient pas de jardin, les rombières laissaient pendre leurs loques aux rayons cuisants de cette mi-journée, encombrant les fils tendus avec des tissus aux multiples couleurs. Aux multiples trous aussi. Elles les récupéraient un peu plus tard dans la soirée, juste avant que l'humidité nocturne ne se marie avec les vêtements, et ne ruine les efforts du soleil. Donc même en restant vigilant, impossible de repérer rapidement tout intrus qui serait apparu d'un côté ou de l'autre de la rue. Mais le risque était limité. Qui aurait eu le courage de défier Drew dans sa tanière ?

Et pourtant.

Contre toute attente, un homme émergea du mouvement chaloupé des fripes qui ondulaient sous la respiration hachée de la brise marine. La surprise ne dura guère plus d'un battement de cil. En un tournemain, les deux hommes sortirent leur Browning, un pistolet semi-automatique qui équipait depuis peu la garde rapprochée de Drew, et mirent l'inconnu en joue. D'une capacité de 7 coups, l'arme révolutionnaire avait conquis la pègre australienne comme une traînée de poudre, leur donnant un coup d'avance sur le *police service,* qui lui possédait encore les vieux Webley, bien plus encombrants que le browning et plus difficile à charger avec son antique barillet de six cartouches. Le doigt sur la gâchette, ils étaient prêts à tirer sur l'intrus.

— Oh là, fit ce dernier en voyant les armes le viser, on se calme, je viens apporter un message à Bill Drew. Baissez vos pistolets, vous me mettez mal à l'aise !

— Qui t'es ? fit le premier malabar appelé « le pelé » après avoir perdu la moitié de sa chevelure lors d'un incendie. On t'a encore jamais vu dans l'coin !

— Normal, fit Rockwood en avançant d'un pas, puisque je ne suis pas…

Il n'eut pas le temps de finir sa phrase.

— Encore un pas l'ami, et je te truffe de plombs ! prévint le second garde, surnommé « la gazelle » en raison de sa gloire passée, quand il était champion de course à pied de Nouvelle-Galles-du-Sud. Depuis il s'était empâté, et était aussi large que son collègue. Mais s'il était plus gras que costaud, il était surtout très habile pistolet à la main, ce qui lui valait d'être l'un des anges gardiens du caïd local.

Rockwood s'arrêta et leva les bras au ciel en signe de soumission.

— Je ne fais pas partie des Rocks Push, expliqua l'Anglais les pieds rivés au sol, mais des Sharks. J'ai été mandaté pour vous faire une proposition de la part de Tommy Hill…

— Tommy Hill ? s'esclaffa le pelé… Et pourquoi pas Charles Fitzroy (premier gouverneur général d'Australie) lui-même !

— Je ne connais pas ce Monsieur Fitzroy, fit Rockwood en fixant l'homme d'un regard neutre, mais ce que je sais en revanche, c'est que je dois transmettre de toute urgence un message à votre chef. Si vous tardez trop à prendre connaissance de la proposition de Tommy Hill, ça ne servira plus à grand-chose, et à l'inverse, une collaboration de nos deux gangs pourrait profiter aux Rocks Push autant qu'aux Sharks.

— Que dit ce message exactement ?

— J'ai reçu consigne d'en faire uniquement profiter votre patron. Ne le prenez pas mal, mais ce n'est pas aux sous-fifres que nous sommes de parler stratégie, ou de comprendre les cerveaux alambiqués de nos chefs. Nous avons d'autres tâches pour lesquels nous sommes plus doués. En résumé, eux ils pensent, et nous on agit ; vous êtes d'accord avec moi sur ces points, j'espère ?

— Admettons… Et qu'est-ce qui nous dit que t'es bien c'que t'affirmes ?

— Mon accent Anglais d'abord, fit Rockwood qui semblait réfléchir en même temps qu'il parlait… Ah oui, mes tatouages aussi… finit-il par dire.

Ce dernier argument eut la faveur de la gazelle qui n'avait jamais vu quiconque d'autre que les Sharks s'adonner à cette étrange pratique.

— Montre-nous ! fit-il en s'avançant vers Rockwood.

L'Anglais n'hésita qu'un court instant. Il remonta une première manche, et montra un sextant qui pointait l'une de ses flèches vers la baie de Sydney grossièrement dessinée.

— Mouais… fit la gazelle pas le moins du monde impressionnée par ce gribouillis. Un gosse aurait fait mieux. C'est tout ?

Intrigué, le pelé s'était lui aussi rapproché de Rockwood. Il se tenait en retrait de son comparse, dévissant son cou de taureau pour mieux voir les soi-disant symboles gravés à même la peau.

— Le meilleur est à suivre, promit l'Anglais avec un petit sourire en coin. Je vais vous montrer l'œuvre d'art dessinée sur mon autre bras.

Naturellement curieux, le natif s'avança pour mieux voir ce que l'Anglais avait à lui proposer, tandis que Rockwood remontait sa seconde manche. Une tête de mort encore plus grossièrement esquissée que le sextant apparut.

La gazelle écarquilla des yeux.

— Qu'est c'que c'est que ce machin ? Si tu m'avais pas dit ce que c'était, je ne l'aurais…

Il n'eut pas le temps de finir sa phrase, ni même d'exprimer sa suspicion. En remontant sa manche, la main de Rockwood s'était emparée du fin couteau qu'il avait collé sur le côté postérieur de son avant-bras avec une glue légère. D'un mouvement latéral rapide, il trancha la gorge de l'homme naïf. La gazelle lâcha instinctivement son Browning pour tenter de retenir avec les deux mains le sang qui s'enfuyait en cascade de son cou. En vain. Rockwood s'était reculé d'un pas, regardant presque sa victime avec la curiosité de celui qui découvre ce phénomène pour la première fois. Le pelé n'eut pas le temps de réagir non plus. Walsh s'était faufilé de l'autre côté de la rue, caché par les fripes et la distraction des deux gardes. Couvert par la voix de Rockwood, il s'était rapproché sans bruit de sa victime, et quand il fut juste derrière le garde, il plaqua son énorme bras autour du cou massif du pelé, effectuant dans le même temps un brusque mouvement vers l'arrière. Même si le pelé était un homme costaud, il ne faisait pas le poids face à la force titanesque de l'Irlandais. Soumise à une traction infernale, sa tête se désaccoupla presque de ses épaules, tandis que ses vertèbres rompaient dans un bruit sinistre. La moelle épinière brisée, l'homme fut rapidement privé de ses organes. Ses poumons s'arrêtèrent de ventiler, et il mourut asphyxié en quelques minutes.

Satisfait du bon déroulement de cette phase risquée de l'opération, Rockwood regarda son comparse, et leva le pouce en l'air pour signifier son contentement pour le timing parfait.

« Dieu que l'idée de Quinn était lumineuse ! »

Faire des dessins sur ses bras, même à la hâte, avait permis de susciter l'intérêt de leurs interlocuteurs… et d'emporter la mise, là où ils auraient eu peu de chances de succès en temps ordinaire. Tandis qu'il pensait encore au génie de celui qui ne leur avait guère laissé d'autre choix que de le suivre ou de mourir, ce dernier pointa son nez après avoir observé de loin le bon déroulement de son plan.

— Vous avez fait du bon boulot, dit-il simplement. Reste à débusquer le monstre dans sa tanière, en évitant si possible de se faire repérer avant de l'avoir en ligne de mire. Les clefs de la porte d'entrée doivent être dans les poches de l'un ou l'autre de ces connards, fit-il en désignant les cadavres.

Rockwood hocha la tête en signe d'assentiment, et se mit en quête du fameux sésame. Sans laisser percer ses sentiments, il se demanda si le véritable monstre de cette affaire n'était pas Danny Quinn en personne. N'ayant cure des pensées de l'Anglais, ce dernier regardait la façade de la maison avec la cruauté d'une bête qui va achever sa proie.

— Je les ai, dit enfin Rockwood en montrant un lot de clefs à l'embase large et aux pannetons dentelés. Il avait aussi ramassé le revolver du mort, l'autre étant déjà dans la main de Quinn qui l'avait pris au passage.

— Alors, entrons ! dit ce dernier d'une voix cassante.

Après avoir rapidement exploré le rez-de-chaussée, ils se rendirent à l'évidence : les chambres étaient à l'étage et personne ne traînait ses loques dans cette partie de la maison. Parfait ; ça voulait dire que les seuls renforts sur lesquels pouvait compter Drew venaient de se faire neutraliser. Le maître devait se sentir en sécurité, trois mètres plus haut en train de faire ses galipettes. Grave erreur. Tandis qu'ils se dirigeaient vers l'escalier en bois, une porte qui devait donner au sous-sol intrigua Rockwood. N'ayant pas assez de temps pour explorer l'endroit, il passa rapidement à autre chose, estimant que ce devait être une excavation ou l'on stockait les vivres. Après s'être concertés d'un simple regard, les trois hommes effleurèrent le nez de marches à pas de loup, et commencèrent à monter. Malgré toute leur attention, ils ne purent éviter quelques grincements produits par les planches mal ajustées. Restait à espérer que Drew était trop occupé pour s'en rendre compte. Arrivés sur le palier, ils ne durent pas prospecter plus avant, les bruits provenant de la chambre du fond indiquant clairement où se situait l'action. Des ahanements plus liés à l'effort de la fornication qu'au plaisir partagé, rythmaient une situation aisément identifiable. Les pleurs étouffés d'une jeune fille indiquaient que le consentement de cette dernière n'était resté qu'au stade des intentions, si tenté que l'avis de la victime eut effleuré une fraction de seconde l'esprit retors de Drew. En bon pervers qu'il était, ce dernier n'accordait aucune importance à toute souffrance qui n'était pas sienne, se délectant au contraire de celle des autres, ce qui dans le cas présent, augmentait sa jouissance. Rockwood serra le manche de son pistolet avec rage. Cette bête immonde n'allait pas tarder à payer pour ses vilenies. Se rendant compte de la teneur de ses sentiments, il en fut le premier surpris. Où était donc passé l'homme des garrottes opérant sur les docks de Londres ? Celui qui ne ressentait aucune pitié ni remords pour ses victimes, ou pour n'importe quel sale boulot à effectuer ?

Il était loin visiblement.

La vie avait adouci ses rancœurs, et fait émerger des émotions qu'il croyait à jamais bannies. Mais plus vraisemblablement encore, les horreurs de sa vie d'avant avaient affecté sa vision des choses en quelque chose de plus noble, de plus positif, ne voyant plus l'être humain en simple vecteur d'intérêt ou de plaisir, mais en quelque chose de plus complexe. Si tuer des ordures ne lui causait toujours aucun problème, la souffrance des êtres fragiles, en revanche, lui devenait de plus en plus insupportable. Sentant sa perturbation mentale et devinant ses intentions, même s'il n'en comprenait pas la teneur, Quinn se crut dans l'obligation de préciser :

— Je le veux vivant, chuchota Quinn. Une ou deux beignes à la limite s'il se rebiffe, mais pas plus. Attachez-lui ensuite solidement les mains dans le dos, dit-il en passant une corde de chanvre à Walsh qui la fourra aussitôt dans sa poche, ça nous aidera pour le voyage.

— Le voyage ? répéta Walsh à voix basse. Il ne voyait pas pourquoi il devait se coltiner un salaud de cette espèce en dehors de cette tanière.

— Oui, fit Quinn, j'ai besoin que ses hommes le voient en position de prisonnier, ça sert mes plans en même temps que ça le fait tomber de son piédestal. Et maintenant, si vous êtes enfin décidé à agir, on y va !

— Comme si on avait le choix, fit Rockwood. Il fixa Walsh qui comprit le message.

Sous la poussée prodigieuse du géant qui ne prit guère plus d'un pas d'élan, la porte se brisa en deux. Quinn avait tenu à entrer juste après Walsh. Après s'être précipité dans la pièce sous les yeux surpris de Drew, lequel s'était retiré à la hâte de son jouet, Quinn crut bon de lancer son avertissement d'un ton désinvolte :

— Joue au con, Drew, et les fesses de cette femme seront le dernier souvenir de ta chienne de vie…

Il jeta au passage un œil libidineux sur la rousse dénudée. Son visage, encore plaqué contre le matelas par Drew qui avait décidé de la besogner en position inversée, était couvert de larmes. Elle se retourna vivement tout en tirant les draps sur elle, et resta sous sa protection dérisoire, tremblant de peur. Par réflexe, Drew s'était mis une main sur le sexe.

— Habille-toi, fit simplement Quinn.

— Pour aller où ? Sa voix était posée. L'homme savait maîtriser ses émotions.

— Tu verras bien. Dis-toi juste que prendre l'air un moment te fera le plus grand bien. Maintenant, dépêche-toi, menaça Quinn, j'ai pas de temps à perdre !

L'œil sombre qui le visait se rapprocha de sa tête, et interrompit la réflexion de Drew. Pas d'autres possibilités que d'obéir pour le moment. Patience, une occasion se présenterait certainement. S'il était encore vivant, c'est qu'ils avaient besoin de lui. Il se rhabilla toutefois avec lenteur, comme pour montrer qu'il était encore maître du jeu. Presque à contrecœur, Quinn demanda aussi à la fille de se vêtir. Toujours en pleurs, cette dernière se jeta sur ses vêtements le corps meurtri par la honte, et enfila ses loques à toute vitesse. Puis elle s'assit au bord du lit, les jambes croisées, ses yeux embués de larmes fixant le sol comme une barrière infranchissable. Elle ne savait pas quoi faire. Dans ce monde, ce n'était jamais elle qui prenait les décisions.

— Maintenant tu files, dit Quinn à la fillette en se concentrant de nouveau sur Drew.

Elle ne se fit pas prier. Quelques secondes plus tard, ils étaient seuls avec le chef des Push.

— Tu prends un gros risque, fit Drew en finissant de mettre sa veste, mes hommes ne te laisseront jamais faire.

— Ne compte déjà pas sur les deux gars qui montaient la garde, ils t'attendent en enfer. Quant au reste de ta bande, ils sont trop occupés à contenir la vaillance de mes hommes, pour ne rien avoir d'autre en tête que d'éviter de se faire occire. D'ailleurs, je te propose de les rejoindre de ce pas ; un spectacle de ce genre, c'est pas tous les jours que ça arrive.

Il eut comme un déclic.

— Ah oui, fit-il en faisant comme s'il se souvenait soudain de quelque chose d'important, on va aussi faire le tour de ta demeure pour voir comment te délester de quelques biens qui ne te serviront plus dans l'immédiat. Regarde ce que tu peux trouver de précieux, Rockwood, et rejoins-nous ensuite sur Surry Hills ; nous devrions avoir fini de rosser ces bâtards, et enfin montrer au tout Sydney qui est le véritable maître des Rocks. Du moins à ceux qui en doutaient encore dans cette ville, compléta-t-il. Si tu trouves quelque chose de valeur, embarque-le et ramène-le-moi, je saurai me montrer généreux envers vous deux qui m'aviez si bien servi aujourd'hui. D'ailleurs, tu viens avec moi, Walsh. J'ai encore besoin de toi pour empêcher ce larron de se faire la malle. Allons-y maintenant, j'aimerais pas louper l'essentiel de la bataille…

Quand ils arrivèrent au sommet de l'escalier qui desservait l'endroit où se tenait l'affrontement, ils s'arrêtèrent. Perchés comme ils l'étaient, ils embrassaient la scène dans son ensemble, et pouvaient voir tout ce qui se passait sur Camberland. Même si des dizaines de morts jalonnaient désormais les quatre coins de la place, il était difficile de savoir qui avait pris l'ascendant sur l'autre, tant les effluves de sang recouvraient les combattants à l'instar d'une toile opaque. Quinn crut reconnaître son fidèle adjoint Driscoll qui aplatissait la tête d'un ennemi avec sa massue. Mais les corps en mouvements empêchaient de fixer son attention sur une personne en particulier. C'était un fatras de fureur et de sang. Un pur moment de folie, désagrégeant toute once d'humanité qui aurait encore pu se dégager de ses hères maudits par la vie.

Le moment pour Quinn de dérouler la dernière partie de son plan.

— Décale son corps vers l'avant, intima-t-il à Walsh, et empêche-le de bouger. Qu'ils le voient dans une position de soumission.

Le colosse fit docilement ce que lui demandait le truand sans vraiment comprendre ce qu'il avait l'intention de faire. Il poussa Drew entre les omoplates avec son énorme main, tandis que de l'autre, il tirait sur la courte corde qui liait les poignets de son prisonnier. Drew se retrouva cambré comme un arc, les bras tendus vers l'arrière. Il cria de douleur en tentant de se soustraire à l'emprise du colosse, mais Walsh était ancré au sol, et rien n'aurait pu lui faire relâcher son emprise. Quand il fut incapable de bouger ne serait-ce que le petit doigt, Quinn s'approcha de lui et lui susurra à l'oreille :

— Si tu veux vivre, fais ce que je te dis. C'est mon jour aujourd'hui, comme ce sera peut-être le tien demain. Mais pour ça, on doit arrêter ce massacre. J'ai besoin de mes hommes, comme tu as besoin des forces vives qui composent ton gang. Si tu leur ordonnes de jeter leurs armes séance tenante, je vous laisse repartir sains et saufs. Vous reconnaissez ma victoire, et tout recommence comme avant : vous gardez vos trafics, je garde les miens. Votre fierté en aura peut-être pris un coup, mais reconnais que de toute façon, les choses sont trop mal emmanchées pour que tu puisses envisager autre chose qu'une reddition en bonne et due forme. Tu as trois secondes pour réfléchir à ma proposition et me donner ta réponse. Mais attention, ma mansuétude a des limites…

Drew était une brute, mais il savait où étaient ses intérêts. Il était tout de même dubitatif.

— Tu ne réclameras rien de plus que la victoire ?

Quinn ne se recula pas assez vite pour éviter un postillon. Il s'essuya la joue d'un revers de manche, et répondit avec amabilité :

— Dans notre monde, le respect et la peur sont des filets de protection qui me suffisent. Vous nous avez provoqués, on a combattu, on a gagné ; ça s'arrête là. La victoire me fournira les marges de manœuvre dont j'ai besoin pour me maintenir au pouvoir. Et ça, crois-moi, ça n'a pas de prix.

— Tu n'as donc pas peur que je me venge ?

— Tu sembles intelligent. Une lutte larvée entre nos deux clans ne peut que nous affaiblir et nuire à nos affaires. Nous ne sommes pas obligés de nous aimer, mais reconnaître l'autre comme un concurrent utile, respecter son territoire, c'est nous protéger mutuellement contre un éventuel opportuniste qui lorgnera inévitablement sur notre business un jour ou l'autre. On blinde nos frontières, on couvre nos arrières. Ça me paraît équitable, non ?

La décision de Drew fut rapide. Il n'avait de toute façon pas le choix, et les arguments de Quinn étaient empreints de bon sens. L'homme était sans conteste intelligent ; il l'avait sous-estimé. On ne l'y reprendrait plus. Mieux valait aller dans son sens pour l'instant. Quant à demain, c'était un autre jour…

— Que veux-tu que l'on fasse exactement ?

Walsh va créer une diversion. Assez, j'espère pour te laisser le temps de convaincre tes hommes de capituler, et lâcher leurs armes. Après je te libère. Tu repars vivant avec tes hommes dans vos quartiers.

— J'ai ta parole ?

— Comment peux-tu en douter ?

— Allons-y alors !

— C'est une bonne décision. Hurle de toutes tes forces, Walsh. Attire l'attention de ces brutes.

Walsh doutait de pouvoir y arriver, mais il essaya. Sa voix était aussi puissante que pouvait l'être son corps. Elle enfla dans l'air saturé d'effluves, et percuta les tympans des combattants comme une corne de brume transperce le brouillard. Il y eut un moment de confusion et de flottement. Assez pour que chacun s'arrête de combattre et lève les yeux vers l'être surnaturel capable de générer pareil hurlement. Quand les natifs virent leur chef aux mains de leur ennemi, la confusion se transforma en stupeur. Pas longtemps, car ce dernier profita de l'accalmie pour leur intimer de se rendre :

— Jetez vos armes à terre, ordonna Drew, le combat est fini ! Nous avons vaillamment combattu, mais ce jour, la victoire ne sera pas de notre côté. Vous avez été magnifique de courage, et je peux vous affirmer que la mémoire de ce que vous avez réalisé aujourd'hui ne sera pas morte avec ceux des nôtres qui ne reviendront pas. Nous sommes vaincus, mais pas défaits. Quinn et ses hommes reconnaissent notre vaillance, et nous permettent de repartir chez nous en emportant nos compagnons tombés sur le champ de bataille. Des braves. Presque des martyrs. Faites ce que je vous dis, abjura-t-il, et nous regagnerons nos pénates la tête haute. Notre honneur est sauf ; notre gang ne peut se permettre de victimes supplémentaires, nos familles non plus…

Un brouhaha indescriptible s'éleva de la foule en colère. Tout ce bain de sang pour rien ? Comment pouvait-on rentrer la tête haute en abandonnant la partie, et en baisant de surcroît les pieds de l'ennemi ? Quant à ses mots mielleux : braves, martyrs, et connaissant le peu d'intérêt de leur chef pour ses troupes, rares étaient ceux qui se berçaient d'illusions sur la teneur de ses sentiments. Beaucoup seraient bien repartis au combat en faisant fi de l'ordre de Drew, mais la succession de bruit de ferraille tombant au sol, indiqua que nombre de combattants venaient d'obéir aux ordres de leur chef, las de cette boucherie. Au cœur de l'action, ils étaient portés par la haine des Irlandais, et titillés par des vagues d'adrénaline. Mais la halte forcée avait soufflé le feu sacré du sacrifice. Le gang était amputé d'une partie de ses forces, et la victoire était effectivement devenue difficile. Les Irish Convicts avaient gagné. Ceux qui n'avaient pas encore lâché leurs armes se virent dans l'obligation de le faire. Beaucoup s'y résignèrent les larmes aux yeux, mais quel autre choix avaient-ils maintenant ? Par sa légèreté, Drew avait précipité leur défaite…

Driscoll s'assura que plus aucun ennemi n'était armé ; c'est le moment qu'ils attendaient, Quinn et lui. Le plan de son chef avait fonctionné à merveille. Il serra le manche de son couteau, et lança le commandement tant attendu :

— Sus à l'ennemi ! hurla-t-il. Que pas une de ces vermines n'en réchappe vivant !

Abasourdis par ce qu'ils venaient d'entendre, beaucoup moururent sans avoir compris la perfidie en cours. Même Walsh n'en croyait pas ses yeux. Il relâcha son prisonnier et fit deux pas en arrière, sous le choc de l'ignominie qui se déroulait à quelques mètres d'eux. Drew était dans le même état de consternation. Comme paralysé par l'extinction de son gang, qu'il venait lui-même de provoquer. Quinn profita de ce moment de stupeur pour passer dans le dos de son ennemi. Dans un mouvement fluide, il enroula sa corde à piano autour du cou de Drew. C'était un fil d'acier terminé par deux manches en bois ; une arme qu'il affectionnait tout particulièrement. Pour son efficacité d'abord, pour la terreur qu'elle suscitait ensuite à la vue de la tête partiellement séparée du corps. Quand il sentit le fil mordre la peau tendre, il tira de toutes ses forces sur les poignées, le genou positionné au creux des reins de sa victime pour qu'elle ne recule pas. Sous l'effet de la traction et de la finesse du lacet étrangleur, la peau se déchira comme un fruit trop mûr, tandis que l'acier disloquait la trachée et sectionnait la carotide dans le même temps. Noyé dans son sang et privé d'air, Drew mourut en quelques minutes, au même titre que la presque totalité de ses hommes qui se firent massacrer sans même avoir pu riposter. Seuls quelques-uns, plus agiles ou plus chanceux que leurs camarades, réussirent à s'échapper. Mais le bilan était terrible. La quasi-totalité des combattants des Rocks Push n'existait plus. Malgré le fait qu'ils aient respecté l'ordre donné par leur chef et fait le boulot, les Irlandais semblaient eux aussi sonnés par le sordide de leur acte. Seul Quinn arborait un large sourire en retirant la corde ensanglantée du cou à moitié disloqué de feu son concurrent. Par cet acte sans concession, il était désormais le chef du gang le plus puissant de la ville. Et plus personne ne contesterait sa suprématie sans repenser à ce qu'il venait de faire. Sans se dire que toute trahison se noierait dans un bain de sang…

Quinn jeta un œil autour de lui. Un silence oppressant régnait désormais sur la place, juste dérangé par le glou-glou des ruisseaux de plasma qui se mariaient à la terre. Un mouvement attira son attention sur la façade d'une maison. Un rideau venait de bouger. Imperceptiblement, mais ce ne pouvait être l'effet du hasard.

— Faites le tour de l'ensemble des maisons du coin, dit-il à l'intention de ses hommes. Ne laissez personne en vie. Aucun témoin ne doit pouvoir nous reconnaître et témoigner contre nous quand la police se rendra sur les lieux. Pas de témoin, pas de poursuite…

Grace Taylor

Rockwood n'était pas mécontent de s'être vu attribuer le rôle de charognard. Ramasser tout ce qui pouvait avoir de la valeur, voilà qui était dans ses cordes…

Mais qu'est-ce qui pouvait bien avoir de la valeur dans ce trou à rats ?

Peu importe.

Même s'il ne trouvait rien, ça l'arrangeait de toute façon. Il allait prendre son temps pour chiner, débusquer ce qui pouvait l'être, car il n'avait pas du tout l'intention de se mêler à la bagarre de tous ces fous furieux à l'extérieur, pour des enjeux qui lui étaient complément abscons.

Pour Walsh, c'était différent.

D'abord il était irlandais, et ensuite assez costaud pour se défendre dans une mêlée de ce type. Lui-même n'était pas un ange et était capable de se battre, mais le corps à corps n'était pas sa spécialité, la ruse et la surprise lui convenant davantage.

Et puis, qu'avait-il à gagner dans cette histoire ?

Pas d'argent, pas de gloire.

Juste la possibilité de se faire blesser, ou pire, de perdre la vie dans un endroit minable qu'il n'avait pas choisi. Bref, un mauvais plan sur toute la ligne. La mission que Quinn lui avait confiée lui allait donc parfaitement. Il fit le tour de la maison tranquillement, sifflotant comme s'il déambulait dans les rues de Londres. Après avoir fouillé superficiellement les placards, les tiroirs, retourné à la hâte le linge et les vêtements en laissant un désordre sans nom derrière lui, il fut tout de même surpris du peu de richesses entreposées dans la maison de Drew. Pas possible que ce dernier n'ait rien engrangé toutes ces années durant, à la tête de l'une des principales bandes de truands de la ville. Il avait certainement placé ses biens dans un endroit inconnu de ses hommes. Trop risqué de laisser un butin à une adresse que tout le monde connaissait. Surtout dans un quartier grouillant de gueux qui auraient vendu père et mère pour bien moins que ça. Et comme la confiance dans ce milieu de dépravés n'était pas le meilleur biais pour vivre vieux, la prudence était de mise pour qui voulait se constituer et profiter d'un patrimoine. Rockwood aurait certainement fait de même. Il fit quand même main basse sur une liasse de billets cachée derrière les toilettes, ainsi que sur un couteau de belle facture. C'était léger comme prises de guerre, et il se doutait que ça n'allait pas faire plaisir à Quinn. Mais il ne pouvait pas inventer ce qui n'existait pas.

Alors qu'il allait prendre le chemin du retour, il se souvint de la porte sous l'escalier. Il avait bien failli l'oublier. Quand il essaya de l'ouvrir, il se rendit compte qu'elle était fermée à double tour. Pas le temps de chercher la clef, et de toute façon, c'était largement dans ses cordes que de l'ouvrir. Il avait toujours sur lui un solide fil de fer pour crocheter les portes, et le couteau qu'il avait trouvé allait compléter son attirail de cambrioleur. Il inspecta la lame en l'élevant à hauteur des yeux. Elle était fine et longue ; ça irait. Avec délicatesse, il passa la pointe du couteau dans le trou de clef, et inséra son fil juste au-dessus. Restait à faire preuve d'habileté. La pointe racla sur les axes du trou de serrure, puis tourna lentement jusqu'à provoquer un claquement.

Le fermoir venait de rendre les armes.

Rockwood ne put s'empêcher un sourire fat ; celui du voleur qui se rend compte qu'il n'a pas perdu la main. Il ouvrit la porte avec facilité, et jeta un coup d'œil à l'intérieur. L'odeur fétide qui flottait dans l'air confiné lui agressa instantanément les narines. À coup sûr un mélange d'excréments et d'urine. À cette époque, il n'était pas rare que les fosses à excréments soient enterrées dans les caves, générant régulièrement des fuites de matières fécales…

Après un mouvement de recul du visage pour éviter le brouillard fétide qui cherchait à s'échapper par l'ouvrant, il allait refermer la pièce de bois et partir définitivement de cette maison, quand il entendit comme un sanglot rentré.

Féminin.

Faible hoquet de désespoir, mais bien réel dans l'esprit de Rockwood. Il se méfia de prime abord. Le souvenir de la femme en pleurs sur les quais de Macau lui revint instantanément en mémoire. Un piège parfait qui avait failli le faire passer de vie à trépas. Heureusement que la chance s'en était mêlée, et qu'il avait réussi à s'en sortir sain et sauf. Sauf que personne ne l'avait attiré par ici cette fois-ci.

Le guet-apens paraissait donc exclu.

Une jeune femme devait réellement être enfermée dans ce bouge, certainement pour le bon plaisir de Drew, pour qui terroriser ses victimes ne devait pas être le moindre de ses talents. Mais pourquoi laisser moisir une de ses proies dans cet endroit immonde au risque de la flétrir complètement ?

Ça dépassait son entendement.

Il décida donc de découvrir pourquoi on pouvait enfermer une femme dans une cave aussi sordide que celle-ci, d'autant que Drew ne devrait pas remettre les pieds de sitôt ici. Ce qui signifiait une mort lente et particulièrement horrible pour la prisonnière si personne ne se portait à son secours. Avec prudence, il avisa la raideur des marches et l'humidité suintante qui les rendaient glissantes, et descendit l'escalier en se retenant contre les murs lépreux. Il s'efforçait d'ignorer la pestilence ambiante qui l'agressait sans lui laisser un seul instant de répit, s'infiltrant dans ses sinus et lui provoquant des hauts de cœur. Même en se récurant jusqu'à s'arracher la peau, la puanteur allait rester longtemps incrustée sur sa peau. Il ne put s'empêcher d'émettre un râle de dégoût quand les relents s'infiltrèrent au fond de sa gorge, avant de sentir son estomac se révolter contre ce qu'on lui faisait subir. Il ne sût pas comment il réussit à garder le contenu de son repas dans son ventre, mais ses hauts de cœur se calmèrent suffisamment pour qu'il considère que la crise était passée. Il continua sa descente en évitant de respirer trop fort. Au bas de l'escalier, la terre ferme reprenait ses droits. Ou plutôt une fange pâteuse qui céda sous ses semelles avec un bruit spongieux. Il grimaça de déplaisir. Décidément, rien n'allait dans le bon sens dans cette cave de malheur. En plus de l'odeur infâme qui le collait maintenant comme une seconde peau, il allait passer un temps infini à nettoyer ses chaussures.

Si l'endroit était sombre et insalubre, il tirait cependant son jour d'une petite lucarne en hauteur qui laissait filtrer assez de lumière pour permettre de distinguer ce qu'il y avait dans la pièce. Et il n'y avait pas grand-chose à voir à vrai dire. Des murs décrépis qui laissaient pendre des lambeaux de peinture agonisante, deux ou trois meubles grossiers constellés de toiles d'araignées, des cagettes remplies d'objets banaux qu'un clochard aurait ignorées… et une cage de bonne dimension scellée au fond de la pièce. Les gémissements venaient de là. Une forme recroquevillée se balançait en laissant échapper des piaulements de détresse. Faibles, à peine supportables tant l'expression de la douleur y était profonde. Un bruit de chaînes qui s'entrechoquent prouvait qu'elle était entravée.

— Les fumiers ! laissa échapper Rockwood.

Enfermer quelqu'un dans ces conditions était pire encore que dans les cellules de Fremantle. Pas de lumière ou presque, une atmosphère irrespirable, pas de possibilité de se laver, et à voir les gamelles vides près des barreaux, privation d'eau et de nourriture pour couronner le tout. Même une bête délaissée aurait été mieux traitée. Il se mit à espérer en cet instant que Quinn allait faire passer un mauvais quart d'heure à Drew, sans savoir que le sort de ce dernier avait déjà été scellé.

Il s'approcha de l'ombre.

À genoux, face contre terre avec les bras repliés sur son torse, elle gémissait en une longue complainte faite de désespoir et de détresse, opérant un mouvement de balancier de haut en bas. Comme un automate dont le mécanisme aurait fini par se dérégler. Rockwood l'observa, intrigué. Il n'arrivait pas à déterminer à quoi elle ressemblait, à part ce corps émacié prisonnier d'une prison trop grande pour lui, ainsi qu'une cascade de cheveux sales et crasseux qui tombaient sur ses épaules en un ensemble déstructuré. Des bracelets de cuir reliés à une longue chaîne l'empêchaient de s'éloigner de sa couche. Il se concentra sur le visage en partie caché par l'obscurité, mais les ténèbres ne lui facilitaient pas la tâche. On devinait malgré tout des formes douces et régulières qui donnaient un indice sur l'âge du prisonnier.

Pas plus de trente ans.

La jeune femme ne semblait pas avoir remarqué la présence de Rockwood, alors qu'il se tenait désormais près des barreaux. Son cerveau avait dû se débrancher de la réalité pour supporter ces conditions inhumaines. Pas surprenant du reste, car vu son état, ça devait faire un moment qu'elle était enfermée ici.

« Que faire d'elle ? »

S'il ne pouvait la laisser pourrir entre ces barreaux, il ne savait pas ce qui se passerait une fois la grille ouverte.

La fille allait-elle pouvoir rentrer chez elle ?

En avait-elle seulement la capacité ?

Et que ferait Quinn s'il apprenait qu'il avait libéré une prisonnière sans même lui en parler ?

Cette dernière avait peut-être une valeur particulière pour qu'elle soit enfermée ainsi. Pas vraiment le choix ; il devait la ramener comme prise de guerre à un homme qui ne valait guère mieux que celui qui l'avait enfermé ici.

Pouvait-on parler de délivrance dans ce cas ?

Mais s'il tournait les talons sans s'occuper d'elle, elle mourait, c'était aussi simple que ça. Au moins aurait-elle des conditions de détention plus dignes que celles où elle pourrissait visiblement depuis des semaines, si Quinn décidait d'en faire une monnaie d'échange. Et peut-être même pourrait-il la réclamer comme services rendus et la laisser partir. En attendant, il ne pouvait la laisser dans ce qui serait son tombeau si personne n'intervenait. Sa décision prise, restait à convaincre la fille de venir avec lui.

Avait-elle encore la capacité de résonner ?

Il le serait bientôt.

Le cadenas qui fermait la grosse grille de fer n'était pas plus compliqué à vaincre que la serrure qu'il venait de crocheter. Il eut un destin identique. Les deux chaînes qui maintenaient la jeune femme étaient juste bloquées par un croc de boucher. Il décoinça les anneaux prisonniers, laissant retomber l'entrave au sol dans un grand bruit métallique. Pas de réaction de la prisonnière. La main sur l'ouvrant, Rockwood eut une dernière hésitation.

« N'était-ce pas une bêtise que de faire cela ? »

Non, il n'aurait pu se regarder dans une glace s'il avait décidé de partir. Il entra dans la cage précautionneusement, et se positionna auprès de la fille. Il ne savait quoi dire, d'autant que l'occupante des lieux l'ignorait superbement.

— Je suis là pour vous aider à sortir, bafouilla-t-il enfin, n'ayez pas peur et venez avec moi.

C'était laconique comme formulation, mais il n'avait rien trouvé de plus intelligent à dire dans cette situation où les mots paraissaient vains. Comme il l'avait pressenti, la fille n'eut aucune réaction. Elle continuait de se balancer d'avant en arrière, comme si son ultime forme de liberté se résumait à ce geste mécanique qu'elle avait dû reproduire des milliers de fois. Rockwood n'avait pas l'intention de moisir ici, et la fille n'était pas en était de penser logiquement. Il lui retira les bracelets de cuir reliés à la longue chaîne rouillée, et l'empoigna par le bras, l'attirant à lui avec une forme de douceur qui ne lui ressemblait pas. La fille n'opposa aucune résistance, et se mit difficilement debout. Sans à-coups, il la fit sortir de la cage en veillant à ce qu'elle ne se cogne pas, alors même qu'il se demandait si elle réalisait qu'elle quittait l'enfer de sa cellule. À petits pas, Rockwood traversa la cave en la tirant derrière lui. Elle tanguait dangereusement, mais elle avançait, bon an, mal an. Arrivée au bas de l'escalier, elle s'arrêta comme si son esprit refusait de quitter l'endroit où il avait été avili. Elle refusa de bouger, et Rockwood sut qu'elle ne ferait plus rien pour l'aider à la sortir de là. Elle était devenue un poids mort, que l'inconnu de la liberté faisait encore plus peur que celui de la détention. Rockwood avait connu beaucoup de détenus dans ce cas-là, mais à vrai dire, il aurait préféré qu'elle lui donne un petit coup de main, car la haler jusqu'en haut de l'escalier, n'allait pas être de tout repos. Tant pis, il ferait sans elle. Comme les marches étaient trop abruptes pour qu'il la traîne derrière lui, il décida de la porter sur son dos en lui passant les deux bras autour du cou. Mais l'escalier était trop raide. Du coup, il rampa presque pour qu'elle ne se heurte pas la tête contre le plafond bas, s'aidant des coudes pour hisser la fille marche après marche. Il pesta contre tout ce qui entravait son mouvement, contre l'inconnue aussi, car elle geignait en ne faisant rien pour l'aider. Il finit quand même par arriver sur le palier. Essoufflé, il reposa la fille d'un basculement de hanche, et l'observa à la lumière du jour en essayant de calmer les battements de son cœur qui cognaient fort dans sa poitrine. Maintenant qu'elle était sortie de sa geôle, il ne lui en voulait plus de son attitude passive, car il savait qu'elle ne réalisait pas ce qui était en train de se passer. D'un geste doux, il écarta ses cheveux épais, et empoigna son visage entre ses mains pour l'obliger à le regarder. Les yeux étaient éteints, comme un linceul posé sur son esprit. Ce n'est qu'une fois qu'il frotta la crasse de son visage, qu'elle sembla se réveiller en poussant un cri strident. Inhumain. Un hurlement de bête enfermée depuis trop longtemps, et de nouveau en prise avec l'humanité. Un rugissement de quelqu'un qui ne veut pas retourner en enfer, et qui utilise les dernières défenses à sa disposition : un son puisé au plus profond de son être. L'expression du désespoir absolu.

Surpris par la violence de sa réaction, Rockwood s'était reculé d'un pas.

— Doucement ma belle, dit-il toujours soufflé par cette clameur primale, je ne vous veux aucun mal ! Calmez-vous, je vous en prie, je suis uniquement là pour vous aider…

Complètement affolée, la femme ne l'entendait pas et continuait de geindre, perdue dans un monde de douleur.

Pour la première fois, il entendit le son de sa voix. Son timbre était éraillé, tellement elle s'était esquintée à supplier des jours durant.

— Ne me faites plus de mal, par pitié, s'écria-t-elle. Je ferai ce que vous voulez ! Je serai docile comme vous me l'avez demandé !

Rockwood la prit doucement par le bras.

Elle eut un mouvement de recul.

Il la lâcha.

— Je suis ici pour vous faire sortir de ce cachot, chuchota-t-il, non pour vous faire du mal…

Il lui répéta nombre de fois la même chose, toujours avec douceur, avec une patience qu'il ne se connaissait pas. Et ça marcha. Elle finit par cesser de trembler, comme ayant intégré que son calvaire était enfin terminé. Elle le regarda enfin avec la curiosité de quelqu'un qui recouvre ses esprits.

— Qui êtes-vous ? demanda-t-elle simplement.

— Trop long à vous expliquer, fit Rockwood qui était secrètement content qu'elle ait recouvré ses esprits. Mais hâtons-nous, ce bouge n'est pas sûr.

Après un long moment de réflexion, la fille hocha enfin la tête, acceptant l'aide de son sauveur. Elle voulut faire un pas mais faillit tomber.

— Vous allez devoir m'aider, s'excusa-t-elle. Mes jambes refusent de me soutenir.

— Appuyez-vous sur moi, proposa Rockwood, la porte n'est pas très loin. Dès que vos muscles auront retrouvé un peu de vigueur, ça devrait aller mieux.

Les yeux de la fille scintillaient de nouveau, comme animés par la flamme de l'espoir.

— Merci, dit-elle simplement.

Rockwood ressentit comme une décharge électrique le long de l'échine. Sans qu'il ne sache comment, la fille venait de lui transpercer le cœur.

Délivrance

Plaqué contre la paroi froide, Kaiya tentait de garder un brin de lucidité pour trouver une solution au traquenard dans lequel ils étaient tombés. Il voyait une partie de la milice avancer en file indienne sur sa droite, devinait les intentions des autres sur sa gauche. En effet, cachés par le mamelon rocheux qui formait un coude peu après le toboggan, on entendait des soldats bloqués par les volutes en furie. Malgré leurs cris de frustration, ces derniers ne pouvaient pourtant rien faire pour les rejoindre, le barrage de l'eau étant une excellente protection pour les Aborigènes.

Pas à s'inquiéter des militaires pour le moment.

Le danger, en revanche, était la milice qui avançait sur leurs pas. Si un tireur avait déjà fait mouche en tuant le malheureux Bambam, le groupe était maintenant gêné par le brouillard opacifiant de la cascade, et les fusils n'étaient pas vraiment à leur affaire dans cet espace restreint. Ils devaient aller au contact des Aborigènes, et dans ces conditions, les pistolets seraient eux efficaces.

Quelle solution alors ?

Il lorgna l'eau qui courrait à ses pieds en hurlant, imaginant avec tristesse le corps de l'un de ses guerriers enseveli à jamais dans ce tombeau glacé. Mais probablement que ce serait leur sort à tous dans quelques minutes s'il ne trouvait pas une parade à cette attaque. Il serra les poings d'impuissance ; rien ne lui venait à l'esprit. Si la vengeance s'avérait impossible dans cette vie, il espérait renaître en guerrier pour qu'elle le soit dans la suivante.

La vue des flots imperturbables calma sa fureur, et il se prépara à accepter son destin. Rien de ce qui se passait autour d'eux ne ralentissait leur débit. Tout comme l'air, leur histoire était celle de l'infini. Les masses liquides avaient traversé le granit, le grès et l'argile ; elles avaient été molécules de vapeur dans la rosée du matin, masses fumantes dans les lits brûlants du désert, blanche écume sur la crête des flots impétueux qui courraient sous leurs pieds. Car tel était leur destin ; passer d'un cycle à un autre à poursuivre sans répit un but connu d'elles seules. But qu'elles n'atteindraient probablement jamais, mais auquel elles s'accrochaient avec la ténacité d'une armée en colère. Les flots mettaient toute leur énergie dans cette mission, car ils entrevoyaient leur fin. Celle de mourir dans quelques recoins du pays, asséchés, laissant place à une descendance qui quelque part reprendrait la course sacrée avec vigueur, nourrissant la vie là où le flux liquide creusait son lit.

Une histoire racontée par les anciens lui revint en mémoire.

Celle d'un lac immense.

Aussi grand qu'une mer, et qui couvrait autrefois les déserts d'Australie centrale. À cette époque, les plaines fertiles s'étendaient à perte de vue, et la vie déroulait son cours avec opulence. On racontait que les terres qui entouraient le lac étaient un immense jardin, générant plus de fruits et de légumes que les humains ne pouvaient en ingurgiter. Une sorte d'Eden perdu que les conditions de vie actuelles avaient du mal à suggérer. Et cette même eau, considérée par les tribus comme bienfaitrice, allait les engloutir à jamais…

Quelle désillusion !

Kaiya eut une soudaine révélation qui chassa son désespoir comme le vent souffle la brume.

« Non, cette eau qui avait été leur amie hier le demeurait aujourd'hui. Elle allait une fois de plus les aider en s'opposant au plan que les blancs avaient mis sur pied. Un stratagème probablement ourdi par l'un des leurs, pensa-t-il avec amertume. »

Cette masse scintillante qui lui semblait si dangereuse quelques instants auparavant, était maintenant le vecteur qui allait peut-être leur sauver la vie. Il jeta un coup d'œil à ses guerriers. Pétrifiés de surprise et de froid, ils se serraient les uns contre les autres, et tenaient leurs armes entre leurs phalanges blanchies, attendant avec stoïcisme la fin de la représentation qui n'allait plus tarder à sonner. Kaiya se mit à espérer qu'elle n'arriverait jamais. Du moins pas celle qu'avaient imaginée les blancs. Ils mourraient peut-être, mais certainement pas des projectiles projetés par les bouches à feu.

— Jetez vos armes, hurla Kaiya, nous allons nous jeter à l'eau !

La stupéfaction se peignit sur chacun des visages. Certains croyaient même avoir mal compris dans cet univers de fureur et de bruit.

Mais non, Kaiya confirma l'impensable.

— Le serpent arc-en-ciel vit dans les profondeurs de la rivière, continua-t-il avec ferveur, il nous fera remonter à la surface quand nous serons engloutis par les remous de la cascade ! Il noiera aussi nos ennemis, s'ils ont la bêtise de nous suivre dans le flux du torrent !

Si sa voix était puissante, son esprit, lui, semblait apaisé.

— Si nous nous débarrassons de nos armes, répliqua Djalu en ingérant l'ordre donné, nous serons nus comme des vers face à nos ennemis, et incapables de nous défendre !

— Le temps manque pour contester mes ordres, s'énerva Kaiya.

Comme il lisait l'hésitation sur le visage de son ami, mais aussi sur celui de ses guerriers, il décida de leur servir une ultime explication.

— Si on les garde avec nous, elles nous blesseront quand nous serons chahutés par le courant. Et plus encore, quand nous serons projetés hors du gouffre par l'eau de la cascade, et que nous heurterons la surface de la rivière qui sera alors dure comme de la roche. Si nous ne mourons pas du contact avec l'eau, nous mourrons sûrement de la pointe de nos armes qui nous transperceront aussi facilement qu'un harpon le fait avec un poisson. Nous devons donc nous en débarrasser. Avec un peu de chance, nous en récupérerons quelques-unes quand nous prendrons pied sur la berge, lança Kaiya revigoré par son inspiration.

— Si toutefois nous arrivons à nous en sortir… murmura Djalu entre ses dents.

Mais il n'insista pas, car son ami avait raison : c'était la seule porte de sortie où ils avaient une chance minime de s'en tirer. Les Aborigènes durent faire la même analyse, car ils se débarrassèrent à la hâte des arcs, couteaux, lances et boomerang qu'ils avaient emportés avec eux, et, les entrailles tordues par une appréhension naturelle, ils sautèrent un à un dans le bouillonnement terrifiant des eaux en furie. En faisant cela, ils risquaient autant leur vie que s'ils restaient sur place, mais au moins avaient-ils désormais une échappatoire possible. Un choix dicté par la situation. L'espoir avait remplacé la résignation.

Quand les Aborigènes décidèrent de s'échapper par la voix de la cascade, les premiers miliciens perçaient tout juste la chape de brouillard. Ils écarquillèrent les yeux en voyant les indigènes jeter leurs armes dans l'eau bouillonnante.

« Pourquoi font-ils cela ? »

Puis quand ils virent les guerriers se laisser happer par les volutes d'eau les uns après les autres, la surprise se transforma en sidération.

« Comment peut-on préférer cette mort terrible à celle plus douce d'une balle dans le corps ? Être fracassé par les rochers ou mourir noyé, était-il plus noble que de finir sous la mitraille ennemie ? Pour ces gens-là, apparemment oui, pensa Stephen Roy avec respect, tout en se frottant le visage pour se débarrasser des gouttelettes qui s'y étaient déposées ».

Ce qu'il ignorait en revanche, c'est qu'aucun Aborigène n'avait l'intention de mourir aujourd'hui. Chacun, en tout cas, en pétrissait l'espoir quand ils avaient collectivement décidé de faire le grand saut. Quelques secondes plus tard, plus aucun guerrier ne se tenait sur la roche glissante. Seul le grondement des flots accompagnait les miliciens, toujours décontenancés par ce qu'ils venaient de voir.

Les bouillonnements étaient si puissants, qu'il était impossible de voir quoi que ce soit dans ce déchaînement d'eau ourlée d'écume. Kaiya ressentait par contre la vitesse sidérante qui le propulsait dans le goulot de pierres, comme mu par une poussée démoniaque.

Il y eut un arrêt.

Un seul.

Dans une sorte de cuvette où l'eau tourbillonnait à en perdre la tête, prisonnière de rochers qui faisaient fi de sa puissance. Mais les tonnes d'eau finissaient par l'emporter, et repartaient de plus belle sur une pente raide qui menait directement à la cascade. Kaiya crut qu'il allait mourir noyé dans ce piège mortel. La tête et le corps immergés sous ces tombereaux d'eau en furie, il ne pouvait rien faire, les flux tournoyants étant trop puissants pour qu'il puisse se battre contre eux. Il ne paniquait pas pourtant. Dans son cas, la mort pouvait aussi être une délivrance après tant de jours de fuite et de fureur castrée. Les Dieux en decideraient, tout simplement.

Ni respirer, ni se diriger. Juste se protéger la tête et attendre qu'il puisse être en capacité de faire l'un ou l'autre quand le moment s'avèrerait propice. Mais ne serait-il pas mort avant d'être expulsé dans le bassin en contrebas ? Il heurta l'un de ses camarades sans qu'il puisse déterminer lequel, tournoya sur lui-même comme un pantin fou, et quand à bout de souffle il crut sa dernière heure arrivée, le sort tourna enfin en sa faveur. À l'aide d'une vague plus puissante que les autres, le puissant torrent lui botta les fesses pour le projeter sur un ultime toboggan avant le saut final.

L'air libre, enfin.

Même à dose infinitésimale, le fluide vital fit renaître son corps à la vie. Il gobait avec avidité les bribes d'air qu'il pouvait aspirer au travers des eaux déchiquetées, lesquelles l'encadraient telles des flèches d'argent. C'était peu, mais suffisant pour lui octroyer l'oxygène nécessaire à sa survie. Il n'eut pas le temps de se poser trop de questions, car son corps se désaccoupla soudainement de la pierre lisse, et décolla comme projeté par une main invisible.

Flotter au milieu de particules désagrégées…

Quelle étrange sensation que de sentir son corps posé sur un nuage ; presque un sentiment de bien-être dans ce monde de chaos et de cognements. Sensation éphémère, car l'impact sur l'eau de la rivière fut par contre beaucoup moins agréable que le court temps de sustentation durant lequel il s'était soustrait de l'attraction terrestre. Si la chute de près de vingt mètres lui avait donné l'impression d'évoluer dans un monde parallèle, le contact avec la surface de l'eau le ramena à la dure réalité de son humanité. Il crut que ses vertèbres s'étaient désagrégées tant le choc avait été violent. Une douleur à la limite de l'évanouissement l'enveloppa telle une bulle de souffrance. Le souffle coupé, il coula à pic sur plusieurs mètres, puis remonta lentement en un mouvement inversé, agrippé par des courants ascendants ainsi que de son envie de vivre. Malgré l'impression de s'être littéralement écrasé sur l'eau, il était toujours en un seul morceau. Un vrai miracle. Il s'éloigna des remous à l'aide de gestes lents, se rendant compte avec bonheur que ses bras et ses jambes fonctionnaient sans problème. Il était indemne. En proie à des douleurs résiduelles, mais indemne. Quand il émergea à bonne distance de la cascade, le tumulte dû au bouillonnement des eaux s'était calmé. Seul le grondement sourd de la cascade lui rappelait qu'elle n'était pas très loin. Juste derrière le coude qu'il venait de franchir. Kaiya filait à bonne allure, porté par le courant. Aussi bref que puissant, l'orage avait sensiblement gonflé les eaux de la rivière, augmentant également la force du flux. La berge n'était qu'à quelques brassées, mais protégée par les eaux vives qui agissaient comme un barrage physique. N'ayant plus la force de se battre, il se laissa porter par les flots vigoureux, sachant qu'il aurait bien une opportunité de rejoindre la rive quand un autre coude pointerait son nez. Ça arriva plus vite qu'il ne le pensait, mais pas par une modification topographique du lit du torrent. Droit devant lui se tenait un homme à l'allure bizarre, agrippé à une grosse racine d'eucalyptus. Ce dernier le fixait en secouant la tête régulièrement pour évacuer les éclaboussures d'eau qui déboulaient de son front en l'empêchant de bien voir. Il lui tendait un objet long qui semblait être un étui d'épée. Ce geste était censé lui faire comprendre qu'il était là pour lui porter secours. La surprise fut telle que Kaiya s'arrêta de bouger, buvant instantanément la tasse. Il reprit ses mouvements brassés, et creva de nouveau la surface de l'eau. Plus de temps à perdre ; soit il s'éloignait de cet individu mais ne savait pas ce qui l'attendait un peu plus loin, soit il acceptait l'aide de cet homme, qui pour une raison inconnue essayait de le sauver. C'est alors qu'il aperçut Djalu à quelques pas de son sauveteur. Ce dernier lui indiquait de saisir le fourreau, ce qui finit de convaincre l'Aborigène suspicieux. Cet homme ne faisait visiblement pas partie des soldats à leurs trousses, et n'était donc pas en compte avec ceux de sa race, lequel cas Djalu lui aurait fait comprendre d'une façon ou d'une autre ; même avec un fusil pointé dans le dos… Et en observant effectivement l'inconnu, il vit qu'il ne portait pas l'équipement militaire d'un blanc, même si son allure martiale laissait supposer que le combat n'était pas inconnu pour lui. Dans ce secteur de la rivière, le courant était plus apaisé. Ça allait aider à la manœuvre. Mobilisant les dernières forces qui lui restaient, il réussit à s'emparer du corps creux du premier coup, et s'y agrippa de toutes ses forces. L'homme le guida aussitôt vers la racine ou il s'était posté, sans montrer plus d'effort que ça. Dès qu'il fut en contact avec le bois humide, l'homme aux yeux bridés sauta lestement sur la section incurvée avec l'agilité d'un singe, et malgré l'écorce glissante, ramena avec aisance sa prise sur la berge, comme s'il manœuvrait sur un sol stable. Kaiya était pantelant mais vivant ; il n'en revenait pas d'avoir réussi son pari. Mais quand par inadvertance son regard se posa sur l'eau filante, sa joie fut immédiatement douchée. Deux corps flottaient non loin de là, face ensevelie sous le tombeau liquide, entraînés jusqu'au prochain coude où ils s'échoueraient probablement avant d'être dévorés par des prédateurs en tout genre. Une boule se noua dans sa gorge.

Ses hommes étaient morts à cause de lui…

Mais que pouvait-il faire d'autre ?

Il n'eut pas le temps de s'apitoyer sur ses guerriers, que les buissons sur sa droite se mirent à frémir. Quelqu'un venait vers eux. Il n'avait pas remercié son sauveur que les affaires reprenaient déjà. Avec toute la rapidité dont il était encore capable, il porta la main à sa ceinture, mais son couteau n'était plus là. Dépité, il se rappela l'avoir jeté dans la cascade, avant de le suivre dans le grondement sourd des eaux en mouvement. Une grosse branche traînait à ses pieds ; il s'en empara et attendit la suite des événements. Même s'il n'était pas très vaillant après son bain prolongé dans l'eau glacée, il n'avait pas l'intention de mourir sans combattre. L'homme aux yeux bridés s'était lui aussi campé solidement sur ses pieds, un sabre à la main. Certainement, l'arme à qui appartenait l'étui en bambou qui l'avait soustrait du fracas des eaux. Djalu était juste derrière lui, tenant une pierre aiguisée prête à être lancée. Quand ils distinguèrent enfin la forme aux cheveux plaqués sur le visage sortir du buisson d'acacia, Kaiya soupira de soulagement.

— Jabiru ! Loué soit Baiame (Dieu de la vie et de la mort) de t'avoir laissé la vie, souffla-t-il, soulagé de voir que l'un de ses guerriers, en plus de Djalu, a survécu aux rapides.

— Qu'il soit aussi remercié de nous permettre de te revoir en chair et en os, répondit Jabiru, un petit homme noueux comme une liane, et infatigable dans l'effort.

— Nous ?

Les buissons bougèrent derrière lui, crispant de nouveau les mains de Kaiya sur sa branche.

— Ne soyez pas nerveux, intervint Jabiru, ce n'est que Daku.

Les armes s'affaissèrent.

Le guerrier avait une blessure à la cuisse qui saignait fortement. Une sérieuse estafilade faite sur un rocher affleurant. Comme les yeux de Kaiya tentaient silencieusement d'en évaluer la gravité, il anticipa la question suivante :

— Seul le muscle est touché, dit Daku avec l'air de celui qui ne s'embarrasse pas de si peu. Ça ne m'empêchera pas de marcher et de combattre avec vous si nécessaire. Quant à la plaie, continua-t-il sur le même ton détaché, quelques feuilles d'eucalyptus devraient suffirent pour désinfecter les chairs et arrêter le saignement.

— Parfait, fit Kaiya l'esprit déjà ailleurs. Et pour les autres ? marmonna-t-il en connaissant déjà la réponse.

— Ils ont rejoint le pays des grands ancêtres, répondit Daku en baissant les yeux avec tristesse. Nous avons vu des corps flotter sur la rivière. Il est fort probable que nous soyons les seuls et uniques survivants.

Kaiya acquiesça en déglutissant avec difficulté. Désormais, ils n'étaient plus que quatre, ce qui voulait dire que leur vendetta contre les militaires était terminée. Restait à se sortir d'affaire avec une bande d'hommes armés jusqu'aux dents qui n'allaient pas les laisser filer comme ça. Troupe qui au demeurant, allait bientôt trouver la sortie du gouffre, et continuer la poursuite. Et pour ajouter au déséquilibre ambiant, les blancs avaient certainement gardé leurs chevaux, alors qu'eux étaient désormais à pied… Les seuls avantages qu'ils avaient sur leurs poursuivants résidaient dans la pluie diluvienne qui avait effacé leurs pas, ou encore le ciel noir qui limitait la visibilité.

Mais pour combien de temps ?

Les nuages sombres courraient déjà vers l'horizon, laissant entrevoir un coin de ciel bleu qui allait bientôt les inonder de soleil. Tout à ses réflexions, il se rendit compte qu'il était observé par son sauveur. L'homme le fixait avec ses grands yeux en amandes, ce qui accentuait l'acuité de son regard. Kaiya avait déjà vu des hommes qui lui ressemblaient : ceux qui construisaient les voies ferrées que sa tribu et lui avaient régulièrement sabotées. Mais contrairement aux pauvres hères décharnés et usés par la fatigue qui trimaient jour et nuit comme des esclaves, l'homme respirait la vigueur, et semblait dangereux avec son sabre vissé à la main. Un guerrier savait en reconnaître un autre quand il le voyait. Et ce dernier en était un, incontestablement, et probablement redoutable par-dessus le marché. Il s'approcha de lui. L'homme baissa son sabre dégoulinant pour montrer qu'il n'était pas un ennemi. Il souriait même, attendant de l'Aborigène qu'il dévoile ses intentions. L'Anglais de Kaiya était rudimentaire, mais assez bon pour pouvoir dialoguer avec les envahisseurs de son pays. Restait à espérer que l'étranger le parle aussi.

— Merci pour votre aide, commença-t-il en cherchant ses mots. Sans vous, je ne suis pas sûr que j'aurais pu rejoindre la rive.

Si l'homme répondit avec un accent chantant, son anglais était correct.

— Je ne pouvais pas vous regarder vous noyer, répondit-il simplement. Laissons l'eau aux poissons, et la terre aux humains, répondit-il laconiquement, et réjouissons-nous que vous ayez pu vous en sortir.

Le sourire de Da s'effaça, car il se doutait que ce qu'il allait annoncer n'aurait rien d'agréable pour l'Aborigène. C'est effectivement ce qui se passa.

— J'ai contourné un petit groupe de trois soldats en venant ici, dit-il en regardant le ciel pour en évaluer la prochaine tendance.

Il fixa de nouveau Kaiya.

— Ils gardaient un troupeau de chevaux parqués sur les hauteurs du canyon. Au moins une cinquantaine de bêtes si j'ai bien compté. Ce qui veut dire que leurs cavaliers ne doivent pas être très loin d'ici. Avez-vous eu affaire à ces hommes récemment ? demanda-t-il sans ambages.

— Ils nous pourchassent depuis des jours, répondit-il en jouant la carte de la franchise. Nous venons de leur échapper en sautant dans la cascade, mais nous n'étions pas assez nombreux, et…

Il prit un temps d'arrêt comme pour digérer la suite de ses propos.

— Et vous avez dû voir flotter les cadavres de certains de mes guerriers dans la rivière.

Da hocha doucement la tête en signe d'assentiment.

— Que vous veulent-ils ?

— Ils ont tendu un guet-apens à mon peuple ; un véritable massacre.

Kaiya grimaça de douleur au souvenir encore vif de cette tragédie.

Il se reprit :

— Nous nous sommes vengés en tuant un certain nombre des leurs, et en faisant exploser leurs munitions. Depuis, ils nous filent le train, et veulent nous exterminer jusqu'au dernier pour ces outrages. En temps ordinaire nous aurions dû leur échapper facilement grâce à notre meilleure connaissance du désert, mais ils sont guidés par l'un des nôtres qui est extrêmement doué pour suivre une piste. Ils vont sortir du gouffre au plus vite pour nous combattre, ce qui ne devrait plus mettre trop de temps maintenant. Et vous, qui êtes-vous ?

Da fixa un instant l'horizon encore bouché. Il y avait dans la couleur du ciel, dans la marche rapide des flots, dans les pluies torrentielles qui étaient tombées sur eux en un rideau dense, ou encore dans le sourd murmure du vent, comme l'annonce d'une apocalypse prochaine. Il se demanda dans quel nouveau pétrin il s'était fourré, mais ne pouvait décemment laisser ces hommes à une mort promise, surtout s'il pouvait faire quelque chose pour l'en empêcher.

Oui mais quoi ?

Ces terres n'étaient pas les siennes, et le contingent à la poursuite de ces pauvres bougres était significatif, et surtout bien armé. Mais qu'importe. Sa morale refusait de les livrer au sort funeste qui leur était réservé ; il tenterait de leur venir en aide avec les moyens dont il disposait. Toutefois, les choses étaient mal engagées. Même s'il était un redoutable combattant, tout comme ses amis d'ailleurs, le rapport de force était clairement en faveur de la milice armée. Mais ça ne l'avait pas empêché d'agir malgré les boxers à Pékin, ça ne l'empêcherait pas plus aujourd'hui.

Sa décision prise, il se présenta :

— Je m'appelle Cui Da. Mes amis et moi-même sommes à la recherche de l'un des vôtres pour une raison que je n'ai pas le temps de vous dévoiler maintenant. J'ai quitté le groupe avec lequel je voyage il y a peu, afin de longer la rivière à la recherche de gibiers pour remplir nos besaces. C'est comme ça que je suis tombé sur votre ami… Et sur vous ensuite, empêtré dans le flux du torrent. Mon cheval est attaché à un rocher à quelques pas d'ici, ce qui explique que je sois à pied. Écoutez, dit-il en écourtant volontairement les présentations, nous n'avons pas beaucoup de temps devant nous, mais je suis disposé à vous aider. Quoi et comment ? Je n'en sais rien encore, mais nous aviserons au fur et à mesure de notre fuite. Nous devons partir de ce pas et rejoindre mes amis. L'urgence est de sortir de ces gorges, où nous sommes des cibles plus que faciles pour des hommes aussi bien armés. Ces derniers peuvent se nicher sur les hauteurs pour nous aligner comme des lapins avec leurs fusils, et d'après ce que vous dites, ils ne se gêneront pas pour le faire. Reste à espérer qu'ils ne savent pas très bien tirer. Mais même dans cette hypothèse peu probable, le nombre parle pour eux, et nous ne pourrons éviter qu'une avalanche de balles nous tombe dessus. L'alternative la plus viable à mon sens, est de les distancer en allant plus vite qu'eux. Que décidez-vous ? Vous venez avec moi, ou vous pensez vous en sortir seul ?

La question était posée. La décision revenait maintenant à Kaiya.

Ce dernier hésita.

Que pouvait lui apporter ce combattant qui ne connaissait pas la région et qui proposait son aide alors même qu'il risquait d'y laisser sa peau ? C'était son problème, non le sien. Et puis à quatre, ils seraient bien plus rapides pour se déplacer qu'avec le Chinois, d'autant qu'il n'était pas persuadé que Da n'ait aucun lien avec la milice ou les militaires qui les pourchassaient. D'ailleurs, se demanda-t-il, comment pouvait-il aussi bien parler Anglais pour un étranger, qui à son étrange accoutrement, devait être de passage dans le pays ? Dans leur situation critique, il ne pouvait prendre de risques supplémentaires. Il décida donc de remercier l'homme pour sa proposition, et tenter le tout pour le tout avec ses seuls guerriers. Il cherchait la meilleure façon de le lui dire, quand une voix tranchante fendit l'air tel un coup de tonnerre :

— Un seul geste et je vous troue la peau !

Grand de taille, le soldat les tenait en joue. Deux autres le rejoignirent aussitôt, pointant également la gueule de leur fusil dans leur direction.

Da eut un bref regard pour son cheval qui l'attendait à une centaine de mètres de là. Son arc et ses flèches étaient pendus sur le flanc de sa monture, prêts à l'emploi. Mais il se résigna. Trop loin pour espérer l'atteindre sans se faire trucider. L'un des soldats dut sentir l'envie de rébellion, car il lança aussitôt une autre injonction :

— Jetez immédiatement ce que vous tenez entre les mains, et mettez-vous à genoux. Sans attendre, aboya-t-il du ton le plus menaçant possible, ou on vous transperce comme une vieille passoire !

Malgré les soldats qui les menaçaient et ne semblaient pas plaisanter, les Aborigènes et Da hésitaient. Tout le monde était nerveux. S'agenouiller revenait à se constituer prisonniers, et à mourir tôt ou tard. Mais tenter de fuir relevait également du suicide. Aucune échappatoire possible. Les doigts des soldats accentuèrent la pression sur la gâchette des fusils. Ils allaient tirer d'un instant à l'autre si leur ordre n'était pas respecté, quand un grondement sourd se fit soudain entendre. Puissant et rugueux. Comme un orage en préparation. Sauf que l'orage semblait venir du sol. Intrigués les soldats se regardèrent, se demandant ce que la terre pouvait ainsi régurgiter. Le bruit enfla dans leur dos comme un roulement de tambour. Puis le sol se mit à trembler, faisant rouler des pierres sur un amoncellement de rochers au pied des parois effritées de la gorge.

— Qu'est-ce qui se passe ! hurla celui qui semblait être le gradé.

Il ne pouvait maintenir en joue les fugitifs, et constater ce qui causait pareil vacarme. Un soldat se retourna donc pendant que les deux autres pointaient toujours leur fusil sur leurs cibles pour éviter qu'elles ne s'enfuient. Sans voix, l'homme qui avait constaté le phénomène resta pétrifié d'effroi. Tout comme les Aborigènes d'ailleurs, qui avaient vu fondre sur eux le barrage d'eau bien avant que les blancs ne le repèrent. La vision d'apocalypse était terrifiante. Un monstre liquide enfanté par des pluies diluviennes trop intenses pour que le sol asséché ne puisse les absorber. Une vague gigantesque qui dévalait le sillon de la rivière, embarquant avec elle des millions de tonnes d'eau qui dévastaient tout sur leur passage. Alimentée par plusieurs sources qui vomissaient leur surplus d'eau dans le torrent du gouffre, elle s'était formée spontanément, suivant naturellement le lit du torrent, gagnant en puissance et en virulence à chaque mètre grappillé.

Da fut le premier à réagir.

— Fuyez, ou nous serons tous engloutis dans quelques instants !

Faisant fi des soldats interdits et de leur fusil qui s'étaient affaissés, il ramassa son sabre à la hâte et prit ses jambes à son cou. Juste derrière lui suivaient les Aborigènes, qui mettaient toute l'énergie qui leur restait à tenter d'échapper au destin funeste de la noyade. L'événement était tellement exceptionnel, terrifiant même, qu'ils en avaient oublié la menace des fusils. Ils avaient raison. Perturbés par le monstre liquide qui fondait sur eux, les soldats ne tirèrent pas. Ils se mirent à déguerpir eux aussi, jetant leur fusil pour ne pas être gênés par l'objet long et lourd dans leur fuite. Conscients que la vague serait plus rapide qu'eux, les Aborigènes décidèrent spontanément d'escalader la paroi de la gorge. Avec un peu de chance, et surtout beaucoup de dextérité, ils pouvaient atteindre le faîte rocheux et échapper à la fureur des eaux qui courraient maintenant sur toute la largeur du canyon. En se retournant pour voir s'ils tenaient la cadence, Da les vit grimper sur la paroi fripée avec habileté. Il aurait pu le faire lui aussi, mais il ne pouvait se résigner à laisser son cheval se faire happer par les rouleaux monstrueux. La bête hennissait sans discontinuer, et tirait désespérément sur son licol à s'en rompre le cou, faisant tout pour s'extraire de la ligne de mire du mur d'eau qui fonçait sur eux en grossissant de seconde en seconde. Pas assez agiles pour prendre l'option des parois latérales, les soldats courraient à perdre haleine derrière Da, lequel venait enfin de rejoindre son cheval. D'un coup sec, il libéra l'entrave qui maintenait la bête prisonnière de son rocher, et prit appui sur la croupe de sa monture pour se propulser sur le dos vigoureux. Il s'accrocha à la crinière et talonna énergiquement les flancs frémissants. Ce n'était pas nécessaire. Dopé par la peur tout autant que par son hormone esclave, l'adrénaline, le cheval partit en trombe du côté opposé au danger, prodiguant plusieurs ruades au passage pour se libérer du poids mort de son cavalier qui l'empêchait de donner la pleine mesure de sa vitesse. Mais Da avait prévu le coup. Il resta solidaire du dos de sa monture en raffermissant la pression de ses jambes sur les flancs, et se plaqua fermement contre les poils déjà trempés de sueur. Le cheval courrait plus vite qu'il ne l'avait jamais fait auparavant, aiguillonné par l'énergie du désespoir. Malgré cette débauche d'énergie, la vague gagnait inexorablement du terrain, suivant les contours irréguliers de la gorge profonde, qui continuait ainsi sur plusieurs centaines de mètres sans qu'aucun obstacle ne vienne rompre l'alignement erratique des roches. Ce qui ne voulait pas dire que les pierres fripées étaient vierges de tout défaut. Si la sueur qui coulait de son front agissait en autant de piques cruels qui l'empêchait de maintenir les yeux grands ouverts, Da distingua plus qu'il ne vit une mince anfractuosité sur le côté droit de l'une des falaises. Il risqua un coup d'œil derrière lui. La vague continuait de gagner du terrain avec ses eaux bouillonnantes coiffées d'écume, toujours plus haute, toujours plus puissante. Impossible de devancer ce phénomène incroyable qui avalait littéralement tout ce qui se présentait à lui. La large encoche dans la roche était leur seule chance de s'en sortir. À condition de pouvoir maîtriser son cheval, et d'atteindre l'alcôve salvatrice au plus vite. Il fallait bifurquer sans attendre. Debout sur les étriers, il tira sur les rênes en cisaillant la bouche de sa monture devenue incontrôlable. La manœuvre dura quelques secondes, mais finit par réussir car le cheval se mit à ralentir, les naseaux palpitants, même s'il ne comprenait pas où voulait en venir son cavalier. Mais Da et sa monture chevauchaient depuis maintenant assez longtemps ensemble, pour qu'un lien de confiance se soit créé entre eux. La tête complètement relevée, le cheval ne pouvait plus galoper à fond de train, annihilant par la même occasion le brin de folie qui s'était emparé de lui quelques instants auparavant. Da ouvrit sa main droite, et l'équidé vit lui aussi l'anfractuosité qui pouvait les sauver. Il sembla comprendre l'injonction, car il se dirigea immédiatement vers l'œil sombre qui scindait la falaise en deux, comme l'antre de la délivrance. Son cavalier souffla de soulagement, mais il n'y avait plus un instant à perdre. Il se retourna et hurla en direction des soldats, tout en montrant le refuge du doigt. Par miracle, l'un d'eux comprit le message et convainquit aussitôt ses deux camarades de se diriger également vers l'encoche salvatrice. Da aurait pu les laisser se faire ingurgiter par la lame furieuse, mais il ne pouvait s'y résoudre, même s'il savait qu'il aurait un problème à gérer s'il s'en sortait. Quand il pénétra enfin dans la large trouée sombre, il mit aussitôt pied à terre et se retourna. Les soldats n'étaient plus très loin : ils allaient pouvoir être sauvés eux aussi. Malheureusement, la prédiction ne se réalisa que partiellement. Si deux d'entre eux réussirent l'exploit de le rejoindre, le dernier, moins rapide, se fit happer par les eaux gloutonnes. L'impact avec le mur d'eau le tua sur le coup. La vague passa bien en grondant à côté des survivants en les épargnant, mais une partie de sa masse liquide submergea malgré tout l'éphémère refuge. L'idée était bonne malgré tout, car ils ne furent pas broyés par sa puissance dévastatrice, ni emportés dans son estomac gargantuesque. Simplement engloutis momentanément dans quelques mètres cubes d'eau trouble, à l'obsession perpétuelle d'envahissement. Da se retrouva à patauger sous l'eau vicieuse, essayant de contrer ses remous puissants pour ne pas être projeté contre une paroi. Par mesure de prudence, il s'était séparé de son cheval qui luttait lui aussi pour sa survie. L'eau colonisa l'anfractuosité en quelques secondes, soulevant les trois hommes et le cheval terrorisé jusqu'à la voûte rocheuse qui coiffait la grotte. Puis, n'ayant plus de place pour continuer sa progression, le liquide tueur décida de passer son chemin, s'échappant du refuge étriqué pour rejoindre sa grande sœur qui continuait sa folle course juste canalisée par la hauteur des falaises. Da et ses comparses chutèrent plus vite qu'ils n'avaient été soulevés. Mais si l'atterrissage fut rude, l'eau eut quand même un rôle d'amortisseur, n'occasionnant aux rescapés du tsunami que des contusions légères et quelques égratignures. Terrassé par trop d'émotions, le cheval de Da tremblait comme une feuille, parcourut de longs frissons qui courraient de la croupe jusqu'aux jarrets. Si son pelage était complètement nettoyé des scories de sa folle course, son énergie débordante avait été douchée par cette immersion aussi soudaine que traumatisante. Encore groggy eux aussi, les soldats savouraient malgré tout d'être toujours en vie. Ils se dirigèrent vers la sortie en nageant mollement. Da s'approcha de sa monture en pataugeant tant bien que mal, et lui caressa l'encolure pour la calmer. Ce faisant, il jeta un œil au-delà de sa selle. Son sabre était toujours calé dans son fourreau, juste retenu par une lanière qui n'avait pas cédé. Il sourit de satisfaction. Pas uniquement parce qu'il avait désormais sa lame pour se défendre contre des soldats, qui eux n'avaient plus leur fusil, mais surtout parce que son arme avait à ses yeux une valeur incommensurable. Un fer forgé par un maître de l'ethnie Achang qui avait travaillé l'objet rare de longs mois durant, reclus dans un village du Yunnan. Une lame certes un peu moins bonne que celle offerte par le Maître de Bai, mais qui faisait tout de même partie des pièces rares pour les connaisseurs de sabres.

Tout à ses pensées, il ne le vit pas arriver.

Un corps de sept mètres protégé par des plaques osseuses plus dures que l'acier, le tout propulsé par une queue immense qui servait occasionnellement de massue géante. Pour guider ce terrifiant prédateur, une paire d'yeux verts cruels barrés d'une fine ligne noire, aussi affûtés que son ventre était affamé : une légende tristement célèbre dans la région, appelée Poro. Si la bête était crainte pour sa puissance, elle l'était surtout pour son féroce appétit de chair humaine.

La chance joua en faveur de Da.

Peut-être parce qu'ils étaient immobiles à ce moment précis, mais le crocodile se désintéressa du jeune homme et de son cheval, ne les considérant pas comme une cible prioritaire. Les yeux et les narines en guise de radar, il se dirigea sans se presser vers les deux militaires qui barbotaient nonchalamment, savourant le fait d'être encore en vie.

Le saurien prenait son temps.

Pourquoi se hâter ?

Contre lui, les humains n'avaient aucune chance. C'était effectivement une déveine incroyable qui s'acharnait sur les soldats. Deux phénomènes extrêmement rares qui ne se produisent généralement qu'une fois par génération venaient de s'enchaîner simultanément. Et c'était plutôt logique, puisque l'un était la conséquence de l'autre. Gonflée par les eaux torrentielles, et corsetée par les parois de la falaise, une vague démentielle s'était créée, entraînant Poro dans son sillage. Délogé de son habitacle caverneux par l'eau tumultueuse, le crocodile centenaire n'avait eu d'autre choix que de se laisser porter par les courants puissants, jusqu'à atterrir dans cette encoche qui était la seule cavité à des centaines de mètres à la ronde. Furieux de s'être fait ainsi malmener, il était bien décidé à se venger sur autre chose que des molécules d'eau insaisissables. Et ses cibles étaient maintenant à portée de dents. Inconscients du danger, les deux soldats évoluaient côte à côte, presque décontractés.

Soulagés de s'en être sortis.

Grave erreur de jugement.

Presque aussi longue que le corps d'un homme, la tête frappa le soldat le plus près des parois, agissant comme un gourdin doté d'une conscience propre, estourbissant le malheureux sur le coup. L'autre soldat n'eut pas le temps d'avoir peur qu'il fut proprement happé par la gueule monstrueuse, les dents s'affairant dans l'instant à leur sinistre besogne. Les yeux presque exorbités, l'homme hurla de douleur, essayant de se sortir de ce piège mortel. Peine perdue. Les mâchoires étaient tellement puissantes qu'il ne fallut pas beaucoup de temps pour que le tronc du supplicié soit partiellement cisaillé, la colonne vertébrale étant le seul lien qui unissait désormais les deux morceaux ensemble. Une nappe de sang, alimentée par les contorsions rapides du saurien, transforma les eaux sombres presque apaisées en une soupe écarlate bouillonnante. Da était horrifié par ce spectacle macabre. Même son cheval écarquillait les yeux de terreur, hennissant à s'en rompre les cordes vocales. Le crocodile n'en avait cure ; il s'occuperait de ces deux-là dans quelques instants, mais pour le moment, il dépeçait méthodiquement la proie qui gonflerait son estomac dans quelques jours, quand la viande faisandée titillerait suffisamment ses papilles pour en faire un bon repas. Conscient que l'homme mutilé ne s'enfuirait plus, il le relâcha et décida de s'occuper du deuxième soldat qu'il happa d'un coup bien ajusté. Inconscient et probablement déjà mort, l'homme n'émit aucune plainte malgré les dents qui s'activaient sur son corps inerte.

C'est à ce moment que Da décida d'agir.

D'une part parce qu'il ne pouvait rester inactif face à ce monstre sanguinaire, d'autre part parce que son cheval et lui seraient les prochains inscrits au menu s'il ne faisait rien. Il dégaina prestement son sabre et s'attaqua au saurien. Mû par des mouvements précis et une rapidité impressionnante, il s'approcha de l'animal en quelques secondes, et le frappa avec sa lame affûtée en différents endroits du corps, cherchant un point faible.

Peine perdue.

Ces actions eurent pour résultat la formation d'estafilades superficielles sur la forêt d'écailles incroyablement dures qui recouvrait le monstre, sans que cela ne produise d'effets particuliers sur la vitalité de l'animal. Les coups durent tout de même déranger le saurien, car las de cette séance de martelage, il arrêta soudain sa sinistre besogne et frappa la main armée de Da avec son large museau aplati, projetant le sabre à quelques mètres de là dans l'eau sombre. Il était tellement puissant qu'il avait agi sans lâcher le corps de sa victime. Désirant faire place nette autour de lui, il décida de régler le compte de celui qui s'opposait à lui avec acharnement. C'était tellement rare qu'on ne s'enfuit pas à la simple vue de son corps monstrueux, qu'il était un brin déboussolé par cet acte de bravoure. Pas trop quand même, car son cerveau primitif était principalement fait d'avilissement et de destruction. Furieux, il fonça sur l'imprudent qui osait le défier, le coinçant avec son gros cou contre la pierre humide. Un renflement dans la paroi sauva Da, l'empêchant d'être écrasé par la lourde carcasse de l'animal. Simple contrariété pour Poro, qui connaissait de multiples variantes pour trucider ses proies. Comme ses mâchoires étaient déjà occupées, il décida de régler le compte de l'humain en le frappant avec son crâne dur comme la pierre. Rien ne pouvait résister à pareil traitement. Il relâcha donc sa pression du corps pour se contorsionner, et effectua son coup de massue. Da vit heureusement le coup arriver. Il profita que les flancs du monstre s'écartent de lui, et se dégagea de la ligne de mire d'une poussée franche. La tête du crocodile fracassa la roche à la place de l'humain qui aurait dû normalement s'y trouver. Da n'eut qu'une fraction de seconde pour contre-attaquer, sachant qu'il combattait désormais à mains nues contre un monstre de plusieurs tonnes, aux dents longues comme des couteaux, et à la fureur chevillée au corps. Mais si la puissance parlait en faveur de Poro, la détermination des deux protagonistes était par contre de niveau identique. Les pupilles de Poro, contractées en une simple fente inexpressive, cherchaient leur victime qui était momentanément sortie de son champ de vision. Saisi d'une inspiration soudaine, Da s'approcha de nouveau du saurien par le côté, et enfonça son pouce dans la seule partie souple de cette cuirasse inviolable. Le doigt pénétra de moitié dans l'œil vert émeraude avant que le saurien ne réagisse. N'y voyant plus rien, et surtout l'échine traversée de violentes décharges électriques, le reptile secoua sa tête avec consternation et ouvrit la bouche par réflexe, relâchant du même coup le corps martyrisé du soldat mort. Mû par son instinct, Da profita de ce moment de confusion pour grimper sur la bête, plaçant ses genoux au-delà de la double crête qui formait comme une rangée de grosses épines sur son dos, et prenant appui sur la base des pattes de son adversaire. Solidement calé sur le cuir rugueux, il enserra la terrifiante gueule de ses bras afin d'essayer de la maintenir fermée. Ce fut plus facile qu'il ne le pensait. Si la mâchoire d'un crocodile, même gigantesque comme celle de Poro, était d'une puissance phénoménale, les muscles permettant de l'ouvrir étaient quant à eux relativement faibles, facilement contrôlables en tout cas par la force de Da qui pouvait en empêcher l'ouverture aisément. Si le jeune Maître de Kung Fu n'en savait fichtre rien quand il le fit, il eut l'heureuse surprise de le découvrir à ce moment crucial de leur lutte à mort. Se sentant pris au piège, le saurien gesticulait dans tous les sens, mais n'arrivait pas à déloger le Chinois solidement ancré sur son dos. Pire, son arme principale refusait de s'ouvrir, empêchée par les bras de l'humain qui rendaient ses puissantes dents inopérantes. Restait l'énergie de son corps façonné par un environnement impitoyable, redoutable concentré de muscles explosifs décuplés par la colère. Les contorsions étaient violentes, terribles à supporter pour Da qui en était réduit à un rôle de marionnette sur le dos bondissant. Heureusement pour le jeune Chinois, le niveau d'eau avait maintenant suffisamment baissé pour que le saurien ne puisse plus faire des circonvolutions sur lui-même. Malgré cela, tenir sur le dos déchaîné relevait du rodéo sauvage. Le crocodile mettait toute l'énergie dont il disposait pour déloger l'humain. Sa fureur était à son paroxysme. Telle une massue géante, sa queue heurtait les fragiles parois millénaires, brisant des pans entiers de vieille roche qui n'avait plus la force de supporter pareil traitement. Couche après couche, elles explosaient en de multiples fragments, transperçant l'eau en une pluie soutenue de flèches minérales. Alors que le saurien et son hôte parasite heurtaient une nouvelle fois la roche fripée, Da réussit à se saisir d'un bris pierreux long et aiguisé qui se détacha de son support d'une simple pression. Une arme parfaite si le coup était précis. Mais pour se saisir de la pierre, il avait dû relâcher les mâchoires du saurien, libérant par la même occasion les dents aiguisées qui s'exprimèrent en un concerto mortel. Si Da était éjecté du large dos, il était perdu, c'était aussi simple que ça. Il n'eut heureusement pas à attendre longtemps. D'une convulsion nerveuse, Poro se retrouva partiellement immergé dans une eau un peu plus profonde, limitant pour un très court temps la dangerosité de ses mouvements freinés par la viscosité du mélange d'eau et de sang. C'était le moment. Il n'y en aurait pas d'autre, Da le savait. Sans aucune hésitation, il planta le couteau dans l'œil opposé de celui déjà traumatisé par le pouce, éborgnant du même coup l'animal. Fou de douleur la bête se cabra, réussissant à éjecter son cavalier indésirable, et s'éloigna le plus vite possible de l'anfractuosité à grands coups de queue dans l'eau. Da souffla de soulagement, et partit du côté opposé au monstre sans demander son reste. Une poignée de secondes plus tard l'animal avait disparu, pressé de soulager sa blessure dans un endroit plus calme, déboussolé d'avoir été vaincu par un humain pour la première fois de sa vie…

Surpris d'être en un seul morceau, Cui Da regarda autour de lui. La grotte était à l'image du drame qui venait de s'y dérouler : un fatras de restes humains agglomérés en une sorte de soupe morbide. Il repéra son sabre immergé, et le rangea sans prendre le temps de le nettoyer, puis empoigna le licol de son cheval traumatisé. L'urgence était de sortir d'ici au plus vite. Le tronc de l'un des soldats flottait non loin de lui. Les victimes de Poro étaient tellement abîmées, qu'il ne pouvait plus rien faire pour elles, si ce n'est une dernière prière pour la libération de leur âme. Ce qu'il fit en prenant soin de ne pas bâcler l'oraison. Son devoir fait, il avança en tirant son cheval qui rechignait à bouger. Comme il n'avait pas vraiment le choix, il finit par céder, et décida de faire confiance à son cavalier. Le faible niveau d'eau permettait maintenant de se déplacer sans problème. La nature reprenait ses droits selon l'ordre naturel des choses. La décrue de la rivière était déjà amorcée, et nul doute qu'elle reprendrait bientôt son tracé ancestral. Quand Da sortit de l'anfractuosité dévastée, un franc rayon de soleil transperçait un ciel gris désormais largement fragmenté. L'orage n'était plus qu'un lointain souvenir, entraînant dans son sillage les gros cumulonimbus sombres qui disparaissaient peu à peu à l'horizon. Ébloui, le jeune homme distingua les ombres avant de les voir distinctement. Quatre hommes sur les hauteurs qui chevauchaient désormais les montures prises à l'ennemi lui faisaient de grands signes pour les rejoindre. Ils avaient trouvé les chevaux qu'ils avaient libérés, ne prenant que les montures dont ils avaient besoin.

Mais surtout, ils avaient survécu à la vague, et mieux que ça, l'avaient attendu…

Da en eut chaud au cœur. Sa proposition avait visiblement retenu leur attention et ils allaient faire route ensemble. Rassemblant le peu d'énergie qu'il lui restait, il enjamba le dos de son cheval encore frémissant, et le talonna gentiment pour rejoindre la troupe sur les bords supérieurs de la gorge. Ses amis ne devaient pas être très loin non plus. Désormais conquérante, la lumière avait complètement fendu l'armure grisâtre qui un temps l'avait terrassé, et réchauffait désormais la nature dévastée. La vie reprenait ses droits, mais les affres de cette tragédie mettraient de longues années à cicatriser.

Un sentiment nouveau

— Plutôt que de partir avec toi, grogna Quinn, cette fille serait mieux à travailler avec mes autres putes. Pour la énième fois, Rockwood, je ne comprends pas ton entêtement à vouloir faire libérer cette fille. Elle nous a vus, sait maintenant à qui elle a à faire, et peut à tout instant nous dénoncer alors que la police renonce à faire une enquête approfondie sur le massacre de Camberland. Ces idiots n'ont pas réussi à trouver de témoins, et considèrent que c'est un règlement de compte entre racailles. Sur ce dernier point, ils n'ont pas tout à fait tort, mais si mon nom sort du chapeau, les ennuis commenceront pour moi. De plus, continua-t-il, elle n'est pas si belle que ça, et je ne comprends pas pourquoi Drew la retenait prisonnière, ni pourquoi d'ailleurs tu t'entiches d'elle. En tout état de cause, si tu veux une fille, sers-toi dans mon vivier et satisfais tes envies, mais par Saint Patrick, laisse-moi m'occuper de cette donzelle à ma manière…

Rockwood ne supportait pas que Quinn le tutoie depuis peu, lui faisant sentir qu'il était maintenant l'un de ses larbins. S'il l'avait fait lui-même, il y a fort à parier que Quinn eut très peu goûté cet excès de familiarité.

— J'ai fait ce que vous m'avez demandé, rétorqua l'Anglais. On peut penser sans fanfaronner que Walsh et moi avons été de précieux atouts dans l'élimination de votre rival, ce qui vous laisse maintenant quasiment les mains libres pour vos trafics dans Sydney. Nous avons remboursé notre dette, et c'est en homme libre que je réitère ma demande. Cette fille m'intéresse, et j'aimerais avoir votre bénédiction pour la faire libérer définitivement.

En effet, comme Rockwood l'avait prévu, la fille avait été lavée et placée sous la surveillance d'un malabar en attendant qu'on sache ce qui allait advenir d'elle. Les barreaux de sa chambre étaient maintenant dorés, certes, mais il n'en demeurait pas moins vrai que ça restait une prison.

— Libres, oui, vous l'êtes Walsh et toi, déclara Quinn en le fixant de ses petits yeux sournois. Ça ne veut pas dire que vous pouvez retourner à votre vie d'avant. Vous en avez assez vu pour me mettre dans le pétrin en cas d'indiscrétions. Vous devez rester avec nous dans le quartier irlandais jusqu'à ce que cette affaire se tasse. Les maisons que nous vous avons allouées sont d'ailleurs plutôt confortables, non ?

— Elles sont parfaites et je n'ai pas l'intention de partir, tenta de le rassurer Rockwood qui pressentait que l'homme n'avait pas plus envie que ça de les entretenir ad vitam aeternam. Une autre intuition lui suggérait qu'un jour viendrait ou leur compte serait réglé de la plus simple des manières. Mieux valait lui faire croire en leur allégeance, en attendant d'avoir un plan pour se faire la belle.

— Walsh non plus, d'ailleurs ; il est comme un coq en pâte parmi les siens. Je me sens d'ailleurs si bien dans cette ville, mentit Rockwood, que j'ai l'intention de bâtir un foyer avec beaucoup d'enfants, et cette fille pourrait bien être celle qui aura la chance de les porter.

Quinn se mit à rire en se tapant sur les cuisses.

— Si j'avais pu me douter un seul instant que tu étais un fieffé romantique, je ne t'aurai jamais confié cette mission d'infiltration…

Rockwood faisait tout pour endormir la méfiance du caïd. Il n'avait pas du tout l'intention de traîner ses guêtres dans le coin plus longtemps que nécessaire, mais il savait que ça se ferait sans l'accord de Quinn. Quant à la fille, un sentiment qu'il n'avait jamais connu auparavant le liait à elle, sans qu'il ne sache vraiment l'analyser. Il ne savait pas non plus si cet attachement était réciproque, même si la fille lui montrait de la gratitude de l'avoir soutiré des griffes d'un monstre. Mais quoi qu'elle pense ou ressente, il ne pouvait de toute façon pas la laisser entre les mains de Quinn, lequel l'avilirait sans le moindre scrupule s'il lui en laissait l'occasion. Ça n'arriverait pas, il y veillerait. Si la partie n'était pas encore gagnée, ça se présentait plutôt bien.

— Mais vous l'avez fait ! reprit Rockwood. Vous m'avez accordé votre confiance, et je ne crois pas vous avoir déçu.

— C'est vrai… admit Quinn. La façon dont tu as réglé le problème était plus que satisfaisante, et me voilà dans la meilleure des postures pour faire fructifier mes affaires.

— Il me semble donc que j'ai droit à un petit bonus pour service rendu…

— Je te rappelle que tu as simplement compensé le tort que tu m'avais fait en tuant l'un de mes clients. Mais je dois reconnaître que la balance penche en ta faveur. Comme je vois bien que tu ne vas rien lâcher, et que tu vas finir par me faire perdre patience, alors que par ailleurs j'ai plus besoin de toi que de cette fille, prends-la donc avec toi, tu l'as effectivement mérité. Mais attention ; interdiction pour vous deux de sortir du quartier sans être accompagné par l'un de mes hommes. Enfreins cette règle, et tu sais comment finira notre relation amicale…

— Aucun risque de ce côté. Soyez sans crainte, je ne vous décevrai pas. Merci pour la fille en tout cas. Puis-je aller la récupérer maintenant ?

— Décidément, l'amour te donne des ailes…

Grace Taylor, c'était son nom, n'était pas jolie au sens propre du terme. Pour autant, il se dégageait d'elle une détermination et une intelligence vive qui la sortaient du lot, avec pour corollaire une attraction presque magnétique. En tout cas pour Rockwood. Ses traits étaient tout de même assez gracieux pour qu'on la remarque, ses caractéristiques principales étant un nez un peu prononcé mais charmant, et des yeux ensorceleurs. Assise devant un thé qui peinait à refroidir, elle attendait Rockwood avec angoisse, sachant qu'il était parti plaider sa cause avec un truand du même acabit que celui qui l'avait séquestré des semaines durant. Elle espérait qu'il n'allait plus tarder maintenant. Depuis une semaine qu'elle était bloquée dans cette chambre d'une modeste maison de Surry Hills, elle s'était progressivement retapée, même si des cauchemars récurrents la hantaient encore la nuit, la laissant trempée de sueur et frissonnante de terreur au petit matin. Si elle ne pouvait sortir de la pièce, elle pouvait tout de même prendre l'air depuis sa fenêtre, laquelle donnait sur une fabrique de tissus, ainsi que sur un pan de cimetière. C'était peu pour le commun des mortels, mais beaucoup pour elle qui avait vécu dans le noir le plus complet des semaines durant. Les volutes de fumée épaisse qui sortaient des cheminées de briques en une immense colonne la ravissaient, l'armée de croix alignées comme à la parade la rassérénait, lui faisant reprendre pied dans le monde réel…

Un bruit métallique fit soudain couiner la serrure, provoquant en elle un sursaut de terreur involontaire. Un réflexe de l'ouverture de la porte de la cave ou Drew l'avait enfermé, annonçant le début des tortures mentales. En effet, et de façon inexplicable, son geôlier ne l'avait jamais touché physiquement, se contentant de lui raconter des horreurs jour après jour, jusqu'à ce que l'envie de se tuer ne la quitte plus un seul instant. Mais prudent, Drew ne lui en avait jamais donné l'occasion, la laissant enchaînée en permanence, et satisfaisant lui-même ses besoins primaires comme lui donner à manger ou à boire. Pour le reste, jamais de toilette jusqu'à être quasiment recouverte de croûtes dues aux morsures incessantes des puces voraces, ou souillée par ses propres excréments qui imprégnaient ses vêtements, que Drew, dans sa grande mansuétude, changeait une fois par semaine pour continuer de l'approcher sans vomir.

Rockwood entra dans la pièce et la peur retomba peu à peu.

Un sourire victorieux inondait le visage de l'Anglais. Il s'approcha d'elle et annonça triomphalement :

— Ça y'est, vous êtes libre… Enfin presque, car nous devons encore rester sous surveillance jusqu'à nouvel ordre…

Il s'engloba volontairement dans le système privatif, essayant de lui faire comprendre qu'ils formaient désormais une équipe. Grace lui sourit timidement. Elle savait que tant qu'elle ne serait pas sortie des griffes de Quinn, être libre ne voulait rien dire. Mais ne voulant pas doucher les espoirs de Rockwood qui semblait être sur un nuage, elle tenta de paraître ravie.

— Merci Steeve, je ne pourrai jamais être assez reconnaissante pour tout ce que vous avez fait pour moi.

— Allons Grace, c'est normal. Je vous ai promis de vous sortir de là, et c'est ce que je m'évertue à faire.

Il lui prit les mains et les ausculta attentivement.

— Bien, observa-t-il, votre peau retrouve un beau grain.

Il avait déniché chez un apothicaire d'Oxford Street une lotion française à base de glycérine, appelée « crème Simon ». Cette dernière, récompensée par une médaille d'or à l'exposition universelle de Paris, faisait fureur dans le monde entier, et était recommandée pour reconstituer les peaux abîmées. Et apparemment ce n'était pas une fable, puisqu'il pouvait en constater le résultat après à peine quelques jours de traitement.

— Grâce à vous Steeve, vous êtes décidément mon ange gardien.

Rockwood sentir ses oreilles chauffer comme exposées à un feu ardent. Cette femme lui faisait de l'effet comme jamais aucune autre avant elle. Il tenta de ne rien laisser paraître de son trouble, et continua sur un ton qui se voulait neutre.

— Nous avons l'autorisation de nous promener dans le quartier, même si Quinn a exigé qu'un de ses molosses nous accompagne en permanence. Désirez-vous faire un tour avec moi ?

La réponse le laissa coi.

— Non Steeve, je vous remercie, mais c'est encore trop tôt pour moi.

— Mais vous avez été enfermée des semaines ! protesta Rockwood. Marcher vous ferait le plus grand bien, et…

— Vous avez raison, le coupa-t-elle, mais pour l'instant l'extérieur me fait encore peur. Dans la tranquillité de cette chambre, au moins, je me sens en sécurité, surtout avec le garde qui me surveille jour et nuit. Bizarrement, il est comme un baume sur ma tranquillité. Dehors, j'aurai l'impression d'être de nouveau une cible pour tous les cinglés comme Drew qui doivent arpenter les rues à la recherche d'une proie… J'ai besoin de retrouver de la confiance vis-à-vis d'une humanité qui m'a montré son aspect le plus noir, Steeve. Laissez-moi encore un peu de temps, et nous pourrons faire toutes les balades que vous désirez.

Même s'il ne comprenait pas vraiment cette réaction, Rockwood eut l'intelligence de se taire, ce qui apaisa la jeune femme qui ne voulait surtout pas le vexer. Une question brûlait cependant les lèvres de l'Anglais, et il sentit que c'était le moment de la poser. Une explication qu'il n'avait pas encore eue, et qui lui taraudait l'esprit. Il se lança, estimant que Grace se sentirait sûrement dans l'obligation de satisfaire sa curiosité.

— Pourquoi ce fils de… cet homme, rectifia-t-il en se mordant la lèvre inférieure, vous a-t-il enfermé ?

Grace sursauta, comme si elle avait posé les doigts sur un fil électrique. Elle se reprit non sans effort, et essuya une larme qui coula instantanément sur sa joue, accrochant le regard de son sauveur.

— Vous avez effectivement le droit de savoir, Steeve.

Rockwood lui souriait gentiment, lui faisant comprendre qu'elle pouvait prendre son temps.

Grace inspira profondément comme pour se donner du courage, et commença :

— Depuis deux ans, je travaille pour un journal dénommé « The Tele », ou je suis en charge des chroniques de quartiers. Loin d'être passionnante, cette rubrique permet aux jeunes journalistes de se faire les dents sur des problèmes de proximité, pour passer ensuite à des enquêtes plus prestigieuses…

Rockwood n'en revenait pas. La jeune femme assise en face de lui s'était fait embaucher dans un métier, où, à sa connaissance, ne travaillaient que des hommes. Elle devait être sacrément talentueuse ou persuasive pour avoir réussi ce tour de force. Il se concentra sur le reste de l'histoire.

— N'arrivant pas à convaincre mon rédacteur en chef de me confier des histoires plus complexes, j'ai décidé de lui montrer qu'il se trompait sur mon compte. J'ai donc enquêté sur le quartier des Rocks, dans le but de dénoncer les différents trafics qui pourrissent la vie des habitants qui ont eu le malheur de choisir cette partie de la ville pour y vivre…

Sans qu'il ne puisse se contrôler, les yeux de Rockwood s'écarquillèrent.

Il ne manquait plus que ça !

Si Quinn l'apprenait, il craignait que Grace ne soit de nouveau entraînée dans les tourments de l'enfer. Il se tut, préférant garder ses craintes pour lui. Fort heureusement, la jeune femme ignorait que son tortionnaire était mort, tué et remplacé par celui qui lui accordait l'hospitalité en ce moment. Si elle l'avait su, elle ne se serait certainement pas sentie en sécurité dans l'une des maisons qui constituaient sa forteresse au sein de Sydney. Ici, personne n'entrait sans montrer patte blanche, et ne sortait sans l'assentiment du patron. Mais mieux valait que Grace l'ignore pour le moment, Rockwood n'étant pas sûr que la jeune femme soit assez forte pour digérer la nouvelle. Et maintenant qu'il savait qui était sa protégée, il allait faire en sorte que cette information ne sorte pas de la chambre. Il se reconnecta au récit.

— Mais je n'étais pas assez expérimentée ou trop naïve pour mener une enquête de ce genre, avoua Grace. Mes questions eurent tôt fait d'éveiller les soupçons des hommes de main de Drew, lesquels lui rapportèrent mes propos peu après que je les eus prononcés. Alors que j'avais rendez-vous avec une personne qui disait être en possession d'éléments intéressants, je fus purement et simplement enlevée en pleine rue, sur Kent street très exactement, par deux hommes qui ne prirent même pas la peine de cacher leurs visages…

Sa voix s'était faite distante, douloureuse.

— Ce qui veut dire, continua-t-elle, que Drew est tellement craint dans ce quartier, qu'il savait que personne n'oserait témoigner contre lui…

Rockwood hocha la tête pour signifier qu'il comprenait. Effectivement, Grace avait été bien naïve sur ce coup. Ça faisait longtemps que Rockwood avait compris que la force ou la religion avaient réduit en esclavage la communauté des hommes. Mais tout à ses idéaux, la jeune femme l'ignorait.

— Je me suis retrouvée enfermée dans l'endroit où vous m'avez trouvée, Steeve, dans des conditions de détention que même une bête réprouverait. Drew a pris un malin plaisir à m'humilier, jour après jour, me faisant…

— Ça suffit, Grace, l'interrompit Rockwood avec douceur, j'ai toutes les réponses aux questions que je me posais…

Il ne voulait pas réactiver une souffrance inutile, mais c'était déjà trop tard. Tel un barrage ouvert, les larmes coulaient à grosses gouttes sur le visage hâve de la jeune femme. Elle couvrit son visage de ses mains pour cacher sa détresse.

— Venez…, dit Rockwood avec toute la compassion dont il était capable.

Il s'empara délicatement de ses fins poignets pour les mettre autour de son cou. Grace n'attendait que ça. Ça faisait tellement longtemps qu'elle n'avait pas été réconfortée. Elle se colla à lui de toutes ses forces, et vida son corps des tourments qui y étaient entreposés. Des hoquets violents rythmaient l'exutoire libérateur, l'empêchant presque de respirer. Puis progressivement, les pleurs se tarirent, les spasmes s'espacèrent ; la crise était finie. Elle resta encore un moment contre Rockwood en respirant profondément, puis se détacha en poussant lentement le torse de l'Anglais. Malgré le fait que ses yeux étaient rougis, ils étaient comme deux amarres ancrées sur l'âme de Rockwood.

— Merci, dit-elle simplement.

À l'aide de ses pouces, Rockwood essuya les dernières larmes accrochées sur les plis de ses yeux.

Contre toute attente, il n'eut plus de mots réconfortants.

— Promettez-moi de garder secret ce que vous venez de me révéler, Grace.

Elle parut surprise.

— Pourquoi ? demanda-t-elle en haussant les sourcils.

— Vous l'avez dit vous-même ; Drew a des oreilles partout. Mieux vaut ne pas attirer l'attention sur nous avant d'avoir pu sortir de cette partie de la ville. Même si ce n'est pas le quartier de Drew, nous sommes toujours dans un périmètre sous le contrôle des gangs. Nous devons rester prudents.

C'est le seul mensonge qu'il avait trouvé de nature à ne pas trop inquiéter la jeune femme.

— Je comprends, dit-elle simplement. Je vous promets d'être muette comme une tombe.

Rockwood lui sourit mécaniquement, espérant en son for intérieur que son dernier mot n'était pas une prophétie sur leur devenir prochain.

Le peuple Arrernte

Chao reconnu à peine Cui Da, tant ce dernier était couvert de boue de la tête aux pieds. Elle soupira de soulagement de le voir vivant. Même si le groupe était resté dans les hauteurs et n'avait pas été impacté par la vague géante, ils avaient entendu son grondement terrifiant comme un défi à l'environnement trop calme qui était le leur depuis un bout de temps, et avaient surtout été les témoins estomaqués des ravages causés une fois le mur d'eau passé. Et comme Da était parti chasser dans le secteur du canyon, ses amis étaient morts d'inquiétude. Derrière lui suivaient des Aborigènes à peine plus présentables, mais dignes et recueillis sur leur monture. Ils paraissaient exténués, les traits tirés et les épaules basses, semblant avoir enduré des épreuves surhumaines qui les laissaient groggy nerveusement et physiquement. Un combattant savait reconnaître ces choses-là, et le groupe en comptait parmi les plus braves. Bao gronda à la vue du cortège, mais resta calme car il avait reconnu Da pour qui il vouait une affection particulière. Pas le même sentiment que pour sa maîtresse sur qui il avait jeté son dévolu, mais un attachement tout de même profond et sincère. Comme Da paraissait serin, sa tension retomba d'un cran. Il se mit même à remuer la queue en cadence, se préparant à fêter comme il se doit le retour de son ami. À part l'exubérance du molosse qui se mit à nettoyer Da à grand coup de langue quand il mit pied à terre, le reste du groupe fut sur la retenue, avec tout de même de grands sourires pour exprimer le plaisir de le revoir. Seule Chao osa une accolade appuyée, en lui avouant qu'elle était contente qui ne lui soit rien arrivé. Li Bai retroussa son nez. Non parce que ce geste amical était contre la morale chinoise qui réprouvait les attitudes équivoques vis-à-vis des hommes, mais plus sûrement pour ce que cette embrassade révélait de sentiments à l'égard de Da. Un proverbe de Confucius lui revint à l'esprit : « le cœur de la femme est aussi instable qu'une goutte d'eau sur une fleur de lotus ». Et quand il vit les yeux de Da briller à la vue de Chao, il se dit avec tristesse que seuls ces deux-là ne savaient pas encore qu'ils étaient amoureux, alors que leurs cœurs étaient déjà indéniablement liés. Il se concentra sur les Aborigènes, sachant qu'il ne ferait rien pour contrarier cette histoire d'amour. Chao méritait le meilleur, et Cui Da était un homme de bien. Et pour être honnête, c'est lui qui avait repoussé Chao quand elle avait tenté de lui faire comprendre ses sentiments dans la forêt de pierres, en Chine. Leur histoire était mort-née sur l'obsession qu'avait Bai à vouloir laisser son empreinte sur le cours de l'histoire. Il ne pouvait s'encombrer de quelqu'un à ses côtés, alors qu'il n'aurait probablement pas assez de temps pour réaliser ce qu'il rêvait d'accomplir. Mais ça lui brisait tout de même le cœur de laisser une femme aussi exceptionnelle que Chao vivre une autre vie que celle qu'elle aurait pu avoir à ses côtés. Il mettrait du temps à le digérer, mais c'était un sacrifice utile pour se laisser le choix de ses ambitions…

Sans plus attendre, Da fit la présentation de ses nouveaux coéquipiers. Il raconta brièvement dans quelles circonstances ils s'étaient rencontrés, et comment ils avaient pu échapper au sort funeste que le destin leur réservait. Si Chao n'avait pas eu Da en haute estime, elle n'aurait jamais crue en cette histoire rocambolesque. Mais elle savait que l'homme était honnête, et peu porté sur la gaudriole. Frissonnante d'émotions, elle mesura alors la chance de l'avoir près d'elle à cet instant, et non dans la gueule d'un monstre couvert d'écailles. Une fois le récit terminé, Tarka s'approcha de celui qui semblait être leur chef. Il le salua poliment, et entama sans tarder une discussion dans leur langue qui dura un certain temps. Leurs mimiques révélaient que les deux hommes n'étaient pas sur la même longueur d'onde. Prenant son mal en patience, Tarka insistait sans faillir, montrant régulièrement Peter Brown qui se demandait en quoi sa personne pouvait créer une telle ébullition d'émotions contradictoires. Puis Tarka et Kaiya semblèrent trouver un point d'accord, et la fin de la discussion se fit sur un ton plus apaisé. Un peu fatigué d'avoir utilisé une langue qu'il n'avait plus parlée depuis longtemps, Tarka se tourna vers ses employeurs.

— Ces hommes font partie de la tribu des Anangu, commença-t-il en cherchant la meilleure façon d'abréger son récit. Comme Da vous l'a relaté, ils étaient poursuivis par des miliciens et des soldats à qui ils ont échappé de justesse, moyennant de lourdes pertes parmi les leurs, ainsi probablement parmi leurs poursuivants. Ils sont reconnaissants à Da de les avoir aidés, et veulent nous donner un coup de main en retour. Et cerise sur le gâteau, ils savent où se cache Nangala, l'homme que vous aimeriez convaincre de témoigner à Melbourne. Je pensais qu'il résidait le long de la Hugh river, près d'Alice Spring, mais d'après Kaiya qui est un jeune chef dont la tribu vit sur le Mont Olga, Nangala et ses guerriers vivraient cachés dans des grottes près de la Finke river, à l'opposé de l'endroit où nous voulions aller. Nous en avons pour deux jours de voyage à cheval avant d'atteindre les hauteurs où ils sont sensés se trouver, mais l'intérêt de ce lieu, est qu'il nous rapproche de Sydney, là où vous désirez vous rendre, Bai. Ils veulent bien nous y mener, mais nous devons faire le serment de ne pas nuire à cette tribu, sans quoi le pacte prend fin avant même d'avoir été scellé.

— Et que demandent-t-ils en retour ? osa Chen sans réfléchir.

Tarka parut surpris et gêné par cette question.

— Le peuple Aborigène vit sur une terre sacrée léguée par leurs ancêtres. Ils n'ont besoin de rien d'autre que de tranquillité pour vivre leur vie comme ils l'entendent, ainsi que l'assurance que leurs sites sacrés ne seront pas souillés par une activité attisant la rapacité des blancs. Pour nous, Aborigène, expliqua-t-il, l'homme doit rester connecté avec le reste de la création, et non vivre comme un prédateur de ressources naturelles, de la faune ou de la flore, ce qu'est incontestablement l'homme blanc dans le monde d'aujourd'hui. Face à la puissance du colonisateur, nous ne pouvons peser. C'est pourquoi l'aide que proposent Messieurs Brown et Morgan est inespérée, et sera la seule compensation demandée. Si Nangala peut témoigner des atrocités vécues dans l'Outback devant le parlement, ce sera déjà énorme pour eux, et cette prise de conscience pourrait même être le début d'une nouvelle relation avec les blancs qui n'ont eu de cesse jusqu'à présent de vouloir les spolier ou les convertir à leur mode de vie. Je vous rappelle que les hommes que vous avez en face de vous viennent juste d'être victime d'un assaut ou nombre des leurs y ont laissé la vie, ainsi que d'une traque impitoyable dont ils sont les seuls survivants. Leur vie ne tient qu'à un fil, ils le savent parfaitement. Tout ce qu'ils veulent, c'est vivre en paix sans craindre pour la vie des leurs, et préserver leurs terres ; le reste n'a aucune espèce d'importance.

Se rendant compte de son erreur, Chen fit profil bas.

— Désolé, ce que je viens de dire était stupide, j'en conviens. Je deviens trop méfiant ces derniers temps.

Bai prit le relai pour détendre l'atmosphère.

Que pensez-vous de cette proposition, Mr Brown ?

— Je pense que c'est une chance inespérée, dit l'avocat. Dites-leur que nous leur donnons notre parole de ne rien faire qui puisse leur nuire. Et remerciez-les pour leur aide précieuse…

Les deux jours de voyage ne furent pas de tout repos. C'était une succession de montées et de descentes usantes pour les organismes, et déprimantes au regard des faibles distances engrangées par des montures fatiguées. Mais Kaiya qui faisait l'effort de parler anglais venait de leur signifier qu'ils touchaient enfin au but. Ils entraient dans le territoire des Arrerntes rebelles, lequel était une immensité de rochers ocres, broussailles et terres brûlées par un soleil plus que jamais présent. À partir de maintenant, le contact pouvait être créé à tout moment. Comme Nangala et ses guerriers bougeaient en permanence, c'est eux qui se signaleraient, car à l'évidence, le groupe avait déjà été repéré. Chacun espérait que la rencontre se ferait de façon amicale, et faisait tout pour montrer leur attitude pacifique, à commencer par un chiffon blanc posé bien en évidence sur la selle des chevaux, et la mise au fourreau des armes qu'ils portaient.

Après avoir escaladé un monticule rocheux trop raide pour qu'ils puissent le faire à dos de cheval, ils descendirent progressivement sur un chemin escarpé dont les roches étaient parsemées de végétation rabougrie, tenant toujours leur bête par la longe. Ils atteignirent enfin un bras presque asséché de la Finke River, qui était malgré tout un terreau fertile pour les arbres à thé qui exhibaient leur écorce parcheminée comme la peau d'un vieil homme. Tarka profita de l'abondance de feuilles sous forme d'aiguilles pour en récolter un sac plein. Il les ferait chauffer plus tard, et reconstituerait ainsi son stock d'huiles essentielles pour traiter les problèmes de peau.

Ici, le chemin était plus facile que les raidillons des derniers jours. C'était une piste creusée par le bétail, et l'on pouvait chevaucher l'un à côté de l'autre sur des centaines de mètres sans être gêné. Puis ils arrivèrent dans une sorte de gorge étroite aux parois oxydées. La couleur rouge des roches supérieures contrastait avec les rochers blanchis et érodés par le cours d'eau. Dopé par des sources souterraines, le flux liquide s'était reconstitué et cheminait sur un rythme lent et lascif, redonnant vie à une végétation fournie. Pas étonnant que les Aborigènes aient élu domicile ici, car la vie ressuscitait comme dans une oasis prolifique. La panse regarnie par les herbes bien grasses, les chevaux prenaient plaisir à patauger dans l'eau froide jusqu'aux genoux, se refroidissant les pieds chauffés à blanc et éliminant les parasites indésirables. Ça ne dura pas longtemps. Des rochers empilés bloquaient le passage naturel à une vingtaine de mètres de là. Ils durent prendre un sentier escarpé très abrupt avec une longue montée éreintante, et une descente sur des rochers glissants que les bêtes rechignaient à emprunter, ou alors avec une extrême prudence. Pour aider leurs montures et soulager leur dos, les cavaliers mirent une fois de plus pied à terre dans ce passage difficile.

C'est à ce moment précis qu'ils les aperçurent.

Trois guerriers à la peau enduite de peinture blanche et munis d'un simple cache-sexe. Ils étaient postés au bas de la piste, bloquant le passage armes à la main. Da leva les yeux sur les hauteurs. Un groupe d'Aborigènes venait également de s'y positionner, avec lances, massues, bâtons perceurs, couteaux et boomerang bien en évidence. Comme ils avaient reconnu des Chinois et quelques-uns des leurs dans le groupe, ils s'étaient contentés de les observer et de les bloquer à cet endroit stratégique, les rochers ayant été placés par leurs soins dans le lit de la rivière. Le groupe stoppa net sa progression. Une voix à l'anglais chantant enfla au travers des rochers :

— Que faites-vous ici ? Vous n'êtes pas les bienvenus.

L'endroit choisi par les Arrerntes était parfait. Coincé au beau milieu du chemin, et surtout encadré par des colosses de pierres abruptes, le groupe de Bai n'avait aucune chance de s'en sortir vivant si tel avait été le choix des Aborigènes rebelles. La pertinence de leur réponse allait décider de leur sort. Ce ne fut pas nécessaire, car Kaiya devança Tarka qui s'était préparé à ce moment, et prit la parole en levant bien haut le visage pour qu'on puisse le reconnaître.

— C'est Kaiya Jagamarra, grand chef, moi-même jeune chef du clan des Balayang. Nous nous sommes rencontrés il y a deux ans lors d'un conseil tribal au mont Olga. Les hommes avec moi ne sont pas nos ennemis. Même l'homme blanc est ici pour t'aider d'une façon qu'il doit te dévoiler. Laisse-nous te rencontrer, il en va peut-être de l'avenir de notre peuple.

Un long silence s'ensuivit, prouvant s'il en est que Nangala ne s'attendait pas du tout à ce que ce jeune chef prometteur soit ici, si loin de ses terres, tenant des propos qui le décontenançaient. Progressivement, les bords dentelés se garnirent de guerriers restés cachés jusqu'alors. Certains étaient munis de longues perches destinées à faire basculer des rochers en équilibre sur le faîte de la gorge.

Bai sentit un filet de sueur lui couler le long de la colonne vertébrale. Si Nangala l'avait voulu, ils seraient morts écrasés sous un amas de pierres sans même avoir pu se défendre. Ces hommes étaient en guerre contre un gouvernement qui ne voulait pas d'eux, et s'étaient donné les moyens de se défendre efficacement. Décidément, ils allaient de surprise en surprise. La voix forte de Nangala interrompit ses réflexions.

— Descendez et rejoignez mes hommes qui vont vous délester de vos armes, ordonna-t-il. Ils vous mèneront ensuite au campement où je vous attendrais pour que vous puissiez m'expliquer la raison de votre venue ici. Si tout va bien, vous pourrez repartir libres après vous être reposés et restaurés.

Les grottes n'étant pas assez nombreuses, les Aborigènes avaient dû construire des abris répartis sur un plateau, avec une vue à 360 degrés sur l'environnement proche. Si certaines habitations pouvaient atteindre une taille assez importante et loger plusieurs guerriers, toutes étaient constituées de la même façon. Une base en pierres cimentées par une mixture d'argile, des branches en forme de dôme pour le toit et recouvertes d'aiguilles d'arbre à thé et de broussailles pour étanchéifier le tout, ainsi que quelques mottes de terre malaxées pour combler les trous. C'était un campement d'hommes. Les femmes ne venaient qu'occasionnellement pour retrouver leurs maris, puis repartaient dans les réserves situées près d'Alice Spring, ne sachant pas quand elles pourraient revoir leur bien-aimé. Certaines familles n'avaient d'ailleurs jamais vécu ensemble, car certains guerriers étaient ici depuis plus de dix ans, date à laquelle Nangala avait pris les armes contre la force d'oppression blanche.

Quand le groupe arriva encadré par des guerriers qui les surveillaient du bout de leur lance, le chef de la tribu rebelle attendait au centre du village, entouré de ses hommes les plus fidèles. Quand il reconnut Tarka parmi les Aborigènes, ses yeux s'agrandirent de surprise. Il s'attendait à tout sauf à voir son cousin au milieu de cette troupe hétéroclite. Sa main se crispa sur la hampe de sa lance, alors même qu'il tentait de garder son calme et de ne rien laisser paraître de son trouble. Quand il prit la parole, ses mots étaient plus affûtés que le plus aiguisé des couteaux :

— Comment oses-tu te présenter à moi après ce que tu as fait ? explosa-t-il soudain dans une colère qu'il n'arrivait pas à contenir.

Tarka ne paraissait nullement impressionné par la fureur de son cousin. Qu'aurait-il pu attendre d'autre comme réaction de la part de celui qui avait pris un chemin radicalement différent du sien ?

— Je ne t'ai jamais trahi, et tu le sais très bien !

— Mais tu ne t'es pas gêné pour le faire avec d'autres frères que tu as aidé à retrouver, et dont certains ont été pendus à cause de toi !

Tarka hésita à répondre ; la culpabilité le rongeait encore. Et d'ailleurs, devait-il répondre à cette accusation qu'il ressentait lui-même comme un fer rouge collé à son âme ? Il savait son nom couvert d'infamie parmi ceux de sa race, et ça l'avait plongé dans les affres de l'alcoolisme des années durant.

Il tenta malgré tout de se justifier.

— Je n'avais pas le choix, dit-il. En perdant ma liberté, j'ai également perdu mon libre arbitre.

— On a toujours le choix, cracha Nangala. Ils ont fait de toi leur chien, et tu t'es comporté encore plus bassement que ce que tes maîtres attendaient.

— Je n'ai pas choisi d'être arraché à ma famille, tout comme toi, j'imagine, ni d'être éduqué à l'européenne dans un orphelinat, où jour après jour on nous ôtait ce qui faisait notre identité. Quand tu t'es échappé, la surveillance envers nous s'est renforcée, et les conditions de vie sont devenues intenables…

— C'est donc moi le responsable de ta lâcheté ?

— Bien sûr que non, mais tu nous as rendu la vie encore plus difficile. Pour éviter l'humiliation de la déportation à beaucoup des nôtres, j'ai dû servir les intérêts des blancs…

— Contre ton propre peuple ! éructa Nangala.

— Jamais je n'ai guidé l'armée vers les tribus ! s'énerva Tarka. S'il vomissait ses actes passés, il voulait tout de même faire entendre les circonstances de sa collaboration.

— Je les ai juste aidés à retrouver des hommes considérés comme des criminels, jamais à dénicher des tribus dans l'outback…

— Alors tu aurais pu les amener à moi, Tarka, car aujourd'hui encore, ma tête est mise à prix…

— Je le sais, et je me suis toujours refusé à le faire, même si les sollicitations ont été nombreuses, crois-moi. Mes refus perpétuels sont certainement la raison qui a persuadé l'armée de me mettre de côté, en m'offrant une retraite loin de tout et de tous. Une mise à l'écart dont ils savaient que je ne me relèverais pas. Et puis ces personnes sont venues me trouver, dit-il en montrant le groupe d'étrangers qui étaient visiblement passionnés par la discussion entre les deux cousins, même s'ils ne comprenaient rien.

— Ils m'ont convaincu de les aider à te retrouver, continua Tarka, pour que tu puisses témoigner devant le nouveau parlement de Melbourne, qui depuis peu regroupe l'ensemble des fédérations du pays. Le projet m'a séduit, et me permettait par la même occasion de m'amender. Pas à tes yeux, j'en suis conscient, précisa-t-il, mais au moins pour ma conscience, ce qui me permettra peut-être de pouvoir me regarder à nouveau dans une glace.

— Témoigner devant le parlement ? s'étrangla Nangala. Mais si je me présente à Melbourne, c'est au bout d'une corde qu'ils m'exhiberont devant les parlementaires !

Tarka le fixa longuement, et se tourna vers Brown pour lui faire part des inquiétudes du chef en anglais.

— Je vous donne ma parole que non, fit ce dernier. Le juge Morgan est une figure du gouvernement ; il vous garantit l'immunité. J'ai d'ailleurs sur moi un document officiel qui reprend précisément ces bonnes dispositions, et qui vous protégera contre quiconque voudrait nous arrêter, dit Brown, en levant haut un rouleau cacheté d'un point de cire pour que chacun puisse le voir.

— Est que ce papier nous protégera des milices qui sont à votre poursuite ? reprit Nangala, en s'adressant cette fois au groupe dans la langue de Shakespeare.

Kaiya sursauta en entendant cela.

— Que prétends-tu ? demanda-t-il.

— Un contingent d'une quarantaine d'hommes lourdement armés est à moins de deux jours d'ici. Ils sont un peu lents, car tous n'ont pas de monture. Mais pour ce que mes guetteurs ont vu, ils paraissent extrêmement déterminés à vous retrouver…

— Ainsi ils ne sont pas morts, murmura Kaiya.

— Que dis-tu ? demanda Nangala en tendant l'oreille.

— Je dis, fit Kaiya d'une voix plus forte, que nous allons bientôt être confrontés à un problème de taille…

Le Bunyip

La chaleur harassante n'avait pas découragé les miliciens, bien au contraire. Elle les avait fait se sentir vivants suite à l'immense vague destructrice qu'ils avaient évitée de justesse en rejoignant le niveau inférieur de la grotte, creusée à même la roche. Cette décision leur sauva la vie, car pris d'une soudaine indigestion, le tube principal irrigué par la rivière en colère, avait vomi ses tonnes d'eaux tueuses en emportant tout sur son passage. Quelques éléments du groupe, ceux qui avaient opéré le contact avec les Aborigènes, n'avaient pu s'extirper à temps du chemin des flots rageurs, et y avaient laissé la vie. En plus de ces derniers qui représentaient moins de dix miliciens, on déplorait aussi l'absence des gardes en charge des montures. Ils n'avaient jamais été retrouvés, probablement emportés par la vague eux aussi, même si par le plus grand des miracles, les chevaux y avaient réchappé. Les retrouver n'avait pas été facile. Terrifiées par la constitution du mur d'eau, les bêtes s'étaient éparpillées dans la nature, galopant éperdument pour exorciser leur peur. Mais par chance, le désert de roches constituait une prison naturelle avec ses gorges serrées et ses cols abrupts. Beaucoup avaient été retrouvés en grappes de plusieurs individus, désœuvrés, à la recherche d'un pâturage libre de toute entrave. Suite à cet épisode exceptionnel qui aurait pu tous les engloutir, les miliciens, réduits à une quarantaine d'hommes qui savouraient leur chance d'être encore en vie, avaient décidé de poursuivre leur mission. Et comme le guide était lui aussi de la partie, retrouver la trace des guerriers Aborigènes avait été un jeu d'enfants. Ce qui était bizarre, par contre, c'est que les Aborigènes semblaient toujours aussi nombreux, puisque Tjapaljarry, leur guide, avait dénombré une dizaine de chevaux qui voyageaient ensemble. Plus bizarre encore, les traces d'un chien dont les empreintes semblaient hors norme, accompagnaient les fuyards, alors qu'aucune bête de cette taille ne s'était manifestée jusqu'alors. Encore un mystère qu'il faudrait percer, ou plutôt qui allait bientôt l'être, car il ne faisait aucun doute que le point d'orgue de cette mission était imminent. Du moins, c'est ce qu'espérait la majorité des hommes. Seul Stephen Roy semblait inquiet. Il n'arrêtait pas de lorgner sur les hauteurs des roches fripées, se retournant constamment sur sa monture.

— Que redoutez-vous enfin ? demanda Brock Miller qui en avait assez de le voir se tortiller comme une anguille sur sa selle.

Comme les autres miliciens, il ne pensait pas que les fuyards représentaient un grand danger face à leur expérience, et surtout à leur puissance de feu.

La réponse du vieux milicien fusa presque instantanément, comme s'il attendait cette question depuis longtemps.

— Depuis le début de cette expédition, dit Roy en faisant la moue, rien ne tourne rond ou presque. Malgré leur infériorité numérique, ces hommes arrivent toujours à s'en sortir, en nous occasionnant de surcroît de gros dégâts. Quant à notre soi-disant supériorité tactique et militaire, aucune n'a spécialement porté ses fruits pour le moment, à part bien sûr notre première attaque sur le mont Olga qui a été couronnée de succès. Mais depuis cette victoire, j'ai l'impression que c'est nous qui sommes les proies de ces guerriers, et qu'ils nous entraînent là où ils veulent que l'on soit…

Il se tut un moment, profitant de cette pause pour continuer d'observer le faîte des protubérances millénaires.

— Un guet-apens dans cet endroit pourrait complètement anéantir notre troupe, fit-il remarquer en bon soldat qu'il avait été lors de son service dans les troupes de sa gracieuse majesté. Et dans ce cas, continua-t-il, notre armement et notre nombre ne nous serviraient pas à grand-chose, si on nous tombe dessus dans cette configuration géologique. Ces parois sont hautes, le passage étroit, et nous, nous sommes au milieu…

En même temps qu'il analysait la situation, il se rendait compte avec effroi qu'ils pouvaient être réduits en bouillie d'un instant à l'autre.

— Arrêtez-vous ! ordonna-t-il soudain en levant haut la main.

— Ces gorges sont des pièges, conclut-il, heureux de l'avoir senti à temps. Ce dédale de rochers est une configuration parfaite pour fomenter une attaque. Nous ne le franchirons pas sans envoyer des éclaireurs sur les sommets pour s'assurer qu'un comité d'accueil ne nous y attend pas. Le cas échéant, nous serions comme enfermés dans une nasse et incapables de riposter efficacement face à des Aborigènes qui seraient maîtres du terrain, et nous aligneraient comme des lapins. Ces passages sont parfaits pour un enterrement grandiose, et je n'ai pas l'intention de mourir aujourd'hui, ajouta-t-il en regardant ses hommes. Allons-nous mettre à l'abri dans la crique située un peu plus bas, décida-t-il, et mettons au point un système de fanions pour nous assurer que le passage est sans risque, ça nous évitera de mauvaises surprises…

Ce faisant et sans le savoir, il venait de sauver la vie de la troupe expéditionnaire, ainsi que par extension la sienne. Dépités par tant de malchance, les guerriers Aborigènes délaissèrent leur poste d'attaque, lâchèrent leur solide perche, et se regroupèrent pour décider de la suite de leur action. D'un commun accord, ils vidèrent les lieux avant que l'arrivée des éclaireurs ne les oblige à combattre avec toute l'incertitude qu'une opposition de la sorte recelait. Ils devaient avertir leur chef qui se trouvait au campement avec le gros des rebelles ; c'est lui qui déciderait de la suite des opérations. Les miliciens découvriraient incontestablement les rochers prêts à être basculés ; ils découvriraient aussi qu'ils venaient d'échapper de justesse à une attaque qui les aurait décimés en un tour de main, et redoubleraient désormais de prudence en explorant le terrain plus en profondeur. Plus grave encore, à la vue du dispositif en place, ils se douteraient également qu'ils n'avaient plus uniquement à faire à une bande de fugitifs apeurés, mais à un groupe de guerriers qui préparaient cet affrontement depuis longtemps. Voilà qui rebattait les cartes vers une partie désormais plus compliquée, mettant les Aborigènes dans une position délicate, eux qui avaient cru l'emporter à si bon compte. Car conscient du rapport de force en présence, les miliciens allaient plus que jamais être sur les dents…

Bai et ses amis avaient été priés de se reposer dans l'une des cahutes, au bout du village. Formule polie pour en fait les cantonner dans un endroit sous surveillance, en attendant que Nangala prenne une décision les concernant. Trois guerriers avaient d'ailleurs été positionnés devant la maison, et la porte avait été bloquée par une solide planche qui empêchait les occupants de sortir en dehors des activités autorisées. Les

Aborigènes, eux, avaient été laissés en liberté, incluant Tarka. Dans l'esprit de Nangala, il ne représentait pas de danger particulier, ce dernier ayant cru à la version relatée par son cousin. Il ne lui avait pas encore complètement pardonné, mais il comprenait mieux pourquoi Tarka s'était engagé sur ce chemin scabreux en reniant ses origines. Et surtout, il voyait la souffrance que ces orientations lui avaient infligée. Les étrangers étaient donc enfermés depuis un peu moins de deux jours dans cette cabane avec eau et nourriture à profusion, attendant qu'on les autorise enfin à sortir librement. Leurs vêtements avaient été lavés, et eux aussi par la même occasion, car ils avaient pu se baigner dans le bassin en contrebas du campement, juste surveillés par une faible escorte, plus là par principe, que pour les empêcher de filer. C'était une faveur accordée par Nangala pour leur montrer qu'ils étaient malgré tout des invités, même si sans chevaux et sur une terre hostile qu'ils ne connaissaient pas, les rattraper en cas de fuite eut été un jeu d'enfants pour des pisteurs aguerris. Mais c'était un message non verbal qui se voulait amical. Autant pour leur montrer qu'on croyait en leurs intentions pacifiques, que pour ne pas vexer Kaiya qui se sentait redevable envers le guerrier appelé Da. Car incontestablement c'étaient des combattants chevronnés. Sous leurs airs affables, Nangala avait décelé des guerriers d'une redoutable efficacité. Tout dans leur attitude parlait en ce sens. Leur musculature souple, la façon de se mouvoir, leurs yeux sans cesse en mouvement – du moins pour les hommes – mais surtout le calme dont ils faisaient preuve malgré les circonstances, et les cicatrices enfin qui parsemaient le corps de certains, en particulier celui prénommé Chen. Des combattants rompus au combat, et qui à l'évidence maîtrisaient leur art à la perfection. Il intégrait bien sûr Chao dans cette vision de guerriers redoutables, car malgré son enveloppe féminine qui pouvait paraître frêle de premier abord, il était évident qu'elle devait manier son bâton comme une virtuose. Seule sa vision semblait altérée. Il était quasiment certain d'être le seul à l'avoir remarqué, malgré le fait que Chao était une véritable attraction parmi ses hommes. Du fait de son extraordinaire beauté, bien entendu, mais aussi parce que c'était la première fois qu'ils voyaient une femme non indigène s'aventurer aussi loin dans ce désert de feu. Pratiquement rien ne permettait de suggérer que Chao avait des problèmes de vision, mais Nangala avait remarqué une légère hésitation dans sa démarche quand elle ne pouvait effleurer le sol avec son bâton, ou des yeux un peu trop fixes pour quelqu'un qui découvre un endroit nouveau. Il sentait malgré tout que la jeune femme avait surmonté ce handicap, et qu'elle n'était pas le moins du monde à sous-estimer dans un combat au corps à corps. Sans doute était-ce un problème de naissance qu'elle avait appris à dompter. En tout cas, c'est ce qu'il supposait. Quant au chien qui l'accompagnait, c'est lui qui avait créé la plus grande consternation parmi ses hommes. Immédiatement assimilé à un descendant du bunyip, une créature mythique de la mythologie aborigène, il fut adopté sur le champ par les guerriers, et vénéré comme un vecteur du monde ancien, venu sur terre pour les accompagner dans ce monde difficile. Un monde où ils espéraient retrouver leur place comme avant l'arrivée des colons blancs. Les descriptions du bunyip dans les peintures aborigènes étaient vagues. Elles incluaient généralement un corps massif, et une redoutable mâchoire constellée de dents aiguisées comme des couteaux. Le portrait craché de Bao. Toujours selon la légende, les créatures vivaient dans les marais, les billalong, ou encore dans les lits des rivières. Et bizarrement, ce monstre était apparu après qu'une vague géante se soit manifestée, et ait submergé les terres avec une puissance qui suggérait plutôt une colère des Esprits créateurs, qu'un phénomène naturel. Il ne pouvait y avoir de hasard dans le destin, surtout quand celui-ci parlait d'une seule voix. Deux phénomènes étranges forcément liés, et dont la seule inconnue résidait dans sa signification profonde. Dans le *Rêve*, processus par lequel le monde avait vu le jour, il n'y avait pas de distinction entre les hommes et les animaux. Ces derniers, comme le bunyip, étaient la preuve que les esprits pouvaient endosser la forme d'un animal pour une cause particulière. Et ce chien appelé Bao avait tout de l'incarnation d'un esprit. Un esprit fort qui plus est. L'une des rares incohérences dans l'incarnation actuelle du bunyip, était que l'animal semblait particulièrement attaché à la jeune Chinoise, lui prodiguant une attention de tous les instants, alors que normalement les femmes étaient les proies favorites du monstre. Encore un message qu'il faudrait décoder pour en saisir la teneur. Toujours est-il que Bao était libre de ses mouvements – mais en toute honnêteté, qui aurait pu l'y contraindre ? – et en permanence nourri par des guerriers qui lui rapportaient des gibiers et se plaisaient à l'observer à la dérobée pour ne pas le mettre en colère. Pour les Aborigènes, il était important que l'animal se sente en confiance, car ses yeux, plus noirs que les perles du pacifique, reflétaient la profondeur des ténèbres quand quelqu'un l'approchait, alors qu'ils n'étaient que douceur et compassion pour Chao. Il était devenu l'événement d'une troupe de guerriers trop longtemps isolés, lesquels reprenaient espoir grâce à ce mythe qui avait choisi leur lutte pour se manifester dans le temps présent.

Pour autant, les événements se percutaient à la vitesse d'un cheval au galop. Averti de la présence d'une milice fortement armée qui quadrillait ses terres, Nangala se préparait au pire. Les blancs étaient visiblement à la recherche de ses invités, et ces derniers résidaient dans son campement. Il se dirigea vers leur maison. Avant d'engager ses guerriers dans une bataille qui allait peut-être tous les anéantir, il devait connaître précisément les forces en présence, et surtout les intentions des Chinois. Kaiya qui avait malheureusement côtoyé les miliciens de trop près pour ne pas en être effrayé à l'avance l'accompagnait naturellement, ainsi que Tarka qui avait guidé le petit groupe jusqu'ici. Le chef rebelle entra immédiatement dans le vif du sujet :

— Des miliciens fortement armés approchent de notre campement, commença-t-il. Nous avions prévu une attaque de ce genre et placé des rochers sur les hauteurs à des endroits stratégiques, mais leur chef a déjoué nos plans en envoyant des éclaireurs sur ces positions pour s'assurer qu'on ne leur tende aucun piège. Ce qui veut dire qu'ils savent désormais que nous nous cachons dans les environs, et probablement aussi que nous vous hébergeons. Ils seront sur nous dans quelques heures, un jour au plus. Soit nous décidons de fuir, et nous les aurons sur les talons jusqu'à ce qu'ils nous rattrapent, car la majorité d'entre eux possèdent des montures, soit nous décidons de faire face et nous nous battons. Le problème est qu'ils sont au moins aussi nombreux que nous, et bien mieux armés. Et comme nous ne possédons plus l'avantage de la surprise, nos chances de les battre sont bien maigres, même si vous vous associez à nous. Ma question est simple : envisagez-vous une autre alternative que celle que je viens d'évoquer, et qui nous permettrait de rééquilibrer les forces en présence ?

Tandis que chacun se torturait l'esprit pour trouver une solution à ce problème qui semblait insoluble, Da intervint. Il était extrêmement tranquille.

— Durant notre trajet pour venir jusqu'ici, j'ai eu le temps de réfléchir à ça, dit Da en fixant le chef dans les yeux. Ces hommes sont certes nombreux et mieux armés que nous, mais ils ont aussi des faiblesses, fit remarquer le jeune Chinois d'un ton calme.

— Des faiblesses ? répéta Nangala.

— Dans mon pays, enchaîna Da, un général mort depuis longtemps du nom de Sun Tzu, un grand stratège, expliquait que la guerre est conditionnée à cinq facteurs principaux. Trois nous intéressent aujourd'hui particulièrement : le climat, la topographie et l'organisation. Le climat est rude ici, et ces hommes en souffrent plus que quiconque, d'autant qu'ils marchent à une allure soutenue depuis plusieurs jours pour rattraper Kaiya et ses hommes. La topographie ensuite. Ce secteur comprend des gorges, des falaises, et maintes cavités creusées à même la roche, continua le jeune Maître, ce qui nous laisse beaucoup de possibilités pour nous cacher. Enfin, expliqua Da, ces hommes sont nombreux et formés pour intervenir ensemble, ce qui les ralentit et nous avantage grandement…

— Quel avantage voyez-vous dans le fait qu'ils peuvent nous opposer un mur de feu ? demanda Nangala perplexe.

— Je vais vous répondre, chef, mais avant cela laissez-moi vous citer un autre précepte de ce général Chinois. Il disait également qu'à la guerre, le nombre n'est pas un facteur décisif, car il suffit de concentrer ses forces au moment opportun pour l'emporter…

— Cessez de parler par énigme s'agaça Nangala, car la survie de mes hommes est en jeu. Allez à l'essentiel.

— Si nous voulons la victoire, reprit Da, pas vexé par l'empressement du chef, il faut profiter des conditions climatiques qui ont émoussé leur vitalité, mais aussi profiter des variations du terrain qui nous permettront de leur tomber dessus sans qu'il nous voie. Avec votre parfaite connaissance des lieux pour les affronter, c'est jouable…

— Les affronter ?

— Les combattre, effectivement, mais pas comme ils s'y attendent. Notre histoire est trop longue à raconter maintenant, mais sachez que nous avons été attaqués en route par des assassins mandatés par l'impératrice de Chine. Leur tactique était très simple. Comme ils sont souvent inférieurs en nombre aux cibles à abattre, ces hommes tendent des embuscades à l'endroit qu'ils estiment le plus propice, frappent et disparaissent. Nous devons faire exactement la même chose en le répétant encore et encore : attaquer et disparaître, puis recommencer, jusqu'à faire fuir ceux qui n'auront pas été tués… ou nous faire tuer nous-même si nous ne sommes pas assez bons pour rester en vie. Mais à ce stade, nous n'avons plus vraiment le choix, n'est-ce pas ?

— Nous ne sommes pas entraînés à nous battre comme ça ! contesta Nangala.

— Je n'ai pas besoin de vos hommes pour agir, chef. Bai, Chen et moi pouvons les provoquer et en tuer un certain nombre. Vous devez juste placer vos guerriers sur le chemin du retour, quand ils tenteront de fuir, si toutefois nous arrivons à créer un mouvement de panique suffisamment fort pour que nos adversaires décident de refluer. Si cette tactique fonctionne, ils ne seront plus regroupés comme ils le sont maintenant, et vos hommes reprendront l'avantage du terrain. Mes compagnons et moi-même sommes des guerriers qui pratiquons un art individuel depuis notre plus tendre enfance. Notre expertise concerne plusieurs arts martiaux, et nous sommes habitués à ce type de confrontation. Vous ne nous connaissez pas encore, mais nous avons une expérience récente de ce type d'engagement, où nous avons combattu ensemble dans des rapports de force qui n'étaient pas en notre faveur. Nous sommes encore là, ce qui veut dire que nous avons terrassé nos adversaires, et il se pourrait que nous arrivions à faire de même avec ces miliciens…

— Vous paraissez bien sûr de vous, fit remarquer Nangala en se demandant quel était le degré de forfanterie de son interlocuteur.

— J'ai vu ces trois hommes se battre, intervint Tarka qui sentait de la suspicion dans l'esprit du chef Aborigène. Je peux témoigner que leur maîtrise du combat est impressionnante. Avec un peu de chance, il se pourrait que ces trois-là arrivent à soulever des montagnes, affirma-t-il.

— Et moi je ne compte pas ? demanda Chao, vexée d'être mise de côté.

Da s'attendait à cette réaction. Il hésita avant de répondre, choisissant soigneusement ses mots.

— Tu es une grande guerrière, Chao, peut-être même la meilleure d'entre nous. Mais tu n'es pas encore prête pour ce type de bataille, ou la retraite est un facteur décisif. Il faut pouvoir intervenir, disparaître, et rejaillir à un autre endroit avec un maximum de vélocité. Une bonne vision est essentielle pour ce type d'action. Mais tu peux nous aider en créant un vent de panique avec Bao. Cela permettra de les diviser, ce qui pourrait nous aider grandement dans notre tâche. Et puis je serais plus rassuré si je savais que toi et quelques guerriers expérimentés couvrez nos arrières ; ça nous rendra plus confiants dans nos attaques éphémères.

Chao n'insista pas ; elle savait que sa vue défaillante ne l'autorisait pas à ce type de combat. Elle se résigna donc à rester en arrière-plan, et décida de les aider effectivement du mieux possible avec Bao.

— Tu peux compter sur nous, dit-elle simplement.

— Je n'ai pas encore accepté votre aide, s'énerva Nangala qui voyait que son avis importait peu face à de jeunes fous qui avaient déjà pris leur décision.

— Ces hommes nous pourchassent aussi, dit Chen, et le plan de Da est le meilleur qui soit.

— Qui êtes-vous pour savoir ce qui doit être fait ? s'agaça Nangala.

— Un homme qui aurait dû être mort depuis longtemps, lui répondit Chen d'une voix glaciale, et qui est aujourd'hui devant vous parce que tous ses adversaires sont passés par le fil de son épée, et ne sont plus en mesure de l'inquiéter. Ce plan est bon, répéta l'ancien moine guerrier. Êtes-vous avec nous, ou préférez-vous engager vos hommes dans une voie aussi incertaine que stupide ?

Nangala le foudroya du regard, mais s'abstint de répondre. Malgré ses manières rustres, cet homme avait raison.

— J'espère que la confiance que vous avez dans vos qualités martiales n'est pas une imposture, dit-il, car la vie de mes hommes est en jeu. J'espère aussi que vos actions ne seront pas la cause du pire massacre que mon clan pourrait être amené à connaître si ça tournait au vinaigre. Mais bon, je prends le parti de vous suivre. Dites-moi comment vous voulez procéder, dit-il en évacuant ses pensées sombres, nous n'avons plus beaucoup de temps devant nous…

Insensible à l'air brûlant qu'il respirait, Tjapaljarry malaxa le crottin, faisant attention qu'il ne se déstructure pas entre ses doigts. Il l'examina attentivement. La couleur qui tirait sur le vert lui indiqua ce que la consistance du déchet venait de lui révéler : un cheval avait été attaché ici il y a peu. Aucune raison de risquer de blesser les sabots de sa monture sur ce sol rocailleux sans raison valable, si ce n'est pour évaluer un danger. Et en l'occurrence, le danger c'était eux. Un guerrier devait avoir reçu l'ordre de se cacher dans les environs pour déterminer leur avancée. Ce qui voulait dire qu'un groupe vivait dans ces gorges isolées. Il ne pouvait s'agir que de ses compatriotes considérés comme rebelles au regard de la loi des blancs ; Nangala et sa bande de brigands. Il regarda autour de lui, inquiet. Devant eux s'étendait un éboulis de cailloux qui montait en pente douce, jusqu'à un ensemble déstructuré de broussailles. Même si les végétaux interdisaient de suivre son cheminement, le lit de roches semblait se prolonger jusqu'au sommet. Des gradins de roc constellés de fines ravines sombres encadraient l'éboulement, abritant parfois des racines d'acacias morts en forme de sculpture posthume. Au-delà des larges socles fissurés s'érigeait une falaise de quartz au corps piqueté de broussailles. L'endroit mettait Tjapaljarry mal à l'aise. Trop de possibilités pour un ennemi de se cacher sans se faire repérer, trop de chemin parcouru sans âme qui vive, trop d'incertitudes pour être serein. Ils devaient franchir ce passage au plus vite pour retrouver des environnements moins torturés qui les mettraient à l'abri d'une embuscade.

Trop tard.

Un homme apparut soudain en haut de la falaise de quartz. D'une carrure athlétique, il était habillé de vêtements amples, d'une ceinture en cuir retenant un sabre de belle facture, de chaussures souples faites pour la mobilité. Il se cala les mains sur les hanches, et se mit à rire à gorge déployée. Tjapaljarry se retourna, surpris. Les miliciens qui faisaient une pause firent de même, épaulant leur fusil pour certains, retirant la sécurité de leur arme pour d'autres. Tandis que tous les regards étaient braqués sur l'imprudent qui osait se moquer d'eux, une flèche vrombit de la falaise opposée, et se ficha dans la nuque du guide pour ressortir d'un tiers au-delà de sa gorge. Il mourut dans un concert de borborygmes et de giclées de sang, sans jamais avoir vu celui qui venait de l'assassiner. Quand les balles giclèrent enfin du canon des fusils, Bai avait disparu, et Chen courrait déjà sur la ligne de crête pour trouver d'autres angles avantageux pour lancer ses traits. Une deuxième salve nerveuse tenta de l'atteindre, mais il était protégé par un mur de roches qui faisait office de bouclier. Tout en continuant de slalomer, il se retourna, encocha une flèche, et atteignit un tireur en plein cœur. Deux miliciens commencèrent à escalader les plateaux pour le déloger, mais ils n'allèrent pas très loin. Une forme sombre jaillit de l'une des cavités ou sa tenue s'était confondue avec les ténèbres, décrivit deux arabesques presque parfaites avec son sabre, et pourfendit les miliciens du torse au bassin. La lame de Da était si affûtée, son mouvement si rapide, que le sang ne commença à s'écouler bien après que les hommes eurent mordu la poussière. Il replongea dans les ténèbres, semant la confusion dans le rang des miliciens qui ne savaient plus où donner de la tête. L'un d'eux essaya tout de même d'ajuster Da avec son long fusil. Ce dernier se précipitait derrière un renflement pour se mettre à l'abri. Son doigt se crispa sur la gâchette, quand Bai lui trancha le poignet d'un coup ajusté. En quelques bonds acrobatiques, il avait dévalé le chemin qui contournait la falaise et qui rejoignait l'interstice entre les deux plateaux. Personne ne l'avait vu arriver. Même Da fut surpris par cette fulgurance. Le milicien regardait sa main au sol qui agrippait encore le fusil, quand Bai lui décolla la tête avec son sabre d'un mouvement horizontal si précis et si sobre qu'on eut dit qu'il chassait simplement une mouche avec la main. Si la tête du milicien tomba lourdement au sol, son corps lui ondula comme une feuille morte ballotée par le vent d'automne, et rejoignit enfin sa partie manquante dont la bouche ouverte exprimait encore la surprise. Personne n'eut le temps de réagir, que Bai avait déjà disparu derrière les rochers. Une onde de panique commença à s'emparer du groupe, d'autant que Chen continuait de couvrir ses camarades du mieux possible en décochant ses flèches à la vitesse d'un trait par battement de cœur, empêchant une riposte efficace des miliciens. Stephen Roy sentit la débandade arriver, et tenta de reprendre la main sur ses hommes dont la majorité avait presque oublié qu'ils possédaient une capacité d'opposition.

— On cherche à nous séparer, hurla-t-il, regroupez-vous vite pour leur opposer un mur de feu !

C'est à ce moment précis que Bao entra dans la danse. Sorti de derrière les broussailles, il survola le pierrier avec l'agilité d'un bouquetin, relevant ses babines pour découvrir des dents terrifiantes qui ne demandaient qu'à agir. Son grondement annonciateur d'apocalypse paralysa de peur une partie des miliciens. Bizarrement, un roulement sourd et régulier semblait le poursuivre. Le mystère ne dura pas longtemps. Un hongre gris moucheté au torse puissant apparut soudain, effaçant l'obstacle des broussailles d'un bond agile. Il se mit lui aussi à dévaler l'amoncellement de rochers comme s'il avait le Diable au train, une femme fluette armée d'un bâton calée sur son dos. Da grimaça en la voyant. Chao ne l'avait pas écouté, et avait décidé de participer à la bataille au péril de sa vie. Ce qui le rassurait, c'est qu'elle était accompagnée de son molosse et de Huo, son fidèle destrier, qui malgré l'excitation de la bataille, ferait attention à elle. Da décida du coup de changer de stratégie et d'aller au contact des miliciens, au cas où Chao se ferait désarçonner. La priorité était maintenant de la protéger. Il se précipita vers la cache où il avait positionné son arc et ses flèches. Si Chen était un très bon archer, Da était un virtuose. Une fois positionnées, ses flèches volèrent vers l'ennemi à une cadence infernale, transperçant tous ceux qui faisaient mine de s'opposer à la jeune femme. Chao fit une première passe en faisant tournoyer son bâton autour d'elle telle une faux vengeresse, mais ne toucha personne. Face aux flèches qui leur tombaient dessus, et aux circonvolutions mortelles du bâton, les miliciens s'étaient écartés malgré eux pour laisser passer l'équipage furieux. Quelques-uns dégainèrent bien leur pistolet et tirèrent une salve dans l'urgence, mais heureusement pour Chao, tous loupèrent la cible trop mouvante pour être alignée. Ils se resserrèrent ensuite pour faire bloc. Ne voulant pas laisser sa maîtresse seule, Bao n'avait pas encore fait parler ses dents, pourtant pressées de déchirer des chairs et d'en découdre. Le trio détonant s'arrêta à distance suffisante des miliciens pour que fusils et pistolets soient inefficaces. Chao mesura l'intrépidité de sa manœuvre, et se demanda maintenant comment elle allait faire pour aider ses amis. Da avait raison : elle ne pouvait déceler tous les mouvements autour d'elle, étant du même coup une cible trop facile pour des tireurs émérites. Une puissante clameur l'extirpa de ses pensées. Alors que les combats avaient baissé en intensité, une horde d'Aborigènes excités se mêla aux effluves de sueur et de sang du champ de bataille. En rang dispersé, les Aborigènes chargeaient eux aussi. Da pesta. Personne n'avait donc rien compris à ses explications ? Sa tactique était basée sur l'intimidation et le renoncement. En agissant en guerrier fantôme et en abattant quelques-uns des leurs, les trois Chinois distillaient la peur dans le cerveau des miliciens, leur faisant perdre confiance en eux. Comme Chen s'était assuré de tuer le guide Aborigène en premier, les blancs étaient censés se retrouver comme sur un bateau ivre sans capitaine ; déboussolés et devenant des cibles faciles pour des attaquants motivés. Mais la charge des Aborigènes changeait tout. Les miliciens qui étaient pour la plupart d'anciens militaires jouaient désormais une partition qui était la leur contre des ennemis qui se découvraient. Même les flèches de Chen associées aux siennes n'étaient plus très efficaces, les deux hommes étant trop loin pour que les pointes acérées transpercent de façon certaine le cuir des vestes de combat. Il avait envie de hurler sa fureur pour exorciser sa frustration, mais il n'en fit rien, sachant que ça ne changerait pas la mauvaise tournure qu'était en train de prendre cette bataille. Ce que Da n'avait pas compris, car peu au fait des coutumes Aborigènes, c'était la valeur qu'accordaient les hommes originels aux signes célestes. Voyant Bao se lancer dans la mêlée, ils avaient interprété sa fureur comme un message. Si le bunyip attaquait les blancs, il n'en attendait pas moins du peuple des rêves. D'un seul tenant, les guerriers avaient décidé de suivre son exemple, même si Nangala avait vaguement essayé de les en dissuader. Une marée hurlante dévalait maintenant le pierrier armes à la main, bien décidée à bouter l'envahisseur hors de son territoire. Mais s'ils étaient intrépides et courageux, ils étaient aussi des cibles faciles pour des tireurs émérites. Quelques guerriers n'arrivèrent jamais en bas du bris de pierres, fauchés par le feu nourri des miliciens qui malgré la violence de l'attaque, avaient réagi grâce au sang-froid et à l'autorité de Roy. Ils s'étaient regroupés pour être plus efficaces, et quand la première vague tirait, la deuxième rechargeait et vice versa. Quelques jeunes Aborigènes véloces arrivèrent tout de même à franchir la pluie de balles. N'ayant pas de baïonnette comme les soldats de la troupe expéditionnaire, les miliciens avaient tout de même eu la présence d'esprit de garder les pistolets pour lutter en combat rapproché. Les jeunes guerriers Aborigènes tombèrent sans même avoir pu combattre. Les miliciens reprenaient confiance dans leur capacité à gagner cette bataille qui avait si mal commencé. Et c'est bizarrement quand les Aborigènes étaient venus en renfort, que leur efficacité avait été retrouvée.

Voyant que Chao était hors d'atteinte, Da avait ralenti le pas. Bai avait fait de même. Se joindre aux guerriers Aborigènes dans une tentative de submersion des miliciens apparaissait désormais comme un véritable suicide, tant les bouches à feu transperçaient tout ce qui se trouvait à leur portée. Ce fut finalement Bao qui fit basculer le rapport de forces. Sa maîtresse en sécurité, il décida d'apaiser sa fureur sur ceux qui avaient essayé de la tuer avec les mêmes bouches à feu qui l'avaient si gravement blessée lors de sa fuite de la cité impériale à Pékin. Il se dressa sur ses pattes arrière, et bondit très haut en créant un nuage de poussière qui le camouflait partiellement, puis fonça en direction de ses ennemis à l'instar de la grande faucheuse sur ses victimes. Ses foulées étaient tellement puissantes, qu'il paraissait comme suspendu dans les airs tel un ciel orageux annonçant l'apocalypse. Tout en galopant vers la masse humaine qui lui tournait le dos, occupée à faire face aux Aborigènes, il ne put s'empêcher de faire claquer ses mâchoires comme un échauffement à la séquence à venir. Entendant ces bruits inquiétants, quelques miliciens osèrent un regard vers l'arrière, mais la bête était déjà sur eux. Il pénétra le groupe comme une flèche transperce un corps mou, arrachant au hasard des chairs au fur et à mesure de son avancée. Bousculés et mutilés par cette masse furieuse assoiffée de sang, les assiégés hurlaient autant de douleur que de peur. Ayant traversé le groupe de miliciens de part en part, Bao ne leur laissa aucun répit et repartit dans la mêlée sans perdre de temps. Sa mâchoire avait une activité incessante, ses yeux de tueur repéraient en une fraction de seconde une cible, que ses dents découpaient l'instant d'après. Sa haine était aveugle, sans la moindre étincelle de raison ; le monstre vengeur ne serait rassasié que par la mort de ces porteurs de fusils. Pour échapper au carnage et à une fin qu'ils entrevoyaient comme terrible, les miliciens s'enfuyaient dans tous les sens, créant des espaces béants qui facilitaient la tâche mortifère du molosse. Ce fut le début de la fin. Grâce à la panique qu'avait généré le bunyip, la vague Aborigène entra enfin au contact des ennemis, et fit jouer massues et sagaies dans un nuage de molécules écarlates et de râles d'agonie. En moins de dix minutes, plus un souffle de vie ne sortait des gorges impies. La milice n'était plus, exterminée par ceux qu'ils considéraient comme incapables de leur faire face…

Les yeux exorbités et les babines encore pleines d'hémoglobine, Bao retrouvait un peu de lucidité. Chiot battu dès sa naissance pour en faire un chien de combat, sa foi en l'homme était plus que limitée, ce qui expliquait son comportement tranché. Soit l'homme était un ennemi qu'il fallait abattre, soit des individus sans importance qu'il fallait ignorer, soit pour très peu d'entre eux, des êtres dignes de confiance. Chao en faisait bien évidemment partie, mais également Da pour qui il vouait une affection particulière. Ces deux-là méritaient qu'on risque sa vie pour eux. Il se lécha les babines et lorgna du côté de sa maîtresse. Elle n'avait plus rien à craindre de ces hommes ; il avait fait du bon boulot.

Les Aborigènes quant à eux se regardaient presque surpris d'avoir réussi l'impossible. Mais tous savaient ce qu'ils devaient au bunyip. Ils le regardaient rejoindre tranquillement sa maîtresse avec un regard à la fois médusé et admiratif. Médusé de tant de violence, admiratif de sa capacité à détruire tout ce qui s'opposait à lui. Un être de légende, indéniablement. Et pourtant, la gêne se lisait aussi sur les visages. Être capable de tant de cruauté ne pouvait réjouir personne. Si cette bataille resterait gravée dans leur esprit de façon indélébile, la façon dont elle s'était déroulée devait rester secrète. Y compris pour les familles. Personne ne devait savoir comment le Diable en personne s'était invité à la danse, et avait permis de renverser une situation quasi désespérée. Les miliciens, ou du moins ce qu'il en restait, furent enfouis sous des pierres vierges de toute inscription comme unique stèle. L'endroit, et surtout les morts qui y résidaient désormais, devait rester anonyme.

Suite à cet épisode sanglant, Nangala prit sa décision ; il accompagnerait les Chinois jusque Sydney, puis prendrait le train avec Brown en direction de Melbourne. Même si c'était compliqué pour lui, il se ferait violence pour s'exprimer devant le parlement et tous ces gens qui avaient si longtemps méprisé son peuple. Il avait compris aujourd'hui que la violence ne pouvait rien résoudre de durable. Elle faisait au contraire ressortir ce qu'il y avait de plus mauvais en l'homme, générant un cycle de vengeance qui ne prendrait jamais fin si on continuait ainsi. Une société ne pouvait se construire sur ce terreau si peu fertile, d'autant que son peuple en infériorité numérique se ferait fatalement submerger un jour ou l'autre par des blancs revanchards. La seule protection sur laquelle les siens pouvaient désormais compter, c'était la loi : il devait faire en sorte que celle-ci évolue et les protège comme elle protégeait les blancs sur leur propre territoire. Une fois sa décision prise, il en informa ses guerriers, lesquels furent priés de rejoindre leur famille près d'Alice Spring. Plus rien ne justifiait à présent qu'ils restent isolés sur ces hauteurs, dont les pierres étaient désormais hantées par les fantômes de ce massacre…

Couper les racines

Gao ne se lassait pas de ce spectacle. Le mont Maiji et ses grottes, dans la province du Gansu, en Chine, affichaient parmi les plus belles et les plus spectaculaires sculptures bouddhistes du pays. Mais au-delà de ces magnifiques statues, l'endroit avait été autrefois une importante base opérationnelle de la confrérie chinoise des assassins, jusqu'à ce que tout ce petit monde soit délogé et quasiment détruit par l'armée impériale de l'époque, dirigée par l'empereur Jiajing. Depuis, la confrérie s'était reconstituée, avait juré fidélité à tous les empereurs successifs, et s'était mise à leur service exclusif, prenant de fait ses quartiers dans une aile spécifique de la cité impériale. C'est pourquoi l'impératrice Cixi pensait que les assassins étaient entrés dans le rang, éliminant uniquement les cibles qu'elle leur attribuerait. D'ailleurs, c'était le contrat depuis plus de trois cents ans. Pourquoi la secte aurait-elle fait différemment, au risque de subir le courroux de l'impératrice, avec la mort de l'ensemble des assassins comme conséquence inéluctable ?

Quelle erreur que de penser cela !

Ce que Cixi et les empereurs avant elle n'avaient pas compris, c'est l'état d'esprit de cette engeance. Une fratrie qui considérait le règne des fils du ciel comme une imposture. Qui pensait aussi que la mort n'était pas une fin, mais un soulagement dans une vie remplie d'épreuves. Ce n'était donc pas une punition, juste la fin de leur engagement. Leurs actions, donc, allaient bien au-delà des désirs de leur souveraine, parfois même bien au-delà des mers et des continents. La confrérie des assassins n'était pas fragmentée par pays, mais constituait une grande et puissante nébuleuse qui pérennisait ses ramifications du profit de la mort. À ce titre, les gardiens du trône céleste réalisaient des contrats pour leurs frères étrangers dans le plus grand secret, engrangeant des sommes d'argent colossales qui servaient leurs intérêts et leur puissance. Il n'était plus très loin le temps où ils s'affranchiraient du joug des empereurs de Chine, si toutefois les dynasties arrivaient à survivre à la lassitude et à la colère d'un peuple en ébullition.

Mais ça, c'était une autre histoire.

Si Gao avait fait ce long voyage depuis Pékin, c'était uniquement pour se rappeler. Se remémorer que des centaines d'assassins avant lui avaient fait les mêmes choix, le même serment d'allégeance. Non pas aux empereurs de l'époque ou aujourd'hui à Cixi, lesquels étaient souvent des êtres malfaisants, non éclairés, parfois même dégénérés, mais plus sûrement à une cause céleste qui méritait qu'on y sacrifie son âme et sa vie.

Pour rendre le monde plus juste.

Pour pallier la justice imparfaite des hommes.

Pour éradiquer les fléaux humains.

Ses prédécesseurs étaient non seulement des guerriers rompus aux arts du combat qui œuvraient dans l'ombre, mais également des artistes comme en témoignaient les magnifiques sculptures sous ses yeux. Si leur terrain d'action était ce monde terrestre, leur enseignement était millénaire, et leur allégeance céleste. Il se rappela ce que Weibaomeng, le chef des assassins leur avait enseigné dès leur plus jeune âge : « Il ne suffit pas juste de tuer nos ennemis, car nous ne sommes pas des meurtriers, mais des exécuteurs. Nous devons agir en public quand c'est possible, pour l'exemple. Quand nous tuons un homme, nous en terrorisons cent mille. Cependant, il faut aussi savoir mourir. Car si en tuant nous décourageons nos ennemis d'entreprendre quoi que ce soit contre nous, en mourant de la façon la plus courageuse qui soit, nous forçons l'admiration de la foule. Et de cette foule sortiront des hommes qui nous rejoindront tôt ou tard. Soigner sa fin est donc aussi important que de tuer. Tuer est notre mission, mais notre but ultime est de renforcer notre secte pour qu'elle survive à ses ennemis, ainsi qu'au temps qui passe. Si conquérir est notre but, chacun d'entre vous êtes le moyen pour l'obtenir, avec votre vie comme sacrifice. N'oubliez jamais que vous n'êtes pas faits pour ce monde, mais pour l'autre. Celui qui vous attend si vous faites correctement ce pour quoi on vous a formé. Attention toutefois ; vous ne serez un héros, que si vous avez accompli votre mission, ou encore si vous êtes mort en l'exécutant. Nous œuvrons pour la tranquillité des empereurs, des puissants, mais ces derniers nous craignent car ils savent qui nous sommes. Les passeurs de ce monde vers un autre, meilleur ou pire, tout dépend des cibles, accomplissant notre mission quoiqu'il en coûte. Le bras armé de la puissance divine, en quelque sorte… »

Quand il était revenu à Pékin après avoir failli à sa mission, Weibaomeng l'avait fouetté et fait torturer. Il avait enduré les sévices de son corps sans se plaindre, car ce dernier n'était que l'esclave de son âme. La souffrance n'était rien, si ce n'est un viatique pour se rappeler l'essence même de son engagement ; c'est pourquoi elle avait toujours fait partie de son entraînement. Car cette punition, il l'avait méritée. Elle n'était que le juste châtiment de son incompétence. Dans son immense bonté,

Weibaomeng lui avait donné une seconde chance de démontrer son habileté, lui offrant le commandement d'une nouvelle équipe expérimentée. Cette fois, il ne pouvait se permettre l'échec : c'était réussir ou mourir, aucune autre alternative possible. Avant de partir pour la province du Hunan, il avait tenu à venir ici. Pour se souvenir, et pour se recueillir aussi. Il passerait ensuite à l'action. Pour l'instant, ses futures victimes résidaient en Chine, et sa mission consistait à *couper les racines*... Une fois les cibles éliminées, ils retourneraient en Australie pour terminer le boulot une fois pour toutes. Mais il emporterait dans sa besace un souvenir personnel de ceux qu'il aurait tués. Pour leur montrer. Pour leur signifier que tous leurs proches étaient morts, exécutés, et qu'il ne restait plus qu'eux. Pour qu'enfin ils emportent dans la tombe la souffrance et la honte, en plus de la défaite...

Le Maître essuya la sueur qui coulait de son front. Après sa traditionnelle séance de Tai Chi Chuan, il s'était ensuite exercé une bonne heure au sabre sur un pantin de paille. Il s'était arrêté en faisant en sorte que cela paraisse naturel, ayant senti la présence d'une ou de plusieurs forces maléfiques autour de lui. Cachées par les arbres et l'observant certainement depuis un bon bout de temps. Ces hommes avaient bien choisi leur moment. Celui où il était seul, hors du temple, à pratiquer ses exercices. Il n'avait pas peur, car il attendait cette confrontation depuis longtemps. Quand Bai s'était opposé à l'impératrice, il se doutait que sa propre vie était en danger. Une forme d'excitation le fit vibrer ; tout son enseignement était tourné vers ce qui allait se passer dans quelques instants : une lutte à mort avec des experts, car il paraissait évident que l'impératrice avait envoyé des assassins accomplis pour assouvir sa vengeance. Ça correspondait parfaitement à ce qu'il attendait. Il regrettait juste que ce soit au crépuscule de sa vie, alors que ses forces déclinaient peu à peu. Mais s'il se battait bien, ses ennemis trembleraient en pensant à Bai, voyant ce que son vieillard de Maître était encore capable de faire. Ses doigts desserrèrent le manche de son sabre d'entraînement ; il était nécessaire d'être parfaitement décontracté pour donner le meilleur de soi-même. Il lorgna sa lame. Elle n'était plus très droite, un peu plus courte qu'une épée classique, mais qu'importe. Par essence, le sabre était le reflet du guerrier. Une manifestation de sa véritable nature dans ce monde policé. Ce n'était pas un simple bout de métal qu'il tenait entre ses mains, mais son âme de guerrier forgée dans la souffrance et la pratique assidue. Et peu importe la qualité de l'arme avec laquelle il se battait, car c'était son être tout entier qui allait être engagé dans une lutte à mort, et non la vieille lame rouillée qui prolongeait son bras en cet instant…

À voir sa position immobile, les assassins durent s'apercevoir qu'il avait repéré leur présence. Pas étonnant, vu le pedigree du bonhomme. La phase finale allait pouvoir commencer. Le plus aguerri dans l'art du sabre sortit de derrière l'énorme pin qui le camouflait jusqu'à présent. Il s'appelait Chun. Il espéra que Gao comprendrait son attitude, et l'excuserait du peu de formalisme de cette attaque. Car cet homme méritait mieux que de mourir d'une flèche dans le dos, ou de la paralysie du poison qui recouvrait généralement ses pointes. Il s'avança avec assurance. Il tenait en main un sabre dit « queue de bœuf », avec un manche recourbé et un tsuba en fer pour empêcher la main de glisser vers la lame très tranchante. En guise de décorations, des gravures sur le fer plat représentaient un dragon, et un foulard de couleur rouge symbolisait l'élément feu, le cœur et le phénix, permettant aussi de distraire l'adversaire et de dissimuler ses intentions.

Sans dire un mot, les deux hommes se firent face. Leur regard était fiévreux, mais sans peur. Chacun croyait en quelque chose de plus grand que lui, et avait travaillé dur pour exceller dans son art. Pour être le plus performant possible dans le moment qui allait suivre. Sauf que le destin les avait placés sur la face différente d'une pièce : le côté obscur et le côté lumineux.

Yang Baoxing tenait son sabre d'une main, deux doigts de sa main opposée prêts à guider sa lame ; l'assassin, lui, enserrait sa garde des deux mains, la lame légèrement relevée. Deux styles différents, mais manifestement deux experts qui se respectaient et qui savaient que l'un d'eux allait mourir aujourd'hui. Ils se jaugeaient, mêlant corps et esprit dans une confrontation qui allait conforter un style, une maîtrise, une supériorité. Mais Yang Baoxing savait aussi que ce combat serait une expérience unique qui devait favoriser l'union de tous les éléments du ciel, de la terre, du corps et de l'esprit. Un test ultime qui déterminerait son niveau d'expertise. Il leva les yeux sur les montagnes replètes qui l'entouraient. Rondes et généreuses, elles semblaient bienveillantes et éternelles. Le soleil arasant coiffait leur cime d'une tiare dorée, comme le couronnement de leur magnificence.

Splendide.

Le parfait moment pour combattre.

Et peut-être même pour mourir.

Un pied bougea subrepticement, une goutte de sueur tomba au sol, les doigts s'ajustèrent sur les gardes, les muscles se tendirent…

Puis sans prévenir, comme un coup de tonnerre dans un ciel ombrageux, l'affrontement commença. Les lames volèrent et s'entrechoquèrent avec fracas pour former un X presque parfait. D'une poussée de reins vigoureuse, les deux épéistes se séparèrent aussitôt et retrouvèrent une distance de sécurité. Les souffles étaient déjà rauques, les esprits toujours encombrés de scories néfastes. Yang Baoxing se reprit, sachant que le combat était perdu s'il n'arrivait pas à faire le vide en lui. Sans qu'un seul de ses muscles faciaux trahisse le travail en cours, il expurgea de sa tête les pensées perturbatrices, et cala son esprit au rythme de son souffle : lent et régulier. L'assassin qui s'attendait à une seconde attaque était resté sur ses gardes, mais rien ne se produisit. Trouvant probablement le temps trop long, il décida de réengager le combat. Dans un mouvement foudroyant ou des yeux ordinaires ne pouvaient suivre la course des orbes d'argent, les sabres se percutèrent violemment, libérant leur lot d'étincelles et s'annihilant de nouveau. Les protagonistes se remirent aussitôt en position de combat d'une poussée franche.

L'air ambiant était électrique.

Des gouttes de sueur constellaient déjà le front des protagonistes.

Sachant que leur cible ne pouvait plus s'enfuir, les autres assassins avaient décidé d'assister au spectacle. Ils désertèrent donc leur cachette sans plus essayer de se dissimuler, une flèche empoisonnée encochée sur leur arc, attendant le résultat de cette confrontation avec délectation. S'ils tuaient souvent leur victime sans qu'elle s'en aperçoive, avoir l'occasion de se confronter à un adversaire de valeur leur permettait aussi d'étalonner leurs compétences. Yang Baoxing n'y prêta guère attention, mais au regard du rapport de force, il savait désormais que sa vie finirait aujourd'hui. Il allait faire en sorte que ce soit de la plus belle des manières.

Deux paraboles presque parfaites se formèrent de nouveau dans l'air frais du matin. L'attaque fut cette fois à l'initiative du vieux maître. En un bond puissant, il se déplaça latéralement, son sabre effectuant une courbe inversée qui loupa la gorge de Chun d'un cheveu, mais lui entailla sérieusement l'épaule. Comme s'il ne ressentait rien, l'assassin risqua aussitôt une contre-attaque en poussant la pointe de son sabre contre la poitrine de son adversaire avec ses deux mains. Même blessé, sa vitesse d'exécution était stupéfiante, mais pas assez pour surprendre Yang Baoxing, qui en son temps avait été l'un des meilleurs bretteurs du royaume. Ce dernier pivota sur lui-même en un mouvement fluide, laissant ainsi la lame de son adversaire transpercer le vide. De façon tout aussi naturelle, ses pieds glissèrent sur la terre sèche pour s'écarter largement et rapprocher le bassin du sol. Puis le pied de sa jambe arrière se tordit pour prendre appui sur la terre, et il propulsa le tranchant de sa lame à la base de la jambe gauche de l'assassin. Si son sabre était petit, il était également plus véloce que celui de son adversaire, et malgré le fait que certaines taches de rouille commençaient à le coloniser, son tranchant était entretenu chaque jour par un apprenti sur une pierre à affûter. La coupure fut nette, mortelle, l'artère fémorale ayant été sectionnée en même temps que le muscle. Chun écarquilla les yeux. Il n'avait jamais été battu jusqu'à aujourd'hui en combat individuel, et voilà qu'un homme de plus de trois fois son âge l'avait terrassé. Il vacilla, sautilla sur sa jambe valide pour s'écarter de son adversaire, laissant derrière lui une longue trace sanglante en guise de traîne honteuse. Mais Yang Baoxing n'avait pas l'intention de le poursuivre. Dans quelques secondes son cœur s'arrêterait, et il savait que l'interlude martial était terminé pour les assassins. La mission reprenait ses droits. Il ferma les yeux et ouvrit les bras en croix pour s'offrir aux flèches qu'il savait prêtes à fondre sur lui. L'ennemi avait érigé en art les mille et une façons de mourir ; autant les laisser faire leur travail. Si ce n'était pas aujourd'hui, ce serait demain ou quelque temps après. Ne pas perdre de temps, et profiter de ce jour de gloire pour tirer sa révérence. Son souhait fut aussitôt exaucé. Un trait lui transperça la gorge, l'autre le cœur. Sur un signe de leur chef, les archers avaient visé les points vitaux. Cet homme méritait une mort digne. Il rendit son dernier souffle quasiment au même moment que son adversaire, en sachant que sa technique au sabre lui survivrait au travers de Bai, son fils spirituel. Quand Gao ôta la bague qui servirait de preuve de sa mort, un sourire ornait le visage du vieil homme.

Ce matin, Meng Xun avait un rendez-vous important. Il longea les bâtiments blancs à deux étages alignés les uns à côté des autres, le long de la rivière des Perles. C'est là, dans les treize factoreries, que résidaient les étrangers autorisés à commercer avec la Chine ; là aussi qu'Anglais, Suédois, Hollandais, Français, ou Américains, stockaient leurs marchandises en partance pour l'Europe ou les États-Unis. Chaque nation disposait de son propre bâtiment loué aux treize honguistes, ces intermédiaires de l'administration chinoise habilités à traiter avec les compagnies étrangères. Meng Xun était l'un d'eux pour la partie visible de l'iceberg, et l'adjoint au chef de la triade du pavillon noir pour la partie immergée. Ce n'étaient pas les entrepôts qui l'intéressaient ce matin, mais un clipper anglais venu d'Inde qui devait acheminer un lot de marchandises spéciales pour lui. Depuis les troubles de Pékin et la mise au pas de Cixi par les légations étrangères, les affaires avaient repris bon train dans la ville côtière, et l'opium inondait de nouveau les nombreuses fumeries réparties un peu partout sur le territoire. Les besoins étaient tels, que tous les pays producteurs avaient été sollicités, et l'Inde était un fournisseur sérieux proposant un produit de qualité. Meng Xun devait réceptionner la cargaison qui comprenait un millier de vases de porcelaine emplis d'opium à l'état aqueux, et expédier ensuite cette marchandise le plus rapidement possible chez ses clients. C'était un produit de contrebande, bien sûr, mais l'un des meilleurs qui soient. Si Meng Xun était pris avec sa cargaison d'opium, il ne risquait rien de moins que sa tête, mais le profit espéré valait cette prise de risque. Il ne comprenait pas cette passion pour ce psychotrope, détestant les corps décharnés et dépendants qui ne vivaient plus que pour la fumée d'opium embrasé, laquelle en retour, détruisait leur corps et leur esprit jour après jour. Mais si la faiblesse des drogués le dégoûtait, leur argent était par contre du pain béni, les taëls d'argent engrangés le faisant vivre grassement à titre personnel, et irriguant en partie la triade du pavillon noir.

Arrivé sur les quais, il tenta de repérer le clipper parmi les nombreux bateaux à l'amarre aujourd'hui, mais aucun ne ressemblait au puissant navire de la compagnie anglaise qui aurait pourtant dû accoster depuis la veille. Intrigué par cette absence, il se demanda s'il avait reçu la bonne information, et se mit à ausculter les navires avec attention, y compris ceux qui déchargeaient. Cette partie du delta était réservée aux flux entrants et sortants, avec comme uniques cathédrales, de grandes grues armées de poulies monstrueuses et de cordes qui ne l'étaient pas moins. L'activité était au plus bas ce matin ; seuls quelques hères pauvrement vêtus déchargeaient une jonque de commerce. Il s'approcha de l'un d'eux, l'abordant sans formule de politesse :

— Je suis l'un des administrateurs de ce port, dit-il avec autorité. Je cherche un clipper venant d'Inde ; l'avez-vous vu ?

Le loqueteux à l'œil brillant lui répondit avec une attitude faussement soumise :

— Aucun bateau de ce genre n'a accosté aujourd'hui, honorable fonctionnaire, mais une personne pensait que vous alliez effectivement venir. Si vous êtes bien l'honorable Meng Xun, elle nous a remis ce message pour vous.

Il lui tendit un morceau de papier froissé.

— Quelqu'un vous a remis un message pour moi ? répéta Meng Xun estomaqué. À vous ?

— Oui. Cette personne qui semblait également de bonne condition, nous a dit qu'elle avait des renseignements sur l'individu dont le nom est inscrit sur le papier. Elle vous attend pour vous en dire plus dans l'entrepôt des épices, au fond de…

— Je sais où est cet entrepôt, répondit Meng Xun avec agacement, je vous rappelle que je gère cet endroit.

— Excusez mon impertinence, honorable fonctionnaire, je ne suis pas habitué à discuter avec des gens de votre position.

— Hum…

Il s'empara du papier de riz, et lut les deux mots écrits avec un pinceau épais.

Meng Xun blêmit. Il avait dépensé beaucoup de temps et d'argent pour savoir ce qu'était advenu celui qui avait délaissé la triade pour une bande de fugitifs. Il avait cru comprendre qu'il avait quitté la Chine avec ses comparses, mais rien de plus précis.

— À quoi ressemblait cet homme ? demanda-t-il au loqueteux qui s'était remis à travailler.

L'homme laissa tomber le sac de farine qu'il venait juste de mettre sur son épaule. Apathique et se grattant la tête, il semblait avoir du mal à se rappeler.

Le dignitaire du Pavillon noir laissa tomber dans sa main quelques wén (1000 wén valent environ 1 taël d'argent), ce qui réactiva effectivement le bonhomme comme mû par une énergie nouvelle. Par réflexe, il porta quand même la pièce percée d'un trou carré à la bouche pour vérifier qu'elle était en cuivre et non en bois, comme les trop nombreuses copies en circulation ces derniers temps. Rassuré, il laissa apparaître un large sourire et gratifia son interlocuteur de la vision de l'unique trophée qui ornait encore sa bouche : une dent jaunie par le tabac qui s'érigeait fièrement sur ses gencives supérieures.

— Il était bien mis, tout comme vous, honorable fonctionnaire. Cet homme n'était pas un gueux, si c'est ce que vous voulez savoir, il avait des manières. C'est certainement la raison qui l'empêchait de vous attendre ici, sous le soleil, avec le risque de faire des rencontres désobligeantes pour quelqu'un de son rang…

— Bien, merci. Pouvez-vous m'accompagner avec votre collègue pour être sûr de ne pas tomber sur un brigand. Vous pourrez vous partager 100 wén supplémentaires à vous deux si vous m'escortez et prenez ma défense en cas de besoin. Comme il est encore tôt, personne n'en saura rien, et vous reprendrez votre travail ensuite avec les poches un peu plus garnies.

Appâté par la somme d'argent, les deux hommes ne se firent pas prier et acceptèrent l'offre généreuse du fonctionnaire, fiers qu'il ait pensé à eux pour le défendre au cas où.

L'entrepôt n'était pas très loin. À cette heure, il était déserté de tout mouvement, car aucun chargement n'était prévu dans cette zone. Peu désireux d'entrer dans l'immense espace obscur où sa sécurité apparaissait plus que menacée, Meng Xun tenta d'appeler l'éventuel informateur pour le faire sortir de cette tanière qui ne lui disait rien qui vaille.

— Ohé, je m'appelle Meng Xun, sortez de cet entrepôt, je vous prie !

Personne ne répondit comme pressenti par le fonctionnaire. Prudent, ce dernier réitéra son appel, bien décidé à rebrousser chemin si personne ne se manifestait.

— C'est moi que vous cherchez ? demanda une voix calme derrière eux.

Meng Xun sursauta et se retourna. À deux pas de lui se tenait un homme vêtu de noir. Personne ne l'avait entendu arriver, ce qui était surprenant. Mais qu'importe, cette farce n'avait que trop duré.

— Votre façon de faire est surprenante, pesta Meng Xun qui sentait ses nerfs le lâcher. Me donner rendez-vous dans un endroit isolé pour des soi-disant informations que vous auriez pu me livrer sur les quais ; tout ceci est inconvenant. Sans compter votre façon de nous surprendre en passant derrière nous sans faire de bruit… Oui, vraiment bizarre…

— Vous êtes dans le vrai, concéda Gao, je suis effectivement quelqu'un de particulier. En fait, ce que j'ai dit à ces hommes n'était pas tout à fait exact. Je ne suis pas ici pour vous donner des informations, mais pour vous en soutirer sur ce fameux Cui Da.

Meng Xun blêmit.

— Qui êtes-vous ? demanda-t-il en ne pressentant rien de bon de cette entrevue.

— Est-ce que le mot Xia vous dit quelque chose ?

Cette fois, Meng Xun passa de blême à livide. Le terme de *xiá* n'avait à l'origine aucune connotation positive ou négative. Il désignait simplement des hommes robustes au caractère bien trempé, avec des talents de combattants. Dans le contexte de la Chine ancienne, c'étaient des sabreurs, des guerriers, le plus souvent des soldats d'un royaume combattant vaincu ayant perdu leur statut, et cherchant un emploi ailleurs que dans leur province. Comme leur attitude belliqueuse, associée souvent à une consommation excessive d'alcool de riz, les faisait craindre du plus grand nombre, ils avaient du mal à retrouver du service, et en étaient réduits à errer de village en village, glanant quelques pièces ci et là en œuvrant la plupart du temps à de basses besognes pour survivre. Avec le temps, ils finirent par se regrouper et devinrent des rebelles par force, des hors-la-loi par nécessité, faisant ce qu'ils savaient faire le mieux, c'est-à-dire guerroyer et devenant de facto la première confrérie d'assassins de Chine. Comme les gardiens du trône céleste étaient une évolution de cette engeance qui s'était professionnalisée et avait réussi à rester secrète, uniquement connue de rares initiés, la population n'en avait naturellement jamais entendu parler. Mais Gao avait volontairement utilisé le terme populaire pour désigner les assassins, car il savait que ce dernier était source de fantasmes et ferait son effet. Pour enfoncer le clou et avant que Meng Xun et ses coolies ne réagissent et ne prennent la poudre d'escampette, Gao écarta sa veste, découvrant un sabre court et une série de petits couteaux à lancer.

— Si l'un d'entre vous avait la mauvaise idée de s'enfuir, dit-il en les fixant l'un après l'autre, sachez que je suis expert dans le lancer de couteaux, comme dans le maniement du sabre par ailleurs. Sachez aussi que mes lames sont enduites d'un poison si puissant, qu'une simple éraflure suffira à vous faire mourir en moins de dix battements de cœur. Et si ça ne suffisait pas à vous inciter à rester tranquille, vous devez également savoir que j'ai deux de mes hommes cachés quelque part autour de l'entrepôt, prêts à vous massacrer en cas de mauvaise décision de votre part. J'ai besoin d'information, et vous allez me les fournir, dit Gao en fixant Meng Xun. Par contre, je n'ai plus besoin de vous, fit-il en direction des coolies, vous pouvez partir maintenant que je l'ai décidé.

Il fixa les servants d'un air froid, conscient d'avoir asservi leur esprit au sien. Les deux Chinois décharnés ne se firent pas prier et prirent la poudre d'escampette. Ce que Meng Xun ne vit pas, c'est qu'ils n'avaient pas franchi le coin du bâtiment, qu'ils étaient déjà occis et jetés dans un trou préparé à l'avance par les comparses de l'assassin. On mettrait quelques heures à les découvrir, juste le temps de finir le travail avec Meng Xun. Pour ce dernier, cela prit plus de temps. Non qu'il résistât beaucoup à l'interrogatoire, mais parce qu'il y avait tout un tas d'informations à soutirer. On le retrouva le lendemain matin pendu à l'une des grues de chargement, le corps lardé de coups de couteau. Une technique rudimentaire, mais efficace pour obtenir des aveux. En échange de ce procédé si peu charitable, Gao avait recueilli des renseignements de premier plan. Da était un jeune expert en arts martiaux recruté par la triade du pavillon noir. Il devait évaluer et éliminer si besoin Li Bai et Chao, mais pour une raison inconnue, il avait décidé de rester avec eux. Ce qui faisait trois experts en combat sous toutes ses formes à affronter, sans oublier le moine guerrier qui était lui aussi un combattant endurci, et qui leur avait donné du fil à retordre avec son père adoptif Hailong. Voilà pourquoi les missions précédentes avaient été si laborieuses. Leurs adversaires étaient les plus dangereux qu'il leur avait été donné de rencontrer jusqu'alors. Il convenait maintenant d'être prudent et particulièrement imaginatif quand ils tendraient l'embuscade fatale qui les éliminerait tous. Le seul hic concernait la mère de Chao, ainsi que ses frères et sœurs ; ils n'avaient pas été retrouvés. Le moine les avait bien cachés, et surtout, il avait pris soin de changer leur identité. Tant pis, ce n'était qu'une question de temps pour finaliser l'opération « couper les racines ». En attendant, il était temps pour Gao de partir pour l'Australie avec son équipe de tueurs afin de tisser sa toile vengeresse. Il prenait dans ses bagages un collier appartenant à Meng Xun avec l'effigie du pavillon noir gravé dessus, ainsi que la bague de Yang Baoxing que Li Bai et Chao connaissaient forcément. Deux trophées qu'il utiliserait à bon escient, le moment venu…

Le butin

Rockwood avait repéré la surveillance dont Grace Taylor faisait l'objet. Au moins deux guetteurs en permanence, lesquels se relayaient jour et nuit, en plus de l'homme qui les accompagnait lors de leurs trop rares sorties. En effet, Grace avait commencé à reprendre goût à la vie et acceptée de mettre le nez dehors, mais sur des distances courtes, et surtout dans un temps limité. C'était déjà ça pour une femme qui avait côtoyé l'enfer de si près. Pour lui, par contre, et malgré l'extrême attention qui avait été la sienne sur l'intérêt d'éventuels suiveurs à son égard, il n'avait rien vu. Quinn avait donc misé sur Grace pour faire échouer une éventuelle fuite de leur part. Ses hommes n'étaient pas assez raffinés pour maintenir une filature discrète, et il devait penser, à raison, que Rockwood ne partirait pas sans sa protégée. Même s'il en avait été agacé dans un premier temps, Rockwood se disait maintenant qu'il avait au moins la possibilité d'organiser une cabale sans être inquiété.

Oui mais comment ?

Après une longue réflexion, le nom de Ted Harris lui était venu à l'esprit. Qui de mieux que cet homme pouvait le sortir du pétrin dans lequel Grace s'était fourrée ? Car si l'homme était un truand, tout comme Quinn, la différence entre les deux était que Harris cherchait aujourd'hui à s'acheter une conduite pour pouvoir être élu au parlement de Melbourne, et investissait son argent dans des affaires légales comme des banques ou des mines. L'autre atout était sa prévisibilité, quand Bill Drew était un fou furieux avec une bande de psychopathes pour valets, le meurtre chevillé au corps en seconde nature. Entre les deux, le choix était vite fait. Et comme son ancien employeur frayait en politique, il avait ses entrées dans les strates supérieures de la police de la ville. Un atout essentiel aux yeux de Rockwood qui avait besoin de sa protection. Ce dernier avait donc sollicité un rendez-vous chez Ted Harris, via Rob Smith son homme de main. Le message était arrivé deux jours plus tôt avec une date et un lieu de rencontre. Ce matin, Rockwood se rendait donc dans le quartier vivant de Newtown, à l'adresse indiquée. La résidence secondaire d'Harris était une grande maison colorée aux toits superposés, entourée d'un petit jardin bien entretenu. Pour un homme de sa trempe, il était important d'être à Sydney où il venait d'acheter une petite banque. Car si officiellement les décisions se partageaient avec Melbourne, le centre d'influence était sans conteste dans l'ancienne colonie pénitentiaire, où des artistes en tout genre se produisaient, faisant de la ville la cité la plus à la mode du continent. Et comme l'argent permettait ce genre de démesure, pourquoi s'en priver ?

Le valet ouvrit la porte, regardant de haut l'homme à l'allure désinvolte. Il prit l'information de ce dernier, et installa Rockwood sans faire plus de manières que ça. Il avait senti d'où venait l'invité, car lui-même y était né. Certainement pas des beaux quartiers de Sydney, mais plus probablement dans la fange des ruelles déshéritées. Les beaux vêtements ne pouvaient camoufler le manque de vernis d'une enfance gâchée…

Après avoir traversé un grand hall sombre doté d'un majestueux escalier en bois vernis, les deux hommes pénétrèrent dans un grand salon aux murs de plâtre reproduisant des effets bloc de pierre. Des finitions marbrées sur les portes et sur les boiseries complétaient l'ensemble, tandis que des meubles en bois précieux étaient répartis ci et là, loin de la grande fenêtre qui donnait sur la rue, le soleil brûlant ne convenant pas aux bois cirés qui blanchissaient sous l'assaut de ses dards. Le majordome quitta la salle après avoir confortablement installé Rockwood dans un fauteuil au tissu coûteux. Désormais seul, Rockwood faisait face à une longue table brillante de style victorien, elle-même encadrée par deux fauteuils revêtus d'un tissu jaune. Mais l'Anglais n'y prêta guère attention. Il était complètement imperméable à l'ambiance voulue par le décorateur de cette maison, même s'il pouvait aisément imaginer que ça avait dû coûter un bras à son propriétaire. C'était d'ailleurs probablement l'effet recherché par Harris pour monter à ses invités que ses moyens étaient importants, et qu'il était quelqu'un sur qui on pouvait compter dans cette ville où tout bougeait à la vitesse d'un ouragan. Loin de ces considérations, Rockwood cogitait fiévreusement pour savoir comment aborder Harris, quand ce dernier pénétra dans la pièce accompagné de Rob Smith. Aussi élégant que la première fois où il l'avait rencontré, Harris triturait d'un air pensif une petite moustache courbe qu'il s'était frivolement laissé pousser. Smith, son chien de garde, détonnait toujours autant à ses côtés, avec son allure athlétique et sa morgue affichée, son chapeau de cow-boy vissé au travers du crâne toujours aussi ridicule. L'ambiance fut instantanément rafraîchie quand il les vit le lorgner sans dire le moindre mot. Rockwood pensa avec inquiétude que la partie n'était pas gagnée. Il afficha malgré tout l'air de celui qui prend plaisir à revoir un ami après une longue absence, et se leva pour saluer Harris. Ce dernier se dérida enfin et lui fit un signe de tête amical, l'autorisant l'instant d'après à se rassoir.

— Que me vaut le plaisir de votre venue, Rockwood, ça fait un bail que je ne vous ai pas vu ?

— Vous m'aviez confié une mission, répondit Rockwood sans fioritures, je l'ai accompli avec Walsh, mais les ennuis nous ont suivis de près.

— C'est-à-dire ? demanda Harris avec une curiosité non feinte.

— L'homme que nous avons abattu était lié à un réseau de pédophilie. En échange de services en chair et en os, il prodiguait une protection à l'un des plus puissants malfrats de la ville. Ce dernier nous a intercepté et pris en otage pour éliminer un rival. Ce que nous avons dû faire pour ne pas y laisser notre peau. Walsh et moi sommes maintenant intégrés dans son gang, mais contre notre volonté. En tout cas contre la mienne. J'ai besoin de votre aide pour reprendre ma liberté, lâcha-t-il en guise de conclusion, sachant que je vous serai encore redevable pour ce service, d'autant que j'aurai un invité avec moi.

— Un invité ?

— Plutôt une, corrigea Rockwood avec gène, mais qui compte beaucoup pour moi.

— Rien que ça ! fit Harris avec un petit sourire pervers. J'ai effectivement su que vous aviez réalisé votre part de contrat avec brio, dit-il en reprenant un air sérieux, un emmerdeur en moins pour m'empêcher de m'élever, ça n'a pas de prix. Par contre, je ne savais rien de ce qui vous était arrivé ensuite, dit-il songeur, évaluant comme à son habitude en quoi les répercussions de l'affaire en cours pouvaient lui être profitables.

Rockwood profita du silence de Harris pour saisir la balle au bond.

— Vous deviez d'ailleurs nous récompenser pour cela.

— C'est pour ça que vous êtes ici ? Pour me demander de l'argent, en m'ayant préalablement supplié de vous prêter main forte ?

— Non, répondit Rockwood marri de s'être fait avoir, mais un deal reste un deal.

— Ne vous inquiétez pas pour ça, vous aurez votre dû en temps voulu. Mais pour l'affaire qui vous concerne, dites-moi pourquoi je devrais vous aider contre un individu que même la police n'ose pas interpeler ? Car vous parlez de Danny Quinn, je présume ?

— Lui-même, répondit Rockwood en réfléchissant à la façon d'appâter Harris. Il eut soudain une illumination. Oui, ça pouvait fonctionner avec cet homme qui ne voyait la vie que comme une occasion d'amasser le plus d'argent possible.

— Avez-vous entendu parler de la rixe entre gangs sur Camberland ?

— Qui n'en a pas entendu parler ? fit Harris en haussant les épaules, ça a fait la une de tous les quotidiens du pays. Remarquez, des sauvages qui s'étripent entre eux, ce n'est pas forcément une mauvaise chose pour assainir cette ville qui en a plus que besoin.

— Sauf qu'un des parrains des bas quartiers est mort, reprit Rockwood, laissant le champ libre à Quinn, qui pour le coup fera encore fructifier son trésor de guerre…

— Un trésor de guerre ?

Harris avait mordu à l'hameçon.

— Une fortune issue de différents trafics, et que Quinn cache quelque part dans la ville, lâcha Rockwood énigmatique.

— Arrêtez de me faire perdre mon temps, Rockwood, ou je vous fais de nouveau emprisonner au bagne en vous bottant les fesses par-dessus le marché, s'agaça le politicien. Dites ce que vous savez, où je m'occupe de vous personnellement.

Rockwood changea de posture et fit profil bas. Il avait besoin de cet homme pour se sortir des griffes de Quinn, et l'énerver ne l'aiderait en rien.

— Je sais que ce trésor existe, affirma Rockwood avec toute la conviction dont il était capable, mais Quinn le dissimule dans un endroit secret, à l'abri de la voracité de ses hommes. Il sort parfois accompagné de son adjoint Joseph Driscoll, et on les voit revenir quelques heures plus tard sans que personne ne sache où ils sont allés. Je pense être capable de les suivre discrètement pour obtenir ce renseignement. Mais pour emporter le trésor et le mettre en lieu sûr, compléta Rockwood, j'aurai besoin de votre aide. Et plus important encore, il est vital que vous puissiez neutraliser Quinn et son adjoint, et enfin, nous aider à nous installer en lieu sûr.

— Si ce que vous dites est vrai, dit Harris en prenant soin de peser ses mots, vous n'aurez plus jamais à vous inquiéter pour votre avenir…

Dans cette rue, les lanternes à poulie dotées d'un petit réservoir à pétrole n'étaient pas très nombreuses. Mais surtout pas rechargées à temps, les lanterniers n'étant pas les bienvenus ici. Le résultat était que les zones d'ombre se partageaient équitablement à l'éclairage artificiel, ce qui convenait très bien à Quinn et aux mafieux du coin, lesquels faisaient tout ce qui était en leur pouvoir pour que les choses restent en l'état. Pour la énième fois depuis qu'il s'était mis en route, Quinn regarda derrière lui pour vérifier qu'il n'était pas suivi. Vieille habitude dont il n'arrivait pas à se débarrasser, alors que l'ensemble du quartier lui appartenait désormais. Rockwood faillit se faire surprendre. Il se précipita juste à temps dans une embrasure de porte, son pied droit heurtant un mendiant qui avait fait de l'encadrement de pierres, son lit. L'homme gémit, comme habitué à ce traitement injuste qu'on lui infligeait depuis des années, puis se retourna avec résignation et se remit à ronfler. En ces temps perturbés ou tout changeait trop vite, n'importe quel endroit discret était bon pour les indigents : porte cochère, arche de pont, voire un simple coin isolé, pourvu qu'il soit suffisamment sec pour soulager leurs rhumatismes dus à une vie sans confort, et un peu retiré aussi pour espérer ne pas être trop importunés. La règle était de n'avoir aucune valeur sur soi, car les détrousseurs des rues circulaient jour et nuit à la recherche de victimes potentielles, et vous refroidissaient pour une simple breloque, pour peu qu'elle soit brillante.

Rassuré par son inspection rapide, Quinn continua son chemin. Rien dans son champ de vision ou dans les bruits ordinaires d'une vie nocturne, n'était venu titiller son signal d'alarme interne. Plus prudent encore, Rockwood augmenta la distance entre ses cibles et lui, essayant de marcher uniquement dans des flaques d'ombre bien constituées, qui par chance ne manquaient pas dans ce quartier. Quinn et son acolyte avançaient d'un bon pas. Ils traversèrent une place aux relents infâmes avec quelques bars faiblement illuminés en unique distraction, empruntèrent une artère sillonnée de prostituées au visage fardé, attifées de rubans criards dans les cheveux comme ultime coquetterie, et déboulèrent enfin dans une ruelle étroite et boueuse : leur destination finale. Ici, les habitations étaient toutes claquemurées, soit par des volets branlants, soit par de simples planches clouées à la va-vite, la violence et la misère s'y donnant libre cours sans aucune entrave, y compris la nuit.

Surtout la nuit.

À cette heure pourtant, tout était étrangement calme. Seuls quelques hommes ivres morts arpentaient encore le pavé, les détrousseurs ayant reçu l'ordre de rester loin de ce quartier. Quinn ne voulait pas être dérangé. Il était chez lui ici. Sans l'ombre d'une hésitation, ils se dirigèrent vers une maison sombre et sans grand intérêt. Seul élément décoratif de l'endroit, la bâtisse arborait un renflement étrange constitué par un étage sur un encorbellement à dessous sculpté, qui la faisait paraître plus cossue que ses voisines. Un pansement sur une jambe de bois, mais qui avait dû paraître essentiel au constructeur. L'excroissance pourtant n'était pas très grande, les sculptures pas très nettes, mais l'important n'était pas la beauté du balcon, mais l'impression qu'une telle particularité architecturale pouvait inspirer au passant. Du moins, c'est ce qu'avait dû penser Quinn en achetant la maison. Même s'il voulait rester discret, il ne pouvait passer pour un pingre. Il actionna la serrure de la grosse porte en bois, qui elle semblait très solide, et poussa le lourd ouvrant en s'aidant de l'épaule. Juste avant qu'ils n'entrent, Rockwood aperçut un sac enflé calé sous le manteau de Driscoll. Une petite partie de butin qui allait probablement rejoindre la fortune que Quinn avait dû accumuler depuis des années. Comme ses dépenses étaient mesurées, elle devait être conséquente.

La cache venait enfin d'être repérée.

Rockwood en tout cas l'espérait, mais que pouvait-on faire d'autre ici que de se servir de cette bicoque comme d'une cache ? De toute façon, il en avait assez fait pour aujourd'hui. Il prit quand même le soin de détailler la structure de la maison ainsi que ses environs, et décida de rentrer. La chance l'avait gâté, mais il savait qu'elle était aussi parfois capricieuse. Sa présence dans le coin ne devait pas être découverte, car il imaginait la méthode pour le faire parler pour le moins désagréable. Il remonta son col de manteau pour camoufler son visage, se fourra les mains dans les poches, et partit rejoindre Grace le sourire aux lèvres.

Après une observation discrète des faits et gestes de Quinn et de Driscoll durant deux semaines, il se rendit compte que ce petit manège se renouvelait chaque jeudi dans la soirée. La fréquence de visite venait aussi d'être appréhendée.

La scène finale allait enfin pouvoir être jouée.

Trois ombres furtives se coulèrent dans l'encre de la nuit, faisant attention d'éviter les quelques chiens errants et les ivrognes qui traînaient encore par là. Mais avec leurs habits sombres et le foulard de la même couleur qui recouvrait presque entièrement leur visage, difficile de les reconnaître, même pour un œil aguerri. Walsh pesta silencieusement. Le tissu l'empêchait de respirer convenablement, et les vêtements couvrants le faisaient transpirer abondamment. Mais le jeu en valait la chandelle.

Arrivé devant la maison, Smith observa un instant les fenêtres de la façade, et rassuré, fit signe à ses deux acolytes de s'approcher. Rockwood tirait un cheval robuste aux sabots enveloppés dans des chiffons. La bête était attelée à une charrette légère dont les roues avaient elles aussi été revêtues d'un tube de caoutchouc vulcanisé sur armatures textiles, puis gonflées d'air. Cette innovation, découverte par un ingénieur du nom de Dunlop, en Angleterre, avait époustouflé Harris qui en avait aussitôt équipé toutes ses calèches. Et en plus d'être discret, c'était confortable et la vitesse de l'équipage s'en trouvait accrue. Une sécurité supplémentaire pour distancer d'éventuels poursuivants. L'inconvénient de l'attelage, c'était le volume, mais pas d'autres possibilités que ce moyen de transport pour porter des charges lourdes sur une distance conséquente. Personne ne savait ce que stockait Quinn dans cette maison, et tout avait donc été prévu pour subtiliser le plus de choses possible, car il n'était évidemment pas dans les plans de Harris de revenir ici plus tard. Walsh suivait la charrette comme un bon gros toutou, vigilant à ce que personne ne les suive. Si ça avait été le cas, il n'aurait pu laisser des témoins vivants. Car si l'entreprise de Rockwood était risquée, c'était la seule qui permettait de s'affranchir de l'emprise de Quinn et de vivre une vie à peu près normale. Ils avaient donc tous intérêt à ce que le plan fonctionne sans anicroche.

Une fois le cheval attaché à un anneau prévu à cet effet, Smith se plaça devant la porte avec ses deux baguettes d'acier, et commença à batailler avec le pêne robuste profondément plongé dans la gâche de fer. Mais l'homme ne lutta pas longtemps, car tout comme Rockwood, il était expert dans le crochetage des serrures. Discrètement, il ouvrit la porte qui glissa sur des gonds bien huilés, et se retourna. D'un signe discret, il intima à Rockwood d'entrer le premier et s'effaça. Les zones de recherche avaient été définies préalablement ; l'étage pour Rockwood, le rez-de-chaussée pour Walsh et Smith. Ils pénétrèrent dans l'antre sombre avec la peur au ventre. S'ils étaient pris en train de fouiller la maison de Quinn, ils savaient que leur vie s'arrêterait aujourd'hui même. Et probablement pas de la plus agréable des façons…

Les raies de lune permettaient de s'orienter assez facilement, voire de distinguer le vestibule aux murs blancs qui desservait deux ou trois pièces de vie, elles aussi assez lumineuses grâce aux lucarnes disposées çà et là. Après avoir jeté un bref coup d'œil en bas pour s'assurer qu'ils étaient seuls, Rockwood se mit à gravir les marches de l'escalier qui grinçaient comme un vieil arthritique. Walsh et Smith se ventilèrent dans les pièces du bas, un revolver à la main pour l'Australien, un couteau en guise de protection pour les deux ex-prisonniers. Après avoir avalé les dernières volées de marches d'un pas souple, Rockwood pénétra directement dans la pièce qui donnait sur la rue, et y aperçut le grand balcon en enfilade qui était la particularité de la maison. Il y jeta un œil curieux au travers du carreau sale. Autrefois lieu de vie recherché, il était aujourd'hui à bout de souffle, prêt à rendre l'âme. Les planches étaient constellées de trous et de fentes en tout genre, faisant le lit d'herbes sauvages qui s'épanouissaient dans la pourriture du bois, puisque personne ne se donnait la peine de les arracher. Rockwood se demanda comment on pouvait à ce point négliger une maison. L'édifice était juste un coffre-fort pour Quinn, pas un lieu de vie. Pour preuve, une couche de poussière recouvrait le plancher, laissant des traces à chaque fois que Rockwood y posait le pied. Ça allait l'aider dans sa quête. Comme la poussière ici était épaisse, ça laissait entendre que Quinn n'y était pas venu depuis un bout de temps. Il passa donc dans la pièce mitoyenne sans traîner. Rien non plus ici, à part la même saleté ambiante et quelques toiles d'araignées en guise de décoration sur les meubles. Pour conserver la discrétion de la maison, Quinn ne la faisait pas entretenir. Un pari risqué pour la pérennité de l'ensemble, mais les murs et les ouvrants étant en bon état, l'effondrement n'était pas pour demain. Restait une dernière pièce qui donnait sur une cour.

Fermée à clef !

Bingo. Pourquoi fermer une chambre à double tour si on n'a rien à y cacher ? Il était sur le point d'appeler ses acolytes, quand il se ravisa. Il allait y aller seul. Ça titillait son ego que de savoir que c'était lui qui avait découvert la pièce au butin. Et peut-être même pourrait-il subtiliser quelque objet de valeur sans rien dire à Harris. Il était venu sur ce foutu continent les poches vides, il n'avait pas du tout l'intention de repartir nu comme un vers. Et comme Harris ne lui inspirait pas confiance sur le registre de la générosité, autant se servir soi-même. Sa décision prise, il s'attela à la tâche. Comme Smith quelques instants auparavant, il crocheta assez facilement la serrure qui ne résista pas plus de deux minutes, et se retrouva dans l'obscurité totale. Le plafond était si bas, qu'il dû se baisser pour ne pas se cogner la tête contre les poutres. La fenêtre d'origine avait été murée pour rendre la pièce étanche aux regards extérieurs, interdisant par la même occasion une visite depuis la rue. Rockwood sortit de son sac la petite lampe au gaz qu'il avait pris avec lui, et l'alluma. Des centaines de pas lui confirmèrent que son intuition était la bonne. Le bras tendu, il balaya lentement l'espace autour de lui avec le halo de sa lampe. À part une table et une chaise en paille, la pièce était nue. Un frisson glacé lui parcourut l'échine.

« Et si Quinn avait fait retirer son argent cette semaine ? »

Il se rassura aussitôt.

« Pourquoi aurait-il fait ça ? »

Le quartier lui appartenait, la concurrence dans la ville n'existait plus vraiment, et la police était trop désorganisée, et surtout sans aucun élément tangible, pour s'attaquer à lui. Non, vraiment, aucune raison de se méfier et de se précipiter ici pour transférer son trésor. Rockwood décida d'inspecter la pièce plus attentivement. Il regarda sous la table ; rien. Il projeta le halo de lumière au-dessus des poutres qui traversaient le plafond ; toujours rien. D'un geste las, il tambourina sur les murs ; aucune cavité audible. Contre toute attente, cette pièce était vide. D'un mouvement rageur, il shoota dans la poussière accumulée sur une planche, ce qui créa un panache blanc qui le fit tousser. Lorsque son talon heurta le bois, par contre, ce dernier protesta d'un cri étouffé. Rockwood fut pris d'une soudaine inspiration. Si les murs étaient une bonne cachette, le plancher l'était tout autant. Il tapota chaque planche jusqu'à un mètre du mur ; même bruit. Quand son talon heurta les trois dernières planches, par contre, l'écho fut amplifié. Un espace remplaçait les solives qui soutenaient normalement le plancher. Il eut envie de hurler de joie, mais se contint. Il ne devait pas ameuter ses deux comparses qui fouillaient toujours en bas, avant d'avoir découvert ce que Quinn avait caché sous le plancher. En regardant les clous de plus près, il vit qu'ils étaient neufs.

Son instinct ne l'avait pas trompé.

À l'aide de son couteau, il retira les pointes une à une. Ce ne fut pas très compliqué, car à force d'être retirées et remises, les piques de fer avaient créé un trou plus grand que le corps des clous eux-mêmes. Avec fébrilité, il retira une planche et plongea sa lampe dans le trou. Des sacs bien ronds et alignés comme à la parade prenaient place dans une cavité où l'espace commençait à manquer. Rockwood jubila intérieurement. Dans quelques semaines tout au plus, Quinn aurait dû trouver un endroit plus grand pour son trésor. Voilà pourquoi la maison n'était pas entretenue ; il avait l'intention de s'en débarrasser prochainement. Les sacs étaient clos par une simple ficelle. Avec excitation, il commença l'inventaire. Les trois premiers contenants renfermaient des livres sterling roulées en liasse. Intéressant mais sans grand intérêt pour Rockwood, car le nombre de billets de dix livres qu'il aurait dû prendre pour que sa prise de risque soit justifiée, ne le permettait pas. Trop dangereux, surtout que Smith avait peut-être prévu une fouille au corps avant de partir. Il ne savait pas ce qu'il devait trouver, mais ce devait être de petite taille et précieux. Le quatrième sac fut à la hauteur de ses espoirs. Les bijoux des rapines de Quinn étaient également stockés ici. Que des pièces de grande valeur. Rockwood n'avait que l'embarras du choix. Une bague avec une pierre représentant un cœur noir attira son attention. Elle lui plut ; il l'a pris en se disant qu'il pourrait peut-être l'offrir à Grace un jour ou l'autre. Sans le savoir son choix était excellent, car il s'agissait d'une opale noire de Nouvelle-Galles-du-Sud, avec des nuances subtiles de couleurs en son sein. Une pierre qui n'avait pas de prix. Il fourra la bague dans sa poche et ouvrit le cinquième sac. Là aussi, la chance lui sourit. Sous des colliers en tout genre, un petit sac de soie qui roulait sous ses doigts l'intrigua. Il l'ouvrit délicatement. À l'intérieur, des diamants bleus d'une brillance exceptionnelle remplissaient la moitié du contenant. Les diamants migrèrent eux-aussi dans sa poche. Son instinct fut de nouveau le bon, car la valeur totale des pierres était inestimable, mais ça, Rockwood ne le savait pas encore. Satisfait de ses prises, il décida d'avertir ses camarades. La deuxième phase du plan pouvait commencer. Pas la plus dure, mais certainement la plus risquée. Rapatrier ce trésor dans un endroit indiqué par Harris, en traversant le territoire d'un psychopathe qu'ils venaient de ruiner, était loin d'être une sinécure. En y pensant, un tremblement involontaire secoua Rockwood de la tête aux pieds.

Le chariot suivait à grand-peine le pas du cheval, brinquebalant sur les pavés instables. Si les roues dotées de chambre à air s'avéraient vraiment intéressantes sur surfaces stables, elles tanguaient comme un vaisseau ivre sur les pavés humides et inégaux. Bizarrement, Smith avait choisi une partie de la ville que Rockwood ne connaissait pas, traversant des bas-fonds où les maisons semblaient plus sombres que celles vues précédemment, la misère des démunis paraissant également plus profonde. Rockwood lorgna les taudis de la venelle étroite. Tordus, construits avec des matériaux de récupération, la plupart au bord de l'effondrement, juste soutenus par des étais héroïques qui maintenaient l'empilement de pierres avec courage, renouvelant le miracle jour après jour. Devant ce défilé de bouges, qui en plus d'être laids empestaient l'atmosphère avec leurs latrines à ciel ouvert, l'Anglais maudit Harris en silence. C'est normalement lui qui aurait dû prendre le commandement de cette expédition, mais les ordres du boss étaient clairs : Smith avait l'entière responsabilité du parcours du retour, car il connaissait mieux la ville que Rockwood, et les exactions d'une population aux bas instincts ne pouvaient faire échouer cette opération cruciale. Le quartier, pourtant, semblait plus dangereux que ceux empruntés précédemment, et le traverser, plus délicat que jamais. Mais plus perturbant encore que le chemin pris, Smith paraissait extrêmement nerveux, dévissant sa tête de gauche à droite, comme à la recherche de quelque chose. Et bizarrement, son air n'était pas celui de quelqu'un qui a peur, mais plutôt de celui qui attend l'apparition d'un événement qui tarde à venir. Rockwood lorgna vers Walsh qui marchait à ses côtés, Smith manœuvrant quant à lui la charrette avec de grands gestes saccadés, assis sur son banc rudimentaire. Le géant semblait partager son pressentiment, et ses sourcils plissés montraient qu'il était sur ses gardes. Avant que leur cerveau ne leur dicte l'attitude à avoir face à ce doute légitime, l'impensable arriva. Une masse mouvante se dressa à quelques pas d'eux, juste dans le prolongement de la rue. À leur allure dépenaillée, mais déterminée, Rockwood reconnut les hommes de Quinn. Ils passèrent sous une lanterne à la lumière pâlotte mais suffisamment vivace, pour voir la haine qui transpirait de leurs visages. Ceux de démons assoiffés de vengeance. Quinn était à leur tête, Driscoll dans son sillage. Des reflets d'argent fugaces indiquèrent que des haches, couteaux, et autres douceurs comme des crochets à viande ou des hachoirs, équipaient les loqueteux qui les accompagnaient. Des brutes à la solde d'un psychopathe. Rockwood frissonna en imaginant son corps martyrisé avant de trépasser sous les coups de ces cinglés. Smith stoppa la charrette, et sortit le revolver de dessous sa veste. Il ne semblait pas surpris de les voir là, mais paraissait pourtant inquiet de la tournure que prenaient les événements. Il évalua les options disponibles…

Foncer dans le tas avec le cheval ?

Même si la bête était solide, elle n'en sortirait pas indemne face aux d'objets contondants qui s'abattraient sur eux comme une pluie vengeresse. Et ces hommes savaient probablement où frapper pour mutiler un cheval et le faire chuter. Après, ils seraient à leur merci.

Pas vraiment une bonne idée.

Smith lorgna en direction de son revolver. Six balles en tout, alors qu'une trentaine de sauvages se dressaient face à lui. Pas de miracle à attendre non plus de ce côté-là, sachant que Rockwood et Walsh n'étaient armés que de couteaux. Restait la troisième solution, celle théoriquement programmée avec Harris, en espérant que le dispositif soit en place, et surtout qu'il ne tarde plus à se manifester. Il prit en bouche le sifflet qu'il portait autour de son cou, et souffla trois fois dedans. Des sons longs, presque plaintifs. Les hommes du gang se regardèrent surpris, tout comme Rockwood et Walsh par ailleurs. Cet homme était-il devenu fou ? Il allait mourir, et la seule chose qui lui venait à l'esprit était de siffler comme un policier de Londres pour ameuter ses collègues ?

Comme un policier de Londres pour appeler ses collègues !

Rockwood venait soudainement de comprendre ce qui se tramait. Tout comme Drew, par ailleurs, qui regardait autour de lui avec inquiétude.

Qui avait-on appelé à l'aide ?

Il ne tarda pas à le savoir.

Monté sur de solides chevaux Waler à la robe unie, un corps d'une vingtaine de lanciers suivait discrètement la charrette. Leurs sabots avaient été bandés, et les bêtes tenues loin derrière leur cible pour qu'on ne les entende pas depuis la charrette. Voyant les conditions de leur intervention réunies, les lanciers avaient accéléré le pas, et se tenaient maintenant à l'entrée de la rue. Parés d'une tenue verte et rouge, le pantalon glissé dans de hautes bottes en cuir, un chapeau à plume vissé sur la tête, une longue lance tenue solidement dans des mains gantées, les soldats avaient fière allure. Même partiellement exposés dans les halos lugubres des réverbères à gaz. Un sabre glissé dans un fourreau et un pistolet rangé dans son étui complétaient leur armement. Sur quelques lances, on pouvait apercevoir des fanions rouges et blancs. En temps normaux, ils servaient à relayer les ordres dans le plus fort du combat. Mais dans le cas présent, au vu du profil des hommes à charger et de la configuration des lieux, ce serait à la vie, à la mort, tout simplement, et les fanions n'auraient aucune utilité.

Une troupe de lanciers prête à combattre ; voilà ce qu'attendait Smith, songea Rockwood dans un éclair de lucidité, et aussi avec soulagement en pensant qu'il avait peut-être une infime chance de s'en sortir maintenant. Un traquenard préparé avec Harris pour en finir avec Quinn, tout en le spoliant de sa fortune ; voilà qui relevait du génie. Les relations d'Harris avaient probablement permis pareille embuscade, mais restait tout de même à affronter des hommes plus sauvages que des bêtes pour les soldats. Et au milieu de l'empoignade à venir, Rockwood se dit qu'ils risquaient tous trois d'être transformés en chair à pâté sous prétexte de n'avoir pas été au bon endroit. Voilà qui devait plaire à Harris, lequel allait pouvoir garder le trésor subtilisé pour lui tout seul.

Un ordre fusa dans l'air tiède de la nuit, stoppant net ses réflexions.

Les soldats pointèrent le fer acéré de leur lance droit devant. Dans l'excitation du combat à venir, les chevaux dansaient sur place, mordillant le mors qui les empêchait de foncer, piaffant d'impatience.

Un deuxième ordre fut aboyé.

Les bottes claquèrent sans retenue contre les flancs des destriers, donnant le signal de la charge. Dans un concert de hennissements, de cris d'incitation des cavaliers, de grondements de bêtes sevrées d'inaction de l'autre côté du chariot, les chevaux s'élancèrent. Rockwood et Walsh se précipitèrent sous le chariot, tandis que Smith resta assis sur son banc, incapable de bouger devant ce déchaînement des violences à venir. Dans le fracas de la tempête, les cavaliers les dépassèrent au triple galop, visant avec leur lance l'ennemi qui s'était lui aussi préparé à combattre. Dans le cas présent, essayer de fuir n'aurait servi à rien, car plus rapides que n'importe quel homme, les chevaux les auraient rattrapés, et leur dos aurait été transpercé par les piques acérées…

Dans le feu de l'action et malgré l'envie d'en découdre, le groupe de lanciers respecta la tactique d'attaque. Les chevaux galopaient dans une formation en V, par vague de trois, et à quelques mètres de distance à cause de l'étroitesse de la rue.

L'objectif était d'obliger l'ennemi à se disperser pour mieux les combattre ensuite. C'est ce qui se passa, avec en prime deux ou trois membres du gang qui se firent occire par les lances aiguisées au premier passage. La troupe de soldats éventra le bloc serré des brigands, faisant chuter plusieurs individus qui s'étaient écartés dans la précipitation. La première charge effectuée, les lanciers se séparèrent de leur pique en la jetant au sol ; l'arme était trop longue pour le corps à corps, et devenait même un handicap en leur ôtant leur mobilité. Ils la récupéreraient plus tard. Certains sortirent leur sabre, d'autres leur pistolet. Le combat en un contre un pouvait commencer. Les groupes constitués repartirent au contact de l'ennemi, conservant assez de vitesse pour déstabiliser les Irlandais. Le bruit et l'excitation saturaient les sens, tandis que les premiers blessés tombaient, et que le sang commençait à couler. Les charges se succédèrent à raison de deux ou trois passes à toute allure, puis la cohésion du groupe se délita en même temps que les blessures concédées aux chevaux obligeaient les cavaliers à mettre pied à terre, pour ne pas exposer davantage leur monture aux coups des Irish convicts. Jamais ces derniers n'avaient été confrontés à un affrontement de la sorte, et la science des soldats, qui chargeaient et repartaient aussitôt, ne leur permettait pas d'être efficaces. Surtout face à des chevaux de plusieurs centaines de kilos qui leur fonçaient dessus sans peur de se faire taillader.

Mais quelques cavaliers étant déjà pied à terre, l'unité perdit rapidement de sa cohésion. Le corps à corps avec l'ennemi était désormais la seule alternative possible pour finir le travail commencé. Une quinzaine de malfrats étaient encore en état de se battre ; les lanciers, eux, n'avaient perdu aucun des leurs. La bataille montra alors son vrai visage : non pas un échiquier aseptisé tel que travaillé à l'entraînement, mais un espace chaotique de forces tourbillonnantes, de corps fendus par des lames acérées, criblés de balles, de têtes ouvertes par des objets contondants, le tout baignant dans une mare de sang qui grossissait de minute en minute. Pour ajouter à cette scène de guerre abjecte, les effluves pestilentiels empuantaient déjà l'atmosphère, mélange d'entrailles répandues à l'air libre, et de sphincters qui se relâchaient pour la dernière fois de leur existence, lâchés par leurs muscles protecteurs. Les pavés glissants devenaient les témoins d'un combat inégal. Telle une marée montante, les flots pourpres colonisaient le sol et se déversaient dans les égouts à ciel ouvert, emportant avec eux la crasse et la poussière indigente de ce haut lieu de misère. Mais aussi déséquilibré que soit l'affrontement, la victoire n'était pas complètement acquise pour les soldats. Pourtant habitués à combattre des armées endurcies, et envoyés sur les conflits les plus féroces en Asie ou en Afrique, les lanciers n'avaient jamais rencontré d'hommes aussi déterminés. Aussi bestiaux également, avec leur volonté animale de massacrer leur ennemi coûte que coûte, ou pire, de combattre jusqu'à la mort en emportant avec eux le plus de soldats possible dans la tombe. Mais le nombre et l'expérience prirent finalement le dessus sur la férocité des membres du gang. Si Driscoll fut parmi les premiers embrochés lors de la charge initiale, Quinn fut finalement fauché par un tombereau de balles affamées, alors que tous ses hommes étaient déjà au sol. Le gang des Irish convicts n'était plus, décapité au plus haut niveau. Si les lanciers déplorèrent trois morts et trois blessés, plusieurs chevaux estropiés, dont l'un d'eux dû être abattu sur place, l'un des dommages collatéraux inattendus fut également la mort de Smith, fauché par deux balles perdues, ainsi que celle de Walsh, lui aussi malchanceux. Quand les lanciers récupérèrent le chariot, ils ne furent pas plus surpris que ça. La fusillade avait été tellement intense et concentrée, que ces deux morts en dehors de la mêlée, n'étaient pas plus surprenants que ça. Surtout dans le noir de la nuit qui empêchait de voir où l'on tirait. Un troisième homme manquait à l'appel. Il avait dû s'enfuir quand l'occasion lui avait été donnée.

Pas étonnant non plus.

Et pourtant, la réalité était tout autre…

Smith fut soulagé quand il vit les lanciers apparaître. Il avait bien cru qu'ils allaient se faire massacrer par les Irish convicts avant que les soldats n'interviennent. Mais le capitaine du groupe avait bien fait son travail, suivant le chariot à distance sans se faire repérer. Harris avait manigancé le coup avec brio. Il avait convaincu l'état-major de l'armée d'en finir avec l'un des plus puissants chefs de la pègre de la ville. Un homme qu'on soupçonnait de moult massacres, de moult avanies, sans qu'on n'ait jamais pu l'arrêter par manque de témoins, et probablement aussi par peur de provoquer un véritable massacre parmi la population si l'individu mobilisait ses forces pour résister. Un traquenard avait donc été ourdi, comportant plusieurs phases. La première avait été d'avertir Quinn, via un informateur Irlandais qui travaillait secrètement pour Harris, qu'un groupe de voleurs était en train de subtiliser son trésor. Avertie de ce piège, l'armée ignorait bien sûr à qui appartenait la maison, mais aussi, et surtout le trésor qu'elle abritait. Ils avaient donc gobé le mensonge du millionnaire qui avait assuré pouvoir attirer le truand via de l'argent à lui, ne comprenant pas très bien pourquoi Harris prenait le risque de se faire spolier une partie de sa fortune pour un fou furieux qui aurait bien fini par se faire pincer. Mais comme l'homme était l'un des plus grands défenseurs de la sécurité des rues de la ville, en plus d'un homme politique influent, le commandant du fort de Sydney avait cru à sa fable. Après tout, les Irish convicts étaient une véritable plaie ouverte sur tous les trafics violents que comptaient la ville, et il était temps d'en finir avec eux. La deuxième phase avait été de se poster non loin du convoi, et de le suivre sans se faire repérer. La dernière partie du plan, enfin, était d'en finir avec les membres combattants des Irish convicts en ne faisant aucun quartier. Tels avaient été les ordres. Éradiquer la vermine par le fil de leur sabre en évoquant la légitime défense, c'était le programme. Ce que les soldats ne savaient pas en revanche, c'était le sort qu'Harris avait réservé à Walsh et à Rockwood. Ces deux hommes en savaient trop ; il était temps de s'occuper d'eux, et c'était Smith qui avait reçu l'ordre de s'en charger. Quand les lanciers dépassèrent l'homme de main d'Harris, ce dernier sut que le moment était propice pour agir. Les soldats étant trop occupés avec les hommes de Quinn, et surtout séparés de lui par le rideau opaque de la nuit, personne ne serait témoin de son crime. Revolver en main, il appela Walsh et Rockwood, alors que la bataille venait à peine de commencer un peu plus loin.

— Dépêchez-vous les gars, nous devons nous éloigner de cette poudrière pendant que les soldats s'occupent de Quinn et de sa bande ! La chance nous a incroyablement souri aujourd'hui, mais ça risque de ne pas durer si on reste bloqué au milieu du champ de bataille. Laissons l'armée s'occuper de cette racaille, et profitons-en pour nous faire la belle !

C'était crédible ; les combats faisaient rage et il ne faisait pas bon rester ici. Faisant confiance à l'homme qui était normalement dans le même camp qu'eux, et surtout pour faire opérer un demi-tour au cheval et à son chargement, Walsh sortit du dessous du chariot avant que Rockwood ne puisse agir pour l'en empêcher. À peine eut-il déployé sa longue carcasse dans l'air survolté de la nuit, qu'il reçut deux balles dans le dos. L'homme était tellement puissant, que le double impact de plomb ne fut pas suffisant pour l'occire. Il se retourna, hébété et titubant, et reçut le dernier projectile en plein cœur. Walsh s'effondra dans un long râle d'agonie. Entendant les coups de feu, Rockwood avait deviné ce qui se tramait. Il sortit de l'autre côté du chariot, et pendant que Smith tirait dans la poitrine du géant, il prit appui sur le marchepied et tomba lourdement sur le traître qui venait d'assassiner son ami, essayant de lui arracher son revolver pour l'empêcher de récidiver avec lui. La lutte au corps à corps dura quelques secondes, guère plus, avant qu'une pression involontaire sur l'arme que tenait encore Smith dans la main, fasse partir un nouveau coup. Le corps de l'Australien se rigidifia sous l'effet du choc, tandis que Smith voyait des flots de sang sortir par intermittence de sa gorge. Il essaya tant bien que mal de retenir le liquide de vie qui s'écoulait par jets de son cou, mais le second coup de feu de Rockwood doucha ses derniers espoirs en même temps qu'il l'expédiait dans l'autre monde. Il s'affala sur le banc du chariot, et s'immobilisa les yeux plantés dans le néant. Un simple coup d'œil à son ami gisant au sol suffit à Rockwood pour comprendre que Walsh était bel et bien mort. Quel dommage ! Cet homme lui plaisait, et il le regretterait. Mais en l'état actuel des choses, il était urgent de prendre le large et d'aller chercher Grace pour l'emmener dans un endroit où personne ne viendrait les débusquer. Il ne voyait pas qui pourrait les empêcher de partir cette nuit, car la majorité des hommes de confiance de Quinn se battaient avec leur chef contre les lanciers. Et quand ils rentreraient, si tant est qu'ils arrivent à survivre aux charges des soldats, il n'y aurait plus personne à arrêter. Et de toute façon, il était armé maintenant. Il fourra le colt de calibre 36 dans son pantalon après l'avoir rapidement examiné et nettoyé avec la chemise de Smith, passa autour de l'épaule la petite sacoche de cuir contenant la réserve de balles, et à la faveur de l'obscurité, disparu au cœur des ténèbres. Il laissa derrière lui la bataille qui faisait toujours rage. Les hommes s'entretuaient avec l'énergie du désespoir. Il espéra que peu en réchapperaient. En tout cas, lui était toujours vivant. Certes, Harris chercherait probablement à le retrouver pour le faire taire, il connaissait assez de raclures dans la ville pour faire le job. Mais maintenant qu'il était armé et sans Quinn sur le dos, il se sentait plus à même de gérer cette situation. Surtout avec les diamants qu'il pourrait échanger contre de l'argent. Il ne combattrait toujours pas à armes égales contre le politicien véreux, mais pas loin. Oui, pensa Rockwood avec espoir, les choses ne se présentaient pas si mal. Mais d'abord, sortir Grace de sa prison ; il aviserait ensuite…

Comme prévu, la maison où Grace était logée n'était pas gardée. Mains sur les genoux, Rockwood reprit son souffle, puis se décida à parcourir une fois encore la rue dans son ensemble : rien. Le cœur cognant contre sa poitrine, il déverrouilla la porte avec le double de clefs qu'il avait fait faire, puis gravit les escaliers deux à deux. Arrivé au bout du palier, il s'arrêta devant la chambre de la jeune femme, la main sur la poignée. Tout en reprenant son souffle, il s'évertua à ne faire aucun bruit ; un vieux réflexe de prudence. Oreille collée contre le panneau de bois, il écouta. Un léger sifflement enflait puis décroissait en cadence : Grace dormait. Revolver au poing, il entra sans faire de bruit, et visualisa les coins de la chambre dans un mouvement rapide de la tête. Rien. Aucun piège ne lui était tendu. Il se décontracta enfin et regarda la jeune femme dormir. Son cœur tressauta d'amour.

Quelle figure d'ange !

Il se ressaisit, le temps était compté.

Sans brusquerie, il lui tapota légèrement sur l'épaule, faisant en sorte qu'elle se réveille en douceur.

— Steeve ? murmura-t-elle d'une voix pâteuse. Que faites-vous ici ?

— Habillez-vous vite, lui chuchota Rockwood, nous allons partir d'ici. Immédiatement. Pour une raison que je vous expliquerai plus tard, les hommes de Quinn sont en ville, et à cette heure, nous ne sommes plus surveillés. Mais ça risque de ne pas durer. Dépêchez-vous, Grace, nous allons profiter de cette trêve pour nous enfuir loin de cet endroit et de ce maudit quartier, et reprendre notre liberté…

— Mais pour aller où ? demanda la jeune femme.

Prit au dépourvu par la question, il se maudit de ne pas y avoir pensé avant.

— Nous pourrions trouver un hôtel, fit Rockwood en réfléchissant à la hâte, mais à cette heure-ci…

Une idée lui traversa soudain l'esprit :

— Je suis sûr que personne ne sait où vous habitiez avant d'être faite prisonnière, d'autant que Drew est mort, et donc muet à jamais. Quant à Quinn, il ne sait rien sur vous. Pensez-vous qu'il soit possible d'y aller ? Ou peut-être chez l'un de vos parents qui pourrait nous accueillir ? demanda-t-il en espérant que sa proposition trouve un écho positif.

— Ma mère est morte, et mon père l'a rejoint depuis peu, fit Grace avec un trémolo dans la voix. Mais du coup, la maison de mon père est libre, dit-elle en respirant un grand coup pour chasser son chagrin. Vous avez raison, personne ne nous trouvera là-bas, et les clefs sont cachées dans un pot de fleurs du jardin.

— Parfait ! jubila Rockwood. La chance nous sourit enfin. Habillez-vous vite, nous partons dans quelques minutes !

— Et après ? fit Grace.

— Demain est un autre jour, fit Rockwood en balayant la question d'un geste de la main, nous aviserons le moment venu.

La jeune femme le fixa d'un air attendri. Sous ses airs bravaches se cachait un homme au grand cœur qui faisait tout pour la sortir du pétrin dans lequel elle s'était fourrée. Dans un élan spontané, elle déposa un baiser sur sa joue et lui lança d'un air taquin :

— Attendez-moi sur le palier, Steeve, je n'ai pas besoin de vous pour faire ma toilette et m'habiller.

Rockwood sortit de la chambre le cœur léger. Il était sur un nuage…

La harde

Crinières au vent, les chevaux galopaient si vite que Da avait l'impression que leurs sabots ne touchaient quasiment pas le sol. Il épousa l'encolure de sa monture, et essaya de suivre le rythme fou imprimé par Huo qui galopait en parallèle de ses congénères sauvages. Mais le cheval de Chao était trop puissant pour que ce souhait se réalise. Sentant qu'on le talonnait à deux ou trois mètres derrière lui, il doucha les espoirs de Da en allongeant inexorablement ses foulées, et distança sans mal son partenaire de voyage. Il faut dire qu'il sentait à peine le poids plume de sa cavalière sur le dos, laquelle savourait cette course tant attendue en se cramponnant à son cheval et en essayant de ne pas entraver ses mouvements, lui laissant les rênes longues avec l'entière liberté de sa direction. Comme les jours précédents, ce petit jeu dura un long moment avant que les protagonistes ne finissent par se fatiguer. Les naseaux palpitants et le poil couvert d'écume, ils repassèrent naturellement au pas, se surveillant du coin de l'œil. Ceux de Huo brillaient d'excitation. Il lança une œillade provocatrice à l'étalon, estimant qu'il l'avait devancé de quelques pas. Le chef du troupeau renâcla en lâchant un bref hennissement. Il semblait furieux contre ce concurrent insolite qu'il ne pouvait combattre par peur des humains qui l'accompagnaient. Depuis trois jours maintenant, le groupe de

Chao avait suivi à distance ce troupeau d'une trentaine de têtes environ, Huo rechignant pour l'instant à s'éloigner de ses congénères sauvages. Composé majoritairement de juments accompagnées de leur poulain pour certaines, de quelques jeunes des deux sexes, et bien sûr de l'étalon reproducteur, le petit groupe profitait de l'abondance de la végétation pour se repaître, se déplacer un peu, et élever sa progéniture en sécurité, les prédateurs étant peu actifs de ce côté du fleuve. Huo semblait prendre du plaisir en leur compagnie. Car même s'il était châtré, il ressentait encore toute la vigueur de sa jeunesse, et probablement aussi la frustration de son état. Et comme une jeune jument semblait l'avoir hypnotisé, il n'était pas disposé à la laisser partir aussi facilement sans lui avoir montré de quel bois il était fait. Chao avait convaincu le groupe de rester quelque temps avec la harde, d'autant qu'elle s'orientait globalement dans la direction qu'ils suivaient pour rallier Sydney.

Intriguée par ce vaillant soupirant, la jeune jument eut le malheur de s'éloigner quelque peu du troupeau pour se diriger vers Huo qui semblait ne pas lui déplaire. Ce ne fut pas du goût de l'étalon qui abaissa fortement sa tête et son encolure faite de muscles puissants, montrant ainsi sa désapprobation devant une telle provocation. Puis, sans prévenir, il pointa ses oreilles en arrière, rattrapa l'intrigante en quelques bonds bien sentis, et mordit l'arrière-train de l'impudique avec la vigueur de l'amant piqué dans son orgueil. La bête à la magnifique robe sombre poussa un petit cri de douleur, et rentra aussitôt dans le rang. Ne voulant pas que la jument subisse le courroux d'un l'étalon en état de nervosité avancé, Chao, son beau front lisse emperlé de sueur par les efforts consentis lors de cette course enfiévrée, repris le contrôle de l'animal via les rênes qu'elle serra entre ses mains, et obligea Huo à faire demi-tour. Le hongre obéit de mauvaise grâce, mais ne bouda pas trop longtemps sa maîtresse, car le temps des caresses était venu. Pour remercier son cheval des sensations extraordinaires qu'il venait de lui procurer, Chao lui massa longuement les muscles chauds du cou qui vibraient encore d'excitation. Il hennit de félicité. Si comme nombre de ses congénères, Huo était un être doté d'une grande sensibilité, il différait aussi des membres de son espèce par une intrépidité et une bravoure à toute épreuve. Le danger ne lui dictait pas la fuite ; la peur ne le rendait pas incontrôlable. Il aspirait au contraire à une vie faite de mouvements et d'aventures, et à la différence notable des autres chevaux, la solitude n'était pas pour lui une source d'ennui ou d'angoisse. À partir du moment où sa maîtresse à qui il vouait un véritable amour, n'était pas loin, tout lui allait ou presque. Bao et lui étaient en ce sens un véritable rempart contre ceux qui voulaient s'en prendre à la jeune femme. Peut-être même plus puissant que ses amis Chen, Bai et Da, pour lesquels Chao était pourtant comme un phare dans leur existence. Mais s'il ne reniait pas ce lien indéfectible avec sa cavalière adorée, la jeune jument avait tapé dans l'œil du puissant hongre, et retourné ses sens comme peu avaient pu le faire avant elle. Ces trois derniers jours avaient d'ailleurs été pour lui une source de grande tension, autant que d'excitation.

Chao rejoignit Da avec un cheval dont l'apaisement prenait enfin le pas sur la fébrilité, et les deux complices se dirigèrent vers leur campement dans la bonne humeur. Chao aimait de plus en plus se retrouver seule avec le jeune combattant. Elle sentait sa présence et sa force comme une onde bienfaitrice, et considérait son attention pour elle comme une bénédiction. Un allié rassurant qui lui permettait de se sentir en confiance dans un monde qui n'était plus tout à fait le même pour elle, même si une certaine stabilisation de sa vue l'aidait dans les actes de tous les jours. Elle appréciait également de se retrouver dans un environnement qui verdissait depuis peu, surtout après avoir traversé le désert de Simpson, aux hautes dunes difficilement franchissables, ou encore chevauché dans des plaines interminables, aussi chaudes qu'inhospitalières. Ce sont pourtant les chevaux qui avaient le plus souffert de la traversée de ce no man's land, même s'ils avaient fait montre d'une résilience remarquable. Jamais ou presque ils ne s'étaient plaints du mauvais traitement qu'on leur faisait subir, avançant inlassablement pour avaler ces difficultés hors normes. La nature agressive ne les avait pourtant pas épargnés. Après le désert de sable, ils avaient trotté sur un immense lac asséché dont la croûte salée avait abîmé leurs sabots, et alors qu'ils pensaient en avoir fini avec les paysages arides, ils avaient de nouveau traversé un paysage lunaire aux ravines sculptées par l'érosion, ou leurs pieds s'enfonçaient dans plusieurs centimètres de sable, le sol semblant vouloir les aspirer pour les faire disparaître à jamais. Un vrai calvaire pour la marche, mais un plaisir indescriptible pour les yeux des cavaliers, le vent et le temps ayant formé des cathédrales éphémères qui s'érigeaient fièrement dans ce monde de néant.

Tout ça était derrière eux maintenant.

La chaleur étant moins accablante, ils se permettaient désormais d'allonger les temps de monte. Si la température de la journée pouvait encore être très chaude, les matins, eux, étaient particulièrement frais, avec pour corollaire une rosée abondante qui faisait pousser des buissons au vert resplendissant à perte de vue. Des d'eucalyptus repointaient également leur nez, ravivant une vie dont ils avaient été trop longtemps sevrés depuis leur départ du repaire rocheux abritant Nangala et ses guerriers. Depuis peu, le monde du vivant explosait de nouveau comme au début de leur voyage, avec parfois des nuisances aussi désagréables qu'inattendues. Voir les Cacatoès au plumage entièrement rose qui colonisaient la cime des arbres les avait ravis dans un premier temps, mais le plaisir avait rapidement viré à l'inconfort. Dès qu'ils les voyaient arriver, les oiseaux dressaient leur crête en signe d'alerte, et poussaient sans discontinuer des appels stridents et rapides pour avertir leurs congénères du possible danger de cette intrusion, jusqu'à ce que la source de leur peur s'éloigne. Ces signaux chevrotants et bruyants étaient devenus insupportables pour les cavaliers, qui désormais contournaient les forêts pour éviter ces pics douloureux pour leurs oreilles.

Sauf pour chasser ces faiseurs de bruit…

Avec la flore et la faune qui reprenaient vie, la nourriture était plus abondante que jamais, et les repas variés. Au menu dernièrement figuraient donc quelques perroquets volubiles transpercés d'une flèche habilement tirée, avec parfois un kangourou grassouillet quand la chasse était prolixe. Depuis quelques jours même, des poissons intégraient les repas, car le groupe hétéroclite avait rejoint un fleuve puissant dénommé l'Adélaïde river, aux masses sombres et luisantes, dont le courant puissant charriait des monceaux de végétaux morts qui empêchaient de naviguer dessus. Ses berges étaient bordées d'arbres majestueux, où parfois encadrées par des crêtes ciselées par les affres du temps, l'eau revitalisant un paysage dont on avait pu craindre qu'il fût mort à jamais. C'est d'ailleurs non loin de cette matrice nourricière qu'ils avaient croisé la harde de chevaux sauvages, et décidé de modifier le rythme qu'ils s'étaient imposé jusque-là. Sydney ou Melbourne, les ultimes étapes des uns et des autres, n'étaient plus très loin désormais. Conscients que le moment où ils devraient se séparer n'avait jamais été aussi proche, ils prenaient leur temps pour profiter des derniers moments passés ensemble, car il se doutait qu'ils ne se reverraient probablement plus pour quelques-uns d'entre eux. Ce moment fatidique arriva pourtant plus tôt que prévu…

Le feu crépitait, projetant dans le ciel étoilé des myriades de particules incandescentes. Le ventre repu mais les idées claires, Kaiya s'essuya la moustache de graisse qui lui barrait la bouche ; la viande de kangourou cuite à point avait été un délice. La veille, ses trois guerriers et lui avaient pris une décision importante, et il lui revenait de l'annoncer à leurs amis. Il se racla la gorge, et demanda à l'ensemble du groupe réuni autour du feu de l'écouter. Il se lança sans fioritures :

— Nous avons longuement discuté du moment de notre retour avec mes guerriers hier, commença-t-il, et nous avons décidé qu'il était temps de rejoindre le mont Olga où nos familles nous attendent. Nous approchons des territoires où vivent les blancs, et aller plus avant dans cette direction nous met en danger, sans que notre présence vous apporte un réel bénéfice. Une partie des soldats est rentrée dans ses pénates. Rien ne nous dit qu'ils ne nous ont pas déclaré hors la loi pour avoir détruit leur campement et causé tout un tas de morts dans leurs rangs. De leur côté, ils enjoliveront le massacre des grottes du mont Olga en le faisant passer pour nécessaire, et à l'inverse, ils nous décriront sûrement comme des sauvages sans pitié. Vous allez bientôt fouler les terres où règne la justice des blancs, dit Kaiya à l'attention de Peter Brown ; notre présence ne vous sert plus à rien pour accompagner Nangala devant le juge qui assurera sa protection. Et avec nos amis Chinois, sa sécurité est entre de bonnes mains. Nous avons impatiemment attendu ce moment, dit-il en s'adressant au groupe avec gravité, car nous souhaitions particulièrement remercier nos amis étrangers, ainsi que leur protecteur Bunyip sans qui nous serions probablement morts à l'heure qu'il est.

Tranquillement occupé à ronger un os encore bien en chair, Bao semblait ignorer les regards tournés vers lui. Il se léchait au contraire les babines de félicité à intervalles réguliers, ne pensant qu'à essayer ses dents puissantes sur le malheureux jarret. Plus civilisés, Chen, Da et Bai lui sourirent en guise de remerciement. Chao joignit même les mains sous le menton pour montrer que ces propos la touchaient.

— À quelle heure partez-vous demain ? demanda-t-elle simplement, sachant que ce départ était inéluctable.

— À l'aube, nous aurons levé le camp, répondit Kaiya. Nous ne nous attarderons pas, car les adieux ne sont pas notre fort. Mais sachez que nous honorerons votre mémoire. L'histoire de notre rencontre et de notre épopée, sera transmise aux générations futures par les chants et les contes, et survivra je l'espère, des millénaires et bien plus encore. Vous faites désormais partie du temps des rêves, et Bunyip, dit-il en pointant le doigt vers le molosse, gardera une place spéciale dans nos cœurs. Car bien plus qu'un chien, il est et restera une émanation incarnée de nos ancêtres, qui par sa force, son courage, et sa férocité, nous a protégés du plan d'anéantissement voulu par les blancs. Grâce à lui, grâce à vous aussi, nous sommes encore vivants, et l'espoir que notre univers demeure est aujourd'hui plus fort qu'il ne l'était hier. Qu'il soit, que vous soyez tous bénits pour cela.

Une larme involontaire coula sur sa joue. Les épreuves l'avaient transformé comme le feu déstructure le métal. Tout comme le fer, il s'était brûlé dans les flammes de sa vengeance aveugle, et sa colère avait laissé des compagnons morts en route. Une tache indélébile sur son âme. Il savait qu'on l'excuserait pour ça. On dirait certainement que c'est le lot habituel des batailles ; la fatalité. Mais lui savait intimement que ses hommes s'étaient sacrifiés parce qu'il le leur avait demandé. Parce qu'ils ne pouvaient rester de marbre face à la barbarie des soldats, alors que la sagesse aurait probablement voulu qu'ils empruntent d'autres voies. En tant que chef, il aurait dû leur suggérer.

« Oui, mais quelles voies ? »

Il n'avait pas de réponse à cette question. Et il ne pouvait revendiquer ses erreurs pour être plus sage à l'avenir, car si c'était à refaire, il savait qu'il le referait. Quel qu'en soit le prix à payer. Et en cela, il était plus sombre qu'il ne l'était auparavant, car la fureur avec laquelle il s'était engagé dans la bataille avait révélé sa véritable nature. Un être dominé par ses émotions. Un homme fait de chairs et de sentiments contradictoires. Une vérité acquise dans la douleur, mais qui n'en était pas moins difficile à accepter pour lui qui rêvait de grandeur. Il se pinça les yeux pour en éponger l'humidité, et se leva. Il était tel qu'il était : un être humain avec toutes ses imperfections, tout simplement.

— Il se fait tard maintenant, dit-il, et il est temps pour moi d'aller me coucher. Si vous repassez par les territoires du centre, sachez que vous serez accueillis comme des enfants du pays.

Sa voix était claire.

Comme la nuit inondée du halo pâle de la lune. Une clarté lugubre qui amplifiait la tristesse du départ imminent. Ses guerriers se levèrent avec lui. Les adieux se firent simplement, sans effusion, avec la pudeur et la sobriété qui sied à ces gens-là.

Le départ de Kaiya et de ses guerriers laissa comme un grand vide, quand le groupe désormais composé de Brown, Nangala, Tarka, et des quatre Chinois, reprit sa route le lendemain. Vide accentué par l'absence surprenante du troupeau de chevaux sauvages qui ne donna plus signe de vie durant quelques jours, alors qu'il était jusqu'à présent ponctuel au rendez-vous. C'est Tarka qui leva le mystère, quand il repéra des traces de piétinement qui ressemblait fort à une scène de panique. Pour confirmer son pressentiment, il décela parmi les centaines de pas en mouvement, l'empreinte de fers à cheval qui ne laissait aucun doute sur ce qui c'était passé. Il n'eut pas besoin de verbaliser ses craintes, car au détour du virage suivant, ils découvrirent plusieurs cadavres : des juments trop vieilles pour intéresser les stockmen, et deux poulains trop fragiles pour suivre le rythme imposé par ces sadiques. Tous abattus d'une balle dans la tête. Voyant l'incompréhension sur le visage de Chao, la douleur infinie dans les yeux de son cheval, ce fut Da qui prit la décision le premier.

— Je me lance à la poursuite de ces salauds, dit-il en fulminant de rage. Je ne veux pas vous retarder. Allez-y, je vous rejoindrai plus tard.

— Ils sont cinq ou six hommes, dit Tarka, en examinant les traces au sol. Armés et probablement dangereux.

— Je vais avec toi, articula Chao avec difficulté. Je peux t'assurer qu'ils vont le payer cher.

— Je suis aussi de la partie, fit simplement Chen. Vu le contexte, un de plus avec vous ne fera pas de mal.

Bai ne contesta pas. Il savait que c'était la seule voie possible pour Chao, et il préférait qu'elle soit encadrée par deux combattants hors norme pour la protéger. D'autant que Bao allait indéniablement suivre sa maîtresse, et qu'à lui seul, il était presque une assurance tout risque pour Chao.

— Tarka, dit-il au guide, va avec eux, tu sauras retrouver ces hommes plus vite qu'aucun d'entre nous n'est capable de le faire. Nous avancerons lentement pour vous permettre de nous rejoindre quand vous aurez retrouvé le troupeau. Puisse Chiyou (Dieu de la guerre) guider votre bras et vous permettre de sauver ce qui peut l'être. Je prierai pour votre réussite ainsi que pour la liberté de ces nobles bêtes, en espérant que cette mission de sauvetage ne se termine pas en naufrage.

Il se ressaisit, ne voulant pas montrer son inquiétude à ses amis.

— Ne perdez pas de temps, dit-il, si vous voulez les rattraper avant qu'ils ne soient dans un endroit trop peuplé pour agir.

Après s'être assurés que les carcans étaient bien fournis en flèches, les sabres et les couteaux bien huilés dans leur fourreau, ils prirent quelques provisions qui leur permettraient de tenir plusieurs jours, et partirent au galop, suivis comme leur ombre par Bao. Quand il les vit disparaître derrière un panache de poussière, Bai eut un pincement de cœur. Il aurait dû être avec eux.

— Rentrez tous en un seul morceau, murmura-t-il, marri de voir partir ses amis. Et surtout pas d'imprudence, lâcha-t-il entre ses dents, comme une incantation destinée à les protéger le moment venu.

Captifs

La capture des chevaux avait eu lieu au lever du soleil, quand les bêtes sauvages s'étaient retrouvées à découvert. Durant deux jours, les stockmen les avaient pistés, mais en hommes d'expérience, ils s'étaient bien gardés d'intervenir, les animaux étant à l'abri des feuillus pour se protéger des mouches, et des prédateurs, nombreux en cette saison. Tout prudents qu'ils étaient, les chevaux étaient bien loin de se douter du danger qui les attendait quand ils retrouveraient l'herbe verte des plaines. Montés sur de résistants poneys, les cow-boys avaient été vigilants, car le seul son d'une branche cassée pouvait disperser les équidés vers les profondeurs du bois, où il aurait alors été impossible de les capturer. Ils avaient patiemment attendu que les bêtes se dirigent vers la plaine pour brouter l'herbe humide du matin, et alors seulement, ils étaient intervenus.

Tandis qu'un stockman s'était placé à l'orée du bois pour empêcher les bêtes de rebrousser chemin, les cinq autres s'étaient élancés au grand galop, avaient entouré les chevaux affolés dans un mouvement de nasse bien rodé, et surtout avaient pris garde de capturer en premier l'étalon pour mieux paralyser le reste du troupeau. Si lui passer le lasso au cou avait été relativement facile, le calmer, par contre, n'avait rien eu d'une sinécure. Mais quelques coups de fouet bien sentis l'avaient fait rentrer dans le rang. Pour être sûr que les jeunes de la horde ne s'enfuient pas, l'étalon avait été entravé avec une corde liaisonnant ses pattes arrière, restreignant ainsi sa mobilité. Quelques poulinières assez âgées pour avoir engendré une grande partie du troupeau, eurent droit au même traitement. Fidèles à leur chef, et surtout à celles qui les avaient mis au monde, les jeunes ne partiraient pas sans ceux qui avaient toujours été là pour les protéger. Les captifs étant en ordre de marche, restaient plus qu'à les emmener dans le ranch du patron, près de Melbourne, dans un immense enclos où étaient déjà prisonniers nombre de leurs congénères. La quasi-totalité d'entre eux serait vendue pour hâler les wagons dans les mines de métaux qui s'ouvraient un peu partout dans le pays, le reste rejoindrait l'armée, ou serait tué si personne ne voulait d'eux. Loin de se douter qu'ils étaient pistés, les stockmen, fiers de leur habileté et de leur chance d'avoir trouvé de si belles bêtes, se dirigeaient maintenant vers leur destination finale, pensant déjà aux chopes de bières bien fraîches dont ils pourraient se régaler, une fois sur place…

Disparaissant dans le flou de l'horizon, le soleil coiffa les montagnes lointaines de sa coupole rougeoyante, puis disparut définitivement aux confins de la terre, plongeant Chao et ses amis dans les ténèbres les plus noires. Obsédée qu'elle était à rattraper les stockmen, Chao ne prêtait plus attention à la beauté obsédante de l'astre éphémère, préservant ses forces et sa concentration pour le combat à venir. Cela faisait deux jours qu'ils chevauchaient dans cette vallée recouverte de fougères géantes, sans quasiment s'arrêter. Ou alors juste pour de courtes haltes, le temps de reposer un peu les chevaux et grignoter un morceau de viande séchée. Puis ils repartaient au petit galop, ne s'arrêtant qu'à la nuit tombée pour dormir.

C'est ce qu'ils avaient l'intention de faire ce soir-là quand ils installèrent leur campement à la hâte, espérant sombrer rapidement dans un sommeil sans rêves. Malheureusement pour eux, l'endroit n'était pas propice à un repos réparateur. Par le plus grand des hasards, ils avaient fait halte dans un cimetière d'arbres aux couleurs cendrées et au sol noir comme du charbon. Les arbres, ou plutôt ce qu'il en restait, faisaient vraiment peine à voir. Un puissant feu de brousse avait dévoré leur substance vitale, ne laissant pourrir au sol que des squelettes végétaux aux ramures carbonisées, figés jusqu'au jour où ils tomberaient en poussière. Le moral au plus bas, personne ne parlait. Après avoir mastiqué des tranches de viande durcie et s'être massé les muscles endoloris par les longues heures de monte, le groupe de combattants se coucha sans avoir décoché un mot. La nuit serait courte, et les ramures dénudées des arbres ne les préserveraient pas de l'humidité ; autant garder son énergie pour se réchauffer. Quand l'aube timide pointa son nez, le lendemain matin, ils repartirent sans se plaindre de l'inconfort de leur nuit. La mission qu'ils s'étaient fixée valait bien ces petits sacrifices…

Ils étaient en selle depuis à peine une heure qu'ils surent que leur pari était gagné. Depuis qu'ils étaient sur les traces des chevaux captifs, Tarka vérifiait la teneur des crottins quand il en trouvait. Ce matin, en malaxant l'un d'eux pas encore sec, le guide en déduisit que les voleurs de chevaux n'étaient plus très loin. Le contact se ferait probablement le lendemain, et il était vital d'être en pleine possession de ses moyens quand il s'agirait de libérer les bêtes à l'insu de leurs tortionnaires. C'est pourquoi ils s'arrêtèrent plus tôt que prévu, bien avant que la nuit ne tire son rideau opaque sur la plaine, s'accordant pour une fois une bonne nuit de sommeil. Le succès ne souffrait pas d'approximations…

Protégée par une double barrière de vieux rocs ridés de toutes parts, la plaine s'étendait à perte de vue, engluée dans les vapeurs brûlantes de ce milieu de journée. Rassemblés en une masse docile, matés par leurs tortionnaires, les chevaux avançaient tête basse, encadrés par six hommes armés. Un peu sur le côté de la harde, on pouvait voir l'étalon boiter, la corde fixée au-dessus de ses boulets lui mordant profondément les chairs. Castrée dans sa liberté, la bête l'était également dans sa dignité. Non loin de lui marchaient les autres membres du troupeau, la plupart étant libres de leurs mouvements, mais ne songeant pas à fuir. Que valait une vie, seul, dans un environnement inhospitalier sans personne pour vous épauler ? Les jeunes chevaux avaient choisi la privation de liberté plutôt que d'affronter un monde où ils n'étaient pas faits pour évoluer en solitaire.

Même des hauteurs où les Chinois étaient tapis, l'étalon était méconnaissable. On pouvait voir son corps lardé de zébrures sanglantes dues aux nombreux coups de fouet qui avaient fini par le mettre au pas. Vaincu par la cruauté des hommes, il n'était désormais plus que l'ombre de lui-même.

Rouge de colère, Chao chuchota.

— Pourquoi attendre la nuit pour agir, Chen, nous pourrions châtier ces salauds maintenant et les mettre en fuite, non sans leur avoir préalablement fait regretter leur inhumanité.

— C'est justement pourquoi il faut s'en méfier, Chao. En plus d'être cruels, ces hommes sont des durs à cuire, dit le moine guerrier sans s'émouvoir de la tension de la jeune femme, et rien ne dit qu'ils s'enfuiront quand nous les chargerons. De plus, ajouta-t-il, ils nous verront arriver de loin, et auront le loisir de nous ajuster avec leur fusil. Je suis presque sûr qu'ils n'hésiteront pas à tirer. Je préfère ne pas imaginer le résultat, si comme je le pense, ces cow-boys savent utiliser leur arme. Soit patiente, Chao, la nuit tombe bientôt ; il sera alors temps d'agir. Et je te rappelle que ces hommes sont certes des êtres abjects pour avoir traité des bêtes innocentes de la sorte, mais ce ne sont pas des assassins. En tout cas pas selon la loi de ce pays où cette pratique est courante. Ils ne méritent donc pas le châtiment suprême que tu imaginais peut-être leur faire subir, mais juste d'être dépouillés de leur prise. Si nous laissions nos émotions prendre le pas sur notre raison, nous risquerions la corde, et ne serions pas mieux que ces brutes.

Il eut presque honte de prononcer ces mots, se rappelant son désir de vengeance contre la triade du pavillon noir. Mais il avait évolué, et un bon conseil était toujours à prendre pour une jeune âme comme Chao. Cette dernière d'ailleurs n'insista pas, reconnaissant le bon sens de son ami. Mais boudeuse, elle lui tourna ostensiblement le dos, montrant ainsi son agacement. Sachant que la jeune femme ne bouderait pas longtemps, Chen l'ignora, préférant peaufiner son plan en silence. Il observa encore le troupeau. Si les chevaux marchaient lentement en soulevant un panache de poussière derrière eux qui se voyait à des lieues à la ronde, ils grignotaient aussi inlassablement du terrain, avançant inéluctablement vers leur prison finale. Et vers la mort pour certains…

— Rapprochons-nous de la horde pour leur coller au train, décida Chen. Au plus, nous serons prêts d'eux le moment venu, au plus l'élément de surprise sera important et évitera à ces hommes de riposter.

Sans attendre de réponse il se leva et rejoignit sa monture, suivi de près par Da et Chao. Chacun mobilisait ses forces, car l'action n'allait plus tarder à arriver…

La fin de la nuit était calme ; l'aube n'allait plus tarder à irradier l'horizon de son éternel orbe de lumière. L'herbe de la prairie ondulait sur un rythme lent, en prise avec un vent irrégulier qui soufflait tantôt avec force, tantôt avec mollesse comme c'était le cas actuellement. On entendait au loin un dingo hurler, de lourds claquements d'ailes et des cris d'oiseaux effrayés, puis le silence de nouveau, avant qu'un nouvel animal ne prenne le relai de ces vocalises matinales. Le monde du jour était en passe de remplacer celui de la nuit. Trop fatigués pour avoir peur, les chevaux dormaient, debout pour la plupart, tête basse, sous la surveillance étroite de deux hommes assis auprès d'un feu faiblard. Savourant le fait de ne plus être de garde, les autres ronflaient comme des bienheureux, enroulés dans une épaisse couverture de laine. Les cow-boys éveillés semblaient lassés de tant de précautions de la part de leur chef ; eux aussi auraient aimé se recoucher alors qu'aucune menace ne semblait les guetter. Pour autant, ils étaient décontractés. Woodward était parti la veille à la recherche d'ultimes chevaux à capturer, et ne serait normalement pas de retour avant le lendemain. Cet homme était un traqueur hors pair, en même temps qu'un être abject et violent. Le savoir loin d'eux était une bénédiction pour ses hommes qui pouvaient profiter de cet espace de liberté sans pression, après tous ces jours à chevaucher inlassablement pour capturer des chevaux sauvages qui enrichiraient un peu plus leur patron. Pour autant, rester éveillés des heures durant alors qu'un bon sommeil réparateur aurait pu les amener au pays des songes, était aussi désagréable avec que sans Woodward. N'ayant rien d'autre à faire, et surtout aucune autre alternative que de garder les yeux ouverts, la danse des flammes était une attraction bienvenue pour ces âmes désœuvrées. Si le feu avait la vertu d'éloigner les indésirables, il était aussi hypnotique pour des cow-boys gagnés par l'ennui. Comme le lit de braises allait bientôt cannibaliser le peu de végétaux encore constitués, l'un d'eux jeta une branche de grosse section dans les flammes moribondes pour les réactiver. Le bois crépita, illuminant la grisaille du matin avec la projection de centaines de particules incandescentes dans l'atmosphère humide qui les absorba aussitôt. En effet, si les points brillants s'élevaient énergiquement au-dessus du brasier, ils étaient ensuite rapidement absous par la rosée du matin qui se chargeait de les éteindre. De toute façon, l'aube était imminente. En effet, le soleil n'allait plus tarder à montrer le bout de son nez, annonçant la fin du tour de garde ; les stockmen pourraient alors vaquer à des affaires ou le mouvement redevenait de mise. Ils avaient tort sur un point ; la nuit n'avait pas fini de leur réserver son lot de surprises…

Cachés tout autant par ce qui restait d'obscurité que par les hautes herbes, les assaillants étaient tapis sous le vent afin de ne pas dévoiler leur présence aux chevaux. Formatées par la peur atavique des prédateurs, les bêtes se seraient mises à hennir et à s'agiter si elles avaient eu le moindre doute concernant la présence d'un fauve tapi dans les herbes. Il était nécessaire de s'approcher le plus près du troupeau sans se faire repérer. Le visage dur et fermé, les trois hommes rampaient en silence vers le halo du feu. Si Chen et Da tenaient leur arc dans une main, prêt à entrer en action, Tarka, lui, avait pris son long couteau de la dimension d'un demi-sabre. Il se savait le moins aguerri des trois guerriers, mais il pensait tout de même être utile dans une attaque de ce type, d'autant que Chao avait dû rester auprès des chevaux cachés derrière une protubérance de grès. Sur le coup, elle l'avait mal pris, mais les arguments de Chen étaient imparables et avaient fini par la convaincre. Les cow-boys ne devaient pas être tués, juste maîtrisés. Comme Bao était incontrôlable, et que nul ne pouvait prédire ce qu'il aurait fait aux hommes armés une fois lancé, il était vital de ne pas l'amener avec eux. Et la seule qui pouvait le contraindre à cela, était naturellement Chao. Si elle était venue avec eux, rien n'aurait pu retenir le molosse, et il aurait éliminé tous ceux qu'il considérait comme un danger pour sa maîtresse. De plus, la nuit constituait un redoutable handicap pour Chao dont la vue était diminuée ; dans ce contexte, elle était plus un poids mort qu'un atout pour des guerriers qui utilisaient l'obscurité comme une alliée. Difficile à digérer pour une femme de son tempérament, mais réaliste pour quelqu'un d'aussi analytique qu'elle. Pour toutes ces raisons, elle avait dû rester en retrait avec son chien, se chargeant du même coup de la garde des chevaux. Son unique instruction était de ne quitter sa cache qu'en cas d'extrême urgence, ou quand la délivrance des bêtes prisonnières serait actée. Et comme maîtriser les cow-boys était largement dans les cordes de Da et de Chen, elle s'était résignée à attendre la fin de la partie qui selon elle n'allait plus tarder.

— Incroyable comme les petits matins peuvent être frais dans ces plaines ! Grommela l'homme qu'on appelait le coyote pour sa propension à se plaindre en usant de notes aiguës en complète contradiction avec sa corpulence épaisse.

Snow, l'homme qui était de garde avec lui cette nuit-là, ne l'écoutait pas. Un mouvement avait attiré son attention, et tout son être était concentré vers l'horizon. Il empoigna son fusil posé près de lui par le canon, le retourna en un mouvement fluide, et le dirigea vers l'endroit suspect. Peut-être avait-il rêvé, mais il voulait en être sûr. Pour autant, il était presque certain que ses yeux ne l'avaient pas trahi. Non loin de là, cachée par l'un des innombrables taillis qui poussaient au-dessus des broussailles comme des îlots de végétaux sur une mer d'herbes agitée, une masse sombre s'était déplacée. Voyant l'état de nervosité de Snow, le coyote s'activa lui aussi. Deux fusils armés pointèrent bientôt leur gueule d'acier sur la plaine, prêts à tirer. Le mouvement se réitéra, avec de surcroît comme un bruit de chute.

— Encore un geste et je te troue le cuir ! hurla Snow en visant aussitôt la forme aplatie.

S'il n'avait pas tiré, c'est parce qu'il ne voulait pas être la risée de ses compagnons en cas de rencontre avec un chien sauvage ou une autre curiosité locale. Son attitude était louable, mais elle actionna aussitôt le mouvement autour de lui, de la même manière qu'aurait pu le faire un coup de feu. Une batterie de fusils et de revolvers quadrilla bientôt la savane, balayant consciencieusement l'étendue sauvage. L'un des hommes se frotta les yeux. Dans son demi-sommeil, il se demandait encore ce qu'il devait faire, mais les autres semblaient aussi réveillés que s'ils avaient reçu un seau d'eau glacée sur la tête. Les doigts titillaient les gâchettes, à deux doigts de faire feu. Snow n'avait finalement pas rêvé : un homme de couleur sombre émergea lentement des fourrés, les bras au-dessus de la tête. Il semblait terrorisé.

— Regardez qui voilà, s'exclama le coyote en relâchant imperceptiblement la tension qui le tenaillait quelques secondes auparavant. Un sauvage du coin qui voulait nous faire des papouilles pour le réveil. Quelle intention louable ! ricana-t-il, fier de sa vigilance en même temps que de son trait d'humour.

— Comme quoi il faut toujours faire attention où l'on dort, fit une voix derrière eux avec un fort accent chinois. Lâchez vos armes, ordonna le même homme, ou on se fera un plaisir de vous créer un deuxième orifice dans le dos.

L'ordre pétrifia la quasi-totalité des cow-boys, sauf Snow qui fut pris d'un excès de témérité, ne sachant pas à qui il avait à faire. Il se retourna brusquement en faisant pivoter son arme, mais n'eut pas le temps de finir le mouvement, qu'une flèche clouait sa main contre la crosse en bois de son fusil, tandis qu'une autre se plantait sur la face extérieure de sa cuisse. Douloureux, mais superficiel. Il hurla en mettant un genou à terre, tandis que les autres lâchaient leurs armes en un mouvement presque synchronisé. Ces hommes ne plaisantaient pas. Trop attachés à la vie, ils n'avaient pas du tout envie de jouer les héros avec des agresseurs qui n'hésiteraient sûrement pas à les tuer. Surtout pour le salaire qu'on leur versait chaque mois. Ces hommes savaient visiblement manier leurs armes ; s'ils avaient voulu les tuer, ce serait déjà fait.

— Bonne réaction, reprit la même voix calme, continuons sur le même registre, et tout ira bien. Poussez vos armes loin devant vous avec votre pied, et mettez-vous à plat ventre, face contre terre.

Les cow-boys s'exécutèrent aussitôt. Quand ils furent au sol, Chen s'approcha de Snow qui geignait encore. D'un mouvement sec, il arracha la flèche de la cuisse, emportant un morceau de chair en même temps que la tige perforante. L'homme n'eut pas le temps de hurler, car il s'était déjà évanoui sous l'action de la douleur. Sans s'occuper du corps inerte, Chen poussa l'arme à feu hors de portée de main, et se plaça devant les hommes toujours à terre. Da étant derrière, ils étaient pris en tenaille par deux experts au tir à l'arc. Plus même, puisque Tarka les avait rejoints et s'était emparé d'un fusil. Il avait appris à s'en servir à l'armée, et n'était pas maladroit avec. Fier de son stratagème, c'est lui maintenant qui les tenait en joue. L'arroseur arrosé en quelque sorte. Les cow-boys au sol se consumaient de rage d'avoir été matés en si peu de temps par des hommes qu'ils considéraient comme des moins que rien. Mais en même temps, ils leur reconnaissaient une habileté diabolique. La seule chose qui les rassurait était de se savoir encore vivants, même si cette forme de mansuétude ne présumait en rien des intentions futures de leurs agresseurs. Ils manifestèrent une plus vive inquiétude encore quand ils entendirent un cheval approcher au triple galop. Chao avait observé la scène de loin, et n'avait su contenir sa patience plus longtemps. Surexcité, Huo s'arrêta brutalement auprès du groupe en plantant ses antérieurs dans le sol meuble, propulsant Chao au sol qui s'aida habilement de son bâton comme d'une perche pour amortir le choc et atterrir gracieusement. Un mouvement de jeu travaillé dans les zones sableuses par les deux amis, mais qui n'était pas prévu cette fois-ci. Le cheval ne tenait plus en place. Il avait senti l'odeur de ses congénères et piaffait d'impatience.

— Va les voir, lui chuchota doucement Chao, redonne leur goût à la vie.

Huo ne se fit pas prier. Il partit au galop vers les chevaux prisonniers en émettant des petits cris de satisfaction. Chao fut transportée de joie en voyant son cheval ainsi ; le calvaire de ses congénères venait de prendre fin. En entendant le hongre piaffer, la majorité des chevaux captifs avaient redressé les oreilles, croyant certainement être arrivés au paradis des équidés. Quand Huo arriva tout excité et bondissant de bonheur, ils ressentirent un sentiment diffus de joie et d'étonnement. Que faisait l'un des leurs sans entrave et qui gigotait devant l'enclos comme un beau diable ? Comme pour confirmer cette énergie hors norme, Huo avala sans mal les branches superposées qui enfermaient les bêtes pour la nuit, et trotta aussitôt vers sa dulcinée. Les yeux brillants comme deux pierres précieuses, il frotta le bout de son nez humide contre celui de la jument. Jamais texture plus soyeuse ne l'avait effleuré. La jeune jument le regardait de ses beaux yeux noirs surmontés de longs cils. Elle ne voulait pas se décoller de son fougueux sauveur, pompant son énergie qui l'irradiait comme un feu rampant. Le long moment de tendresse partagée isola les deux animaux du reste du monde. Chao était estomaquée. Aucun humain n'aurait pu mieux exprimer ses sentiments que les deux bêtes à ce moment précis. Un frisson la secoua de la tête aux pieds. Cette scène valait à elle seule les risques qu'ils avaient pris lors de cette poursuite acharnée, avec la boule au ventre de ne pas pouvoir les rejoindre à temps. Puis la jument se détacha comme à regret. Elle lança un long regard à Huo, et se dirigea d'un pas fatigué vers une forme allongée à même le sol. Malmené dans ses chairs, piétiné dans son amour propre, amputé de sa liberté, l'étalon avait décidé de ne plus se battre. Huo hésita. Que pouvait-il faire ? La jument insista. Elle revint vers lui et lui donna un petit coup de tête, avant de revenir vers l'étalon agonisant. Huo venait de comprendre. Toute sa vie, le fier cheval avait protégé son troupeau d'éventuels concurrents ; c'était là un puissant moteur pour lui, et un motif de fierté. Huo pouvait raviver cette pulsion atavique et le faire revenir à la vie. En tout cas, ça valait le coup d'essayer. Et comme il ne pouvait rien refuser à sa belle, il se dirigea vers le chef du troupeau, ou du moins ce qu'il en restait. En quelques jours le fier animal s'était métamorphosé. D'une bête puissante et fougueuse, il en était presque réduit maintenant à une coque vide, avachie et brisée, les flancs saillants qui palpitaient au rythme d'une respiration sifflante.

Il était mourant.

Huo approcha doucement sa tête contre la sienne jusqu'à le toucher. Pas de réaction. Huo recommença en expulsant un air tiède au travers de ses grands naseaux ouverts, lequel caressa l'animal comme le souffle matinal des plaines l'avait fait des années durant. L'animal ouvrit les yeux. Il ne parut pas surpris de voir Huo, mais exprima au contraire son contentement en émettant un faible cri qui s'apparentait plus à un gémissement qu'à un hennissement de retrouvailles. Ses yeux humides fixèrent ceux de son rival avec toute l'intensité dont il était encore capable. Il revit dans les globes luisants de Huo, la force qui l'animait jadis, et ça sembla lui plaire. Une larme coula sur sa joue jalonnée de vilaines croûtes. Donné sans mesure ni précision, le fouet avait meurtri sa tête au même titre que son corps, le transformant en une plaie vivante livrée en pâture aux mouches. C'était un miracle qu'il soit encore en vie. Il rassembla ses dernières forces et fixa Huo pour lui faire passer un message silencieux. Une passation de pouvoir en quelque sorte, car l'étalon savait que ses sabots ne fouleraient plus jamais les hautes herbes de la plaine. Mais avec Huo présent, il savait aussi qu'il pouvait partir tranquille ; un noble destrier allait guider les siens dans la plaine sauvage, aussi fort et terrifiant qu'il l'était lui-même autrefois, aussi intrépide qu'il avait également pu l'être. Il n'aurait pu rêver mieux. Épuisé physiquement mais l'âme en paix, il reposa sa tête contre les herbes couchées ; son souffle était haché. Il avait lutté contre la mort comme dans l'attente de ce moment. Son combat n'avait pas été vain, car il savait maintenant que sa harde continuerait de chevaucher les plaines interminables avec un guide et un protecteur à sa tête. Il pouvait partir tranquille. Ses yeux fiévreux se fermèrent comme pour clore le chapitre de sa vaillante vie, ses flancs se levèrent une fois ou deux encore comme pour tenter d'oxygéner un cœur déjà mort, puis sa large poitrine s'arrêta de vibrer définitivement.

Le noble étalon n'était plus.

La jument poussa un cri de détresse qui se propagea comme un feu de brousse à tous les membres de la horde. Lentement, résigné, chacun s'approcha du cadavre encore chaud de leur ancien meneur en ultime hommage, certains essayant même de le faire revenir dans le monde des vivants en touchant sa peau torturée de leurs naseaux humides. Peine perdue, la mort avait fait son œuvre. À quelques pas de l'enclos, Chao avait compris le drame qui se déroulait sous leurs yeux. Elle ne put retenir ses larmes ; ils étaient arrivés trop tard. La tristesse fut rapidement balayée par une colère soudaine qui électrisa chacune de ses cellules. Ces hommes allaient payer pour leur cruauté. Son bâton fermement tenu dans sa main droite, elle se dirigea vers les cow-boys qui venaient d'être entravés par Tarka dos à dos. Da avait assisté de loin à la scène, et avait compris les sentiments de la jeune femme qui en cet instant l'empêchaient de raisonner. Il se dirigea vers elle au moment où Bao arrivait enfin. Huo avait galopé tellement vite, qu'il n'avait su maintenir le rythme de la course et avait fini loin derrière. La langue pendante et le souffle saccadé, il se dirigea lui aussi vers sa maîtresse.

— Calme-toi, Chao fit Da en écartant les bras pour l'empêcher de passer, tu ne peux t'en prendre à des hommes attach…

Un coup de feu l'interrompit. Sec. Vengeur. Implacable. Da écarquilla les yeux de surprise, tandis qu'un rictus de douleur déformait sa bouche. Il resta debout un instant, comme pétrifié que la mort l'ait cueilli sans qu'il ne s'en rende compte, tandis qu'un filet pourpre commençait à imbiber sa chemise, grossissant de seconde en seconde. Une balle l'avait frappé dans le dos et était ressortie par le thorax. Avant que Chao n'ait pu appréhender ce qui venait de se passer, il s'écroula dans un râle de souffrance, le souffle court, la vie en sursis. Bao et Chen, eux, avaient compris. La fatigue oubliée, le premier partit en trombe vers l'endroit d'où le coup de feu était parti. Le moine guerrier ne perdit pas de temps non plus. Il enfourcha son cheval et se mit dans les traces du molosse aussi vite qu'il le pouvait. Non pour protéger le chien, mais pour venger son ami avec toute la colère qui débordait de lui. Le vent qui fouettait son visage ne pouvait effacer le masque de douleur qui déformait ses traits, l'action l'empêchant d'imaginer dans quel état il allait retrouver le jeune homme à son retour, mais à ce sujet, il ne se faisait aucune illusion...

La vie ne tient qu'à un fil

La rage électrisant chacune de ses cellules, les pattes de Bao touchaient à peine le sol. On eut dit qu'il survolait l'herbe de la plaine. Le lâche qui se cachait derrière les rochers avait tué ou blessé gravement l'un des deux humains qu'il aimait le plus au monde. L'éclat meurtrier dans ses yeux parlait plus qu'un livre ouvert sur ses intentions. Un second coup de feu retentit dans le petit matin, laissant une traînée rouge sur la peau sombre du chien géant. Le déplacement du molosse était trop rapide pour qu'on puisse l'aligner facilement, même pour un tireur chevronné. De toute façon, Bao ne s'en formalisa pas, et ne dévia pas sa course d'un iota. La peur n'avait pas effleuré son cerveau un seul instant ; seule la haine aiguisait son instinct de tueur au même titre qu'un sabre sorti du fourreau. Il arriva le premier sur Woodward qui essayait de recharger avec des gestes trop précipités pour être efficaces…

Ce dernier rentrait d'un repérage quand il avait surpris le groupe d'étrangers en train de maîtriser ses bons à rien d'équipiers. Son premier réflexe avait été de tirer sur la cible facile qui lui offrait son dos, croyant que cet exemple ferait fuir ceux qu'il avait pris pour des voleurs opportunistes. Mais voyant la tournure des événements, il l'avait aussitôt regretté. S'il pensait au départ dominer la situation comme il avait toujours réussi à le faire jusqu'à présent, c'est-à-dire en s'imposant par la violence, c'est en fait l'inverse qui se produisait aujourd'hui. Il était tombé sur les mauvais numéros, et c'est lui qui devenait la cible. Preuve en est, l'un des guerriers chevauchait vers lui à toute allure alors qu'il aurait dû prendre les jambes à son cou, et plus grave encore, un chien à la stature d'un lion le devançait avec l'intention visible de le broyer dans ses immenses mâchoires qui claquaient dans l'air survolté de la plaine, comme pour annoncer l'exécution à venir. Il avait bien essayé de tuer le molosse, mais comble de malchance, il l'avait loupé. Et pour couronner le tout, son fusil venait de s'enrayer quand il avait tenté de réitérer le coup de feu. Affolé, il vit le monstre fondre sur lui comme l'ombre de la mort…

Le chien avala les derniers rochers qui protégeaient encore le cow-boy comme une simple formalité. Ayant désormais sa cible bien en vue, il se propulsa vers elle d'un bond puissant, la gueule grande ouverte à la manière d'un piège d'acier. Woodward tenta une riposte de la dernière chance. Tout en reculant précipitamment, il frappa le chien avec la crosse de son fusil, sans grande illusion sur le résultat final face à un animal de cette engeance. Par miracle, le bois dur heurta la tête de Bao qui fut projeté sur le côté, groggy. Mesurant son incroyable veine, Woodward ne perdit pas de temps. Il sortit le revolver de son étui, et visa la masse immense du chien lion en train de se relever. Il ne pouvait le louper cette fois. Prêt à presser la détente, son doigt hésita un instant. Quel dommage qu'il n'ait pu capturer cette bête de foire ; au bas mot, elle devait valoir une petite fortune…

Si son indécision sauva probablement la vie à Bao, sa distraction lui coûta indiscutablement la sienne. Sans qu'il l'ait vu venir, le sabre aiguisé de Chen trancha son poignet aussi facilement qu'il l'aurait fait pour une simple branche, et avant que son cheval n'ait dépassé le cow-boy qui contemplait son moignon d'un air interdit, le moine guerrier retourna son arme dans un moulinet parfait, et planta la lame dégoulinante dans la gorge offerte. Quelques borborygmes plus tard, l'homme gisait au sol, raide mort.

Chen s'approcha du chien. Ce dernier secoua son immense tête, marri de s'être fait avoir. La bave aux lèvres, il s'avança en titubant vers Woodward et s'attarda un instant sur le corps inerte, prêt à y planter ses crocs. Mais l'homme n'aurait plus jamais aucune réaction. Voyant la masse sans vie qui gisait dans une mare de sang, il repartit d'un pas mal assuré rejoindre sa maîtresse, sans un regard pour Chen. Son esprit était trop perturbé pour faire des manières, même pour celui qui venait de le sauver d'une mort probable. Le moine guerrier ne s'en formalisa pas. Lui aussi était dans un état second, et l'angoisse de perdre son ami l'envahissait maintenant que les brumes de l'action se dissipaient lentement, projetant l'horreur de ce qui venait de se passer dans sa crue réalité. Il rengaina son sabre après l'avoir rapidement essuyé, tourna bride, et rejoignit le campement au galop pour prendre des nouvelles de Da. S'il craignait le pire pour le jeune homme, il gardait l'espoir que sa vigoureuse constitution ait pu le mettre à l'abri d'une fin misérable. Quand il arriva essoufflé auprès du feu éteint, Tarka se tenait aux côtés de Da, un sac de plantes grand ouvert auprès de lui, une gourde jetée au sol. Il avait déjà lavé les plaies puis fait un cataplasme rapide, et s'apprêtait maintenant à appliquer une deuxième couche de plantes malaxées sur les orifices suintants, qui depuis peu ne saignaient plus. Quand le guérisseur appuya un peu trop fort sur l'une des blessures, le jeune homme geignit en sourdine, puis retomba dans un état apathique proche du coma. Il semblait respirer difficilement, mais était toujours en vie. Chen souffla de soulagement. Pas longtemps. À voir la tête soucieuse de Tarka, sa joie retomba comme un soufflet. Décomposée, Chao tenait la tête du jeune homme sur ses genoux, faisant un effort surhumain pour contenir ses larmes et son désespoir. La langue pendante, Bao s'était couché auprès d'elle et regardait tristement son ami comme dans l'attente d'un dénouement qui semblait évident. Patiente et résignée, la mort rôdait parmi eux pour prendre son dû. Cela ne devrait plus prendre beaucoup de temps…

— Sa vie ne tient qu'à un fil, confirma Tarka. Je soupçonne une hémorragie interne, et je n'ai pas les compétences pour l'arrêter. Nous allons l'allonger le plus confortablement possible et le tenir au chaud pendant que l'un d'entre nous ira prévenir Bai et Nangala. Dans son état actuel, il est intransportable. Je reste avec lui pour le surveiller et lui donner de quoi faire baisser sa fièvre. J'espère juste que vous ne retrouverez pas un cadavre à votre retour, ajouta-t-il d'un air sombre. Dépêchez-vous, Nangala est réputé pour ses dons de chaman, qui seuls à cette heure peuvent l'aider, déclara-t-il sans trop y croire vraiment…

Chen acquiesça sans mot dire. Il suffisait de voir le visage livide de Da pour comprendre la prédiction. Chao était si bouleversée, qu'elle n'avait pas réagi. Rien à attendre d'elle pour le moment.

— Je vais faire au plus vite, dit-il simplement.

Sur ces mots, il enfourcha son cheval encore haletant, et repartit au galop…

Quand Nangala et Bai les rejoignirent deux jours plus tard, Da était toujours dans un état semi-comateux. Grâce à ses infusions à base de feuilles d'eucalyptus, Tarka avait réussi à contenir la fièvre, et un grand feu projetait assez de chaleur pour éviter qu'il ne se refroidisse. Nangala ne perdit pas de temps. Il constata avec satisfaction que Tarka avait allongé le blessé à même la terre, pour que cette dernière lui restitue un peu de son énergie. Il écarta la couverture et observa longuement le torse nu sur lequel était posé un cataplasme propre, puis colla son oreille contre le thorax et écouta. Lorsqu'il se releva, il semblait confiant.

— Tes soins lui ont sauvé la vie, dit-il simplement à Tarka. Sa respiration était-elle sifflante ? demanda-t-il.

— Au départ, oui, répondit Tarka, puis ça s'est régulé.

— Parce que tu as empêché l'air de s'échapper par la cage thoracique, dit Nangala. Son poumon était perforé. Si tu n'étais pas intervenu rapidement, il serait mort de suffocation.

Pas fier mais soulagé que son action ait été bénéfique, Tarka hocha juste la tête.

— Tu peux le sauver ? demanda-t-il.

— Je crois. Je vais essayer en tout cas. As-tu des feuilles de citronnelle et d'acacia ? demanda-t-il.

— Oui, mais pas en quantité importante, répondit le guide Aborigène.

— Le peu que tu as suffira, car je vais les mélanger avec mes propres plantes. Va me chercher des branches pour entretenir le feu, et trouve-moi au passage un morceau de bois évidé ; pour le reste, je m'en occupe.

Après avoir mis les plantes dans le bois creux et fait chauffer l'ensemble quelques minutes, une fumée commença à se dégager en volutes épaisses. Assis auprès du blessé, Nangala semblait respirer la fumée sans que cela semble l'importuner. Au contraire, elle lui ouvrait les portes de l'invisible. Il porta ses mains ouvertes vers le sol pour en ressentir l'énergie dans ses paumes, et quand il ressentit des picotements parcourir sa peau, il les posa sur la poitrine de Da, entamant un psaume dont il répéta le refrain de longues minutes. Il réitéra l'opération en tournant ses mains vers le ciel cette fois, puisant aussi dans les forces de la Voie lactée. Il inséra de nouveau cette énergie dans le torse du blessé en n'arrêtant pas de chanter. Quand il se tut enfin au bout d'un temps interminable, il semblait ivre de fatigue. Da, lui, semblait dormir paisiblement, son teint blafard ayant viré au rose pâle.

— Il vivra dit simplement Nangala, en s'adressant au groupe. Laissez-le dormir encore un jour ou deux, et il sera transportable sur une civière, lâcha le chaman du bout des lèvres. Je vais me reposer un peu moi aussi, cette séance m'a épuisé.

Sur ces mots, il se leva avec peine, s'éloigna d'une dizaine de mètres, et s'enroula dans une couverture pour lutter contre les frissons qui lui parcouraient le corps. Quelques instants après, il dormait.

— Que lui a-t-il fait ? demanda Bai à Tarka, curieux de savoir quelle magie avait opéré.

Tarka s'attendait à cette question, mais ne savait pas comment faire comprendre l'indicible à Li Bai. Puis il se rappela que ce dernier était un maître d'arts martiaux ; les forces de l'invisible ne pouvaient lui être inconnues.

— Pour faire court, commença-t-il, nous sommes connectés avec l'énergie du ciel et de la terre. Si nous prenons soin d'elle, la nature est notre amie. Lors de rites initiatiques, nous apprenons à communiquer avec elle, à survivre dans le bush, à trouver de l'eau. C'est comme comprendre notre propre corps au travers des leçons qu'elle nous prodigue chaque jour. En bon guérisseur qu'il est, Nangala a le pouvoir de se connecter à l'origine de la création, aux mondes parallèles, à l'inconscient, aux forces de la nature sans limites d'espace et de temps. Et comme il peut voir le mal de Da sans aucun filtre, il a puisé autour de lui et dans ses plantes l'énergie nécessaire à la guérison, puis l'a dirigé vers ses poumons ou autres organes touchés pour les réparer. S'il dit qu'il s'en sortira, c'est qu'il l'a lu dans un rêve instantané, et qu'il peut l'affirmer sans se tromper, assura Tarka. Voilà ce que je peux dire sur ce que qui vient de se passer. Pour le reste, les pouvoirs de Nangala sont infiniment supérieurs aux miens et je ne peux comprendre tout ce qui lui est accessible. Si je peux ressentir parfois certains phénomènes, Nangala est lui réputé pour maîtriser quasiment toute la palette des forces présentes autour de nous. C'est une chance qu'il ait pu être avec nous pour soigner Da, car le cas échéant, son état aurait certainement empiré avec toutes les conséquences funestes que cela aurait pu engendrer…

Deux jours furent nécessaires pour déplacer le noble étalon dans un endroit correct et lui offrir une dernière sépulture à la hauteur de son statut. S'il était mort de sévices et qu'on ne pouvait rien changer à ça, il méritait mieux que de servir de repas aux charognards du coin. Sans cérémonial mais avec dignité, il fut enseveli au pied d'un grand eucalyptus, fort et fier comme il l'avait été lui-même autrefois. Il fallut ensuite construire une civière et préparer la route la plus sûre pour ramener Da vers la civilisation où il pourrait se rétablir complètement. Le jour du départ, la civière fut fixée sur le cheval de Chen qui avait décidé de faire le reste du chemin à pied. Il avait tourné cela en dérision, arguant que l'exercice lui ferait le plus grand bien, d'autant qu'il s'avérait qu'il ne marcherait pas seul. Si Melbourne était plus près en distance absolue que Sydney, les chemins qui y menaient étaient plus escarpés, et donc plus propices à réouvrir les blessures de Da qui avait besoin de ne pas être trop secoué pour cicatriser. Et comme il n'était plus question pour les Chinois de faire un éventuel détour par Melbourne qui n'était pas leur destination finale, ils convinrent ensemble que la route des deux Aborigènes et de Brown se séparerait de la leur aux alentours du lac Mungo. À partir de cette immensité asséchée, ils bifurqueraient vers Melbourne, tandis que Chao, Bai, Chen et Da, iraient à Sydney pour tenter de retrouver le père inconnu de Bai, et finir de soigner Da s'il n'était pas remis d'ici là. Tarka et Nangala s'étaient au final réconciliés, et avaient décidé de rentrer ensemble à Alice Spring après les entrevues de Nangala avec le juge Morgan. Tarka en avait assez de vivre seul, et ressentait de plus en plus la nécessité de vivre et de mourir avec les siens.

Pour la dernière partie de leur voyage, Chao serait également à pied. Non parce que son cheval était bâté par quelque charge imprévue, mais parce qu'elle avait décidé de lui rendre sa liberté. Elle savait instinctivement que la bête la choisirait si elle n'agissait pas en ce sens, et ce serait indéniablement au détriment de la harde qui avait plus que jamais besoin de lui. Elle ne pouvait décemment ignorer ce fait, même si ne plus voir Huo lui fendait le cœur. Mais elle avait senti l'attirance qu'il avait pour la jeune jument, et la position de leader qu'il avait naturellement acquis après la mort de l'étalon. Même castré, Huo était flatté de voir les siens le vénérer pour la force et l'intelligence qu'il dégageait, et il avait en contrepartie envie de faire son possible pour les protéger. De plus, il sentait en lui l'appel de la liberté comme jamais auparavant, et les joutes contre l'étalon avaient aiguisé son appétit des grandes courses dans les plaines infinies, où galoper avec les seules limites de sa fatigue était en harmonie avec ce pour quoi il avait été créé. Mais Chao était un obstacle à cette vie sauvage. Non parce qu'elle le privait de sa liberté de mouvement, mais parce qu'il était attaché à elle de manière viscérale, et qu'il se sentait aussi une responsabilité vis-à-vis de celle qu'il avait convoyée sur deux continents. Surtout depuis qu'elle avait été blessée à Pékin et qu'elle y voyait moins bien. Partir avec la jument et le troupeau, ou rester avec sa jeune maîtresse ? Ce choix était un véritable crève-cœur pour le fidèle et courageux cheval, et il savait probablement au fond de lui-même qu'il s'orienterait vers Chao pour tous les moments forts qu'ils avaient vécu ensemble. Le pressentant, la jeune femme avait pris la décision à sa place. Elle s'approcha de lui et nicha sa tête contre son cou puissant. Elle aimait sentir ses muscles frissonner quand elle l'enlaçait, et lui adorait sentir les doigts de sa maîtresse triturer la texture de sa peau jusqu'à le faire grogner de plaisir. Ce jour-là, pourtant, il paraissait ailleurs. Il posa sa grosse tête contre le dos fluet de Chao, et souffla profondément.

— Tu es triste, n'est-ce pas ?

Il ne comprenait probablement pas ce que disait la jeune femme, ses oreilles pourtant se redressèrent comme s'il était attentif à ce qu'elle avait à dire. Ça paraissait complètement fou, mais Chao avait vraiment le sentiment que son cheval arrivait à interpréter ses paroles ; il le lui avait prouvé à maintes reprises.

Elle continua donc.

— Même si je te l'ai probablement dit mille fois, je vais te le redire une dernière fois ; je t'aime mon beau cheval. Toi et Bao êtes mes anges gardiens, et je ne pourrai jamais assez vous remercier pour tout ce que vous avez fait pour moi. Pour toute l'affection et la protection dont vous avez constamment fait preuve à mon égard depuis que l'on s'est rencontré. Si vous n'aviez pas été là, je ne serais probablement plus de ce monde. Mais un Dieu bienveillant a décidé de vous mettre sur mon chemin, et je croyais vraiment que seule la mort aurait pu nous séparer…

Elle avait décidé d'être forte, mais la poitrine comprimée par mille étaux, elle ne pouvait contenir ses larmes qui coulaient maintenant sur le poil lustré de la bête, laissant de petites traces sombres sur son cou gris moucheté. Huo frissonnait de la tête aux pieds, l'émotion de Chao le transperçant comme un pic d'amour. Il avait toujours été l'éponge des tensions de sa maîtresse, souffrant avec elle lors des périodes sombres, transporté de bonheur quand elle était joyeuse. Elle était pour lui un catalyseur d'émotion comme aucun humain n'avait su le faire avant elle. Le visage désormais noyé de larmes et prise de hoquets incontrôlables, Chao se sépara du puissant hongre et le fixa dans les yeux en lui tenant son énorme tête entre les mains. On eut cru qu'il comprenait ce qu'elle allait lui dire, car ses grands yeux sombres semblaient eux aussi humides, son cœur gagné par une ineffable tristesse…

Incapable de le regarder, Chao colla son front contre son chanfrein, et susurra avec difficulté :

— Même si ce sera douloureux de ne plus te faire des câlins dix fois par jour jusqu'à ce que tu n'en puisses plus et que tu m'éloignes de toi en me donnant un petit coup de tête, je veux que tu te libères des entraves des humains…

Elle s'arrêta dominée par ses hoquets et reprit :

— … et que tu montres à toutes les hardes du bush, quel merveilleux destrier tu es…

Elle mélangeait rires et sanglots, essayant de contenir sa détresse pour motiver son doux compagnon à partir vivre sa propre vie.

— Montre leur ta force mon grand, ton intelligence, ton endurance, ta tendresse aussi. Raconte leurs dans ton langage de cheval, toutes les aventures que nous avons vécues ensemble. Tout l'amour qui nous a unis et que personne ne pourra jamais nous retirer. Dis-leur que dans un jour lointain, quand les Dieux nous rappelleront à eux, quels qu'ils soient, nous serons de nouveau réunis, et que cette fois, rien ni personne ne pourra nous séparer.

Elle s'arrêta de parler, le souffle court, et s'essuya le visage d'un revers de manche. Elle tentait de lui sourire, mais ne projetait que des grimaces dans les yeux humides de son compagnon. Elle respira un grand coup, et doucement, lui retira le licol avec la corde qui le retenait à un arbre.

Chao resta un long moment la main sur l'encolure de son cheval, l'autre tenant la corde, comme incapable de le libérer. Puis elle s'activa enfin.

— Suis-moi, susurra-t-elle d'une voix presque atone, nous allons libérer les tiens.

Elle s'avança vers l'enclos les jambes flageolantes. Sans vraiment comprendre ce qu'elle voulait, Huo lui emboîta mécaniquement le pas. Quand elle ouvrit en grand la porte faite de rondins liés, il comprit enfin ce que voulait sa maîtresse. Il poussa un hennissement puissant comme pour expurger toutes les émotions qui le tenaillaient. Comme pour remercier aussi la jeune femme à qui il vouerait un amour éternel. Après un dernier regard plein de tendresse pour Chao, il se présenta devant l'enclos et entama une série de ruades nerveuses, dynamisant l'ensemble du troupeau qui depuis quelques jours avait perdu toute envie de vivre. Puis il partit au galop dans les herbes hautes de la plaine, ne cessant de hennir pour faire venir ses congénères. La jument lui emboîta bientôt le pas, suivi l'instant d'après par toute la harde qui comprenait enfin que la liberté s'offrait de nouveau à elle. Huo galopa sans se retourner jusqu'à une petite colline qui plongeait sur un bois fourni. Quand la jument le rejoignit, le cœur battant à tout rompre contre ses flancs émaciés, elle colla son nez aux naseaux palpitants contre celui frémissant de Huo, scellant par cette marque de tendresse son destin au sien. Quand l'ensemble de la harde fut enfin regroupé, Huo regarda une dernière fois en direction de Chao, se cabra de toute sa hauteur pour saluer sa maîtresse, et disparu derrière la colline dans un immense nuage de poussière, emmenant avec lui sa nouvelle famille vers un destin commun. Dans cet espace immense où la vie est une lutte quotidienne, un héros venait de renaître à la vie…

Fugitifs

La maison du père de Grace était de taille modeste, mais construite à base de briques rouges bien assemblées. Mieux que ça, elle était nichée au cœur d'un quartier animé de la ville ; sobre, discrète, cachée par une blanchisserie qui la dominait de sa carrure insolente. Excellent pour passer inaperçu. Comme la jeune femme l'avait dit, les clefs étaient cachées sous un pot de fleurs placé sur le perron. Entrer dans la demeure releva donc de la pure formalité.

Après avoir gravi l'escalier de pierre et franchi la porte d'entrée, la première chose que Rockwood et Grace firent, fut de compiler hâtivement des bûches dans l'âtre de la cheminée encore empli de cendre, et allumer un bon feu qui réchaufferait leur corps autant transit par la fraîcheur nocturne, que par la peur de se faire reprendre durant la traversée de la ville. Mais désormais en sécurité entre les quatre murs d'une maison sans histoire, tout allait pour le mieux. Ils s'étaient extraits d'un gang sanguinaire, avaient survécu à une tentative d'assassinat organisée par un magnat officiant dans l'extraction de pierres précieuses et homme politique à ses heures, et avaient finalement réussi à se réfugier dans une demeure qu'à priori personne ne connaissait. Et cerise sur le gâteau, avec une arme et des diamants plein les poches. Par prudence, Rockwood était tout de même ressorti un long moment pour scruter les ténèbres de la nuit à la recherche d'une silhouette suspecte ; rien ne l'avait inquiété. Quand il rejoignit Grace, cette dernière s'était déjà enveloppée dans une chaude couverture, ne laissant dépasser du tissu de bure qu'un visage hâve qui reprenait des couleurs face à l'offensive du feu sur les bûches. Pensive, elle regardait les flammes se déhancher dans la cheminée, comme hypnotisée par cette danse lascive. Profitant qu'elle avait l'esprit ailleurs, Rockwood la contempla un long moment. Ses cheveux blonds aux reflets roux tombaient en cascade sur ses épaules frêles, dissimulant un cou fin et délicat à la blancheur exquise. Son front haut tombait sur un nez un peu grand et arrondi à son extrémité, qu'encadraient deux yeux clairs surmontés de sourcils plutôt fournis. Des yeux étirés, profonds, presque spirituels, qui lui pénétraient le cœur tel un coup de poignard quand elle le regardait, révélant une bonté et une naïveté que les sévices de Drew avaient malheureusement altérées. Restait une grandeur d'âme qui touchait Rockwood, laquelle espérait l'Anglais, prendrait le pas sur la noirceur inoculée dans son cœur. Ses lèvres étaient charnues, d'un pourpre éclatant, sans artifice aucun, cachant de belles dents parfaitement alignées. Son sourire était son atout majeur, même si elle n'avait pas trop eu l'occasion de l'activer ces derniers temps. Pour compléter un tableau déjà idyllique pour le natif des bas quartiers de Londres, ses joues palpitantes, piquetées par le rougeoiement des flammes, mettaient de la couleur sur une peau naturellement laiteuse, tandis qu'un léger renflement du menton accentuait un côté volontaire et obstiné qui plaisait tant à Rockwood. Grace affrontait la vie plus qu'elle ne la subissait, c'était une certitude. Ne trouvant aucun défaut à ce visage qui en comportait fatalement, Rockwood se désaccoupla de la jeune femme qui l'attirait tant, et s'attarda sur l'intérieur de la maison. Les flammes éclairaient suffisamment l'espace sombre pour en déterminer le volume et l'état de conservation. S'il n'était pas de première jeunesse, le temps n'avait pas trop altéré son éclat, l'habitat étant propre et bien décoré. Un vase rempli de fleurs séchées attira son regard. Une attention de femme, incontestablement. Comme la mère de Grace était morte depuis un bout de temps, d'après ce qu'il avait compris, la jeune femme en était probablement l'auteure. Elle n'avait donc pas encore fait sa vie ailleurs, probablement occupée par son travail et la difficile acceptation du deuil de ses parents. Cette déduction plut à Rockwood qui s'imagina pouvoir être celui qui allait combler ce vide. Cette femme l'avait ensorcelé dès le premier regard, et elle occupait une bonne partie de ses pensées depuis qu'il l'avait rencontrée. Il se rapprocha d'elle. Voyant son ombre planer à ses côtés, Grace lui sourit et ouvrit naturellement la couverture, l'invitant à se pelotonner contre elle. D'abord interdit par cette proposition qu'il n'aurait osé rêver, il hésita une fraction de seconde, et ne se fit pas prier plus longtemps. Il prit place à ses côtés en tremblant de la tête aux pieds, et s'enveloppa avec Grace dans la chaude barrière de laine. La jeune femme se colla immédiatement à lui. Elle n'avait plus la patience d'attendre. Cet homme lui plaisait plus qu'aucun autre avant lui, et elle avait décidé de prendre les choses en main, sentant en son for intérieur que l'attractivité était partagée. Sans prévenir, elle plaqua ses lèvres contre les siennes. Le doux contact humide fit frissonner Rockwood. Rien dans sa vie ne l'avait préparé à telle émotion. Toutes les filles avant Grace avaient satisfait sa libido dans un accouplement physique, parfois brutal, mais jamais sensuel comme ce qu'il vivait actuellement. Ils s'embrassèrent passionnément et s'abandonnèrent sur la couverture qui entre temps avait été jetée au sol. Dans un élan aussi naturel qu'efficace, les habits des deux amants rejoignirent le tissu de bure, constituant un matelas pas très épais mais moelleux. Rockwood était à la fois subjugué par cette femme autant qu'intimidé. C'était la première fois de sa vie qu'il respectait une partenaire, et surtout que ses intérêts ne primaient pas sur l'attention qu'il portait à l'autre.

— Tu es sûre que tu le souhaites vraiment, susurra-t-il en glissant ses doigts dans ses longs cheveux plus doux que tout ce qu'il avait touché jusqu'à présent.

Elle frissonna sous les caresses maladroites, et prit le visage de son amant entre ses mains.

— Plus que tout, répondit-elle. Après être passée par l'antichambre de l'enfer, je veux ressentir le plaisir de la jouissance. Ici et maintenant. Et c'est avec toi que j'ai envie de le faire. Non parce qu'il le faut, précisa-t-elle, mais parce que j'en ai terriblement envie. J'ai besoin de toi, dit-elle en rivant son regard sur celui de Rockwood avec une intensité presque mystique. Sois juste prévenant en le faisant, lui demanda-t-elle les larmes aux yeux, car pour moi, c'est la toute première fois.

Rockwood acquiesça sans dire un mot. Pour lui aussi en quelque sorte c'était la première fois. La première fois qu'il allait faire l'amour à quelqu'un qu'il désirait comme une personne, et non comme un objet sexuel. Il l'embrassa tendrement. Mais Grace n'avait pas envie d'être tendre. Elle avait la fougue de celle qui revient de loin. Ses baisers avides avaient la marque de la passion, de l'urgence. Tout en jouant avec la langue de son partenaire, elle s'empara de son sexe érigé et le caressa. D'abord maladroitement, puis corrigea le mouvement en fonction des ondulations de Rockwood. Quand les gémissements prirent le pas sur l'agitation, elle sut qu'il appréciait ce qu'elle lui faisait, et continua de lui donner du plaisir dans un mouvement de va-et-vient plus lent. Par mimétisme, mais aussi guidé par l'urgence de l'envie, Rockwood effleura délicatement l'intimité de la jeune femme du bout de ses doigts. Elle cambra les reins pour exprimer son contentement, tout en continuant de le masturber. Il se sentit encouragé autant qu'éprouvé par l'excitation qui l'électrisait tout entier, et accentua ses caresses sur le bouton enfoui dans les boucles soyeuses. Perdant ses dernières lueurs de morale, Grace écarta alors les cuisses, et il l'explora plus profondément, sans retenue. Elle sursauta de crainte quand il enfonça deux doigts dans son intimité, mais cria de délice quand il revint jouer avec son clitoris devenu dur. Elle le supplia à mi-voix de ne pas arrêter, puis subitement lui demanda de la prendre. Sans se faire prier, Rockwood se mit au-dessus d'elle, et elle aida à la manœuvre en se collant à lui. Les yeux plongés dans les siens, il la pénétra doucement. Elle gémit à peine quand il la fit femme, puis tout s'accéléra. Ses mains crispées comme des serres prirent appui sur son dos, aidant ses hanches à se soulever pour l'amener au fond d'elle. Rockwood l'emplit de toute sa virilité, tandis qu'elle refermait ses jambes autour de ses cuisses pour le garder en elle, entamant une série d'ondulations en haletant. Les gémissements devinrent cris. Rockwood se redressa sur ses avant-bras pour la regarder plonger vers l'extase, la tête renversée, son visage sculpté par l'intensité du plaisir. Il tenta de se retenir encore un peu, mais ne put endiguer la jouissance qui balaya toutes ses velléités de maîtrise. Heureusement pour lui, Grace était tellement excitée qu'elle le rejoignit dans les délices de l'orgasme quelques secondes plus tard, parcourue de spasmes violents, les ongles incrustés dans ses épaules. Elle étouffa un dernier râle avant de nicher son visage dans son cou, et ils restèrent ainsi un long moment, les corps rassasiés, l'esprit encore embrumé par les ondes euphorisantes de l'orgasme qui avait balayé toute la laideur du monde. Ils étaient seuls à cet instant, dans un univers où l'amour s'érigeait en loi. Contre toute attente, Grace se mit à pleurer. Pas les larmes d'une peine diffuse, mais de longs sanglots agités, reflet d'une souffrance inconciliable avec le moment de grâce qu'ils venaient de vivre. Ne sachant que faire, Rockwood la laissa déverser toutes ses émotions toxiques, attendant que la crise passe. Ce qui arriva effectivement au bout d'un moment qui parut interminable.

— Pardonne-moi, réussit-elle enfin à articuler.

— Te pardonner de quoi ? fit Rockwood avec douceur. Tu m'as donné plus de bonheur qu'aucune femme n'a jamais réussi à le faire avant toi, et ta peine est légitime après ce que tu viens de vivre.

Elle se lova contre lui, apparemment satisfaite de sa réponse. Puis sa respiration se fit plus lente, apaisée. Quelques minutes plus tard, elle dormait, épuisée par toutes les émotions contradictoires qui l'avaient vidé depuis sa captivité, et dont l'apothéose venait de se conclure avec le moment intense qu'elle venait de vivre. Sans le savoir, Rockwood l'avait aidé à tirer un trait sur sa vie d'avant. Pas définitif, mais important.

La boutique du diamantaire était normalement accolée à une usine de coton que Rockwood n'avait pas encore repéré. Il était urgent d'échanger un ou deux des diamants récupérés contre de l'argent frais, et l'adresse lui avait été communiquée par l'un des hommes de Quinn quand il logeait encore avec les Irish Convicts. Lors des rapines du gang, les malfrats tombaient parfois sur quelques pierres précieuses qu'il fallait impérativement écouler contre des espèces sonnantes et trébuchantes, et le diamantaire en question était peu regardant sur l'origine des joyaux, et en tout cas toujours preneur de bons coups.

Les mains vissées au fond de ses poches, Rockwood marchait d'un pas qui se voulait assuré. La réalité était tout autre. La fortune qu'il transportait avec lui le rendait nerveux, et l'une de ses mains enserrait la crosse de son revolver, tandis que l'autre protégeait contre d'éventuels pickpockets, les deux diamants qu'il avait emportés avec lui. Il remonta une rue aux pavés inégaux, bordée des deux côtés de volées de maisons qui croissaient sur deux niveaux. Vieilles et parfois branlantes pour certaines d'entre-elles, elles étaient en prise directe avec un caniveau qui évacuaient leurs immondices dans la baie. Rockwood grimaça en humant l'odeur putride qui se dégageait du ruisseau d'excréments, et continua sa route en accélérant le pas pour laisser les effluves agressifs derrière lui. Une rue parallèle s'ouvrit sur sa droite. Pas mieux lotie en termes de décrépitude que sa voisine, mais relativement large et dégagée, elle cheminait en courbes douces jusqu'à s'effacer au loin. Ne voulant pas tourner en rond, il scruta l'horizon. Une énorme façade avec un toit dentelé s'érigeait au milieu de la rue. Probablement la fabrique dont on lui avait parlé. Satisfait, il accéléra vers la forme pas si lointaine, et slaloma entre les flaques boueuses qui délimitaient l'espace où naissait une série de porches sombres. Telles des ombres furetantes, on pouvait y voir circuler des hommes au col remonté sur le visage, à la recherche de la perle du jour. Les perles en question s'espaçaient tous les cinq ou six mètres dans une posture alanguie, et avaient toutes les lèvres outrageusement rougies, ainsi que le visage peinturluré à la hâte. Jeunes et encore désirables pour certaines, elles étaient surtout enflées et à la démarche pesante pour le reste, leur attitude trahissant la lassitude d'un métier qui ne rassasiait plus que leurs clients. Rockwood les imagina avec encore quelques années de plus, vieilles, courbées, peut être encore ridiculement colorées, traînant leur aigreur comme un bagnard son boulet. C'était malheureusement le lot de beaucoup de filles de basse extraction, et il n'en était pas plus ému que ça. La vie était un combat de chaque instant, et la réussite sociale en était l'un des trophées les plus méritoires. Il eut par contre une pensée fugace pour son nouvel amour dont le charme naturel et la fraîcheur exquise détonaient des rombières de la rue qui grouillaient presque autant que les rats replets que Rockwood menaçait d'écraser à chaque pas.

Le visage de sa dulcinée lui donna de l'entrain, et il accéléra le pas. Un peu plus loin, il dépassa quelques enfants pieds nus et sales qui jouaient à sauter dans les flaques d'eau sans aucune gêne. Ce jeu salissant les faisait rire à gorge déployée, mais pas très longtemps. Juste le temps de provoquer l'ire des passants maculés de taches brunâtres par leur faute, lesquels les faisaient s'égayer en les poursuivant sur quelques mètres le poing brandi, les traits du visage déformés par la colère. L'impuissance des adultes face à des enfants plus rapides que l'éclair fit au contraire sourire Rockwood. Puis son esprit se dispersa encore à la vue des chambres surélevées. Que se passait-il derrière les fenêtres obturées par des rideaux à la propreté douteuse ou réparées au moyen de planches disjointes ? Probablement une vie de misère à laquelle il avait échappé de justesse à Londres. Une vie également faite de violence, de désespoir et de luxure. Si la plupart des gens ne faisaient pas attention à lui et le croisaient en baissant la tête, quelques-uns cependant le fixaient franchement avec une sorte de curiosité circonspecte.

« Que faisait cet homme si bien habillé dans leur quartier ? »

N'ayant aucune réponse satisfaisante à cette interrogation légitime, l'incompréhension se muait bientôt en franche animosité. Rockwood sut à ce moment précis qu'il venait de commettre une grossière erreur en s'engageant dans cette rue. Heureusement qu'il avait son revolver avec lui, car il n'avait pas le profil des jouisseurs du jour, et encore moins celui de joyeux badaud. Qui serait venu se promener dans ce trou à rats de son plein gré ? Sans raison particulière ? Mais même armé, il n'en menait pas large. Si les loqueteux décidaient de s'en prendre à lui pour le trousser, ses six balles ne lui seraient pas d'un grand secours face à ces enragés. Et il suffisait qu'un seul de ces gueux ose le provoquer pour que survienne la curée. Si cela se produisait, il savait qu'il n'en réchapperait pas vivant, quoi qu'il fasse. On le retrouverait sûrement le corps lardé de coups de couteau ou battu à mort jusqu'à le transformer en bouillie infâme, mais aucune chance de s'en tirer, c'était une certitude. Rien que d'y penser, il en eut une suée instantanée qui le trempa de la tête aux pieds. Englué dans son scénario d'agression imminente, il avait maintenant l'impression que tout le monde le regardait. Et il savait que ce n'était pas du délire. Il avait suffisamment vécu dans les bas quartiers ou au bagne, pour savoir ce qui se tramait derrière ces yeux sans pitié. Il accéléra un peu plus le pas, essayant de ne pas montrer sa peur. Son appréhension de la situation était probablement tronquée, car il arriva sain et sauf au bout de la rue, sans anicroche, avec l'usine et la boutique du diamantaire bien en vue. Il soupira de soulagement de s'en être sorti à si bon compte, et pénétra chez l'acheteur de pierres précieuses les jambes en coton. Ici, on changeait de quartier, et même si la crasse et la laideur étaient toujours de mise, les commerces plus diversifiés autorisaient la différence et chassaient la misère dans la rue d'à côté.

Si l'extérieur de la boutique était noirci par les particules du charbon de chauffage qui se déposaient couche après couche sur les façades jusqu'à les rendre quasiment noires, l'intérieur lui était propre. Rudimentaire mais propre. Derrière un comptoir encadré par un solide grillage se tenait un vieil homme barbu. Voûté et vêtu d'un costume traditionnel juif, l'homme le scrutait interrogatif derrière ses grosses lunettes rondes. De profonds sillons encadraient une bouche aux lèvres si fines qu'on les distinguait à peine, et des rides comme sculptées à coups de couteau se prolongeaient dans le cou et probablement sur l'ensemble d'un corps tanné par les ans. Des taches brunes causées par une exposition prolongée au soleil du Pacifique marquaient ses joues et son crâne, à peine cachés quelques cheveux filasse et légers comme le vent. Si tout en cet homme paraissait usé par les affres du temps, ses yeux mobiles et rusés suggéraient une vivacité que son corps rongé par les rhumatismes démentait. Rockwood s'approcha. La main de l'homme disparut sous le comptoir, les yeux agiles ne le lâchant pas un seul instant pour anticiper une réaction non désirable. Une arme à feu cachée, probablement, vu les capacités réduites du bonhomme à se mesurer avec quelqu'un de normalement constitué. L'Anglais lui sourit, mettant ses mains en évidence, et évitant tout geste brusque. Il aurait été dommage d'avoir échappé aux foudres de loqueteux quelques instants auparavant, pour mourir de la main d'un zombie maintenant.

— Que désirez-vous ? demanda une voix éraillée qui se demandait ce que venait faire dans son antre un homme qu'il n'avait jamais vu.

— Du commerce, répondit laconiquement Rockwood, du moins si les diamants bleus vous intéressent…

— Des diamants bleus ?

Les yeux du vieillard s'agrandirent de surprise à cette annonce. Cela faisait bien dix ans qu'il n'en avait pas vu l'ombre d'un, et cette promesse l'existait tout autant qu'elle renforçait sa méfiance. Le diamant bleu avait beau être de la catégorie des diamants, sa rareté et son originalité le classaient à part des autres pierres précieuses. Bien plus en tout cas que les classiques diamants blancs. Posséder ne serait-ce que l'une de ces pierres, pouvait vous faire gagner un beau pécule, voire dans son cas, le mettre à l'abri du besoin pour le restant de ses jours.

— Pouvez-vous me les montrer, je suis curieux de les voir ?

Toujours lentement car la main du vieillard restait cachée, Rockwood s'empara du papier où étaient emballées ses deux pierres, et posa le tout sur le comptoir. Il recula ensuite de deux pas pour montrer que ses intentions étaient pacifiques. L'homme apprécia l'attention, et commença à déballer les diamants. Il s'empara précautionneusement de l'un d'eux, puis, à l'aide d'une grosse loupe et d'une lampe à huile réglée au maximum de sa puissance, il étudia une pierre sous tous les angles. Une particularité retint son attention. C'était un détail subtil, mais l'homme était habitué à se nourrir de subtilité. Sous son enveloppe de calcite, la couleur paraissait soutenue, presque irréelle. Le diamantaire gratta la couche de carbone avec ses ongles durs et jaunis, et une fois nettoyée, éleva la pierre à hauteur d'œil en la pinçant délicatement avec deux doigts, s'assurant que le halo de sa lampe passe bien au travers. Le bleu était effectivement intense. Au fur et à mesure de son examen, son visage se transforma, virant de concentré à une expression proche de l'extase. En jouant avec la pierre et la lumière, on obtenait des arcs-en-ciel somptueux, inégalés, classant ce diamant dans le registre des pierres exceptionnelles. Il passa en revue la deuxième pierre, mais malgré un examen rigoureux et son expérience sans pareille, il ne trouva rien à redire non plus sur sa qualité extrême. Très peu d'inclusions visibles à la loupe, et un bleu comme il n'en avait encore jamais vu. De pures merveilles. Il reposa la seconde pierre sur un carré de velours, à côté de sa sœur jumelle.

— Où avez-vous eu ces diamants ? demanda-t-il d'un ton exalté, ils sont tout bonnement extraordinaires…

Contrairement à son habitude, il avait décidé d'être honnête avec son client, ne voulant pas perdre cette vente et toutes les autres qu'il pourrait éventuellement faire, car il était sûr qu'il n'avait devant lui qu'un échantillon de ce que l'homme possédait. À ce niveau de qualité, il pourrait refourguer ces pierres à un très bon prix à n'importe quel grand joaillier de la ville, voire à des maisons réputées d'autres pays riches.

— Un leg, bafouilla Rockwood, mais qu'importe. Ces pierres vous intéressent-elles, oui ou non ?

— Bien sûr qu'elles m'intéressent, s'empressa de dire le vieux juif, mais je n'ai pas ici la somme qu'elles valent pour des raisons de sécurité.

— De combien disposez-vous ? demanda Rockwood suspicieux. Il s'attendait à quelques dizaines de livres, et il était prêt à les prendre tellement il avait besoin d'argent. Il resta bouche bée quand le diamantaire lui annonça qu'il pouvait le payer mille livres immédiatement, et mille plus tard. Rockwood avait la tête qui tournait en se représentant la montagne d'argent qu'il pourrait récupérer de tous ses diamants, et surtout, de tout ce qu'il pourrait acheter avec. En Angleterre, le prix payé pour un fermage comprenant maison, grange, étable, jardin, prés, terres et patureaux, était d'à peine 100 livres par an. Même s'il n'avait pas l'intention de rentrer dans son pays natal, ça lui donnait une projection de sa vie future. Autant dire qu'il n'avait plus à s'inquiéter pour son avenir. Il n'hésita qu'une fraction de seconde.

— Dans ce cas, dit-il en essayant de contenir son excitation, elles sont à vous.

Le diamantaire ne put s'empêcher de lancer un cri de joie qui résonna bizarrement dans cet univers dénué de vie. Peu coutumier de ces démonstrations de joie, l'homme se reprit, rapidement.

— « Mazal », dit-il simplement en tendant la main à travers le trou du grillage et en faisant désormais fi de toute prudence.

Mais comme Rockwood n'était pas là pour le plumer, il présuma avec raison qu'il s'agissait d'une affaire conclue. Il s'empara de la fine main tendue, et la serra avec prudence, de peur de la broyer. Les deux pierres tombèrent ensuite rapidement dans une petite bourse de cuir reliée à la ceinture du vieillard par une chaînette, aussitôt qu'il fit passer l'argent par l'ouverture du grillage. Nul doute qu'elles n'y resteraient pas longtemps, et migreraient vers une cachette connue du seul diamantaire.

— Revenez me voir dans trois jours, dit le vieil homme encore ému par la transaction, j'aurai le reste de votre argent. Et surtout, précisa-t-il, amenez-moi toutes les pierres qui vous restent, je vous les achète toutes…

Rockwood hocha la tête en rangeant ses livres sterling dans une poche intérieure de sa veste. Il se demandait si le vieux juif n'avait pas fait exprès de ne pas lui payer l'intégralité de son dû pour l'obliger à revenir. Mais qu'importe ; il savait désormais où écouler ses diamants, et vu le nombre de pierres en sa possession, sa fortune était faite…

Il décida de ne pas reprendre la rue des gueux. Surtout avec autant d'argent sur lui. D'un pas rapide il s'éloigna de la boutique du diamantaire guidé par le choix du hasard, puis décida de prendre une voie parallèle de ce qu'il estimait être la rue des prostituées, rasant de près les maisons comme pour se fondre dans l'ombre de leur déliquescence. Il se retourna plusieurs fois avec fébrilité, mais ne vit rien qui puisse l'inquiéter. Du moins jusqu'à présent. Déjà pas très large à la base, la rue rétrécissait encore et encore, se réduisant bientôt à peau de chagrin. Il se retrouva encadré par de hauts murs, obligé d'emprunter un escalier qui descendait presque à pic et donnait sur une ruelle sombre. Les murs étaient sinistres, suintant de crasse, juste décorés de quelques lanternes à gaz qu'on allumait la nuit venue. Rockwood n'avait pas le choix, il devait prendre l'escalier ou faire demi-jour. Dans sa représentation mentale des lieux, la maison des parents de Grace se trouvait droit devant lui. Malgré l'atmosphère glauque de ce passage qui s'enfonçait dans un amas de maisons dénuées du moindre intérêt, il décida de tenter le coup. Le jour commençait à décliner, et il ne voulait pas rester plus que de raison dans ces quartiers déshérités. Il s'engagea donc sur les marches ébréchées et descendit prudemment. La surface pour poser le pied était étroite et légèrement inclinée ; glissante même, car polie par le temps et colonisée partiellement par de la mousse. En cas de chute, Rockwood était certain de dévaler les marches jusqu'en bas, avec toutes les séquelles possibles du cognement de ses os contre la pierre. Cette pensée sinistre fut vite évacuée, et il continua d'avancer. À peine arrivé à la moitié de l'escalier, il fut surpris d'entendre une voix enfler derrière lui. Il se retint de justesse à la barre de fer fixée sur un seul côté du mur, et se retourna.

— Tu as bien failli nous semer, reconnut un homme maculé de noir de la tête aux pieds – un charbonnier probablement –

avec pour seul élément vestimentaire élégant, une casquette plate vissée sur sa tête.

Il tenait un gourdin à la main, avec un long clou qui transperçait la tête du bois massif. Une arme redoutable, incontestablement. Derrière lui, partiellement caché par les jambes de son camarade, se tenait un homme ventripotent qui reprenait son souffle, le corps cassé en deux et les mains en appui sur ses genoux. Ces hommes l'avaient probablement suivi et vu entrer chez le diamantaire. Il s'en voulut de ne pas avoir été plus vigilant, mais le mal était fait. Pour autant, tout restait contrôlable. Deux hommes, même armés de gourdins, mais à une quinzaine de mètres derrière lui, n'étaient pas un gros problème en soi ; il pouvait aisément les semer. D'autant que le gros semblait incapable de faire un mètre de plus, et que celui qui semblait le plus belliqueux était encombré de son arme lourde qui le gênerait pour descendre les escaliers.

— Mais on t'a finalement rattrapé, concéda le plus fin des deux. Notre plan a parfaitement fonctionné…

Rockwood qui s'apprêtait à déguerpir stoppa net son élan, intrigué par les mots du brigand. Il ne put s'empêcher de poser la question :

— Que voulez-vous dire par là ? cria-t-il.

— Juste que t'es pris en tenaille, l'aristo, répliqua l'homme avec un rictus de pervers, et que tu vas nous remettre gentiment c'que t'as ramassé chez le diamantaire, sous peine de perdre ton beau sourire de gentlemen dans les minutes à suivre.

Rockwood eut une suée froide en intégrant ce qui venait d'être dit. D'un mouvement vif, il se retourna, et vit effectivement deux hommes qui arrivaient en courant dans la ruelle en contrebas ; celle où il était censé s'enfuir. Il était coincé comme un rat, sans échappatoire possible. Sans réfléchir, il s'empara de son revolver et le tint bien en évidence, le bras levé. Cela eut pour effet salvateur de faire ralentir les deux hommes en bas, mais bizarrement, pas les faire déguerpir. Il ne se posa pas la question du pourquoi trop longtemps, car un coup de feu éclata dans son dos. La balle percuta le mur à côté de lui, arrachant des éclats de pierre dont l'un d'eux le blessa au front. Un liquide chaud commença à couler sur sa tempe sans qu'il ne s'en rende compte. Le renflement de son arcade évita au flot gluant de l'aveugler. Il leva les yeux : le ventripotent qui s'était relevé s'apprêtait à tirer une seconde fois. Sans réfléchir, Rockwood pointa son revolver vers les deux hommes, et tira un coup au hasard. Par chance, sa balle blessa à la jambe celui qui semblait être leur chef. Le charbonnier s'écroula en poussant un cri de bête sauvage, obligeant son acolyte à lui venir au secours. Rockwood profita de cet interlude pour dévaler les escaliers deux à deux, risquant de se rompre le cou à tout moment. Les deux loqueteux qui couraient toujours vers lui étaient à environ une cinquantaine de mètres de la base de l'escalier, armés de couteaux. Quand ils virent leur chef blessé, ils ralentirent le pas. Leurs couteaux ne faisaient pas le poids face au revolver de l'homme qui semblait plus habile qu'un bourgeois ordinaire. Et comme le gros John qui possédait leur unique arme à feu était occupé avec leur chef, le combat était perdu d'avance. Ils n'étaient plus en mesure de mener la vie dure à leur proie, voire risquaient désormais leur propre vie. Et même si ce nigaud de John qui aurait dû finir le travail se remettait en action, il était trop loin maintenant pour espérer faire mouche sur sa cible. Leur atermoiement dura juste le temps de freiner leur course et de faire demi-tour, faisant parler leur pointe de vitesse pour espérer distancer celui qui par le fait du hasard était devenu le chasseur. Mais Rockwood ne chercha pas à les rattraper. Être en vie lui suffisait déjà amplement. Il trotta à bonne allure jusqu'à retrouver son chemin, et sortit de cette souricière, espérant ne plus croiser la route de crevards de la sorte. La prochaine fois qu'il viendrait voir le diamantaire, il s'arrangerait pour louer les services d'un cocher qui aurait pour ordre de contourner ces quartiers de misère. Il en avait les moyens maintenant. Cette poussée d'adrénaline eut pour corollaire de le faire se sentir pleinement en vie. Ragaillardi, il avait hâte de retrouver Grace pour le lui montrer…

Les assassins ne renoncent jamais

Relier Sydney fut beaucoup plus difficile que prévu. Cui Da était si faible qu'il fallait absolument éviter choc, chaleur, et fatigue trop éprouvante pour un blessé qui se remettait lentement d'une mort programmée. Après avoir contourné un immense lac asséché et marché quelques jours sur un terrain relativement plat, les quatre amis qui voyageaient désormais sans Brown et les deux Aborigènes, durent franchir un fleuve heureusement calme sur un radeau improvisé, et se retrouvèrent bientôt dans des paysages vallonnés, recouverts d'une végétation tropicale. Ici, les arbres puissants faisaient loi. Les plus impressionnants d'entre tous étaient les figuiers étrangleurs qui avaient tissé des rideaux de racines aériennes sur plus de quinze mètres de haut, empêchant les rayons du soleil de pénétrer dans un univers où fraîcheur et obscurité étaient la règle. À intervalles réguliers, croissaient également des falaises de grès et de granit qui éclaircissaient l'espace, et dont les élévations servaient de tremplins à des cascades généreuses. Puisant leur source dans le sous-sol ou auprès des nombreux cours d'eau que comptait la région, les chutes répétaient leur fracas de la même voix grondante, déversant leurs colonnes écumantes depuis des hauteurs parfois considérables, et saturant en humidité un environnement qui n'en demandait pas tant pour croître indéfiniment. Si l'endroit était peuplé de curiosités archéologiques qui sculptaient avantageusement l'environnement, ces dernières retardaient aussi considérablement l'allure de la troupe, et la dernière étape jusque Sydney n'allait pas être de tout repos. Ici, les contrastes étaient saisissants. De chaude et humide la journée, la température redescendait drastiquement la nuit, mettant les corps à rude épreuve jusqu'au petit matin. Mais la transition avant que le voile de la nuit recouvre tout de sa noirceur, était un véritable spectacle vivant. D'un vert éclatant la journée, la vallée changeait de couleur le soir venu avec sa brume bleutée due à l'évaporation de l'huile d'eucalyptus, sans oublier les falaises de grès qui se drapaient de leurs plus beaux atours écarlates quand le soleil s'écrasait à l'horizon. Un ravissement pour les yeux qui faisait momentanément oublier les difficultés de progression, lesquelles devenaient de plus en plus ardues.

Comme les jours précédents, la nuit tomba en même temps que la chape de fraîcheur qui transperçait les corps jusqu'aux os. Une nuit emplie de bruits insolites et de promesses inquiétantes, où le regard ne portait pas à plus de deux mètres. À cause de l'obscurité d'une part, mais aussi par la faute d'un brouillard épais qui noyait les terres d'une nappe cotonneuse quasi opaque. Cette nuit, le phénomène était particulièrement prégnant. Doté d'un pouvoir presque hypnotique, le brouillard jouait avec les formes comme un chat avec une souris, avant de les engloutir complètement, pour leur rendre leur liberté une fois le petit matin venu. D'abord timide à l'image d'un voile vaporeux, il s'était rapidement épaissi jusqu'à devenir impénétrable et intrusif, noyant le pied de la crête où ils avaient élu domicile, et métamorphosant les arbres proches en squelettes inquiétants. Un monde sans forme où tout s'annihilait comme absorbé par ce phénomène naturel. Mais pour les voyageurs fatigués, le plus important était d'avoir trouvé cette profonde encoche dans la roche, qui grâce à sa casquette naturelle les protégerait du voile humide pour la nuit. Non loin d'eux, les chevaux avaient été attachés aux arbres avec une bonne réserve d'herbe coupée pour se retaper, et un seau d'eau pour étancher leur soif. Harassés comme ils l'étaient, la nuit allait être courte. Comme pour les humains sans nul doute. Après avoir englouti un perroquet dodu cuit à la broche, personne ne s'attarda pour discuter ; la journée avait été rude, et celle du lendemain ne s'annonçait pas moins facile. Sans perdre de temps, chacun s'enroula dans sa couverture, pressé de rejoindre le monde des songes où tout redevenait plus simple. Quelques minutes plus tard, ne subsistaient plus que sifflements et respirations apaisées…

Aux aguets depuis un long moment, l'assassin tout de noir vêtu s'autorisa quelques discrètes rotations de la tête pour dérouiller les muscles endoloris de sa nuque. Mais rester planqué aussi longtemps en valait la peine. Les renseignements glanés tout au long de leur route, au prix de torture parfois, étaient fondés : les Chinois se rendaient bien à Sydney ! Retrouver leurs traces n'avait pas été une sinécure, mais ils étaient aussi formés à être de formidables limiers. Et leur talent aidé d'un brin de chance avait payé. Ses narines se dilatèrent d'excitation, tandis qu'un sourire sardonique s'incrusta sur ses lèvres pâles, découvrant des dents limées par la souffrance ininterrompue due à sa formation. Ses yeux fiévreux fixèrent une dernière fois les formes endormies de ses futures victimes, puis il se décida à rejoindre ses frères d'armes en rampant. Le contrat de l'impératrice allait bientôt être honoré. Et cette fois, pas question de laisser la moindre chance à leurs adversaires ; les pointes des flèches avaient elles aussi été enduites de poison.

Si le corps de Cui Da était en convalescence, son esprit rompu aux arts de la guerre était lui toujours en éveil. Il entendit le premier le léger déplacement d'un corps en mouvement. Sans donner l'impression de bouger d'un poil, sa main se rapprocha imperceptiblement de son sabre dont il ne se séparait pas. Même blessé, il restait un guerrier et conservait tous les réflexes qui avaient fait de lui une machine à tuer. Il discerna la même action de la part de Chen. Lui aussi avait pressenti le danger. Un coup d'œil à Bai et à Chao lui révéla que le signal d'alarme avait retenti dans toutes les têtes. Bao avait également les oreilles dressées et les babines retroussées. Chao lui ordonna discrètement de se coucher. Quitte à se battre, autant donner l'illusion à leurs adversaires qu'ils étaient des proies faciles. D'autant que la discrétion dont s'était fendu le visiteur du soir révélait qu'il devait s'agir d'un homme rompu à la surveillance ; certainement l'un des assassins impériaux…

Voilà qui n'annonçait rien de bon, mais cet endroit n'était pas moins intéressant qu'un autre pour se battre, car ils savaient tous que ce moment arriverait tôt ou tard ; Cixi ne renoncerait jamais à les éliminer, et le contrat demeurerait valide tant que l'un d'eux serait encore en vie. Le seul problème de taille était que Cui Da ne pourrait rien faire pour les aider cette fois-ci. Chao croisa son regard que les flammes vacillantes rendaient un peu plus ardent que d'habitude. Elle lui sourit en imaginant qu'il n'était pas du tout résigné à être un poids mort à l'aube d'un combat, et encore moins à ne rien faire face à cette menace qu'il savait terrible. Mais son esprit, si fort soit-il, saurait-il surmonter la faiblesse d'un corps encore traumatisé par le projectile perfide d'une arme à feu ? Il le lui prouva sur le champ. Sans prévenir, il roula en direction du feu et étouffa les dernières flammes vivaces avec sa couverture avant de se mettre à l'abri. Tous profitèrent de cette diversion bienvenue pour s'éparpiller aux quatre coins de l'ersatz de grotte qui allait leur servir de bouclier, et se positionnèrent derrière les roches affleurantes qui étaient assez larges pour tous les protéger.

Bien leur en prit.

L'instant d'après une pluie de flèches fondait sur eux, mais à l'aveugle car privé de toute lumière pour distinguer sa cible, avec de surcroît des obstacles naturels qui empêchaient de faire mouche. L'ensemble des traits se fracassa contre la roche, sauf un qui se ficha dans la couverture de Da, sans réussir toutefois à la percer. Le jeune maître se recula davantage derrière la paroi de granit où s'était déjà réfugiée Chao, et qui était assez large pour les accueillir tous les deux. Tremblant sur ses jambes à cause de l'effort qu'il avait dû accomplir, il se tenait derrière le rocher en se demandant ce qu'ils allaient pouvoir bien faire pour repousser l'assaut en cours. Si la grotte leur servait pour l'instant de bouclier, elle pouvait aussi concentrer les traits des assaillants sans trop avoir besoin de viser.

Une flèche se planta soudain en plein milieu de la grotte.

Au vu de l'adresse des assaillants, c'était surprenant. Le trait immobilisé près du feu attira donc naturellement le regard des quatre amis. Si la forme de la flèche était classique, l'anneau qui emprisonnait les plumes de l'empennage l'était beaucoup moins. Même à quelques mètres, cette bague était reconnaissable entre toutes. La monture en broche exposait une opale aux magnifiques couleurs arc-en-ciel, tenue par des griffes au nombre de 4. La bague de Yang Baoxing, le Maître de Bai qui avait aussi entraîné Chao. De grande valeur, elle représentait le signe du serpent, un être admiré et élevé au rang céleste par les peuples asiatiques. La légende disait que Bouddha, au cours de sa méditation, avait été protégé d'un violent orage et sauvé d'une inondation par le cobra à sept têtes, Mucilinda, le roi des nagas (les serpents mythiques dans l'Inde antique). Le Maître de Li Bai étant natif du signe du Serpent, un être réfléchi et d'une grande sagesse, l'empereur Daoguang lui avait offert cette bague en signe de reconnaissance pour l'avoir si bien servi dans sa lutte contre la secte du Lotus Blanc.

Quelle sinistre ironie !

Le Maître avait été assassiné sur la demande de la concubine de son fils, l'empereur Xianfeng, une femme désormais appelée Cixi et qui s'était emparée du trône à la mort de son époux. Car le message envoyé était clair ; les assassins avaient éliminé le vieil homme et ne montraient aucun respect pour ce qu'il avait été. Comme probablement voulu par Gao, le chef des deux assassins cachés derrière les arbres, Bao perdit le contrôle de ses nerfs et allait bondir pour affronter cet être abject, quand il fut heureusement retenu par Chen qui était auprès de lui à ce moment précis. Il n'aurait pas fait deux mètres sans être abattu par des hommes qui n'attendaient que ce témoignage de bravoure pour enfin ajuster leurs tirs. Affûtée par des années d'entraînement, leur ouïe leur permettait de faire mouche de façon aussi précise que s'ils avaient vu l'adversaire de leurs propres yeux. Des larmes coulèrent sur les joues de Bai, tant son impuissance à affronter ces hommes de l'ombre était criante. Mais Chen avait raison ; il fallait jouer avec les mêmes règles qu'eux s'ils voulaient sortir vainqueurs de cette lutte à mort. Gao comprit qu'il n'obtiendrait rien de plus aujourd'hui, car il donna l'ordre à ses hommes de se replier. Il avait fait l'erreur de sous-estimer ses cibles une première fois, il ne le ferait pas ce coup-ci. Pour plus de discrétion, il était revenu en Australie uniquement accompagné de deux assassins expérimentés : Jin et Ming, des combattants redoutables. Mais les hommes qu'ils traquaient à présent n'étaient pas ordinaires. Au moins aussi habiles qu'eux dans le maniement des armes, les règles habituelles ne prévalaient pas pour des guerriers de leur qualité ; inutile de s'exposer à leurs foudres maintenant que la tentative d'assassinat avait avorté. D'autres occasions se présenteraient fatalement où ils retrouveraient l'avantage de l'ombre. La secte des assassins n'avait pas été créée pour se mesurer au corps à corps avec leurs cibles, même si la tentation était parfois là pour des hommes qui passaient toutes les heures du jour, et souvent de la nuit, à s'entraîner au combat. Non, leur credo c'était la surprise et le meurtre rapide, où seule prévalait l'efficacité. Pour autant, affaiblir l'ennemi avant de l'attaquer faisait aussi partie de la stratégie. Restait donc une dernière chose à faire pour les retarder.

— Tuez les chevaux, dit-il simplement à ses hommes, et partons vite ensuite, nous les retrouverons plus tard.

Les ordres furent exécutés sans discuter. Quatre flèches fusèrent vers les bêtes apeurées, et les touchèrent sans mal. Les tirs n'avaient pas besoin d'être précis : il suffisait que la flèche touche sa cible pour que le violent poison fasse son œuvre en quelques minutes. C'est ce qui se passa. Les chevaux trépassèrent dans une agonie douloureuse, tandis que les assassins s'enfuyaient sans demander leur reste. Personne ne put rien faire pour sauver les pauvres bêtes. L'une d'elles convulsant même durant un temps infini, fut mise à mort par Chen qui l'acheva d'un coup de sabre. Le seul réconfort de Chao fut que Huo ne soit plus avec eux. Elle eut une pensée furtive pour son cheval qui devait au contraire vivre une vie de liberté entouré de sa harde. Au moins avait-il échappé à ce funeste destin…

Après avoir enseveli à la hâte les chevaux sous un tas de pierres et de branches pour qu'ils ne soient pas la proie facile de charognards en tout genre, et surtout après s'être assurée que plus aucun danger ne les guettait, tapi aux alentours, la petite troupe reprit son chemin, mais à pied cette fois. Fort heureusement, Da se sentait maintenant capable de marcher. Pas à une allure forcée, mais debout et sans trop souffrir. Avec des haltes fréquentes pour le laisser souffler, ils finirent par atteindre Sydney, non sans avoir traversé des vallées arborées, des torrents impétueux, et quelques renflements périlleux rendus difficiles par les pierres qui roulaient sous leurs pieds. Ils trouvèrent enfin une voie naturelle plantée entre les gorges, laquelle les mena directement vers leur destination finale. Pour plus de sécurité, Chen avait endossé le rôle d'éclaireur, une flèche encochée sur son arc et prête à fondre sur une menace potentielle. Plus question de se faire surprendre à présent. Mais prudents, les assassins avaient certainement opté pour une autre stratégie. Ils avaient le temps et la surprise pour eux ; pourquoi prendre des risques avec des combattants qui désormais étaient sur le qui-vive ? Chemin faisant, les forces de Da reprirent des couleurs. Paradoxalement, cette dernière étape à pied lui permit de se remettre de ses blessures beaucoup plus rapidement que s'il avait été à cheval. Ça n'atténuait pas la douleur d'avoir perdu son compagnon de route, bien sûr, mais c'était le seul avantage qu'il tirait de cette situation.

Ils foulèrent bientôt les faubourgs de Sydney. La vitalité de la ville ne les surprit pas plus que celle des villes chinoises qu'ils avaient traversées avant de venir en Australie. Le style des maisons, par contre, et surtout le côté hétéroclite des commerçants qui se côtoyaient sans cohérence, les laissa bouche bée. Contrairement à la Chine où les commerçants se regroupaient en fonction du type de métiers qu'ils exerçaient, l'anarchie avait ici droit de cité. On pouvait voir évoluer dans le même quartier un épicier qui tenait boutique, un marin qui cousait ses voiles, un compositeur qui arrangeait des notes de musique sur son violon, un boulanger qui pétrissait vigoureusement sa pâte à travers les vitres opaques de son atelier, un charpentier de marine qui rabotait un solide morceau de bois dans la rue sans s'occuper des gênes occasionnées sur la circulation, un peintre qui capturait la lumière du jour pour la transcrire sur un tableau encore vierge, un policier qui patrouillait nonchalamment en mâchouillant son chewing-gum, ou encore un hôtelier qui dirigeait sa charrette emplie de linge et de lavandières armées de leur batte en direction du lavoir municipal. Tout ce petit monde cohabitait dans un brouhaha bienheureux, avec une nonchalance presque contagieuse qui incitait à la paresse, ou mieux encore, à s'adonner aux caresses du soleil généreux. Ici, les maisons de briques présentaient un motif simple d'ouvertures et de détails réalisés en batterie par un architecte. On eut dit que cette ville s'était bâtie dans l'urgence. Érigés sur des fondations de grès, les bâtiments arboraient les mêmes murs en briques rouges, se regroupaient la plupart du temps en blocs de quatre maisons, et s'élevaient sur plusieurs niveaux. On trouvait soit des façades de deux étages donnant sur Gloucester Street, par exemple, ou trois étages sur Cambridge Street ou Cumberland Place. Rares étaient les maisons à un seul étage, du moins pas dans les endroits qu'ils avaient traversés, car c'étaient ceux qui concentraient le plus de monde, et surtout le moins de fortune. L'adresse que leur avait donnée Peter Brown se situait sur Young Street, non loin des quais où étaient amarrées des dizaines de bateaux en attente de chargement. C'était une auberge pour gens de passage qui, chose rare, acceptait Chinois et Aborigènes. Autant dire qu'ils ne s'attendaient pas à quelque chose d'exceptionnel, mais au moins auraient-ils de quoi dormir et poser leurs affaires. Ils arrivèrent au dudit endroit sans trop de mal, notamment grâce à la manie des Anglais de tracer des lignes droites et des perpendiculaires pour constituer le laçage des rues, ce qui permettait de cheminer sans grands risques de se perdre. L'aubergiste disposait encore d'une grande salle commune et parut satisfait de les accueillir, même si la présence de Bao lui occasionna quelque sueur froide. Mais pour la première fois depuis qu'ils voyageaient, le réceptionniste n'émit aucune réticence à les loger, demandant juste à Chao de maîtriser son chien à tout moment. L'homme devait grandement avoir besoin d'argent ou être amateur de molosses pour accepter si facilement un tel phénomène. À voir son attitude prudente quand il passa près de Bao pour montrer le dortoir où ils allaient élire résidence, Bai pencha plutôt pour la première hypothèse. Leur hôte, un être petit et sans réel attrait, leur présenta l'endroit où ils allaient passer les jours suivants. Le dortoir ne possédait pas de fenêtre, ce qui était déroutant de premier abord. La lumière provenait donc de lampes à huile, lesquelles créaient un halo superficiel noyé dans un voile de fumées de combustion, plongeant la pièce dans une pénombre quasi permanente en plus de produire un air vicié. Des matelas au sol étaient jetés dans un coin, sans drap et à la propreté douteuse, laissant toutefois assez de place libre pour vivre à plusieurs sans se marcher dessus. C'était déjà ça de pris. Personne ne broncha face à ce qui s'apparentait à un endroit créé pour accueillir de pauvres hères en transit ; probablement des matelots sans le sou vu la proximité du port et l'état de délabrement du lieu. Dès qu'ils le pourraient, ils rechercheraient quelque chose de plus décent, mais pour les prochains jours, ça allait faire l'affaire. Une fois installé, Bai se mit à réfléchir à la meilleure façon de trouver son père. Brown lui avait dit qu'un avis de recherche placardé sur des carrefours stratégiques, à partir du moment où une récompense allait avec, pouvait être un moyen efficace pour retrouver le disparu. Contrairement à beaucoup, le problème n'était pas le manque d'argent. Les taëls d'argent que Chao avait « emprunté » à son père en guise d'héritage, auraient pu faire vivre deux générations de Chinois ordinaires. La véritable difficulté était qu'il n'avait aucune description précise à proposer, si ce n'est le nom de son père, son passé militaire, et une vague description issue de la photo que lui avait montrée sa mère, sans oublier bien sûr le fait qu'il avait une fille. Il allait essayer avec ces éléments. De toute façon, il n'avait rien de plus concret pour l'aider dans la quête de son géniteur. Chao s'était aussi proposée de l'accompagner pour faire du porte-à-porte et explorer les différentes pistes avec lui. Il avait chaleureusement accepté, sachant qu'ils ne seraient pas trop de deux pour vérifier tout ce qu'on allait leur suggérer. Sa décision prise, il paressa avec ses amis le reste de la journée, sachant qu'à partir de demain, il allait enfin pouvoir rechercher la personne qui lui avait fait faire ce si long voyage…

Le grand remplacement

Situé le long de *Spring Street,* à l'Est de Melbourne et à la lisière du centre-ville, le parlement étalait ses splendeurs à Nangala qui n'avait jamais rien vu de tel. De style néoclassique, sa façade comportait un long portique soutenu par des colonnes cannelées, ainsi qu'un large escalier pour accéder au bâtiment. Deux avancées latérales pourvues de pilastres complétaient l'ensemble. En guise d'ultime décoration, et peut-être aussi pour atténuer son côté massif, une frise coiffait l'ouvrage, comme une couronne consacre un roi. Attifé d'un costume acheté pour l'occasion par le juge Morgan, Nangala était tout sauf à son aise. Le juge à ses côtés était également nerveux, d'autant que les exactions de Nangala contre les troupes coloniales venaient d'être rendues publiques. Du moins celles qu'on lui avait attribuées. Mais l'amnistie proposée était toujours valable. À la condition tout de même énoncée que le chef Aborigène arrive à convaincre les parlementaires de la légitimité de ses actions. La nuance était de taille, et faisait que cette audition s'apparentait plus à un procès qu'à un témoignage. Si l'amnistie était théoriquement acquise avant son arrivée au parlement, elle était aujourd'hui conditionnée à sa capacité à persuader un public non acquis à sa cause. Le challenge était immense, mais le chef

Aborigène n'avait plus le choix, et surtout, il n'avait pas voulu faire marche arrière…

Un homme en livrée rouge et à l'attitude rigide vint les chercher dans le magnifique hall d'entrée, lumineux et impressionnant grâce à ses vingt-deux fenêtres semi-circulaires et sa statue de la Reine Victoria décédée depuis peu. La légende disait que cette dernière l'avait envoyée dans les colonies ne s'estimant pas assez vêtue, et du coup, elle avait atterri ici, dans le parlement de Melbourne…

Sans traîner, les deux hommes suivirent leur guide, empruntant des couloirs aux moquettes colorées et aux boisures intenses. Tout en gardant le rythme imprimé par le majordome, le regard de Nangala s'attarda quelques instants sur les portraits peints des anciens premiers ministres qui s'affichaient sur un immense mur, des hommes sévères au regard intransigeant. À son corps défendant, il en fut un peu impressionné, et eut un aperçu de l'accueil qui risquait de lui être réservé. Il allait faire en sorte que ce ne soit pas le cas. Arrivé enfin devant la Chambre du Conseil, le majordome ouvrit en grand la porte ouvragée, et la referma juste après leur passage…

Installés dans des fauteuils confortables de couleur rouge, les parlementaires en redingotes attendaient la tenue de l'audience, répartis tout autour de l'endroit où Nangala devait s'exprimer. Comme pour donner un peu de poésie à cette ambiance austère, de majestueuses colonnes aux frisures travaillées s'érigeaient derrière eux, soutenant un balcon qui faisait le tour de la salle et sur lequel pouvaient prendre place quelques invités triés sur le volet. Nangala fut conduit au pupitre par un parlementaire au visage fermé, tandis que Morgan s'installait avec ses compatriotes sur un siège drapé de velours. Tous les regards étaient braqués sur l'indigène. La plupart, il faut bien le reconnaître, étaient sévères et crispés. Après s'être présenté au gouverneur général dont le crâne chauve était recouvert d'une perruque poudrée, ce dernier somma Nangala de commencer, sa voix grave ne souffrant aucune contestation. Morgan l'avait briefé : il devait expliquer le mode de vie des Aborigènes, et le pourquoi de leur farouche résistance. Les mains moites, Nangala se mit à parler. Il tenta d'éclairer les parlementaires sur l'état d'esprit et le mode de vie des Aborigènes, conditionnés depuis leur plus jeune enfance par le temps du rêve. Sans cette notion complexe, impossible de comprendre la façon de penser de ses compatriotes. Il argua que le temps du rêve regroupait les légendes de son peuple, mais aussi certaines règles qui régissaient leurs traditions en plus de leur vie. Voyant la mine ahurie de certains parlementaires, il décida de ne plus s'attarder sur ce concept trop large pour des esprits cartésiens, puisque ce dernier intégrait de la même manière des cérémonies rituelles pour leurs ancêtres, des chants anciens, sans oublier les processus de fabrication de certains objets. Si le comprendre de l'intérieur était déjà compliqué pour des natifs de cette terre, arriver à en saisir le sens pour des hommes blancs formatés à une certaine rationalité était très compliqué, voire impossible. Les croyances sur la terre de naissance des Aborigènes, par contre, intéressèrent un peu plus ces messieurs de l'assemblée. Non par une quelconque curiosité pour un peuple qui différait d'eux sur bien des plans, mais pour saisir ce qui les faisait se rebeller contre l'ordre établi. Mais même en se concentrant sur les propos de Nangala, ils eurent beaucoup de mal à comprendre pourquoi les rochers, les collines et les lacs, portaient en eux l'empreinte des esprits créateurs, et plus abscons encore, pourquoi des sites comme Uluru, Mirama, ou Devils marbles, en plus de quelques autres, étaient des lieux sacrés qui suscitaient la farouche résistance des guerriers Aborigènes contre la puissance coloniale qui voulait les exploiter. Les explications de Nangala ne parurent pas convaincre grand monde, et l'ennui commença à tarauder la majorité des parlementaires dont la plupart faisaient grise mine, tout comme le gouverneur général qui regardait l'Aborigène avec des yeux de braise. Après tout, les réserves où on avait déplacé des tribus entières de primitifs ne semblaient pas moins bien loties que les terres isolées de ces sauvages, voire même d'un standing trop élevé pour des ingrats qui n'appréciaient pas le confort d'une vie moderne. La conception du droit de la propriété des Aborigènes qui considéraient qu'ils appartenaient à la terre de leurs ancêtres, plutôt que le territoire où ils vivaient leur appartenait, apparue complètement décalée à des parlementaires dont les ancêtres avaient conquis par la force les pays où leurs bateaux avaient eu la bonne fortune d'accoster. La loi aborigène qui consistait à protéger coûte que coûte les lieux sacrés et à honorer les ancêtres qui les avaient créés, apparut comme une pure hérésie, voire subversive pour des esprits sevrés de tolérance. Cette croyance justifiait à elle seule qu'on impose sa vision à des gens qui n'avaient guère évolué depuis la nuit des temps. Surtout à des sauvages qui avaient eu la mauvaise idée d'humilier les troupes bien armées de Sa Majesté Édouard VII.

Avant de procéder aux votes qui permettraient ou non de laisser un peu de temps au juge Morgan pour intégrer son volet Aborigène à la nouvelle constitution, le gouverneur général avait la possibilité de poser d'ultimes questions à son invité. Il s'octroya ce droit avec une mine sévère, que rien dans les propos de Nangala n'avait contribué à dérider. Il s'adressa d'abord à Morgan qui venait de comprendre ce qui allait advenir de cette session. Il avait présidé trop de procès pour ne pas saisir les subtilités des sentiments à travers les postures des parlementaires. Il savait désormais où le marteau de la justice allait tomber…

— Juge Morgan, commença-t-il, merci d'avoir permis à l'assemblée de comprendre la motivation de ces indigènes, même si pour ma part, je n'ai pas appris grand-chose de plus que ce que je savais déjà. Du moins sur l'essentiel. Avant de procéder au vote par main levée, permettez-moi de poser quelques questions supplémentaires à cet homme sur les attaques contre les soldats de sa royale Majesté, lesquelles, je le regrette, n'ont pas été abordées et nécessitent pourtant quelques explications.

Morgan blêmit. Si l'affaire était mal engagée, elle devenait carrément scabreuse pour l'avenir de Nangala et les siens. Et c'est lui qui avait provoqué cela, car il n'avait pas senti que le timing était tout sauf bon pour un changement de mentalité dans la société australienne. L'horrible assassinat de Scott Davis, associé au témoignage devant la chambre du lieutenant Nail, son adjoint, avaient électrisé un sentiment déjà exacerbé contre les Aborigènes. L'officier ne s'était d'ailleurs pas privé de remuer le couteau dans la plaie en évoquant la lâcheté des guerriers qui les avaient attaqués de nuit, massacrant une grande partie des lanciers qui dormaient, et ruinant par la même tous les efforts de Morgan pour réhabiliter la population originelle de cette terre vis-à-vis des populations colonisatrices. Si Morgan avait de sérieux doutes sur la véracité des dires de l'officier, ou de l'implication même de Nangala dans cette attaque, il était évident que les propos diffamatoires avaient infusé comme un poison haineux dans le cœur des Européens immigrés. La conséquence directe de cette colère était que les Aborigènes étaient aujourd'hui montrés du doigt pour leur violence et leur manque de reconnaissance envers un peuple qui les avait *si bien intégrés*, et que son texte qui allait dans le sens d'une cohabitation plus harmonieuse pouvait être jeté à la poubelle. Si le sentiment des colons qui pensaient avoir agi pour le bien-être des Aborigènes était tristement risible, il reflétait bien l'état d'esprit du plus grand nombre. Un jugement qui ne prenait en compte que leurs intérêts propres, bien sûr, mais au-delà de ça, qui anéantissait toute idée de rédemption pour ce peuple qui avait toujours été considéré comme inférieur à la civilisation occupante. Et plus grave encore, néfaste au développement économique du pays.

— On attribue aux vôtres, commença le premier représentant du tout nouveau roi d'Angleterre Édouard VII dans cette contrée lointaine, une attaque contre une troupe de notre souverain qui aurait fait de nombreux morts ; êtes-vous responsable de cette attaque ? demanda Hope sans le moindre atermoiement.

Ne sachant comment l'appeler, Nangala décida de lui servir du Monsieur. Le ton et l'impertinence de cet homme ne lui plaisaient pas, mais il n'était pas en position de le contester. Il savait qui était à l'origine de cette escarmouche vengeresse, car Kaiya lui avait tout raconté. En tout état de cause, il n'était pas du tout dans les intentions de Nangala de trahir les siens, quelles qu'en soient les conséquences, et heureusement pour le jeune chef, à l'heure qu'il est ça faisait belle lurette qu'il devait avoir rejoint sa famille sur le mont Olga. Et il devrait y rester sans crainte de représailles, car les questions que lui posait le gouverneur général prouvaient que personne ne savait qui était à l'origine de ce coup monté. Il fixa Hope dont le nom évoquait malheureusement l'inverse de ce qu'il imaginait pour lui et les siens.

— Non Monsieur, répondit enfin Nangala, je ne suis pour rien dans la mort de ces soldats…

Clamer son innocence, ne concentrait en rien l'étau sur Kaiya, car nombreuses étaient les tribus qui auraient pu fomenter cette attaque. Il faillit ajouter quelque chose, mais décida de se taire. Le moment n'était pas opportun pour faire part de ses sentiments à un homme dont la conviction était de toute façon déjà forgée.

Le visage poudré de John Hope sembla rosir malgré la couche blanchâtre qui lui recouvrait copieusement la peau.

— C'est toujours ce que disent les meurtriers quand ils sont confrontés à leur forfait, assena le gouverneur avec froideur. Les hommes comme vous, peu importe après tout qui portait les armes lors de cette lâche attaque, assassinent sans vergogne, mais n'ont jamais le courage d'assumer leurs actes quand il faut en payer la note…

La colère faisait ressortir un faisceau de veines au travers du cou boudiné du gouverneur. Mais Nangala n'était pas impressionné pour autant, même s'il savait désormais quel serait son destin. Cette tribune lui donnait l'occasion d'immiscer le doute dans l'esprit de cette aristocratie trop vétilleuse et engoncée dans ses certitudes, et qui ne pouvait visiblement pas imaginer un seul instant qu'on puisse vivre ensemble sans asservir ceux qui ne pensaient pas comme vous. Ça valait la liberté dont on allait à n'en point douter le priver.

— Car massacrer femmes et enfants avec des mitrailleuses nécessite un courage hors norme selon vous ?

Les yeux de Hope faillirent sortirent de leurs orbites.

— Vous divaguez ! Aucun soldat digne de ce nom ne participerait à de telles horreurs.

— Vous avez une bien haute opinion de vos soldats, Monsieur, car entourés d'une milice constituée de tueurs sanguinaires, ils ont éliminé une tribu entière qui ne demandait qu'à vivre, ne laissant aucune chance aux pauvres hères qu'ils ont déchiquetés sans pitié avec les balles de leurs mitrailleuses…

— Vous mentez ! hurla le dignitaire en sortant de ses gonds.

— Pour le savoir, Monsieur, il faudrait sortir des ors de votre palais, et traverser le désert pour voir les litres de sangs maculer à jamais la roche de leur habitat, voir même la montagne de douilles jonchant le sol. Quant à la multitude de morts tombée sous les balles, je pourrai facilement retrouver l'endroit où le reste des ossements brûlés a été enterré, et vous constaterez alors de vos yeux le massacre perpétré par vos soi-disant soldats vertueux…

La salle était silencieuse, digérant les propos surréalistes du chef aborigène. Seul Rauwson, gouverneur de la Nouvelle-Galles-du-Sud et commanditaire de cette expédition, semblait mal à l'aise sur son siège, triturant les poils de sa barbe en espérant que personne n'allait lui demander de rendre des comptes. Lui seul parmi les dignitaires présents savait ce qui s'était réellement passé, mais le compte-rendu qu'on lui avait fait de l'attaque de la tribu, était en deçà des horreurs décrites par cet homme. Ça n'en faisait pas moins de lui le cerveau de cette boucherie. Mais à dix mille lieux d'imaginer qu'il pouvait être à l'origine de ce massacre, Hope ne pensa pas un seul instant à interpeler le représentant de la province. De toute façon, il aurait bien évidemment nié.

— Je vous interdis de me dire ce que j'ai à faire, riposta enfin le gouverneur général. Mon mandat, venu directement des mains de la reine Victoria, et réitéré par notre nouveau souverain Édouard VII, ne souffre d'aucune contestation parmi mes sujets. Et encore moins, ajouta-t-il, de la part de sauvages qui n'ont pour seules occupations que de boire des litres d'alcool à n'en plus finir, ou pire encore, d'essayer de nous assassiner tapis dans l'ombre de leur couardise.

L'assemblée n'en revenait pas. Poussé dans ses retranchements par un Aborigène qui visiblement ne le craignait pas, le gouverneur général venait de perdre ses moyens, et s'était mis à insulter son invité envers et contre toutes les règles de bienséance qui présidaient à son élévation sociale. Perdre son sang-froid et se donner en public de la sorte, fragilisaient l'homme dans sa capacité à occuper la plus haute des fonctions. Nul doute que le roi serait bientôt informé de cet écart, et prendrait des dispositions pour que pareil outrage ne se reproduise plus. Hope se rendit immédiatement compte de son erreur quand il vit les visages stupéfaits se tourner vers lui. Il sut intuitivement que l'Aborigène lui avait tendu un piège et qu'il était tombé dedans la tête la première. Tous ses rêves s'effondraient aujourd'hui dans cette salle si majestueuse, face à un sauvage qui venait de lui prouver qu'il l'était moins que ce qu'il croyait. Mais s'il ne faisait aucun doute que son avenir serait irrémédiablement entravé par cet écart de conduite, l'Aborigène, lui, n'allait pas s'en tirer à si bon compte. Il toussa dans sa main pour chasser les trémolos que la crainte de son éventuelle destitution provoquait dans sa voix, et tenta de retrouver la posture de chef qu'il n'aurait jamais dû quitter. Pour restaurer quelque peu sa dignité et essuyer le camouflet que l'indigène venait de lui infliger, sa réaction devait être à la hauteur de l'affront.

— Alors que vous étiez invité dans cet hémicycle pour nous expliquer pourquoi vous étiez censé être un peuple digne d'estime, vous vous êtes comporté en brigand, critiquant la moralité de nos actions, et insultant nos institutions de la plus vile des manières. Je ne peux laisser passer pareille infamie.

Il se tourna d'abord vers le juge Morgan.

— Suite à cette séance, juge Morgan, vous aurez à me fournir des explications sur la nécessité que nous avions à provoquer cette mascarade dans l'un des lieux les plus sacrés de notre démocratie.

Puis il se concentra de nouveau sur Nangala qui semblait davantage contrit de la mauvaise fortune du juge, que préoccupé par son propre sort.

— Quant à vous, Monsieur, l'histoire ne retiendra rien du lâche que vous avez été, car vous allez bientôt être effacé d'une société que vous avez contribué à rendre plus dangereuse, plus rudimentaire aussi avec vos traditions d'un autre temps. Pour ces motifs, et aussi parce que je vous soupçonne d'avoir tendu un guet-apens à des lanciers en mission, j'ordonne votre arrestation jusqu'à votre jugement qui statuera définitivement sur votre sort, lequel je l'espère, vous jettera en prison à vie.

Des soldats en faction se précipitèrent aussitôt sur Nangala, l'entravèrent avec une lourde paire de menottes, et le poussèrent vers la sortie. Avant de quitter la salle, son regard croisa longuement celui du juge qui secouait la tête de dépit. Puis il fut exfiltré manu militari vers la prison de la ville, d'où, il ne le savait pas encore, il ne sortirait jamais.

En quittant le parlement, Morgan se retourna une dernière fois vers le majestueux bâtiment pour contempler le centre de pouvoir du pays dont il ne ferait bientôt plus partie. Si sa radiation n'avait pas encore été prononcée, elle ne tarderait pas à l'être. Il n'en tirait aucune tristesse, sinon celle de s'éloigner de quelques hommes politiques visionnaires, mais minoritaires, avec qui il avait aimé travailler. Les autres lui faisaient honte. De fierté d'une nation conquérante quand ce continent avait été découvert par Cook, des espoirs que ce territoire avait suscités dans le reste du monde comme l'exemple unique d'un brassage harmonieux de cultures diverses, l'Australie ressemblerait bientôt à un immense gâchis. Par la bêtise de ceux qui la gouvernaient, mais aussi par la cupidité de quelques autres qu'on n'avait pas eu le courage de museler. Morgan se rappela soudain un historien français appelé Lemontey qui disait en parlant de la découverte du continent : « D'un vil ramassis de forçats sortira peut-être une nation forte et laborieuse, comme autrefois un essaim de brigands fonda l'empire des Césars. La position de la Nouvelle-Hollande en fera un jour le rendez-vous de l'univers. Une colonie anglaise en appellera bientôt d'autres sur ses côtes fertiles ; la Chine y déposera peut-être ce superflu de population qui est la cause de sa faiblesse ; le solitaire Japonais viendra s'y mêler à la grande famille humaine ; l'Européen, le Malais, l'Américain et l'Asiatique s'y rencontreront sans étonnement ».

En se remémorant les propos de cet homme, il s'étonna de la justesse de la prophétie. Dans sa vision, Lemontey n'évoquait jamais le peuple aborigène qui était pourtant natif de ces terres. Il était déjà éradiqué par la pensée. C'est avec une profonde tristesse qu'il réalisa qu'il ne serait probablement plus de ce monde quand cette anomalie serait corrigée…

Quand quelques heures plus tard la police se précipita à l'hôtel où logeait Tarka pour arrêter ce dernier et l'envoyer rejoindre son compère en prison, l'Aborigène avait déjà mis les voiles, probablement prévenu par l'avocat avec qui il avait fait le voyage. On tenta vaguement de le retrouver, mais les recherches s'arrêtèrent rapidement. Après tout, l'instigateur des révoltes était déjà en prison, et aucune charge ne concernait le vieux traqueur, si ce n'est d'avoir été le compagnon de route de Nangala. De toute façon, Tarka était déjà loin, et ce dernier n'avait pas l'intention de remettre les pieds à Melbourne pour le temps qui lui restait à vivre…

La rencontre

Désormais plus prudent et mieux organisé, Rockwood avait finalement réussi à accumuler une petite fortune en vendant une dizaine de diamants au joaillier juif, lequel s'était démené pour organiser une filière juteuse afin d'écouler tous les diamants que l'Anglais avait bien voulu lui céder. C'est en rentrant dans la voiture, avec le cocher qui travaillait désormais pour lui, qu'il fut attiré par une affiche placardée sur une façade. Depuis quelque temps, et certainement pour contrer la tyrannie des journaux qui cannibalisaient toutes sortes de pensées libres, quelques auteurs avaient organisé la résistance et collaient régulièrement leur production du jour sur des murs visibles depuis la rue. Des écrits éclectiques, sortis des cerveaux les plus brillants aux plus mécréants. Dans le meilleur des cas, les auteurs proposaient leur œuvre aux vitrines des commerçants qui voulaient bien les exposer, ce qui augmentait l'intérêt de l'écrit. On y voyait sans logique particulière des diatribes sur le système en place, des poèmes, des pamphlets de toutes sortes, et parfois même des lithographies allant du religieux au sublime, avec notamment la reproduction de quelques scènes magnifiquement dessinées. Certaines affiches étaient si originales, que certains collectionneurs se levaient tôt le matin pour essayer de s'approprier l'œuvre avant qu'elle ne soit souillée par des dizaines d'yeux curieux, et surtout subtilisée sans autre forme de procès par des amateurs avisés. Rockwood prenait aussi plaisir à les regarder. Ce rituel était même devenu l'un de ses moments préférés de la matinée quand il mettait le nez dehors. Mais cette affiche était différente des autres. Écrite sur un papier rudimentaire, avec une écriture maladroite, elle était visiblement l'œuvre d'un particulier qui recherchait quelque chose ; c'est ce qui avait aimanté son regard. Il fut estomaqué quand il crut lire un nom qui lui était familier. Il fit arrêter la voiture, descendit précipitamment de la calèche pour se positionner devant la placarde, et relut le texte avec attention. Pas de doute, on parlait bien d'une personne qui portait le même nom que Grace. La description ressemblait à son père disparu. L'auteur précisait que Reece Taylor avait une fille qui correspondait exactement à l'âge de Grace. C'était peut-être une coïncidence, mais trop troublante pour que Rockwood ne soit pas sur ses gardes. Et si c'était un piège d'Harris pour le retrouver sans faire trop de vagues ? Probable. En tout cas pas impossible. Il arracha l'affiche d'un coup sec, et en fit une boule informe tout en réfléchissant intensément. D'autres affiches telles que celles-ci devaient jalonner la ville. Une adresse figurait sur le papier pour tout renseignement amenant à retrouver Taylor, avec en sus une prime de dix livres de récompense pour toute information fructueuse. Si Harris le cherchait, il finirait par le trouver un jour ou l'autre, et aurait alors la position du chasseur guettant sa proie ; autant retourner la situation à son avantage tant qu'il en avait encore les moyens. D'autant qu'il avait maintenant une adresse où aller. Il devait prévenir Grace de la situation, puis irait ensuite rendre visite à cet homme si peu prudent…

Pour ne pas prendre plus de risques que de raison, Rockwood s'était offert les services de trois petites frappes, grâce aux relations de son cocher qui connaissait tout le monde ou presque dans la ville. L'un des hommes s'appelait Roger et était boucher de son état. Une véritable armoire à glace. C'est tout naturellement armé d'un couteau à désosser qu'il rejoignit les quatre autres, parmi lesquels figurait aussi le cocher qui s'appelait James. S'ils étaient moins impressionnants que Roger, les deux autres hommes de main qui s'appelaient respectivement Tim et Scott étaient particulièrement habiles dans leur partie. L'un d'eux maniait la fronde avec aisance, l'autre se débrouillait bien avec son revolver. Le cocher était quant à lui équipé d'un fusil de chasse à canon long, mais n'était pas un expert des armes à feu. La seule chose qui les unissait tous était leur vice chevillé au corps, en plus d'une allégeance indéfectible au dieu argent…

L'auberge, car ils découvrirent que c'en était une quand ils finirent par se rejoindre, se situait au carrefour de trois routes. Par prudence, chacun avait emprunté un chemin différent, leur arme cachée sous un long manteau qui recouvrait l'ensemble du corps. Pour l'occasion, le cocher avait laissé son cheval et sa calèche dans une grange, l'idée de Rockwood étant d'attirer le moins possible l'attention sur eux. En observant la bâtisse qui semblait fort simple, voire décatie par un manque flagrant d'entretien, l'Anglais se demanda pourquoi les hommes d'Harris avaient choisi ce lieu. Pour se fondre dans la masse ? Quel intérêt si c'était pour récolter des renseignements ! Et d'ailleurs, comment Harris avait-il appris qu'il vivait avec Grace, alors même que Quinn ne savait pas qui elle était ? Et pourquoi rechercher son père, quand avec un peu d'argent dépensé habilement, il aurait pu très facilement savoir où elle habitait ? Harris était tout sauf stupide ; cette histoire ne tenait décidément pas debout. Il s'en voulut de ne pas y avoir réfléchi plus longuement avant de se lancer dans cette opération. Mais ce qui était fait était fait, et de toute façon, ça ne résolvait pas l'énigme. Qui pouvait bien rechercher le père de Grace ? Il gambergeait encore quand il eut soudain sa réponse. Aussi incroyable que cela puisse paraître, Bai sortit de l'auberge suivi de la jeune Chinoise qui l'accompagnait déjà quand il était en Chine. La femme au chien monstrueux. Heureusement, le molosse n'était pas avec elle aujourd'hui. Incroyable de se retrouver face à celui qui l'avait fait enfermer ! La haine électrisa instantanément toutes les cellules de son corps, et dans un accès de fureur incontrôlée, il sortit son revolver pour en finir une fois pour toutes avec ce salopard qui l'avait envoyé en enfer. James le cocher lui retint le bras juste à temps.

— Nous sommes en pleine rue, patron, et ces hommes ne nous ont encore rien fait. Si vous les descendez maintenant, nous serons considérés comme des meurtriers et traqués par la police de la ville jusqu'à ce qu'ils nous mettent la main dessus et nous enferment. Autrement dit, nous ne serions plus jamais tranquilles, et en perpétuelle cabale. C'est une chose que de régler ses comptes en toute discrétion, une autre que de descendre un citoyen en plein jour dans un quartier animé de Sydney…

Il s'aperçut à ce moment que les deux citoyens en question étaient des Chinois.

— Même si ce sont des Chinois, et que leur vie ne vaut pas grand-chose, précisa-t-il.

Si la rage de Rockwood était vivace, le souvenir du bagne l'était encore plus, et il se jura qu'il n'y retournerait plus. Son arme réintégra son étui sans hésitation. Il espérait juste qu'il aurait l'occasion de se retrouver seul avec cet homme, à un moment ou à un autre. C'est en se délectant de cette éventualité que leurs regards se croisèrent. Incrédule d'abord de la part de Li Bai, haineux et revanchard pour Rockwood. Les deux hommes se dévisagèrent un long moment sans prononcer un mot. Le temps s'était soudain arrêté. Ils se jaugeaient comme l'auraient fait deux bêtes sauvages prêtent à se sauter à la gorge. L'un d'eux animé par un instinct animal surgi au plus profond de son être ; l'autre, né avec les mêmes dispositions, mais formaté par un enseignement martial sans relâche l'incitant à réprimer ses émotions. Mais en cet instant précis, l'amertume resurgissait avec une force et une vigueur qu'il n'aurait jamais imaginées. Le monstre avait été muselé, mais pas terrassé. Bai n'aimait pas ce qu'il ressentait, mais il ne pouvait endiguer cette aigreur qui corrodait son âme, comme nourrie par un fluide vénéneux. Cet homme faisait remonter en lui toute l'indignation de la violence subie à Pékin. Toute la colère contenue face à la sauvagerie d'un monde en perdition, où les lois de la nature l'avaient emporté sur le vernis d'une civilisation qui croyait avoir maté le côté vil de l'espèce humaine. Et cet homme faisait partie de ceux qui avaient provoqué l'apocalypse. De ceux qui avaient traqué et massacré une population innocente qui ne demandait qu'à vivre. De ceux qui avaient acculé et détruit la vie de milliers de personnes, dont sa mère qui en avait été une victime collatérale…

Sans s'en rendre compte, le jeune Chinois s'était figé, et s'efforçait de reprendre le contrôle d'un corps dominé par des émotions trop fortes en respirant profondément, comme on le lui avait appris depuis qu'il était enfant. Sous l'aiguillon d'une vie d'entraînement, ces dernières avaient été muselées jusqu'à présent, mais elles resurgissaient sans prévenir face à ce visage infamant qu'il avait cru ne plus jamais revoir. Du moins s'en était-il persuadé. Chao le regardait inquiète, ne comprenant pas la cause de cette transformation soudaine. Elle dirigea son regard vers l'endroit qui semblait catalyser les humeurs de son ami, et vit des formes floues tournées vers eux. Ces hommes – elle imagina qu'il s'agissait d'hommes à leur stature imposante – ne devaient certainement pas faire partie de leurs amis à voir la réaction de Bai. Elle raffermit instinctivement la pression de sa main sur son bâton, et positionna l'autre aux trois quarts du gun, prête au combat. Elle regrettait de ne pas avoir emmené son chien avec eux ; il aurait été un atout décisif de dissuasion pour ceux d'en face. Car Bai n'était pas armé, n'ayant pas voulu attirer l'attention sur eux avec un sabre, même enveloppé de chiffons, et elle seule pouvait combattre à distance. Mais pour son ami, qu'importe qu'il possède une arme ou pas, de toute façon, même à mains nues il était redoutable. Et elle sentait que Bai ne voulait pas se battre, mais obtenir quelque chose de l'un des hommes de l'autre côté de la rue. Sans prévenir, il se dirigea d'un pas ferme vers le groupe qui le fixait d'un regard de pierre. Dans un premier temps, les hommes de main furent surpris de voir celui qu'ils auraient normalement dû terroriser venir vers eux avec la prestance d'un acteur entrant sur scène. Ça ne collait pas avec ce qu'ils avaient imaginé ; le Chinois aurait dû prendre ses jambes à son cou, ou tout le moins entrer précipitamment dans l'auberge pour éviter d'en découdre avec des individus violents rompus au combat de rue. Au lieu de cela, l'inconscient se dirigeait vers eux avec une mine empreinte de colère, comme un père sur le point de gourmander son enfant. Pris de court, Roger sortit son couteau, tandis que Scott découvrait l'étui qui contenait son revolver, le mettant bien en évidence. Avec prudence toutefois. Si la rue ne grouillait pas spécialement de monde, le flux régulier des passants ne permettait pas de s'exposer sous peine d'être dénoncé à la police en cas de dérapage. De toute façon, le Chinois ne représentait pas une grosse menace dans l'esprit des hommes de main de Rockwood. Ils avaient tort sur ce point, mais seul leur chef aurait pu le leur signifier, car il connaissait la dextérité de celui qu'il avait rencontré dans des conditions apocalyptiques à Pékin. Malheureusement, ce dernier n'eut pas l'occasion de les prévenir. Quand Bai se planta devant l'Anglais en le fixant d'un regard de braise, ce dernier n'en menait pas large, connaissant justement l'habileté du jeune combattant. Chao l'avait suivi et avait eu la présence d'esprit de rester à quelques pas derrière lui, ne voulant pas être limitée dans le maniement de son bâton au cas où elle aurait à s'en servir. Elle reconnut Rockwood en arrivant près d'eux, et en fut médusée. Mais déjà, son ami s'adressait à l'Anglais.

— Je croyais ne plus jamais vous revoir, mais apparemment, cette faveur ne me sera pas accordée.

— J'aurais pu vous retourner le compliment, fit Rockwood en serrant les dents, sauf que pour être honnête, il n'y a pas un seul jour où je n'ai pas pensé à ce moment dans ma cellule de Fremantle. À un détail près, persiffla Rockwood, je ne vous imaginais pas en si bon état après notre rencontre…

— Encore eut-il fallu que vous en ayez les moyens, rétorqua Bai avec un calme déconcertant. Et ce n'est pas la compagnie de vos gardes-chiourmes qui pourrait y changer quoi que ce soit, précisa-t-il en ne jetant même pas un coup d'œil aux quatre hommes qui se penchaient vers l'avant pour ne pas perdre une miette de la discussion.

Face à l'outrance d'un homme qui ne mesurait visiblement pas la portée de ses propos, ce qui devait arriver arriva…

— Comment oses-tu nous parler de la sorte, freluquet ! gronda le boucher qui ne comprenait pas que Rockwood puisse se laisser insulter par un homme dont l'ignorance du danger dépassait tout ce qu'il avait connu jusqu'à présent. Il fit jaillir son couteau qu'il tenait en bout de bras pour impressionner le Chinois bravache, mais il n'eut pas le temps de finir son mouvement qu'il était déjà hors de combat. Le gun de Chao venait de lui casser le poignet, l'obligeant à lâcher son arme.

Il hurla de douleur.

Personne n'avait eu le temps de bouger. Seul le sifflement du bâton de combat qui avait fendu l'air à une vitesse folle avait été perçu, mais il était entré en action si vite, qu'un œil non exercé était incapable de le voir. Bai profita de cette distraction pour agir. Il frappa avec le tranchant de la main dans le biceps du cocher, lui faisant également lâcher son fusil, et générant le même cri de douleur qui accompagna la perte de son arme. Dépassés par les événements les autres décidèrent de se tenir cois, comprenant dans l'instant la prudence de Rockwood.

— Si vous espérez obtenir autre chose de nous que notre colère, vous vous trompez ! avertit Bai.

Il se concentra de nouveau sur Rockwood.

— Pourquoi êtes-vous ici ? demanda-t-il à l'Anglais.

— J'aurais pu vous poser la même question, répondit Rockwood qui réfléchissait intensément, se demandant où était le lien qui le reliait de nouveau au Chinois.

— Parce que vous n'êtes pas venu dans cette auberge pour vous venger ? le tança Bai. Quand je vois le genre de gars que vous avez amenés avec vous, ainsi que les armes que vous détenez, j'ai du mal à croire que tout est affaire de coïncidences…

— Et pourtant… fit Rockwood en secouant la tête. J'en ai rêvé quand j'étais au pénitencier, ça, c'est sûr, mais depuis peu je vois les choses différemment. En toute franchise, fit

Rockwood en sentant la colère le quitter, vous êtes passé au second plan de mes priorités.

— Et qu'est-ce qui est à l'origine de cette transformation ? demanda Bai qui se méfiait de cet homme comme du lait sur le feu.

— Disons que ma vie a pris une autre direction, et que je n'ai pas envie de la gâcher pour un règlement de compte qui risquerait de me faire retourner à la case prison. Pour être plus précis, une femme a changé mes perspectives de vie, précisa Rockwood qui se surprenait à se dévoiler à un homme qu'il aurait volontiers tué quelques minutes plus tôt, et la seule chose dont j'ai envie en cet instant, c'est de la retrouver.

— Alors qu'est-ce qui vous amène ici ? réitéra Bai qui ne comprenait rien à cette histoire.

— Une affiche placardée à différents endroits de la ville, demandant des renseignements sur le père de ma promise, fit Rockwood.

Bai faillit s'étrangler en l'entendant parler ainsi.

— Vous… vous voulez dire que vous connaissez la… la fille de Reece Taylor ? Il en était tellement abasourdi, qu'il avait du mal à trouver ses mots en anglais.

— Ainsi c'était vous qui avez essaimé toutes ces affiches ! en déduisit Rockwood. Il le fixa décontenancé. Lui non plus ne saisissait pas les imbrications de cette affaire.

— Mais pourquoi ?

— Parce que c'est aussi mon père, murmura Bai qui venait juste de comprendre que sa sœur s'était entichée de l'homme qu'il avait contribué à faire enfermer…

Une chèvre pour attirer un tigre

Harris tenait enfin une piste. Un joaillier des bas quartiers avait dépensé une petite fortune pour acheter des diamants, et, à court d'argent, ce dernier venait de demander une ligne de crédit à la Suncorp bank, un établissement bancaire lui appartenant. Les dés jetés au hasard avaient enfin sorti un double six. Après une enquête rapide et relativement simple au demeurant, il s'était avéré qu'il s'agissait de diamants bleus que quelqu'un cherchait à refourguer. Bien que ne sachant pas si ces pierres faisaient ou non partie du butin dérobé à son patron lors d'une attaque de nuit dont on ne savait pas grand-chose, à part la version édulcorée de la police, le directeur de la banque qui savait que Harris était à l'affût de ce type de tuyaux, était venu l'informer en personne. Un homme cherchait des liquidités en revendant des pierres de grande valeur. La coïncidence était trop troublante pour ne pas la prendre au sérieux. Des recherches avaient été diligentées dans un rayon serré autour de la boutique du joaillier, puis élargies au fur et à mesure des résultats, longtemps peu convaincants, de limiers qui se donnaient beaucoup de peine pour obtenir quelques informations utiles. Puis un indice intéressant était enfin tombé. L'homme aux diamants se faisait conduire depuis peu par un cocher qui se garait non loin de la boutique du joaillier, puis repartait avec son patron une fois les pierres déposées. Même si beaucoup de voitures de ce genre circulaient à Sydney, référencer les calèches dans un périmètre défini était beaucoup plus simple que de chercher la planque d'un homme qui avait pris ses précautions pour qu'on ne le retrouve pas. De fil en aiguille, l'unité d'enquêteurs avait éliminé les fausses pistes, pour finalement se concentrer sur une petite maison dans le quartier animé de Kings Cross, non loin de la baie. Construite en briques comme ses voisines, la maison tutoyait une blanchisserie professionnelle avec ses grandes cuves d'eau qui cachait presque entièrement un petit jardin normalement ouvert sur la rue. Il ne fallait pas être expert pour s'apercevoir que la végétation avait un cruel besoin d'entretien, ce qui montrait que l'endroit avait été négligé depuis un certain temps. Après une rapide enquête auprès de la blanchisserie, les enquêteurs finirent par obtenir les renseignements qu'ils recherchaient. La fille de Reece Taylor avait réintégré la maison de ses parents avec un homme que l'on n'avait jamais vu dans le quartier auparavant. Une fois par semaine, ce dernier venait se faire prendre par un cocher, s'absentait un certain temps, puis se faisait déposer par la même voiture, pour ne presque jamais ressortir ensuite, sauf pour faire des courses.

La maison du voleur venait d'être repérée…

Le chef de la police du district ainsi que Ted Harris en personne furent aussitôt informés. Dès qu'ils surent qu'il ne vivait pas avec d'autres complices, les deux hommes décidèrent de faire arrêter séance tenante le voleur supposé, ayant peur que ce dernier ne repère le dispositif de surveillance et ne prenne la poudre d'escampette. Mais quand les policiers firent irruption dans la maison, seule la jeune femme s'y trouvait encore. Elle fut embarquée illico presto, et après un conciliabule entre Harris et l'officier, ce dernier accepta de l'emprisonner dans un endroit sans commune mesure avec son crime. Car bizarrement, si Harris avait été furieux de ne pas serrer son homme, ce qui se comprenait au vu des pertes occasionnées par le larcin, il souhaitait visiblement le lui faire payer au prix fort, comme s'il le connaissait personnellement. Fait exceptionnel, il avait insisté pour que la femme soit enfermée dans l'endroit le plus sûr possible, et de préférence dans des conditions de détention difficiles. L'officier avait accepté de mauvaise grâce, peu désireux de déroger aux procédures en vigueur. Mais Harris était promis à de hautes responsabilités dans la ville, et peut-être même au niveau national ; lui déplaire aurait probablement eu des conséquences fâcheuses sur sa carrière. Grace Taylor avait donc été enfermée sans autre forme de procès dans une prison érigée sur une petite île dans la baie de Sydney, connue sous le nom de Fort Denison. Construite en 1841 en vue de résister à une invasion russe lors de la guerre de Crimée, la bâtisse s'érigeait fièrement au milieu des flots. Sa construction était solide et impressionnante, avec une cuirasse de grosses pierres de grès qui protégeaient le corps principal du bâtiment, ainsi qu'une massive tour de sept mètres à son extrémité pour surveiller le flux des bateaux. Grace fut enfermée sans autre forme de procès dans une petite cellule humide et fraîche au raz de la mer, avec une simple planche de bois pour dormir, et un seau bosselé pour se soulager. Le cauchemar recommençait…

Non loin de la maison de Kings Cross, Rockwood, accompagné de Bai et de la Chinoise au bâton, repéra immédiatement les deux hommes en civil qui tournaient furtivement autour de la blanchisserie, faisant mine d'attendre qu'on leur restitue leur linge. L'Anglais avait trop longtemps fui la police depuis sa plus tendre enfance pour ne pas les repérer immédiatement. Par chance, il était accompagné de deux Chinois, ce qui n'était pas prévu au programme de surveillance, et de plus, les policiers ne connaissaient pas son visage. Il chuchota à Li Bai sans ralentir le pas :

— Des hommes surveillent la maison. À leur allure, ce ne sont pas des membres de gangs, mais des flics de la ville. Continuons d'un pas tranquille et dépassons-les, je vous expliquerai ce qu'ils font ici dans un moment.

Le stratagème opéra, et les deux limiers de la police n'y virent que du feu. Leur cible était un homme seul, éventuellement avec un cocher, mais certainement pas avec des Chinois. Quand ils furent suffisamment éloignés pour ne plus être inquiétés par qui que ce soit, ils entrèrent dans un pub qui possédait une large fenêtre ouverte sur la rue. De cet endroit discret, il serait aisé d'avoir un œil sur la maison et sur les deux nigauds qui pensaient être invisibles. Placés sous un grand ventilateur qui brassait l'air enfumé au-dessus de leur tête, ils attendirent, attablés face au bar, obligés de consommer du thé infâme jusqu'à plus soif.

Tout en surveillant les policiers en faction qui montraient de plus en plus de signes de fébrilité, Rockwood raconta son évasion de Fremantle, ainsi que sa longue cavale jusqu'à son arrivée dans la maison de Grace. Il évita les passages où son comportement aurait pu paraître trouble, lesquels il faut bien l'avouer, étaient assez nombreux, brossant tout de même un récit fidèle de ses tribulations sur le continent depuis qu'il y avait posé les pieds. Quand il eut fini sa narration, un long silence accompagna la fin du récit. Bai semblait soucieux. Il fixa enfin Rockwood avec un rictus moqueur.

— Vous avez toujours le chic pour vous retrouver dans des situations compliquées, constata le jeune Chinois.

— Premièrement, vous y êtes un peu pour quelque chose, s'agaça Rockwood, et d'après ce que j'ai cru comprendre de votre vie, il semblerait que nous ayons le même problème à gérer, non ?

Bai sourit à la dernière remarque de l'Anglais ; il n'avait pas complètement tort, à la différence près que sa moralité n'était pas en cause.

— Soit, acquiesça-t-il de bonne grâce, mais sûrement pas pour les mêmes raisons. Revenons à ma sœur : où croyez-vous qu'ils l'aient amenée ?

— Dans un endroit bien surveillé, j'imagine, fit Rockwood en se mettant à réfléchir. Harris veut certainement récupérer les bijoux que je lui ai subtilisés, et Grace doit être sa monnaie d'échange. Une chèvre pour attirer le tigre en quelque sorte, lâcha-t-il avec une grimace d'agacement.

— Dans ce cas, il n'y a qu'à lui donner ce qu'il veut, intervint Chao.

— Premièrement, ces pierres ne lui appartiennent pas plus qu'à moi, répliqua Rockwood, et ensuite vous ne connaissez pas Harris. Il n'acceptera jamais que quelqu'un puisse témoigner de ses exactions, et ainsi mettre à jour son véritable visage. Il a dit à qui voulait bien l'entendre que les bijoux étaient les siens ; il n'acceptera donc jamais de laisser vivre les témoins de sa veulerie. Ça ruinerait sa carrière politique, et pire, ça l'emmènerait droit derrière les barreaux. Dans son esprit, je dois disparaître, rien de plus que ça. Le hic de cette histoire, c'est qu'il doit avoir les mêmes intentions pour Grace, j'en ai peur, car il doit penser que je lui ai tout raconté le concernant…

— C'est le cas ?

— Non, mais moi seul le sait, dit-il dépité.

— Hum… Et comment s'y prendrait-il pour vous faire disparaître, selon vous ?

— Accident, hommes de main, légitime défense, que sais-je ; les moyens sont infinis pour un homme doté d'une telle fortune. Ce qui est sûr, par contre, c'est que nous n'arriverons jamais vivants à l'endroit où Grace est enfermée. Du moins si nous acceptons sa règle du jeu.

— Ce qui veut dire ? demanda Bai qui avait déjà saisi l'essence de son plan.

— Avec votre habileté au combat et un peu de chance, expliqua Rockwood, nous pourrions la délivrer et nous enfuir loin de cet endroit. Après tout, c'est votre sœur, et vous n'avez pas fait tout ce chemin pour la laisser croupir derrière les barreaux, non ? Et pour une fois, j'ai le même objectif que vous, car je tiens véritablement à elle. Je vous ai vu à l'œuvre en Chine dans une situation au moins aussi inconfortable que celle-ci, et vous vous en êtes sorti avec les honneurs. Ensemble, nous pouvons réussir à la sortir des griffes de ce tyran, j'en suis persuadé…

Bai détestait la tournure de leur discussion, et le fait aussi qu'on lui force la main, mais quel autre choix avait-il ? Rockwood avait raison sur au moins deux points : combattre des fous furieux à Pékin n'était pas moins compliqué que de s'opposer à la justice du pays dans lequel ils vivaient, et il devait tout mettre en œuvre pour tenter d'extraire sa sœur de l'endroit où on l'avait enfermée.

Sa décision prise, il en informa l'Anglais :

— Je ne peux pas répondre pour mes amis, mais pour ma part, je suis prêt à œuvrer avec vous pour la sortir de ce trou. À la condition unique, dit-il sans concession, que nous le fassions à ma façon, et surtout en faisant le maximum pour ne pas faire de victime. Si tel était le cas, nous serions pourchassés par toutes les polices du pays, et ce n'est pas mon intention…

— Rassurez-vous, ce n'est pas la mienne non plus, même si nous devrons fatalement quitter Sydney et changer de province au plus vite.

— C'est un moindre mal. Tu n'es pas obligée de venir avec nous, Chao, dit Bai en se tournant vers la jeune femme, ça risque d'être dangereux et…

— Depuis quand prends-tu des décisions à ma place ? demanda-t-elle d'un air courroucé. Cette opération est complexe ; elle ne pourra réussir que si nous nous y mettons tous. Je vous accompagne donc malgré ton obsession de m'écarter de tout ce que tu considères comme dangereux, et nous demanderons à Chen s'il veut bien également nous donner un coup de main. Da n'est probablement pas en état de nous accompagner, reconnut-elle, mais je ne sais pas comment faire pour le laisser en dehors de tout ça.

— Nous verrons avec lui, fit Bai avec résignation. De toute façon, vous êtes tous aussi obstinés que des ânes bâtés…

— Merci pour la comparaison, répliqua Chao.

— … mais je te suis vraiment reconnaissant pour ce que tu fais pour ma sœur et moi, conclut-il en lui lançant son plus beau sourire.

Elle le lui rendit et se tourna vers Rockwood.

— Comment allons-nous faire pour savoir où elle est enfermée ?

— Les flics viennent enfin de quitter leur poste, informa Rockwood en bridant difficilement son impatience. Je connais le patron de la blanchisserie. Il me dira certainement ce qu'il sait, et à mon avis, devisa-t-il, Harris a fait en sorte de laisser fuiter l'information. S'il veut nous tendre un piège, il doit bien laisser quelques indices derrière lui. Découvrir l'endroit de détention de Grace, ne devrait donc pas être très difficile. Une fois les éléments engrangés, nous aviserons.

Fort Denison

L'eau glissait sous la coupe contenue des rames qui brassaient les eaux noires avec délicatesse, tentant de faire le moins de bruit possible. Si la chaloupe était taillée pour la haute mer, elle ondulait pour l'instant sur les timides vaguelettes formées par le carcan de rochers qui comprimait la baie en même temps que ses eaux. Le bateau sur lequel ils avaient pris place était une embarcation à la coque pointue de chaque côté, sans pontage, aux membrures arquées comme de solides côtes, construite pour arpenter les eaux profondes du large. Le fort n'étant plus très loin, sa voilure venait d'être affalée afin de réduire la vitesse de l'embarcation, mais aussi positionnée pour être hissée rapidement en cas de besoin.

Pour l'instant, tout allait bien.

Avec le brouillard qui empêchait de voir plus loin que quelques mètres au-delà de la proue, associé aux nombreux bateaux de pêche qui grouillaient encore dans le secteur malgré l'heure tardive, difficile de se faire repérer. Le risque, par contre, était de se faire harponner par l'une de ces chaloupes pleines de maquereaux, juste éclairées de timides lampes à huile, et voguant au gré des courants sous-marins qui charriaient les bancs de poissons dans ses puissants vortex. Dans un environnement tel que celui-ci, la prudence était de mise. Mais plus inquiétant encore que les pêcheurs étourdis, le vent soufflait mollement ce soir. Restait à espérer qu'il reprendrait de la vigueur pour les emmener loin du fort le moment venu.

D'abord tout mettre en œuvre pour revenir sains et saufs.

Bai ne ramait pas, laissant ses acolytes manœuvrer l'embarcation. Son rôle était de les diriger dans l'encre de la nuit via des gestes discrets mais explicites, ainsi que de surveiller les ombres, pour l'instant invisibles, qui devaient patrouiller sur les hauteurs du fort. Il scrutait les contours de la forteresse à s'en faire mal aux yeux, essayant d'anticiper les ennuis à venir. Car nul doute qu'ils devaient être attendus. Mais le voile sombre de la nuit, rendue opaque autant par l'absence de lune que par la densité des lambeaux de brouillard qui voyageaient au gré de leurs envies, créait un écran efficace et les protégeaient pour l'instant des yeux des guetteurs. Pour autant, Bai n'était pas inquiet ; l'opération avait été montée si vite, qu'il ne s'attendait pas à une grande résistance. Si la police devait effectivement se douter d'une réaction de leur part, elle n'imaginait probablement pas qu'ils agissent maintenant. Comme prévu, Da avait tenu à venir, arguant qu'il allait beaucoup mieux et que sa présence pouvait être un facteur décisif de succès. Ce n'était pas faux ; son habileté au combat était presque retrouvée, même si sa dextérité avait forcément été impactée par les longues semaines d'inactivité dues à sa convalescence. Chao se tenait à l'arrière du bateau avec son chien, laissant le plus de distance possible avec Rockwood qui avait une trouille bleue du molosse. Le plan était de le laisser dans la barque avec Chao le temps de l'opération, car l'enceinte du fort était trop haute pour qu'il puisse se joindre à eux. Mais avec Bao, rien n'était impossible, même si escalader des murs n'était à priori pas dans ses attributs…

Tel un fantôme, le bateau aborda sans bruit le socle de rochers sur lequel le fort était bâti. Nichée contre la grosse tour, l'embarcation n'était pas visible des sentinelles, empêchées de vérifier ce qui se passait à la base des rochers par l'épais parapet qui ceinturait la prison. Le fort avait été érigé pour repérer les ennemis au loin, non à ses pieds. Un rapide coup d'œil au bâtiment révéla qu'il n'était pas particulièrement beau, mais ce n'était pas non plus sa fonction première. Son but était d'intimider les potentiels adversaires, pas de faire se pâmer d'extase les bateliers qui passaient au large. Un sentier minimaliste avait été taillé dans la pierre et menait droit à une grosse porte d'entrée logée dans l'épaisse muraille. Rien à attendre de cette ouverture ; elle était inviolable. Restait à escalader les murs. Le corps principal du bâtiment où se trouvaient les prisonniers ne s'élevait pas à plus de trois mètres au jugé. C'était certainement là où il faudrait grimper, car la tour, elle, faisait près de sept mètres de hauteur, et à peu près la même chose en circonférence. Si Chen avait pris un grappin avec lui, c'était uniquement pour faire descendre Grace au cas où, car tous étaient capables de franchir aisément cet amas de pierres, aussi imposant soit-il. De plus, ils se seraient immédiatement fait repérer par le bruit du cognement du crochet contre la pierre. Chen hésitait encore sur l'endroit où escalader le mur, quand Da intervint après avoir observé lui aussi les caractéristiques du fort.

— S'ils attendent de la visite, chuchota-t-il au solide moine, ils auront certainement renforcé la garde sur le corps principal de la bâtisse, dit-il en désignant le bas-côté du fort. Nos chances de succès seront réduites, et nous risquons même de nous faire déborder par leur nombre et leur puissance de feu, si nous exploitons mal l'effet de surprise. Nous devons absolument éviter toute riposte de leur part. La tour est certes imposante, mais ils ne devraient pas nous y attendre, car d'une part l'accès y est difficile, et d'autre part l'espace y est compté. Et puis en cas de combat, ajouta-t-il en fixant chacun de ses compagnons d'armes avec insistance, nous aurions un avantage décisif sur les gardes si nous évoluons en hauteur.

Tous acquiescèrent en silence, car le bon sens avait parlé. Leur décision prise, ils se mirent en action, franchissant avec habileté la première barrière de rochers glissants. Puis ils se dirigèrent à pas feutrés au pied de la tour Martello. Construite en grosses pierres dont certaines dépassaient grossièrement de l'empilement rectiligne qui avait prévalu à l'origine, elle ne constituait pas une grosse difficulté pour un bon grimpeur de la trempe de Chen, ni d'ailleurs pour ses amis. Seul Rockwood ne semblait pas rassuré, et doutait qu'il puisse réussir pareil exploit. Il examina la surface d'escalade avec une certaine anxiété, n'arrivant toujours pas à se projeter mentalement au sommet. Le mur tourné vers la mer était plus épais que celui coté terre. Au moins six mètres de large. Certainement pour résister aux boulets des bateaux ennemis qui pénétraient dans la baie. L'intérêt de ce pan fouetté par les embruns, c'était justement son exposition. Violenté plus que de raison par la mer, le mortier qui maintenait les pierres entre-elles s'effritait lentement, laissant des espaces où placer les mains, et par extension les pieds. Mais comme il était humide et glissant, une extrême vigilance s'imposait. Rockwood en était encore à repérer mentalement les encoches pour commencer son escalade, que Chen attaquait déjà la deuxième moitié de l'ouvrage. Après un bref soupir, il s'élança…

Chen fut le premier à arriver en haut de la tour. Après un rapide coup d'œil qui embrassa l'ensemble de l'espace, il roula de l'autre côté de l'épais muret et relâcha ses muscles. Personne en vue. Pas étonnant du reste, car avec un horizon bouché par la brume comme cette nuit, se poster ici n'avait aucun sens. Il examina les lieux en attendant ses camarades. Un fût central en maçonnerie traversait verticalement la tour et servait de soutènement au pivot de la charpente mobile, comprenant des roues tournantes sur une piste circulaire le long du mur extérieur. Un dispositif ingénieux pour orienter l'énorme canon en fonte qui trônait non loin de lui sur des cibles multiples. Redoutable système. Deux petites batteries à mitraille posées directement sur le mur et orientées vers la baie complétaient l'ensemble. Des paquets de billes de fer de la taille d'un œuf étaient posés à côté des fûts d'artillerie, tout comme les gargousses en laine qui contenaient la poudre servant à propulser les engins de mort. En plus de cet arsenal déjà impressionnant se trouvait une dizaine d'énormes boulets pour le canon principal rangé sur le côté, ainsi qu'assez de poudre pour les éjecter. Tout était prêt en cas d'attaque. Ne restait plus qu'à charger le tout, allumer et tirer. Et comme le fort trônait au centre de la baie, peu de chance d'échapper à ses artilleurs en cas d'invasion. Une citerne, enfin, alimentée par des chenaux en cuivre et des gouttières sur le mur supérieur, permettait à la tour d'être autosuffisante en eau en cas de siège. Mais ce qui était utile lors de la guerre de Crimée, cinquante ans plus tôt, ne l'était plus vraiment aujourd'hui. Restait le côté utile de l'équipement qui permettait d'abreuver les prisonniers un jour sur deux, le reste de l'approvisionnement se faisant par bateau depuis le port de Sydney.

Quand toute l'équipe le rejoignit quelques minutes plus tard, à la limite de l'évanouissement pour Rockwood, assez frais pour les autres, ils se cachèrent derrière l'épais mur qui surplombait le corps central du bâtiment et observèrent le dispositif de garde. Deux soldats patrouillaient sur le toit, quelques autres devaient dormir ou garder l'intérieur de la prison. Les soldats étaient vêtus d'une vareuse et d'un pantalon kaki avec des bandes molletières pour protéger leurs jambes. Leur tête était recouverte d'un chapeau type cow-boy, et ils tenaient entre leurs mains un fusil de plus d'un mètre de long avec un magasin contenant plusieurs cartouches. Des fusils de meilleure qualité que ceux des gardes impériaux de Pékin, incontestablement. Un revolver glissé dans son étui complétait l'ensemble. Placé directement sur leur ventre, un webling, sorte de harnais avec plusieurs poches, contenait le nécessaire pour tenir le temps de la garde, ainsi que plusieurs cartouchières en cas d'attaque. Mais à leur attitude lymphatique et décontractée, il est certain que ce scénario ne leur avait pas effleuré l'esprit un seul instant. Il était convenu que la neutralisation des gardes se ferait par Chen accompagné de Bai, avec Da en soutien. Ce dernier avait accepté ce rôle de mauvaise grâce, sachant qu'il n'était pas encore au mieux de sa forme. Rockwood resterait en arrière, étant incapable de maîtriser un soldat autrement que par l'utilisation d'une arme conventionnelle. Comme personne ne devait mourir cette nuit, et que par ailleurs il récupérait encore de l'effort d'escalade qui avait tétanisé ses muscles, il n'avait pas non plus protesté. Cachés par les grosses pierres du muret, Chen et Bai se préparaient. Les deux soldats étaient à vingt-cinq pas d'eux environ, chacun quadrillant une zone sur les bords extérieurs du bâtiment. Da encocha l'une des flèches prévues pour riposter contre les soldats au cas où. Mais à vrai dire, cette première flèche ne leur était pas destinée. Il se concentra. Avec l'obscurité ambiante, ce tir était hautement improbable. Mais si quelqu'un était capable de le réussir, c'était bien lui. Sur un signe de Chen, il se mit en position et visa. Après trois respirations profondes en visualisant sa cible, il ferma finalement les yeux et ouvrit délicatement les trois doigts qui pinçaient la corde. La flèche partit, silencieuse et mortelle, passa entre les gardes qui entendirent juste un sifflement rapide dans leur dos, finissant sa course sur le haut du muret qui délimitait l'extrémité de l'enceinte. Le fer aiguisé de la flèche claqua contre les pierres supérieures du parapet, rebondit en remontant légèrement dans l'atmosphère, et s'abîma finalement dans l'eau sombre de la baie. Le tir parfait. Le bruit devait être suffisamment intrigant pour attirer l'attention, mais la flèche ne devait surtout pas s'écraser contre la pierre pour éviter d'alerter les autres soldats. Comme prévu, les deux militaires tournèrent précipitamment leur fusil vers le mur opposé à la tour, là où venait de se produire le claquement. C'était le moment qu'attendaient les Chinois. Ils bondirent hors de leur cachette comme montés sur deux ressorts, et se précipitèrent vers leur cible. D'un coup mesuré sur la tempe à l'aide de sa paume, appelé « coup de stade », Chen déconnecta le premier homme du monde de la conscience. Le soldat tomba immédiatement au sol, inanimé. Le second eut le réflexe de se retourner, mais Bai l'avait déjà saisi par le cou et immobilisé. Il exerça une forte pression contre la trachée-artère avec une main ; la seconde empêchant l'homme de bouger. Pas longtemps, juste le temps d'accompagner son collègue dans le monde des songes. Da les rejoignit aussitôt, son arc à la main. Le souffle court, il semblait avoir du mal à récupérer. Pour accélérer sa guérison, il avait décidé de jeûner pour se vider l'esprit et oublier ses douleurs. Ça lui avait permis de se concentrer sur son entraînement pour se remettre d'aplomb. Si son programme avait fonctionné au-delà de ses espérances, la situation de tension du combat associée à son ventre vide, l'avait épuisé.

Le soldat toujours dans ses bras, Bai observa son compagnon un court instant, évaluant sa capacité à continuer ou non l'assaut.

Pas grand-chose à craindre de ce côté-là. Da connaissait son corps et allait se remettre. Il posa le soldat au sol avec une certaine douceur, et dégaina son sabre de bois. Pour être sûr de ne tuer personne, il avait préféré prendre son sabre d'entraînement, même si dans ses mains, l'arme pouvait être aussi mortelle que la plus aiguisée des lames. Chen, lui, avait pris le parti de ne pas prendre d'armes, excepté une petite surprise qui allait peut-être leur sauver la mise, sachant que les couloirs des geôles devaient être étroits et peu propices au maniement des armes. Il avait donc décidé de se débarrasser des militaires le plus naturellement du monde avec sa science de l'affrontement, lui seul étant formé aux techniques de pressions corporelles appelées Dim Mack, lesquelles pouvaient soit causer la mort d'un simple effleurement, soit neutraliser un adversaire sans conséquence ultérieure pour sa santé. Dans le cas présent, la dernière option était privilégiée, charge à ses compagnons de le couvrir contre les fusils des soldats. Restait à faire une chose avant d'entrer dans la prison. Il alla chercher son sac resté sur la tour, et le plaça prudemment en bandoulière. Sa petite attention pour les gardiens, au cas où. Elle devait créer une diversion bienvenue qui leur permettrait de prendre le large sans risque si les choses tournaient mal. Par mesure de prudence bien sûr, mais surtout dans le cas où ils se seraient vu déborder par des forces en nombre, il avait tenu à fabriquer des projectiles incendiaires et fumigènes, appelés « feux volants » en Chine. Ça lui avait pris deux jours pour trouver les ingrédients, un jour de plus pour confectionner ses engins. Il avait d'abord bourré des tubes de bambou d'un mélange précis de charbon, de soufre et de salpêtre, puis entouré le cylindre d'un papier bien serré, ligaturé à chaque extrémité. En guise de finition, il avait soigneusement percé le papier pour y insérer une mèche imprégnée de salpêtre, laquelle ferait office de déclencheur. Il avait enfin demandé à Rockwood de lui trouver un briquet à pétrole pour l'allumage, et avait soigneusement rangé ses projectiles dans son sac, espérant ne pas avoir à les utiliser. Le dosage devait être précis pour générer un écran de fumée et non une boule de feu dévastatrice, et il n'en avait plus utilisé depuis trop longtemps pour être sûr de son coup. Chen était un peu inquiet, car dans cet espace restreint, le souffle en cas d'explosion pouvait tous les tuer aussi sûrement que l'ensemble des gardiens. Mais vu l'ampleur du risque à investir ce fort, cette précaution s'avérait nécessaire. Ils étaient prêts maintenant à pénétrer dans la gueule du loup. S'ils ne savaient pas exactement combien de gardiens surveillaient les prisonniers, la taille du bâtiment leur indiquait cependant qu'ils devaient être entre cinq et dix, et les prisonniers une bonne vingtaine. Trop de soldats en tout cas pour les neutraliser comme ils venaient de le faire avec les deux malheureux en faction.

La phase deux de leur plan pouvait débuter. Rockwood avait reçu pour instruction de se vêtir de l'uniforme de l'un des hommes inanimés, et de pénétrer dans le bâtiment central, celui des geôles, en prétextant un besoin quelconque. Une fois au contact des militaires, il devait les neutraliser en les menaçant de son arme. Da le suivrait de près avec son arc pour l'appuyer au cas où le stratagème tournerait mal. Les trois autres amis ne seraient pas loin derrière. Dans l'enceinte, les fusils longs et lourds seraient difficilement maniables, mais pas les revolvers. Il fallait donc agir vite, et Rockwood devrait les menacer avec son arme au moment opportun et les obliger à se rendre, en espérant que l'un d'eux n'ait pas la mauvaise idée de jouer au héros. Lequel cas, il faudrait s'adapter à la situation…

Ils ouvrirent prudemment la porte du bâtiment qui n'était pas fermée à clef, essayant de faire le moins de bruit possible.

Pistolet en main, Rockwood entra le premier, descendit les quatre marches qui liaisonnaient l'extérieur aux cellules de la prison, suivi de ses compagnons d'armes qui entrèrent par intermittence pour se fondre aussitôt dans les nombreuses bulles d'ombre du couloir sinistre. Heureusement, les zones obscures ne manquaient pas ici. Construits pour être solides, les murs de la forteresse étaient pleins et sans fenêtre. Seules quelques lampes à huile exhalaient leurs molécules chargées dans l'atmosphère rance, projetant une lumière sans vie qui éclairait avec peine le long corridor. Long d'une vingtaine de mètres, ce dernier desservait plusieurs cellules claquemurées par une lourde porte en bois. Aucun bruit ne filtrait de ces cercueils avant l'heure. Normal pour un cimetière. Sauf que Grace était coincée dans l'une de ces antichambres de la mort, et qu'il fallait la faire sortir au plus vite. Le manque de lumière allait leur faciliter la tâche en évitant qu'on les repère. Si les cellules semblaient toutes plongées dans l'obscurité, une pièce dans le fond faisait exception à la règle. Elle était fermée, certainement pour éviter l'humidité prégnante de cette partie de la prison, mais les rais lumineux qui dansaient sous les nombreux interstices, montraient qu'elle était belle et bien occupée. La salle de garde, sans aucun doute. L'accueil inexistant prouvait aussi qu'ils n'étaient pas attendus. En tout cas pas aujourd'hui.

Peut-être finalement allaient-ils réussir leur folle entreprise !

Rockwood regarda autour de lui. Les murs suintaient une humidité crasseuse qui dégoulinait jusqu'au sol, accentuant la sensation de froid. Il essaya d'ouvrir une porte au passage ; fermée à clef comme on pouvait s'y attendre. Ce qui voulait dire qu'ils allaient devoir affronter les gardiens et les faire prisonniers pour leur soutirer les clefs ainsi que l'information de la localisation de la cellule de Grace. Après tout, c'est ce qu'ils avaient imaginé…

Il n'avait pas fait dix pas, que la porte du fond s'ouvrait. Dans le brouillard d'une pièce emplie de fumées de tabac, sortit un homme qui rigolait encore du dernier trait d'humour de son collègue. Son rictus s'arrêta net à la vue de Rockwood.

Sa réaction ne se fit pas attendre.

— Alerte, hurla-t-il en sortant son colt à sept coups de son étui, nous sommes attaqués !

Par réflexe, Rockwood tendit le bras pour tirer, mais il n'en eut pas le temps de finir son geste. Une flèche le dépassa en vrombissant et se ficha dans le poignet du soldat qui tenait l'arme. Le pistolet tomba en même temps que le bonhomme hurlait, ce qui eut pour effet de stimuler ses six collègues qui dégainèrent eux aussi leurs armes et se mirent à tirer à l'unisson. Dans la semi-obscurité, toucher son adversaire relevait de la gageure, mais les tirs nourris autorisaient l'euphorie et la victoire. Chacun des membres de la troupe attaquante eut à peine le temps de se protéger derrière des renflements de pierres, que les balles pleuvaient sur eux à une cadence élevée, les projectiles cherchant à prélever leur tribut dans cette pénombre malsaine. Les balles claquaient contre les pierres en rebondissant parfois avant de s'écraser définitivement, voire se fichaient dans le bois des portes, cherchant des victimes à occire. Mais en combattants avisés, aucun des Chinois ne montra le bout de son nez, ni même d'ailleurs Rockwood qui se fit le plus petit possible derrière son encadrement de porte, espérant que l'orage passe sans qu'il soit cueilli par une balle perdue. L'odeur de poudre avait supplanté celle de l'humidité, tandis que les particules de pierre arrachées de leur support volaient dans tous les sens, balafrant à vie les grosses pierres de taille. Un éclat se ficha tout de même dans la joue de l'Anglais, mais Rockwood était tellement tendu qu'il ne s'en rendit pas compte. Organisés, les gardiens se relayaient pour tirer et recharger les armes, ne laissant aucune marge de manœuvre aux assaillants. N'ayant pas le choix, Chen plongea la main dans son sac et sortit un tube de bambou. Cette diversion allait leur permettre de reprendre la main dans cette situation qui paraissait pour le moins inextricable. Sans trembler, il mit le feu à la mèche et lança sa bombe incendiaire en direction des soldats. Las, le tube heurta un mur et la flammèche s'éteignit avant d'avoir pu mordre la poudre. Chen se maudit de sa maladresse. Dans la foulée, il alluma une deuxième mèche, se concentrant sur le local du fond. Son tir fut cette fois précis, et la poudre explosa avant d'avoir touché le sol. La déflagration, même contenue, eut l'effet d'une boule dans un jeu de quilles. Le souffle ravageur balaya les corps comme des fétus de paille, martyrisant au passage les tympans comme auraient pu le faire des tiges enflammées. La charge n'était pas mortelle, mais puissante et implacable. Même les compagnons de Chen eurent un mouvement de stupeur devant la force de la détonation, alors qu'ils s'attendaient à ce jet de poudre noire. Mais certainement pas à la violence de son explosion. Sans perdre de temps mais d'un pas chancelant, Chen se précipita le premier dans la salle de garde. On eut dit qu'un ouragan était passé par là. Les gardes au sol gémissaient les mains contre les oreilles en sang, les meubles étaient renversés, rien n'était indemne. Tandis que Bai ramassait les armes, Chen s'approcha de celui qui semblait être le moins touché, le redressa par le col de la veste, et prit l'air le plus menaçant possible.

— Où est la jeune femme que vous avez arrêtée il y a deux jours ?

L'homme ne parut pas comprendre. Chen le secoua un peu plus, et la mémoire lui revint soudainement.

« Ce… ce… cellule 22 »

Le moine guerrier le laissa retomber au sol, et s'empara d'un gros trousseau de clefs qui traînait au milieu d'un fatras innommable. Après un court moment d'observation, il se dirigea vers une cellule au milieu du bâtiment. Deux tours de clef plus tard, il entrait dans une pièce minuscule, suivi de Rockwood et de Li Bai. Prostrée en chien de fusil sur une simple banquette en bois qui lui servait de couche, Grace attendait la suite des événements en tremblant. La fusillade l'avait terrifiée. Mais quand elle vit Rockwood se diriger vers elle l'air inquiet, elle se redressa soudainement et se jeta dans ses bras. Elle pleurait et rigolait en même temps, incapable de maîtriser ses nerfs. Bai en était gêné et ne savait pas comment se présenter. Il posa les armes des soldats dans un coin de la cellule tout en gambergeant sur la meilleure façon d'apprendre la vérité à sa sœur le concernant. Chen ne lui en laissa pas le temps.

— Nous ne pouvons pas rester ici, clama-t-il. Les soldats vont se remettre de leur traumatisme, et recouvreront bientôt leurs esprits. Ils peuvent avoir des armes cachées ailleurs. Partons !

Grace le fixa avec surprise. Qui étaient ces hommes ?

— Je t'expliquerai plus tard, fit Rockwood qui avait suivi son regard interrogateur. Filons de ce maudit endroit ! fit-il en la prenant par la main.

Grace ne se fit pas prier. Aussi mystérieux que soient ces hommes, ils étaient ses sauveurs, et c'était tout ce qui comptait pour l'instant. Elle aurait bien le temps de connaître les détails de l'histoire quand ils seraient en sécurité.

— Tu peux marcher ? s'enquit Rockwood en évaluant son état de forme.

— Pas de problème, je ne suis pas ici depuis assez longtemps pour être ankylosée. Va, je te suis !

Rockwood ne se fit pas prier. Il prit la tête de l'équipée et sortit du bâtiment avec Grace à sa suite. Son cœur débordait d'amour et de joie tandis qu'il serrait la main de sa bien-aimée. Il se jura que plus rien à l'avenir ne saurait les séparer.

Quand ils arrivèrent à l'aplomb d'un mur, Chen arrima son grappin, et jeta la corde servante qui se déroula jusqu'aux rochers. Il demanda ensuite à Grace si elle avait la force de descendre le mur sans aide. Ils auraient pu tenter d'ouvrir la grosse porte qui donnait directement sur le socle de rochers, mais le temps perdu à essayer de mettre la main sur la clef aurait pu compromettre leurs chances de succès. Comme le mur mesurait à peine trois mètres de haut, ce n'était pas très compliqué de le franchir. Sauf évidemment pour Grace qui n'était pas rompue à ce type d'exercice. Elle acquiesça cependant courageusement, et s'empara aussitôt de la corde tout en se positionnant dos face à la mer. Quand elle s'élança dans le vide en prenant appui contre les pierres avec ses jambes flageolantes, son cœur battait la chamade. Mais l'appréhension passée, elle fit une descente honorable et se retrouva sur le lit de rochers, tout étonnée d'être encore en un seul morceau. Rassurée, l'équipe dans son ensemble la rejoignit quelques instants plus tard.

— Dépêchons-nous, pressa Chen, il n'y a plus un instant à perdre !

Il lorgnait en permanence le haut des murailles, prêt à réagir. Aucun mouvement suspect pourtant ne vint troubler leur fuite. Les soldats étaient certainement encore groggy, et en tout cas hors d'état de nuire. Ils contournèrent le fort en marchant sur des rochers recouverts d'algues glissantes, et atteignirent enfin la chaloupe à l'amarre. Reléguée à l'inaction, Chao se rongeait les sangs en essayant de calmer son chien en même temps que ses nerfs. Elle poussa un grand soupir de soulagement en les voyant arriver et monter dans le bateau. Après un sourire amical à l'attention de Grace, elle désarrima sans trop d'efforts l'ancre du rocher qui retenait la chaloupe, et poussa l'embarcation vers la mer en s'arc-boutant sur son bâton. Le sauvetage avait réussi. La voile fut remontée aussi vite que possible, et quand le vent enfin réveillé s'engouffra dans le tissu en tendant vigoureusement les fibres, le bateau oscilla légèrement sur le côté, et se mit à prendre de la vitesse sur la mer ridulée. L'étrave fendait les eaux en deux gerbes d'écume bien formées, s'éloignant vivement du fort dont la masse sombre s'estompait lentement. Da était à la manœuvre et souriait. Il s'était fait expliquer les rudiments de la navigation par le propriétaire du bateau, et prenait visiblement plaisir à exercer ses nouvelles aptitudes, même dans la situation critique qu'ils vivaient. Quand il se retourna une nouvelle fois en espérant ne plus distinguer les contours de la forteresse dans l'encre de la nuit, il vit par contre bien distinctement la langue de feu cracher sa mitraille sur eux.

— Couchez-vous ! hurla-t-il.

Le cri était si puissant que tout le monde obtempéra presque immédiatement. Des sifflements sinistres passèrent au-dessus de leurs têtes, déchirant la voile au passage, tandis que quelques billes d'acier déchiquetaient une partie de la coque dans un bruit de claquements à faire frémir d'effroi. Durant quelques secondes, rien ne se passa. Une accalmie annonciatrice de déchaînement à venir. Puis une détonation plus forte résonna. Un boulet vola au-dessus de leurs têtes, arrachant une bonne partie du mat. Amputé d'une partie de sa masse mais toujours valide, le bois blessé agrippait encore sa voile elle aussi en piteux état, permettant au bateau de continuer sa course. Moins vite, mais suffisamment pour être avalé par une nappe de brouillard qui le rendit bientôt invisible aux yeux des canonniers. Une ultime salve partit malgré tout quelques instants plus tard, mais sans les toucher cette fois.

Ils étaient sauvés.

Les cris de rage des soldats qui résonnaient au loin s'estompèrent progressivement. C'était fini. Le silence régnait enfin au cœur de la nuit. Pas longtemps. Grace le rompit tout à coup avec un cri de souffrance infinie. Long. Insupportable. Couchée entre deux bancs de nage, elle tenait la tête de Rockwood sur son ventre. Un fin filet de sang coulait concomitamment de son nez et de sa bouche, comme directement branché sur son système veineux. Un trou gros comme le poing perforait sa cage thoracique et ressortait au niveau des omoplates, laissant échapper sur le bois souillé une purée noirâtre à l'odeur métallique. Ses yeux ouverts et vides ne laissaient aucun doute sur son état. Il était bel et bien mort…

La rumeur

Quand le bateau à bout de souffle accosta près des vieux bâtiments en passe d'être démolis, au bout des docks, James, le cocher attendait les navigateurs avec une grande calèche capable d'embarquer tout le monde. Rockwood l'avait grassement payé pour qu'il les transporte, et surtout qu'il revienne les chercher après leur coup de force, en dépit de la rancœur qu'il conservait pour les Chinois qui l'avaient humilié. L'argent était un baume efficace qui faisait oublier bien des avanies. Quand il embarqua le groupe et un maccabée qui était aussi accessoirement celui qui le faisait vivre grassement depuis des semaines, le sourire hypocrite de son visage avait disparu, remplacé par l'inquiétude des lendemains difficiles. Le transport jusqu'à la maison de Grace se fit dans un silence glacial. Après avoir pleuré toutes les larmes de son corps sur le bateau, la jeune femme s'était réfugiée dans un mutisme inquiétant, ayant simplement demandé à récupérer quelques affaires chez elle avant de rejoindre la maison qu'avait trouvée Rockwood peu de temps avant son arrestation. Elle ne traîna pas. Quand elle sortit de la maison de ses parents quelques minutes après y avoir été déposée, elle portait un grand sac qui devait contenir à peu près tout ce à quoi elle tenait.

« Pas beaucoup de choses au regard de sa vie passée ici », pensa Bai avec un pincement au cœur pour elle.

Elle monta dans la calèche sans un regard pour quiconque, ni surtout pour le corps de son promis enveloppé dans ce qui restait de la voile déchirée. Bai avait proposé de l'enterrer dans le jardin de la nouvelle maison que Rockwood avait achetée en espérant y vivre avec elle. Une vie qui relevait de chimères maintenant. Elle avait accepté l'aide sans faire d'histoires ; sa promesse d'amour enterrée, plus rien ne semblait la toucher…

Comme tout le temps écoulé depuis la mort de Rockwood, l'enterrement se déroula sans un mot. Même si les Chinois n'appréciaient pas particulièrement l'Anglais, la peine de Grace était suffisamment communicative pour ressentir cette lourde et pesante chape de plomb peser également sur eux. Et comment annoncer maintenant le lien de parenté qui la reliait à Bai ? Était-ce même judicieux de le faire ? Quand tout fut fini, seul un léger renflement de terre indiquait que quelque chose devait siéger sous le dôme d'humus mystérieux. Et avec le temps, plus rien ne serait visible. Seules Grace et les quatre personnes placées autour de la tombe improvisée, sauraient qui avait été enfoui là. Le regard planté dans le vide, Grace ne bougeait pas, comme figée dans ses souvenirs. Il ne fallait pourtant pas moisir ici ; les policiers de Sydney n'allaient pas tarder à ratisser les quartiers de la ville à la recherche d'informations. Si Grace pouvait à la limite se fondre dans la masse, ça allait être beaucoup plus difficile pour un groupe de Chinois qui se promenait qui plus est avec un chien gros comme un lion. Bai se décida à parler le premier.

— J'ai conscience que le moment n'est pas le mieux choisi pour dire ça, dit-il, mais nous devons quitter la ville au plus vite.

La police doit déjà nous rechercher, et ce n'est qu'une question de temps avant qu'ils ne nous retrouvent…

Si tous semblèrent approuver silencieusement la proposition de Bai, Grace le fixa avec des yeux de braise. Elle fulminait de colère.

— Je n'ai pas du tout l'intention de quitter cette maison, assena-t-elle avec une violence dans la voix à peine contenue ; je suis ici chez moi, et je n'ai aucune raison de m'exiler. Je partirai quand je l'aurai décidé.

— Mais vous allez être remise en prison ! s'étrangla Bai devant le manque de lucidité de la jeune femme.

— Pour ça, il faudrait d'abord qu'ils me mettent la main dessus, répondit-elle froidement, et d'ailleurs, pour quel motif m'arrêteraient-ils ? Je n'ai eu que le malheur de croiser la route de mauvaises personnes, et ça, ce n'est pas un délit. Quant à celui qui nous cherche des poux dans la tête, je vais personnellement m'occuper de lui, car on peut légitimement penser que c'est l'homme qui avait passé un pacte avec Steeve, et qui l'a ensuite trahi sans l'ombre d'un remords, conclut-elle le regard enfiévré.

Évoquer le prénom de son amant lui arracha une larme furtive. Mais elle ne voulait plus pleurer. Tout en s'essuyant la joue rapidement, elle sembla pour la première fois accorder de l'intérêt à Bai et à ses amis qui patientaient en retrait. Elle s'extirpa peu à peu du cauchemar qui l'avait engloutie, et ses sens s'éveillèrent de nouveau à la vie.

— C'est vous qui devez être prudents, reprit-elle avec plus de douceur. Vous avez investi une prison d'État pour faire évader une prisonnière ; c'est passible d'une longue peine derrière les barreaux. Et d'ailleurs, demanda-t-elle intriguée, pourquoi avoir pris un tel risque ? L'argent ? lança-t-elle en ne voyant pas quel autre argument aurait pu entraîner des étrangers dans une telle aventure.

Bai la doucha dans ses croyances.

— Pas vraiment, répondit-il laconiquement, j'ai agi pour une raison d'ordre personnel, et mes amis ont eu la gentillesse de me donner un coup de main pour vous sortir de ce fort.

— Vous étiez amis avec Steeve ? demanda-t-elle surprise que feu son compagnon ait eu des relations dans la ville capables de prendre de tels risques pour l'aider.

— Je le connaissais effectivement autrefois, mais nous n'étions pas amis, fit Bai en restant vague. Je dirai même que nous avions un contentieux ensemble que nous n'avons pas eu le temps de régler.

— Alors pourquoi ? s'agaça Grace qui ne voyait vraiment pas où était le lien.

— Parce que je ne pouvais laisser ma demi-sœur dans une prison sordide, et que nous avions les moyens de l'en empêcher, finit-il enfin par lâcher.

Grace faillit s'étrangler.

— Votre… votre demi-sœur ? Vous voulez dire que nous avons des liens de parenté ? C'est ça ?

Tandis qu'elle posait ses questions en rafale, elle se rappelait les bribes de conversation que son père avait eues avec sa mère sur son exclusion du cercle élitiste anglais quand il était jeune. Et surtout de la raison qui avait entraîné cette humiliation : une liaison qu'il avait eue avec une Chinoise quand il était tout frais émoulu de l'école militaire, et qu'il vivait en Chine. Cela se pourrait-il que… ?

Bai répondit tout de suite à cette interrogation en lui relatant son histoire, et en enchaînant sur ce qu'il savait des liens entre leur père et sa mère. Quand il n'eut plus rien à dire de précis, ce qui fut rapide eu égard au peu d'informations que sa mère mourante lui avait transmis, il se tut en la fixant simplement. Son cœur battait la chamade. Une peur d'enfant orphelin le tenaillait ; celle de se faire rejeter. C'est l'inverse qui se produisit.

— Mon Dieu ! murmura-t-elle, quelle belle nouvelle dans ce torrent de laideur… Mon père n'a jamais su qu'il avait un fils, dit Grace avec émotion, partageant cet instant de douleur avec Bai dont elle sentait qu'il l'avait traîné comme un fardeau toute sa vie. Ça lui aurait tellement fait plaisir de te connaître, de te choyer…

C'est sur la joue de Bai, cette fois, que la larme roula.

— Quant à moi, je suis sincèrement ravie d'apprendre que j'ai un frère, même si les circonstances ne sont pas les meilleures pour célébrer cette incroyable nouvelle.

Elle s'approcha de son frère et le prit dans ses bras. Sans retenue. L'enlaçant avec force. Il ne bougeait pas, comme un jeune garçon qui se coule dans la chaleur rassurante de sa mère, y trouvant toute la sécurité dont il a besoin. Elle se détacha au bout d'un long moment, et lui colla un baiser sur sa joue humide. Elle lui souriait tendrement.

— Merci pour ce que tu as fait, mon frère. Risquer sa vie pour une sœur que l'on ne connaît pas ; quelle grandeur d'âme ! Papa serait si fier de toi !

Bai était pétrifié d'émotions. Ses jambes flageolaient sans qu'il ne puisse les contrôler. Tout ce qu'il avait fait, de la Chine à ici, tout ce qu'il avait enduré, subi, venait d'être balayé par les dernières phrases de sa sœur. Il voulait une famille ; elle venait de l'accueillir dans la sienne, sans aucune réserve, avec un amour inconditionnel comme seules les femmes savent prodiguer. Il aurait voulu dire quelque chose, mais aucun mot intelligent ne se présenta à son cerveau dans l'instant présent ; il était simplement heureux comme il n'avait plus été depuis longtemps. Après un moment où le temps s'était arrêté, elle lui enjoignit tendrement de partir.

— Il faut que tu quittes la ville maintenant, Bai. Tu as raison : tous les moyens pour te retrouver vont être mis en œuvre. Si vous partez maintenant, vous avez une chance d'éviter des barrages. Après il sera trop tard.

— Mais toi ? Et nous ?

— Cette maison n'est connue de personne d'autre que James le cocher que je continuerai de payer pour obtenir son silence. Steeve a laissé une fortune en billets, avec en sus quelques diamants à monnayer si besoin. Je pourrai vivre deux vies sans compter avec cette fortune. Mais je te rassure, je ne compte pas moisir ici plus de temps que nécessaire. J'ai quelque chose à faire qui ne souffre aucun délai, et quand tout ça se sera tassé, je partirai m'installer ailleurs. J'ai aussi assez d'argent pour te retrouver et te faire savoir où je me serai installée le moment venu. La police recherche une femme occidentale avec un Anglais et trois Chinois. Sans moi, personne ne pourra faire le lien avec vous, et vous pourrez vous fondre dans la masse pour filer. Partez maintenant, je prierai pour le salut de votre âme !

Les palabres ne durèrent pas longtemps. Grace avait raison ; le temps était compté. Si Bai se doutait de l'affaire impérieuse qui la retenait encore ici, il ne fit rien pour l'en dissuader. À sa place, il aurait probablement fait de même. Comme toute leur réserve d'émotions avait déjà été vidée dans les minutes précédentes, il n'y eut aucune effusion de quelque sorte quand ils se séparèrent. De toute façon, le lien était maintenant solide…

Dès que le groupe fut absorbé par la nuit noire, Grace s'enferma à double tour dans sa nouvelle maison, s'installa le plus confortablement possible sur la table du salon, prit une liasse de feuilles que Steeve avait eu la présence d'esprit d'acheter, et commença à faire ce pourquoi elle était encore payée par son journal « le Tele ». Par la plus grande des chances, Steeve lui avait tout expliqué des multiples facettes d'Harris, allant de l'expropriation des Aborigènes de leur terre pour en spolier leurs richesses, en passant par leur utilisation en tant qu'esclaves dans les diverses mines qu'il possédait, sans oublier bien sûr l'assassinat d'un membre de gang pour lui rafler sa fortune. Et tout ça, avec l'aval des autorités qui l'avaient aidé dans nombre de ses coups. Pas toujours en connaissance de cause, probablement, mais ce n'était pas son affaire. Comme son patron « du Tele » devait attendre son article de reporter de terrain ; il n'allait pas être déçu. Elle ne parlerait pas de pauvreté, mais au contraire d'enrichissement malhonnête d'une personne de la haute société, qui comble de perversité, voulait se faire passer pour le défenseur des pauvres en se faisant élire aux plus hautes strates du pouvoir. Sa réputation allait en prendre un sacré coup ; celle des autorités également. Elle allait même en rajouter une louche, car le plus important dans cette affaire n'était pas de relater la stricte vérité, mais de faire en sorte que ses lecteurs la croient. Comme elle avait la réputation d'une journaliste intègre et scrupuleuse qui vérifie toujours ses sources, personne ne mettrait en doute ses dires. Et après ce grand déballage, elle serait la dernière des préoccupations de la police. Et de toute façon, son article rédigé, elle avait l'intention de mettre les voiles pour Brisbane, une ville assez vaste pour s'y fondre sous une identité nouvelle. Avec l'argent à sa disposition, la retrouver serait très difficile. Pour Harris, par contre, quitter la ville ne lui était déjà plus possible, et les soucis pour lui ne faisaient que commencer.

Car l'article du « Tele » fit effectivement grand bruit.

Un homme promis aux plus hautes fonctions venait d'être accusé de corruption, fraude, meurtre, et plus encore par une journaliste appréciée qui listait avec précision les mines acquises illégalement lui appartenant, et surtout relatant le récit d'un rapt de bijoux d'un truand local, avec la complicité de lanciers qui n'avaient fait aucun quartier. Le problème n'était bien sûr pas la mort du chef de gang qui avait bien mérité ce qui lui était arrivé, mais la subtilisation de biens qui revenait normalement au trésor public. Comme on pouvait s'y attendre, la police diligenta une enquête, mais pire encore, le gang des Irish Convicts qui n'était pas dissous après l'assassinat de son chef, jura de se venger. La seule alternative d'Harris fut de recruter des hommes de main en nombre, et de se barricader dans son luxueux appartement de Sydney, espérant survivre à ce coup tordu. Mais combien de temps pourrait-il tenir face à des hommes déterminés qui ne rêvaient que de brandir sa tête au bout d'une pique ?

Ultime combat

Devenus des gibiers de potence dans un pays qui n'était pas le leur, le moral des combattants n'était pas au beau fixe. L'histoire avait tendance à bégayer un peu trop souvent à leur goût. Même Bai, une fois l'euphorie de la rencontre avec sa sœur passée, faisait grise mine. Que faire maintenant ? Se cacher dans ce vaste continent et attendre ? Oui mais où et pourquoi ? Qu'est-ce qu'ils pouvaient bien attendre de bon maintenant qu'ils avaient pris d'assaut une prison officielle ? Assurément rien. Et quant à se faire oublier dans des endroits déserts, il n'y avait qu'à se rappeler ce qu'ils avaient vécu dans le centre, avec une terre qui grouillait de serpents, l'implacabilité des zones arides, sans oublier la voracité de quelques crocodiles monstrueux qui ne pensaient qu'à vous arracher un membre, quand ce n'était pas le corps entier, pour ne pas être emballé par un séjour, même court, dans ces terres hostiles. Et comme rester cloîtrés comme des parias n'était pas vraiment inscrit dans leurs gènes, il leur fallait trouver autre chose. C'est Chen le premier qui fit germer ce qu'ils pensaient tous confusément.

— Nous devrions embarquer vers des terres plus accueillantes, suggéra-t-il.

— C'est quoi pour toi accueillant ? demanda Chao qui commençait à être fatiguée de bouger en permanence.

— Nous sommes tous férus de liberté, répondit Chen. Nous avons envie de vivre de nos talents sans être systématiquement pointés du doigt, ou exploité par des nantis qui ne possèdent pas le tiers de nos capacités. Ce qui veut dire que le pays de destination devra accueillir une forte colonie chinoise pour qu'on ne passe pas pour des animaux exotiques, devisa le moine guerrier, et aussi que ce pays laisse sa chance à tous ceux qui ont la sincère volonté de s'intégrer par le travail, termina-t-il. Quand nous étions à Pine Creek, j'ai entendu parler d'un territoire appelé Amérique. Il semble rassembler tout ce que nous attendons d'un pays d'accueil : l'amour de la liberté, une forte communauté chinoise, un pouvoir démocratique qui se cherche dans un pays jeune où tout reste à faire, et surtout, la capacité de travailler pour soi et de s'installer, en payant juste les impôts relatifs à notre travail. Et en plus, conclut-il avec une excitation rare pour lui, ils parlent majoritairement anglais, une langue que nous maîtrisons globalement maintenant…

Le silence se fit, chacun méditant les propos de Chen.

— Et comment y allons-nous ? demanda Da qui semblait attiré par cette proposition.

— En bateau… La grande ville la plus proche avec un port important est Melbourne. Avec un peu de patience, nous pourrions trouver un bateau pour faire la traversée, ou en tout cas nous rapprocher de notre destination finale. Le seul problème, dit-il en ne pouvant réprimer une grimace, c'est le prix à payer pour le voyage. Nous devrions probablement trouver un travail jusqu'à…

— J'ai assez d'argent pour nous acheter des billets à tous, le coupa Chao. Et assez encore pour lancer une petite affaire une fois sur place, finit-elle.

— Mais c'est ton argent, Chao, contesta Da, pas le nôtre ! Nous ne pouvons décemment accepter que tu…

— La décence n'a rien à voir là-dedans, Da, dit-elle calmement. Sans vous, je ne serai plus là de toute façon pour le dépenser. Et vous êtes ma seule et unique famille à présent. Donc, mettez-vous dans le crâne que l'argent n'est pas un problème, et qu'il est au contraire là pour nous faciliter la vie. Et l'idée de l'Amérique me plait à moi aussi, ajouta-t-elle. Ce pays semble réunir tout ce qui est au cœur de nos aspirations, et nous pourrions enfin goûter à un peu de quiétude sans faire constamment attention à nos arrières. Pour ma part, je suis partante. Qui d'autre est intéressé ? demanda-t-elle excitée par ce nouveau projet.

Bai sourit. Chao avait le chic de se décider en un clin d'œil, et son enthousiasme était plus que communicatif. La décision fut effectivement rapidement prise : l'Amérique serait leur prochaine destination.

Long de plusieurs centaines de kilomètres, le voyage ne s'annonçait pas facile, surtout sans chevaux. Comme il ne voulait pas se faire repérer en traversant des villes où leur portrait était forcément apposé dans tous les postes de police, le groupe de fugitifs décida de ne pas trop s'éloigner des côtes, en restant néanmoins sur les parties sauvages du territoire. Ici la nature était de toute beauté, et l'avancée relativement facile grâce aux nombreux sentiers qui traversaient les landes, les forêts d'eucalyptus, les marais, voire quelques sommets de montagnes, qui par chance n'étaient pas enneigés à cette époque. En plus de chemins bien constitués, une faune généreuse et facile à piéger permettait de ne manquer de rien. Alors que les kangourous et autres mammifères contribuaient à les nourrir suffisamment pour que leur ventre les laisse tranquilles, la vue de paysages magnifiques, et notamment les côtes dentelées avec leurs eaux turquoise bordées de sable blond, était comme un baume apaisant pour des voyageurs marchant depuis trop longtemps sur la corde raide de la vie. Mais comme toutes choses trop belles pour être vraies, cela ne dura pas. Après le soleil radieux et les vallées clairsemées, vinrent la pénombre et les difficultés de progression, avec notamment la traversée d'une vaste forêt aux arbres si denses, que le soleil peinait à y entrer. Ils marchèrent deux jours durant dans ce labyrinthe inextricable, ayant le plus grand mal à se diriger. C'est dans ce contexte difficile, et à l'aube du troisième jour, que leur ennemi fut repéré.

Pour la première fois depuis longtemps, Bao paraissait nerveux. Il tournait en rond, reniflait sans cesse la truffe connectée aux odeurs de la forêt, avançait les oreilles dressées comme pour capter le moindre son, grognait et regardait la cime des arbres avec consternation et inquiétude. Reliée à son chien par un lien invisible, Chao se doutait que quelque chose n'allait pas, mais sa vue limitée ne lui permettait pas de distinguer quoi que ce soit d'anormal. L'attitude de son chien la laissait toutefois perplexe.

— Qu'y a-t-il Chao ? Je te sens perturbée ! fit Chen en étant lui aussi contaminé par l'inquiétude ambiante.

— Quelque chose ne va pas, répondit la jeune femme d'une voix tendue. Je ne peux pas dire pourquoi, mais il vaut mieux ne pas nous relâcher.

— … Et ce silence n'est pas normal, compléta Da l'œil aux aguets. Depuis quelques minutes, les oiseaux-lyres qui nous irritaient tant avec leurs cris bizarres se sont tus ; ça n'augure rien de bon…

— Effectivement… Il y a quelque chose de menaçant dans l'air, enchaîna enfin Bai qui était lui aussi sur ses gardes. Sortons vite de cette forêt, et rejoignons une piste où l'espace sera dégagé.

Da encocha une flèche sur son arc, et forma aussitôt un triangle avec Chen et Bai qui s'étaient eux aussi emparé de leur arme. Le sabre pour Bai, l'arc également pour Chen. Tout en avançant lentement, ils épiaient les hauteurs, scrutaient les fougères qui s'entremêlaient en formant un tapis anxiogène, essayaient de quadriller le moindre espace autour d'eux en étant prêts à réagir à tout moment. Son gun à la main, Chao ouvrait la voie avec Bao en éclaireur, lequel avançait lentement, les poils de son dos dressés en une muraille de colère. Si quelqu'un voulait leur tendre une embuscade, il avait intérêt de ne pas se retrouver sur le chemin du molosse… Un vent timide faisait murmurer la forêt en battant les feuillages avec langueur et monotonie, en complète contradiction avec la tension qui habitait chaque membre du groupe. Les hommes avançaient prudemment, pointant leurs regards aiguisés dans toutes les directions, à l'affût du moindre mouvement. Soudain, après un court arrêt pour confirmer ses doutes, Bao se mit à gronder. Da fronça les sourcils et crispa ses doigts sur la corde de son arc. Il lança un court regard à Chen, lequel très calmement se mit à chuchoter en essayant de ne pas élever la voix. Ce faisant, ses amis pouvaient l'entendre, mais pas ceux qui se trouvaient au-delà du cercle restreint.

— La mort ou la vie nous attendent au cœur de cette forêt, dit-il avec une forme de résignation. Les assassins de Cixi nous ont retrouvés, car il ne peut s'agir que d'eux. Si nous ne sortons pas vivants de cet endroit, sachez que j'aurai eu un immense plaisir à être, je l'espère, votre ami…

Ses lèvres bougeaient à peine, mais ses mots étaient clairs, ses sentiments puissants. Il décida ensuite de museler ses émotions qu'ils savaient nocives au combat, et se prépara à affronter la mort incarnée qui une fois encore voulait prélever son tribut.

— S'ils n'ont pas encore fait parler leurs armes, dit-il en réfléchissant, c'est qu'ils veulent nous faire savoir qu'ils sont là. Mon avis est qu'ils nous pourchassent depuis trop longtemps pour accepter de faire leur travail rapidement. Ils souhaitent que la peur soit notre dernière compagne avant l'ultime voyage dont ils comptent bien nous faire profiter. Tâchons de les surprendre et de ne pas leur donner ce plaisir. Rapprochez-vous discrètement d'un tronc d'arbre assez large pour vous protéger, et offrez le moins de surface possible pour un tireur expérimenté. Tout projectile sera freiné par l'air, ce qui nous avertira de sa direction. Vous avez été entraînés pour contrer ce type d'attaque. Rappelez-vous : leurs armes sont probablement enduites de poison. La moindre blessure, aussi légère soit-elle, sera aussi mortelle qu'une pique dans le cœur. Pour ma part, je m'occupe de protéger Chao. Essayez de survivre à cette épreuve, j'aimerais poursuivre ce voyage avec vous…

Un léger silence indiqua que les instructions étaient intégrées. L'ordre allait fuser d'une seconde à l'autre.

— Maintenant ! hurla-t-il.

Tandis que Bai et Da se précipitaient à l'abri d'un gros arbre, Chen se précipitait vers Chao. Cette dernière venait de comprendre le stratagème. D'un saut habile elle se coula dans un enchevêtrement de racines, et donna l'ordre à son chien de filer. Ce dernier obtempéra, ayant compris qu'il était plus utile à chasser l'intrus plutôt qu'à attendre qu'il veuille bien se montrer. Sa maîtresse étant en sécurité, il disparut dans un fatras de fougères en un clin d'œil, bien décidé à neutraliser ses proies. Quand Chen rejoignit sa jeune protégée en plongeant lui aussi dans la cavité entourée des épaisses racines du vieil arbre, un chuchotement caractéristique se dirigeait droit vers son dos. Il roula d'un mouvement fluide en direction de Chao, tandis que la fléchette de la sarbacane se plantait dans l'écorce de l'eucalyptus géant contre qui il se tenait quelques secondes auparavant. Par chance, des fougères arborescentes de plus de deux mètres proliféraient dans ce coin de la forêt, créant un écran végétal qui les dissimulait partiellement. Le déferlement de projectiles mortels commença. La première fléchette fut suivie d'une longue série de piques végétales, qui heureusement ne touchaient que l'écorce protectrice qui protégeait Chao et Chen comme l'aurait fait un bouclier géant. Quand le flux de fléchettes commença à se tarir, Chen retira du bois l'une des nombreuses épines d'aubépine qui le faisait ressembler à un porc-épic. Il l'observa rapidement. Un liquide brun séché recouvrait la pointe. Empoisonnée comme prévu, mais à quoi ? Il ne pouvait bien sûr pas savoir qu'il s'agissait du venin du taïpan du désert, considéré comme le serpent le plus venimeux du monde. N'ayant plus de graines de ricin, les assassins avaient traqué les reptiles jusque dans les régions reculées et semi-arides du Queensland, et en avaient récupéré assez pour enduire une grosse partie des traits qu'ils utilisaient aujourd'hui contre leurs cibles désignées…

Bai et Da subissaient le même sort que leurs deux amis, et étaient eux aussi protégés par les troncs d'arbres imposants. Et tout comme Chen et Chao, ils étaient incapables de riposter contre leurs assaillants, tant le rythme des projectiles était soutenu. Les assassins étaient des tueurs capables d'exploits échappant totalement aux humains normaux. La cadence de leurs tirs actuels montrait qu'ils étaient dignes de leur réputation.

Mais leur réserve de fléchettes allait bientôt être épuisée, et il leur faudrait alors se découvrir s'ils voulaient terminer le travail. Le combat serait alors rééquilibré. C'est ce qui se passa effectivement. Telles des ombres furtives, trois hommes se mirent à dévaler les grands arbres à une vitesse irréelle. Ils utilisaient certainement des filins de chanvre invisibles à l'œil nu, surtout à cette distance, pour se mouvoir aussi rapidement qu'ils le faisaient. Mais même avec l'aide d'une corde, leur agilité paraissait incroyable. Pour autant, pas le temps de gamberger ; un féroce combat allait bientôt s'engager. Habillés de la même tenue noire que celle qu'ils avaient lors de leur précédente rencontre, les assassins quadrillaient le secteur en un large triangle, ce qui leur permettait de se protéger d'une attaque venant de toute part. Chen mesura alors leur chance de ne pas avoir été touché par l'un de leurs tirs. Par l'effet d'un heureux hasard qui n'arrive que peu de fois dans une vie de victime d'assassins, tous les angles de tir avaient été contrariés par les arbres ou les grosses racines derrière lesquels ils s'étaient réfugiés. La probabilité que leurs fléchettes ne touchent aucun des protagonistes était pourtant faible au départ, tant les membres de la confrérie des gardiens du trône céleste avaient pris soin de se répartir judicieusement dans les eucalyptus environnants. Mais la chance avait une fois de plus tourné en faveur de Chen et de ses amis. Pour autant, le combat ne faisait que commencer. Et cette fois, ce serait la mort ou la victoire pour les émissaires de Cixi ; aucune autre alternative possible.

Si Chen reconnut le chef des assassins avec lequel ils avaient eu maille à partir il y a quelques mois, les deux autres par contre lui étaient totalement inconnus. À leur allure pourtant, il ne faisait aucun doute qu'il s'agissait de guerriers redoutables. Leur pas était sûr, leur corps souple, leur regard impitoyable. Évoluant désormais sur la terre ferme, ils avaient visiblement choisi une cible à combattre. Et même s'ils n'étaient que trois, leurs armes enduites d'un poison mortel associées à une dextérité hors norme faisaient d'eux des dangers de tous les instants. Le chef des assassins se dirigea vers Chen. Il l'avait repéré depuis la cime des arbres. Lors de leur dernière rencontre, c'est le moine guerrier qui avait fait capoter leur attaque, et Gao avait décidé de venger la mort de ses hommes en s'en prenant en premier à celui qu'il considérait comme la cause de son échec. C'est pourquoi il avait également décidé de les affronter en pleine lumière, une fois leur première attaque avortée. C'était certainement faire preuve d'un orgueil démesuré, faute qui aurait d'ailleurs été lourdement sanctionnée par Weibaomeng, leur guide, mais c'est cette imprévisibilité et cette inébranlable confiance en lui qui faisaient de Gao un assassin inégalé. Ses deux acolytes étaient aussi des assassins expérimentés, tout aussi dangereux que leur chef. Probablement ce qui se faisait de mieux pour affronter ces experts en arts martiaux. Les assassins approchèrent tranquillement de leur cible, leur arme à la main, sachant intuitivement que leurs adversaires ne refuseraient pas le combat rapproché. Le stupide code d'honneur des écoles enseignant un style de combat en Chine, réprouvait pareille vilenie. Dans le cas présent, ça servait les intérêts des assassins. L'un d'eux, du nom de Jin, s'approcha avec détermination de Da ; l'autre, prénommé Ming, se dirigea vers Bai. Pourtant lui-même expert en Tai Chi, ce dernier était impressionné par le niveau de calme de son adversaire. Il se rappela les paroles de son Maître qui avait comparé l'état d'esprit d'un combattant à un Maître de thé : « Quand tu seras face à ton adversaire, imagine que tu vas lui servir une collation. Entre dans un profond recueillement, et salue-le comme s'il était ton invité.

Tire ensuite ton sabre aussi tranquillement que si tu saisissais une louche en bambou, et lève-le avec les deux mains au-dessus de ta tête, tout en fermant les yeux. Reste la garde haute, les yeux mi-clos, en état d'éveil et en totale disponibilité. Quand tu entendras le cri de ton adversaire, signal de son attaque, abaisse vigoureusement ton sabre. Si tu es assez rapide, il est possible que tu puisses le blesser. Le cas échéant, ta mort sera des plus honorables »…

Bai se prépara mentalement et physiquement au combat. Il s'obligea à tenir sa nuque droite et concentra son flux d'énergie vers ses épaules, pour connecter ensuite la totalité de son corps. Sa position lui permettait de voir largement et vastement. Entre voir et regarder, voir était le plus important. Il fallait englober de façon identique ce qui était éloigné comme ce qui était proche. Surtout ne pas se crisper sur le sabre de l'adversaire, mais au contraire visualiser un tout ; emprisonner l'environnement dans une seule dimension. Après avoir brièvement salué son adversaire, il leva son sabre au-dessus de sa tête, prenant garde à ce que pouce et index soient consciemment souples, mais aussi que l'annulaire et l'auriculaire soient serrés sur le manche de son sabre. Sa posture était parfaite. Du moins l'imaginait-il. Ming se posta à deux mètres de lui, sabre dirigé vers le côté gauche. Les deux côtés de sa lame semblaient aussi coupants l'un que l'autre, et brillaient d'un éclat terne tel le fidèle reflet de la mort qu'elle était. L'attente fut brève. Ming prit l'initiative de la première attaque en une fulgurance qui aurait surpris n'importe quel combattant normal. La lame partit de bas en haut, essayant de pourfendre Bai du ventre aux épaules. La trajectoire était oblique et déterminée, le sabre fendant l'air en un éclair d'argent. Bai recula à une vitesse tout aussi fulgurante que l'attaque de son adversaire, et reprit sans attendre une position ferme qui requerrait une certaine tension contrairement au combat à mains nues. Si son esprit devait rester souple, le corps devait lui conserver une rigidité minimum pour contrer le sabre de son ennemi en restant tonique. Il se repositionna, mais cette fois la lame placée devant lui, en position basse. Face à un tel adversaire, la garde haute était trop dangereuse, car pas assez protectrice pour un sabre qui volait à une vitesse que l'œil ne pouvait suivre. Assurément l'adversaire le plus dangereux qu'il ait eu à affronter jusqu'à présent. Peut-être même meilleur épéiste que feu son maître, qui pourtant faisait partie des prodiges de son temps. Chacun des protagonistes s'observait. La moindre erreur, et c'était la mort assurée…

Gao se présenta devant Chen et Chao qui s'étaient naturellement espacés l'un de l'autre pour ne pas se gêner dans la confrontation à venir. Ils étaient un brin tendu, car l'assassin se dirigeait naturellement vers eux, se sentant visiblement assez fort pour les affronter simultanément. Mais la réalité était tout autre. Gao se méfiait des deux combattants, et ne les prenait pas à la légère. S'il avait remarqué que la jeune femme avait des problèmes de vue, sa maîtrise exceptionnelle du bâton lors de leur dernière rencontre lui avait prouvé si besoin qu'elle était de la trempe des plus grands. Et si quelqu'un pouvait le comprendre, c'était assurément lui, car les camps d'entraînement des assassins grouillaient aussi de femmes, peut-être plus féroces que leurs homologues masculins. Maintes et maintes fois, il avait constaté que leur niveau de virtuosité valait largement celui des hommes. Leur détermination était même souvent supérieure à des combattants pourtant forgés par des convictions inébranlables. Seule la force pouvait encore les distinguer, et procurait aux mâles un léger avantage. Et encore, ça dépendait largement des femmes guerrières, car il n'aurait pas aimé avoir à affronter dans un combat à mort quelques-unes des donzelles qu'il avait entraînées. Et la jeune experte au gun les valait largement, voire les surpassait toutes. Mais il savait dès le départ que cette mission était la plus difficile qu'il avait eue à effectuer jusqu'alors, et qu'il n'aurait probablement plus l'occasion de rencontrer de tels prodiges, quel que soit le temps qui lui restait à vivre. Et en parlant de vivre, soit il arrivait à les surclasser et à les occire, soit c'était lui qui mourrait dans l'honneur d'une fin honorable, les armes à la main. Il se positionna à la pointe d'un triangle qui se voulait à égale distance de ses deux adversaires, pointant un pied vers l'une, le torse vers l'autre. Un proverbe chinois disait qu'il ne fallait jamais sous-estimer son adversaire au risque de perdre son trésor. Dans son cas, il n'avait jamais rencontré de combattants de la valeur de ceux qu'il avait en face de lui aujourd'hui, et il n'y avait aucun risque qu'il les prenne à la légère. Il n'était sûr que d'une chose ; dans quelques minutes, le champ de bataille se couvrirait de son lot d'hémoglobine…

Le calme de Gao était dangereux, et Chen se fit violence pour ne pas se laisser endormir par cette attitude trompeuse. Il se rappela les conseils d'un expert en sabre japonais appelé Musashi, que toutes les écoles dignes de ce nom se faisaient fort d'étudier. Ce dernier disait en substance : « Chaque chose obéit à un phénomène de transmission. Le sommeil se communique, un bâillement aussi, la mort également… ». Il était donc vital de ne pas se laisser contaminer par cette attitude trompeuse ; de ne pas relâcher son attention. Car l'assassin pouvait passer de la glace au feu en un clignement de paupière, et tenter de les surprendre avec ses sabres courts en agissant soudainement avec célérité et détermination. Il risqua un regard à Chao. La jeune femme était également un modèle de concentration, son long bâton bien en main, prête à entrer en action. Rassuré, le moine guerrier se tourna vers l'assassin ; ils étaient fins prêts pour le recevoir. Bien leur en prit, car sans même les saluer, Gao attaqua à l'aide de ses doubles couteaux. Plus petits que des sabres traditionnels, ils n'en étaient pas moins dangereux, capables de trancher comme de mutiler, surtout dans des mains expertes comme celles de Gao. Un crochet sur le manche de l'un des couteaux permettait de bloquer la lame de l'adversaire, et de le désarmer si possible. Contrairement à la longue épée à double tranchant de Chen qui devait peser dans les dix kilos environ, les deux couteaux étaient légers, permettant de multiples figures de style que le moine guerrier ne pouvait se permettre. Mais Chen n'en était pas moins agile pour autant, et sa dextérité avec son sabre était étonnante, surtout qu'il possédait l'avantage de la distance, tout comme Chao avec son gun. Si Gao avait décidé de s'attaquer à lui en premier, c'est parce qu'il pensait malgré tout que le moine était le plus dangereux, et qu'il avait un contentieux particulier à régler avec lui. Mais ce qui était vrai pour l'assassin, l'était tout autant pour Chen qui n'avait pas digéré l'assassinat de son père adoptif. L'air ambiant était électrique. Dans un mouvement fluide évoquant des huit dessinés à toute vitesse, les couteaux affûtés fendirent l'air en direction de Chen qui n'en attendait pas moins pour lancer sa contre-attaque…

Le troisième assassin n'avait que faire des codes d'honneur qui voulaient que la mort soit donnée en respectant l'adversaire. Si ça n'avait tenu qu'à lui, il aurait patienté dans l'ombre en attendant une autre occasion pour tuer ses ennemis à distance. Mais un ordre de son chef ne pouvait se discuter sans en payer le prix fort. Du coup, il n'avait rien dit quand l'imbécile – car c'est ce qu'il pensait de Gao – avait décidé de les affronter en face à face. Son besoin trivial de prouver sa dextérité et sa soif de vengeance étaient plus grands que sa loyauté à la confrérie des gardiens du trône céleste, et il avait décidé de bafouer les règles ancestrales de la secte qui précisaient en substance que le résultat prévalait sur toutes les règles d'engagement. Triste déchéance, d'autant que ça convenait aussi visiblement à Ming qui était fait du même bois. S'ils s'en sortaient, il se ferait un devoir de relater ces dérives à Weibaomeng, et aurait grand plaisir à les voir gémir de douleur lors de leur châtiment, qui à n'en point douter serait exemplaire. Mais avant cela, restait à se débarrasser de celui qui lui avait été désigné comme cible. À voir la prestance de l'homme, il s'agissait indéniablement d'un guerrier chevronné… ou alors d'un acteur d'excellente facture. Jin raffermit la prise sur le manche de son Jiu Jie Bian. C'était une chaîne à neuf sections, l'une des armes les plus dangereuses qui soient, capable de percer un mur avec sa lourde pointe tranchante qui trônait au bout de multiples sections métalliques connectées entre elles par des anneaux. Pour rester discret, le métal avait été noirci avec une cire à base de graphite, et les sections de fer réduites pour plus de maniabilité. Une arme destructrice pour qui savait la manier, ce qui était relativement rare eu égard aux nombreuses années d'entraînement nécessaires pour réussir à faire interagir les différentes sections avec efficacité. Mais quand on savait maîtriser l'arme, ce qui était le cas de Jin, on pouvait soit blesser l'adversaire avec la lame finale, soit l'assommer ou fracturer les os avec l'une des parties métalliques, ou encore l'étrangler en utilisant deux sections ensemble. Vaste programme pour un assassin à l'imaginaire fertile. Car contrairement à ses camarades, Jin était un sadique qui prenait plaisir à voir souffrir ses victimes. Au vu de la dextérité qu'il fallait pour manier une telle arme, l'assassin n'avait pas enduit sa lame de poison. Il aurait pu s'empoisonner lui-même s'il avait eu le malheur de louper l'un de ses coups. De toute façon, l'arme était naturellement redoutable du fait de son extrême amplitude, avec pour danger ultime, une pointe avide qui trônait au bout de la chaîne comme le crochet redoutable d'un scorpion.

Il s'arrêta à quelques mètres de son adversaire.

L'homme était jeune pour un soi-disant expert, mais tout en lui respirait effectivement la dangerosité. Plus perturbant, Jin s'attendait à ce qu'il dégaine une arme cachée derrière son dos. Mais non ; le jeune guerrier s'était simplement enveloppé les avant-bras de tissus, et patientait d'un air serein, respirant calmement, et lui souriant comme s'il attendait un ami. Jin n'en revenait pas ; l'homme avait-il l'intention de le combattre à mains nues ? Il secoua la tête, dépité par tant d'outrecuidance. Après tout c'était son choix, mais s'il voulait mourir rapidement, il allait être déçu, car Jin prendrait son temps pour l'achever. Il s'empara des deux bouts de sa chaîne, et se prépara à la lancer à la moindre ouverture, se méfiant malgré tout d'un adversaire aussi résilient face à une arme de cette envergure. Ce dernier semblait le défier du regard, un petit sourire en coin. Jin ne tint plus ; l'homme allait en avoir pour son compte. D'un geste souple, il lança sa cohorte de bâtons en direction de Da, bien décidé à lui enfoncer son stupide rictus au fond de la bouche…

… Voyant que Bai n'avait visiblement pas envie de se découvrir en prenant le risque de l'attaque, Ming reprit l'initiative du combat. Son sabre en forme de feuille de saule était plus court que celui de son adversaire, plus véloce aussi, mais à l'impact moindre. La lame perça l'air avec le bruit sec d'une corde d'arc, et le cri foudroyant de l'attaquant satura l'espace aussi vite que le faisait son arme. Bai contra l'attaque en poussant de toutes ses forces son sabre sur le côté, et tenta de toucher l'assassin par une riposte sur le flanc opposé. Mais Ming s'était déjà reculé, anticipant le coup oblique de son adversaire. La fureur du combat le consumait physiquement. Ses yeux semblaient sur le point de jaillir de ses orbites, poussés par un sang bouillonnant qui attendait ce moment depuis trop longtemps. On eût dit le diable réincarné sur terre. À partir de ce moment, les attaques se succédèrent à un rythme soutenu, Ming essayant d'étouffer son adversaire sous une pluie de coups pour lui faire commettre une erreur. Mais concentré comme il l'était, Bai n'était pas sous pression. Il visualisait chaque coup avant qu'il n'arrive, et s'appliquait à les contrer avec précision, étant lui aussi à l'affût d'un moment de distraction du sabreur ennemi. Les mots de son Maître étaient comme gravés dans sa tête : « sois patient ; le moment opportun de la riposte efficace arrive toujours… » Contre toute attente, c'est Bao qui le lui procura. Le chien déboula du lit de fougères en grondant furieusement, cherchant sa maîtresse avec insistance. Il avait loupé l'occasion d'attaquer les intrus une première fois, il était bien décidé à rattraper le temps perdu. Cette perte de concentration fut fatale à l'assassin. Détournant son regard de son adversaire une fraction de seconde, son sabre resta suspendu dans l'air le temps d'un battement de cils, mais ce temps d'hésitation fut suffisant pour que Bai le frappe à la base de la cuisse, sectionnant tout un pan de chairs, en même temps que l'artère fémorale. Des jets de couleur pourpre sortaient de sa jambe par saccades, provoquant la stupeur de l'assassin. Pas longtemps ; l'instant d'après, sa tête était décollée de son buste en un mouvement puissant. Bai n'avait pas hésité un instant. Les assassins n'auraient de cesse de les traquer jusqu'à la réalisation de leur basse besogne ; ils ne devaient pas rester vivants. Il lorgna instinctivement du côté de Chao. Le molosse tournait autour du trio en mouvement, mais hésitait à s'engager, sentant qu'il risquait de mettre sa maîtresse en danger. Mais Chen et Chao semblaient maîtriser la situation. Il les délaissa du regard pour s'enquérir de la situation de Da. À quelques mètres de là, ce dernier s'évertuait à contrer les barres articulées de l'assassin qu'il affrontait. Malgré la situation critique dans laquelle ils étaient engagés, il ne put s'empêcher d'admirer le style parfait de son compatriote. Le corps de Da donnait l'impression de ne presque pas bouger ; seuls ses bras moulinaient avec grâce pour contrer les sections métalliques qui s'évertuaient vainement à trouver une ouverture, tandis que ses pieds glissaient avec précision, en contact permanent avec le sol, quelle que soit la position de son corps. Il était l'exemple parfait de ce que les écoles de Wing Chun tentaient d'enseigner à leurs élèves : chacun de ses gestes était comme un morceau de bambou, ferme mais souple à la fois, le corps enraciné à la terre pour y puiser les forces subtiles qui grouillaient dessous, cédant aux coups puissants de son adversaire pour les détourner vers l'extérieur où les rediriger vers le sol. L'assassin n'avait jamais combattu un tel maître, et Bai n'avait jamais vu plus belle démonstration. Il en oubliait presque le danger prégnant de cette attaque-surprise, tant il était hypnotisé par l'habileté de Da. Sous la pression de cette énergie sans fin, Jin commençait à se fatiguer, et tentait de retrouver de la distance pour faciliter sa liberté de mouvement. Mais Da le lui interdisait, restant suffisamment collé à lui pour qu'il ne puisse manœuvrer à son aise. Pour la première fois de son existence, Jin ressentait une forme d'impuissance qui le confinait au rôle qu'il réservait à ses victimes : un futur mort en sursis. Et c'est effectivement ce qui arriva. Après avoir détourné pour la énième fois les fines barres de fer ou le tranchant du couteau du bout de la chaîne, Da lança soudainement un cri puissant. Pas un cri humain ordinaire, mais un concentré de son Qi dirigé vers l'adversaire, un flux à la fois multiple et unique, puissant comme un boulet de canon, sidérant pour celui qui en était le destinataire. L'énergie propulsée était destinée à ralentir son adversaire et à libérer son geste. Jin sembla effectivement paralysé un instant, incapable de résister à cette onde invisible qui sapait ses forces vitales comme un siphon évacue un fluide. Assez diminué en tout cas pour ne pas pouvoir éviter la main gauche de Da, qui jusque-là était restée souple et gracieuse, se transformant soudain en une arme mortelle qui frappa le visage de l'assassin. L'arête formée par le pliage de ses doigts était dure comme l'acier. Elle s'enfonça violemment dans la gorge de Jin, provoquant un craquement audible de l'endroit où se trouvait Bai ; le larynx venait d'être broyé en un instant, réduit en un fatras de cartilages qui ne constituaient plus qu'un tas d'os enchevêtrés dans sa gorge. L'assassin comprit instantanément ce qui lui arrivait. Il l'avait trop souvent fait pour ne pas savoir comment il allait mourir ; étouffé dans son propre sang. Il fixa Da avec un regard qui suggérait presque de l'admiration pour celui qui venait de le terrasser, et tomba à genoux en tentant malgré tout d'ouvrir son canal d'air vers sa poitrine haletante. Les sifflements sinistres de ses vaines tentatives faisaient peine à voir. Son visage se marbra de teintes violacées ; les veines de ses tempes se gonflèrent à rompre. Avant de s'effondrer dans les ultimes soubresauts de la mort, il constata avec effroi qu'aucune des cibles n'avait été terrassée. Il mourut avec le sentiment poignant d'un terrible échec ; ce qui peut arriver de pire pour un assassin. Presque simultanément, Bai et Da se tournèrent vers le dernier assassin. Gao ne semblait guère gêné de combattre deux personnes à la fois. Et pourtant, Chen et Chao se démenaient pour le faire vaciller et trouver l'ouverture. Mû par des rotations démoniaques, le bâton de la jeune femme brillait d'un éclat mat dans la pâle lueur d'un soleil empêché. D'un mouvement foudroyant, le bois souple fendit une fois encore l'air saturé de particules de sueur, et une fois encore l'assassin esquiva l'estoque d'un mouvement adroit, tentant en retour de surprendre la jeune femme d'un mouvement rotatif. La lame avait prévu de frapper à la taille. Avec la souplesse d'un félin, Chao lâcha son bâton et opéra son mouvement préféré : le pont inversé. La lame frôla son ventre sans la blesser. Aussi rapidement qu'elle avait évité le coup, elle fit un rétablissement plein de grâce et récupéra son bâton au passage, sans toutefois pouvoir riposter. Prudente, elle resta à distance suffisante du sabreur qui tentait de se remettre psychologiquement de cet incroyable évitement. L'issue du combat restait incertaine tant les combattants faisaient preuve d'audace et d'adresse dans l'art d'esquiver les attaques. Tout en se remettant en garde, Gao commençait à regretter d'avoir choisi le sabre pour les affronter. Le sifflement intempestif de sa lame avertissait la jeune femme de la même manière qu'un sifflet aurait pu le faire, laquelle du coup n'était plus gênée par sa vue défaillante. Quant au moine guerrier, il semblait assez à l'aise avec son sabre pour résister à un assaut en règle. En combat à un contre un, il aurait peut-être pu le battre, mais avec la jeune femme qui se démenait pour le mettre en difficulté à la moindre ouverture, c'était déjà bien qu'il puisse tenir les deux à distance. Une fois encore Bao mit un terme à cette situation, qui sans lui aurait encore pu durer un certain temps avec une issue incertaine à la clef. Profitant de ce moment suspendu où les armes s'étaient tues, il fonça sur celui qui avait osé s'en prendre à sa maîtresse, et voulut lui arracher le bras qui tenait le sabre. Gao l'entendit arriver et fit un mouvement précipité de retrait, n'ayant pas le temps d'utiliser son sabre pour contrer le monstre. La mâchoire du molosse claqua partiellement dans le vide, arrachant tout de même un morceau du muscle de l'avant-bras du bretteur. Avant qu'il ne fasse demi-tour et ne reparte se mesurer à l'assassin, Chao se précipita sur son chien, l'empêchant de repartir à l'attaque. Avec cet individu, même blessé, il aurait pu facilement être embroché ou sérieusement blessé. Elle se trompait sur ce point. Le sabre de l'assassin peinait à tenir dans sa main, tremblant comme une feuille. Un morceau de chair pendait lamentablement de son avant-bras, l'empêchant d'utiliser efficacement son arme. Il aurait pu tenter de changer de main, mais le moine veillait et était prêt à intervenir à la moindre ouverture. Parés des mêmes intentions, les deux autres combattants chinois venaient de profiter de la diversion du chien pour s'allier au moine guerrier et enfermer l'assassin dans une nasse mortelle. Le combat était fini. Gao lâcha son arme sans faire d'histoire, et s'adressa à ceux dont la tête devait initialement garnir les paniers qu'il avait prévu de ramener à l'impératrice.

— Je m'incline face à votre supériorité, dit-il en surveillant Bao du coin de l'œil, lequel grondait comme un orage en préparation, frustré de n'avoir pu finir le travail. Vous m'avez vaincu, reconnut l'assassin avec fatalisme ; je vous demande juste une mort rapide.

— L'auriez-vous fait pour nous ? lui cracha Chen au visage.

— Non, répondit franchement Gao, mais c'est ce qui vous distingue d'un assassin, non ? Un code de l'honneur et une grandeur d'âme qui ne nous caractérisent pas, nous qui sommes appelés à réparer les torts des puissants, quels que soient les méthodes employées…

Chen ne répondit pas. À quoi bon ? L'homme allait effectivement mourir, et gloser ne servait à rien. Contrairement à ce que disait l'assassin, il n'y aurait aucune pitié de sa part, car le laisser vivre revenait à le voir se dresser de nouveau devant eux un jour ou l'autre. Il raffermit la main sur le manche de son sabre, prêt à l'estocade finale. Bizarrement, Gao semblait se désintéresser de son sort, plus préoccupé par sa blessure que par sa fin proche.

— Votre chien possède des dents plus affûtées qu'un fauve dit-il à l'attention de Chao. J'ai beaucoup de chance que mon bras soit encore en un seul morceau.

Il écarta doucement les tissus de sa veste déchirée pour constater les dégâts, tandis que Chen s'approchait pour lui donner le coup de grâce. Mais l'assassin le devança. Il s'empara de trois *Bo shuriken* cachés dans les plis de sa manche. Il venait de réussir ce qu'il cherchait depuis le début de cette traque ; faire que ses cibles s'approchent de lui sans se méfier pour réaliser ce pour quoi il avait été formé. De forme cylindrique, ses pointes enduites de poison mesuraient environ quinze centimètres de long. Avec ces armes, il pouvait toucher des cibles multiples à plus de vingt pas ; alors à cette distance, il était sûr de faire mouche. Tout en se laissant tomber sur un genou, sa main valide sortit de sa manche à la vitesse de l'éclair, et lança les piques à une cadence remarquable ; les trois hommes étaient visés, tant pis pour la femme, il tentait le tout pour le tout. Concentré sur lui, Chen réussit in extremis à écarter le dard empoisonné avec son sabre ; rapide et souple comme un mamba noir, Da fit de même d'un retrait de buste. Bai n'eut pas cette chance. La pique se figea dans son épaule, alors qu'il pensait plus à contre-attaquer qu'à esquiver. La douleur fut légère et ne l'empêcha pas d'abattre son sabre sur l'homme encore à genou. Gao mourut sans un mot, sa bouche tordue en un étrange rictus. Celui de la victoire, indéniablement. Chao poussa un cri de terreur en voyant le dard planté au travers de la veste de son ami. Elle se précipita sur lui et lui arracha la pique mortelle, espérant que le poison n'avait pas eu le temps de s'épandre en lui. Chen lâcha précipitamment son sabre et sortit son couteau ; le temps était compté. Il coupa la manche de Bai d'un coup ajusté, tandis que ce dernier se laissait faire ; sa vie ou sa mort n'étaient plus entre ses mains, et il regardait Chao, le sourire du devoir accompli incrusté sur des lèvres déjà pâlottes. D'un coup tout aussi précis, le moine guerrier fit une légère estafilade dans l'épaule du jeune homme, faisant jaillir un jet de sang pourpre qui coula le long de son bras. Sans perdre de temps, il aspira le sang et le recracha à une cadence rapide, espérant retirer assez de poison pour éviter l'effet létal. Le risque de se faire lui aussi empoisonner était important, car les neurotoxines étaient puissantes, et pouvaient aussi agir sur son système nerveux en provoquant une paralysie des muscles respiratoires. Mais s'il avait eu le choix, Chen aurait mille fois préféré mourir à la place de Bai. Il était une relique du passé, et l'avenir c'était Bai ; son affection pour le jeune homme, tout comme Chao d'ailleurs, était plus grande que sa propre vie. Au bout de quelques minutes de ce traitement, il eut effectivement des répercussions de sa folle tentative, se mettant à vomir sans possibilité de contrôle sur les nausées soudaines. Le venin, même en quantité infime, était un redoutable fléau pour le corps, surtout sans antidote. Chao voulut prendre le relai ; il l'en empêcha en lui barrant le passage du bras. Bai venait de toute façon de sombrer dans une demi-inconscience. Le moine lui prit le pouls. Il battait la chamade. Des frissons lui parcouraient le corps comme activés par une source électrique, le faisant trembler de la tête aux pieds. Sa peau commençait à se marbrer et devenait froide. Son cou avait presque doublé de volume, essayant de retenir le peu d'air qui n'arrivait plus à passer au travers des muscles tétanisés. C'était la fin. En quelques minutes, Bai s'éteignit dans d'ultimes convulsions. Puis son corps se relâcha, comme délivré de l'étau de souffrance qui l'avait asphyxié. Comprenant qu'elle ne pouvait rien faire, Chao lui avait pris la main, essayant d'adoucir son calvaire. Heureusement, sa mort fut rapide. Abasourdi, Chen n'arrivait pas à détacher son regard de son jeune ami. Il sut rapidement que la dose de poison qu'il avait absorbé ne serait pas mortelle. Et pourtant, une boule dans la gorge l'empêchait lui aussi de respirer, mais de tristesse. Ses yeux débordaient de larmes qu'il ne pouvait contenir.

Que la vie était cruelle !

Comment un homme de cette qualité, avait-il pu être soustrait du monde des vivants ?

Qu'allait-il faire sans lui ?

Par réflexe, il regarda Chao. Elle ne pleurait pas. Son regard était perdu dans le vide, sa main encore crispée dans celle de son ami. Sans doute ne réalisait-elle pas encore la mort de celui qui avait été son unique refuge des années durant, refusant de croire en ce tragique départ. Chen se trompait. Chao avait parfaitement conscience de ce qui venait de se passer. Mais son émotion était si forte, qu'elle pétrifiait ses sens en même temps que ses larmes…

Juste retour

Grace reçut une lettre quelques jours plus tard. Elle en fut troublée dans un premier temps, car personne, à par ses sauveurs chinois, n'était censé connaître cette adresse. Elle fut immédiatement rassurée, car la missive provenait de Chao, la jeune femme qui accompagnait son frère. Le plaisir qu'elle ressentit à avoir des nouvelles de ses nouveaux amis, fut rapidement douché par le contenu du message qui expliquait comment Bai était mort suite à une attaque d'assassins venus de Chine. La nouvelle était à peine croyable : des mafieux s'en étaient pris à elle, des assassins à son frère !

Sa poitrine se comprima de tristesse, et les larmes coulèrent sur ses joues en une ligne continue. Même si son frère était intervenu tard dans sa vie, qu'il était presque un étranger pour elle, il n'en demeurait pas moins le seul lien familial qui lui restait encore. Du moins jusqu'à présent. Son attitude désintéressée dans son sauvetage, la recherche effrénée de son père, lui avaient immédiatement montré la valeur de l'individu. Elle l'avait aimé immédiatement. Et voilà qu'il était parti lui aussi, sans qu'elle puisse véritablement le connaître… Elle sécha ses larmes et reprit la lecture de la lettre en essayant de ne pas trop trembler. La jeune femme lui indiquait que son corps avait été brûlé, et que ses cendres avaient été dispersées dans la forêt. Chen, l'ancien moine guerrier, avait récité des textes contenus dans le Bardo Thödol, le Livre des Morts Tibétains, pour purifier son corps et aider sa conscience à s'élever. Chao précisait que la pureté d'âme de Bai l'amènerait sans aucun doute au nirvana, pour une existence plus paisible, une vie de paix, où le bruit et la fureur ne seraient plus de mise…

Même si le bouddhisme ne lui était pas familier, ces mots eurent la vertu de l'apaiser quelque peu. Après tout, pourquoi pas... Une formule convenue de politesse terminait la lettre. Grace plia soigneusement la missive, et la fixa d'un air triste. Voilà le dernier lien qui la reliait à son frère. Elle rangea le désormais précieux document dans le tiroir de son bureau, et repensa à la force et la détermination qui habitaient son frère. Cet homme avait fait face à de multiples périls malgré son jeune âge, avait vu des horreurs indicibles, avait traversé les mers pour retrouver sa famille, avait sauvé sa sœur des griffes de la police, avait eu dix vies en une seule… Et tout ça à un âge où la majorité des hommes sortait à peine des jupons de leur mère.

Le même âge que Steeve…

L'analogie entre les deux hommes lui vint naturellement à l'esprit, d'autant qu'ils étaient quasiment morts en même temps. Lui aussi avait bravé bien des épreuves, même si elle imaginait que les zones d'ombre qui avaient parsemé le chemin de son amoureux, étaient bien plus nombreuses que celles qui avaient entaché la vie de son frère. Mais qu'importe maintenant, car les deux n'existeraient plus qu'au rang des souvenirs. Plutôt que de la déprimer davantage, les disparus chers à son cœur lui donnèrent de la force. Gonflèrent sa détermination. Coïncidence ou effet du hasard, le journal d'hier parlait également de mort. Celle d'un notable retrouvé massacré chez lui avec plusieurs de ses hommes de main. L'enquête avait rapidement été bouclée et une descente de l'armée dans les quartiers des Irish convicts avait été diligentée. Plusieurs morts et des dizaines de prisonniers embarqués pour le bagne, avaient vengé la mort de Ted Harris, et donné l'impression à la population que le crime avait été sévèrement réprimé. Le résultat de la vengeance que Grace avait orchestré avec son article à charge, calma à peine sa rancœur vis-à-vis de cet homme qu'elle considérait comme responsable de la mort de Steeve. Et si la mort de ce salaud n'avait eu aucun effet sur sa mélancolie, elle avait en quelque sorte rétabli l'équilibre des choses. Ce qui était sûr, par contre, c'est que la police, qui avait aussi été égratignée par son article, ne laisserait jamais passer cette humiliation. Elle devait déjà la rechercher activement, elle qui avait été à l'origine de l'opprobre d'un système en perdition. Il était temps de partir pour Brisbane, et continuer sa vie sous un nom d'emprunt. De toute façon, plus rien ne la retenait ici maintenant…

Épilogue

Chao et Da traversèrent un joli pont de pierres appelé « Prince Bridge », bâti au-dessus de la rivière Yarra. Grossie par les dernières pluies plus abondantes que jamais, la rivière charriait ses monceaux d'eau à la teinte dorée, due aux sols argileux embarqués dans sa course à la mer. Poussée par l'urgence, elle cheminait à allure rapide sur un tracé tortueux, dans le seul et unique but de jeter ses eaux chargées dans la baie de Port Philipp, là où ils avaient prévu d'embarquer dans deux jours. L'endroit étant animé, comme le reste de la ville, d'ailleurs, qui était une véritable fourmilière, ils avaient décidé de laisser Bao dans la petite pièce qui leur servait de résidence, près du port justement. C'est tout ce qu'ils avaient trouvé dans une ville où être chinois ne vous accordait guère de privilège, voire pouvait vous attirer de sérieux ennuis si vous tombiez sur de mauvaises personnes. Depuis une dizaine d'années, suite au grand boom économique où Melbourne était devenue la plus grande ville d'Australie, et même durant un temps, la deuxième plus grande ville de l'Empire britannique, la ville s'était enfoncée dans une sévère dépression, créant un chômage élevé et ruinant par là même de nombreuses familles. En réaction à cette situation difficile, et comme souvent dans ces cas-là, les employeurs avaient agi pour faire baisser les salaires, et s'étaient largement tournés vers une main-d'œuvre chinoise bon marché. Cette orientation économique non comprise par les ouvriers d'origine européenne, avait créé de nombreuses émeutes et des crispations durables contre la population chinoise, dont certains avaient d'ailleurs été retrouvés purement et simplement pendus à des potences de fortune. Depuis peu les tensions refluaient, mais il était de bon ton de faire profil bas si vous aviez les yeux bridés. Habitué à la ville maintenant, le molosse acceptait mieux la captivité. Il savait que sa maîtresse ne le laissait jamais seul très longtemps, et comme Chen ne le contrariait jamais, il acceptait sa présence avec une certaine tolérance. En attendant leur bateau qui devait les transporter en Amérique, Chen avait décidé de s'essayer à la poésie. Il ressentait profondément le besoin d'égayer son existence par la beauté des mots, de remplacer les horreurs qu'il avait vécues par des rimes enchanteresses, même si aligner ces dernières dans un ensemble cohérent lui demandait toute son attention. Une fois en Amérique, il envisageait sérieusement de vivre la dernière partie de son existence reclus dans un endroit isolé et paisible, tous les morts hantant son esprit laissés de côté, et surtout Bai dont la disparition l'avait profondément marqué…

Le pont était animé à cette heure. Un tramway tiré par un gros cheval blanc ramassait son lot de clients qui seraient bientôt ventilés dans l'un des nombreux endroits animés de la ville. Pour ceux qui n'étaient pas pressés, les badauds principalement, ils flânaient en regardant les eaux marrons épouser les pieds du pont, frôlant des calèches qui circulaient avec prudence, prenant garde de ne pas heurter tout ce petit monde distrait. Une fois le géant de pierre franchi, Chao et Da se retrouvèrent au calme dans un immense jardin paré d'arbres majestueux et d'allées ombragées. Chao était soudain devenue silencieuse, comme absorbée par un problème qui ne pouvait souffrir d'aucune distraction. Da imagina qu'elle pensait encore à Bai, et ne relança pas leur discussion, respectant son travail de deuil. Les premiers jours avaient été difficiles pour tous, mais plus encore pour Chen et Chao. Si Da appréciait le jeune homme, il n'avait jamais eu le quart de l'intimité qui existait entre le jeune combattant et Chao, lesquels se connaissaient depuis leur plus tendre enfance et avaient développé une relation particulière. Chao marcha encore quelques mètres sans rien dire, puis s'arrêta soudainement. Surpris, Da stoppa net lui aussi et se tourna vers elle, se demandant quelle mouche l'avait piquée. Malgré une chaleur encore contenue, elle avait les joues aussi rouges qu'après un effort intense. Intrigué, Da allait lui demander les raisons de cette émotion soudaine, quand il se fit devancer par Chao.

— Nous devons parler, Da, fit cette dernière apparemment essoufflée. Elle aspira goulûment l'air embaumé de senteurs exotiques, essayant de reprendre une respiration normale.

— Tu veux partager ton mal-être suite à la disparition de Bai ? demanda innocemment ce dernier.

— Non ! fit Chao en secouant tristement la tête. Bai est mort trop tôt, mais il a eu la vie qu'il souhaitait avoir. Il voulait que son art lui permette de faire le bien, de mettre en avant la vertu d'humanité de Confucius qui sous-tend de prendre un peu la place des autres. Et malgré le fait qu'il soit parti avant l'heure, sa vie a été celle qu'il rêvait d'avoir, alors qu'il n'avait pas atteint ses vingt-cinq ans. Il me manquera terriblement, c'est sûr, le monde sera malheureusement orphelin d'un joyau à l'état pur, mais on ne peut refaire l'histoire. Moi, c'est de l'avenir dont j'ai envie de parler…

— De l'avenir ?

— De toi et moi, précisément…

Da réprima un mouvement de surprise. Sa poitrine se comprima de peur. Chao voulait-elle lui annoncer que leur chemin devait désormais se séparer ? Qu'elle devait se reconstruire seule pour espérer retrouver un peu de sérénité ? La seule pensée de ne plus la voir le terrifiait plus que tous les dangers qu'il avait eu à affronter durant leur périple. Il bredouilla plutôt qu'il ne dit les mots suivants :

— De quoi veux-tu parler exactement ?

Chao soupira, ce qui n'eut pas pour effet de rassurer le jeune Chinois, pour qui moult idées noires se bousculaient dans sa tête. Elle le fixa de ses beaux yeux expressifs, et prit sa main dans la sienne. Sa peau était moite, tout comme celle de Da par ailleurs.

— Quand nous avons brûlé le corps de Bai et dispersé ses cendres dans la forêt, j'étais anéantie…

Craignant le pire, Da ne put se résoudre à soutenir son regard.

— … et malgré la tristesse qui me tenaillait le cœur, poursuivit-elle, j'ai eu une pensée qui m'a troublé bien plus encore que la douleur de ne plus jamais revoir mon ami.

Elle inspira de nouveau une grande dose d'oxygène comme pour se donner du courage.

— Je me suis mise à pleurer, non pour la mort de Bai, dit-elle les trémolos dans la voix, mais parce que je n'aurai pas supporté que tu sois à sa place, finit-elle par lâcher.

Les yeux de Da s'agrandirent de surprise. Elle ne le laissa pas gamberger plus avant.

— Je t'aime, susurra-t-elle. Je crois avoir été amoureuse de toi dès le premier jour où je t'ai vu. Inconsciemment, bien sûr, mais cet amour a continué de grandir et a fini par s'imposer comme une évidence. Je ne peux plus te le cacher ; je ne veux plus faire semblant. Pas après avoir pleuré quelqu'un de cher à mon cœur, et en me disant que je pourrai aussi te perdre sans que tu saches ce que j'éprouve pour toi.

Elle se rapprocha un peu plus de lui. Il tremblait de tous ses membres sans arriver à reprendre le contrôle de son corps. Son cœur battait la chamade. Il était comme paralysé par ses sentiments qui étaient tout aussi forts que ceux exprimés par Chao. Lui aussi l'aimait passionnément, mais il n'avait jamais eu le courage de l'avouer à la jeune femme, de peur de la perdre. De peur de se voir rejeter. Et voilà que c'est elle qui faisait le premier pas. Comme tout ce qu'elle avait fait dans la vie, elle forçait le destin et décidait d'imprimer son propre rythme à son existence. À leur existence commune. Même si avouer ses sentiments peu après le moment où la mort avait fauché son ami d'enfance, avait dû être très compliqué. Mais c'est justement parce qu'elle ne voulait plus perdre de temps qu'elle l'avait fait. Elle se lova contre lui et colla ses lèvres frémissantes contre les siennes. Elles étaient douces, charnelles, pleines de vie et de passion. Da se laissa aller lui aussi à cet acte extatique, et se mit à l'embrasser avec fougue. Arrivés à leur niveau, les visiteurs accéléraient le pas, envieux d'une telle flamme pour certains, gênés par cette attitude inconvenante pour d'autres. Chao et Da n'en avaient cure. Pour eux, le temps s'était arrêté. Enfermés dans leur bulle, ils étaient désormais seuls dans ce parc. Seuls avec leurs souvenirs et leurs aspirations. Seuls avec les traumatismes que la vie leur avait infligés. Seuls avec les émotions uniques de ce moment partagé. Ensemble enfin pour vivre leur grand amour, dans un moment d'abandon et d'espoir, avides d'étrenner ce nouvel épisode de leur existence qui ne faisait que commencer…

Personnages de l'histoire

Européens

Reece Taylor : père de Li Bai vivant en Australie

Grace Taylor : fille de Reece Taylor et demi-sœur de Li Bai, Australie

Steeve Rockwood : ancien truand londonien, exilé en Chine puis en Australie

Brice Walsh : Irlandais, force de la nature, Australie

Australiens

Harry Rauwson : gouverneur de Nouvelle-Galles-du-Sud

Griggs, Pill, Flanders : prisonniers de la prison de fremantle à Palmerston

Peter Brown : avocat Australien

Cliff Morgan : juge en charge du projet de fédération des colonies d'Australie (Commonwealth of Australia)

John Adrian Louis Hope : gouverneur général d'Australie

Ted Harris : homme politique du Queensland

Rob Smith : homme de main de Harris

James Seaman : avocat de Ted Harris et ségrégationniste

Jim Carlson : cow-boy australien de la région de Pine Creek

Gus Morton : cow-boy de l'équipe de Carlson

Holden Williams : cow-boy de l'équipe de Carlson

Scott Davis : capitaine commandant de l'expédition des lanciers de Nouvelle-Galles-du-Sud

Aaron Nail : adjoint de Scott Davis, lieutenant de son état

Stephen Roy : représentant des miliciens sous les ordres de Scott Davis

Brock Miller : milicien

Richard White : homme politique de la Nouvelle-Galles-du-Sud

Danny Quinn : chef du gang des Irish convicts

Joseph Driscoll : adjoint de Quinn

Bill Drew : chef du gang des Rocks push

William Lam : adjoint de Drew

Tommy Hill : chef du gang des Sharks

Tim Woodward : chef d'une bande de chasseurs de chevaux sauvages

Aborigènes et étrangers vivants en Australie

Ronnie Kickett : Yolngu du clan Wangurri, Australie

Aki Watanabe : pêcheur, Australie

Les Anangu : tribu Aborigène vivant dans les monts d'une région devenue aujourd'hui le parc national Uluru-Kata-Tjuta, au centre de L'Australie, à 370 kilomètres d'Alice Spring

Kaiya Jagamarra jeune chef du clan des Balayang, de la tribu des Anangu siégeant dans les hauteurs autour du mont Olga, Australie

Naata : femme de Kaiya

Tjangala : chaman du clan des Akkura (serpent d'eau géant avec une barbe, une crinière, des écailles et des crocs pointus), de la tribu des Anangu, Australie

Djalu : guerrier et ami de Kaiya

Daku : guerrier Aborigène de la troupe de Kaiya

Bambam : guerrier de la troupe de Kaiya

Gurrumara : guerrier puissant de la troupe de Kaiya

Jabiru : guerrier de la troupe de Kaiya

Jarli : guerrier de la troupe de Kaiya

Koa : guerrier de la troupe de Kaiya

Omeo : guerrier de la troupe de Kaiya

Tarka : guide de Bai et de son groupe, Australie

Tjapaljarry : guide Aborigène de la milice et des soldats lancés à la poursuite de Kaiya et ses guerriers

Nangala : chef Aborigène rebelle d'une tribu Arrernte réfugié près de la Hugh river, non loin d'Alice Spring, Australie

Chinois

Cixi : impératrice de Chine

Li Bai : jeune maître de Tai Chi

Liu Chao : jeune femme d'une grande beauté, experte en bâton de combat (gun)

Cui Da : jeune maître de Kung Fu et archer hors pair

Wang Chen : moine guerrier

Fu : moine guerrier décédé en Chine

Hailong : chaman, père adoptif de Chen. Expert en Dim Mak (points de pression mortels)

Liu Heng Gong : père de Chao et gouverneur d'une province de Chine

Yang Baoxing : Maître de Tai Chi Chuan et de sabre, vivant à Shaoshan dans la province de Hunan, Chine

Hsin, Kun, Ti-Khuan, Zhou : membres de la confrérie des assassins formés par Weibaomeng dans la cité interdite ; première équipe à la recherche de Chen et de Hailong en Chine

Gao, Jian, Jin, Liang, Shi : deuxième équipe d'assassins à la recherche de Bai, Chao et Da en Australie

Gao, Chun, Jin, Ming : troisième équipe d'assassins

Weibaomeng : chef des assassins de la confrérie des gardiens du trône céleste, Chine

Jiang : jeune Chinois faisant partie du comité de défense de la communauté chinoise de Pine Creek, Australie

Meng Xun : adjoint de « tête de dragon », chef de la triade du pavillon noir sur l'ensemble des rivages des mers de Chine – Parrain de Cui Da. Habite à Canton, Chine

Animaux

Huo : cheval de Chao (hongre gris moucheté)

Bao : chien de Chao (molosse appelé Lion Tibétain) assimilé à **bunyip** : créature mythique de la mythologie aborigène

Poro : légende Aborigène et crocodile géant vivant non loin d'une grotte secrète dans les monts Mac Donnell, Australie

Remerciements

Un grand merci à Delphine, ma femme, qui supporte mes silences et mes absences quand j'écris, à mes amies Virginie Calmus et Giliane Mediavilla, pour leurs conseils avisés, à tous ceux qui me lisent et m'encouragent à continuer.

Imprimé en France
Achevé d'imprimer en février 2022
Dépôt légal : février 2022

Pour

Le Lys Bleu Éditions
40, rue du Louvre
75001 Paris